岭南文学史（下册）

陈永正　主编

岭南文库编辑委员会　广东中华民族文化促进会　合编

南方传媒　广东人民出版社·广州

第二编

岭南近代文学

岭南近代文学概说

一

近代，是岭南诗坛最辉煌灿烂的时期。这时期广东杰出的诗人数量之多，影响之大，在整个中国诗坛上也是居于首位的。

鸦片战争以后，由于政治、经济和文化上各种因素的推动，广东成为全国最早产生近代进步思想、最富于革新精神的地区，也成为近代史上一系列重大的政治运动——太平天国革命、戊戌变法、辛亥革命的策源地。近代广东诗歌的发展可分为三个阶段——鸦片战争和太平天国革命时期、资产阶级维新运动时期和资产阶级民主革命时期。

1840 年鸦片战争，帝国主义列强的大炮首先就在广东沿海打开了闭关自守的封建帝国的大门。面对帝国主义的侵略，广东广大的人民群众进行了英勇顽强的抵抗。广东诗人张维屏，就是最早用诗歌反映这一历史事件的诗人。张维屏是嘉道年间岭南诗坛的领袖，早负盛名。他前期的诗作，多写宦游生活及朋辈交游的情趣，风华卓绝，细腻优美。老诗人宋湘就曾赞美他的诗“一唱三叹，入人心脾”。鸦片战争开始时，张维屏年届六十，帝国主义的疯狂侵略激起了诗人强烈的爱国热情，他写下不少歌颂英雄的广东人民抗敌斗争、表彰为国牺牲将士的诗篇。这些诗歌格调高昂，充满对正义战争必胜的信心。如他的名作《三元里》诗写道："三元里前声若雷，千众万众同时来。因义生愤愤生勇，乡民合力强徒摧，家室田庐须保卫，不待鼓声群作气，妇女齐心亦健儿，犁锄在手皆兵器。……"诗歌真实地反映了三元里抗英斗争的情况，突出地表现中国人民团结御侮的英雄气概和力量。又如《三将军歌》，歌颂在鸦片战争中英勇作战、为国捐躯的三位清军将领陈联升、陈化成和葛云飞。这些诗歌气势凌厉，笔墨酣畅，饱含激情，及时地反映当时重大的事件，具有深刻的现实意义。

太平天国革命领袖洪秀全、洪仁玕是广东人。他们现存的诗歌虽然不多，但都带有鲜明的政治色彩，抒发作者的革命壮志，充满着革命英雄主义精神。我们还注意到这个时期二位著名学者朱次琦和陈澧，他们能自觉地用诗歌反映社会现实，同情人民疾苦。陈澧更有不少表现反帝爱国精神的好诗，如《虎门观潮》、《得藕江书却寄》等，严肃地谴责腐败无能的清政府，表现了人民群众反帝斗争的英雄气概。

19世纪60年代以后，是中华民族与帝国主义的矛盾极其尖锐的时期。中国人民在创巨痛深的民族危难中，为救亡图存而进行了长期的艰苦卓绝的斗争。这时期的进步诗人，用他们大量的充满政治热情的诗歌，愤怒地揭露和谴责外国侵略者和反动封建势力，反映当前民族危机和人民的苦难，积极宣传改革现状、抗御外敌的变法思想，其中最特出的有黄遵宪、康有为、梁启超等。他们都是我国近代史上著名的思想家、政治家、爱国主义者，是资产阶级维新运动的领导人物。

为了适应政治斗争形势的需要，使诗歌为维新运动服务，为抗御外敌、改革内政服务，传统诗歌的形式和内容都必须作一番改革。进步诗人发出了"诗界革命"的呼声，创作了具有改良色彩的"新派诗"。黄遵宪就是"诗界革命"的提倡者和实践者。

黄遵宪是近代史上具有代表性的进步诗人。他论诗主张“我手写我口”，用通俗语言入诗，以表现“古人未有之物，未辟之境”。他自觉地创作“新派诗”，“熔铸新理想以入旧风格”，表现时代的新精神、新面貌。黄遵宪的诗歌大胆地、广泛地描写了重大的历史事件，突出地反映出近代中国主要的社会矛盾，抒发了强烈的反帝爱国思想感情，因而有“诗史”之誉。如他的名作《冯将军歌》、《哀旅顺》等，歌颂反帝斗争中的英雄人物，指责腐败无能的清朝统治集团，也表现了作者对国事的深切忧虑。又如《赠梁任甫同年》诗表现作者对祖国的热爱以及变法图强的决心。黄遵宪也是向西方找寻真理的代表人物，他的一百五十四首《日本杂事诗》，记述日本明治维新时期政治、文化等方面的巨大变革情况，以资中国借鉴，体现出维新派改良政治的要求。黄遵宪的诗歌有着高度的艺术成就，在继承古典诗歌优良传统的基础上大胆创新，形成个人独特的艺术风格，如他的名作《今别离》四首，分别咏近代交通工具、电报以及两半球昼夜相反的现象，表现新事物、新意境，“权奇倜傥，弘丽恢张”，很有特色。

康有为是戊戌变法的主要领导者，也是一位很有特色的诗人。他主张诗歌要采用新的表现手法，创造全新的艺术境界。他自豪地宣称：“新世瑰奇异境生，更搜欧亚造新声。”“意境几于无李杜，目中何处着元明。”（《与菽园论诗兼寄任公孺博曼宣》）诗歌要反映时代的新精神，为维新运动服务。康有为在戊戌变法前的作品，气势磅礴，意境雄阔，充满了积极向上的精神。如《出都留别诸公》诗，想象奇特，词语瑰丽，笔势豪纵，带有浓厚的浪漫主义色彩。戊戌变法失败后，诗人流亡国外，诗歌也变得沉郁悲慨，如《闻意索三门湾以兵轮三艘迫浙江有感》诗，抒发对祖国和对时局关切之情。

梁启超是资产阶级改良运动杰出的宣传家，也是“诗界革命”的倡导者。他曾作《饮冰室诗话》，大力鼓吹“含新意境”的新派诗，并努力在诗歌创作实践上作多方面的尝试，力图打破旧传统的束缚，运用散文化句式来自由抒写，熔铸新思想、新知识、新名词入诗。他的诗歌热情奔放，充满着乐观精神和时代使命感。

维新运动时期的重要诗人以及他们所倡导的“诗界革命”运动，其影响早已不局限于广东而遍及全国了。

与此同时，岭南诗坛上还有梁鼎芬、曾习经、罗惇曧等颇有名气的诗人，他们或多或少都受到风靡一时的“宋诗运动”的影响，但在诗歌语言风格上又与险奥聱牙的“同光体”有所区别。如梁鼎芬的《春日园林》诗运用传统的比兴手法，委曲地表现了逐臣忧国之情，很见工力。梁诗艺术成就是比较高的。

戊戌变法失败后，资产阶级民主革命派领导的推翻清王朝封建统治、建立民主共和国的革命运动日益高涨。在资产阶级民主革命时期的重要诗人几乎全是革命活动家，他们自觉地运用诗歌这一武器，宣传民主革命反帝反清的主张，诗中洋溢着强烈的革命激情。其中重要的广东诗人有黄节、廖仲恺、苏曼殊、朱执信等。

黄节是这群诗人中成就最高的一个。黄节早年曾组织国学保存会，创办“国粹学报”，并参加革命文学团体南社，宣传反清的民族革命思想。他的诗功力很深，有着鲜明独特的艺术风格：即有唐诗的文采风华，又像宋诗的骨格峭健，郁勃清新，刚柔并美，抒发了强烈的反清的民族革命思想。辛亥革命后，革命成果被封建军阀篡夺了，诗人的歌声变得更沉痛苍凉，如《沪江重晤秋枚》诗，句奇意重，笔力雄健，表现作者在共和国理想破灭时的悲愤心情。

苏曼殊是一位很有特色的青年诗人，热诚的爱国者。他曾削发为僧，后又受到民族革命思想的影响，并加入南社。他奇特的生活经历使他的作品添上一层瑰丽而神秘的色彩。苏曼殊早期的诗充满着积极的进取精神，表现对黑暗现实的不满和反抗。如他在 1908 年冬到日本时写的一首《过平户延平诞生处》诗，对明末的民族英雄郑成功表示了极大的敬意，也反映了诗人对国家民族的深情。曼殊还写了不少爱情题材的作品，大胆地向传统的封建意识挑战，在当时产生过一定的影响。

廖仲恺和朱执信都是资产阶级民主革命派著名的活动家和理论家。他们的诗作大都充满着激进的战斗精神。他们在诗中赞美革命者为国牺牲的崇高品格："萧艾萋萋生，不如蕙兰折。……人生在世亦如此，此身何惜秋前萎！"（朱执信：《拟古决绝词》）表现了"誓涤尘垢清人寰"的革命决心。如朱执信的《代答》、廖仲恺的《民十六年六月禁锢中闻变有感》等诗，都是格高调响、含义深长的佳作。

二

鸦片战争时期，面对帝国主义的侵略，广东广大的人民群众进行了英勇的抵抗，不少广东词人，也在他们的作品中反映了这些历史事件。如南海人谭莹就在他的《庆清朝·题〈草檄图〉为徐铁孙司马作》一词中，愤怒地谴责朝廷的妥协投降政策："临安积习，至今犹讳言兵。""游魂海外，中原偏任纵横。"作者渴望能抗击海上来的侵略者，为国家建功立业："孰挽射潮铁弩？东南氛锺尚冥冥。军书急，愿挥神笔，便斩鲛鲸。""频看短剑，学请长缨。"有的词人为故乡遭到敌军铁骑的蹂躏而痛苦叹息："乍南来燕侣，说故里烽烟。记檐外、一星坠处，海珠忽热，惊损鲛眠。”（桂文耀：《扬州慢·石帚此词为竹西作。辛丑春，闻吾乡兵燹，辄借此调写之》）“乡关似梦，怕乌衣、难认人家。便北户笙歌，南濠箫鼓，都换悲笳。”（汪瑔：《扬州慢》）外患愈急，国势日危，不少忧国的词人，把满腔悲愤之气，泄于词中：“空剩得、满腔热血，头颅如许！”“澄清志，徒画虎。叹危巢完卵，几人撑住？”“大局艰难堪痛哭。”（崔永安：《满江红·吹台感事》）“凭城社，忧狐鼠，扰关塞，悲豺虎。怅横流沧海，几人安住？辞汉铜仙空有泪，立朝金马终无语。听哀弦、掩抑孰更张，调钟吕？”（陈伯陶：《满江红·和磐石韵》）可是，腐朽的清政府依然是因循苟安，不思变革，坏人当道，政治黑暗，英雄志士，报国无门：“徙薪曲突，更无上客；蹈汤赴火，谁奋前麾？炀蔽偏工，趋炎成俗，如沸如羹事可危。枯桐在，但焦来爨下，判绝金徽。”（汪兆铨：《沁园春·小除夕祀灶，时有海警》）

最值得重视的是叶衍兰、梁鼎芬有关甲午战争的两组《菩萨蛮》词。番禺人叶衍兰，与汪瑔、沈世良并称“粤东三家”，词名藉甚。光绪二十年（1894），中日甲午战争爆发，清政府节节败退，在朝野上下引起巨大的震动，年过七十的老词人，愤而成《菩萨蛮·甲午感事》词十首，记述当时战事的情况，揭露朝廷的黑暗腐败，抨击一些清军将领的无能。组词亦赋亦比亦兴，轸念国事，意味深长，荡气回肠，感人至深。

梁鼎芬是清末著名的词人，他擅长写小令，以婉曲之笔，描述芳馨悱恻的情怀，意在言外，格韵俱佳。他的《菩萨蛮·和南雪丈甲午感事》词十首，更是感念时事的名篇。

清末维新运动的重要人物黄遵宪、康有为、梁启超、潘博、麦孟华等都是词人。他们自觉地运用诗词这一艺术形式，为维新运动服务，为抗御外敌、改革内政服务。他们写了不少充满政治热情的作品，愤怒地揭露和谴责外国侵略者和反动封建势力，反映当前民族危机和人民的苦难，积极宣传改革现状、抗敌御侮的变法思想。如梁启超的《水调歌头》词“拍碎双玉斗，慷慨一何多！满腔都是血泪，无处着悲歌……”又如潘博的《贺新郎·赠子刚》词写道：“莫道英雄无用武，尚有中原万里。胡郁郁、今犹居此？驹隙光阴容易过，恐河清、不为愁人俟。闻吾语，当奋起。”词人劝勉友人，要抓紧时光，为改造国家干一番事业。词中充满着一位改革者的历史使命感：“如此乾坤须整顿，应有异人间起。君与我、安知非是？漫说大言成事少，彼当年、刘季犹斯耳。旁观论，一笑置。”

还要一提的是近代广东著名词人陈洵。洵字述叔，新会人。少与顺德黄节齐名，并称“陈词黄诗”。朱孝臧尝称新会陈述叔、临桂况夔笙（周颐）为“并世两雄，无与抗手”，并为题其《海绡词》云：“雕虫手，千古亦才难。新拜海南为上将，试要临桂角中原。来者孰登坛？”具见推挹之意。陈洵词早年学吴文英，字面秾厚密丽，用笔亦腾沓有势。中年以后稍参周邦彦之浑厚和雅，华妙精深。如其《六丑·木棉谢后作》词，借花起兴，哀乐无端，尤善用重笔，以抒发个人的感慨，下字用意，皆法度深稳，极见工力。五十岁后，其词净洗铅华，运密入疏，寓浓于淡，真可谓“神骨俱静”。如其名作《南乡子·己巳三月自郡城归乡过区菶吾西园话旧》词，语淡情深，艺术成就颇高。

特别值得珍视的，是清末民初的一些资产阶级民主革命者的词作，其中以廖仲恺的成就为最高。如《如此江山·题白云远眺图》词，表现了词人对革命事业的坚定信念和对孙中山先生的敬爱。在《一剪梅·题五层楼》词中，作者怒斥革命叛徒的罪行，表现了一位革命者临危不惧的志节。

三

近代，是岭南散文得到迅速发展，大放异彩的时期。19世纪40年代，西方的政治、经济、文化思想开始传入中国。位于南海之滨的广东得风气之先，首先出现了一批接受了西方思想的政治家、思想家、宣传家，黄遵宪、康有为、梁启超就是其中的优秀代表。

黄遵宪是清末著名的诗人、外交家，是当时诗界革命的倡导者。他的文章不多，如《与朗山论诗书》、《与丘菽园书》、《致饮冰主人手札》等都是集中于诗歌理论的研究及诗界革命的探讨上。《人境庐诗草序》一文，总结了作者对诗歌改革的看法，强调“诗之外有事，诗之中有人”，提倡诗歌要为现实服务，为资产阶级改良主义的政治服务。这篇文章较全面地阐发了作者的文艺观点，是作者指导清末诗界革命的一篇重要文论，对当时和以后都产生了深远的影响。

康有为是近代改良主义运动最主要的领导人。他以深厚的中华传统文化作基础，又接受了近代资产阶级的思想体系，故而视野广阔、思想奔放，能摆脱传统的古文程式，援古证今，中西杂陈，畅所欲言，意无不达，朴实自然中时有富于想象的境界及瑰丽之词，实为梁启超“新文体”的先导。康有为的文章以政论为主，这是为了配合其政治活动的需要。他的代表作《强学会序》，以饱满的政治热情，向国人宣示了深重的民族危机。由于作者洞察危机的症结，论证严密，又抒情浓烈，富于鼓动性，故而“读之者多为之下泪，热血震荡，民气渐伸”。（见梁启超《戊戌政变记》附录《改革起原》）当时，这篇文章在绅商学界所起的宣传鼓动作用是颇为巨大的。

康有为的学生、助手梁启超，是戊戌变法的主要领导人之一，是近代岭南乃至全国最杰出的思想家和宣传家。他的文章才华横溢，热情奔放，汪洋恣肆，感染力极强，对宣传、推动资产阶级改良主义维新变法起了巨大的作用。他自言写文章“务为平易畅达，时杂以俚语、韵语及外国语法，纵笔所至不检束”。而“条理明晰，笔锋常带感情，对于读者，别有一种魔力焉”。（见《清代学术概论·二十五》）这种“新文体”对于传统的古文是一个猛烈的冲击，一时风靡天下。《少年中国说》是梁启超最有代表性的“新文体”作品，他在文中大量运用排比、对偶、譬喻、反复等修辞手法，淋漓尽致地揭露老大中国的腐朽可悲，并热烈地赞美理想中的少年中国的英姿及前景。火一样的热情、诗一般的语言，发聋振聩，对当时的民众特别是年轻一代产生了极大的鼓舞作用。文章运用语言非常自由，或奇或偶，既中又西，打破一切旧格式的拘束，力求表达明白无碍，笔墨淋漓酣畅，具有强烈的鼓动性，充分显示出“新文体”强大的宣传作用。梁启超创造了“新文体”这种散文的新形式，注入了新内容，其影响之巨大，遍及全国，一时无两，可说是开创了近代散文发展的一个新阶段。随着资产阶级改良主义在中国登上政治舞台，岭南散文也发展到一个新的高度。

这段时期，还出现了容闳、郑观应等受过西方资本主义思想洗礼的作者，他们比较了解西方世界，对中国积弱而频受外侮感受很深，一般都主张资产阶级改良主义，主张“富强救国”。他们对于国内外的一些问题，往往有异乎国人的比较客观的看法。如容闳同情太平天国起义，曾赴天京参观并以西方资本主义国家作模式向太平天国的干王洪仁玕示范。后来他在《对于太平军战争之观感》一文中对太平天国革命运动作出自己的评价，直到一百多年后的今天，应该说，这些评论对我们研究这段历史还是有启发意义的。作为近代资产阶级改良主义者的郑观应，他的《贩奴》一文记述了清末中外恶势力互相勾结，诱拐广东民众出洋迫为奴工的状况，并提出了妥善解决的办法。其措施有理有利有节，反映出作者对世界及国情的深切了解，也体现了他远胜当时无知俗吏的政治才干。这篇文章，还将作为中国近代劳工史的重要资料载入史册。

总的说来，岭南散文的发展，经历了漫长的道路。由于地域、民情的原因，长期以来岭南地区的文化一直落后于中原地区的文化。只有到了清末，岭南逐步成为全国最早产生革命思想、最富革新精神的地区，并先后成为资产阶级改良主义运动及辛亥革命的策源地，这时，岭南散文才有了飞跃的发展，成为唤醒民众的战斗号角，在全国引起了广泛、深刻的影响，并开创了近代散文发展的新阶段，达到了有史以来的最高点。

在岭南文学这个范畴里，如果说岭南诗的特点是“雄直”，岭南词的特点是“雅健”，则岭南文的特点可说是“真朴”：它直抒胸臆，不事雕饰，明白通畅。明清两代，我国散文流派迭出，宗尚各异。而岭南的作者仍然沿着“真朴”的传统进行写作，不为“复古”、“性灵”等风气所染。如丘濬、黄佐、海瑞、陈恭尹、廖燕、张维屏、黄遵宪、康有为等代表人物的作品，都充分体现出“真朴”的特色。

就岭南文学诗、词、文三种体裁的作品来看，诗的成就最大，词次之，文又次之。岭南诗派以其“雄直”的风格在中国诗坛上独树一帜，个别时期能与中原、江南的“主流派”并驾齐驱，甚至独领风骚。岭南的词，以“雅健”为特色，成就固不如诗，也出现过屈大均、梁鼎芬、梁启超、陈洵等在全国享有盛誉的词家。岭南文虽逊于诗词而自有其值得重视的成就，除了同样具有文学价值之外，它还以各种体裁的作品，刻下了历史的年轮，展示出社会发展的轨迹，记录了岭南人民在历史长途上的步伐，因此，它又带有较高的地方文献价值。

至于晚清时期散文中之少数佼佼者，当可与诗方驾而不遑多让，则更不可一概而论了。当然，从岭南散文整个历史来看，存在着如下不足：如风格单一，缺少独创；有独特个性的作家及作品较少；相当数量的作品真朴有馀而藻采不足，等等。这些都是毋庸讳言的。不过，纵然如此，在记录、保存岭南的历史方面，散文的作用是远大于诗词的，它是岭南文学的一个不可或缺的重要组成部分。要认识和研究岭南地区，就不能忽视这部分历史文献记录。

四

岭南的近代文学，诗词散文，皆蔚为大宗，而小说和戏曲等也有长足的发展。吴沃尧是近代小说大家，一生著作很多，长短篇小说约有三十馀种。长篇如《二十年目睹之怪现状》、《九命奇冤》、《恨海》等，在中国小说史上有很高的地位。这些小说反映了清末的政治状况、社会风尚以及道德面貌、世态人情，其主要成就在于真实地暴露了封建末世的种种弊端，故也被称为“谴责小说”。苏曼殊可以说是中国文言小说的殿军，他发表了多种小说，其中以《断鸿零雁记》最为人所重。苏曼殊的小说多写男女青年争取婚姻自由的主题，亦多以悲剧作结，故有一定的反封建意义。革命派小说家黄小配，写了《洪秀全演义》，赞扬太平天国的英雄人物，宣传反清革命，有较大的影响；而其后期所作的《廿载繁华梦》、《大马扁》、《宦海升沉录》等，则揭露了当时封建社会的黑暗现实，宣传民主革命思想，抨击保皇派、立宪派的政治主张。

近代是岭南戏曲大放光彩的时代。粤剧、琼剧、潮剧、汉剧以及粤曲都有飞跃的发展，人才辈出，流派纷呈，出现了空前繁荣的局面。光绪初年，粤剧“中兴”，剧作家写了不少反映现实生活的新戏，如《梁天来告状》、《蛋家妹卖马蹄》等，富有地方特色。辛亥革命时期，艺人们更组织“志士班”，宣传反帝反清，如《文天祥》、《秋瑾》、《温生才刺孚琦》等戏，均用广州话演唱，起到鼓动群众的作用。

近代岭南的文论家，是中国近代文学理论的倡导者。黄遵宪、康有为、梁启超的文学思想，开创了一代新风。黄遵宪反对明清以来诗坛上的拟古主义诗风，主张“我手写我口”，用诗歌反映时代，鼓吹文明。康有为更提出诗人要自觉地反映“新世”，创造“新声”，要求诗歌要有全新的意境，五洲万国，“皆穷于诗”。梁启超是维新派文论的集大成者，他提出一系列的文学革命论：诗界革命、小说界革命、文界革命，对中国近代文学的发展起到巨大的推动作用。

鸦片战争及太平天国时期文学

第一章　鸦片战争时期的诗文

1840 年的鸦片战争，是中国人民反抗资本主义国家侵略的最初的战争，它对嘉道以来上下酣嬉的局面是一个剧烈的震动。战争的炮火带来了民族的危机、人民的苦难、侵略者的暴行。文人们开始在吟咏情性，涂山抹水的创作中惊醒过来。当他们看到人民群众奋起抗击侵略、保卫家园的时候，看到统治者在敌人面前怯懦投降的时候，他们愤然拿起笔杆，写出不少战斗的诗文。这些作品，就其内容来说，大致可分为下列几种：积极歌颂和支持人民群众正义斗争的；揭露侵略者的本质和暴行的；歌颂为国牺牲的英雄和志士们的；揭露谴责统治阶级的投降行径的；揭示鸦片对人民的毒害的。

第一节　鸦片战争时期的诗

在战争发生之前，已有些诗人对时局忧心忡忡，指出鸦片危害日深，侵略者的威逼日甚。何玉成在这一年的夏间写了一组五律，表达了他的忧虑和看法：

> 通商饶国计，天府重衡持。航海梯山远，薰烟毒雾滋。犬羊宽梃楚，荆棘满藩篱。反覆连章奏，倾危已在兹。
>
> 群夷须控制，天设势嵯峨。谁失虎门险？竟生珠海

波。艟艨频进港，将士尽抛戈。休养由来久，临危竟若何！

粤峤繁华地，乘波上下潮。弦歌犹昨日，烽火倏今宵。焰焰红旗动，翩翩铁舰骄。九重忧瘁意，何莫答皇朝。

萧条悲满目，春气黯如秋。炮震都城雉，涛翻巨海鳅。和戎今妙策，平虏古良谋。俯仰筹边事，凄然独倚楼。(《辛丑首夏书事》)

当侵略者攻陷广州，骚掠城郊的时候，三元里人民愤然拿起犁锄作武器，给以迎头痛击，并击毙英军少校毕霞。这一壮烈的举动，强烈地激发了老诗人张维屏的心弦，他毅然写下了光辉的诗篇《三元里》，以凌厉的气势、酣畅的笔墨歌颂人民群众的英勇斗争：

三元里前声若雷，千众万众同时来。因义生愤愤生勇，乡民合力强徒摧。家室田庐须保卫，不待鼓声群作气。妇女齐心亦健儿，犁锄在手皆兵器。乡分远近旗斑斓，什队百队沿溪山。众夷相视忽变色，黑旗死仗难生还。夷兵所恃惟枪炮，人心合处天心到。晴空骤雨忽倾盆，凶夷无所施其暴。岂特火器无所施，夷足不惯行滑泥。下者田塍苦踯躅，高者冈阜愁颠挤。中有夷酋貌尤丑，象皮作甲裹身厚。一戈已揕长狄喉，十日犹悬郅支首。纷然欲遁无双翅，歼厥渠魁真易事。不解何由巨网开，枯鱼竟得攸然逝。魏绛和戎且解忧，风人慷慨赋同仇。如何全盛金瓯日，却类金缯岁币谋！

当时英军本已陷入重围，全歼在望，不料英军统帅义律向清政府求救，清将军奕山急命广州知府余保纯驰往三元里，欺骗和威吓群众，放走了侵略军。作者于此感叹“枯鱼”竟被逃脱。以下数句是对清统治阶级的行为表示不满和抨击。另一位诗人梁信芳则在战后追忆此役，写得更为淋漓尽致：

> 北门罢战坚不开，客兵塌翼咸归来。野狐遁谷山鬼哀，震瓦动地声如雷。红旗闪闪何神速，盘踞山巅扰山麓。拖牛捕豕贪不足，掠人妻女赭人屋。村人回面不敢怨，碧眼深睛非我族。扶男携幼老倚少，越涧扪崖但闻哭。十三乡人皆不平，牛栏冈边愤义盟。计不反顾不旋踵，连络一心忘死生。男方弱冠频请缨，妇能执爨愿从征。耰锄袯襫露拳掌，主伯亚旅步伐明，一一皆可称雄兵。吁嗟夷酋素轻敌，岂意联营胆肝识，况触天威助雷雨，没踝泥深拔无力。诛其黔奴擒其酋，戈舂其喉折其腋。剃草无声润膏液，披篝搜岩穷荡涤。自从航海屡交锋，数万官军无此绩。晓望北山云莽苍，累累枯冢风悲凉。惊弓敛翅尚回顾，可怜白骨生磷光。十三乡人有馀勇，欲脱火轮沉火枪。功成不受爵禄赏，志胜敢夸筋力强。洗尽腥臊固吾圉，破荒功业亦非常。今兹早稻方登场，蹂躏不免禾稼伤，努力补苴归洋洋。岂无战死魂未藏，跻之里社俎豆香。[是役乡人死者十六人，拟建义勇祠祀之。]寓兵于农且自卫，策勋何必非鹰扬？君不见，牛栏冈！（《牛栏冈》）

此诗写广州北郊十三乡人同仇敌忾，男女老少均请缨出战，众志成城，大张国威。“自从航海屡交锋，数万官兵无此绩”二句，矛头直指怯懦无能的清政府，道出了人民的心声。

唯一参与了抗英斗争的诗人，是三元里战役的领导者何玉成。他以亲身的经历，写下了战事前后二十个月间各种事件发生的经过：

群处乡党间，安居服先畴。突遭英夷扰，奋起思同仇。暂弃耰与锄，来修戈与矛。奉札备团练，众志成山丘。下以保家室，上以纾国忧。敢云冒翎顶，建此殊勋猷。[时辛丑五月，予奉札挑选怀清社团民一千名，住城北各炮台防堵。]

忆当首夏初，寇掠城西乡。少壮争御侮，老北同赍粮。天心助我民，一雨沛淜滂。彼枪黯无焰，我兵众且强。奋我刀与牌，歼彼犬与羊。夷虏下船去，众怒犹未降。[英夷占据城北各炮台，骚扰附近村庄。各社学团民于初十日与之打仗，中午陡下大雨，歼毙夷人数百名。十一日，不约而来者竟至数万人。夷人怵然不敢接战，即于十二日早下船而去。]

大吏褒义愤，堵防派吾民。给饷縻月廪，归队如从军。回思接仗时，死事廿余人。发帑重优恤，建祠妥英魂。死者当含笑，生者弥感恩。从兹娴技勇，赴斗情更欣。[初十日与英夷接仗，死事者廿二人，大吏优恤。后建义勇祠于牛栏冈祀之。]

归农散众团，通商定和议。岂知民怨深，夷楼毁一燧。中宵警报闻，复惧夷氛炽。仓卒呼吾侪，踊跃荷戈至。敢以髀肉生，遂昧从公义？部署北较场，先声夺人志。[壬寅六月散团，旋于是年冬月，众工匠火烧夷人公私行。大吏恐夷人藉此生事，复招集旧团民一千名住小北较场。旬日事定，仍复遣归。]

万民皆同心，集众惟一呼。以此慑远夷，不战胆已虚。重建公私行，夷商咸唯俞。可聚亦可散，谆谕开民愚。招聚为敌忾，散归仍耕锄。所愿争战息，饮和遍康衢。（《团练乡勇住扎四方炮台等处纪事（辛丑四月至壬寅十一月）》）

这一组纪事诗质朴无华，事皆亲历。它清楚地揭示了统治者的张皇失措，唯有借助人民力量来防堵外敌；侵略者则尝过失败的滋味，慑于民气的不可侮，“不战胆已虚”了。

三元里人民的英勇斗争，不单使诗人们感奋不已，也促使他们对现实作更深的思考，提出他们的疑问和责难。除上述者外，下面这两首表现得尤为强烈和尖锐：

当事低眉语［时已议款］，前村奋臂呼。解纷来长吏［遣广州府，余公亟驰往劝解］，敌忾有田夫。异类人心愤，乡愚战胆粗。国殇今共礼［义勇祠祀死事者］，贝胄愧公徒。

险隘重重失，千军气尽柔。耰锄张国势，蓑笠殪夷酋［渠帅伯麦毙于村前］。此捷竟无两，言和亦有由。从来持大计，不用野人谋。（陈璞《经北门三元里忆辛丑乡民杀虏事》）

……围中义聿束手待，父老酾酒饮健儿。手持伯貊头，罗拜大将军［指清将军奕山］。将军意弗悦：“汝辈安事此纷纷？”使太守某［指广州知府余保纯］，为义聿请，父老不敢争。眼看蛟离井，功成唾手弃，天地何酩酊？

三元里，非有广于全粤地。里之民，非有强于十万骑。里之粟，非有多于九边糈。战之具，巨炮强弓非必利。军之容，雁翼鱼丽非必备。何为六省兵，全力反见

踬？何为乌合众，一怒反得志？奋则不爱身，私则多顾忌。顾忌者多则愚，不爱身反智……（蔡召华《三元里行》）

前首“当事低眉语，前村奋臂呼”二句，活现出统治者的丑恶，“此捷竟无两，言和亦有由。从来持大计，不用野人谋”，则已是对统治者无情的揶揄了。后首提出六省之兵，何以不及三元里“乌合”之众，一连串的反问，几同于裂眦而骂，人民对于事态的反思是何等的深刻。

对英雄的人民，诗人给以热情的歌颂；对昏庸的统治者，他们无情地加以讽刺。彭泰来的几首律诗，写来是相当露骨和辛辣的：

百计拘齐赘，终朝释楚囚。和戎新建策，纵敌自何忧？沙角星方陨，莲花宴未收。留犁一杯酒，城下待相酬。（《辛丑感事》）

灵峰山是小蓬莱，天上将军避寇来。战舰如云无用处，龙舟听令夺标回。

千尺风鸢上碧虚，放鸢军赏顶车渠。可怜前日苍黄际，不送围城一纸书。

珠江片月出云西，多少人家掩面啼。玉帐宝刀生喜气，素娥流照饼师妻。

史书灾异不无端，物祸人妖一例看。叵奈市儿工狡狯，沿街犬戴进贤冠。（《绝句四首》）

前首再明显不过，是谴责军政大臣卖国求和的。后面的一组七绝，则颇隐晦，而实有所指。据方濬师《蕉轩随录》卷

九《官常》云："彭春洲明经泰来有绝句四首云……按：道光辛丑粤东海氛不靖。夷兵退后，靖逆将军（按指奕山）住雨帽街邓家祠，参赞大臣（指杨芳）住观音山蓬莱仙馆，日以龙舟纸鸢为乐，无耻者至有以美女媚之。第四首则专刺名器之滥，是时羊头关内、羊胃骑都，六品功牌一纸，售洋钱六圆。明经此作，实诗史也。"这样丑恶无耻的事，难怪作者只能隐约其词而不能明言了。

并非所有当官的都如此，鸦片战争中也有关天培、陈连升、陈化成、葛云飞等武将为国捐躯，表现了崇高的爱国主义精神。许多诗人都深深为他们的忠烈所感动，写下了赞美、哀悼的诗篇。这里举出二首以见一斑：

> 三将军，一姓葛，两姓陈，捐躯报国皆忠臣。英夷犯粤寇氛恶，将军奉檄守沙角。奋战击贼贼稍却，公奋无如兵力弱。凶徒蜂拥向公扑，短兵相接乱刀落。乱刀斫公肢体分，公体虽分神则完。公子救父死阵前，父子两世忠孝全。陈将军，有贤子；葛将军，有贤母。子随父死不顾身，母闻子死数点首。夷犯定海公守城，手轰巨炮烧夷兵。夷兵入城公步战，枪洞公胸刀劈面。一目劈去斗愈健，面血淋漓贼惊叹。夜深雨止残月明，见公一目犹怒瞪。尸如铁立僵不倒，负公尸归有徐保。陈将军，福建人。自少追随李忠毅，身经百战忘辛勤。英夷犯上海，公守西炮台。以炮击夷兵，夷兵多伤摧。公方血战至日旰，东炮台兵忽奔散。公势既孤贼愈悍，公口喷血身殉难。十日得尸色不变，千秋祀庙吴人建。我闻人言为此诗，言非一人同一辞。死夷事者不止此，阙所不知诗亦史。承平武备皆具文，勇怯真伪临阵分。天生忠勇超人群，将才孰谓今无人。呜呼，将才孰谓今无人？君不见二陈一葛三将

军！（张维屏《三将军歌》）

男儿事驰驱，许国期马革。忠孝矧两存，更足光史册。当公镇三江，红夷逞凶逆。虎门忽调守，设备仗筹画。那知纵敌者，掣肘弃奇策。遣儿儿不去，誓死守寨栅。地形敌已得，风驶闯番舶。火轮排山来，巨炮霹雳发。箭火集如雨，左右手亲格。血肉交纷飞，创裹闻裂帛。方其地雷起，石裂惊划剨。犬羊快轰击，尚期一当百。腹背奈不支，烟焰迸忠魄。洪涛沸羹热，骨肉同一掷。虽无职可守，死孝乃其责。迄今原祸始，致寇咎谁职？长城既自坏，天险势逾逼。痛彼食肉人，安居环棨戟。闻敌畏如虎，鸟兽散纷绎。士气久不扬，何以固垒壁？嗟公谋勇全，反使陷锋镝。忠魂殁不散，贼在臣能击。军门数见梦，上谒兵请益。试看虎门潮，澒洞馀怒激。幸邀天鉴在，王言叠褒锡。继世大明禋，亘古表忠绩。犹有杞人忧，未见海氛息。桀骜恣狡诈，据险肆凭藉。沿海纷腥臊，天人怒交积。王师十万来，芟灭期荡涤。何当化为厉，群丑尽俘馘。（何仁山《陈都督父子挽诗》）

此诗前有自叙云："都督名连升，山左人。起行伍，协镇三江。逆夷滋事，调守虎门沙角炮台。甫至。请益兵与火药，制军不许。知必败，遣长子举鹏赍印札回寨，鹏坚不肯去，并及于难。时庚子十二月望日也。"陈连升明知钦差大臣琦善掣肘，不肯派发援兵，犹不顾一己之安危，奋力死战，父子同时赴义，壮烈慷慨，至为感人。作者则按捺不住愤激不平的心情，明确指责此次失地损将，都因琦善畏敌如虎所造成的，词锋锐利之极。惜后半杂入熟滥陈言，平弱不能与前半相称。

陈连升战死后，传闻他的坐马为英人所得，马悲鸣作人泣，不肯食，夷人乘骑之，则怒踢夷人于地。夷人以刀伤之，弃诸野。后总督祁埙募人引归，马卒不食而死。英雄节烈，马亦如之，当时曾引起许多诗人以《义马行》为题，写诗歌颂。互助唱和，积成篇什，当时曾辑成《义马唱和诗集》刊行，亦足见其盛了。现录冯询所作的一首，以见其余：

> 呜呼公马死不死，马有主人公有子。一家血染三江水，战场踏碎雄心起。我公爱马如爱儿，马如公子皆权奇。铜声敲骨瘦愈健，伤哉一蹶乃不支。公子死公公死国，马兮未死马非弱。衔辛嚼苦不敢嘶，似为报仇甘受缚。豆香刍满弃弗顾，番儿堕地羞转怒。腰下三看日本刀，欲杀不成委诸路。祁公闻义为马悲，募客舍死求马归。岂知马义匪独在仇敌，但非其主粟不食。呜呼！安得有马如此雄？驾驭想见吾陈公。公今死矣气如虹，马亦上天为神龙。在厩自肥伏枥老，世无伯乐马颠倒。从来马得名，在死不在生，革可以裹豪杰，肉可以飨士卒。君不见，燕昭王，散尽千金买枯骨。我闻当日乱寇抵疆场，若者易服潜，若者抱薪匿，[二者皆实事，司马亲见，为余言之。]先奔反自夸，养马得马力。我以不死为马惜。(《林桂楣司马出示义马行感而同作》)

这首诗句句说马，却又关合到马的主人，议论纵横，感喟沉挚。末数语指出临阵脱逃者亦有人在，可见人不如马，自寓谴责意。结句言外带讽，笔力甚重。

总的来说，鸦片战争中岭南诗人虽未能参与前线的斗争，但又没有全然置身事外。他们注视着事态的发展，受到很大的震动和激发。什么是英雄节烈，什么是丑恶卑污，他们都看得一清二楚。形诸吟咏，或委婉，或沉郁，或隐约，或激烈，面目虽有不同，而颂扬正气，鞭挞邪恶，洋溢着高昂的爱国主义精神，激励人们的斗志，则是开篇可见的。这些作品，与乾嘉以来习见的雍雅纡徐的诗作截然不同。岭南雄直的诗风，在这个时期又得以充分的发扬，它们的价值是不容置疑的，它们在岭南近代文学园地里，应占有一个重要的位置。

第二节　鸦片战争时期的文

鸦片战争时期，岭南文人以大量的诗歌作品反映这一斗争，但奇怪的是，采用文章这一体裁的却较鲜见。在战前，有过零星的关于论述鸦片流毒以及禁与不禁问题的论文，辨析缜密而文采不足，这里拟不作介绍。战争期间，最值得注意的倒是那些不署名的檄文和记录战事经过的文章。它们义正辞严地责问侵略者，有什么理由远渡重洋来侵害我国；责问政府何以怯懦如鼠只知庇护洋人。这些文章正是当时人民群众同仇敌忾的心声，显示出人民力量的强大和不可侵犯。

文章未署名，估计应是出于下层知识分子的手笔，他们在斗争中和广大人民群众结合在一起，或起领导组织的作用，或作参谋与文书的工作，发挥其才能。试看下面这两篇檄文：

> 驻粤广东省垣各乡居民申谕英夷知悉：尔等抗拒天兵，闯进内河，擅张伪示，邀结民心，目无法纪。义律等辈，本化外之顽徒；我纵乡曲小民，俱系天朝赤子。惜身家亦惜土地，终怀父母之心；保土地即保身家，愿作干城之寄。同仇共愤，何烦官长操戈；振臂一呼，自足歼诸丑类！目下尔等诡行诈术，妄肆鸱张。占香港则计取钱粮，踞定海则奸淫妇女，种种不法，罪恶贯盈。我等兆民，岂能坐视！其所以伏而未发者，盖由仓卒之际，众志未联；

追后集众同盟，又阻于官师之和议。故暂退以俟，自保身家，未便擅行。惟思我辈素娴遗经，深知大义。迁移家室者，虽属过半；而合城之众志，始终无殊。自谕之后，尔等倘敢仍沿故辙，执迷不悟，当即修我戈矛，整我义兵，壮夫尽力，智士尽谋，举手则江海可平，埋伏则鬼神莫测。务期追扫净尽，使尔等片帆不返，方足彰大义于寰区，复我群黎之仇恨。尔等一隅僻处，诚未周知，宜速播告，各使凛遵，毋贻后悔。特谕。（《粤各乡居民示谕英夷》）

三元里、西村、南岸九十馀乡众衿耆等，为不共戴天、誓灭英夷事：向来英夷屡不安分，久犯天朝，昔攻沙角炮台，戕害官兵。我皇上深仁，不忍加诛，且示怀柔。乃尚不知感恩，犹复包藏祸心，深入重地，施放火箭，烧害民居，攻及城池，目无大宪。钦差大臣见城厢内外遭殃，议息兵安民，英夷理宜得些好意即休，岂料贪胜，不知输服，得尺进尺，容纵兵卒，扰乱村庄，抢我耕牛，伤我田禾，坏我祖坟，淫辱妇女。鬼神共怒，天地难容！我等所以奋不顾身，困义律于北门，斩伯麦于南岸，汝等逆党试思，此际若非为府尊为尔解围，各逆能保首领下船乎？今闻尔出示当途，辱骂大宪无功，扬言于众，总要与伯麦伸冤，视我此地无人实甚。是以饱德之士，佥助兵饷；荷锄之农夫，操戈御敌。纠壮勇数十万，何怕英逆之义律不可剪除？水战陆战兼能，岂怕夷船坚厚？务使鬼子无只身存留，鬼船无片帆回国。尔等不避，不日交战！为此特示。（《三元里等乡痛骂鬼子词》）

这两篇文章，前者较讲究文采与修辞，后者语言朴实，更接近乡下绅耆的口吻。由于三元里乡民曾经痛惩过侵略者，文中遂处处以战胜者身份说话，训诫英人切记教训，显得气势上更胜于前一篇文章。

城中商民也响应农民的义举，作出各种支持行动。如《阖省城铺户居民等公启》一文：

> （英人）种种藐玩，殊堪发指，虽三尺小童，亦皆志切同仇，以歼除英夷为快。古人云：“先发者制人，后发者为人制。”若不事先防范，将来受累非轻。即如香港地方，饮其毒者不可胜计。兹议定章程：广东合邑省城铺户居民不下数千万间，每店每家情愿捐一月租银，业主凭客各半……各项银两，作为社学及省中招募壮勇一切经费之需。公举廉正绅士数位，在广府学宫议开义成总局……务要社学义勇一心，奋力攻击，剿杀夷人，使无遗类……
>
> 今定此议，即日另设章程。一面收支，以为预防之策。倘从此该夷果能回心向道，照章贸易，不敢滋事，或可宽宥。倘仍肆行无忌，强霸地方，即时督率壮勇，剿杀其类。我固与夷誓不两立，伊虽强横，其奈我何！特白。

行业公会也发起抵制英人的倡议，如《阖省心理同人公启》：

> 英夷淫虐，天人共怒。日前粤众激于义愤，将公司夷馆焚成灰烬，实快人心！兹闻泥水贵行共倡义举，不复为彼建造，使其内地无所栖身，英夷不驱自绝。此诚轻利重义，卓识深谋，义气昭如日星，功绩加于中外也。倘有无耻鄙夫，散乱行规，甘为仇役者，当并力攻之。金石可渝，此志不变，愿贵行统联远近，永矢盟心，幸甚幸甚！阖城心理同人恭启。

外寇已深，祸患不时，无奈内部又腐败卑污，殃及百姓。人民痛心疾首，陈诉冤情，直指向统治者：

夫鱼在釜中则泣，兽罹网内则哀鸣，我东方不幸，祸起蛮夷，南国多殃，端由首恶琦善也。乃莅任未及半载，而流毒已有十条。有意通洋，虎门之戎衣半撤；无心为国，城内之戈甲不修。香港因而遇灾，乌涌从而致害，近洋一带，望海吁嗟。听赤子之呼号，泪随声下；对苍生之恸泣，目击心伤。百种凄凉，万言难尽，欲食其肉而寝其皮者屡矣……

不料将也不才，昏迷闻幄，师行无律，肆掠城乡。欲谋财则捏良为汉奸，欲邀功则指民为恶党，无端被戮，有口难言。更可痛者，湖南士卒全无节制，宣淫疾妇，竟染麻疯。欲起沉疴，广求灵药，谬说食人可愈，而刳孕为羹，鼎爻民身，脂膏民骨。见者魄丧，闻者心酸，沧海沉冤，黄天变色。嗟乎！上天以生生为心，皇上以好生为德，今官兵若此，是官兵之致转虐于英鬼之致也，是死于英鬼之手转胜死于官之手也。谁无父母？谁无兄弟？而忍见此惨痛之状哉！语云：“兽相食且人恶之”，身为大将，不能杀贼以安民，尤复纵贼以食民，纪律若斯，从古未见，欲求克敌，夫岂能哉！

果于四月朔日，逆夷数千攻城，官兵望风逃走。一令不发，百姓遭涂，鬼子纵火烧街，庶民焦头烂额，哭声震地，怨声弥天，而彼漠不关心，亵如充耳。试问王师至此，究竟何为？岂教其日夜闭城而已乎？……而鹤唳风声，逆夷怖惧，讵意导行宿卫，太守殷勤，以糜烂土地之逆夷，毒害民人之恶（党），忍事之若父，敬之如宾，彼实何心，昏庸若是！（《广东士庶冤单》）

从以上所举的文章来看，其写作的宗旨是指陈时势，共申同仇之义；训诫敌人，毋得轻侮中国人民；揭露统治者的罪恶，以警醒民心。因此，作者笔下并不追求词藻之丰赡、体裁之完美，而惟务明达晓畅、事理清晰、义正词严而已。文章之道，气盛则言宜，它们所显示出来的高昂的爱国激情，凌厉的气势，劲直锋利的语言，曾使侵略者丧胆。今天读来，则会令我们血脉沸腾，缅怀先烈，永志国耻于不忘。

文人们的作品，如梁松年的《英夷入粤记略》、林福祥的《平海心筹》中的部分篇章，所记的是战争经过，也带有文学价值。谭宗浚的《览海赋》则是纯文艺的骈体文赋，其中自注甚多，均有关当时的史实或传闻，是兼有文献价值的作品。

第三节 民间反帝歌谣

鸦片战争时期的民间歌谣，现存不多。但所存的都有特色，弥足珍贵。有讽刺官吏畏敌如鼠的，如：

鬼子来，跑得快，有白顶蓝翎戴。(《鬼子来》)

有顶皆白石，无帽不蓝翎。(《有顶皆白石》)

这两首歌谣虽很简短，可是含意甚深。它是讽刺清政府官员惧怕外国侵略军，阵前逃跑得快，反而有白顶蓝翎戴。白顶和蓝翎是清代官帽上标志级别的装饰物。官员尽管临阵脱逃，但他们惯于谎报军情，反把败仗报成胜仗，便又可以升官了。

三元里的民众战胜侵略者后，广东的军政大臣怕事情闹大，因而对洋人委曲求全，最后以卖国的议和告终。对此，英雄的三元里人民不服气，也有怒气，当时他们唱的是：

一声炮响，义律埋城，三元里顶住。四方炮台打烂，伍紫垣顶上，六百万讲和。七七礼拜，八千斤未烧。久久打下，十足输晒。(《怨气歌》)

这里要解释一下的是，歌谣中杂有粤方言，如“埋”为迫近之意，“输晒”即输光。“义”与“二”同音，“久”与“九”同音。伍紫垣即伍崇曜，是居中牵线，为清政府与英国议和出力的人。全歌所叙事件之中，只有“三元里顶住”一句使人自慰之外，其余都是令人丧气的，御敌的八千斤重炮未烧响过，便已十足输晒了。

也许是三元里人民不甘于这样丧气，不愿再唱这灰溜溜的歌谣，于是，便有修改过的另一首在人们口头上传唱：

一声炮响，义律埋城，三元里打胜。四方炮台打烂，伍家讲和，六百万补回。七星旗扬扬，八面埋伏，九九打下，十足胜利。(《胜利歌》)

这样一改，与原歌就大不一样，由怨气而变为胜利的豪情，这大概正是三元里人民思想感情的反映吧。下面这首在形式上是很特别的：

百姓怕官，官怕洋鬼子。官怕洋鬼子，洋鬼子怕百姓。(《洋鬼子怕百姓》)

这首歌谣只有四句，却已把官、民、洋鬼子三者相互的态度揭示出来，而且还在这种表面关系里蕴含着深刻的现实内容。在当时，民怕官自不必说，官却最怕洋鬼子，他们宁可委屈百姓，损害国家利益，也不敢得罪洋人，以免惹祸上身。但是，洋鬼子却怕百姓，因为整个战争期间敢于和他们斗争，表现出无畏、不屈精神的正是百姓，在三元里等地让他们尝到失败滋味的也是百姓。这歌谣只用不同的七个字，重复运用搭配成句，便能产生这样强烈的艺术效果，构思之巧不能不使人佩服。

第二次鸦片战争时期，叶名琛为两广总督，在侵略军攻城期间，他进退失据，还迷信乱语，谓可保无事，因是不调兵，不设防，结果英法联军攻陷广州，掳叶名琛往印度。其时有人题句于广州城门云：

> 不战不和不守，不降不死不走。二十四史翻完，千载奇人未有！

它很精确地概括了叶名琛无知无能的丑态，并加以辛辣的讽刺。当时被认为是实录，足见人们对叶的不满。

在那场震撼社会和人心的事件中，相信必定留下过许多歌谣。但它们大部分只在人民群众中口头流传，没有写成文字，日久便逐渐湮没失传，至为可惜。现在引录的这些，幸赖书面记载下来，才能保存至今，因此更显得可贵了。

第二章　张维屏

张维屏（1780—1859），字子树，号南山，因癖爱松，故又号松心子，晚号珠海老渔、唱霞渔者。番禺人，先世自浙江山阴迁粤。父炳文，嘉庆六年（1801）举人，大挑二等，授新会县学训导，以居粤久，遂入籍番禺。张维屏生活在嘉庆、道光年间，因他晚年曾经历两次鸦片战争，写过不少反映当时现实的诗歌，文学史家都把他当作近代文学开创者之一来论述。

张维屏一生著述甚丰，影响颇大。有《松心诗略》，亦称《松心十录》，共十集，为其弟子选刻全诗十之二三而成，为现传张维屏诗最多之本。道光末年刻有《松心文钞》十卷及《松心骈体文钞》，尚有《听松庐诗话》、《国朝诗人征略》（初编、二编）、《谈艺录》等。

第一节　张维屏的生平、思想

张维屏出身于书香世家，其父张炳文擅骈文、能诗，著有《玉燕堂诗钞》。乾隆五十六年（1791），潘有度聘请炳文到其家潘园为馆师，教授其子正亨、正炜兄弟等。时维屏十二岁，随父往，与潘氏诸子同读，历时十年。维屏十三岁时，应县考，知县吴政达奇其才，为之诵《诗经·南山有台》篇的小序“南山有台，乐得贤也”句，因字之曰南山。

嘉庆二年（1797），维屏补诸生，九年，中举人。以祖母年老，不愿赴进士试，而肆力于诗。嘉庆十七年，与林伯桐、黄乔松、黄培芳、谭敬昭、孔继勋、段佩兰等筑云泉山馆于白云山上，流连觞咏其中，当时称为“七子诗坛”。此后，维屏屡应进士试，均不中。嘉庆二十二年，改大挑，获一等，按规定应任知县，而维屏不欲任政事，求改教职，选任临高县学教谕。但临高在海南岛，维屏以亲老不欲渡海远离，告病不赴任。

道光二年（1822）维屏得中进士，以知县分发湖北，先署黄梅县知县。翌年夏，黄梅江水决堤，灾民遍野，他亲乘小舟前往勘察慰问，被洪水冲击，险些失事。又积极请款救灾，人民得以稍纾其困。道光四年，调补长阳县知县，尚未到任，适上级奏举其黄梅县救灾功绩，调补广济县知县。在广济任上，他不愿征收漕粮，理由是：“不浮收则漕费无所出，浮收则理不直，理不直则气不伸，吾宁弃官以伸气。”遂告病。道光七年，丁忧返乡。九年，在广州被聘为学海堂学长。及服阕，不欲再作知县，将改作教职。其后，得亲友资助，改为捐升同知，分发江西，署袁州府同知。继历任泰和县知县、吉安府通判、南康府知府。道光十七年，告病南归，赁居广州花地之东园。复被聘为学海堂学长。后来，儿子为他建听松园于东园附近，维屏入居其中，以吟咏自适。

维屏诗名早著，享寿又高，岿然为岭南诗坛大宗。两任学海堂学长，作育多士，粤之才士诗人，每游其门。中原名士之莅粤者，多与订交。道光十九年，林则徐以钦差大臣来粤查办鸦片，曾专门会晤维屏，征求禁烟方略。道光二十七年魏源南来广州，寓居听松园，与维屏朝夕论文，并以所著《海国图志》相赠。龚自珍认识维屏时间较短，而颇致倾倒之意：“自珍二十年所接学士大夫，心所敬恭者十数子，识我先生晚。先生于平生师友中，才之健似顾千里，情之深似李申耆，气之淳古似姚敬堂，见闻之殚洽似程春庐，偻指自语，何幸复获交此人。”（《与张南山书》）

维屏自幼从父受经学，“弱龄有志，欲希古贤”，有浓厚的儒家传统思想。他服膺清初学者顾炎武“通经致用”的主张，深怀济世之情。所以他历任地方官员，均以“仁政”、“爱民”为宗旨，廉洁自守，不肯俯仰随人。在广济县任上拒收漕粮一事，最足说明他的思想与人品。清代州县例有征收漕粮的职责，除正额收交京仓外，还要额外多征若干数量，作为州县的经费，此即维屏所称的浮收。浮收会使人民负担更为加重，不浮收则县的经费便无着落。况且收漕一事，历来弊端最多，奸吏贪官往往藉此巧立名目，多征滥收，以饱私囊。维屏对于此种刻剥人民的事情，态度鲜明地表示宁愿辞官也不干。大学士汪廷珍风裁严峻，知道此事后，曾对人说：“县官不愿收漕，世罕见也!”（《清史稿》卷四八六《张维屏传》）由此可见维屏的为人。

他虽有关心民困，直道自持的精神，无奈现实严酷，使他的理想无从实现。“我信催科拙，胥惟舞弊能。”（《县斋夜坐》）“宦拙逢人默，身慵与世违。”（《思归》）饱尝州县官之苦后，“一官无补苍生，不如归去”。（《花甲闲谈序》）则犹是儒家思想的本色。

但是，张维屏毕竟生活在19世纪中叶、新旧时代交替的时期，他并非一味死守儒家经典的人，而是眼光开阔，关心世务的学者。尤其广州是西方文化较早传入的地区，对维屏的影响是深刻的。早在道光四年（1824）时，他就写出《新雷》一诗：“造物无言却有情，每于寒尽觉春生。千红万紫安排着，只待新雷第一声。”即表达了他对新时代即将来临的预感。他关心世界各国，对魏源的《海国图志》、徐继畬的《瀛寰志略》大加赞扬和推介。并参考《瀛寰志略》及诸家图志，将世界四大洋、四大洲绘制成图，命门人画在团扇上，名之曰“四海团扇”。他留心外国科技，称赞火轮船的迅捷和“既济不劳人”。又赞扬美国由商民开矿的好处，“但令有利又不扰，闻风踊跃民称贤，因民利民自不费，富民富国原相连”。（《金山篇》）而批评清政府官办开矿的不利：“委员开矿非善策，供应骚扰难免焉。”此外，他又提倡水利，主张积极修堤分洪，以解决长期为患的西江水灾问题。凡此，都多少与他的经世致用的思想有关。

在对待鸦片流毒的问题上，他也主张禁烟，但方法上却与林则徐不同。当林抵粤向他征询意见时，他除表示支持外，还劝告林则徐“毋开边衅”。在《艺谈录》中，他详细发表自己的处理办法和意见：“夷人到粤，必先见潘启官（按：启官为十三行行商之一），启官卒，容谷（潘有度字）承父业，夷仍以启官称之。盖自乾隆四十年至嘉庆二十年，夷事皆潘商父子经理。潘商（有度）殁而伍商（秉鉴）继之。伍商于夷事率由旧章，相安无事。逮禁烟令下，奉命来粤者，若以夷事专交伍商，自能办理妥善，何至动兵？且夷之初来，但知与商往来，与商平等，未尝敢与官抗行也。乃当事者不信商而信宦，不用情而用威，卒然举兵围之，断其饮食，于是夷情不服，而边衅遂开。迨至围城纳币，而后夷居然与尊官敌体矣。《诗》曰：‘谁生厉阶，至今为梗。’悲夫！”他的观点，显然与林则徐有分歧，未能清楚看透资本主义国家侵略的目的，不能不说是他思想上的局限。

在文学理论上，他主张诗歌创作要以性情为主。指出“人有性情，诗于是作”，“诗安有定格哉！但有真才、真学、真性情，其诗自有佳处”。（《国朝诗人征略》初编）他反对墨守程式，依傍前人：“先学古人，后贵有我。”（《复翁覃溪先生书》）这些主张，大抵与袁枚的诗歌理论相似，颇有进步意义。散文方面，他的理论又有不同，认为文以载道，作者非厚植学问、法古蕴德、积之有年才能谈得上写好文章。这与论诗的主张截然相反。

第二节　张维屏的诗

张维屏少年即锐志于学，自经义、古文、骈体以至词曲、书法，靡不究心。而于诗尤肆力为之，年未三十，已卓然名家。他早年曾得冯敏昌、宋湘所赏识，此后又受到过翁方纲、吴鼒、蒋攸铦的赞誉。与香山黄培芳、阳春谭敬昭并称“粤东三子”。嘉庆中，赴京应进士试，翁方纲闻之，曰：“诗坛大敌至矣！”其为时所重如此。

他家道素康，早年生活平淡顺适，正如他自述的那样：“吞花卧酒，弄月嘲风，虽名士之旷怀，实少年之习气。”（黄培芳《香石诗话》卷二）所以早期诗作，大抵以清雅和怿或者细腻风华的风格为多，所吟咏的题材，则为生活圈子所限，或为社集题目的约束，而不免于琐细狭窄，例如《柳色》之四：

> 飞絮飞花一万枝，白门红板总相思。夕阳掩映秋千院，残月苍凉柳七词。近水易迷渔子棹，隔林遥认酒家旗。回头几度河桥别，浅碧摇青醉未知。

诗中大量运用柳的典故，多方面描写柳色，思致缠绵，婉约可诵。无奈一切都是客观的描写，诗中并没有他自己在。像这类妍丽清雅但又格调平平的作品，在维屏的集子中是不鲜见的，尤以少作为然。陈融《读岭南人诗绝句》评维屏诗颇学王士祯，看来是指此类作品而言的。

步入中年后，维屏阅历渐丰，学力渐厚，便一改往日的少年习气，诗风有了明显变化。虽然仍以清丽蕴藉为宗，却于流丽中饶有沉着顿挫之致。如：

> 疑雨疑烟马后尘，乍寒乍暖客边身。暮禽有意欲留我，老树无言多阅人。家远寸心如转毂，路长双足是劳薪。荒村涩酒难成醉，更听琵琶一怆神。（《茌平旅次题壁》）
>
> 仙人去后词人去，但见长江日夜流。江上白云应万变，楼前黄鹤自千秋。沧桑易使乾坤老，风月难消今古愁。惟有多情是春草，年年新绿满芳洲。（《黄鹤楼》）

维屏多次进京考试，与海内贤俊接触日多，眼界逐渐开阔，诗笔亦随而变化，比早年较为老健：

> 天半清霜压怒雕，嵯峨楼观倚丹霄。白河雁去传秋信，紫禁人归赋早朝。梦里蓬蒿蜗舍远，眼中尘土马蹄骄。思乡怀古愁如海，转觉名心似落潮。
>
> 刀剪能伤独客心，授衣时节怕登临。千林叶脱群鸦舞，五夜风来万马吟。种地几人收白璧，筑台从古重黄金。哀丝豪竹朱门里，秋老都成变徵音。（《都门秋思》）

二诗沉挚雄宕，颇近黄景仁。另外，他又在自己原有的和雅风格上，进而追求清逸：

> 春在山巅又水涯，一枝柔橹划涟漪。暖风吹我意常醉，村落引人行不疲。鸡犬声从深树认，田园味让老农

知。菜花香处柴门掩，写出储王画里诗。（《上元后三日同金茂园胡蔚岩汪扮中买舟过冯子皋森竹园》）

他在青年时代的作品中，曾有过沉健风格的尝试，如著名的《侠客行》：

贵人赫赫权如山，门前鹰犬十百，一日不得闲。［一解］高堂华屋，大酒肥肉，粉白黛绿，哀丝豪竹，贵人不足。［二解］贵人不足，鹰犬仆仆，天阴鬼哭，［三解］鬼哭声啾啾，怪树啼鸺鹠，客从何方来，下马直上酒家楼。［四解］寒风如刀雪如水，酒家楼头剑光起。明日喧传贵人死。［五解］

这首诗是维屏集中的杰作，它强烈谴责权门鱼肉百姓的罪恶行为，极意刻画他们的丑态；歌颂侠客伸张正义、除暴安良的义举。全诗句法参差历落，雄厉凄警。末解精警异常，写侠客飘然来去，剑气逼人。结句用侧笔收束全篇，饶有余味。这是一个成功的尝试，可惜维屏浅尝辄止，未能循此发展，创作出更多这样的作品来。

但是，张维屏毕竟是位才气大的诗人，在古体诗的创作上，表现出另外的风格：

路转不见山，人面忽然碧。浑忘春阳暄，陡觉古雪积。林霏结空绿，天影漏微白。龍嵸松冲风，逼仄瀑击石。一桥飞雨花，妙香淡无迹。幽篁鸣玉琴，老藓展瑶席。时闻钟两三，欲访僧五百。（《华首台》）

此诗写罗浮山春日幽胜，笔致清逸冷隽，用字结句尤见用心。如“浑忘春阳暄，陡觉古雪积”，上句全用平声字，以状春日的喧和；下句全用仄声字，益见境色的幽冷。又如“巃嵸松冲风，逼仄瀑击石”二句，上句全为同韵的平声字，读来仿闻松声浩浩；下句则均是相邻韵的入声字，声调逼促，仿如瀑布击石之铮铮。利用音声来烘托所写的内容，更增进了诗歌的感染力，这不能不佩服作者烹炼的功夫与苦心了。

维屏的七古，与五古不同，又是另一面目，如《晓望太湖》、《九日粤秀山登高》、《罗浮云歌赠黄山淡庵》、《洞庭湖大风雪放歌》、《舟中望庐山作歌》、《太平酒楼歌》等。试举出其中的两首：

> 蜚廉赫怒鞭五丁，排山倒海声砰铿。巨灵空际一鼓掌，忽徙玉京来洞庭。炎冬水落黄沙积，天意似怜洞庭窄。全湖顷刻堆琉璃，千里空明同一色。我疑洞庭君，龙战东海涯，赤龙长驱白龙北，鳞甲万片随风飞。又疑湘夫人，云中正沉醉，并刀乱剪英琼瑶，幻作天花散平地。层冰压水势未休，老蛟僵伏征鸿愁，红尘变灭何足道，一夜白了君山头。撒盐起絮才虽好，毕竟纤纤言近小，玉田万顷尽膏腴，炊作琼浆供一饱。党家小儿憨且痴，但解帐底陪妖姬。袁家高士颇不俗，又苦瑟缩同蛜蝛。岳阳咫尺无多路，凌晨跨鹤横江去。纯阳老仙当复来，不醉兹楼醉何处？书生豪语且勿夸，亦勿险韵哦尖叉，大河以北百万家，望岁未免劳吁嗟。方珪圆璧天弗惜，下尺上尺嘉禾嘉。穷民无告收秉穗，富家大吉盈篝车。此时对酒歌白雪，不忧冻管难生花。诗成雪霁亦快意，湘东一角舒红霞。(《洞庭湖大风雪放歌》)

> 夜闻花塔风铃语，明日天当不风雨。晓来万里无纤云，倒挽澄江洗天宇。峨峨南城公，有似古欧阳，山水之

间得真乐，春秋佳日可以对客倾壶觞。我时抱病伏闾里，公来招我翠微里。坐我越冈之侧、楚庭之巅，吹我以五仙观上之灵风，涤我以鲍姑井中之甘泉，酌我以鹅黄鸭绿之美酒，示我以瑶绳金检之奇篇，使我沉忧得释，烦疴得蠲。左把稚川袖，右拍安期肩，飞觥脱帽银海眩，斗觉南溟云气浮樽前。羊城城中十万户，下视漠漠苍苍然。有人山下一矫首，望见酒龙诗虎皆神仙。不知今日海内名山百千亿，几人高会罗群贤？朝台安在哉！歌舞亦消歇。王宏颇解事，长房莫饶舌。茱萸之囊系臂求长生，何似菊花之酒长不竭。百壶欲尽醉兀兀，风马云车去飘忽，山头客散山不孤，一片飞来汉时月。（《九日粤秀山登高（同集者顾剑峰、胡香海、周伯恬、李绍仔、江石生、周南卿、王香谷，主人方伯曾公）》）

前首写汪洋万顷大湖中的大风雪，以豪迈奔放的感情，运用有关的典故和神话传说，抒写大风雪中的情境和感受。想象极为丰富，笔力纵恣，甚似李白的风格。后篇是杂言体，运用五、七言及长句，参差错落，跌宕有致，笔力甚为豪纵。这也是学习李白风格的力作，其中时杂以长短的古文句子，则是参以苏轼、黄庭坚笔意的缘故。

上述这样的作品，在诗人的集子中，毕竟尚属少数，他的创作仍以近体较多。其七律虽日渐沉炼，骨子里仍是娴雅为主。宋湘曾把张维屏同自己的作品风格作了精辟的比较，他说：“一唱三叹，沁人心脾，我不如子。歌哭无端，飞行绝迹，子不如我。”（张维屏《艺谈录》卷下）试看他们在一首同题的作品中的表现，便可清楚二人风格的差异和各自的特色：

仿佛杨枝又竹枝，江空月黑费寻思。湘中帝子魂归处，垓下英雄泪堕时。沅芷澧兰秋欲老，繁弦急管夜何其。四愁本是吾家物，不听清商鬓已丝。（张维屏《江夜闻楚歌》）

莫是宫中旧舞腰，声声馀恨咽前朝。英雄儿女虞兮曲，落日哀猿下里谣。词客有魂留夜渚，孤舟无伴读离骚。如何一副千秋泪，不唱吾家大小招？（宋湘《江夜闻楚歌》）

维屏的五律，有骨力坚苍、沉着精整者，如：

旅食路方永，独眠寒易侵。春江流客梦，夜雨滴乡心。烟湿帆移墨，村荒药抵金。滩回风益怒，未碍裹头吟。（《夜泊波罗坑》）

又有清老之中，情韵兼备的作品，如：

我寻明福洞，远赴列仙期。海雪自千古，山花长四时。西华春不老，北斗夜何其。似有钧天奏，长空鹤下迟。（《入罗浮宿九天观》）

诗中提到的九天观，旧日称为明福洞，明末诗人、爱国志士邝露曾在此隐居读书，自号明福洞主。维屏夜宿于此，眼中所见，志士碧血仿佛化作无数山花，四时长开。海雪本是邝露的号，此处兼作景语以对“山花”，用来浑化无迹。这二句写邝露志节高尚，风范不磨。结句长空鹤下，是说夜深时分，志士仙灵似乘鹤来临，与我这后辈相会。全诗对邝露备致景慕之情，属对工妙，一派流行，是情韵兼备之作。

维屏诗风，本有细腻清和的一面，施之小诗，则变为清逸自然，韵致绝佳：

暮蝉不语抱疏桐，寥阔云天少过鸿。凉月一棚星数点，豆花风里听秋虫。(《感旧之四》)

风里村舂未肯停，隔林灯火远逾青。野田月落路能辨，荞麦一畦花似星。(《夜行》)

维屏享寿既长，作品丰富，题材亦颇广泛，除见于上述者外，十余年的地方官任上，他也写了些反映现实的作品，暴露清代地方政治的重重黑暗：

衙差何似似猛虎，乡民鱼肉供樽俎。周官已设胥与徒，至今此辈安能无？大县千人小县百，驾驭难言威与德。莫矜察察以为明，鬼蜮纵横不可测。吁嗟乎！官虽廉，虎饱食。官而贪，虎生翼。(《衙虎谣》)

吏胥是清代地方政权中的一大弊蠹，他们鱼肉百姓，掣肘上官，手段阴险毒辣，官亦往往无如之何。此诗末四句感慨甚深。维屏又曾因“狱囚为狱卒所虐，余于风雨昏夜辄往视之，既惩且诫，爰赋是诗”。诗名《罗雀悲》：

罗雀悲，苦渴饥，岂惟渴饥，手足絷维。[一解] 黑漆卑湿，罕见天日，头聚虮虱，衣不蔽膝。雨楚风酸助呜唈。[二解] 中宵不能眠，念之心恻然。风雨笼灯突往视，狱卒可恶囚可怜，立惩狱卒加笞鞭。[三解] 越日呼之使来前，尔曹造孽须痛悛。众囚有恶在地狱，尔忍苛虐图其钱？试看头上苍苍天！[四解]

此外，如《黄梅大水行》、《田家叹》、《粥筹》之悯念生民，《狱卒威》之揭露监狱黑暗，《吹箫引》之慨叹鸦片流毒，《蝇头篇》之讽刺科场作伪，都是具有深刻现实意义的作品。

1840年爆发的鸦片战争，使张维屏的诗歌创作发生了重要的转折，在思想内容和艺术表现上都向前迈了一步，使他成为近代文学史上重要的作家之一。

鸦片战争前夕，清王朝已从其全盛时期走向衰败。而资本主义国家通过鸦片和洋货的贩售，使中国的白银大量外流，进一步加速了清帝国的衰败过程。面对国势日颓，民生凋敝，危机四伏的严酷现实，维屏深深地忧虑着：

> 汉有匈奴患，唐怀突厥忧。界虽严异域，地实接神州。渺矣鲸波远，居然兔窟谋。鲰生惟痛愤，洒涕向江流。(《书愤》)

但是，他所担心的事情还是以战争形式出现了。侵略者的横暴，清政府的无能、怯懦，都出乎他意料之外。当人民的义愤激发起来，三元里人民自发地给侵略者以迎头痛击的时候，张维屏的思想受到极大的震动和教育。过去，他虽主张禁烟，却不赞成因此而轻开边衅，引致战争。如今，他看清了侵略者的面目，认识到人民群众的力量，毅然执笔写下不朽的诗篇《三元里》(已见前引)。这首诗真实地描绘这场斗争的壮烈场面，热情歌颂中国人民反侵略的英雄气概，严厉指责清政府卖国投降的可耻行为。在艺术表现上，它笔墨酣畅淋漓，气势凌厉，是维屏诗集中矫然特出的作品，亦是近代文学中杰出的诗篇。

整个战争的发展，维屏都时刻关注着，他不仅关心广东的局势，还把目光扩展到福建、浙江、河北等沿海地区，希望政府未雨绸缪，保障边防：

> 七省边隅接海疆，海门锁钥费周防。贾生一掬忧时泪，岂独关心在梓桑。(《海门》)

当战事漫延至上述沿海省份时，继虎门守将陈联升壮烈殉国之后，又有定海总兵葛云飞、江南提督陈化成相继在抗击侵略的战争中英勇战死，多个城市陷落。维屏闻讯于愤激中写了有名的《三将军歌》（见前引），热情歌颂他们视死如归的爱国主义精神。当鸦片战争以清政府的投降和割地赔款结束时，张维屏十分痛心于这样的结局，并抨击屈辱求和的政策：

> 往者蛮夷长，依然中国人。背秦聊号帝，朝汉自称臣。讵意重洋水，能生内地尘。越台烽火息，回首一酸辛。(《越台》之一)
>
> 江海妖氛恶，闾阎疾痛深。人情重迁徙，世路叹崎嵚。风鹤三更梦，云鸿万里心。多多与桑葚，能否息鸮音？(《江海》)

张维屏晚年的诗歌，已稍改故辙，致力于反映当前大事，语言亦转向朴素通俗。虽然由于生活环境的限制，仍不免有平俗浮泛及应酬之作，但错落其中的一批反映时代、洋溢着爱国主义精神的诗篇，却闪熠着耀眼的光芒，成为近代文学史上的光辉作品。它们使张维屏成为近代作家中重要的一人。

第三节　张维屏的文

清代的岭南诗人，能兼擅文章的，除岭南三家外，实属寥寥。张维屏诗名著于粤中，文章亦稍负时名，但实际所存《松心文钞》十卷、《听松庐骈体文钞》四卷，收入文章不算很多。与诗集比较，数量相差悬殊。

对于文章一道，他在《松心文钞》自序中标举宗旨说："文岂易言哉！文也者，本乎道，蕴乎德，法乎古，根乎经义，周乎史事，明乎掌故，体乎人情物理。积之有年，出之有章，行之有气，按之有物，如是，庶几可以言文矣乎！吾未之能也。虽然，吾无文，不能无言，吾自达吾所欲言云尔。吾存吾之文，吾自存吾之言云尔。"他所认定的文章标准是十分传统的，也是很高的，所以衡以己作，不得不自认未能达到那样高的标准。在创作方法上，据其侄祥芝介绍说："伯父尝言，学古文须从周、秦、汉入手，次则唐人。若由两宋入手，必多用虚字，笔易弱，气易泻矣。"（《松心文钞》卷二《情释》篇后张祥芝识语）

道光间，阳湖派古文家恽敬曾南来广东，访晤维屏。恽敬自视甚高，尝言"其文自司马子长而下无北面"。对岭南文章，微露轻视之意，惟于张维屏则称之为"岭外柳仲涂"（《送恽子居还常州》诗注）。柳仲涂即柳开，是北宋古文运动的先驱者，为文尚淳古而少文采，尝言："吾之道，孔子、孟轲、扬雄、韩愈之道；吾之文，孔子、孟轲、扬雄、韩愈之文也。"恽敬以之比维屏，颇见恰切。自此之后，维屏痛感岭南文章的落后，曾与广州的文士如谭莹等结"希古文社"，共同探讨和实践，以期提高岭南的古文创作水平。但成效不大，不久，文社亦没有再继续存在下去了。

维屏的散文见于《松心文钞》中者，论说文以读经论史之作为多，篇幅短而精练，盖有意学为淳古者。此外则山水纪游及记序之文亦不少，现举出较有代表性的一篇：

古文难言哉！约言之，其得失盖有两端：墨守唐宋八家之轨辙，其体正，其弊易陈；远追周、秦、两汉之规模，其格高，其弊易伪。然为古文者，果能积吾学、充吾识、本吾之真气以行之，则亦何患其陈哉！吾友陈君雪渔、甲子同年也。尝于所刻《岭南文钞》见其文数首，笔力清劲，心焉识之。后虽一再会面，未获畅所欲言。比余返自江右，而君已归道山。今春，令子小渔奉其遗稿《七十二峰堂文勺》见示，请加评焉。余见诸君所评，多吾意所欲出，无庸再赘。昔前明李于鳞、王元美诸人，高谈秦汉，旗鼓中原，而震川老人自守唐宋八家轨辙于宽闲寂寞之滨。迨事后论定，貌为秦汉者，不免于伪，守八家轨辙而有真气者，究不失为真古文。雪渔之文，固守八家轨辙而有真气者也，使益充其学识，不难追步震川，惜乎中道而遽殁也。自君殁，而吾粤谈古文者，益难其人矣！秋声在树，萧萧槭槭，挑灯书毕，弥增叹息。（《七十二峰文勺序》）

这篇文章明畅简练，语言朴实，正代表维屏散文的特色。至其持论，则本之清初邵长蘅。长蘅谓为文必多读书，厚植根底，则俗气自除。又曰："古文辞一道，曩学秦汉，流而为伪秦汉，近日学八家，又流为伪八家。变症虽殊，病源则一，总是文无根底，从古人面目上寻讨耳。"（《青门簏稿》卷十一《答贺天山》、《与彭子》）维屏本最佩服长蘅的论文主张，故不单持论暗合，即执笔为文，亦略与长蘅的简练峻洁相仿佛。至于议论纵横的文章，则仅见《复龚定庵舍人书》一篇：

定庵先生足下：得手书，知体履安善，甚慰。书中奖饰逾量，弗克当。大作《诗人征略序》，气体高妙，此书已有自序，他时续刻，或弁诸卷首可耳。

屏始闻人言足下狂不可近，及见足下，乃温厚肫笃，人言固未可信也。来书谓“生平无一篇与人论文书”，以此自负，屏不以为然。足下将谓并世无可与谈古文者耶？抑善《易》不言《易》之意耶？屏谓工文者，不必以论文为贵，亦不必以不论为高，春鸟秋虫，欲鸣则鸣，顺其自然可耳。且人之文，即人之言也，古圣哲尝论之矣。《易》曰“修辞立诚”，《书》曰“辞尚体要”，诗曰“有伦有脊”，《春秋传》曰“言之无文，行而不远”，《论语》曰“辞达而已矣”，是皆论文之精言也。韩、柳诸人，尤详言之，后人似无可置喙。然文之是非利病，日出而不穷，今之为古文者，其病约有两端：一曰陈言，八家体貌，袭其毛皮，时文句调，摇笔即至。习见之辞，通套之语，叠床架屋，肉腐羹酸，此一病也。一曰赝古，欲避凡庸，高自标许，窜典摹诰，规周仿秦，艰深其辞，诡僻其字，有形无神，有人无我，此又一病也。至若以考据为文，几类钞胥；以藻采为文，贻讥鞶帨。又或矫枉太甚，毛去存鞟，肉削露筋，瘦将及枯，清而近薄，重惮貤缪，过偏失中。有能尽捐诸累，成一家言者乎？吾见亦罕矣！

然欲由康庄，自有轨辙，本诸身以立其诚，准诸经以定其则，考诸史以验其迹，征诸子以观其趣，博诸集以会其通，察诸人情物理以穷其变；不执成见，不囿偏隅，随感而通，因物以付，如风行水，如水行地，以是言文，其庶几乎？仆第知之，非曰能之。昔老友徐芗甫能为古文，穷困以死，其业未成。徐君殁十余年，而获交恽子居，相见无几，一别永诀，言之於邑。恽君殁十馀年，而获交足下，亦复别易会难，思之弥增怅惘。子居与足下，皆昌黎所谓“能自树立，不因循者”。子居逝矣，其文必传；名山盛业，又当为足下期之。久不谈文，聊因来书所云，略举古今是非利病，质诸足下。足下得无谓仆饶舌耶？

来书问林月亭，番禺孝廉，其著述实事求是，其为人盖博闻强识，而让敦善行而不怠者也。

去人即发，未尽欲言。北地严寒，惟为道保爱，不备。维屏顿首。

此文论议条理缜密，行文气脉甚畅，“昔老友徐芗甫能为古文”以下一段，依稀可见魏晋人书札的神韵气味，批评时文“陈言”与“赝古”两大病，亦言之有理。

维屏除散文外，又能骈体文。他对骈文的见解见于其所著《听松庐骈体文钞》自序：“《虞书》纪事，不少骈辞；《周易·文言》，亦多偶句，谓必单行乃为古文，是耳目之论也。骈体所贵，树风骨于汉魏，撷情韵于六朝。以意运辞，而不累于辞；以气行意，而不滞于意。与古文体貌虽异，神理弗殊。至由唐逮宋，风格近卑，然文章升降，与时推移。既有此体，遂不可废，持择者分别观之可耳。”从这篇自序可知，维屏认为上古文章本无骈、散之分，散文中可有偶句，骈文中亦不妨间入单行；即就后世之骈、散文而言，形式虽然不同，而其作为文章的要求和所要发挥的功用，则是一致的。他的骈文写作，也是谨遵这个原则的。如《书黄仲则诗集后》：

扶舆灵秀之气，偶有特钟；艺苑英俊之才，各有深造。人具七情，发而为言，言具百体，诗其一端。作者牛毛，成者麟角，代不数人，人不能学。二百年来，翁山之后，其惟黄仲则乎！飘飘乎其思也，浩浩乎其气也，落落乎其襟期也。不必求奇而自奇，故非牛鬼蛇神之奇；未尝

> 立异而自异，故非佶屈聱牙之异。众人共有之意，入之此手而独超；众人同有之情，出之此笔而独隽。亦用书卷，而不欲炫博贪多，如贾人之陈货物；亦学古人，而不欲句摹字拟，如婴儿之学语言。时而金钟大镛，时而哀丝豪竹，时而龙吟虎啸，时而雁唳猿啼。有味外之味，故咀之而不厌也；有音外之音，故聆之而愈长也。境之穷类寒蝉，而羽毛不失为饥凤；身之弱同瘦竹，而骨干不异夫乔松。如芳兰独秀于湘水之上，如飞仙独立于阆风之巅。夫是之谓天才，夫是之谓仙才。

这只是魏晋时的骈偶之文，而不是六朝以后发展起来的四六骈体文。这正体现张维屏自己的理论：用六朝的情韵为内容，表现出来的风骨则应是汉魏的。另如《罗浮分霞岭记》、《天池看云记》等篇，则更是骈中有散，与魏晋间散文颇有相似处。

因为他心目中不受骈文严格对仗、四六排比的限制，抒写自由，时有好句，如：

> 瓜牛庐故，茅龙衣新，既远市廛，如在濠濮。桥转通径，舟回见山，林霏锁屋，鸟声不喧，溪涨到门，人影俱绿……忆童时之闻见，荼天笋地，柳浪荷风，赛社祈蚕，筑场获稻。渔歌未唱，一鹭洗头；牧笛才吹，群牛浮鼻。顾而乐之，彼一时也。(《绿萝村舍记》)

维屏为文，本以朴练醇古为其追求目标，但实践结果，往往未能达到这一境界，故有些文章缺乏气势，亦少跌宕之致。之而另一些文章由于不拘体格，挥洒自如，每有行云流水之妙。许应骙读到《情释》一文，就认为它“意新格创”，此如

《十二石山斋记》，记岭南梁氏名园十二石斋事，就石立论，行文生动。《释涉川片云行草序》，则随意拈出“云”字阐发开来，真有“如风行水，如水行地”（《复龚定庵舍人书》）之妙。

第三章　道光、咸丰间诗文

清代道光年间，广东出现了两位著名学者，陈澧和朱次琦。二人夐识高行，学术湛深，巍然为岭表大儒。馀事为诗，又卓有成就。岭南学者而工吟咏的，自明代陈献章后，寂然无闻，至陈、朱并出，遥与白沙后先辉映，成为诗坛佳话。

陈、朱之外，并时颇多健者。彭泰来、黄子高、徐荣、冯询、谭莹并镨于前，黄玉阶、陈良玉、陈璞、汪瑔竞爽于后。各展所长，内容上重视与时世相关的题材，风格上则就性之所近而各有追求。道光末咸丰初一段时间，经历了鸦片战争和太平天国起义等重大事件，诗人们感时伤事，诗歌创作的题材进一步扩阔，反对外国侵略，充满爱国主义激情的诗歌大量在诗人笔下涌现，成为光耀近代岭南诗坛的杰作。

第一节　陈　澧

陈澧（1801—1882），字兰甫，番禺人。少时肄业羊城、粤秀两书院，先后从谢兰生、陈钟麟受学。道光十二年（1832）中举人。以后屡应进士试不第，乃改大挑，获任广东河源县学训导。到任仅两月，以地方治安不靖，当事者又不重视，遂告病回广州。从此专心读书著述与讲学。长期受聘为学海堂学长。同治六年（1867），盐运使方濬颐创设菊坡精舍，聘他为掌教。粤中俊彦，多出其门。因他读书处在祖宅东厢，自名所撰书为《东塾读书记》，学者遂称为东塾先生。

陈澧是位很有成就的学者。他博学多通，除经学外，兼通天文、地理、音韵、乐律、文字、算学。又工诗词，善书法和骈体文。生平治学勤勉扎实，著述宏富，其中如《东塾读书记》、《汉儒通义》、《声律通考》、《切韵考》、《东塾集》等，尤为世人所重。而其诗名，遂为学术所掩。

陈澧十五六岁时，即笃好为诗，并显现了才华。当时他向诗坛老宿张维屏请教，维屏读其诗，大加称赏，并教以诗法。从此，他更勤于吟咏，立志要做个有成就的诗人。但到二十四五岁时，他爱好增多，除诗之外，还治天文、地理、音韵、乐律、算术之学，乃至古文、骈体文、填词、书法，无所不为，未免精力分散。为此，好友杨荣绪举出苏轼"多好竟无成，不精安用夥"的话规勉他。他深韪其言，遂放弃诗歌创作，把精力全部集中到学术上。中年以后，偶有应酬之作，多不存稿，亦不肯刊行诗集。他认为："诗者我所笃好，若我有诗集，当卓然成一家乃快心尔。若如近日应酬诗而刻为一集，适违我心耳。"现存的《东塾先生遗诗》，是后来由其门人汪兆镛搜辑遗佚刊成的。

陈澧为人谨厚朴实，粹然儒者，故其诗亦以真朴淡雅见长，颇能体现出他的性情与襟抱。程恩泽尝谓"近人诗多困卧纸上"，独赞陈澧诗为"此能于纸上跃起者"。许誉至高，可能是赏识他不为当时委靡诗风的影响，能够自具特色、不事矫饰的缘故。早年诗气体佳妙，笔力健举，如《阻风滕王阁下张韶台招饮醉后作歌》、《登虎丘浮图绝顶作歌》等，表现了诗人青年时期的气概。也有颇学韩愈的作品，如下面这首长诗：

五虎南下山蜿蜒，山山直到南溟边。千盘万转地力

> 尽，但有巨海疑无天。屹然涌出大小虎，势与番禺作门户。峰峦面面斗狰狞，潮汐时时互吞吐。潮来大海茫无涯，广陵曲江安足夸。欲卷狮洋快一泻，直抵羊石谁能遮？岛屿濛濛影浮动，帆樯叶叶风吹送。入夜喧豗月有声，凌晨黯澹天如梦。阳侯得意方睢盱，天遣山君蹲海隅。下瞰蛟鼍见窟宅，上应参伐张牙须。海潮至此势一束，鲸吸鳌呿皆屈伏。楼堞连山铁壁环，波涛倒地银山缩。神物千年镇此门，如何瓶触忽崩奔！寒潮夜夜声呜咽，中有凄凉烈士魂。［谓辛丑殉难诸将士。］火轮出入纷如织，徒使英雄泪沾臆。天河洗甲会有期，海水浇萤岂无力！即令沧海靖烟尘，刻石磨厓气象新。请看手挽狂澜倒，砥柱中流大有人。（《虎门观潮》）

此诗作于鸦片战争之后，面对壮丽河山，而列强势力入侵日亟，诗人不禁滋生感慨。末段志气飞扬，结语有匡时救国将以自任之志。

中年以后，陈澧学问益进，诗亦渐入老境，其风格大抵可分两种，一种颇近王维、孟浩然；一种则学习《韩昌黎集》中朴健说理那一类作品。

> 草堂东面开，最好看明月。谁云海上生，乃在桥边出。堂下一片水，桥南万林樾。水月两镜磨，林影一山凸。须臾镜渐高，台榭尽如雪。其中恰三人，清光洗毛发。不知酒已醒，但觉凉沁骨。瑶台白玉京，此境不可说。却思渡江人，夜潮鸥梦阔。（《南山先生招同温伊初听松园看月》）

清微淡远，自饶雅韵，是颇有王孟神味的。另一类诗则风格与此大相径庭：

> 人才有三途：其一由天分，其一由阅历，其一由学问。天分非人力，不可强而奋。阅历在办事，不可坐而进。惟有勉学问，得尺尺寸寸。十驾功不舍，驽骀亦神骏。曰何必读书，此语不可训。
>
> 论语二十篇，束发即受读。古人读半部，谓治天下足。今人谁不读？读者谁不熟？非读圣贤语，读试场题目。读书尽如此，恐非天下福。（《读书八首》之二、四）

论理论事之言，写得明白如话，而又道理透彻，不假藻饰，自有疏朴之致。韩愈诗中，除险怪狠重的风格外，另有一种朴健畅达的作品，陈澧的这些诗，继承的正是这方面的风格。

陈澧的近体诗则又别具意境和面目，清雅自然，不用典，不求深，但求抒写心中所感，并且时有情致独造之语：

> 道学西山继考亭，文章独以正宗名。吟成花又娇无语，却比词人倍有情。（《论词绝句六首》之四）
>
> 雨余月出晚凉天，声在荒苔草径边。似语幽窗破岑寂，是何愁绪太缠绵。从知物类俱多怨，省识时光又半年。我惯摊书深夜坐，未妨唧唧损清眠。（《闻蛩》）
>
> 中秋一醉不嫌迟，莫负今宵把酒卮。人有幽怀爱深夜，天将明月答新诗。四山雨气全成水，一桁楼阴倒入池。野鹤闲鸥都睡了，此时清兴有谁知。（《十九夜》）

最后一首诗是陈澧的力作，它写出了这位学者在秋夜里的独特心情。诗境是那样的静穆，诗人的心境是那样明澈自适，

“人有幽怀”一联尤其隽永，为历来读者所传诵。

值得重视的还有他关心国家命运与时局变化的许多诗作。陈澧虽然毕生潜心学术，著述不辍，却绝不是远离现实，不问世事的人。相反，他对于国计民生的事，十分关切。尤其在鸦片战争前后的日子里，面对帝国主义军事和经济侵略的加剧，他非常关心国家民族的命运，念乱忧危之情，时时形之诗中。《大水叹》诗是他关注环境保护和人民生计的例子：

羊城积雨盈街衢，湿我架上千卷书。朝来着屐过田舍，问讯水势今何如？老农告我水已大，上游传说基围破。江头万斛老龙船，昨日扬帆田上过。阳侯为虐诚何心？纵彼蛟蜃为骄淫。盘桓不肯赴沧海，忍使绣壤成荒沉！我谓阳侯岂得已，非水逼人人逼水！君不见大庾岭上开山田，锄犁狼藉苍崖巅。剥削山皮剩山骨，草树铲尽胡能坚？山头大雨势如注，洗刷沙土填奔川。遂令江流日淤浅，洲渚千百相钩连。又不见海门沙田日加广，家家筑垒洪波上。海潮怒挟泥沙来，入此长围千万丈。三年种得草青青，五年输租报官长。海门日远路日纡，坐见沧溟成土壤。阳侯束手敢与争？迫窘诘屈难为情。欲留不能去不得，暂借君家田上行。人情贪得死不悔，岂知世事浮云改？欲驱山海尽成田，反使田畴尽成海！老农闻言三叹吁，信我此论良非诬。不然粤地际南海，自昔水潦常无虞。今时水即旧时水，何致比岁淹田庐。辟莱任地本良策，其奈利害相乘除。一方受利数郡害，徒使吾侪常向隅。呜呼亲民之吏慎勿疏，再谋开垦吾其鱼！

诗中指出人们在珠江上游无限制地毁林开荒，在下游则追求拦海造田，导致江水入海无路，水灾频仍。诗人呼吁大家注意环境保护，尤其官员更应负起责任。“非水逼人人逼水”一语，精警异常，尤足警醒人心。

第二次鸦片战争时期，两广总督叶名琛颟顸无能，迷信乩语，不设城防，以致被侵略军攻陷广州。生民涂炭，而叶亦被掳至印度，客死异邦。陈澧对此愤然，写下了《有感》一诗，加以讥刺：

> 晋时王凝之，世事五斗米。孙恩攻会稽，凝之为内史。寮佐请设备，内史偏禁止。靖室自祷祠，出告诸将吏：吾已请大道，击贼自破矣！贼至破其城，凝之遇害死。

诗意虽然隐微，但王凝之的迷信与无能，与千载之后的叶名琛如出一辙，责备之意，却是明显的。诗人痛恨鸦片流毒，早年积极支持林则徐的禁烟主张。但在这个问题上，他又有自己独特的见解，认为导致外国武装侵略的根源，不在鸦片贸易而在于国人爱用洋货，洋货东来引起了通商，通商招来了洋人，这才触发起大炮轰城、连绵战祸。《炮子谣二首》代表了他的看法：

> 炮子来，打羊城，城里城外皆炮声。炮声一响子到地，打墙墙穿打瓦碎，轻者受伤重者毙。老夫中夜起长叹，寻思炮子何由至。炮子之来自外洋，外洋人至由通商。通商皆由好洋货，钟表绒羽争辉煌。钟表绒羽人人喜，谁知引出大炮子。吁嗟乎！炮子来，君莫哀，中国无人好洋货，外洋炮子何由来！

> 请君莫畏大炮子，百炮才闻几人死。请君莫畏火箭烧，彻夜才烧二三里。我所畏者鸦片烟，杀人不计亿万

千。君知炮打肢体裂，不知吃烟肠胃皆熬煎。君知火烧破产业，不知吃烟费尽囊中钱。呜呼太平无事吃鸦片，有事何必怕炮怕火箭！

这两首诗在陈澧的诗集中显得很特别，一是与他一向的风格不相类；二是采用尖锐辛辣的讽刺手法为集中所仅有。这是他的突破，又是极好的作品。我们或许会奇怪，诗风雅淡的作者，何以忽然要写出这样通俗直露的作品来？但是，国事至此，国人梦梦，他抑制不住沉痛的心情，自然要作出这强烈的呼吁。从这里，亦可见其仁人志士之心了。愈是关注着时局的发展，他愈感到国势陵夷，大厦将倾。《白蚁行》这首诗是暗讽统治者的，所以写得颇为隐晦，适与上两首形成对照：

西家茅屋风雨破，东家百尺颓垣堕。中有一家不动安如山，主人含笑华堂坐。华堂藻井连芝栭，洞房曲室珠帘垂。其间白蚁不可以数计，借问主人知不知？昨日雕梁蚁蠹折，今日画屏蚁蚀裂，主人闭门门不开，白蚁白蚁尔勿来！

华堂虽美，其实已蚁蚀梁颓。主人安坐堂中，懵然不知处境的危殆，到了危急时，只知关起大门，叩求白蚁（侵略者）不要侵犯。这是为当时的统治者们的深刻写照，带有强烈的讽刺意味。

世人只知陈澧是位杰出的学者，而较少注意到他是位有成就的诗人，写下了好些关心现实的爱国主义诗篇。只可惜遗佚不全，无法窥见其全貌了。

陈澧青年时期曾写过不少骈体文，并以此获誉于时。后来他心自薄之，编定《东塾集》时，没有将骈文作品收入。道光初，阮元创立学海堂。该堂学长提倡古文，特重韩愈。陈澧入读学海堂，濡染既久，遂专意于散文，风格苍健，行文简练平实而意理充足。例如下面这一篇：

> 昔人谓史家有三长：学也、识也、才也。澧尝论之，以为文章家亦然，无学则文陋，无识则文乖，无才则文弱而不振。然持此以论文，其可以号为文人者，寡矣。求之于今，其刑部象州郑君乎！君读四部书不知几万卷，宏纲巨目，靡不举也；奇辞隽旨，靡不收也。其考订足以精之，其强记足以久之，是曰有学。通汉唐注疏，而碎义则不尚也；尊宋儒德行，而空谈则不取也。兼擅六朝、唐、宋诗文而摹仿沿袭，尤深耻而不为也，是曰有识。其为文也，能同乎古人而毅然必自为也，能异乎今人而又坦然莫不解也。其锋英英焉，其气磊磊焉，其力转转而不竭焉，是曰有才。虽然，所谓三长者，岂独文而已乎？天下事孰非是三者之所为耶！
>
> 君成进士，服官京师，一岁而归，不以其三长者见于事而惟见于文，盖可惜也。然观君之文之论事者，则亦可以识之矣。必原于古，必切于时，必可行而后著其说，必不可不除而后陈其弊，是三者之不徒在于文，而又有在于文之外者也。总督劳公与君同年，交最笃，索君文集刻之，命澧为之序。澧与君始则闻名而相思，继则修士相见之礼。近且数数奉教，一年有馀于兹矣。为序不敢辞。君昔尝见示此集，澧以三长目之，君顾谦让而不自居也。今为序，反复以思，固无以易吾三长之说者。君宜弗让，不然，当请劳公论而定之。(《郑小谷〈补学轩文集〉序》)

文章写得典雅整洁，论议贯串全文而无枝词赘语，这是陈澧散文的主要特色。另外他的论议世事政事的文章，陈说事理，纡徐委曲，思路清晰，亦显见其驾驭文字的功力。如这篇议论鸦片战争时守御之策的文章：

……魏君之言曰："内守既固，乃议外攻。"夫内守诚固，则彼技无所施，不得不仍求通商，此时虽绝其贸易可也，许贸易而禁绝鸦片可也。国威已振，大患即除，何必复攻之海外，以成奇烈哉！［"海外""奇烈"语见《圣武记》］其议守之说曰："调水师不如练水勇。"此为水师废弛，仓卒变生，权宜之计则可耳。今日为预备之计，当练兵，不当练勇。兵之外复有勇，则兵必卸责；勇之赀厚于兵，则兵必解体。前年练勇时，论者多矣。今勇散为盗，在在劫掠，又其害之彰明较著，不必赘论者也。

其云："守海口不如守内河。"亦不尽然。夫守必据险，海口有险则守海口，内河有险则守内河。然必海口无险可守，然后守内河。盖寇入内河，则百姓之惊惶，土贼之窃发，多内顾之忧，必分外御之力。且以吾粤言之，猎德、大黄滘地势平衍，孰如虎门险峻乎？魏君谓"诱入内河，断其出口之路而歼之"。然则非议守，仍议攻也。请即以其说论之，当逆夷之入内河，非众艘并进也，每艘辄相去数里或十数里，而以小船联络之。彼正防我截其后路，殆惩于安南、俄罗斯之役也。［二事见本书］又夷船能入之内河，必非浅狭。魏君所议下大桩，联厚缆，加以大树大石。此必旬日而后成，彼岂束手待毙而坐观我兵之下桩、下石乎？大树之说，尤不可行，枝柯槎枒，不能挽之赴水；去枝则漂流如一苇，前时曾试之而不可行矣。如欲断后路，惟有所云沉舟一策耳。然兵无纪律、无胆气，则逃散久矣，谁与歼之？至其议款之篇，吾以为论款夷后，如何控驭？如何防范？如何渐复旧制？乃其书则追咎昔时不听米、弗二夷代款，此事后之论，何补于今日？且一篇之中，惟此条关于款夷，其余则皆论禁烟，非议款夷也……（《书〈海国图志〉后呈张南山先生》）

陈澧的叙事散文，尤其体现他的一贯文风，朴素平实，不事藻饰，在粤人散文中，卓然自成一格：

> 尉先生，先考、先叔考受业师也。嘉庆二十二年，澧八岁，兄子宗元九岁，先考延先生教之。先生年七十余，首无发，目近视，日以吟诗为乐。家贫甚，衣皆破敝。先叔考尝因侍坐问曰："先生有用钱处乎？"先生摇首曰："我不用钱，尔勿费心。"先叔考悚然退。先考让之曰："弟不知先生性情耶？我不敢问，弟何遽问之？"先生名继莲，浙江山阴人，乾隆中广东商籍生员。
>
> 陈澧曰：先生学行，澧不及知，知此一事。然事无大小，视人所遇。先生一老诸生，狷介如此，由是推之，千驷弗视可也。谨书之以志师法，且欲今之为士者，知乾隆时士行如此也。（《书尉先生》）

陈澧虽是学者，而当时颇以能文著称。张维屏晚年自号珠海老渔，命罗天池为作珠海老渔图，陈澧为之作记。同治五年（1866），郭嵩焘离广东巡抚任，粤之名士集于荔枝湾饯别。嵩焘属陈璞作荔枝话别图、陈澧作序，即可见其为时所重之概。

第二节　朱次琦

朱次琦（1807—1882），字稚圭，一字子襄，南海九江人。少聪敏好学，嗜书如命。年十八，入读广州羊城书院，从山长谢兰生受业。后转到越华书院，山长陈继昌以新松为题，命学生赋诗，次琦诗有“栋材未必千人见，但听风声便不同”句，大为陈所称赏。道光二十七年（1847）中进士，分发山西候补知县。至彼，初仅获临时差委，曾成功地调处一宗民族纠纷，避免了双方的仇杀。但至咸丰二年（1852）始获得署任襄陵县知县。他在任上兴利除弊，廉洁爱民，擒剧盗、除狼患，修水利、息争讼，邑民以安。后因与巡抚不协，在任仅一百九十日，便称疾辞官，飘然南归。自谓不曾带走山西一文钱，可以无愧。不料途中阻滞，兼之患病，以致旅费不敷，不得不典当衣物，方能继续行程。回到南海九江后，在礼山草堂讲学，足迹不入城市。同治二年（1863），郭嵩焘署理广东巡抚，素闻次琦“颇负人望”，思欲一见，乃致书次琦表示要到九江相访。次琦复函恳切辞谢，亦不肯到省城与郭相见，其高致如此。省中大员又重他的学问和声望，多次欲聘其为学海堂学长，次琦均不肯受聘。他在礼山讲学，前后二十余年，培育人才甚众，其中著名的有简朝亮、康有为等。学者尊称为九江先生。

次琦学术人品俱高，为世所仰。康有为曾有这样的评述：“先生壁立万仞，而其学平实敦大，皆出躬行之馀。以末世污浊，特重气节，而主济人经世，不为无用之空谈高论。”（《康南海自编年谱》）他讲学之余，勤于著述，所著有《国朝名臣言行录》、《国朝逸民传》、《性学源流》、《五史实征录》等。可惜这些书稿以及诗稿，均被次琦在临终前统统烧毁了。其后，门人简朝亮搜罗遗佚，辑成《朱九江先生集》十卷、《是汝师斋诗》一卷。另有门人录存的《大雅堂诗集》，则未刊行。

次琦少年时代即表现出诗才，此后他学习历代各大家，沉酣融会，以成自己风格。康有为《朱九江先生佚文序》说：“先生之诗，精警雄奇，晚而淡雅，由杜、韩、陶、谢而上汉、魏以溯《风》、《骚》。”足见渊源所自。次琦论诗主张性情、学籍、兴致三者俱备，而自己的创作，也体现了这一原则。由于学养俱深、躬行厚实，以抒发真情性为宗旨，所以他的诗作多言之有物，抒写胸臆，兴象均佳。而应酬之作，空泛之谈，在他的作品中是不会有的。

就现存的作品看，次琦诗以五律最胜，佳作亦最多。有沉郁苍健，逼肖唐人者，如：

直北风声劲，平西日气迷。秋从双峡老，天入百蛮低。异地容龙性，前程信马蹄。行人例回首，肯听子规啼。(《怀廖二（熊光）清远县》)

也有韵胜格高，苍秀朴茂的，如：

橡叶郁飞翻，无人江上尊。我携邛竹杖，访尔桃花源。冻雨不成滴，荒云流到门。两三松宛在，倚偏欲何言。(《造梁（锡）不值有题》)

君子惠思我，我亦怨离群。明月对眉宇，流光持赠君。何时采三秀，归卧西山云。七十二峰夜，鸾箫夜半闻。(《答李秀才（鸣韶)》)

这是继承了张九龄五律的风格，寄兴深远，颇得楚骚遗旨。陈融极为赞赏他的五律，《读岭南人诗绝句》评次琦云：“五言争险筑金墉，三折毋令一字慵。试读几章峡山寺，长公豪手未能穷。”次琦《峡山寺》诗共四首，现举出其中二首：

北水夺寒峡，回回千里来。溯流三折入，凿翠一门开。阮径芜随没，禹祠[illegible]可材。添衣夜多警，猿嗷有馀哀。

一发寻初地，攀行顶抵尻。蛮山入乌鬼，人命飒鸿毛。鹳鹘排风出，鼪鼯得路豪。年来解齐物，未肯置身高。

虽只二首，已可见其境幽意峭，语皆烹炼而出，与苏轼同题之作的闲雅优游者大异。可见陈融的赞语，并非过誉。次琦的七律亦不逊于五律，盖骨力清苍，风格或峭拔出尘，或深沉感慨，命意尤迥出世俗，显出他学养的深粹，志趣的高尚。在岭南诗坛上，亦足与于大家之列：

匆匆枯烧动陈荄，渐渐飞花落酒杯。有用年华虚揽镜，不胜今昔强登台。流连佳日供多病，省识名心愧不才。文字起衰思《七发》，向来那遽薄邹枚？（《春怀八首》之一）

他的七律是这样的浑厚深沉，有绵远之韵。七绝则性情流露，淡雅有致：

一盏寒泉供养来，楚骚馀裔亦仙才。前身合是梅花骨，流水空山独立开。（《陈九明府走书借读二樵山人集却寄》）

文人清贫，不免要典当衣物以济急，本是令人黯然不欢的事，次琦的《典衣》四绝句，则写出一番意趣，亦足见其人之甘贫守志，不以此而忧戚：

典衣原不损丰裁，荩箧[illegible]取次开。我喜他家收拾好，未因金尽降颜来。

思量杂珮抛何所，约略陈书失已多。到底敝裘能恋主，岁寒时节只饶他。

别久相逢意倍怜，记从何处话前缘。春衣与我同飘荡，南北东西寄岁年。

绨袍赎得当金貂，恰是杯觞不寂寥。袖底雨花襟上酒，可能留到上元宵。

次琦是位学者，他教导学生“修身四要”中有“检摄威仪”一项，可见行为的严谨。但他的家庭生活，却是充满温情的。他为夫人写的几首诗，显示他是位感情丰富，敬重妻子的人。宿学名儒而将夫妻之情形诸笔墨，而且写得那样风趣与深挚，是不多见的：

深宵瀹茗手亲擎，小婢酣眠未忍惊。记得旧年扶病夜，泪痕和药可怜生。(《春夜赠闺人》)

渐渐衣棱冻，娟娟鬓影深。镜奁今共命，灯火此愁心。万态趋残夜，孤思殿苦吟。高怀吾愧汝，卒岁耻言金。

近恙亦良已，遐忧方缺然。与卿俱省恨，明岁入中年。事往疑寻梦，亲衰每祷天。翻怜株守好，说笑展春筵。(《守岁与闺人夜话》二首)

他的古体诗似不如五律之优秀突出，亦不及七律之深沉绵远。但清旷淡远的风格，颇似他的为人。淡而有味，可诵之作也不少。如：

> 晚食散馀步，风物霭将夕。过雨流潦多，随意曳幽屐。松凉望不到，爽气生两腋。渐渐野水喧，回首市尘隔。孤烟接空暝，一鸟入云白。泥泞窖前赏，携坐村口石。远见归墟人，忙色上面额。轸彼衣食劳，益我山泽适。浦树郁其濛，昏鸦啼磔磔。半塘蛋人家，相呼看鸡栅。咏归归路微，晦月未返魄。何来一笛吟，萧寥长天碧。（《半塘晚步》）

次琦的学术宗旨是躬行厚实、经世救民，所以他虽乡居讲学，足迹不入城市，却并非忘怀世事，一头钻进书堆便出不来的人。相反，他以满腔的热情，密切关注着人民和祖国的命运。当鸦片战争失败，政府官员又抗敌无能，反而丧权辱国的时候，他愤然写下这一首诗：

> 卖国通番贼［琦中堂］，天津起祸胎。乱离民似草［百姓流离，不堪触目］，远近炮如雷［日夜惟闻大炮声］。江海含冤气，烽烟逐劫灰。楼船诸将帅，［水师之失痛甚］何日得生回？

无奈国势陵夷，列强侵略又有增无已，同治十三年（1874），发生了马嘉理案件，对次琦是另一件痛心的事。事情经过是：英帝国主义为侵入云南，派军官柏郎率武装“探路队”200人由缅甸入滇。另方面，英国驻北京使馆则派翻译马嘉理前往接应。次年，马嘉理带领“探险队”进入云南，不听劝阻，马嘉理被当地人民击毙。英国政府借此向清廷提出广泛的侵略要求。光绪二年（1876），清政府被迫派出北洋大臣李鸿章与英使威妥玛签订了不平等的《烟台条约》。次琦闻此，大为愤慨，不满清政府的软弱失策，写了《论马加利事》一文，提出处理此事的原则并驳斥英方的无理谰言。又写了《论派员往英事》一文，批评其事云："派员往英之事，何辱国至此！举朝可谓无人。李相身系安危，先自屈辱，损中国之威，长夷虏之气，天下何望矣！回忆咸丰之事，喋血郊园，盟于城下，乘舆出逊，晏驾不还，《公羊》所谓百世之仇，无时焉而可与通也。今重有此大辱之事，此志义之士所以言念国耻，当食而叹，中夜愤悱，誓心长往，终已不顾者也。"愤悱满胸，裂眦而谈，强烈的爱国主义精神，足以使人感动。我们有理由相信，他必曾写下过不少这类爱国诗文，只是书稿已焚，文献难征，仅存鸿爪，徒令后人怅惋而已。

次琦主张治学之外，不废辞章，故他于诗外又复擅为文章。可惜所存不多，现在只能从一鳞半爪中，略见他的文章风格与功力。试举出下面一篇《澹泊斋记》：

> 果堂衙斋颜以"澹泊"二字，盖取诸葛武侯《诫子书》"澹泊明志"之语。或曰志俭也。或曰汉人喜黄老，武侯之云，殆亦无为无欲之旨，是故取之也。次琦曰非也。嗜欲之熏心，如水之浸种，萌动坼溢，致无穷已。不自抑制，则起居服食、声色玩好之缘，杂然而至。于是夤缘机巧，果其贪饕而肆其求取。其在内也，干国之纪而恣睢；其在外也，形民之力而醉饱，而恶可至于滔天。故自来名臣德行，建竖不必一途，要无不本于澹泊者。谢太傅功高百辟，心在一丘；范希文断齑画粥，先忧后乐。王伯安日与门生对食，孙高阳饭粗粝、忍饥劳。至于我朝图文襄之啜豆屑粥一盂，汤文正之莅江南未尝食鸡臛，张文贞之白果数枚、山药三数片，高文良之纸帐芦帘，却扫一

室，终日若无人。皆此志也。

吾闻果堂秩满朝京师，公子友有馈食者，值钱万。君不怿曰：“馈食费万钱，礼食当何如？观若材地，故出彼人上，平昔相饷馈，亦有逾此者乎？我家饷馈若此，进而郎署，而卿贰，而宰执宗藩，何以行礼乎？”公子瞿然领训退。兄子某，官某部堂主事，衣弋绨谒君，袂衽且敝矣。君诘之曰：“若居要地，接要人，顾被服如此，安之乎？将以为名也？”兄子跪谢曰：“非敢然也。儿旦旦趋公，无暇晷，偶忘焉耳！”君则大喜曰：“是吾志也！”赍袍褂一袭。呜呼！观君之庭诰，可以知君矣。抑昔人有言：“闻人誉之以卿相则喜。”必非喜其鞠躬尽瘁，可知也。呜呼！果堂其同此感也哉！

记叙之文，议论错落其中，文字朴雅谨饬，如见其人。他又有《复郭中丞书》及《又复郭中丞书》，恳辞广东巡抚郭嵩焘来九江造访，试看其中的一段：

……伏念某海滨之鄙人也，世守一经，家徒四壁。畴昔苟图禄仕，亦有岁年，遁尾蛊上，岂伊素怀？巢林凿坏，与之殊辙。属以身婴痼疾，绵历十载，肝气失调，肿风频动，每遇颤发，涉旬逾序。加以入秋痁作，乍冰乍火。昌黎《谴疟》，文字无灵；潘岳《闲居》，聪明弥拙。匪云离梦远俗，保其幽素，聊欲蠲疴导和，就成省旷。不交人事，职此之由。若谓膏肓泉石，以为名高，其于乃心，翩其翻矣！脱获刀圭少效，气力稍充，分即鞠跽铃辕，恭承矩训。钧谕乃云，当以小队过访深山，此诚古大臣忘分下交之至怀，发潜显幽之盛节也。若某者，文义不丰，行能无算，曾持吏版，自异幽贞。大人任方国之重，

> 时事方殷，日不暇给。一旦勤大府之高牙，就空山之小草，人听惶惑，众论纷呶，纵不疑大君子偏嗜之奇，必且重山中人虚声之诮，弗敢承也，亦非所望也。愿垂意而深察焉。(《复郭中丞书》)

郭嵩焘得函颇为欣赏，称其“文理甚佳”。(《郭嵩焘日记》二）次琦早年又工骈文，陈衍谓可比洪稚存，“置诸洪北江集中，直不能辨”。(《石遗室诗话》卷二十四）岭南并时两大学者的朱次琦和陈澧，学术各有卓越成就而又兼工辞章，多才多艺，成为粤人传诵的佳话。

在文学方面，次琦的主要成就在诗。他的作品在岭南诗坛上是占有重要地位的。故潘飞声评论说：“综观其诗，韵高而意远，树骨汉魏，取神初唐，顿挫沉郁，尤得杜陵真髓，独漉后一人而已。”(《在山泉诗话》卷二）

第三节 其他诗人诗作

彭泰来（1790—1868)，字子大，号春洲，高要人。年十四，以诗与谭敬昭唱酬。嘉庆十六年（1811)，曾燠任广东布政使，泰来与陈昙俱为所赏，为座上客。年十八拔贡。屡试不就，遂绝意仕进。乡居数十年，以著作自娱。两广总督祁埙闻其名，欲延见之，意甚殷切。泰来谢不往见，其高致如此。诗外兼工古文、书法、篆刻。著有《诗义堂后集》、《昨梦斋文集》、《高要金石略》等。

泰来天才隽雅，尝谓“作诗心无古人，作古文常有古人在心”。（陈旦《彭春洲先生墓表》）盖不愿专事依傍，想“因时以兴慨，即慨以动物”，以树立自己的风格。不过立论虽然如此，而他的作品中学习古人的地方，仍时可见到，例如：

挂席鄱阳船，痛饮浔阳酒，二千里外不逢人，五老云中忽招手。湖波一白吞长空，波心倒濯青芙蓉。石梁三道揭南斗，云锦九叠张天风。天风云开，宛虹不来，洪荒昔漾，滔天可哀。高厓绝壁不知几万仞，禹航所泛下压千崔嵬。螭书龙画入石处，亘古灵踪翳神露。紫霄直上连青冥，咫尺飞翔玉京路。湖上南溟客，醉赋庐山篇，匡君兄弟笑相视，问我浮世今何年。眼中陶谢两黄鹄，灭景远入香炉烟。吟诗吾怜孟浩然，草堂亦爱白乐天。倘与卢敖汗漫游戏太清上，安知我身前度非青莲！浩歌叩舷风日美，山雪春融九江水。江南江北青山多，有酒不饮如山何！（《湖上望庐山醉歌》）

此诗前半写景物，后半追慕古人，中间以“匡君”二句转折，转换自然。全诗开阖跌宕，句法历落有致，是学习李白风格的例子。下面这首则苍健拗折，又与上一首不同：

黄云屯空如万马，督亢坡前马不下。断虹掉尾入古城，城头浩浩乌鸦声。昌国君亡郭隗死，鹑首赐秦天醉矣！刺秦不刺燕必亡，万死一中当灵长。铁椎铅筑亦此策，只未先将滈池璧。不识荆卿一片心，当日踌躇待何客？萧萧易水光如刀，秋风刮地吹征袍。栈车轫辘天马劳，黄金台古生蓬蒿。（《督亢行》）

近体则有雅健自然者，如：

西山一片雨，暮色大江前。帝子仍高阁，他乡又禁

烟。家书通粤使，春水泛吴船。往日登临客，关山最少年。(《滕王阁晚泊》)

其淡雅而饶新意者，则有：

小步春郊雨湿衣，杨花飞尽楝花飞。离人不觉离家远，翻劝春风缓缓归。(《小步》)

此等传统小题目，本是最难着笔，易成滥调的，此诗却翻出新意，极耐寻味。

泰来家道本尚丰裕，其后迭遭变故，家运奇蹇，乃典卖田产以应付。中岁已陷贫困，晚而益甚。故诗多忧患之言，如《大水叹》、《江上吟》、《岁余哀悼八儿》等作，皆愁苦欲绝，读者亦为之扼腕永叹。他乡居不出，却关心时事，鸦片战争时期，曾写了《辛丑感事》、《辛丑广州纪事诗》等作品，揭露和讽刺清政府官员的无耻投降行径。贫困乡居，而能忧世爱国如此，是十分难得的。

徐荣（1792—1855），原名鉴，字铁孙，驻防广州汉军。嘉庆二十一年（1816）举人，大挑任直隶藁城县学训导。道光六年（1826），受聘为学海堂学长。十六年中进士，分发浙江，历任遂昌、嘉兴、临安县知县。在任以廉惠称。荣律己甚严，常以“行无悔事，读有用书”二语自勉。巡抚刘韵珂器重之，委管会城报销局，能杜绝浮冒和侵渔等弊，核算精当，自己则锱铢不染。寻升玉环同知、绍兴及杭州知府。咸丰三年（1853）署杭嘉湖道。太平天国军入皖，攻陷祁门，荣扼守徽州相抗。五年，太平军攻黟县，徐荣与战，阵亡。

荣少时恂恂循谨，为张维屏弟子。其后又任学海堂学长，盛有才誉。工诗、精隶书及画梅，时人以“三绝”称之。及出仕，政暇辄喜吟咏，阮元尝呼为“诗县令”。著有《大戴礼记注》、《怀古田舍诗集》、《怀古田舍梅统》、《日新要录》等。

徐荣才力富健，笔致清深，林昌彝评他的诗“熊熊魂魂，浑浩流转”；“各体诗得力东坡”。（《海天琴思续录》卷六）他有七律《月下看梅花作》：

> 一笑相逢云水乡，罗浮村外酒家旁。身原明月何须问，世有梅花不敢狂。独鹤惊回千里梦，共谁消受五更香。醉来推倒珍珠树，万斛平教北斗量。

隶事精切，意度萧洒，确近苏轼的风格。类似这样的诗歌，在徐荣的作品中是占一定分量的，无怪林昌彝有学苏之评。但徐荣的记游之作，却颇多奇崛者，其中有律诗亦有古体，而风格则不纯是苏轼一路的。例如：

> 陡觉云当面，不知山到门。山飞一水出，水挟两山奔。石气青天上，风帆碧树根。无穷今古意，来问白头猿。（《清远峡》）

五律用健笔来写奇伟山水，显得峭拔不同，而到用古体以刻画山川的时候，他的笔触则更为苍练劲峭。

> 榆溪缭而深，樟滩直而豁。地偏乱石据，门险众流夺。未到声先闻，滔滔殷天末。高云惊忽溃，老叶危已脱。青山如痴聋，终古遭恫喝。滩旁有寒鹭，久立不嫌聒。急流安得鱼？愚哉此生活。（樟树滩）

此诗一路写景，结尾二句，忽作议论，寄托殊深。另外，他的七古有风格逼肖苏轼的：

> 箨龙何年避斤斧，走入深山避喑虎。岂知道人不汝赦，日日长镵恣轻侮。竹鼬狂呼救不得，锦绷远寄森可数。居然童稚已耿介，顿觉腥生污鼎俎。猫头玉版等儿戏，沙箸箕笪真市脯。摩挲雨暗土痕肥，涩勒烟寒村味苦。多生蠹简有馀嗜，填堑馀雄今可贾。却愁半夜雷雨急，芒角槎牙生肺腑。应须火急吐新诗，凭谁题向蓬莱股。（《南山师邀食罗浮笋》）

此诗奇矫横恣，是他七古诗中的杰作。

当鸦片战争发生时，徐荣正任官浙江前线地区。侵略者的暴行，他自然亲睹亲闻，悲愤伤时，曾写下许多爱国诗篇，如《招宝山放歌》、《小潮音洞作》等。而《葛壮节家书题后》一篇，尤可作诗史视之：

> 竹山门头月光苦，穷海精魂夜深语。国有大事在师旅，当时心肝奉吾主。可怜恬嬉相媚妩，筑室于道聚群瞽。伏尸者谁王彭祖，举棋不定剿忽抚。陈十八策一莫取，武人惟有勇可贾。毁家助军贷子母，坚我戈船利我斧。越八月望来舳橹，白者了鸟黑者奴。张鸱附蚁争睢盱，茫茫天海一岛孤。战六日夜援兵无，臣力竭矣心不枯。死人如麻如苇芦，有墨其经厥状殊。平生言之今不渝，曰惟见危捐以躯。谓予不信视此书，壮节手上妹婿朱。

葛云飞是定海总兵，他生前对定海防务建议颇多，无奈当局无能，漠不关心，欲战欲和，总无定见。云飞在致妹婿的信中，指出这些可悲的现象并表达了誓死抗敌的决心。后来，他终于壮烈殉国，显示出崇高的爱国精神。本诗前面大段是概括葛云飞家信的内容，末后五句方入诗人的评述。全诗不追求词藻的优美，不用强烈的语气。盖事本壮烈，自足感人，平实写来，适足以显示壮节。如此谋篇，可见作者的卓识了。

徐荣的诗骨韵清深，各体均有佳作。张维屏评云："其诗既写性情，兼饶才力，吾粤骚坛冯鱼山、黎二樵、宋芷湾之后，以君继之，庶几无愧。"（《艺谈录》卷下）这样的评价是很高的，但又是恰切的。

冯询（1792—1867），字子良，番禺人。嘉庆二十四年（1819）举人，二十五年进士。归知县班候补，乃回广州。在此期间，询纵意剧游，与邱梦旟、招子庸等六七人狎游珠江花地间。唱月呼风，竞为豪举，数年挥霍，家资罄尽，而候补之期尚远。不得已，乃入罗浮挂籍为道士。继又下山，闲居无聊，则北上游幕山东。后终获任江西永丰县知县，历官吴城同知，署九江知府、饶州知府。于是一改故习，专意廉名，公余惟以诗相对。著有《子良诗存》。

询为张维屏弟子，诗学渊源有自。其后游幕山东，历官江西州县，得与贤豪相接，才识益进。他的五七言古体才力兼到，边幅壮阔，魄力气势均有可观：

> 东海浮山并浮日，日光射空海底出。浮山日涌罗山来，两峰摇摇势欲失。铁桥亘天天汉低，天风浩荡云凄迷。淋漓元气渺不测，忽惊天外鸣天鸡。乾坤草庐半空起，四百峰头一亭峙，中有苍茫独立人，元精耿耿双眸视。本来南国占离明，文章天上摇火精。收拾蛮烟炙炎海，海市忽散鲛人惊。珊瑚万树若列炬，照见山河瞭如许。蓬莱并入金镜中，一角分明失左股。黄尘更变水浅

清，劫灰飞尽玻璃明。何时晞发最高处，顾盼目极东南溟。(《罗浮子日亭观日歌》)

像这类风力遒劲的作品，集中为数不少。而他的乐府则格韵深古，成就不在五七古体之下。尤其冯询久任地方官员，民间疾苦，时政弊坏，都常以乐府反映，因而又具有现实的意义和内容。试举出下面两首，以见一斑：

辛亥、壬子间，河决淮徐，饥民载路。时余北上，道出是间。有老妇携八岁女追及余船，求收养作婢，委儿径去。儿随诸婢侍应，不敢悲泣，惟时倚船窗愁苦作小语。察之无他词，但曰：娘难见。闻之惨然，作五解志叹。

娘难见。娘在山巅，儿在水面。山水亦天，胡为使我娘儿割断？[一解] 儿在水面，贵人之船；娘在山巅，穷无一椽，穷无一椽，饥饿难并存。低首语儿：娘今将儿送贵人，儿聪明，必得贵人怜。儿饱矣，娘涕泪涟涟。[二解] 贵人富足，恩及婢仆，饮食衣服，胜父母鞠育。[三解] 鬟翠衣青，侍侧兢兢，仰视贵人，貂蝉何荣。貂蝉虽荣，不知我父母鹄面鸠形。呼娘娘不应，恐贵人嗔，忍泪吞声。[四解] 娘难见，日倚船窗苦。千山万水排无数，中有一条隐愁雾，是娘送我来时路。[五解] (《娘难见》)

吁可怜！贼劫船。吁可叹！贼劫官。官船如虎，威威武武。官船如龙，倥倥偬偬。丈旗尺字头衔震，官大官小贼不问。

官船被劫民船安，有官贼厌民单寒。官曰擒贼须擒王，贼曰劫人须劫官。贼去寒江变热地，吹笳击鼓排旗帜。

黄金投濑珠沉渊，巨官之宝不在船。官船有宝贼岂识，宝是陆家压装石。官富不免危，官贫不得归。呜呼！官不得归，官瘦而贼忍肥？

因贼思官，作官诚难。江湖一落忧百端，争名夺利如凶顽。我闻古者京师亦白劫，宦途岂独船有贼！（《劫官船》）

两篇乐府中，前篇字字血泪，万般悲苦，俱从母女眼中、口中传出。后篇题材，为历来诗人所鲜涉笔，作者以嘲讽嬉弄语气写贪官丑态，慨叹清官的不易为。此外，《村锣叹》、《后打冰行》等也是反映民间疾苦的代表作。

冯询的近体诗以雄浑为宗，多感慨胸臆语。如：

三十六江水，条条是别程。登楼王粲泪，入海鲁连情。富贵亦何物，风波不可行。南州谁见雪，只向鬓边生。（《三十六江楼》）

留得衰茎尚战风，霜痕狼藉路西东。九秋塞下连天白，一夜峰头特地红。谁复荣枯论泽薮，转忧埋没到英雄。美人心事幽人迹，并入苍凉古道中。（《秋草四首》之一）

《秋草四首》是冯询的力作，时人传诵，以“冯秋草”称之。这里虽只举出其中一首，亦可见此诗的感喟苍凉，寄托遥深。诗人早年未为时用，一腔怀才不遇之意，借秋草之咏，寄托英雄埋没之感。至于七绝，则有风格深婉的，如：

放下琵琶更举觞，晓风残月九秋霜。歌声快似并刀剪，要断人间未断肠。

哀乐贤愚总一般，搔头拍膝思无端。不知听者缘何事，离便凄凉合便欢。(《听歌二首》)

又有回忆家乡风物，饶有佳致者，如：

行乐催人是酒杯，漱珠桥畔酒楼开。海鲜市到争时刻，怕落尝新第二回。

薯莨衫窄笠丝堆，装束随宜笑口开。午睡乍醒魂梦脆，绝清三字荔支来。[来字以粤音读之，盖疍女卖荔之声如此]

弹断银丝碎玉筝，晓风残月夜泠泠。不知解得谁心事，一样清歌百样听。[俚言入歌，能道人胸臆间语，谓之“解心事”]

歌场散后语喃喃，月落船头思不堪。忽听寒蝉如诉怨，两三声过海珠南。(《珠江消夏竹枝词》)

作者当时在江西做官，乡思难解，遂作此组诗以寄意。诗中写羊城风物，绰约有致，难怪他每一念及，便乡愁难释了。

张维屏评冯询的诗谓“其诗时而皋鹤长鸣，时而春莺自哢，时而风雄虎啸，时而月冷猿啼，惟能自达其情，遂觉适如人意”。(《艺谈录》卷下）子良才大，各体皆工，上述所引诸作，可见张维屏的评价之非虚言。

黄子高（1794—1839），字叔立，号石溪，番禺人，优贡生。少擅词章，留心掌故，尤重乡邦文献，多手录之本。富藏书，多善本，皆一一手自雠校。伍崇曜、谭莹编纂《岭南丛书》、《粤十三家集》等书，多向他借抄善本。广东学使翁心传读其所撰《南海对》文，谓为天下奇作，当与汪中《广陵对》并传，实旷代之逸才云。他博极群书，精金石考证，兼工篆隶，或誉之为岭南之“小长芦叟”。阮元创办学海堂，聘其为学长。著有《石溪文集》、《知稼轩诗钞》、《续三十五举》、《粤诗搜逸》等。

子高集中效齐梁体者最多。《楚庭耆旧遗诗》指出他“诸体兼工，而于汉魏、六朝尤近，所拟齐梁诸作，几欲乱真”。但实际上此类作品，佳者寥寥，大都不脱摹拟痕迹。倒是近体时有佳作，如：

> 小庭无过客，阒寂画帘垂。细雨花朝近，晴光社日迟。蛛丝横屋角，蝶粉满芳枝。自起翻书帙，墙西日又移。（《小庭》）

诗人村居幽寂，以读书为乐，此诗写出此中无限雅趣。子高为人襟期孤介，而性甚平和。屡应举人试，都不获中，便安享田园，潜心读书著述。所以乡间风物，在他笔下常有淡静闲适之趣，下面这首是很有特色的：

> 黄蜂队队雀查查，辛苦年来为种瓜。悔不庄头村里住，一生衣食素馨花。（《记乡人语》之一）

庄头是广州珠江南岸的村庄，乡人以种植素馨花为业，每日采收后运至城中出售。花农日对鲜花如云，灌种得时，即可不愁衣食，是何等适意的事。远胜于尘世奔竞，俯仰由人的生涯。淡淡写来，言外自饶深味。的确，子高的一些好诗，每能以平淡写深意，看似随手拈来，实为功力所在。比如下面这首诗：

> 故人作令到西京，此去西京万里程。他日归来相对

酒，也须还我廖鹏卿。(《送廖鹏卿之官山西》)

前三句是送别的常语，平平无奇。结句酝酿而出，为全诗主旨，七字之中，蕴含多少言语。其意是说，希望他不要一入仕途，便丢了原来的品格，染上官气和恶习；他日归来，所愿见到的依然是今日的廖鹏卿。语似拙直，实则深婉。这是颇有唐人七绝意趣的作品。

子高集中压卷之作，当属下面这首：

生不欲为上柱国，死不愿作阎罗王。一月二十九日醉，百年十万八千觞。园花岸柳各有态，去燕来鸿空自忙。诗成掷笔出门去，大笑天海风琅琅。(《醉中走笔成歌》)

此诗以歌行之法入律，前半拙直，后半雅畅，而气势纵恣，贯注全篇，使人只觉其意态豪迈，通体浑成，风格逼似李白。何藻翔深为赞赏，评谓："自有摘句图，佳句选不胜选，似此嵚奇磊落，以气胜也。"(《岭南诗存》)

子高恬退自适，酷爱田园生活，是岭南诗坛上少有的田园诗人。

谭莹（1800—1871），字兆仁，号玉生，南海人。读书宏博，尤长于词赋，并以此为阮元所赏识。屡应乡试不中，至道光二十四年（1844）始中举人。历官化州县学训导、琼州府学教授。又受聘为学海堂学长，粤秀、越华、端溪等书院监院。参与纂修《南海县志》、《广州府志》。富藏书。生平博考广东文献，凡粤人著述，搜罗而尽读之。其罕见者，则商请好友伍崇曜负责汇刻成丛书，如《岭南丛书》、《粤雅堂丛书》、《粤十三家集》、《楚庭耆旧遗诗》、《舆地纪胜》等巨帙的编刻，均由伍氏出资，谭莹负责主持其事。诸凡甄定善本，校雠得失，以至题写跋尾，均谭莹一人任之。其于岭南文献之搜罗与编集，贡献甚大。

谭莹在他的文学创作生涯中，早年追求华赡的风格，晚年则身经鸦片战争和社会动荡，感时伤事，而有激壮凄切之音。如早年所作的《青奴曲》二首，便是辞藻丰美，风格华赡之作，现选录其一：

独眠人作闲花拥，风骨棱棱也情种。席摊椰叶帐梅花，恰无人妒专房宠。侧闻家世有湘妃，径署夫人却未宜。见者犹怜何必老，织成方问不曾迟。饮羊羔酒端非匹，拟报平安劳日日。纵在泥中总激昂，居然林下谁评骘。月转回廊夜正长，贺新凉即贺新郎。登床却又完疏节，到枕何曾见热肠。水榭云廊金屋贮，时宜不合吾非汝。英雄伸脚惯欺人，臣仆剖心能事主。房栊风急雨初收，不抱衾裯命不由。遣此未能心醉极，背人端有泪痕不？纵比玉箫缘再世，清凉无汗何人俪。翛然风致总非凡，惜甚温柔偏不计。性情谁说类青琴，得唤樵青实赏音。竟月相亲仍冷眼，生平可爱是虚心。快婿王郎真坦腹，司空见惯原非俗。反侧能安夏有霜，炎凉递阅明如玉。昨宵偎傍稍知寒，半臂令添弃置难。曾歌团扇辞谁赠，偏到秋风一例看。有人更属留闺闼，或者前生花底活。略具生平听转移，本来节目论疏阔。干霄意气总非凡，屈不能伸泪可缄。追忆却真如锦瑟，婵娟偏自着黄衫。堂有氍毹全不配，性情潇洒原吾辈。小眠仍与月风宜，差爱绝无儿女态。曾非佳士莫相亲，劲直圆通各任真。方回迥异常奴者，获见苏黄一辈人。

全诗典雅华美，运用典故旁敲侧说，其实写的不过是竹席而已。用韵至二十，犹嫌不足，再作其二，亦不过炫耀其隶事之工、藻绘之精切罢了。谭莹这种华赡铺叙的特色，大抵是学习清初吴伟业的。

晚年多历世故之馀，又加丧偶独居，诗风趋向清雅恬静：

> 庭空半残月，萤火入凉烟。竹柏影成画，香花心悟禅。倦游疑隔世，多故逼中年。静境无人共，支琴独未眠。(《画墁堂夜坐》)

心境淡静，诗亦与早年的华赡之作迥然异趣。他少日曾以《岭南荔支词百首》为阮元所激赏，诗中的岭南地方风物，至足令人对卷低徊：

> 柳波涌外柳毵毵，十里香风送去帆。盈盈两岸色相妒，画舫人穿红汗衫。[柳波涌近荔枝湾]

> 碧纱轻束紫罗襦，中有盈盈白玉肤。何妨三日怀中贮，不是红绡是绿珠。[挂绿荔枝去壳怀之，三日不变]

> 扣舷低唱摸鱼歌，人道鹅潭有白鹅。郎贩荔枝轻打桨，侬心常祝定风波。

谭莹曾亲历两次鸦片战争，伤时感事，每多感慨苍凉之作，如《战舰行》、《后战舰行》、《边事十一首》、《妖氛》、《书事》、《闻警》等，对侵略者作出愤怒的挞伐，对统治者的无能发出尖锐的责备，愤悱填胸，血泪满纸。《流花桥春望》诗中，更对三元里的抗英志士表示敬佩：

> 兔葵燕麦问刘郎，紫烂红稠水亦香。焙鸭人家兼沤

苎，种鱼天气合分秧。薙田昔占莺花局，榕社都经剑戟场。谁信笠檐蓑袂者，岭南凭仗作蛮防？［谓辛丑四月三元里之捷］

在这类反映鸦片战争的诗中，谭莹的《缴阿芙蓉诗》是极具特色的，诗写林则徐焚毁鸦片前后经过：

兽舰嵯峨，独樯填波。海风腥黑，阿芙蓉多。狼机守护，锦帆当路，海日空明，阿芙蓉驻。互市督臣之所司，拒关谏臣之所知，大臣奉天子命，怀柔震叠靡不宜。汝英吉利，汝胡不逃？将军天下，雕旗银刀。汝英吉利，汝胡不死？幕府地遥，丛矛注矢。汝英吉利，汝胡不归？盖舳襜舻，岸合长围。汝英吉利，汝胡不返？水榭霞廊，厨空未饭。大臣之心，中外所钦；大臣之谕，颛愚可悟。大臣曰兵，雾阁星营；大臣曰属吏，绣鞍玉辔；大臣曰商，铁轴牙樯。不缴汝不能飞，不缴汝不能出。杀人者抵，杀亿万人者议遵何律？羁縻勿绝，敢沿其说。纤悉不留，亦复何求。鼓角哀，蛮酋来；高冠兮长剑，面色作死灰，釜鱼笼鸟吁可咍。然犀相逼知多少，万八千箱排日了。羽檄催，关市开，郁林石压空船回。惊闻大臣又传令，莺粟香浓还未净，蠢尔西洋早倾听：巨浸茫茫独澳门，市舶先朝泊蚝镜。

这诗节奏迫促，跌宕历落，以拙直胜。岭南前辈诗人宋湘的《李将军歌》，本已开创了这一格调，谭莹此作正是追步宋湘的。

郑棻，字子干，一字棉舟，番禺人。诸生。善骑射，工画兰竹。曾随招子庸到山东，又遍游吴越、荆楚、燕赵。张维屏

夜，风约松涛共一楼。暗壑有光看误月，空山无寐坐惊秋。村鸡未唱晨钟动，十五年前忆旧游。（《宿白云倚山楼》）

五律则有《岁暮杂诗》五首，写生活琐事而能运以健笔，情理兼到，亦足见其功力：

两载怀娇女，朝来喜溢眉。缝纫犹仗母，乳哺解怜儿。岁晚归程迫，宵分絮语迟。衰年亲骨肉，此意近来知。

越酝沽难再，村醪薄许尝。拥炉添座暖，说饼觉杯长。匙溜菘羔滑，羹添玉糁香。百钱供口腹，一笑大官羊。（《岁暮杂诗》之三、四）

这组诗，邱炜萲《五百石洞天挥麈》赞许为“胪列家常，本极琐屑，出以遒劲之笔，深曲之思，便觉语语动人”。

今传《梅窝诗钞》是作者亲自编定的，仅存三卷，足见去取甚严，而汰馀的集外诗，尚多佳作，如：

衡湘才子神仙客，买棹南来赋远游。一样三更珠海过，月明不似旧时秋。

花田如雪素馨稠，底似梅花万本幽。犹有美人相慰藉，劝君襆被入罗浮。（《题谭荔仙参军月夜过珠海图》四首选二）

似此饶有风致的作品，在《梅窝诗钞》中是鲜见的。于此亦可稍觇作者存汰己作的宗旨了。

陈璞（1820—1887），字子瑜，号古樵，番禺人。咸丰元年（1851）举人。八年，任江西安福知县，劝课农桑，勤政轻刑，民相悦服。丁父忧归，遂不复出仕，后被聘为学海堂学长。郭嵩焘任广东巡抚，聘为参事，得保升同知。其后蒋益澧为粤抚，尤敬礼之。与陈澧、陈良玉为友，时有“三陈”之称。璞雅怀淡泊，一介不苟，于世事无所营求，惟与二三故旧觞咏。著有《尺冈草堂遗集》。

陈璞集中以七律作品最多，亦以此体擅长。在当时颇获好评。大抵蕴酿功深，在“三陈”之中，以清和朗畅见胜。

> 荒园数亩屋三间，好与幽人共往还。庭小自邀连夜月，檐低却见入城山。半池秋水清能照，一榻梅花梦已闲。收拾平生付萧瑟，漫论词赋动江关。（《题朗山梅窝新居》）
>
> 故园长对珠江月，无此烟波阔渺漫。湖气上蒸星斗湿，夜光平荡水天宽。朗吟疑有仙飞过，起舞谁怜客影寒。料得香闺不知路，此时只解忆长安。（《洞庭玩月寄内》）

诗人秉性平淡，所以他的作品并不追求恢张纵横之概，而只以和雅妥适为尚。例如前首，立意造境，颇见清老；后首则起结互相呼应，韵致甚佳。于此足见作者在酝酿构思上的追求。

他以七律称于时，人们便忽略了他的古体。其实陈璞的古体俊健，亦有佳作。

> 干将埋地夜光赤，峥嵘上烛高天碧。年深化作空中云，空濛无复人能识。画舫明灯粲星列，银拨金筝春酒热。跃马冰天几往来，豪情归付珠江月。美人一笑回清眸，眼花耳热忘白头。狂呼傲睨杂訾笑，肆志岂独轻王

侯。张雷不作那复顾，故园一枕沧浪暮。中原澒洞风尘昏，我亦从君狎鸥鹭。(《赠吕拔湖学博（洪)》)

又有幽怀淡宕，朴健自然者，如：

清绝山堂月，无夕不我待。而我不一至，竹木空光彩。今夕喜我来，幽意较常倍。似怜我别久，照见须发改。又若爱我狂，袒裼不嫌浼。笑我二十年，浩浩堕尘海。更为濯我魄，涤荡出庸猥。一夕清气回，本性知尚在。境寂心自适，不远庶其殆。胡为又独归？明日应自悔。(《山堂对月，余夜半归，诸君皆留宿，次朗山韵》)

吴川李文泰最赏此篇，谓为“清幽之气，涤尽烦襟，不厌百回读也”。(《海山诗屋诗话》卷九)

陈璞除能诗之外，又能画，工骈散文。当时名流碑铭，多出其手。又有《拟广东儒林传》、《拟广东循吏传》、《拟广东文苑传》诸作，可见他颇留意岭南文献，而不欲以诗人自限。

汪瑔（1827—1891），字玉泉，号芙生，晚号越人。所居名谷庵，学者称谷庵先生。先世本籍浙江山阴，客粤日久，遂入籍番禺。家贫，以布衣为幕客，先后入曲江知县五福、盐运同知冒澄、布政使俊达幕。又曾为总督刘坤一、裕宽、张树声、曾国藩幕僚。均能策划得宜，文牍妥善。虽居幕府而恬退不肯参与外事，深为主官所重。其后捐纳监生，获同知衔。著述甚多，计有《随山馆猥稿》、《随山馆丛稿》、《无闻子》、《松烟小录》、《旅谈》等。

汪瑔以诗名，又善为骈文，精汉隶，张鸣珂编《骈体正宗》一书，曾选入其作品。所交皆粤中诗坛健者如谭莹、陈良玉、陈澧、沈世良等。他绮岁清才，诗风婉约，早年诗作朗秀妍润，时带清越之致。如：

> 我家三十六溪上，来登三十六江楼。西风万里送寒意，对此茫茫生远愁。萧然野色下黄叶，邈矣客怀随白鸥。他乡有酒不能饮，摇落山川何处秋？（《三十六江楼》）

他学诗初期从李商隐、温庭筠入手，但无温、李之秾艳而得其绵密清丽。所作七言律绝，“烟波绮丽，风月清新，逸兴遄飞，感均顽艳”。（林昌彝《随山馆诗集题辞》）汪瑔为人品格高尚，立身行志，皦然不欺，世事久历之后，渊乎有忧世之心，愀然多自伤之思：

> 黄木湾头海雾昏，百年世事任乾坤。早时冠冕通南极，此日旌旗壮北门。人不带牛云有子，地能集凤竹生孙。遐陬正在升平日，独客烦忧付酒尊。（《广州春感》之二）

> 冀北何时伯乐来，未妨骐骥溷驽骀。只今皂帽多流寓，往昔黄金剩废台。士有文章应失意，人无名位转怜才。幔亭莫唱神仙曲，万古缁尘例可哀。（《杂感四首》之二）

这两首诗，前者为鸦片战争时期所作，深为局势变化而忧虑；后者则自伤幕客生涯，有才无遇。中年以后，他的诗风已趋向清苍朴老，感慨沉吟，深婉中时露风骨：

> 患难饥寒后，艰虞性命存。劳生今白发，落日几朱门。思旧真疑梦，论文亦感恩。茫茫知己泪，寥落故

衫痕。

振策鸡栖倦，谈经马厩开。不知何事乐，偏向此中来。枚子飞书笔，宾王作奏才。古今远相望，风雨满蒿莱。(《感怀二首》)

鱼鳞万瓦霜棱逼，落木萧骚试风力。中天寒月照旌旗，海岛边城同一色。封侯万里梦不成，老矣勿复思功名。邻鸡夜半忽争唱，安用此时闻此声。(《冬夜作》)

汪瑔的作品，以七律最胜，五律亦多可诵。七绝清雅而有思致。惟古体较弱，平缓质实，缺少特色。下面举出的这一首，是其早年所作，胎息李白，为集中所少见者：

酒人不上天，酒星不堕地，东风万里吹不醒，但觉乾坤皆酒气。梅花肯为吾曹开，不知岁晏知春来。两人绝叫巾帻脱，闯然直上槽邱台。忽作狂歌忽长啸，悲喜无端总清妙。老梅未见如此人，寒入心脾向之笑。我从五年前，早闻京兆郎，曾从醉翁醉，颇类狂奴狂。今年仲秋始握手，便向酒国相翱翔。过江仆射亦良快，卧瓮吏部庸何伤。今夕沉酣亦何有？酒在衣襟诗在口。乾坤有此两酒人，且酹酒星一杯酒！(《小除夕与松谷纵饮极醉作歌》)

朱启连是汪瑔的女婿，所作《汪先生行状》评其诗云："初拟温、李，晚依范、陆，幽远深旷，造乎自然，后世必有疑为南宋、金元间人者。其高者乃中、晚唐音矣。"

第四节 道光、咸丰间的散文

道咸年间，粤中文风大盛。道光初，两广总督阮元建学海堂于粤秀山麓，以造就两粤人才。不少著名学者，都曾在学海堂中任教或就读。大学者陈澧曾为学海堂学长，培育了不少英才，朱次琦、梁廷枏、谭莹、汪瑔等均一代名家，对清末的文风有很大的影响。

梁廷枏（1796—1861），字章冉，别号藤花亭主人。顺德人。以副贡生任广东澄海县训导，广州越华书院监院教官，后升内阁中书，加侍读衔。他留心时务，推许西方国家民主制。林则徐任两广总督时，应邀入幕，对禁烟抗英，多所规划。道光二十九年（1849）在广州人民抗英斗争中曾参与倡议和制订章程。

梁廷枏为清代岭南著述大家，学问渊博，著述宏丰，于史学尤精。他的史学著作主要有《南越丛书》二种五卷、《南汉丛书》四种四十二卷，是古代岭南的南越、南汉国史之集大成者。梁氏生活于近代中国的历史巨变时期，对海外各国的社会历史状况曾作过探究，著有《粤道贡国说》六卷、《兰仑偶说》四卷、《耶稣难入中国说》一卷、《合省国说》一卷，并称为《海国四说》。他还深入考述当时的中外关系，著有《夷氛闻记》五卷、《粤海关志》三十卷、《海防汇览》四十二卷，这些著作，至今仍是研究近代中国外交与关防史的重要资料。梁廷枏是较早介绍西方文化的学者之一。其思想亦有一定的民主因素。如他在《合众国说自序》中道：

> 予观于美利坚之合众为国，行之久而不变，然后知古者可畏非民之未为虚语也。彼自立国以来，凡一国之赏罚禁令，咸于民定其议而后择人以守之，未有统领，先有国法。法也者，民心之公也。统领限年而易，殆如中国之命吏，虽有善者终未尝以人变法，既不能据而不退，又不能举以自代。其举其退，一公之民。持乡举里选之意，择无

可争夺、无可拥戴之人，置之不能作威、不能久据之地，而群听命焉。盖取所谓视听自民之茫无可据者，至是乃彰明较著而行之，实事求是而证之。为统领者，既知党非我树，私非我济，则亦惟有力守其法，于瞬息四年中，殚精竭神，求足以生去后之思，而无使覆当前之悚斯已耳，又安有贪侈凶暴，以必不可固之位、必不可再之时，而徒贻其民以口实哉？

在道光年间发出这样的议论，可说是冒天下之大不韪了。

梁廷枏对岭南文献研究颇深。其《南汉书》十八卷，有功史学。所撰史论，亦有理有据。如《宋龙图阁待制张公镇孙死节论》一文，论张镇孙死节事："公而降，公必不死。公畏死，公必不出。假使公而顾惜身命，则黄冠草服，何至冒犯锋镝，身入槛车？使公而贪恋禄位，则亡宋诸臣，方多录用，又岂肯郁抑自裁？其始之慷慨从王，与信国之志同也；后之从容授命，与信国之节又同也。"

谭莹檠檠大才，一生著述极丰，其《乐志堂文集》十八卷、续集二卷，多长篇巨制。谭莹尤工骈体文。《清吏列传》谓其骈文"沉博绝丽，奄有众长"。张维屏亦称其"万卷罗胸，七襄在手。吾粤二百年来论骈体，必推玉生，无异词者"。（《艺谈录》）费行简《近代名人小传》更推崇备至："清代骈文，冠宋以后。然若袁枚、王昙之属，句累八九字，强嵌成语，固是宋人流派。郭频伽则篇幅狷狭，貌虽似古，神则离焉。刘芙初诸人，虽整丽矣，而卒不能忘情后世诰敕之体。求能昌博遒丽，若初唐四杰者，乾嘉以后，断推玉笙矣。玉笙，莹字，即以名其集者也……为文长篇巨制，意义不穷，而语皆锤炼，唯小品不多作……"集子中长篇如《熊笛江广文遗诗序》、《张南山师六十双寿序》等，煌煌巨制，华赡渊雅，确可独步岭南而无人能与争衡的。如《新建粤秀山学海堂碑》：

爰以道光四年秋九月，经始于城北粤秀山之麓焉。岭驻峰纡，岩层岫衍，川原开涤，林藿绵濛。畅万里之幽情，挹三城之秀色。天连象郡，平看五岭之低；地尽蛮江，俯眺六泷之险。珠江花月，遥接南濠；香阁经鱼，近连北郭。棉红榕绿，极万瓦之鳞差；渚往汀还，度千帆而羽集。湛方生有言："岭举云霞之标，泽流清旷之气。"荆蓝之璞，岂不在兹？以今方昔，亶其然矣。

全文二千余言，一气呵成，极见工力。

谭莹为杰出的岭南文献学者，凡粤人著述，搜罗而尽读之，刻书数百卷，亲为跋尾二百余篇，考证详略，亦有文学价值。

汪瑔，有《随山馆丛稿》四卷。善为骈文，有名于时。小品尤有意味。如《杂讔》之四：

江南有善为药玉者，售于达官以为带，远望之莹然美玉也。有识玉者曰："此药玉也。"则人皆詈之："达官讵用药玉耶？"既而达官以妄费官物败，斥卖家物以偿，出其带以示玉工，曰："此药玉也，价贱不足售。"嗟乎！当达官未败时，力非不能致真玉也，顾为药玉者必纯白而泽，真玉往往不及，达官目眯而宝之。药玉进而真玉不至矣。当是时，识玉者言之，人则詈之，及其既败，则笑达官之不识玉者，即此詈人之人也。嗟乎，玉一物耳，识之亦非甚难也，而犹若是，悲夫！

既写出世态人情的炎凉反覆，亦为真才不得见用于世而慨叹。汪瑔一生失意，长期作幕宾，故所感尤深。

罗惇衍（1814—1874），字兆蕃，号星斋，一号椒生。顺德人。道光十五年（1835）进士。官编修，历官左副都御史、刑部侍郎。咸丰七年（1857）英法联军侵占广州，次年春，惇衍任团练大臣，领导广州地区群众的反侵略武装，三月在顺德开团练局，四月移驻花县，事峻入都，擢左都御史、户部尚书。

罗惇衍为道、咸间粤中名臣，著有《集义编》、《百法百戒》、《庸言》等。其历年奏疏，集为四卷，为研究中国近代史重要资料。咸丰元年（1851），上《请崇俭禁奢疏》，揭露当时公私奢费的情况：

> 今则汰侈是从，恬不为怪。遇有婚嫁丧葬等事，动辄费千馀金或数百金，无者多方称贷，以取办集，只图苟悦耳目，免人嗤笑，问其度日之资，往往朝不谋夕，岂不愚冥可悯！又京外各官，寻常宴会，动至一席费五六金。外官款宴上司，竟有一日而费百金者。此类縻耗，不一而足。三十年中，日甚一日，以至十室九空，公私交困，势所必然。

何曰愈（1793—1872），字子持，号云畡。香山（今中山）人。由吏目历官至四川屏山知县、会理知州。著有《存诚斋文钞》、《退庵诗话》。

何曰愈颇有文名。《国朝文汇·丁集》录其文多达十篇。练达流畅，不作生硬晦涩之语，如《甘疯子传》，记江苏上元一位奇人，神勇任侠，为人排难解纷，而末段写道：

其子某亦有父风，疯子虑其及于祸，一日，召子至，以手抚其顶，背遂偻，子跪泣请教。疯子曰："与其勇而危，孰若无勇而安？今若体虽残，祸其免矣！"后年八十馀而卒。或曰：疯子本儒生，曾登进士第，任某邑令，缘事赐帛东市，夜半而苏，遂匿其名，隐于黄冠云。

寥寥数语，把封建时代奇才异士的处境和心境刻画得淋漓尽致。何曰愈写景文字亦美，如《四宜亭记》：

春则煦日融和，百卉竞放，嫣红骇紫，芬芳袭袂，则于挈酒赏花为宜；夏则绿阴交错，草木条畅，南窗寄傲，好风徐来，则于披襟纳凉为宜。时届秋也，银潢皎洁，蟾光入户，于是携绿绮，奏《贺若》，歌声呜呜，若出金石，则宜玩月鼓琴。时届冬也，瑶雪初霁，启轩远瞩，一望辽廓，群山如玉琢琼砌。于斯时也，与二三友生，扫雪烹茗，分韵白战，赋《黄竹》，煨紫芋，则又宜围炉看雪。予因易今名，并援笔记之。后之登斯亭者，当亦有感于予言。

写亭中四时景物，语势变化，与《岳阳楼记》有异曲同工之妙。

第四章　太平天国诗文

第一节　太平天国的文学主张

太平天国革命运动是中国近代史上一次声势浩大的农民起义，革命烈火燃遍十八省，持续十八年，不仅在政治、军事、经济等方面给清王朝以巨大的打击，同时对传统的封建文化也进行了猛烈的冲击。太平天国干王洪仁玕在《英杰归真》中说："文武统名为士，而称谓各有其真，将见弦诵之士怀经济，赳桓之士尽腹心，文可兼武，韬略载在诗书；武可兼文，干戈化为礼让。事事协文经武纬，人人具武烈文谟。"这种"文经武纬"说表明了太平天国对文学的高度重视，它要求全体官员文武兼备，对参加起义的知识分子则"厚以资粮，以示优待"。洪秀全在太平天国九年（1859）还任命洪仁玕"总揽文衡"，主管文教方面的工作。

太平天国根据革命斗争的需要和人民群众的愿望，提出了一些新的文学主张，这些主张表现在太平天国的一些文告和领导人物的言论文章中，其中太平天国十一年（1861）以洪仁玕、蒙时雍、李春发颁布的《戒浮文巧言谕》则是文学主张的集中体现：

喧谕合朝内外官员书士人等一体知悉：照得文以纪

实，浮文在所必删，言贵从心，巧言由来当禁。恭维天父天兄大开天恩，亲命我真圣主天王降凡作主，施行正道，存真去伪，一洗颓风。是以前蒙我真圣主降诏：凡前代一切文契书籍不合天情者，概从删除，即《六经》等书，亦皆蒙御笔改正，非我真圣主不恤操劳，诚恐其诱惑人心，紊乱真道，故不得不亟于弃伪从真，去浮存实，使人人共知虚文之不足尚，而真理自在人心也。

况现当开国之际，一应奏章文谕，尤属政治所关，更当朴实明晓，不得稍有激刺、挑唆反间，故令人惊奇危惧之笔。且具本章，不得用“龙德”、“龙颜”及“百灵承运”、“社稷”、“宗庙”等妖魔字样。至祝寿浮词，如“鹤算”、“龟年”、“岳降”、“嵩生”及“三生有幸”字样，尤属不伦，且涉妄诞。推原其故，盖由文墨之士，或少年气盛，喜骋雄谈。或新进恃才，欲夸学富，甚至舞文弄笔，一语也而抑扬其词，则低昂远判；一事也而参差其说，则曲直难分。倘或听之不聪，即将贻误非浅，可见用浮文者，不惟无益于事，而且有害于事也。

本军师等近日登朝，荷蒙真圣主面降圣诏：首要认识天恩、主恩、东西王恩；次要实叙其事，从某年月日而来，从何地何人证据，一一叙明，语语确凿，不得一词娇艳，毋庸半字虚浮，但有虔恭之意，不须古典之言，故朕改“字典”为“字义”也。本军师等朝奏，钦遵之下，不胜敬凛。为此，特颁喧谕，仰合朝内外官员书士人等一体周知：嗣后本章禀奏以及文移书启，总须切实明透，使人一目了然，才合天情，才符真道。切不可仍蹈积习，从事虚浮，有负本军师等谆谆谕诫之至意焉。特此喧谕，各宜凛遵。

结合《改定诗韵诏》、《资政新篇》、《钦定军次实录》、《天情道理书》等论著，太平天国的文学主张，归纳起来，主要有以下几点：

（一）文学作品要为现实的政治斗争服务。太平天国以推翻清王朝的统治为目的，文学作品首先要服从这一革命目的，官府"一应奏章文谕，尤属政治所关"（《戒浮文巧言谕》），明确指出"奏章文谕"关系着军国大事，"文艺虽微，实关品学，一字一句之末，要必绝乎邪说淫词，而确切于天教真理，以阐发乎新天新地之大观"。（《钦定士阶条例》）这就是说，文学要描写现实，为现实的政治斗争服务，宣传太平天国的新思想、新气象，鼓舞人们为"新天新地"而奋斗，反对文学宣传封建毒素和低级庸俗的东西。太平天国领袖们身体力行，洪秀全、洪仁玕、杨秀清等创作的文学作品充分表现革命的思想，抒发革命的豪情，鼓舞人民群众英勇杀敌。洪秀全的《诛妖歌》、《克服困难诏》等作品就是在缺乏粮食，革命遇到暂时困难，人心动摇的情况下写成的，起着打击敌人、教育军民的作用。杨秀清的《果然英雄》、《果然坚耐》、《果然忠勇》等诗则是在革命过程中受到太平军英勇斗争精神的感染，有感而作的。这些诗朴实生动，既表彰了英勇杀敌的将士，又鼓舞全军的斗志。以杨秀清、萧朝贵名义发表的《奉天讨胡檄布四方谕》是一篇著名的农民起义檄文，具有强烈的政治性、战斗性，它满含悲愤，严厉痛斥清廷的罪恶，激起人民的反抗，所谓"虐焰燔苍穹，淫毒秽宸极，腥风播于四海，妖气惨于五胡，而中国之人，反低首下心，甘为臣仆。甚矣哉，中国之无人也！"它接着列举清朝统治者压迫、剥削人民的罪状："凡有水旱，略不怜恤，坐视饿殍流离，暴露如莽……"；"又纵贪官污吏，布满天下，使剥民脂膏，士女皆哭泣道路……"；"官以贿得，刑以钱免，富儿当权，豪杰绝望……"

等等，有力地说明清朝统治者是代表地主阶级的政权，是劳动人民不共戴天的敌人，唤起千百万劳动人民为推翻清王朝而奋起斗争。这篇檄文揭露现实深刻，义正词严，富于鼓动性，是思想内容和艺术形式较好的散文作品。

（二）文学作品要有真实的思想内容，在《戒浮文巧言谕》中，提倡“文以纪实，浮文在所必删；言贵从心，巧言由来当禁”。要求“施行正道，存真去伪，一洗颓风”。在《钦定军次实录》中规定要“实叙真事，从某年月日而来，从何地何人证据，一一叙明，语语确凿，不得一词妖艳，毋庸半字虚浮，但有虔恭之意，不须古典之言”。“嗣后本章禀奏以及文移书启，总须切实明透，使人一目了然，才合天情，才符真道。”注重文学作品的思想内容和实用价值，提倡革新文体和写作方法，反对“浮文巧言”和陈腐文风。太平天国正是朝着这个方向努力的，并且创造出一些具有真实思想内容、文学水平较高的文学作品，如《天父下凡诏书》一文记述太平天国元年（1851）东王杨秀清审讯叛徒周锡能的经过。当时太平军被围困在永安州，情势危急，周锡能经杨秀清批准回广西博白招集人马，当招得190多人以后，他在永安州附近投降清朝钦差大臣赛尚阿，并接受派遣，回永安州做内应。这个奸谋被杨秀清察觉，于是就假托天父下凡，审问周锡能，指出他的奸情，从而粉碎敌人里应外合的反革命阴谋，教育了全军。这篇散文通过人物的对话，对尖锐复杂的斗争场面作了较为细致、朴实的描写，有些细节写得很是生动、逼真，人物形象栩栩如生。所叙事情的时间、地点、事件都“语语确凿”，“合天情”、“符真道”。

（三）文学作品的形式要大众化，语言要通俗化，太平军的成员绝大多数来自破产的农民和手工业者，他们的文化水平较低，文学作品运用群众喜闻乐见的大众化形式，易为群众所接受，达到宣传群众、教育群众，为现实的政治斗争服务的目的。在《戒浮文巧言谕》中规定："本章禀奏以及文移书启，总须切实明透，使人一目了然。"在《天情道理书序》中明确提出叙事文章"语句不加藻饰，只须明白晓畅，以便人人易解"。在《钦定军次实录》中又重申文章"总须切实明透，使人一目了然"。"切不可仍蹈积习，从事虚浮。"太平天国的典籍、诏书、文告等，多用语体或者采用群众熟悉的通俗韵文、评话等形式，文字朴实浅显，而且简化了一些汉字，如"國"改为"国"，"华"改为"花"，"魂"改为"坛"，将"字典"改为"字义"。还规定使用逗号、句号、人名号，地名号四种标点符号，方便文化程度较低的群众阅读。他们编写起义史用的是章回小说的形式，创作的戏曲、传说故事及谚语等，都是采用群众喜闻乐见的形式，诗歌常用民间歌谣的格式，通俗易懂。洪秀全主张"批示皆以韵句，或四言数句如箴颂，或五言数句如歌谣，或七言数句，短者如绝句，长者如古风。惟纯以俗语，不用故实。故实谓之妖话，悉禁之"。（张汝南《金陵省难纪略》）为了方便群众理解和接受，诗文中不避俗字俗句，并采用一些方言土语和会党隐语。杜文澜在《平定粤匪纪略附记二》中说道："逆首之礼拜也有疏文，仿青词例，实鄙俚不足辱笔墨。……又有书曰《三字经》、《幼学诗》，尤俚俗不可入目，倡乱诸贼所同造也。其余诸箴、诸论、诸门联……词意固权谲可喜，实于雅化多乖也。"太平天国这种形式大众化、语言通俗化的文风对于抱着正统观念的封建文人来说，当然是"俚俗不可入目"了，可是却为广大群众所接受，表现了这个伟大革命时期的伟大精神。

（四）清除封建文化的影响，建立新的文学观念。作为封建统治的精神支柱——孔孟之道，太平天国是深恶痛绝的，打击是非常坚决的。太平天国建国初期，洪秀全就在他所写的

《太平天日》创造了孔丘挨打求饶的故事：

> 皇上帝……又推勘妖魔作怪之由，总追究孔丘教人之书多错。天父上主皇上帝命摆列三等书，指主看曰："……彼一等书，这是孔丘所遗传之书，即是尔在凡间所读之书，此书甚多差谬。连尔读之，亦被其书教坏了。"天父上主皇上帝因责孔丘曰："尔因何这样教人糊涂了事，致凡人不识朕，尔声名反大过于朕乎?"孔丘始则强辩，终则默想无辞。……他便私逃下天，欲与妖魔头偕走。……天父上主皇上帝怒甚，命天使鞭挞他，孔丘跪在天兄基督前再三讨饶，鞭挞甚多，孔丘哀求不已。

将妖魔作怪的原因都归罪于孔孟之道，让皇上帝鞭挞孔丘，这不是幼稚可笑的描写，而是为了亵渎孔丘，从而达到打倒孔丘，为革命扫除思想障碍的目的。在进军途中，太平军焚毁学宫书院，砸烂孔丘牌位。建都南京以后，马上成立删书衙，审查古籍，对宣扬封建伦理道德的孔孟之道和妖魔鬼怪的诗文作品都列为妖书，不准买卖流传。洪秀全在《改定诗韵诏》中说："今特诏左史右史，将朕发出《诗韵》（即《诗经》）一部，送朕所改。将其中一切鬼话、怪话、妖话、邪话，一概删除净尽，只留真话、正话。"禁用宣扬封建伦理观念的词汇，如"龙德、龙颜及百灵承运、社稷、宗庙等妖魔字样，至祝寿浮词，如鹤算、龟年、岳降、嵩生及三生有幸字样，尤属不伦，且涉妄诞"（《戒浮文巧言谕》），都不准使用，使中国传统的封建文化受到了猛烈的冲击。在清除旧的文学观念中建立符合太平天国革命的新的文学观念，他们为这种新的文学观念披上宗教色彩，使其更具权威性，更有号召力。在太平天国颁行的《三字经》中就指出："皇上帝，亲教导，授诗章，赋真道。”把诗文创作和革命斗争联系起来，在清除封建文化影响中建立新的文学观念，这种新的文学观念是为宣传和实现“真道”服务的。

太平天国从起义到失败的十多年中，接连征战，主要是用武力打击清王朝的统治的。他们在革命斗争过程中提出了一些新的文学主张，摒除了封建士大夫吟风弄月的恶习，贬斥时文，崇尚朴实之词，创作出一些较好的文学作品，反映人民群众要求推翻清朝封建统治的强烈愿望和勇敢作战的精神，为当时的政治斗争和军事斗争服务，有力地推动农民革命斗争向前发展，具有进步意义。但是太平天国的文艺政策及文艺作品也存在一些局限性：首先，对封建文学的打击，更多地采用烧、禁、删的简单做法，不懂得运用批判的武器，这是不够妥当的；其次，在一些文学作品中涂上了一层宗教色彩，这在一定程度上影响了它的鲜明性和革命性；还有一些作品是在匆促的军事行动中创作的，因而显得简单粗糙。然而，瑕不掩瑜，太平天国的文学主张及文艺作品毕竟与封建士大夫的文学大异其趣，它表现了那场伟大革命运动的悲壮场面和崭新的精神风貌。

第二节　洪秀全的诗文

洪秀全（1814—1864），太平天国革命领袖，原名火秀，字仁坤，号秀全，花县人。出身于中农家庭，七岁入私塾读书，聪颖好学。因家境清贫，他边读书边参加一些农业劳动。后受聘为本村塾师，以文才驰誉乡里。然自十六岁起四次赴广州应考秀才皆不第，遂绝意仕进。道光二十三年（1843），他阅读了基督教徒梁发编写的《劝世良言》一书，从农民愿望出发，吸取基督教教义中的平等思想，与冯云山、洪仁玕等创立拜上帝会，潜入广西贵县宣传革命，组织群众。道光二十五年（1845）至道光二十六年（1846）回花县，致力于拜上帝教教义的创造，写成《原道救世歌》、《原道醒世训》、《原道觉世训》等诗文，揭露当时的黑暗，号召人民信仰皇上帝，为建立“天下一家，共享太平”的理想世界而奋斗，奠定了革命的理论基础。道光二十七年（1847）春，洪秀全与洪仁玕到广州美国传教士罗孝全处学习“圣经”，熟悉基督教仪式。后又与杨秀清、萧朝贵、韦昌辉、石达开等结为异姓兄弟，组成领导核心。太平天国元年（1851）1月11日，在广西桂平县金田村领导起义，建号太平天国，旋称天王。9月攻克永安（今蒙山）后，分封东、西、南、北、翼诸王，各王俱受东王杨秀清节制。此后，率领太平军转战桂、湘、鄂、赣、皖等省。太平天国三年（1853）3月定都南京，改南京为天京，颁布以废除封建土地制度、实行农民平分土地为核心的《天朝田亩制度》，建立乡官，形成自中央到地方的各级管理体制。分兵北伐和西征，震撼清朝统治。入天京后，他深居简出，疏于政事。太平天国六年（1856）酿成杨韦事件。次年石达开又出走，元气大伤。于是他又提拔陈玉成、李秀成、杨辅清、李世贤等主持军务，击溃清军江北大营，取得三河大捷，扭转了战争的被动局面。太平天国九年钦定洪仁玕的《资政新编》。次年又击溃清军江南大营。与中外反革命势力进行了顽强的斗争。后终寡不敌众，安庆、苏州、杭州相继失守，天京被围，他不采纳“让城别走”的意见，困守孤城。太平天国十三年（1863）6月病逝。

洪秀全虽然不是文学家，但他受过封建文化的熏陶，有一定的文学修养，写过不少诗文。他敢于冲破古典文学形式的束缚，运用大众化的语言形式，表达革命的思想，抒发革命的情怀，对于宣传群众、发动群众参加革命斗争，具有极大的鼓动作用。这些诗文作品散见于《太平诏书》、《钦定军次实录》、《洪仁玕自述》等著作中。

道光十七年（1837），当英帝国主义向中国倾销鸦片、骗走大量白银和货物，烟毒泛滥，人民深受其害时，洪秀全目睹帝国主义的罪行和清政府的腐败，忧愤之极，在病中写下《斩邪留正》诗：

> 手握乾坤杀伐权，斩邪留正解民悬。眼通西北江山外，声振东南日月边。鋆剑光荣承帝赐，诗章凭据诵爷前。太平一统光世界，威风快乐万千年。

这是洪秀全现存最早的诗作之一，表明他要除暴安良，用武力推翻清王朝，让人民扬眉吐气，过上和平幸福日子的崇高意愿。“斩邪留正”后来成为太平天国斗争的口号。他同时写的另一首诗《金乌》，相信太平一统的世界必然到来，他要依靠人民群众的力量去争取革命的胜利。洪秀全对于利用鸦片作为侵略中国工具的帝国主义及腐败无能的清政府是深恶痛绝的，他写了一首戒烟诗，揭露鸦片对人民的毒害：

> 烟枪即铳枪，自打自受伤。多少英雄汉，弹死在高床。

将烟枪比喻为铳枪（即旧式火枪），“自打自受伤”，形象鲜明，通俗生动，不失为描写鸦片之害的好诗。在太平天国起义前夜，洪秀全等曾用宗教戒条的形式向参加拜上帝会的群众颁布了十条纪律，其中第七条就指出不准“吹洋烟”（即吸食鸦片），违者将受到严重处罚。建都南京以后，洪秀全又用诏书的形式颁布这首诗，可见太平天国对鸦片的毒害性有着深刻的认识。

道光二十年（1840），英帝国主义向中国发动了第一次鸦片战争，腐朽的清朝政府战败而被迫和英国签订不平等条约——《南京条约》，中国开始沦为半殖民地半封建社会。这场战争点燃了中国人民反帝反封建斗争的烈火。洪秀全在广州目睹广州人民反对外国侵略者、反对清政府投降路线的斗争，受到极大的鼓舞。道光二十三年（1843）洪秀全从广州回花县的船上，写下了《龙潜》一诗，坚定了他推翻清政府的决心。诗云：

龙潜海角恐惊天，暂且偷闲跃在渊。等待风云齐聚会，飞腾六合定乾坤。

他自比为潜伏在深渊的蛟龙，待到革命时机成熟，飞腾而起，干一番惊天动地的事业。这年，他开始革命活动，和李敬芳铸了两把剑，各重数斤，长三尺，上刻有“斩妖剑”三字，并赋剑诗以明其志：

手持三尺定山河，四海为家共饮和。擒尽妖邪归地网，收残奸宄落天罗。东西南北敦皇极，日月星辰奏凯歌。天父天兄带作主，太平一统乐如何！

此诗表明他决心用武力推翻清朝的统治，建立农民革命政权的雄图大志。诗中充满着革命乐观主义的气息，向人们展示了“太平一统”的美好世界，激励人们为实现这个美好世界而斗争，有着强烈的感染力。

咸丰元年（1851），太平军在金田起义，清政府极为震惊，慌忙调兵遣将，企图把起义军扼杀在摇篮之中。面对清军的围攻，起义军机动灵活，转战桂平、武宣、象州、平南等地，接连获胜。后清政府调集皖、云、贵、湘、广、川等省军队前往镇压，太平军被困在宽十余里的狭长地区，在这危急关头，洪秀全颁布诏令，号召："各军各营众兵将，放胆欢喜踊跃，同心同力同向前"；宣传"万事皆有天父主张，天兄担当，千祈莫慌"。借助皇上帝的力量，坚定将士们的信心。他还写了一首诗：

> 真神能造山河海，任那妖魔一面来。天罗地网重围住，尔们兵将把心开。日夜巡逻严预备，运筹设策夜衔枚。岳飞五百破十万，何况妖魔灭绝该！

诗中用岳飞以少胜多，英勇破敌的历史事实，激励众兵将的斗志。他的《永安突围诏》也是在太平军被清军包围的困难时刻而颁发的，命令全军将士，不分男女，"同心放胆同杀妖"。过了两天，太平军趁清军防务松懈，冒着大雨，夜里突围成功。

《原道救世歌》则是洪秀全所写的最长的一首诗，全诗一百八十四句，用歌词的形式，宣称"天父上帝人人共，天下一家自古传"。"天人一气理无二，何得君王私自专！"提出了农民要求政治平等的民主思想。针对清朝的腐朽统治和群众沾染的恶习，诗中反对淫乱、忤父母、行杀害、为盗贼、巫觋、赌博等六不正，宣传纯朴的道德观念。太平天国在革命的过程中军纪严明，保护百姓，使革命得以胜利发展，这说明这首诗有着积极的作用。但诗中也有消极的因素：一再强调"死生灾病皆天定"，"总之贫富天排定"，"富贵在天死生命"等，反映作者并没有完全摆脱封建思想的影响和束缚。在形式上，本诗突破格律诗的藩篱，长短句并用，语言通俗。但缺乏文采，艺术性不强。

洪秀全的散文，包括政论文和诏书，都是根据革命需要而写的。其代表作为《原道醒世训》和《原道觉世训》，这是洪秀全发动人民群众反帝反封建的思想武器，它奠定了太平天国革命的理论基础，是太平天国最重要的文献：

原道醒世训

从来福大则量大，量大则为大人；福小则量小，量小则为小人。是以泰山不辞土壤，故能成其高；河海不择细流，故能就其深；王者不却众庶，故能成其德。凡此皆量为之也。

无如时至今日，亦难言矣，世道乖漓，人心浇薄，所爱所憎，一出于私。故以此国而憎彼国，以彼国而憎此国者有之；甚至同国以此省此府此县而憎彼省彼府彼县，以彼省彼府彼县而憎此省此府此县者有之；更甚至同省府县以此乡此里此姓而憎彼乡彼里彼姓，以彼乡彼里彼姓而憎此乡此里此姓者有之。世道人心至此，安得不相陵相夺相斗相杀而沦胥以亡乎！无他，其见小，故其量小也。其以此国而憎彼国，以彼国而憎此国者，其见在国，国以外则不知，故同国则爱之，异国则憎之。其以此省此府此县而憎彼省彼府彼县，以彼省彼府彼县而憎此省此府此县者，其见在省府县，省府县以外则不知，故同省同府同县则爱之，异省异府异县则憎之。其以此乡此里此姓而憎彼乡彼里彼姓，以彼乡彼里彼姓而憎此乡此里此姓者，其见在乡里姓，乡里姓以外则不知，故同乡同里同姓则爱之，异乡异里异姓则憎之。天下爱憎如此，何其见未大而量之不广也。

遐想唐、虞、三代之世，有无相恤，患难相救，门不闭户，道不拾遗，男女别涂，举选上德。尧、舜病博施，何分此土彼土？禹、稷忧饥溺，何分此民彼民？汤、武伐暴除残，何分此国彼国？孔、孟殆车烦马，何分此邦彼邦？盖实见夫天下凡间，分言之，则有万国，统言之，则实一家。皇上帝天下凡间大共之父也，近而中国是皇上帝主宰化理，远而番国亦然；远而番国是皇上帝生养保佑，近而中国亦然。天下多男人，尽是兄弟之辈，天下多女子，尽是姊妹之群，何得存此疆彼界之私？何可起尔吞我并之念？是故孔丘曰："大道之行也，天下为公，选贤与能，讲信修睦。故人不独亲其亲，不独子其子，使老有所终，壮有所用，幼有所长，鳏寡孤独废疾者皆有所养。男有分，女有归。货恶其弃于地也，不必藏于己；力恶其不出于身也，不必为己。是故奸邪谋闭而不兴，盗窃乱贼而不作，故外户而不闭，是谓大同。"

而今尚可望哉！然而乱极则治，暗极则光，天之道也。于今夜退而日升矣。惟愿天下凡间我们兄弟姊妹跳出邪魔之鬼门，循行上帝之真道，时凛天威，力遵天诫，相与淑身淑世，相与正己正人，相与作中流之砥柱，相与挽已倒之狂澜。行见天下一家，共享太平，几何乖漓浇薄之世，其不一旦变而为公平正直之世也！几何陵夺斗杀之世，其不一旦变而为强不犯弱，众不暴寡，智不诈愚，勇不苦怯之世也！在《易》同人于野则亨，量大之谓也；同人于宗则吝，量小之谓也。况量大则福大，而人亦与之俱大；量小则福小，而人亦与之俱小。凡有血气者安可伤天地之和，而遗井底蛙之诮哉！诗云：上帝原来是老亲，水源木本急寻真；量宽异国皆同国，心好天人亦世人。兽畜相残还不义，乡邻互杀断非仁；天生天养和为贵，各自相安享太平。

作者揭露了在帝国主义和封建主义的压迫下，社会上存在的“相陵相辱、相斗相杀”、“尔吞我并”的人与人之间互相憎恨、斗争等丑恶现象，对反动统治者“所爱所憎，一出于私”提出了尖锐的批判。作者宣扬“天下多男人，尽是兄弟之辈；天下多女子，尽是姊妹之群”的平等思想，预示着农民起义风暴即将到来，唤起广大劳苦大众勇敢地、坚定地去迎接起义。他大声疾呼：“乱极则治，暗极则光，天之道也。于今夜退而日升矣。惟愿天下凡间我们兄弟姊妹跳出邪魔之鬼门……相与挽已倒之狂澜。行见天下一家，共享太平。”表现了对建立美好世界的坚强信念。太平军正是凭着这种信念，英勇作战，建立起太平天国的。文章说理清楚，语言流畅，读后令人振奋。

《原道觉世训》是从政治平等和民族平等的思想出发，以“天下凡间我们兄弟姊妹”为一方，以“阎罗妖”为另一方，把当时社会划分为两大阵营，壁垒分明，反映了农民和清朝统治者的尖锐斗争。所谓“阎罗妖”和“妖徒鬼卒”，实际上就是清朝的皇帝及其臣仆，即农民革命的对象：“阎罗妖乃是老蛇、妖鬼也，最作怪多变，迷惑缠捉凡间人灵魂。天下凡间我们兄弟姊妹所当共击灭之，惟恐不速者也。”必须指出，作者从尊皇上帝，反邪神的立场出发，鲜明地提出了“皇上帝”与“阎罗妖”的对立，劝告人们独拜皇上帝，反对阎罗妖，明显带有宗教色彩，或者说是披着一层神秘的宗教外衣的。但是，在迷信神权王权的封建社会里，此文毕竟给人民一种勇气，一种力量，起着革命的作用。惟语言不够简练、流畅，艺术性比《原道醒世训》略逊一筹。

第三节　洪仁玕的诗文

洪仁玕（1822—1864），字益谦（一作谦益），号吉甫。

广东花县人。洪秀全族弟。幼习经史，屡试未第，在家乡任塾师。道光二十三年（1843）参加拜上帝会，洪秀全外出传教，从事革命活动，他迫于家庭阻挠未能参加。后来应聘到清远县任教，课徒之余，进行“拜上帝”的宣传。咸丰元年（1851）金田起义后，他赶到广西桂平，未得遇太平军，转赴香港，识瑞典巴色会传教士韩山文，为韩详述太平天国起义初期的事迹，韩据此写成英文本《太平天国起义记》。后因生活困难，潜回东莞教书兼行医。太平天国三年（1853）再赴香港看望韩山文，一面研究“圣经”，一面为西洋传教士教授汉文。次年春到上海，谋往天京，未能如愿。遂入墨海书院学习天文历数。是年冬再往香港，前后在香港居住六年，得以学习西方近代文化，研究西方资本主义国家各种制度。太平天国九年由香港辗转抵达天京，时当杨韦事变后，石达开率兵出走之际，洪秀全猜忌异姓，无人佐政，见族弟来，极为高兴，授以福爵，旋进封义爵再加主将。不到一个月，又进封“开朝精忠军师顶天扶朝纲干王”，总理朝政。不久，洪仁玕作《资政新篇》呈洪秀全，建议学习西方先进的文化科学技术，革新政治，天王阅后，旨准颁行，成为太平天国后期的施政纲领。洪仁玕当政期间，为争取革命形势好转，提出了诸如强化革命政权，统一军事指挥等好的建议，改订天历，改革文风，革新考试制度，对太平天国做出应有的贡献。从太平天国十一年起，他的地位逐渐被削弱，并曾一度被天王撤职。太平天国十三年天京陷落，他从湖州（今浙江吴兴）护送幼天王洪天贵福转入江西，10月在石城县被俘，宁死不屈，11月在南昌英勇就义。著作除《资政新篇》外，还有《英杰归真》、《干王洪宝制》、《太平天国己未九年会试题》、《钦定军次实录》等。

洪仁玕是太平天国后期的重要领导人物，位仅次于洪秀全，他又是受过西方资本主义思想影响的知识分子，是传播西方资本主义政治、经济、文化思想的启蒙人物。在太平天国的领导人物中，洪仁玕的文学修养最高，能诗会文，太平天国后期的许多重要文件多出于他的手笔。他从事的文学活动比其他领袖更多，提出文学改革，要求从封建传统文学的内容和形式中解放出来，使之与当时的思想斗争、政治斗争相联系，并使用通俗易晓的形式。惜太平天国后期形势逆转没能继续实行。他的诗歌气魄宏伟，境界开阔，音调高昂，格律谨严，充满着革命的激情。这些诗作，大都散见于《钦定军次实录》中。他的《甲寅四年冬自上海乘海轮返香港》诗：

> 帆船如箭斗狂涛，风力相随志更豪。海作疆场波列阵，浪翻星月影麾旄。雄驱岛屿飞千里，怒战貔貅走六鳌。四日凯旋欣奏绩，军声十万尚嘈嘈。

诗写于太平天国四年（1854）冬，时洪仁玕从上海去天京参加革命受阻，折回香港，在航行途中作。诗中运用象征手法，对景抒怀，表达了吊民伐罪的强烈革命愿望。太平天国八年秋，洪仁玕离开香港，奔赴天京，作诗寄兴：

> 枕边惊听雁南征，起视风帆两岸明。未挈琵琶挥别调，聊将诗句壮行旌。意深春草波生色，地隔关山雁有情。把袖挥舟尔莫顾，英雄从此任纵横。

诗里洋溢着作者投身革命斗争的激情。他把自己比作杀敌卫国的壮士，满怀壮志与人言别。写景抒怀，看似平淡，却含深意。

太平天国十一年，洪仁玕奉命赴皖南、浙西催调各路太平军援救安庆。这一年，恰逢洪仁玕四十初度，他回顾自己来到天京后受到的宠遇与京外诸将的讥笑，无限感慨，于是作诗自咏：

> 不惑年临惑转滋，知非尚欠九秋期。位居极地夸强仕，天命与人幸早知。宠遇偏嗤莘野薄，奇逢半笑渭滨迟。兹当帝降劬劳日，喜接群僚庆贺诗。

孔子有“四十不惑，五十而知天命”的格言，洪仁玕觉得自己已届不惑之年而惑更滋漫，离知命之年更远。他把自己受到天王的宠遇比作伊尹在莘野而遇商汤，吕尚在渭水之滨而遇周文王，只有忠心耿耿，努力国事，才能报答天王的知遇之恩，不负群僚的厚望。他奉旨西行催兵，洪秀全特赐金笔，他深感天王此赐“寓有文武兼责”之意，即赋诗两首：

> 一枝卓立似干戈，横扫千军阵若何？鏖罢文场书露布，饱离墨海奏凯歌。龙跳虎伏归毫底，鱼跃鸢飞入兴么。幸我毕生随宝手，古今天地任搜罗。

> 笔尖犀利甚干戈，挥洒从心任欲何？怒则生嫌悲则叹，乐时陶咏喜时歌。可参造化宣精奥，悉载情形恰肖么。任尔豪强穿铁砚，天公注定妄张罗。

这两首诗都以笔为主题，同一韵脚，以酬答天王的御赐。这枝笔卓立如干戈，犀利甚干戈，他要用这枝笔横扫千军，降龙伏虎。借笔抒怀，表示他战胜顽敌的雄心壮志。诗的音调激越高亢，一洗骚人墨客的吟风弄月之貌。同时表明他这次西行兼有文武之职，诗句内容切合他身为军师，又兼“文衡总裁”的地位，反映他矢志革命事业的赤胆忠心。

洪仁玕西行途中，写下不少诗文，随行人员汪吉人等将这些诗文抄录入册。后来，汪吉人等又把洪秀全所作的几首诗和诏旨以及洪仁玕写的《戒浮文巧言谕》一文一起录入，题名为《钦定军次实录》。

洪仁玕所写的诗文都是沿途所见所闻，或晓喻军民，或勖勉自励，题材广泛，言浅意深，语近旨远，充分显示出他的卓越才华和对太平天国的忠贞不二：

> 魁秽腥闻北斗昏，谁新天地转乾坤？丈夫不下英雄泪，壮士无忘漂母飧。志顶江山心欲奋，胸罗宇宙气潜吞。吊民伐罪归来日，草木咸歌雨露恩。

这首题为《二月下浣军次遂安城北吟于行府》诗，是洪仁玕4月上旬抵达浙江遂安所作。此地于2月24日刚由太平军攻克，洪仁玕沿途所见，村落凋零，满目苍凉，面对清军暴虐留下的破败景象，不胜感慨而奋笔写下此诗。作者以韩信自况，决心献身于太平天国革命事业。诗的风格浑厚，郁勃沉雄，表现了“志顶江山”的革命意志和“吊民伐罪”的英雄气概。他命部属将此诗张贴出去，鼓舞人民积极参加反清斗争。同时，他又写了《谕民》和《谕兵》两首诗，前一首诗晓谕百姓须知民族大义，指出“中国纲常如未坠，军师安肯运军机”，表示自己和太平天国革命的目的在于拯救人民和国家的危难。后一首诗劝谕太平军战士切勿伤害百姓，而要严守军纪，维护“圣主师”的荣誉。在行军途中，他还不忘礼贤下士，勉励将士，如《谕覆敞天燕方永年诗》之三：

> 备阅诗章识抱才，果然王佐出尘埃。翱翔择木知良鸟，挺志扶君是栋材。只为胸中云雾净，自然身列凤凰台。他时奏凯回朝日，应与宗兄大畅怀。

洪仁玕忠于太平天国的革命事业，至死不渝。太平天国十四年（1864）7月，天京陷落。不久，洪仁玕被捕，面对敌人的嚣张气焰，他无所畏惧，视死如归。临终前还写下一首诗：

临终有一语，言之心欣慰。天国虽倾灭，他日必复生。

表现了作者对太平天国革命事业的坚定信念，字字句句闪现出革命的光辉。

洪仁玕的散文，有奏议、文告等，条缕清晰，文思畅达。其代表作是太平天国九年（1859）太平天国颁布的新的施政纲领——《资政新篇》，它凝聚着洪仁玕学习西方，决心把中国改变成“新天、新地、新世界”的崇高理想，是洪仁玕政治经济文化思想的集中体现。这个施政纲领是在这样的背景底下提出来：一是，太平天国六年太平天国领导集团内部发生变乱以后，革命力量受到严重削弱；二是，19世纪50年代，资本主义国家迅速发展，对中国的影响逐渐加强，为中国的改革提供很好的借鉴。

资政新篇

……夫事有常变，理有穷通，故事有今不可行，而可豫定者，为后之福；有今可行，而不可永定者，为后之祸。其理在于审时度势，与本末强弱耳。然本末强弱适均，视乎时势之变通为律，则自今而至后，自小而至大，自省而至国，自国而至万国，亦无不可行矣。其要在于因时制宜，审势而行而已。兹谨将所见闻者条陈于后，以广圣闻，以备圣裁，以资国政，庶有小补云尔。

昔周武有弟名旦，作《周礼》以肇八百之畿，高宗梦帝赉弼，致殷商有中叶之盛。惟在乎设法用人之得其当

> 耳；盖用人不当，适足以坏法；设法不当，适足以害人，可不慎哉！然于斯二者，并行不悖，必于立法之中，得乎权济，试推其要，约有三焉：一以风风之，一以法法之，一以刑刑之。三者之外，又在奉行者亲身以倡之，真心以践之，则上风下草，上行下效矣。否则法立弊生，人将效尤，不致作乱而不已。岂法不善欤？实奉行者毁之尔。（节录）

《资政新篇》的内容，包括“设法”和“用人”两个部分，洪仁玕认为，在审时度势之后，立政的关键“在乎设法用人之得其当耳；盖用人不当，适足以坏法；设法不当，适足以害人，可不慎哉！”在用人方面，在他所谓“用人察失类”中，针对太平天国内部的政治离心倾向而提出“禁朋党之弊”，反对在革命队伍内部“结盟联党”，“外为假公济私之举，内藏弱本强末之弊”，主张中央集权，“权归于一”。在“设法”方面，洪仁玕提出三项改革的具体措施：“一以风风之；一以法法之；一以刑刑之。”所谓“风风类”就是革除封建习俗，他列举当时社会的各种不良习俗，认为要进行移风易俗的工作，根本之法在于宣传基督教，“此理足以开人之蒙蔽以慰其心，又足以广人之智慧以善其行，人能深受其中之益，则理明欲去而万事理矣”。他提倡资本主义的物质文明，“以有用之物为宝，如火船、火车、钟表、电火表、寒暑表、风雨表、日晷表、千里镜、量天尺、连环枪、天球、地球等物，皆有探造化之巧，足以广闻见之精”。他认为中国必须重视和采用西方资本主义国家的科学技术，这种见解在当时是比较先进的。所谓“法法类”，就是效法西方资本主义国家的政治经济制度，这是《资政新篇》的主要内容。他强调“立法”的重要性，认为“其事大关世道人心”，要“立法”必须了解国内外情况，“洞悉天人性情，熟谙各国风教”。他详细地分析了当时欧亚各国的情况，认为英美等国富强的原因在于“法善”，日俄等国日渐富强是由于效法英美，实行资本主义改革，采用资本主义物质文明的结果。在分析各国情况之后，他认为太平天国如不克服内部的矛盾，“不自爱惜，自暴自弃，则鹬蚌相持，转为渔人之利，那时始悟兄弟不和外人欺，国人不和外邦欺，悔之晚矣”。他号召太平天国内部团结一致，“乘此有为之日，奋为中地倡”。为此，他提出二十八条改革意见，这些改革意见包括经济、政治、文化、社会福利、对外关系等，例如发展交通、制造、开采、冶炼，创建邮政、银行、学校、医院等。主张跟外国通商贸易，外国传教士及有技艺之人都可来华，“教导我民，但准其为国献策，不得毁谤国法也”。所谓“刑刑类”就是主张实行西方资本主义性质的司法制度。显然，《资政新篇》旨在要求发展资本主义，改变中国贫穷落后的面貌，这在当时是有进步意义的。天王洪秀全阅后，大多称“是”，作为太平天国的官书一再印行，这说明太平天国是准备实行这些改革意见的。但是，在当时中国社会的历史条件下是无法实施的。尽管如此，它毕竟是先进的中国人寻求救国救民真理的一个成果，是中国农民战争史上唯一的一份走资本主义道路的施政纲领，是中国近代政治经济思想上的宝贵遗产，值得继承和研究。

洪仁玕的另一篇文章《英杰归真》是对封建迷信和封建文化思想的批判，文中采用设问的形式，阐明太平天国“凡一切制度考文无不革故鼎新，所有邪说异端自宜革除净尽”。该文还解释太平天国制度方面的诸多问题，反对天命论，指出中国历代历法的差误，打击传统的封建迷信，充分阐释太平天国新历的“定民志而正农时”的特点，该文论点鲜明，条理清楚，具有较强的说服力。

第四节　太平天国歌谣

伟大的太平天国革命在岭南地区产生了深远的影响，广大劳动人民用歌谣讴歌太平军，讴歌革命。从流传下来的歌谣中，我们看到了昔日封建统治者给劳动人民带来苦难的痕迹，看到了革命给人民带来的幸福和快乐。这些歌谣是劳动人民心声的自然流露，在思想内容上带有强烈的时代感和战斗性，在艺术上又有通俗自然、生动活泼、形式多样、音律和谐的特点。它是太平天国文学的组成部分，具有值得重视的文学价值。

太平天国起义前，由于清政府的腐败和社会的黑暗，广大人民生活在水深火热之中。洪秀全的故乡花县官禄坾和全国各地一样，农民饥寒交迫，他们除交纳田租、赋税之外，还要受高利贷的苛重盘剥，加上水利失修，旱涝风雹等自然灾害接踵而至，天灾人祸，交相煎迫，不少人家卖儿鬻女，四散逃亡，当时人们这样唱道：

> 官禄坾啊官禄坾，吃粥送芋薯；乌蝇（苍蝇）叼粒饭，追到新街渡。
>
> 日光灰暗照凄凉，家屋只剩烂泥墙。连年灾荒禾稻死，催租逼债夫君亡。妻离子女亲骨肉，亚奶在家哭断肠。冇田冇地冇劳动，提篮揾（找）食找他乡。

这首歌谣是洪秀全故乡人民苦难生活的真实写照。正由于清王朝的腐败，人民不堪其压迫和剥削，纷纷参加洪秀全发动的农民起义，与清朝统治者展开殊死的斗争。《不怕向荣兵马足》、《斩断龙腰擒向荣》是叙述太平军与清军作战情况的。

《不怕向荣兵马足》这样唱道：

> 不怕向荣兵马足，天军引他到山麓。好比红薯进火灶，大大小小一灶熟。

1851年（咸丰一年）1月，太平天国在广西金田村起义后，清政府慌忙调集军队前往镇压。当时的广西提督向荣带兵逼近金田村，太平军采用诱敌深入的战术，把敌人打得落花流水，清营“所有军火炮械，随营粮饷，兵士衣装，全行遗失”（吴文镕、张亮基奏，转引自谢兴尧：《太平天国前后广西的反清运动》），取得了重大的胜利，这首民谣就是这次大捷的反映。

《带兵最好数洪杨》是人民群众对革命领袖洪秀全杨秀清的赞歌：

> 换个朝来立个王，带兵最好数洪杨。吃饭官兵同张桌，睡觉官兵共个房。

此诗表现了革命领袖和士兵之间平等相待，团结一致的亲密关系。这种崭新的官兵关系是他们战胜各种困难，奋勇杀敌，使革命迅猛发展的重要原因之一。《洪杨军纪最严明》则是群众对太平军严明军纪的赞扬，太平军是人民的军队，为人民而战，这支军队，爱憎分明，“财主狗官要杀尽”，“穷苦百姓最相亲”，所到之处，得到了人民群众的热烈欢迎：

> 春天百花开，太平天军来。公佬眯眯笑，奶佬笑开怀。
> 春天百花开，太平天军来。后生送柴火，姑娘送草鞋。
> 春天百花开，太平天军来。财主快逃走，县官忙躲开。
> 春天百花开，太平天军来。灾难滚出去，洪福迎进

来。(《春天百花开》)

太平军到来的时候，人民群众欢呼雀跃的场面和财主县官惊慌失措的狼狈相，均跃然纸上。春天百花盛开，春天伴随太平军而来，气氛是热烈的。这首民谣运用民歌传统的艺术表现手法，反复吟咏，人民群众的欢跃与财主县官的惊恐形成鲜明的对比。另一首《天军带来太平春》是这样写的：

满村锣鼓响声声，狮子舞来麒麟跟。穷苦黎民同庆贺，天军带来太平春。

活灵活现地描绘了“穷苦黎民”庆贺“天军带来太平春”的欢乐场面。太平军给穷苦老百姓带来幸福生活，受到穷苦老百姓的拥戴，他们积极支持太平军活捉财主，消灭敌人：

听讲洪杨到，个个乐陶陶。领着天军去，活捉财主佬。(《活捉财主佬》)

不仅如此，他们还加入太平军的战斗行列，直接为太平天国革命而战，出现了父送子、妻送夫的生动场面：

宁愿在家喝清水，莫让儿女当清兵。清军杀人不眨眼，剥了人皮还抽筋。

送儿去当太平军，为着穷人打不平。只要打得清兵败，清水当餐也甜心。(《送儿去当太平军》)

人民群众亲眼看到清朝的腐朽，清兵的残忍，他们“宁愿在家喝清水”，也不肯把儿女送去当清兵。但太平军是为天下穷人谋幸福的，因此，他们高高兴兴地把子女送去当太平军，即使“清水当餐”，心里也是乐滋滋的。男子参军作战，女子也不甘落后，他们积极地投身到革命队伍里，英勇作战：

> 妇女去跟洪宣娇，会打火枪会耍刀。牛排岭前大摆阵，杀得清兵跌断腰。(《妇女去跟洪宣娇》)

在太平天国革命队伍里，妇女和男子的地位是平等的，妇女也组织成军。洪宣娇是洪秀全的妹妹，西王萧朝贵的妻子，她是太平军中杰出的妇女领袖。这首民谣说的是妇女们组织起来，在洪宣娇的领导下，练习武艺，在牛排岭的战斗中杀败清兵，取得胜利。太平天国男女平等的政策，把妇女从封建压迫中解放出来，他们在政治上、军事上作出了跟男子同样的贡献，涌现了诸如洪宣娇、苏三娘、白寡妇这样的女中豪杰，谱写了中国妇女解放史上最光辉的篇章。

太平天国革命深入人心，得到广大劳动人民的拥护和支持，革命迅猛发展，在十多年的征战过程中，先后攻下六百多座城市，给中外反动派以沉重打击，《天军破宁明》（一作《天军破城歌》）则是描写石达开的部将吴凌云率部攻克广西宁明县的情形，全诗共分三部分。第一部分叙述宁明县官赵台横征暴敛，欺压人民的罪恶。第二部分叙述吴凌云率部攻下宁明城的经过。第三部分叙述太平军进城后，人民群众欢乐的情景。这里选录第二部分：

> 庚申正月十九日，凌云下令夜行军。更深迫近宁明府，城外天军集如云。
>
> 赵台醉看犀牛舞，锣鼓咚咚十里闻。爆竹放了几十担，堂下宾客闹纷纷。

城外天军猛如虎，头领亲来攻北门。云梯直架城楼上，只见红萤飞满城。①

赵台闻报失了魂，脸如白纸像死人。姓黎州官丢大印，假装平民逃出城。

这几段歌词绘声绘色地描绘太平军攻城的情形，他们趁州官黎某和土官赵台没有防备，猝然出击，架云梯，攻城楼，城池告失，州官和土官仓卒出逃。歌词生动地刻画出州官黎某和土官赵台的狼狈相。《太平军打仗好军机》则是一首流传在广东梅县的长篇叙事民歌，这首民歌叙述太平天国从起义到进军湖南各地的情况，主要是描述太平军在兴梅一带作战的经过，现选录其中三段：

挑来糖水煮香茶，太平军来到唔浮华。几多高楼不去扎，单单扎在布篷下。

太平军来到扎了营，大队人马进入城。立即开仓来赈救，白银发哩几十担。

太平军兄弟尽商量，唔该来打这地方。虽然城池被打破，外无断兵内无粮。

第一段叙述太平军纪律严明，对老百姓秋毫无犯，安营在布篷下。第二段叙述太平军攻克城池，没收统治者的财物，赈救穷苦老百姓。第三段指出太平军虽然攻破长乐（今紫金）城，但缺兵短粮，犯了战略上的错误，从而总结出失败的教训。从这三段歌词，我们大致上可以知道，太平军能够克敌制胜，不仅因为有严明的军纪，爱护百姓，而且因为善于总结经

① 红萤：太平军进城时，每人头上插两支香火为号，夜间看去，似红萤。

验教训。

太平军是劳苦大众的救星，太平军来了，人民分田分地，喜气洋洋。太平军走后，天空布满了阴云，人民又要受到统治者的蹂躏，陷入痛苦的深渊。广西人民深切怀念远走的太平军，他们噙着热泪唱道：

> 想起天军在这时，红云一朵照双髻。分得钱粮今还在，忆到亲人眼泪滴。(《忆到亲人眼泪滴》)

《“天”字旗号影还飘》则是一首描写人民在痛苦的岁月里迫切盼望太平军再来的激动心情：

> 天军走了乌云罩，百姓又挨住茅棚。手扶竹门望双髻，“天”字旗号还在飘。

这首诗的“双髻”和上一首诗“双髻”都是指双髻山，它位于广西桂平和武宣两县交界处，海拔1200米，两峰矗立，当中是羊肠险道，太平军曾在这里屯重兵防守，与清兵展开过激烈的战斗。“手扶竹门望双髻，‘天’字旗号还在飘”，表现了人民群众对太平军深沉的怀念，这种感情是多么真挚啊！太平军走了，人民并没有失望，他们相信，革命的烈火是扑不灭的，太平军还会再来：

> 留得青山在，日后有柴烧。留得苦命在，不久洪杨到。(《留得苦命在》)

革命的种子已经植根在千千万万劳动人民的土壤中，总会生根发芽的。革命最终是会取得胜利的。

第五章　道光、咸丰间的词

嘉庆以后，词学“中兴”。张惠言、周济拈出“意在言外”之旨，以“寄托”为宗，创立了常州词派，开拓了词的领域。中原江左的词家，多为常州词派所牢笼，竞以词“道贤人君子幽约怨悱不能自言之情”（张惠言《词选序》），而对眼前身边的现实生活多所忽略。可是，在嘉庆、道光年间，岭南的词人却开创了另一条道路，大异于常州派诸子。其中最著名的是学者陈澧和被称为“粤东三家”的沈世良、汪瑔、叶衍兰。

第一节　陈澧的词

陈澧是一位学者，诗词只是他的“末技”。他自己精选的《忆江南馆词》一卷，仅得词二十五首，但已足成为一代大家，这在古今的词坛中也是罕见的。

谭献《箧中词续》对陈澧词作了总结性的评价：“兰甫先生、孙卿、仲舒之流，文而又儒，粹然大师，不废藻咏。填词朗诣，洋洋乎会于《风》、《雅》，乃使绮靡、奋厉两宗，废然知反。”以中国传统诗歌的最高标准“风雅”来论陈词，并直接批评了左右清代词坛的浙派和阳羡派“两宗”，其对陈澧的词可云推崇备至了。稍后的评论家张尔田亦云：“余亦尝论一代之词，于我清声家外，独右陈兰甫。”（《吴眉孙词集序》）

朱祖谋《望江南·杂题我朝诸名家词集后》亦云："甄诗格，凌沈几家参？若举经儒长短句，岿然高馆忆江南。绰有雅音函。"可以说，陈澧词是岭南"雅健"词风的最高代表，故钱仲联《近百年词坛点将录》"取为水军头领之首，为近百年词坛张目"。

道光二十二年（1842），诗人黄玉阶、许玉彬相邀结越台词社，社课以"越王台春望"为题，陈澧作《凤凰台上忆吹箫》词：

> 芳树啼鹃，野花团蝶，嫩晴刚引吟筇。访故王台榭，依约樵踪，零落当年黄屋，都分付、蛋雨蛮风。添惆怅，望佗城一片，海气冥濛。　　青山向人似笑，笑淘尽潮声，谁是英雄！只几堆新垒，乌散云空。休说楼船下濑，伤心见、断镞苔封。还依旧，攀枝乱开，万点春红。

兰甫词成，大为社友称赏，被目为"真词人"。此词格律精严，措辞醇雅，作者自注云："万红友《词律》载此调李易安词'休休，者回去也'，谓第二'休'字用韵，非也。易安此词已有'欲说还休'句，不当重'休'字。余此阕依易安词填之，而'山'字不用韵，以止万氏之误。"可见一位学者对学问的严谨态度。同时社课还有《绿意》咏苔痕一词：

> 空庭雨积，渐染成浅黛，延缘墙隙。正是池塘，春草生时，难辨两般颜色。闲门深掩无人到，已满地、翠烟如织。又暗添、几缕蜗涎，袅袅篆纹犹湿。　　应误回阑倚遍，怕行近，滑入穿花双屐。似澹还浓，漠漠平铺，只道绿槐阴密。晚来幽恨知多少，讶看到、斜阳成碧。谢树头，吹落嫣红，点点破伊岑寂。

此词是练笔之作。虽无深刻的用意，亦可见作者细密的心思。梁令娴《艺蘅馆词选》录此，并引梁启超语评云：“体物入微，碧山却步。”时谭莹、许玉彬诸子同调同题之作，似亦逊其一筹。

陈澧在《忆江南馆词》自序中谈到，自己年青时偶为小词，词人桂文燿见到说：“此诗人之词也。”因而感叹地道：“盖词之体与诗异。诗尚雅健，词则靡矣。方余学为诗，故词少婉约，今十余年，不学诗久矣，或可以为词欤？然亦才分薄耳。昔之诗人工词者岂少耶？”乾、嘉年间的词坛，崇尚绮靡，陈澧其实是颇不以为然的，故《忆江南馆词》的风格，仍是以雅健为主，中更益以清刚幽峭之致，形成其独特的面目，如《水龙吟》：

> 词仙曾驻峰头，鸾吟缥缈来天际。成连去后，冰弦弹折，百重云水。碧月仍圆，苍山不改，旧时烟翠。只长林坠叶，西风过处，都吹作、秋声起。　　此夜三人对影，倚高寒、红尘全洗。珠江滚滚，暗潮销尽，十年前事。欲问青天，素娥却似，雾迷三里。剩出山回望，灯明佛屋，有闲僧睡。

词前有小序云：“壬辰九月之望，吾师程春海先生，与吴石华学博，登粤秀山看月，同赋此词，都不似人间语，真绝唱也。今十五年，两先生皆化去。余于此夜，与许青皋、桂皓庭登山，徘徊往迹，淡月微云，增我怊怅。即次原韵。”陈澧出汉学家程恩泽门下，感激师恩，词中追怀程氏，具见师生间的深情厚谊。词虽为次韵，实胜于原唱，盖其感受较程、吴更为深刻之故也。四天之后，桂皓庭又招集学海堂中，为补重阳之会，陈澧醉后又叠前韵再赋：

是谁前度登高，苍苔屐齿留岩际。兴来此日，也堪重咏，玉山蓝水。菊有花时，蝉无声后，渐疏林翠。正危阑纵目，夕阳红处，有城郭，炊烟起。　忽觉秋心浩渺，倚西风、螺杯新洗。凭高酾酒，而今只愿，八荒无事。容我蹉跎，长骑款段，少游乡里。便倾壶醉倒。山空人静，学希夷睡。

此词作于道光二十七年（1847）九月，正是两次鸦片战争的间歇时期，词人想学马少游、陈希夷那样，优游岁月，读书隐居，过和平安定的生活。但“八荒无事”也只是人们的美好愿望而已。

陈澧在道光十二年（1832）中举以后，曾六应会试，均不第，途中写了不少词作，抒发个人蹉跎失意之感。道光二十四年自序其词云：“今年下第归，行箧书少，铅椠遂缀，江船雨夜，稍稍为词，以销旅愁。时方以广文待选，取杜诗语，题之曰《灯前细雨词》。”可惜这些词在作者后来编集时删去不少。写羁旅情怀之词，如《齐天乐·辛丑春试报罢出都……》、《甘州》、《百字令·甲辰春首赣州舟中……》、《满庭芳》、《浣溪纱》、《鹊桥仙》诸作，均情深韵远；其中最脍炙人口的当推《齐天乐·十八滩舟中夜雨》一词：

倦游谙尽江湖味，孤篷又眠秋雨。碎点飘灯，繁声落枕，乡梦更无寻处。幽蛩不语。只断苇荒芦，乱垂烟渚。一夜潇潇，恼人最是绕堤树。　清吟此时正苦。渐寒生竹簟，秋意如许。古驿疏更，危滩急溜，并作天涯离绪。归期又误，望庾岭模糊，湿云无数。镜里明朝，定添霜几缕。

此词力写客愁。以“舟中夜雨”为中心，描述离人失意无客眠时的种种感受：秋雨打篷的繁声，芦苇堤树的潇潇声，危滩的急溜声，声声落枕，声声都敲击在人的心上，最后归结出年华虚度、白发徒增的主题。还有一首《百字令》，为《忆江南馆词》集外词，小序云：“夏日过七里泷，飞雨忽来，凉沁肌骨。推篷看山，新黛如沐，岚影入水，扁舟如行绿颇黎中。临流洗笔，赋成此阕。傥与樊榭老仙倚笛歌之，当令众山皆响也。”小序已是一篇绝好的美文，其词更是神骨俱净的佳作：

> 江流千里，是山痕寸寸，染成浓碧。两岸画眉声不断，催送蒲帆风急。叠石皴烟，明波蘸树，小李将军笔。飞来山雨，满船凉翠吹入。　便欲舣棹芦花，渔翁借我，一领闲蓑笠。不为鲈香兼酒美，只爱岚光呼吸。野水投竿，高台啸月，何代无狂客！晚来新霁，一星云外犹湿。

七里泷在浙江桐庐、建德县境。两岸青山联绵千姿万态，富春江奔流其间，飞珠溅玉，又名七里滩、七里濑。厉鹗（樊榭）曾月夜过七里滩，作《百字令》词，极写其“光景奇绝”，为传世名篇，而陈澧此词，以同一词牌写同一景点，几欲突过前人。全词以“碧”、“翠”二字串起，江流、山痕、滩石、岚光，一派皆绿，真如唐代画家李昭道的碧绿山水长卷，表现了词人澄明高旷的襟抱。两片结处，皆写夏雨的意趣，极幽远玄致。冒广生评云：“此词仙乐飘飘，筝琵洗俗，尝鼎一脔，可以知味矣。”（《小三吾亭词话》卷二）

陈澧在学海堂堂长任上，时而北行应试，时而出游讲学，在粤中的词作，尤以写惠州景物数首最为杰出，如《摸鱼儿》：

绕城阴、雁沙无际，水光摇漾千顷。苍崖落地平于掌，湿翠倒涵天镜。风乍定，看绝底明漪，曾照东坡影。林烟送暝。只七百年来，斜阳换尽，一片古苔冷。　　幽寻处，付与牧村樵径。江郊诗句谁省？平生我亦烟波客，笠屐傥堪持赠。云水性，便挈鹭提鸥，占取无人境。商量画帧。向碎竹丛边，荒芦叶畔，添个小渔艇。

小序云："东坡《江》诗序云：'归善县治之北，数百步抵江，少西有磐石小潭，可以垂钩。'余访得之，题以此阕。"七百年前，苏东坡曾在小潭中照影，作者此日来游，追念古人韵事，不胜今昔之感。词中表达了对东坡敬慕之情，更写出自己归隐山林的素愿。而《甘州》写朝云墓一词，更见陈澧词作境界的高妙：

渐斜阳、澹澹下平堤，塔影浸微澜。问秋坟何处？荒亭叶瘦，废碣苔斑。一片零钟碎梵，飘出旧禅关。杳杳松林外，添做萧寒。　　须信竹根长卧，胜丹成远去，海上三山。只一抔香冢，占断小林峦。似家乡、水仙祠庙，有西湖、为镜照华鬘。休肠断，玉妃烟雨，谪堕人间。

朝云是苏东坡的侍妾，数千里相随至惠州，病亡，葬于栖禅寺松林中。东坡悼诗有"丹成逐我三山去，不作巫阳云雨仙"之句。陈澧词中故作翻案之语，谓朝云与其仙去，倒不如死葬丰湖，以为湖山生色，供后世士女瞻仰凭吊，令骚人墨客留下凄婉的诗篇。上片写朝云墓附近荒凉的景色，写出淡淡的感伤情绪；下片抒写凭吊之情，风神摇曳。

陈澧词以长调为多，而小令亦不乏佳作。如《醉吟商·龙溪书院外见罗浮山》：

渐坐到三更，月影正穿林杪。水边吟啸，此际无人到。一片白云低罩。罗浮睡了。

此词末语名隽，梁启超《饮冰室诗话》云：“壬寅三月，余游罗浮，至东江泊舟，望四百峰横亘烟月中，觉陈先生此四字神妙如绘。”

第二节　“粤东三家”的词

咸丰、同治年间，广东番禺词人沈世良、汪瑔、叶衍兰，并称为“粤东三家”，词名藉甚。三家词风相近，格调遒上，力避乾、嘉以来的甜熟之习，对晚清岭南词坛影响颇大。

沈世良（1823—1860），字伯眉。先世浙江山阴人，以父祖久客广东不归，遂入籍番禺。贡生。少年时曾从张维屏问学，与陈澧、许玉彬相交至厚。咸丰八年（1858）任广州学海堂学长。九年，选授广东韶州府学训导，未赴任而卒。沈世良一生失意，既贫且病，未及中年而卒。其足迹亦不出里中，而所交游者皆一时俊彦。工诗，尤擅长短句。撰有《楞华室词钞》二卷。又与许玉彬合辑《粤东词钞》，选录广东历代词人词作，有较大的文献价值，著有《小祇陀庵诗钞》、《倪高士年谱》等。

沈世良词幽秀婉丽，而略带有凄清的情调。长调每有小序，颇近姜夔的笔法。如其名作《渡江云》词，小序云：“平乐道中，水石清驶，断芦丛苇，秋声四合，短篷摇兀，如荡客愁，榜歌既发，填此继响。”饶有六朝小品之情味。词云：

> 城笳吹恨起，西风向晚，犹带别离声。捩帆烟浦外，断柳荒芦，寂寞趁江程。帘钩落日，甚如今、也恋长亭？抛却了、淡黄庭院，鸦影暮零星。　　消凝。渔天市散，纤路沙移，正关河霜迥。还又是、寒欺酒薄，梦借茶醒。新来渐饱江湖味，唤沙鸥、闲说生平。九月上，嵩螺一抹浮青。

此词为作者出游广西时于桂江舟中作。写旅情离思，雅近周邦彦、姜夔格调，前六句写开船时凄冷江景，烘托离愁。“帘钩”四句甚精警，写卷起船上的帘子，看到一轮黯淡的夕阳，它仿佛也像自己那样，在依恋着长亭迟迟不愿离去，抛却了人们的庭院和零乱的昏鸦。下阕写入夜的情景，感叹旅况的凄凉。末二句以月上作结，全篇振起。

沈氏虽长在岭南，但词中常写羁旅的情思，如《百字合》词，序云：“揭阳寓楼，俯临大江，近山窥研，凄涛撼榻，每当日堕烟晚，花飞燕来，鸣琴不张，浊酒孤引，伤春伤别，尤难为怀，濡墨染管，聊破岑寂。”写作客潮州一带时的生涯，伤离意绪，情致深婉，针线细密：

> 破除茶梦，又江涛春枕，戍楼吹角。沙觜雨晴斜日嫩，二月吴绵寒薄。草草莺围，萧萧燕队，风定瓶花落。客游倦矣，打包谁念行脚？　　曾是曲院调笙，短衣说剑，宝马青丝络。飘泊天涯空纵酒，苦忆退红帘幕。镜里愁心，机中恨字，早被啼鹃觉。黄昏过了，相思依旧无着。

此词一仍浙派风格，远绍张炎，近学朱彝尊，清空而不肤廓，虽未形成个人风格，但还算是幽婉可诵的。《楞华室词》

中较佳的作品还是那些怀人感旧的情词。沈世良体弱多病，敏感易悲，其集中虽时有愁苦噍杀之音，如“茶奁药鼎，长日恹恹病”（《清平乐》）等语，读之令人郁郁不欢，但不少还是语言明快而情致深厚的。如《唐多令·送李明远》：“华发渐星星，扁舟逐去程，向西风、残酒初醒。却笑轻装如落叶，吹过了、短长亭。　驿路瘴花明，樯乌五两轻。渺天涯、水熟潮生。苦竹黄芦听不断，更听到、夜猿声。”“却笑”二句，以落叶喻轻装，前人未道，“水熟潮生”四字甚炼，意味深蕴。

颇值得注意的是作者后期的一首小词：

> 秋草蓟门烟，乡思年年。沧桑阅遍作神仙。故国山河吹白雁，怕上湖船。　心碎玉琴弦，人在天边。旧时鸥梦许重圆。一树冬青零落尽，无限啼鹃。（《浪淘沙·题汪水云〈黄冠归里图〉》）

汪水云，即汪元量，南宋灭亡后，拒不出仕元朝，隐居江湖，以遗民终老。此词歌颂汪元量的气节，悲慨苍凉，笔力极重，在沈氏集子中尚不多见，也从侧面反映了一个在封建末世失意读书人的沉重心情。

沈世良以词名世，亦工为诗。郑献甫评其诗“远仿孙南园（孙蕡）而稍敛之，近仿陈元孝（陈恭尹）而稍纵之”（《小祇陀庵诗钞序》）。

汪瑔博极群书，尤擅倚声。张德瀛评其词云：“如樾馆秋声，自含虚籁。”（《词徵》卷六）冒广生谓其词格近于厉鹗（《小三吾亭词话》卷二）。撰有《随山馆词》一卷。

汪瑔屡举不售，抑郁无聊，其词亦多愁苦哀怨之语。咸丰、同治年间，广东词风甚盛，然多以姜夔、张炎为宗，自屈大均以来的雄直清健之气稍减。汪氏词典雅深稳，亦源出浙派，一时颇负盛名。其名作《翠楼吟》，小序云：“清明日，坐碧痕馆中，微雨如梦，薄寒中人。顾影微吟，不胜凄黯，赋此简仲容、兰台诸子。”词云：

> 雨不成丝，云还作暝，帘波微隔香雾。禁烟都过了，是谁把、余寒留住？销凝几许？在酒乍醒时，梦曾游处。青袍误。有人似我，惯吟《愁赋》。　　欲与，俊赏清欢，向绿芜东郭，红桥西坞。蘼芜憔悴矣，怎重趁、踏青人去。天涯倦旅。算燕子应知，近来情绪。伤心路，一川烟草，二分尘土。

词中叹息自己为科名所误，事业无成，厌倦了作客天涯的生活，欲归不得、徒然自伤迟暮而已。冒广生《小三吾亭词话》举出其似厉鹗的词，如《宴清都·春阴竟日，余寒中人，枨触客怀，凄然有述》：

> 未觉余寒敛，迷濛处、不分花影浓淡。帘纹似水，烟痕似梦，作成销黯。斜阳乍露墙匡，又漠漠、微云半掩。问藏春、何处楼台，移春几处阑槛？　　新来病酒年华，薰炉况味，无限凄感。夹衣换了，香篝炼后，胜情都减。无端凤纸相思，剩襟上、红冰点点。怕等闲、过却烧灯，东风荏苒。

此词密丽颇近吴文英。上半阕力写春阴的情景，烘托作客情怀；下半阕写独处的寂寞，逼出相思之意。类似这样的词，在《随山馆词》中占了相当大的比例，笔触轻巧，抒写个人失意的情怀，但往往失之纤弱，如“轻衾小簟，不教人睡，却要人愁”（《眼儿媚》）、“重来不见小桃花，何况小桃花下那人家”（《虞美人》）等，格调不高。汪瑔词中感情较为沉厚之作，当数《扬州慢》：

> 三月春深，一帆客到，酒边愁听琵琶。正临江小阁，糁一片杨花。算回首、旗亭别后，短衣长铗，多少年华！剩相逢无恙，青衫依旧天涯。　　乡关似梦，怕乌衣、难认人家。便北户笙歌，南濠箫鼓，都换悲笳。旧事不堪重省，尊前看、醉墨攲斜。忍凭阑东望，苍茫落日归鸦。

汪瑔中岁，久客扬州，侘傺无聊，故其为词，亦多表现悱恻凄怆之情。在清朝封建统治的末世，有才华的词人也只能困顿幕僚，悲愁潦倒。这首词反映了作者内心难以排解的忧伤，极低徊掩抑之致。下阕“乡关似梦”数句，想象故乡广州战乱后的景象。咸丰七年（1857）冬，英法侵略军攻陷广州，强占达三年之久，往日繁华美丽的广州城，到处是被炮火轰毁的颓垣断壁，珠江河上的笙歌箫鼓，变成凄厉的军笳，这是《随山馆词》中意味深沉的作品，在艺术手法上，一开一合，今昔对比，亦极跌宕变化之致。

汪瑔亦工咏物。其《齐天乐·秋蝉》词，效王沂孙体，别有寄托：

> 西风一夜来何易，寒声已传高树。乍响琴丝，相看鬓影，也自萧条如许。秋心似诉。正衰柳斜阳，古槐疏雨。警我分明，故园芜色在何处？　　天涯有人听取。但更番断续，凉共烟语。黄叶宫深，白头客老，一样凄凉情绪。功名漫与。算问到金貂，此生应误。且学神仙，五铢宵浥露。

句句写蝉、亦句句自咏。幽咽的秋蝉，已无多时日，词人更长期作客他乡，功名未就，此生也辜负了。蝉的艺术形象与词人的感情融合无间，哀切动人。汪瑔词中，虽多悲怨消沉之语，然亦有清新可诵的。如《百字令·五月望夜，偕叶兰台、杜仲容、季英登粤秀山看月》：

空山今古，问月明如许，百年能几？夜半犹来凌绝顶，吾辈清狂如是！城郭千家，楼台一片，都化空濛水。扶胥何处？海天风露无际。　　相与茗碗分曹，蕉衫袒右，顿忘人间世。好事肯同河朔饮，但诩浮瓜沉李。叠磴云生，荒台地古，忽忽生凉意。松阴鹤睡，试凭长笛吹起。

“粤东三家”中最为人推许的是叶衍兰（1823—1897），字兰台，号南雪。番禺人。咸丰六年（1856）进士，改庶吉士，官户部郎中。精研金石考据之学，晚年主讲南海各书院，门弟子甚盛。其父叶英华，为道光年间词人，有《花影吹笙词》二卷。衍兰承其绪，为词体格绵丽，谭献推之为“南宋正宗”。撰有《秋梦庵词钞》二卷、续一卷。

叶衍兰早年的词，亦不离浙派笼罩，规模于南宋诸名家，字字精工，用笔甚细，然尚未能形成自己的面目。如《长亭怨慢》：

已拚作、天涯羁旅。半壁残灯，恁般离绪。珊泪缄红，瑶情忏碧、奈何许！断魂千叠，都做尽、愁丝缕。影事忒凄凉，可记得、文鸳双屦？　　延伫。只梧桐院落，几点冷枫疏雨。秋心一握，化蝴蝶、梦中飞去。又恐隔、雾露芙蓉，诉钗约、无人为主。剩澹月银屏，犹照镜鸾栖处。

此种词，从吴文英、蒋捷、周密等南宋名家化出，尚未染浙派末流的空疏甜熟之习，写作客相思之情，深婉可味。

叶衍兰中年之词，骨格渐老，气体渐劲，能把少作密丽之处化作空灵，写景尤为清绝。如《水龙吟·五月十五夜偕汪芙生（瑔）、杜仲容（友韦）登粤秀山看月，同芙生作》：

银蟾何处飞来？碧空卷得炎飙净。楼台一抹，是烟是水，镕成清景。道冷呼鸾，天高唳鹤，露凄风警。料广寒今夕，素娥无睡，晶帘外，羞孤影。　　我欲凌虚绝顶。洗尘襟、玉壶冰镜。秾花锦石，汉家遗恨，那堪重省！惆怅江南，有人归梦，相思愁证。[仲容有归梁溪之信。]试凭栏长啸，横吹紫竹，唤啼乌醒。

登粤秀山词，前人佳制甚多。南雪此作，力写岭南初夏的清景，中间夹写怀古之情，惜别之意，全词便觉跌宕有致。其《瑶花》一词，写初秋月景，极有厉鹗的风调：

纤云净洗，万里涵辉，琼宇都澄澈。花魂初醒，帘乍卷、冷浸一庭凉雪。尘襟尽涤，浑不觉、天风飘瞥。叹素娥、依旧团圆，明镜几曾伤缺。　　高吟拍遍阑干，问法曲霓裳，今向谁说？河山无恙，还忆否、当日广寒宫阙。危楼独倚，听鹤背、瑶笙清绝。瞰秋江、唤起鱼龙，横竹数声吹裂。

此词前有小序云：“辛酉七月十五夜，坐月绿庄严馆，秋光欲波，天人息籁，老蟾素辉，盟予孤寂。意有所感，横竹写之。”辛酉，即咸丰十一年（1861），时英法联军侵华战争结束不久，咸丰帝尚“出狩”热河。词人感事赋此，语语痛切。“叹素娥”二句有山河之感。咸丰十年八月，侵略军强迫清政府签订不平等的中英、中法《北京条约》；十月，联军退出北京。“依旧团圆”、“几曾伤缺”二语包含着强烈的悲愤。“法曲霓裳”，用唐玄宗安史之乱的典故，喻咸丰帝的荒淫。时咸丰身在热河避暑山庄，还每日在如意洲听曲观剧。“河山无恙”四字，有讽意，有愤意。“广寒宫阙”，暗指圆明园，园被英法联军劫掠后焚毁。此词在有清一代词中，思想性和艺术性上都是上乘之作。冒广生《小三吾亭词话》卷一谓“《秋梦庵词》，刻意梦窗，而得玉田之神”，并引《水龙吟》、《瑶花》等词为证，恐亦未足以概括叶词的特色。

光绪二十年甲午（1894）六月，中日战争爆发。日本军队向中国海陆军发动突然袭击，后双方正式宣战。中国陆海军在平壤战役和黄海海战中受挫，日军入侵中国，占领大连、旅顺。北洋舰队全军覆没。战争失败，在朝野上下引起巨大的震动。年过七十的老词人叶衍兰，满腔义愤，写下了他一生中最优秀的作品《菩萨蛮》词十首。张伯驹《清词选》引冒广生《小三吾亭词话》云：“此几首词《秋梦庵词集》未载，见《近代名贤佚稿》（《同声月刊》辑）。词意显露，当时似有所讳。‘金銮下诏’一首谓起用恭王奕䜣趣李鸿章议和，‘向阳花木’一首指吴大澂疏请统军出关事。梁节庵《款红楼未刊稿》有和章，题为《和叶兰雪丈作》。”叶衍兰此十词为一代词史，全录于下：

遥山黯淡春阴满，游丝飞遍梨花院。野草罥闲庭，红棠睡未醒。　　华筵歌舞倦，帘外流莺唤。锦帐醉芙蓉，边书不启封。

琅璈钿瑟瑶池宴，素娥青女时相见。浊雾起楼兰，边风铁骑寒。　　扶桑东海树，移种荒崖去。泪眼望斜阳，关山别恨长。

触轮夜半飞鳐恶，鱼龙曼衍潜幽壑。海蜃驾长空，寒涛战血红。　　珊瑚金翡翠，滴尽鲛人泪。遗恨鹊填河，波斯得宝多。

凤窠群女颟顸舞，缠头百万输无数。红锦称身难，瑶筝不肯弹。　　银屏围十二，私印绸缪记。醉眼太迷离，双双金缕衣。

淮南赴召牙璋起，紫皇宠报金如意。烽火已漫天，何时著祖鞭。　　清人河上乐，卿子谁偕作？大漠阵云昏，凄凉烈士魂。

封狼天堑能飞渡，鹳鹅半壁空如虎。釜底惜游鱼，游鱼薄太虚。　　华阳颁十赉，恩重鳌山戴。汤网总宏开，和羹宰相才。

金銮下诏璇宫里，绣裳特为苍生起。琼户玉楼台，谁教斫桂来？　　乘槎空挂席，未采支机石。青琐点朝班，琵琶出塞难。

穷鳞纵壑沧溟阔，姮娥巧计能奔月。天际动轻阴，冥鸿何处寻？　　青磷飞不断，惨惨虫沙怨。江上哭忠魂，同仇粉将（去声）军。

向阳花木都肠断，青鸾望绝音书远。鹈鹕忒知时，春情听子规。　　鸣珂金紫焕，赫赫麒麟楦。箨绂乐升平，终军漫请缨。

卅年竞铸神州铁，水犀翻被蛟螭截。雷火满江红，伤心骇浪中。　　长城吾自坏，添筑蠮螉塞。廷尉望山头。

思君双泪流。

（《菩萨蛮·甲午感事，与节庵同作》）

第一首写朝廷苟安逸乐，不理边事；第二首写日本侵朝战事发生，以“楼兰”喻朝鲜。第三首写日军对中国海军发动突然袭击。第四首写慈禧太后及朝臣依旧醉生梦死。第五首写李鸿章被迫应战，清军作战不力，弃师奔逃。第六首写敌人进逼，战局危急，朝廷一味乞和。第七首写起用恭亲王奕䜣，派张荫桓求和失败。第八首写清军将士牺牲。第九首写吴大澂乘时投机，请缨出关，大败而还。第十首写中日战争中中国海军惨败，令人悲愤不已。十首词完整地写出中日甲午战争的全过程，字字痛切。《菩萨蛮》词，唐、宋以来多以写绮丽的情怀，而抒述时事者则极少见。叶衍兰这组词，从内容到表现手法上都颇有创意，对一位年过七十的老词人来说，这更是难得的。

第三节 道光、咸丰间其他词人

岭南词坛自乾嘉以后，日益兴盛。近代更是名家辈出，形成一支可抗衡江左、中原的“南天劲旅”（严迪昌《清词史》）。当时不少诗人都以余事为词，把岭南独特的诗风带进词中，形成峻爽雅健的具有浓郁地方色彩的词风。

道光后期的主要词家有谭莹和桂文燿。

谭莹，撰有《辛夷花馆词》。鸦片战争的炮火震撼了这位学者平静的心，激发了他强烈的爱国热情。谭莹中年以后，写了大量反帝爱国的诗词。如《庆清朝·题草檄图为徐铁孙司马作》：

才子从戎，书生杀贼，谁令孤愤难平！临安积习，至今犹讳言兵。孰挽射潮铁弩？东南氛祲尚冥冥。军书急，愿挥神笔，便斩鲛鲸。　开辟未曾见此，但锦帆飚闪，风鹤频惊。游魂海外，中原偏任纵横。防海将材不少，威名同忆李长庚。还图卷，频看短剑，学请长缨。

徐铁孙，即徐荣，他希望能平定四方边境的战乱，歼灭来犯的外敌。《草檄图》是徐荣请画家绘就的，遍征一时名人题咏。谭莹在本词中，愤怒地谴责朝廷的妥协投降政策，渴望能抗击海上来的侵略者，为国家建功立业。时徐荣署杭州府事，掌管地方的军政大权，故词中以李长庚喻之。

谭莹词情致深厚，即如寻常咏物写景之作，亦往往注入个人的感情。如《绿意·苔痕》：

萧闲此局。是阿谁生使，来伴幽独？便算金钱，也到朱门，风味纸窗茅屋。银铺扣砌浑难称，更历览、遗台古木。笑掩扉、原有青山，四壁画图谁读？　忍使庭花着地，最怜叹逝后，仍满阶绿。幽幌曲屏，雨雨风风，浓翠总成茵褥。伤心人觉伤心碧，较草色、转无拘束。忆恁时、频绕巡廊，远隔扶阑一曲。

此本为越台词社的社课，同时陈澧、许玉彬等皆有作。然谭莹此词，不斤斤于摹形状物，而扑入身世之感，叹逝之悲，便有动人之致。作者自注云："余甲午、己酉两赋悼亡矣。"作词时年过五十，故怆痛尤深。

谭莹《乐志堂诗集》有论词绝句一百七十六首。专论岭南词的绝句三十六首，勾画了岭南词界发展的概貌，为研究岭南词提供了可贵的线索。

桂文燿（1807—1854），字子淳，号星垣。南海人。道光九年（1829）进士。授翰林院编修。官江苏淮扬海道。撰有《席月山房词》一卷。桂文燿是一位爱国词人。道光二十年（1840），英国侵略者对中国发动鸦片战争次年，向广东大举进攻。二月五日，英军进攻虎门炮台，水师提督关天培率军抵抗。两广总督琦善不发救兵。次日，关天培战死，虎门失陷。败讯传至扬州，词人写下了传诵一时的两首词作：

> 试问罗襦，还剩有、几分颜色？恨不与、罗浮缟袂，早依仙阙。待过一春霖雨后，忽惊海上红云热。诧朝来、么凤学鹃声，都啼血。　　长生曲，那堪说。红尘骑，凭谁觅？只昌华废苑，蜂愁蝶诀。露液抛余金碗瘦，冰肌销后纱囊裂。盼枝头、还我旧春风，珠光活。（《满江红·悼荔》）

> 末丽鬟风，离支掌露，旧词多少芳妍？乍南来燕侣，说故里烽烟。记檐外、一星坠处，海珠忽热，惊损鲛眠。战春风半夜，潮声吹到花田。　　珠儿珠女，惜凌波、几幅裙湔。早山鹧将雏，花驹饷蕊，归在春先。怕有仙云娇堕，凭谁与、问讯鸥边？怪客窗鹦鹉，朝来遍唱游仙。（《扬州慢·石帚此词为竹西作。辛丑春，闻吾乡兵燹，辄借此调写之》）

二词皆写鸦片战争事，叶恭绰《广箧中词》评云：“哀时感事，悲愤弥襟，可入《词林纪事》。”《满江红》以“悼荔”为题。荔枝是广东特产，词中用了南汉昌华苑以及唐杨贵妃的有关荔枝的典故，以荔枝的被摧残，暗示战乱造成的破坏。但词人并没有失去信心，他盼望有一天能“还我旧春风”，使故乡恢复生气。《扬州慢》直接描述“故里烽烟”的情景，以

“一星坠”喻关天培的壮烈牺牲，并写自己怀归之意。

桂文燿留存下来的词虽不多，然格高调响，名重一时，陈澧亦甚倾赏之，曾亲自朱笔批校其集。

许玉彬，又名馥，字璘甫，号青皋。番禺人。诸生。少时曾从吴兰修学词，又与沈世良合辑《粤东词钞》。著有《冬荣馆遗稿》，附词。玉彬为词，自抒胸臆，刚健清新。如《凤凰台上忆吹箫·越王台春望》：

> 北郭峰回，南溟云重，凭高两眼偏明。把旧时歌舞，试问流莺。忆自呼銮人渺，空寂历、辇路苔生。东风急，飞红万片，吹满佗城。　关心，狼烽乍熄，又珠海繁华，暖入箫声。看百蛮春闹，野烧痕青。盼到遥天如梦，环十里、烟树冥冥。刚新霁，凌空一枝，古塔撑晴。

此词作于道光二十三年（1843）二月，于越台词社与陈澧等社友同赋。全词高朗俊爽，笔力颇健。上片将吊古之意融进景中，换头数语，写鸦片战争烽烟才熄，广州城又恢复昔日繁华景象，当别有深慨。结处大笔振起，真有拔地千仞之势。

这时期的词家尚有潘定桂。潘字子骏，一字骏坡。番禺人。增生。潘氏一门数代皆能诗文，定桂有《三十六村草堂诗钞》，附词。其词亦骏爽可诵，如《水调歌头·十二月十五夜板桥玩月同鸿轩伯兄》：

> 碧宇静如洗，海雾散长风。不知今夕何夕，上下镜磨铜。已见当头圆相，又见低头圆影，素彩散玲珑。久立不能寐，疑在广寒宫。　上元夜，中秋夕，一般同。恨无画舫弦管，吹送暖波中。比到云开牛渚，又拟山高赤壁，请问李苏翁。莫恨已年尽，流览正无穷。

陈良玉，撰有《虞苑东斋词钞》一卷，《梅窝词钞》一卷。其词内容虽较狭窄，然亦超超不群。丘炜萲《五百洞天挥麈》云其“词宗朱、厉，命意孤往，别有一种自得之致。在晚近中诚一老手”。如《忆旧游·访昌华故址》：

望菱塘忽断，藕港才通，葭苇黏天。迤逦郊西路，是刘郎行乐，旧日山川。欲寻故宫遗址，触目总茫然。漫镜殿嬉春，铜沟涨腻，花坞藏妍。　　流连狎游处，记宴敞红云，香捧金仙。一自降王去，怅荆榛台榭，尘土钗钿。只留月华如雪，吹满素馨田。莫浪说销魂，宣和艮岳还可怜。

昌华苑在广州城西，是南汉刘氏小王朝的宫苑。词中借吊古以伤今，广州城在近代频经战乱，满目荆榛，而达官贵人依旧醉生梦死，词末点出“宣和”之事，警告当权者不要重蹈北宋的覆辙，又如《摸鱼儿》词：

问天涯、月明多少，催人偏惯羁旅。商量不及秋来燕，未到社前先去。情最苦。是水驿、山程乱后余荒戍。归期漫数。早豆蔻花残，鹧鸪声急，底事再分付。　　经年别，才共高阳伴侣，骊歌又怅重赋。只怜明日西江上，看遍晚峰眉妩。君记取，是短榻、长檠岁宴成凄楚。相思定否？但海雾昏天，瘴云压梦，知我断肠处。

小序云：“将之雷州，古樵赋是调送行，怅然和之。”古樵，即陈璞。诗人。此词作于战乱之后，广东沿海，到处是废垒荒戍，词人怀自广州赴雷州，想象到遍地疮痍的情景，心绪历乱。“海雾昏天，瘴云压梦”二句，当有深慨。外国侵略者从海上到来，故词人惕然暗警。

梅窝词颇多咏物、题画之作，每有寄托。如《三姝媚》咏芙蓉，有“唤作宜霜，应自信、拒霜标格。寂寞秋心，知有东篱伴得”之句，以芙蓉耐得秋霜暗喻自己的品格。又如《水龙吟·南唐小周后图》，写南唐后主与小周后恋爱之事，以“青城蜀魄，更啼痕断”作结，便有寓意。

还有一位身世奇特的词人赵泰来。赵字梅皋，一字枚皋。新会人。他本是学海堂学生，考取过举人。咸丰四年（1854）天地会在江门起义，赵泰来为起义军掌管书记，后兵败被俘杀。撰有《絮香阁词钞》。赵泰来青年时与一时名流徐荣、仪克中、曾钊、陈澧等交游，唱酬颇密。王贯之在道光二十四年（1844）为其词作序云：“海涵地负，以壮其气；缠绵旖旎，以成其声，拟以苏、姜、秦、柳，何多让焉。”如《恋情深·梅花轩夜坐寄陈兰甫孝廉》：“屋角梅花笼淡月，暗星明灭。半林虚籁见天心，梦难寻。　　皋溪环绕短长吟，流水答瑶琴。午夜碧潭空影，坐花阴。”最能表现词人抑郁放浪感情的当数《水调歌头》一词：

> 皇古几人在？酌酒暂徘徊。昔年朋辈零落，谈及已心灰！休说王侯卿相，瞥眼繁华阅后，痴梦作尘埃。狂饮劝孤影，尽此两三杯。　　散吾发，拂吾袖，向林隈。挈壶野外无声，长醉白沙台。多少英雄豪杰，孰是千年华屋，小驻返蓬莱？五利无灵爽，汉武欠仙才。

词中的“白沙台”，指江门的陈白沙先生钓鱼台，下层文士的失意牢骚，溢于言表。作者后来毅然参加起义，当不是偶然的。赵泰来临刑时赋诗道：“文字竟成千载劫，江山空对六朝闲。”从容就义。

维新运动时期文学

第一章　黄遵宪

黄遵宪（1848—1905），字公度，别号人境庐主人，又曾以“东海公”、“布袋和尚”、“水苍雁红馆主人”、“公之它”等署名。嘉应州（今梅州市）人。黄遵宪高祖黄润是经营当铺致富的地主。曾祖、祖父皆承祖业。他的父亲黄鸿藻，字砚宾，咸丰六年（1856）举人，曾任户部主事、知府等职。黄遵宪主要生活于同治、光绪年间。他所处时代正是中国人民备受帝国主义列强侵略和凌辱的时代，具有古老历史的封建主义的中国正迅速沦为殖民地半殖民地社会。多灾多难的社会现实及错综复杂的社会矛盾一方面不断地冲击着黄遵宪的思想，促使他深沉地思索，不懈地探求救国救民的道路；另方面也让他的诗魂不安、躁动，焕发出强烈的创作热情，不停地、有意识地用诗歌记录和反映社会现实与历史。他的诗作具有博大精深的社会内容和浓烈的政治色彩，是反映时代风云的一面镜子，因而被世人誉为“诗史”。他在现实主义诗歌创作上取得的巨大成就，不但使他成为岭南近代诗坛的卓然大家，还使他成为中国近代文学史上的诗歌泰斗。

黄遵宪的诗歌共计千余首，由他生前亲自编定的有《日本杂事诗》二卷，《人境庐诗草》十一卷。此外，还有一些集外诗，由北京大学中文系近代诗研究小组于1960年出版为《人境庐集外诗辑》。

第一节 黄遵宪的生平和思想

黄遵宪出身于封建官僚地主家庭，自小受到严格的封建家庭教育，长于鸦片战争后国家多灾多难的动荡时代。他少年时经历过太平天国起义、英法联军入侵等重大历史事件，深受阶级矛盾和民族矛盾的震撼。他自小就怀有救国图强的雄心壮志，从青年时代起就热衷“究心时务”，对风云变幻的时代十分关注，倾力探求振兴国家和民族的出路。在任外交官十数年间，他又能对较先进的资本主义国家的社会制度及文化科学、经济生产、军事及教育等进行认真的考察和研究，不断吸收和接受西方较先进的资产阶级思想。他认为：能通古今，究天人在近代是不够的，必须明中外。正是明中外使他背叛了地主阶级的立场，成为坚定的资产阶级改良主义者。

黄遵宪的青少年求学时期主要是在家乡度过的。其间他曾两度目睹并感受过太平军的摧枯拉朽的壮举。第一次是咸丰九年（1859），他刚十二岁，太平军石镇吉部破嘉应城。第二次是同治四年（1865）黄遵宪十八岁，新婚仅几天，因太平军康王汪海洋破嘉应州，他举家逃避于大埔三河镇。这不仅使他尝尽颠沛流离之苦，还使他本来富饶的大家庭落入了窘困境地。但当时黄遵宪就已意识到造成这种局面的根本原因是清政府的黑暗、腐败，因而发出“惟念大乱平，正当补弊偏”（《感怀》）的疾呼，表现了他最初的济世补偏的地主阶级改革派主张。

同治七年（1868）至光绪二年（1876）黄遵宪多次赴考，先后经广州、香港、天津、烟台、北京、上海等地，目睹了鸦片战争后中国社会的严酷现实，对帝国主义的侵略本性有了较清楚而深刻的认识。他又因多次科场失败，加之龚自珍、魏源等人的进步观点的影响，对封建文化产生了叛逆思想，对皓首穷经的学术风气极之不满，将空泛无用的汉学、宋学斥之为“均之筐篋物，操此何施设”，“毕生事钻仰，所虑吾才竭”(《感怀》)，认为被历代封建统治者奉为正统的儒学，不过是迂腐无用的扼杀人才之学。

光绪二年，黄遵宪参加顺天乡试，得中举人。翌年，他已三十岁，当时清政府以翰林侍讲大埔何如璋为驻日大臣。何如璋因黄遵宪谈论时务时显示出卓越见识、敏锐智慧及处事为人的倜傥从容气度，而邀请他为使日参赞。他则基于“海禁大开，外人足迹如履户庭，非留心外交，恐难安内”（钱仲联《黄遵宪年谱》）的认识，毅然踏上风险重重的外交道路，开始了他的外交生涯。他先后任驻日使馆参赞、驻美旧金山总领事、驻英使馆二等参赞、驻新加坡总领事，还曾被任为出使英国大臣，后改为出使德国，因故被阻。光绪二十四年（1898）奉命为出使日本大臣，因戊戌政变事发也未成行。在这段时间，他不仅为保护海外华侨的利益，促进中外文化交流做了大量工作，而且透过考察西方以及日本等国的民主政制，在思想上彻底走上民主改革的道路。

光绪二十一年（1895）至光绪二十四年（1898）是黄遵宪竭力施展改革才干，要将改良主义理想变成现实的重要时期。他于光绪二十年冬因两江总督张之洞的奏调回国，被任为江南洋务局总办。是时正值甲午战后，清王朝已处于苟延残喘的境地，而后崛起的帝国主义列强再次掀起瓜分我国的狂潮，国内外矛盾更激烈，以康有为、梁启超为首的旨在救亡图强的资产阶级改良主义维新运动正在蓬勃发展。黄遵宪回国次年在上海结识了康有为，参加了强学会。光绪二十二年他在上海筹办了《时务报》，并请梁启超为主笔，宣传变法维新思想，影响很大。同年10月他入京受光绪皇帝召见，进言“泰西之强，悉由变法”（《己亥杂诗・自注》），坚决主张变法图强，深受光绪皇帝赏识。光绪二十三年黄遵宪被翁同龢推荐出任湖南长宝盐法道，并署理湖南按察使。到任后他积极协助湖南巡抚陈宝箴推行新政，创办了时务学堂、南学会，并出席演讲，宣传改良主义思想和纲领，培养维新变法人才。他与陈宝箴“戮力殚精，朝设而夕施”，创办了保卫局、课吏馆、不缠足会及《湘学新报》、《湘报》，并推行发展商办矿务、机器垦殖、内河船运等实业，“使湖南之治称天下”，成为当时全国最有朝气、最活跃的一个省。

光绪二十四年，因徐致靖的奏保，光绪帝命陈宝箴将黄遵宪送部引见，以三品京堂充任出使日本大臣，望其协助维新变法。当黄遵宪抵达上海时，戊戌政变发生，黄遵宪的改良理想和实践顷刻都变成了泡影，他甚至被保守派奏劾为“‘奸恶’与嗣同辈等者”，要求“从严惩办”。（《戊戌变法档案史料》）由于英国驻上海总领事及日本驻华公使等人的干预，黄遵宪才幸免于难。

光绪二十四年黄遵宪被解职放归，在家乡嘉应州度过了他生命的最后七年。回乡初期他的思想比较沉闷、痛苦，他常与诗友丘逢甲、胡晓岑等酬唱往来，以诗歌表现自己对现实社会的感受，并将历年来的诗作整理结集。光绪二十八年他设法与逃亡海外的梁启超取得联系。他虽蛰居乡间，但仍以极大热忱，时刻关注着国内外局势，通过反省，探求变法失败的原因，继续寻找救国道路。他在与梁启超及其他友人的通信中就关于革命、立宪、保教、保国粹以及文学改良等问题进行讨论，并在他的诗作中表现出对腐朽的清王朝的绝望，对社会进步力量的认识和首肯。他又积极支持梁启超创办《新民丛报》和《新小说》，用了较多的时间创作新体诗，发表在《新民丛报》上，为“诗界革命”作出了贡献，被梁启超喻为“诗界革命”的旗帜。

晚年，黄遵宪在乡间不顾病痛困扰，竭力做了不少实际工作。光绪二十九年他邀请家乡地方人士设立嘉应兴学会议所、创办师范学堂，发展小学教育。他还发表了《敬告同乡诸君子书》，阐发比较进步的教育思想，并亲自授课，为教育改革事业作出很大贡献。其时黄遵宪的肺病日趋严重，但他在光绪三十一年致梁启超的信中还说：“然一息尚存，尚有生人应尽之义务。”他于光绪三十一年（1905）卒于故乡嘉应州人境庐中，年五十七。

第二节　黄遵宪诗歌的思想内容

黄遵宪是一个有理想、有抱负的伟大政治家和诗人，他在诗作中能自觉地表现时代的风貌，深刻地反映社会现实。他的诗作思想内容深邃广博，富于时代感。康有为在为他的《人境庐诗草》作序时，全面而中肯地予以评述：“上感国变，中伤种族，下哀生民，博以寰球之游历，浩渺肆恣，感激豪宕，情深而意远，益动于自然，而华严随现矣。”可以说黄遵宪诗歌具有深刻的思想内容，就其表现时代风云和现实生活的全面、广阔而言，应置于同时代诗歌的前列，诗中表现的思想认识也已达到那个时代的高度。

同历史上许多伟大的现实主义诗人一样，黄遵宪全部诗歌思想内容上最大的特点就是渗透着爱国主义激情。他如实描述了国家民族的危难，愤怒斥责帝国主义的野蛮侵略，热情歌颂抗击侵略的爱国将领，无情地批判偷生怕死、丧师辱国的降军败将，揭露了清政府的腐败无能。除了早期诗作《香港感怀十首》外，他还写了《羊城感赋六首》、《和钟西耘庶常津门感怀诗》，追忆第一、二次鸦片战争往事，为国土沦丧无限悲痛，对帝国主义的侵略极端愤怒。“六洲谁铸错，一恸失燕脂”，深为英帝国主义霸占香港、威胁广州而忧愤。随着他阅历的丰富，对国家被瓜分的局面更感痛心，对帝国主义侵略本质的揭露更尖锐深刻，如《书愤》其一：

一自珠崖弃，纷纷各效尤。瓜分惟客听，薪尽向予求。秦楚纵横日，幽燕十六州。未闻南北海，处处扼咽喉。

他主张反抗侵略，在《冯将军歌》中热情讴歌在中法战争中大破法军，大长中国人民志气的冯子材老将军。“将军一叱人马惊，从而往者五千人。五千人马排墙进，绵绵延延相击应。轰雷巨炮欲发声，既戟交胸刀在颈。敌军披靡鼓声死，万头窜窜纷如蚁。十荡十决无当前，一日横驰三百里”，写出老将军的英雄形象和令敌人闻风丧胆的无畏气概。这首长诗的末四句云：“得如将军十数人，制梃能挞虎狼秦。能兴灭国柔强邻，呜呼安得如将军！”表现了诗人热切希望有众多保家卫国的忠勇将材的迫切心情。他反对妥协投降，但是事与愿违，光绪二十一年（1895）；甲午中日战争中清军一败涂地，被迫签订了耻辱的《马关条约》，这对热爱祖国的黄遵宪无疑是一个强烈的刺激。他满怀悲愤接连写了《度辽将军歌》、《悲平壤》、《东沟行》、《哀旅顺》、《哭威海》、《马关纪事》等一系列诗作，反映甲午战争的全过程，指出清廷腐败，清军将领卑劣无能、军心涣散是甲午战争我国失败的直接原因。在《哀旅顺》中，他愤怒谴责了玩忽职守、坐失旅顺天险的六军统帅龚照屿等庸材：

海水一泓烟九点，壮哉此地实天险。炮台屹立如虎阚，红衣大将威望俨。下有洼池列巨舰，晴天雷轰夜电闪。最高峰头纵远览，龙旗百丈迎风飐。长城万里此为堑，鲸鹏相摩图一啖。昂头侧睨何眈眈，伸手欲攫终不敢。谓海可填山易撼，万鬼聚谋无此胆。一朝瓦解成劫灰，闻道敌军蹈背来。

此诗极力描述了旅顺这个渤海北岸第一军港的险恶，显示了它的易守难攻。当时旅顺驻守六军由龚照屿统领，实际是各不相援，大敌来临时诸将只会仓皇备逃计，因而造成“一朝瓦解成劫灰，闻道敌军蹈背来”的恶果。这类诗作还有《降将军歌》、《台湾行》等。黄遵宪的这类诗作真实记载了他所处时代的重要历史事件，所以梁启超曾说：“公度之诗，诗史也。”这些诗在整个中国诗歌发展史上具有很重要的思想价值。

强烈地反对封建文化，热情宣传近代新文化、新思想、新事物，这是黄遵宪诗歌思想内容的又一大特点。他一生追求进步，摒弃落后。他作于出国前的一部分诗歌表现了强烈的反对封建文化的态度。其中最著名的有《感怀》和《杂感》两诗。他用讥讽的笔调画出封建顽固的俗儒们的丑态，指出读书人只有摆脱古人的影响，关心现实，研究现实，才能成为救时济世的千古贤者：

世儒诵诗书，往往矜爪嘴。昂头道皇古，抵掌说平治。上言三代隆，下言百世俟。中言今日乱，痛哭继流涕。摹写车战图，胼胝过百纸。手持井田谱，画地期一试。古人岂我欺，今昔奈势异。儒生不出门，勿论当世事。识时贵知今，通情贵阅世。卓哉千古贤，独能救时弊。贾生治安策，江统徙戎议。（《感怀》其一）

他又对封建文化的落后误国及八股制艺对读书人的腐蚀毒害进行了深刻的揭露，预言科举制度必然会被废除，指出封建旧文化的腐朽性：

> 造字鬼夜哭，所以示悲悯。众生殉文字，蚩蚩一何蠢！可怜古文人，日夕雕肝肾。俪语配华叶，单词画蚯蚓。古近辨诗体，长短成曲引。洎乎制义兴，卷轴车连轸。常恐后人体，变态犹未尽。吁嗟东京后，世荼文益振。文胜失则弱，体竭势已窘。后有王者兴，张网罗贤俊。决不以文章，此语吾敢信。但念废弃后，巧拙同泯泯。欲求覆酱瓿，已难拾灰烬。我今展卷吟，徒使后人哂。(《杂感》其三)

中年后，黄遵宪任职海外，他进一步摆脱了本国传统文化的束缚，谦虚好学，认真研究、考察西方的新文化、新思想、新事物，看到这些东西的先进性和生命力，对本国的旧文化作了更深入的反思。他利用诗歌形式热情地向国人广泛而深入地介绍异国的民主和科学，希望以具体、形象的介绍打开国人的眼界，使之摒弃腐朽观念，走变法图强的道路。写于光绪五年(1879)的《日本杂事诗》是他宣传新文化、新思想、新事物的精心巨构。在这部诗集中，他介绍了日本实行明治维新后，对西方先进的政治制度及科技文化择善而从的做法。

> 呼天不见群龙首，动地齐闻万马嘶。甫变世官封建制，竞标名字党人碑。(《日本杂事诗卷一·政党》)

写新兴的资产阶级势力铲除封建势力，兴起民权运动，创建议院的情况。又介绍日本学习法国，进行法政改革的情况：

棠阴比事费参稽，新律初颁法未齐。多少判官共吟味，按情难准法兰西。(《日本杂事诗卷一·刑讼》)

此外，他还描述了日本用西法设警视局、消防局维护社会治安的情况，对日本发展科技，促进采煤、开矿、植树、制陶等部门采用新的生产技术，都一一作了描述。国外的考察还使黄遵宪认识到开发民智、培养人才是拯救国家民族的重要手段。他认为日本摒弃封建教育制度，实行教育改革也是十分值得推崇的。他对日本重视科技教育、重视师资培养、重视女子教育、向国外派遣留学生、建立现代军官学校等也不遗余力地作了介绍。黄遵宪还有其他一些诗，如《今别离》是将声光化电等新题材与新意境融合，宣传新的科学文化的。《锡兰岛卧佛》则是向国人倡导新的文化价值观，贬斥迂腐保守的中国封建旧文化。这些诗在当时具有振聋发聩的作用，对推动我国维新思想的传播，促进改革变法产生了直接而巨大的影响。

热情鼓吹改良主义理想，愤怒揭露以慈禧为首的反动保守势力破坏维新变法的罪行，是黄遵宪诗歌思想内容的又一大特点。黄遵宪首先是一个政治家，他把救国图强看作自己一生的职责。他的诗政治倾向鲜明：

滔滔海水日趋东，万法从新要大同。后二十年言定验，手书《心史》井函中。(《己亥杂诗》其四十五)

黄遵宪在多年的研究和考察中建立了君主立宪的改良主义理想，他认为未来世界一定是大同世界，他心目中的大同世界就是资本主义。他热情宣传这个理想，为此做了大量的实际工作。他写了《近世爱国志士歌》，盛赞日本明治维新志士前仆后继的精神，目的“以兴起吾党爱国之士”。又写《日本国志书成志感》，表示要以日本明治维新为鉴进行维新变法的愿望：

湖海归来气未除，忧天热血几时摅？千秋鉴借吾妻镜，四壁图悬人境庐。改制世方尊白统，罪言我窃比黄书。频年风雨鸡鸣夕，洒泪挑灯自卷舒。

在《赠梁任父同年》中表示要实现变法理想的坚定信念，并以自己泣血报国的赤诚鼓励梁启超承担维新变法的重任：

列国纵横六七帝，斯文兴废五千年。黄人捧日撑空起，要放光明照大千。

寸寸河山寸寸金，侂离分裂力谁任。杜鹃再拜忧天泪，精卫无穷填海心。（《赠梁任父同年》其一、三）

维新变法失败后，黄遵宪感到极度悲愤，以大量诗歌反映自己当时的思想感情。他对在戊戌变法中受株连迫害，甚至抛头颅洒热血的维新志士抒发了深切的思念。他并未因变法之失败而丧失信心，他把希望寄予未来：

头颅碎掷哭浏阳，一凤而今剩楚狂。龟手正需洴澼药，语君珍重百金方。

谬种千年兔园册，此中埋没几英豪。国方年少吾将老，青眼高歌望尔曹。（《己亥续怀人诗》其二十二、二十四）

他坚信变法理想顺应社会发展规律是一定会实现的。组诗《感事》则以悲愤的言词揭露谴责保守派破坏变法、血腥镇压维新党人的罪行：

> 金瓯亲卜比公卿，领取冰衔十日荣。东方朝衣真不测，南山铁案竟无名！芝焚蕙叹嗟僚友，李代桃僵泣弟兄。闻道诟天兼骂贼，好头谁斫未分明。(《感事》其四)

并且指出慈禧太后等人屠杀“六君子”、逼害其他维新人士造成的政治恶果，为国家、民族的前途流露了深沉的忧虑：

> 太白星芒月色寒，五云缥缈望长安。忍言赤县神州祸，更觉黄人捧日难。压己真忧天梦梦，穷途并哭海漫漫。是非新旧纷无定，君看寒蝉噤众官。(《感事》其八)

黄遵宪的这类诗作多数集中在《人境庐诗草》卷四、卷十、卷十一中，是反映他晚年思想的重要作品。从这类作品中我们还可以发现，随着革命形势的发展，黄遵宪这个一生追求进步的爱国主义者晚年思想深处发生的激烈斗争，发现他面对新形势所作的积极的思考和探索。一些诗作表现了他晚年思想中萌发的新的政治因素，如《病中纪梦述寄梁任父》。这部分诗作在黄遵宪的诗中也是占有较重要地位的。

黄遵宪有部分诗描写了劳动人民的痛苦生活，表现了对人民疾苦的关怀和同情：

> 唐魏风同俭，幽并气不豪。龙衣将瓦覆，牛矢压墙高。忧患家多口，荒凉地不毛。最怜罗马拜，中妇乞钱号。(《武清道中作》其四)

在《福州大水行同张樵野丈（荫桓）龚霭人丈（易图）

作》中，作者描述了人民惨遭天灾的苦况。《日本杂事诗》有部分诗也反映了日本明治维新后，发展资本主义现代化工业带给劳动人民的沉重负担和痛苦。对美国政府背信弃义用各种手段逼害和排斥华工的行为，他更加愤慨。他不但以外交官身份参加了反对排华的斗争，针对发生于光绪八年的美国排华浪潮还写了著名长诗《逐客篇》，反映美国这个所谓民主国家的重大政治事件，揭露资本主义民主的某些虚伪性，控诉美国政府对华工的残酷剥削，肯定华工对美国建设的贡献。“眼见手足伤，谁能忍毒蠚”，“皇华与大汉，第供异族谑”，对清政府腐败无能，既不能养民又不能保护华工免遭侮辱，表示了强烈谴责。“倒倾四海水，此耻难洗濯”，认为这是奇耻大辱。这种不畏强暴的气魄及对人民痛苦的深切同情，同当时清廷官员普遍存在的畏惧强权、漠视人民疾苦相比，显得非常难能可贵。黄遵宪在新加坡任总领事时，同样为保护华侨权益做了大量工作，并写了另一首著名的长诗《番客篇》，反映海外华侨的生活。他是第一个以诗歌形式反映海外华人生活现实的诗人。他的这些诗真实地反映了侨民的疾苦，并揭示了造成疾苦的原因。这些诗同他其他反映人民疾苦的诗歌一样，具有鲜明的人民性，并带着强烈的政治倾向。

黄遵宪游踪广阔，足迹遍及南北中国，四大洲各国，因此他还写下了不少山水风光诗。这些诗亦带着浓烈的感情色彩，描写国外山水的诗歌表现了遵宪对美好事物的向往和追求，符合他决心学习西法，向往西方先进社会制度的心情。他出使英国，沿途所见，如锡兰岛卧佛、巴黎铁塔、苏伊士运河、伦敦大雾、新加坡的热带风光都是他描述的对象。英女皇接见外臣的礼仪、华侨的婚俗，也是他笔下之资。其中《登巴黎铁塔》具有非凡气派，表现了他登临铁塔，纵观世界趋势，流露出来的比前人更开阔的视野和豪迈气概：

拔地崛然起，崚峥矗百丈。自非假羽翼，孰能蹑履上？高标悬金针，四维挂铁网。下竖五丈旗，可容千人帐。石础森开张，露阙屹相向。游人企足看，已惊眼界创。悬车倏上腾，乍闻辘轳响。人已不翼飞，迥出空虚上。并世无二尊，独立绝依傍。即居最下层，高已莫能抗。苍苍覆大圜，森芒列万象。呼吸通帝座，疑可通肸蚃。自天下至地，俯察不复仰。但恨目力穷，更无外物障。离离画方罫，万顷开沃壤。微茫一线遥，千里走河广。宫阙兴城垒，一气作苍莽。不辨牛马人，沙虫纷扰攘。我从下界来，小大顿变相。未知天眼窥，么麽作何状？北风冰海来，秋气何飒爽。海西数点烟，英伦郁相望。缅昔百年役，裂地争霸王。驱民入锋镝，倾国竭府帑。其后拿破仑，盖世气无两。胜尊天单于，败作降王长。欧洲古战场，好胜不相让。即今正六帝，各负天下壮。等是蛮触争，纷纷校得丧。嗟我稊米身，尪弱不自量。一览小天下，五洲如在掌。既登绝顶高，更作凌风想。何时御气游，乘球恣来往。扶摇九万里，一笑吾其傥。

黄遵宪在日本呆的时间较长，对日本人民情深谊厚，对日本风光特别喜爱，他希望两国人民互相了解，为促进两国人民友好往来作出过历史贡献。《日本杂事诗》有大量篇幅是写日本的风光及风俗民情的：

巨海茫茫浸四围，三山风引是耶非？蓬莱清浅经多少，依旧蜻蜓点水飞。（《蜻蜓洲》）

拔地摩天独立高，莲峰涌出海东涛。二千五百年前雪，一白茫茫积未消。（《富士山》）

第一首写日本作为一个岛国与别国不同的特征，第二首写富士山的雄伟壮丽。日人观赏樱花的习俗有其特色，而所好之茶道也很有讲究。《日本杂事诗》下卷对日人的习俗有很具体的描述：

朝曦看到夕阳斜，流水游龙斗宝车。宴罢红云歌绛雪，东皇第一爱樱花。(《樱花》)

枣花泼过翠萍生，沫碎茶沉雪碗轻。矮室打头人对语，铜瓶雨过悄无声。(《茶道》)

此外，《樱花歌》、《都踊歌》亦是介绍日本风情的著名诗章。黄遵宪的这类诗歌，不胜枚举，均风情万种，充满灿烂色彩，很具魅力。祖国的山光水色也在黄遵宪的笔下得到展现，但热爱之情中却往往饱含着丧失国土的创痛，渗透着他对祖国前途命运的忧思。除早期的《游丰湖》、《游潘园感赋》、《铁汉楼歌》、《游七星岩》外，后期的《上黄鹤楼》、《上岳阳楼》、《长沙吊贾谊宅》等都流露出对祖国河山被瓜分的沉痛：

矶头黄鹄日东流，又此阑干又此秋。鼾睡他人同卧榻，婆娑老子自登楼。能言鹦鹉悲名士，折翼天鹏概督州。洒尽新亭楚囚泪，烟波风景总生愁。(《上黄鹤楼》)

这种忧愁愤懑的情绪显然是与“直穷绝顶高，始觉天地阔”(《游箱根》)的高昂兴奋心情不同的。

除了上述各类诗作及另外一些师友酬酢之作外，黄遵宪还有一些诗流露了他思想上某些消极、落后的因素，如早年写他躲避太平军的一些诗曾流露了对太平军的憎恶情绪。晚年某些诗也还偶尔表现出对当朝统治者存在的幻想。这些都是特定历史条件及他所代表的阶级的思想局限所致的。总的来说，黄遵宪诗歌的思想内容具有鲜明的现实性和人民性，具有强烈的爱国主义精神，代表进步的历史潮流，达到他所处时代的思想高峰。

第三节　黄遵宪诗歌的艺术特色

黄遵宪早慧，从小胸怀大志，十岁为诗即吟出“天下犹为小，何论眼底山”这样豪气惊人的诗句，为乡贤推重。他的思想亦早熟，一生将自己的生死进退与国家荣悴相系，并不以诗人自居，“然以笃好深嗜之故，亦每以余事及之”（《人境庐诗草·自序》）。但他虽稽古学道，却不囿于古人，素有改革诗歌的责任感，并且才情极高，又有诗人敏感的气质及善于表述的能力，面对国家和民族的灾难，更有“胸中块垒”以吐为快的强烈愿望。因而余事为诗，他能批判地继承前人，勇于创新，在艺术上“熔灼百家，斟酌乐府”，独辟境界，为古典诗歌开拓了一个崭新天地，被誉为“诗界哥伦布”。梁启超也说：“公度之诗，独辟境界，卓然自立于二十世纪诗界中，群推为大家。”

黄遵宪在创作方法上继承了我国古典文学优秀的现实主义传统。他用现实主义表现手法记叙古人未见之事，抒发今人才有的情怀，开辟前人从未表现过的崭新意境。他的诗歌题材空前广泛、重大，述事囊括今古，包罗万象。集中于纪事，纪游、说理及抒情之作均有，尤其是纪事及纪游之作，题材不但选自本国，还选自异域，提高了旧体诗歌的表现力，扩大了它的容量。他的纪事诗现存共五百多首，当时国内外发生的重大政治事件及有关人物，几乎都在这类诗中得到反映。国内的太平天国起义，第一、二次鸦片战争，中法战争，中日战争及他自己亲身参与几乎罹难的戊戌变法，还有八国联军入侵，义和团起义；国外的日本明治维新运动，美国的排华浪潮，他都以一个真正现实主义诗人的态度作了真切、动人的反映。这些重大的政治题材，他往往以古体长篇或近体组诗的形式写就，史味浓郁，是叙写中华民族备受侵略、欺凌及反抗侵略的史诗。例如反映甲午战争的一系列诗歌，从《悲平壤》到《度辽将军歌》，记叙了从日军侵略到中国战败的整个过程，不但能激起人民对侵略者及腐败无能的清廷统治者的义愤，而且能让人民了解甲午战争整个历史事件的全过程。日本明治维新的情况，他则以大型近体组诗《日本杂事诗》来反映。一诗纪一事，写日本的国政、民情、风俗、物产，形象而生动，目的是让国人了解日本明治维新后的新气象，可以说是诗人的历史著作《日本国志》的形象体现。整部组诗共二百首。这样大型的以诗记史的组诗在我国诗歌史上属首创，当时影响很大，难怪汪辟疆说："有良史之才，备辅轩之采，固已朝野传诵矣。"他的记游诗描述的范围也相当宽广，不但写国内风光，还用传统山水诗的手法写了异域的风光。在黄遵宪的记游诗中，我们可以看到日本富士山、巴黎铁塔、苏伊士运河的雄姿，还可以欣赏到墨江妩媚的樱花，箱根变幻的云岚、伦敦迷人的大雾还有新加坡醉人的风光，同时领略异域多姿多彩的民族风情。他的诗歌的艺术特色就在这丰富的诗作中反映出来。

他最善于叙事，尤以长篇叙事见重于艺林。富于形象性是他的优秀长篇叙事诗的特色。场面的描写非常生动感人。如《番客篇》，先展叙了办婚事的华侨的家庭布置，歌吹弹唱喜气洋洋，接着写贵客登堂：

……诸乐杂沓作，引客来登堂。白人挈妇来，手持花盈筐。鼻端撑眼镜，碧眼深汪汪。裹头波斯胡，贪饮如渴羌。蚩蚩巫来由，肉袒亲牵羊。余皆闽粤人，到此均同乡。嘻嘻妇女笑，入门道胜常。蕃身与汉身，均学时世妆。涂身百花露，影过壁亦香。……

客人种族不同，形态各异，黄遵宪将他们写得意态横生，诙谐有趣，使人如临其境。另外，在《纪事》、《樱花歌》、《都踊歌》等诗中，都有这样栩栩如生的场景描写。他塑造的人物形象同样很成功。他善于通过合符人物身份的典型情节及合符人物性格特征的语言行动、心理活动的描写来表现人物的精神状态。如《度辽将军歌》，黄遵宪先逐层描写了吴大征在岁朝大会上的言行举止，渲染了他的骄狂情态：他故作豪举，卖弄武功，大言不惭，狂妄无比。然后诗人以高度概括的诗句："两军相接战甫交，纷纷鸟散空营逃，弃冠脱剑无人惜，只幸腰间印未失"，写他遇敌时狼狈逃窜的情形。前后对比鲜明，语言辛辣，幽默而生动，逼真地把一个骄矜虚夸却贪生怕死，怯懦无能的封建官僚的典型形象刻画得栩栩如生。其他如《冯将军歌》、《聂将军歌》、《拜曾祖母李太夫人墓》等，刻画的人物形象都很鲜明、突出。在他的诗作中他塑造的许多形态各异的人物形象，如活泼的儿童、慈祥的老人、爱国将领，民族败类等等都很成功。此外他的咏物诗、抒情诗形象感也是很强烈的。《以莲菊桃杂供一瓶作歌》用拟人手法写众花各异的神态，千娇百媚，性情各别，写得十分生动传神，在古咏花诗中也很罕见。《奉命为美国三富兰西士果总领事留别日本诸君子》为一组留别诗，其中第五首纯倾诉离情别绪：

沧溟此去浩无垠，回首江城意更亲。昔日同舟多敌国，而今四海总比邻。更行二万三千里，等是东西南北人。独有兴亚一腔血，为君户户染红轮。

激情洋溢的诗句表达出诗人重视中日友谊的心情。诗中形象鲜明壮美，意境高远。

黄遵宪凭着自己深厚的国学基础，极高的文学造诣及极强的融汇力，能用传统的诗歌形式表现新内容、新思想感情，创出前人未有的诗歌境界。梁启超认为他能“熔铸新理想以入旧风格”。他是有意作新诗的。在《酬曾重伯编修》中，他写到“废君一月官书力，读我连篇新派诗”，称自己的诗为新派诗。这些新派诗有部分仍是“以旧瓶装新酒”的。形式虽旧，思想内容却令人耳目一新。最富代表性的是被陈三立推为千古绝作的《今别离》四首。这组诗以形象的语言咏轮船、火车、电报、相片等新事物及东西半球昼夜相反现象。诗歌巧妙地将这些新事物及传统的游子思归题材融合，情思缠绵，不着痕迹地表现出他所处时代的人的离情别绪：

别肠转如轮，一刻既万周。眼见双轮驰，益增中心忧。古亦有山川，古亦有车舟。车舟载离别，行止犹自由。今日舟与车，并力生离愁。明知须臾景，不许稍绸缪。钟声一及时，顷刻不少留。虽有万钧柁，动如绕指柔。岂无打头风，亦不畏石尤！送者未及返，君在天尽头。望影倏不见，烟波杳悠悠。去矣一何速，归定留滞不？所愿君归时，快乘轻气球。（《今别离》其一）

情与景丝丝入扣，写得生动、形象，意味无穷，真是做到了“以至思而抒通情，以新事而合旧格，质古渊茂，隐恻缠绵，盖辟古人未曾有之境，为今人不可少之诗，作者神通至此，殆是天授”。（陈三立语）《八月十五夜太平洋舟中望月作歌》及大型组诗《日本杂事诗》都属这类诗作，既为格律诗，又很具时代特色。另一部分则是冲破了旧体诗的格律的。如《以莲菊桃杂供一瓶作歌》，写众花，寄寓的却是民主大同的理想。梁启超评曰："半取佛理，又参以西人植物学、化学、生物学诸说，实足为诗界开一新壁垒。"（《饮冰室诗话》）诗句基本为七言，却有变化，中有九言、十一言，甚至十五言。尤有代表性的是《出军歌》、《军中歌》、《旋军歌》等一组新诗。每首六句，第一、三、五句为七言，第二、四句为五言，第六句为三言，长短夹杂，错落有致，富于韵律而又有强烈的节奏。这些诗语言较为通俗，精神却雄壮活泼，沉浑深远，对当时诗坛影响很大。黄遵宪的这些新派诗对改变当时的诗风，对旧体诗过渡到新诗确实是起了承先启后作用的。

黄遵宪的诗歌在语言上也是很有特色的。从整体看，虽多数诗作用语典雅考究，保持了旧风格，但他有一部分诗确实做到采用方言俗语入诗，很成功，体验了他"我手写我口"的主张。他成长于山歌之乡，自幼从祖母处接受民间文学的熏陶，"牙牙初学语，教诵《月光光》。一读一背诵，清如新炙簧。"（《拜曾祖母李太夫人墓》）对民歌有深刻的认识和理解，认为民歌以方言设喻浅白感人，接近人民，能唱出现实生活的真情，唱出歌者的真感受。因而他学习民歌，在以方言俗语入诗方面作了有益尝试，其最受众人一致看好的是《拜曾祖母李太夫人墓》。此诗摆脱了旧体诗歌以陈词滥调入诗的陋习，使用平白浅俗的语言娓娓诉说童年往事，倾吐祖孙情深。诗很长却清新流畅，质朴感人。又有前面提及的《出军歌》等三首及《幼稚园上学歌》，语句皆通俗易懂，如梁启超所评："其精神之雄壮活泼、沉浑深远不必论，即文藻亦二千年所未有也，诗界革命之能事，至斯而极矣。"（《饮冰室诗话》）他根据故乡山歌改写而成的《山歌》九首，更是全用白话写成的，如：

> 人人要结后生缘，侬只今生结目前。一十二时不离别，郎行郎坐总随肩。
>
> 买梨莫买蜂咬梨，心中有病没人知。因为分梨故亲切，谁知亲切转伤离。(《山歌》其二、三)

这些山歌言浅意深，以方言取喻，又多用双关谐音词，风趣生动，富于情韵，堪称山歌上品。他对古代民歌也同样重视。《五禽言》就是他利用、改造古代民歌形式为现实服务的例子。他运用传统比兴手法，以五禽鸣叫起兴，写出光绪朝慈禧揽权，光绪受制，奸佞当道，国家遭殃的黑暗现实。诗歌不拘格律平仄，音韵自由，语言通俗。此外，从《古从军乐》、《台湾行》等也可看到古代诗歌语言对他的启迪。《都踊歌》以乐府歌行和嘉应山歌神理写日本风俗写得极其出色，诗中也运用了不少俗语。

黄遵宪善于在继承的基础上创新，在表现手法上"用古文家伸缩离合之法以入诗"，充分发展了韩愈、苏轼"以文为诗"的技巧，写出许多恢张广博、汪洋恣肆的鸿篇巨制，如《罢美国留学生感赋》、《流求歌》、《逐客篇》、《春夜招乡人饮》、《拜曾祖母李太夫人墓》等都是。《番客篇》、《锡兰岛卧佛》竟长至四百句以上。《锡兰岛卧佛》全诗二千一百六十字，为集中最长之诗，在中国古典诗歌中也非常罕见，他的这些长诗比古代一些著名长诗如《孔雀东南飞》、《北征》及王禹偁的《谪居感事》在规模和容量上都大为扩充，而且诗味浓郁，均为成功之作。《春夜招乡人饮》最奇，写游子归乡与乡人共饮，酒酣耳热之际，乡亲对从异域归来的游子争相辨诘，奇问怪论此起彼伏，声震屋瓦，气氛热闹非凡。黄遵宪以神来之笔铺展畅叙，极其恣肆淋漓。范当世的评论最切：“千奇百怪，一以诙诡出之，气盘旋而不坠，调屡变而不竭，可谓盛矣。”体现了黄遵宪以单行之气运排偶之体的深厚功力。《番客篇》铺叙南洋富商举行婚礼情景，细致周详，如一篇舒展自如的汉代大赋。另一些长诗，如《度辽将军歌》、《冯将军歌》等，则显出黄遵宪善于布局谋篇，善于掌握详略分寸，能容叙事、抒情、描写、议论于一炉的能力。《锡兰岛卧佛》夹叙夹议，时而雄辩滔滔，时而铺陈展叙，纵横捭阖，从佛教之兴衰写列强对东方的侵略，表达对祖国复兴的强烈愿望，煌煌二千余字，可谓空前奇构。

黄遵宪又善以散文技巧写诗，使他的诗变化多端，呈现出诗歌自由化倾向。他的一些著名的诗作结构上有散文化倾向，如《感事三首》记述出使异域沿途的见闻，纵论祖国古今的差别，感叹西方列强的繁荣，表现出为祖国前途命运忧虑的深情，形散而意聚。写于早期的《杂感》议论纵横，散文化的倾向亦甚为明显。他还以司马迁写人物传记的手法写《冯将军歌》。诗中十六次呼用“将军”一词，表现对老将军的崇敬和赞颂，凸显老将军的雄姿。他又不拘格律诗字句的束缚，用散文句法入诗。如《赤穗四十七义士歌》：“一时惊叹争歌讴，观者拜者吊者贺者万花绕冢每日香烟浮，一裙一屐一甲一胄一刀一矛一杖一笠一歌一画手泽珍宝如天球。”这两句诗灵活而富有弹性，参差错落却不失韵律，自有一种独特的音韵美，新鲜而有魅力。而且经他提炼以入诗的散文句子，往往又能用在关键的地方，产生感人的效果。如《台湾行》：“万众一心谁敢侮，一声拔剑起击柱，今日之事无他语，有不从者手刃汝！”直白如口语的诗句，铿锵有力，字字如鼓捶击在人心，富于鼓动性和警戒性，表现了万众一心抗击侵略者的坚定信心。

黄遵宪的诗歌，众体皆备，形式多变。他既擅长古、近体诗歌的写作，又能写出山歌体、歌谣体的佳作，并有大型组诗的首创。他叙事、说理、抒情及写景、状物样样皆能，因表达内容及抒发感情的不同，诗歌呈现出多种多样的风格和意境。他关心国家和民族命运，对国运的衰微有强烈的感触，这方面的诗格调苍凉，沉郁。如《香港感怀》、《到香港》、《夜登近海楼》、《夜起》、《京师》等，对国土任人宰割的局面非常感慨，无限惆怅。《雁》、《放归》、《中秋夜月》、《纪事》、《感事》等，则对慈禧揽权，镇压变法，使国家前途暗淡之举表示怨愤，流露出傍徨苦闷的意绪，意境均甚悲凉。这类诗多为近体格律诗，被认为有杜少陵遗风。但赞颂抗战英烈及变法志士的诗却呈现另种慷慨激越的诗风，如《羊城感赋》、《冯将军歌》、《题黄佐廷赠尉遗像》等。反映诗人出使异域，接触西方，有志变革社会，振兴家邦的诗作，更是充盈着救国图强的热情，洋溢着风雷激荡的生气，有鲜明的时代特色。《日本杂事诗》是这一类的代表作。此外《八月十五夜太平洋舟中望月》、《登巴黎铁塔》等，意境壮美而奇特，想象丰富，格调高昂，极具浪漫主义特色。这些诗，词彩瑰丽，感情奔放，气势恢宏，又可见李白的影响。这些多为古风，既有五言、七言，亦有杂言，其中五古已臻化境。俞明震评曰："公诗七古沉博绝丽，然尚是古人门径，五古具汉魏人神髓，生出汪洋诙诡之情，是能于杜、韩外别创一绝大局面者。"他的离别诗亦能跳出感伤俗套，谱出"离别寻常休怅怨，男儿志本在飞蓬"的高昂情调。他的小诗展示抱负，亦气象开阔，显得意气风发、激昂豪迈。如《将之日本题半身写真寄诸友》：

如此头颅如此腹，此行万里亦奇哉。诸公未见靴尖趯，待我扶桑濯足来！

诗末二句亦庄变谐，也体现黄诗涉笔成趣的特色。有些诗明显受龚自珍的濡染。如《不忍池晚游诗》、《海行杂感》、《己亥杂诗》都是组诗，写作的视野广阔，想象丰富，鼓吹变法，时代色彩鲜明。黄遵宪这些以单行之气运排偶之体的作品大气包举，天骨开张，世称硬黄。然而他亦有绮艳之作，别具风情。《都踊歌》、《今别离》《山歌》便是这一类的代表作，写男女爱情绮丽纤秾，妍媚委婉，于飘逸回荡的文笔中流露深情，别有一种缠绵悱恻的意境。他善写景道情，往往能情景交融，如《人境庐杂诗》、《游丰湖》等，景色清丽，流露出作者对大自然的爱，表现了一种清新脱俗的意境。他对自然景物的描写镌刻入微，达到妙造自然的境地。如《夜泊》以细致的景物描写衬托了游子归家的急切心情。《游箱根》对云气的奇幻描写得非常细致精妙："开窗起看云，迷茫若无睹，一云忽飞来，一云不肯去。一云幻作龙，盘旋绕屋柱。关窗急遮拦，攒隙细如缕。须臾塞破屋，真气满庭户。"舒卷变幻，仿如神仙境界，但有时他又用夸张手法，亦写得生动形象，如《伦敦大雾行》，真实表现了雾都景色。有些景物描写却另有恬淡、宁静的气氛，如《养疴杂诗》。此外用竹枝词这种民歌形式写成的《日本杂事诗》，虽描绘的是域外事物，却保持了自己民族的风格。以歌谣体写就的《哭威海》、《幼稚园上学歌》等也保持了儿歌形式活泼的风格，黄遵宪主张："其炼格也，自曹、鲍、陶、谢、李、杜、韩、苏讫于晚近小家，不名一格，不专一体，要不失乎为我之诗。"正是这种转益多师的思想使他能博采兼收众长，形成自己既有鲜明特色却又灿烂多彩的艺术风格。他的诗还有一个特点，就是善于隶事用典，特别是一些近体诗，用典很多，一般用得贴切、易懂，保持旧诗风格，文字给人以驯雅得体的感觉，也显得较含蓄，但一些诗也确有用典过多、过僻之嫌，以致妨碍思想内容的表达，并给人以堆砌典故的感觉。但总而言之，黄遵宪在诗歌创作艺术上的成就是主要的、巨大的，称得上诗坛巨子，而因诗歌发展的历史环境及诗人本身所受传统诗歌艺术的深刻影响而难免存在的缺点，是瑕不掩瑜的。

黄遵宪善于学习和继承前人，做到博采众长，加之个人的天赋及努力，他具有很高的艺术造诣；走出国门接受进步思想，又深刻影响了他的创作，因而在诗歌创作实践上他刻意弃旧创新，追求革新突破，在题材选用、意境创造、形式改革、形象塑造、语言运用、风格形成等方面，都显示出他不因循守旧，要为现实服务，为诗界革命开路的努力，显示出他不同凡响的创新精神，并取得很高的艺术成就。黄遵宪不愧为“诗界革命”的旗手，可以说他是中国旧文学向新文学过渡期间的一位最杰出的诗人。他把现实主义的诗歌艺术推向一个新的更高更成熟的阶段，他的创作思想及创作实践对我国近代、现代的文学创作产生了深远的影响，对后世的文学创作也将产生深远的影响。

第二章　康有为

康有为（1858—1927），是19世纪末叶中国资产阶级维新运动——戊戌变法的主要领导人，是我国近代史上一位杰出的思想家、政治家、文学家。他是当时向西方找寻真理的代表人物。

康有为一生中为其政治事业的需要，写作了大量诗文，其中一部分具有重要的历史意义和学术价值，也有不少诗文达到相当高的艺术水平，对当时和后世都产生过一定的影响。

康有为诗集有梁启超手写四卷本，上海广知书局影印。又有崔斯哲手写十五卷本，商务印书馆影印。文集有《康南海文集》、《康南海文集汇编》等，俱非全本。

第一节　康有为的生平和思想

康有为，又名祖诒，字广厦，号长素，后易号更生、更甡。清咸丰八年（1858）生于南海县西樵银塘乡。这个地区位于珠江三角洲富饶的平原中，资本主义萌芽出现较早，又较早受到西方资本主义经济和文化的影响。

康有为出生在一个世代官僚地主的大家庭中，从小就接受严格的封建正统教育，熟读“四书”、“五经”等儒家典籍，打下了中国传统的学问基础。他又喜欢杂览群书，写那气概纵横豪宕的诗文，对科举考试的八股文却很是厌恶。十九岁时，到九江礼山草堂从学于著名学者朱次琦，接受“济人经世”的实学，这对他的哲学思想的形成有很大的影响。但国家和民族遭到的厄难，使他对传统的封建文化产生了怀疑。年轻的康有为在痛苦地思索着、探求着。清光绪五年（1879），他在家乡西樵山结识了翰林院编修张鼎华。他俩“过从累年，谈学最多，博闻妙解，相得至深”。在张鼎华的指引下，他开始接触到近代的改良思想，了解“京朝风气，近时人才及各种新书”，眼界为之一开。同时他又往游香港，看到英国人治理的法度，很受启发，认识到资本主义制度要比封建制度优越，从此便大购西书，大讲西学，开始了向西方寻找真理的历程。从此，他对中国的旧文化和旧风俗也日益厌弃了。他在家乡创办了“不裹足会”，制订会章条例，发动亲友参加。这是康有为第一次对封建势力和传统陋俗进行的冲击。

光绪九年至十一年的中法战争，中国不战而败。康有为受到强烈的刺激，他经过长期的探索，开始形成自己的思想体系。他把中国传统的哲学跟西方的自然科学结合起来，形成“以元为体，以阴阳为用”的哲学体系，还把《公羊传》上的“三统”、“三世”的变易观发展成“以三统论诸圣，以三世推将来”的历史进化观，并认为人类社会是由“据乱世”向“升平世”再向“大同世”发展的。康有为的资产阶级改良思想体系正式形成了，他不无自满地说：“吾既闻道，既定‘大同’，可以死矣！”

光绪十四年，康有为到北京应顺天乡试，以布衣身份向清光绪帝上书，请求变法以挽救国家危亡。他提出了“变成法”、“通下情”、“慎左右”三条变法纲领。尽管上书为顽固派所阻，未能送达光绪帝，但书稿很快流传开来，恰如在一潭死水中扔进一块大石，在朝野引起很大的反响，在一些倾向改革的官员和知识分子心中播下了变法的种子。这是资产阶级改良思潮由理论研究发展成实际政治活动的第一次尝试。

以后的几年中，康有为在广东著书讲学，从事变法理论的研究，并培养出一批具有改革思想的青年干部，这时从学的弟子如陈千秋、梁启超等都成为康有为著书的得力助手和变法运动的宣传鼓动家。

甲午中日战争，清政府的海陆军都遭到惨败。次年，被迫与日本签订丧权辱国的《马关条约》。国家的严重危难，激发了中国人民心中强烈的爱国主义热情，促使改良思潮迅速发展成为政治行动，以一场声势浩大的爱国运动揭开了戊戌变法的序幕。光绪二十一年（1895）4 月，康有为在北京联合各省应试举人，发动了近代史上有名的“公车上书”请愿运动。一时间群议沸腾，强烈反对《马关条约》签订。他在亲自起草的这封万言书，即上皇帝第二书中，提出了资产阶级改良派的变法纲领。“公车上书”是中国近代史上第一次由资产阶级发动和领导的群众爱国运动，它符合中国人民救国愿望和民主要求，在历史上的进步意义是应该充分肯定的。上书虽被顽固派拒绝代呈，光绪帝未能看到，但它已使变法运动深入人心，而成为一股有一定力量的政治潮流了。

“公车上书”后没几天，会试放榜，康有为中了进士，被派为工部主事，但他没有到任。接着第三次上书，光绪帝终于看到了。这个没有实权的皇帝觉察到维新派的变法要求，正是提高皇帝权势、巩固王朝统治的途径，因而表示赞许。康有为在 6 月间第四次上皇帝书，提出“设议院以通下情”的主张，要求让资产阶级在政府中分享权力。但这封书又被拒绝代呈。康有为认识到，上层统治集团中守旧势力实在太大了，必须打开缺口，在封建营垒中进行分化。他在北京创办了《万国公报》（后改名《中外纪闻》），并着手组织中国第一个带有资产阶级政党性质的政治团体——强学会。维新派这个组织得到陈炽、文廷式、沈曾植等人大力支持。这时顽固派发动了对维新派的攻势，结果强学会被查封。康有为被迫出京，回到广州万木草堂中继续讲学，并写成重要的政治哲学著作《孔子改制考》。

光绪二十三年冬，德国帝国主义强占我国胶州湾，俄、英、法等列强也纷纷胁逼，“瓜分豆剖，渐露机牙”。12 月，康有为赶到北京，第五次上书光绪帝。书中尖锐地指出，国家内外危机四伏，如果还不马上想办法挽救，则行将灭亡，必须立即明定国是，宣布变法。此书虽又被拒绝代呈，但这时给事中高燮曾向光绪帝推荐康有为，帝党领袖翁同龢也极力支持，光绪帝便命康有为“条陈所见”。次年 1 月，康有为上了第六书（即《应诏统筹全局折》），在这封重要的意见书中，康有为强调指出：“大地诸国，皆变法而强，守旧而亡。……能变则存，不变则亡；全变则强，小变则亡。”要求皇帝“断自圣心，先定国是”，制订宪法，改革封建官僚制度，实行三权分立的西方式民主政治。这封奏书提出维新派改革政治的全部要求，成为戊戌变法的施政纲领。康氏还组织保国会，扩大维新派的政治影响，争取了不少同路人。

光绪二十四年戊戌四月二十三日（1898 年 6 月 11 日），光绪帝采纳了康有为的建议，下了一道“明定国是”的诏书，正式宣布以变法为国家的根本方针，开始了中国近代史上著名的“百日维新”。6 月 16 日，维新派的领袖康有为奉命进宫朝见，光绪帝跟他作了长时间的谈话，询问变法的总方针和具体事宜，他一一陈对，并着重建议皇帝破格擢用有志于变法事业的小人物，以替代腐朽的老官僚。

在“百日维新”期间，以康有为为首，梁启超、谭嗣同、林旭、杨锐、刘光第、杨深秀等都成为进行变法的重要人物。他们向光绪帝提出大量建议，并负责批阅章奏、草拟诏书的工作。光绪帝接连发出六十多道上谕，颁行各种新政。但这些诏令在基本上由后党顽固派控制的政府各部门中，都成了一纸空文，各级官僚大都采取阳奉阴违甚至公开违抗的态度。

以慈禧太后为头子的顽固派，伺机而动，于八月初六日发动政变，一举扑灭了新政，结果光绪帝被幽囚，康有为、梁启超逃亡，谭嗣同、林旭、杨锐、刘光第、杨深秀和康有为的弟弟康广仁被杀害。历时一百零三天的戊戌变法以失败告终。

政变发生后，康有为在英国公使的帮助下，经香港逃到日本，开始了十五年海外流亡生涯。资产阶级革命家孙中山在日本曾多次派人跟康有为联系，希望他能吸取惨痛教训，把立场转移到革命派方面来；但他坚持改良的主张，拒绝了革命派共同合作的要求，并把“保皇”确定为新的行动纲领。光绪二十五年（1899），康有为自日本赴加拿大，组织了“保皇会”。以后三四年间，他转徙于日本、加拿大、英国和中国香港间，并在新加坡、槟榔屿、印度，接受英国的保护，从事哲学理论的研究，写成《春秋笔削大义微言考》、《中庸注》、《孟子微》、《论语注》、《大学注》等著作。1902 年，在印度大吉岭完成了他的名著《大同书》。

光绪二十九年（1903）春，后党的主要成员荣禄死去；康有为赶忙从印度回到香港，希望光绪帝能复辟，自己便可回朝重干维新事业。这时康有为发表了《答南北美洲诸华侨论中国只可立宪不可行革命书》，反对资产阶级民主革命。为此，资产阶级革命宣传家章炳麟写了著名的《驳康有为论革命书》，阐明了民主共和优于君主立宪，对康有为的思想和主张，作出了严厉而系统的批判。在这以后，康有为日益堕落，成为保皇主义者和复辟主义者，遭到国内外革命者的唾弃。

以后几年间，康有为漫游欧洲和北美各国。他虽然亲眼看到法、美等国先进的政治和经济，但却没有认识到这是资产阶级革命带来的结果，反而在他的《法兰西游记》中惊呼革命是“弥天之大祸”。他把海外的保皇会改名“国民宪政会”，打出“尊崇皇室，扩张民权”的旗号，招兵买马，奔走鼓噪，与国内的立宪派遥相呼应。康有为这时已成为革命的正面敌人了。

1911 年 10 月 10 日，伟大的资产阶级民主革命——辛亥革命爆发了，推翻了清朝封建专制统治，建立中华民国。康有为在日本听到消息，惊恐万状，急忙一连发表了《共和救国论》等几篇反对革命的文章，并提出“虚君共和”的口号，妄图保存已成历史陈迹的清王朝统治。1913 年，康有为回到阔别十五年的祖国。这时，革命果实已被大野心家、阴谋家袁世凯攫取了。康有为决心为清王朝效忠到底，以遗民身份自居，拒绝到北京跟袁氏政权合作。他移居上海，当上了孔教会会长，创办《不忍》杂志，提倡“以孔教为国教”，要“冒万死以力保旧俗，存礼教而保国魂”，他的谬论受到以陈独秀为代表的激进民主派的有力批判。1917 年，康有为窜到北京，附同张勋拥戴清废帝复辟。这次复辟迅速被粉碎。康有为一生中最后一次重大的政治活动就这样不光彩地结束了。

此后十年间，康有为漫游全国各地，一路上与反动军阀勾勾搭搭，讲演赋诗，念念不忘他的“君主”；还曾“觐见”废帝溥仪，参加恭祝“圣寿”活动。这时的康有为，已成为一块顽石，淹没在时代的滚滚洪流中了。

1927 年 3 月 21 日（夏历丁卯二月二十八日），康有为病逝于青岛，得年七十。

作为维新派的代表人物康有为，以他大量的论著和政治活动，对封建专制制度进行猛烈的冲击，并发动了具有重大历史意义的改良运动——戊戌变法。这无疑是顺应历史发展潮流的，是进步的。康有为“开中国维新之幕，其功不可没”。他不愧是站在当时时代最前列的巨人。

第二节　康有为诗歌的思想内容

康有为是近代著名的思想家、政治活动家，又是一位杰出的诗人。可惜的是，他的诗名每被他政治上的名声所掩，康有为诗歌的成就往往不被人们注意。

清朝末年，在诗坛上出现了很有影响的“同光体”诗派。它是由宋诗派转化而来的，提出把“别才”和“学问”结合起来的主张，批判清中叶流行的神韵派、格调派专宗盛唐的空疏摹拟的弊病。但“同光体”诗派又陷于另一个极端，诗歌语言佶屈聱牙，内容陈腐迂阔，失去活活泼泼的生命力。就在这时，维新派为了适应政治改革的要求，在诗坛掀起了“诗界革命”运动，康有为就是这个运动的一面旗帜。

梁启超《清代学术概论》总结清诗的情况说：“以言夫诗，真可谓衰落已极。……直至末叶，始有金和、黄遵宪、康有为，元气淋漓，卓然称大家。”汪国垣《光宣诗坛点将录》对康诗作出更高的评价：“今诗人尚意境者宗黄（庭坚）、陈（师道），主神韵者师大历（指唐大历时期的‘十才子’）。锤幽凿险，则韩（愈）、孟（郊）启其宗风；范水模山，则谢（灵运）、柳（宗元）标其高格。其纯脱然入乎古人出乎古人者，则南海康有为也。南海平生学术，不以诗鸣，徒以境遇之艰屯，足迹之广历，偶事歌咏，直有抉天心、探地肺之奇，不仅巨刃摩天而已也。反虚入浑，积健为雄，惟南海足以当之。”这里所说的“元气淋漓”、“积健为雄”，主要是指诗歌思想内容的充实和艺术境界的宏阔。可以说，这是康有为诗的最大特色。

康有为所处的时代，是个大动荡、大变革的时代，康有为的诗歌，是这个时代最强烈而深沉的呼声。读到有为的诗时，自然会想起近代维新思想的先驱者、清代“三百年间第一流”诗人龚自珍的名篇。它们都“有着不同于一般的独特面貌：语言瑰丽，意境鲜新，诗味浓冽，奇思妙构常如异军突起，奇光闪耀，使人震动”。人们听听这浏亮而优美的歌声：

> 天龙作骑万灵从，独立飞来缥缈峰。怀抱芳馨兰一握，纵横宙合雾千重。眼中战国成争鹿，海内人才孰卧龙？抚剑长号归去也，千山风雨啸青锋！（《出都留别诸公》之二）

诗中充满了积极的浪漫主义精神，可以追溯到屈原的《离骚》、《九歌》和李白的《古风》、乐府诗。诗人关切着国家的前途，民族的命运，并进行痛苦的思索：“忧道海滨伤独立，思玄天外若为通?”（《送张十六翰林延秋先生还京》之一）。

他看到清王朝已经到了穷途末路，政治腐败，社会黑暗，忧心忡忡地喊道：

> 道丧官私惟帖括，政芜兵食尽虚名。虞渊坠日忧难挽，漆室幽人泣六经。(《苏村卧病写怀》之四)

在漫游各地时，人民生活的困苦惨状引起诗人强烈的同情。他在探索着救民的办法：“悲悯心难已，苍生疾苦多!”(《送门人梁启超任甫入京》之三)。“县市米骤腾，民饥何以救?”（《过石城》）“税重桑田少，民愚学术微。”（《游三水城》）

然而，诗人更关心的是，帝国主义的铁蹄已踏入中国，瓜分的惨祸已临眉睫了。作为一个平民百姓，无力回天，诗人悲愤地唱道：

山河尺寸堪伤痛，鳞介冠裳孰少多？杜牧《罪言》犹未得，贾生痛哭竟如何！更无十万横磨剑，畴唱三千《敕勒歌》！便欲板舆长奉母，似闻沧海有惊波。（《闻邓铁香鸿胪安南画界撤还却寄》）

这位“少年心事当拿云”的诗人，怀着救国救民的壮志，准备献身于未来宏伟的事业。在一首题照诗中，他明确表示，自己的历史使命是教化人民，决不追求高官厚禄：“礼堂写像应相觅，麟阁图形竟可无！”（《自题三十影像》）

在政治斗争中，尽管一再遭到挫折，但诗人还是有着一股锐气，勇往直前：“治安一策知难上，只是江湖心未灰！”（《感事》）他目睹朝中的顽固分子，到处罗织罪名，陷害进步人士：“八俊三君自钩党，周钳来网巧飞章。”（《胶旅割后……》）但在诗人的心中，这些“虎飞食人肉”的坏人，都不过是一小撮“大者如苍蝇”的蚊虻而已，诗人的战斗是毫不留情的：

幺么尔何物？乃亦此巢宿。誓当聚火焚，扫除命僮仆。秽草皆捐涤，绝汝凭借属！（《苦蚊行》）

诗人揭露在官场中世态的炎凉，人情的淡薄：

人情日恶薄，相待亲位禄。津路据势要，趋谒看眉目。（《赠陈镇南编修兄》）

他赞美那些敢于抗争，为了国事而不惜罢官入狱的人：

至诚动天地，孰谓直不收？台谏久寂寞，一鹗击高秋！（《屠梅君侍御谢官归索诗为别敬赋六章》）

诗人为自己在政治上遭到排挤而痛心，更为皇帝失权，奸臣凶横而愤慨："沧海惊波百怪横，唐衢痛哭万人惊。高峰突出诸山妒，上帝无言百鬼狞！岂有汉廷思贾谊，拚教江夏杀祢衡！陆沉预为中原叹，他日应思鲁二生。"（《出都留别诸公》）我们仿佛听到龚自珍的悲歌："一山突起丘陵妒，万籁无言帝坐灵。"（龚自珍：《夜坐》）有为的诗句再也没有龚诗那种蕴藉和深沉了，他大声疾呼，愤怒地指斥那狰狞的百鬼。在有为前期的诗歌中，总是充满着批判旧制度的否定精神，毫不含糊地表明自己的进步主张，流露出强烈的爱憎感情。作者有意识地把诗歌作为政治斗争的武器，用来反映国家的重大事件，抒发个人的豪情壮志，表示对维新事业必胜的信心。正由于有这样深刻的思想内容，再加上诗人艺术语言的美，使康有为的诗歌具有强烈感人的艺术力量。

戊戌变法失败后，诗人的歌声也逐渐变得苍凉悲怆了。半生的事业，已随流水，康有为无限深情地回首往事，感怀身世，特别是想起沉沦中的故国，想起他那位被幽囚的"圣主"时，更是痛不欲生，声泪俱下。诗人凄苦地曼声低吟："梦绕尧台波缥缈，神惊禹域割纵横。"（《菽园投书邀往星坡答谢》）"中国陆沉谁致此？逋臣飘泊更安之。"（《庚子八月五日阅报录京变事》）

这时的康有为，还是一个热诚的爱国者，他密切地注视着帝国主义对中国的侵略，对顽固派的丧权卖国行为表示极大的愤怒和不满。光绪二十七年（1901），诗人听到李鸿章代表清政府签订《辛丑条约》的消息时，写下了这首感情深挚的七绝：

魏绛和戎岂有功？只愁云雾蔽辽东。凭将士气扶中夏，泪洒山河对北风。（《闻和议成，而东三省别有密约割与俄，各直省人士纷纷力争》）

为了维护祖国的统一，诗人对俄、英等帝国主义窥伺我国领土东三省和西藏保持着高度的警觉。他在一首题为《望须弥山云飞，因印度之亡，感望故国，闻西藏又割地矣》的诗中写道："喜马来山云四飞，山河举目泪沾衣。此通藏卫无多路，万里中原有是非。"在《生民》诗中，作者满腔忧愤地唱道："生民坐涂炭，国势日凌夷。西藏何疆界？东辽多鼓鼙！乐灾政淫怠，好乱说猖披。万里投荒涕，吾生丁此期！"在这时的诗歌中，还多少保留了前期的一些进步思想。

诗人在国外流亡的十五年中，周游了亚洲、欧洲、美洲各地，写了大量的记游诗。这些诗歌内容庞杂，有揭露帝国主义虐待华侨的，如《游爪哇杂咏》："客久今多大地主，吁嗟吾族苦为奴！"有伤痛中国古来的属国越南沦为殖民地的，如《游西贡》："占城王会历千年，属国沧桑空问天。……已改地图奴隶久，最伤华旅受征廛。"还有赞美资本主义国家政治风俗、物质文明和古迹名胜的，这些作品无论内容或语言风格上都大异于古代山水写景诗。如《地中海歌》、《罗马怀古》、《巴黎登气球歌》、《五渡大西洋放歌》等，皆雄伟瑰丽，令人目眩神骇。如《携同璧游那威北冰海那岌岛颠夜半观日将下没而忽升》诗：

海气混茫白浪粗，上接鸿濛昊宇舒。白日欲落光模糊，寒波澹沱青霭敷，暮涛苍凉山有无。我扶绿玉踏六鳌，直登岛颠轻崎岖。极望苍苍不可摸，上通帝座可吸嘘。御风而行上玉壶，圆峤方丈道空迂。千年巨鲸老不

> 居，掉鳍涌浪如山驱。渍珠跳玉似相濡，万载寒冰冷我躯。骑狮清凉访文殊，琼楼玉宇寒如如。凡骨难耐冰雪庐，夸父走死先骇吁。哀尔虞渊将坠徂，鲁阳挥戈志何愚！长风万里东望纡，侧望中华阳潜沮。太阳噎天埋绿芜，仰天长叹曰丧乎。是夜夜半神鬼逋，乾端坤倪飙吁吁。霭气忽开晶光铺，杲杲旭暾红轮扶。飙登云端披绛襦，光芒万种照寰区。羲和无功后羿诛，额手仰天且大呼。碧琉璃满酌葡萄，此为海角岛屿之极夫！题名如鲫凿石腴，德霸威廉远跖趺。华表庄严镇山隅，云亭封禅何雄图。秦皇汉武聊自娱，我是乾坤一腐儒。仰观诸天阅劫馀，壮观山海荡目眦。寄此怀抱何区区，永怀那岌写歌《骚》。

此诗写在挪威北极圈内所见的“白夜”情景。由于地轴偏斜和地球自转、公转的关系，北极圈内在夏季一段日子中太阳不落到地平线下，称为白夜。此情此景，古来没有一位诗人能见到能写出。又如《睹荷兰京博物院制船型长歌》，略云：“惜哉海禁二千年，珠崖犹捐况大秦。腐儒不通时势变，泥古守经成弱孱。坐令大地主人位，甘让碧眼红髯高步于其间。迄今楼舰二万吨，甲板二尺铁为藩。横绝大海吼龙战，吓取土地谈笑间……藐尔荷兰强若此，况于中华万里云。嗟哉谁为海王图，铁舰乃是中国魂。何当忽见铁舰五百艘，龙旗翩荡四海春。呜呼！安得眼前突兀五百舰，横绝天池殖我民。”梁启超《饮冰室诗话拾遗》云：“感念海权之消长，思所以唤起吾国民之海事思想者，意至厚也。”

康有为游历世界之诗，长篇伟制，豪迈绝伦，然小诗亦多可观者。如《罗马访四霸遗迹·君士但丁有遗殿，户牖尚存，屹然高十丈，其制摩色金盘甚丽，多其遗制，吾曾购得之》诗：

> 君士但丁帝，雄姿不可方。丹青有遗殿，户牖半颓墙。三国归灵统，东都辟裔皇。金盘摩色丽，娑抚起苍凉。

亦有歌颂工业革命和政治革命中杰出人物的诗歌。如《游苏格兰京噫颠堡，见创汽机者华忒像，感颂神功不可忘也》一诗，热情地歌颂瓦特改造蒸汽机，促进英国工业革命的功劳。值得注意的是作者在1905年游美国时写的《游花嫩冈谒华盛顿墓宅》诗：

> 颇他玛水绿沄沄，花嫩冈前草树芬。衣剑摩娑人圣杰，江山秀绝地萌文。卑宫尚想尧阶土，遗冢长埋禹穴云。不作帝王真盛德，万年民主记三坟。

诗中描述瞻仰乔治·华盛顿墓的情景，赞美他“不作帝王”，而建立“万年民主”的功绩，表露出康有为思想中的民主因素。

康有为晚年回国之后，经常与遗老诗人唱酬，诗功日进，诗律日细，而思想也更趋颓唐，诗歌中充满了没落哀伤的情绪：“逋臣廿载重归日，无限伤心烟树红。”（《九日八时天暮望都城各门楼》）　“孤臣白发明灯下，侧望觚棱事已非。”（《二十夕入使馆住美森院有老木步月口占》）

这时，康有为的时代早已过去，而康有为的诗也失去以前那种震撼人心的力量了。

第三节　康有为诗歌的艺术特色

康有为的诗歌，感情奔放豪迈，气势汪洋恣肆，辞采瑰丽自然，形成自己独特的风格。其早期诗可以《过昌平城望居庸关》为代表：

> 城堞逶迤万柳红，西山岧嵽霁明虹。云垂大野鹰盘势，地展平原骏走风。永夜驼铃传塞上，极天树影递关东。时平堡堠生青草，欲出军都吊鬼雄。

气魄宏伟，语意豪宕。一幅幅壮丽的图景，表现了诗人的胸怀和抱负："腐儒心事呼天问，大地山河跨海来。"（《秋登越王台》）"粤海重关二虎尊，万龙轰斗事何存？至今遗垒馀残石，白浪如山过虎门。"（《过虎门》）"东穷碧海群山立，西带黄河落日明。"（《登万里长城》）这些诗句境界高远，语言刚健有力，表现了作者早期积极向上的革新精神。

工于比兴，是有为诗歌艺术上的一大特色。"诗人感物，联类不穷"，有为继承了中国古典诗歌的优良传统，善于用具体的物象来表达自己的思想感情。如：

> 尽日伤春春已归，残花谁与惜芳菲？黄莺接叶啼难歇，紫蝶寻春故自飞。（《送春》）

诗中既表现了诗人对美好事物被摧残的惋惜，也表现了一位爱国者对多灾多难的祖国的前途深刻的忧虑。

在《题吾友梁铁君侠者画竹》诗中，作者描绘了在凛冽的朔风中"乱叶犹能劲，柔枝不受吹"的竹子的形象，隐寓着那位"侠者"的刚强志节。在《在桂林得佳石示桂中学者》诗中，以"桂林片石一枝秀"来比喻国中的贤才。《苦蚊行》一诗更用吮血的蚊虻来比喻朝廷上下的食人肉的坏蛋，表现了作者对它们的愤恨和鄙视的感情。

再看看有为在第一次上书不达之后出都时写的一首七绝：

海水夜啸黑风猎，杜鹃啼血秋山裂。虎豹狰狞守九关，帝阍沉沉叫不得！（《己丑上书不达出都》之二）

黑沉沉的夜里，海水在翻腾呼啸，阴风猎猎吹响。杜鹃鸟在哀怨地鸣叫，连秋山也为之感动崩裂。这不就是当时阴恶的社会环境的生动写照吗？诗人像一只失望的杜鹃，为祖国的前途而哀啭欲绝！坏人们像狰狞的虎豹把守着天门，在沉沉的深宫里的皇帝听不到孤臣孽子痛苦的呼唤。诗中所运用的比兴手法，很能表现作者当时的愤激之情。

善于运典。在康有为诗中，经常使用中外的典故。作者是个饱读诗书的学者，经史子集罗于胸中，典故信手拈来，运化无迹："八俊三君自钩党，周钳来网巧飞章。"（《胶旅割后，各国索地，吾与各省志士开会自保……》）把朝中的顽固分子罗织罪名、陷害进步人士的情况深刻地揭露出来。又如：

抗章都忘牛衣泣，斥去真因马仗鸣。莫使微之移晚节，不妨韩偓擅词名。（《梁星海编修免官寄赠》）

四句诗中用了四个典故，熔裁古事，精切不移。诗歌通过典故的暗示，唤起读者的联想，可以省掉许多不必要的叙述和说明，使诗歌语言更精炼，内涵更丰富：

凄凉白马市中箫，梦入西湖数六桥。绝好江山谁看取？涛声怒断浙江潮。（《闻意索三门湾，以兵轮三艘迫浙江，有感》）

诗中运用伍子胥吴市吹箫乞食和英魂乘潮来看吴国灭亡的典故，跟作者当时的处境和心情相合，能达到“自出己意，借事以相发明，情态毕出”的妙境。

以文为诗，也是康有为诗歌主要的艺术特色。以文为诗，是唐代杰出的诗人韩愈在诗歌艺术上的一大发展，也是“古文运动”在诗歌创作上的具体实践。千古以来，评论家们对此议论纷纷，有的甚至大加挞伐。其实，诗歌形式的散文化，是中国诗史上的重要的革新。语言是散文，骨子里还是诗，这是以文为诗的核心问题，必须“既有诗之优美，复具文之流畅，韵散同体，诗文合一”。（陈寅恪《论韩愈》）如著名的《六哀诗》，是为哀悼戊戌六君子而作的。诗中用铺叙的手法，历述烈士的生平、思想、行为，具见深情厚谊；而在叙述过程中又插入议论，使所抒之情更加深挚感人。康有为戊戌后出洋游历十余年，足迹遍及欧美各国，诗境益宏伟阔大，所为多长篇巨制，动辄千言，如《耶路萨冷观犹太人哭所罗门城壁，男妇百数，日午凭城，泪下如縻，诚万国所无也。惟有教有识，故感人深远。吾念故国，为之怆然，赋百一韵》诗，可称奇作。又如《开岁忽六十篇》，得二百三十五韵，为一篇自传诗，把个人一生经历详尽述来，多用散文句式，更能表现作者磅礴的才气和博洽的学养。又如《巡览全美国毕将游巴西登落机山顶放歌七十韵》诗，写美洲的开发过程，夹叙夹议，气势甚盛，真如章士钊所谓“黄河千里势无回，雨挟泥沙万斛来”。（《论近代诗家绝句》）长篇中语言有时显得拖沓，故不免有泥沙俱下之感。

康有为以雄健的笔力，驱使宇宙万象、经史百家入于诗中，表现了高超而广远的境界，形成其独特的艺术风格。他的女儿康同璧在其诗跋语中论：“世之读其诗者，作中国维新史观可也，作世界风俗史观亦可也。”陈衍《石遗室诗话》亦云："中国与欧美诸洲交通以来，持英簜与敦槃者，不绝于道，而能以诗鸣者，惟黄公度。其关于外邦名迹之作，颇为夥颐。而南海康长素先生，以逋臣流寓海外十余年，多可传之作。"可以说，康有为诗是继杜甫之后最大的诗史，不但在清末诗坛，而且在整个中国文学史上也应占一席重要的地位。

第四节 康有为的散文

首先探讨一下康有为文章的渊源所在。康有为出生在一个世代官僚地主的大家庭中，从小就接受严格的封建正统教育，熟读"四书"、"五经"等儒家典籍，打下了中国传统的学问基础。他青年时代曾师事著名学者朱次琦，接受"济人经世"的实学。朱氏"其学如海，其文如山；高远深博，雄健正直"，"深入秦汉之奥"。康有为自己也承认，"为今所为文，皆受法于先生者"。(《朱九江先生佚文序》) 康有为又喜欢博览群书，对先秦诸子和佛学都有研究。他早年的文章，力学先秦诸家，尤以《庄子》为法，既雄奇瑰丽，又渊深古奥。这类型的文章，可以《广艺舟双楫序》、《礼运注序》等为代表。

康有为中年以后，步入政坛，他写了大量的政治论文。这些文章都是直接地为时为事而作的，为了达到宣传变法的目的，文章风格必须来一个大变化。他开始摆脱传统古文形式的束缚，特别是彻底扬弃盛极一时的桐城派讲求"义法"、"雅洁"的空洞模式，强调文章要内容充实，言之有物。这类型的文章当以他在戊戌变法运动期间所上清帝的七封书和一些奏议为代表作。这些文章，有着鲜明的时代性和战斗性，饱含政治热情，放言高论，笔锋犀利，言人所不敢言，故能强烈地震撼读者的心灵。如《上清帝第五书》中有力地指出：

> 蚁穴溃堤，衅不在大。职恐自尔之后，皇上与诸臣，虽欲苟安旦夕，歌舞湖山而不可得矣；且恐皇上与诸臣，求为长安布衣而不可得矣……职虽以狂言获罪，虽死之日，犹生之年也。否则沼吴之祸立见，裂晋之事即来，职诚不忍见煤山前事也。瞻望宫阙，忧思愤盈，泪尽血竭，不复有云。

书中关切国家命运，对很可能到来的亡国惨祸抱着忧愤的心情，议论亢直，大声疾呼，的确起到振聋发聩的作用。康有为的政治论文，逻辑严密，说理透辟。作者以新旧学或中西学为基础，阐明自己的论点，文章中往往列举大量的古今中外的事实，层层深入去分析问题，并以深刻的洞察力，揭示出问题的症结所在，故他的文章具有很强的说服力和感染力。据说光绪帝读到康有为所上的书时，感动得“垂涕湿纸”。又如在《强学会序》中，一开头就说：

> 俄北瞰，英西睒，法南瞵，日东眈。处四强邻之中而为中国，岌岌哉！况磨牙涎舌，思分其馀者，尚十馀国。辽台茫茫，回变扰扰，人心皇皇，事势儳儳，不可终日。

运用生动的比拟手法，指出中国正处在列强虎视眈眈的危险境地，形象地揭露了侵略者野兽般的凶残本性。接着举出印度、土耳其等或亡国或丧权失地的例子，雄辩地说明守旧之国不能瓦全的道理，进而大声疾呼：中国因循守旧，正步那些国家的后尘，国人离当亡国奴的日子不远了。随后一段，大量运用骈句，浓墨重笔铺陈国破家亡的惨酷情状，感情悲怆，使读者怵目惊心，不得不正视严峻的现实，思考四万万同胞的出路问题。至此，作者把笔锋砉然一转，畅谈中国的地大物博，人民聪秀，历史悠久，并举出中外振作自强、匡时救国的先例，旨在说明事在人为，中国并非无救。文章最后接连运用感叹句和反诘句，慷慨激昂地号召国人认清形势，变法自强，为挽救国家民族的危亡而奋斗。梁启超赞扬它说：“读之者多为之下泪，故热血震荡，民气渐伸。”（《戊戌政变记》）

康有为的政论，大笔淋漓，雄奇瑰伟。如著名的《上清帝第二书》，洋洋万余言，一气呵成，汪洋恣肆，畅所欲言，意无不达。在行文上或骈或散，无一定格。有时喜欢运用一连串的排句和偶句，连类引发，气势甚盛。但总的说来，康有为的政论文都写得很明白流畅，不厌其烦地反复申说，以便读者了解和接受。特别是上书和奏折，吸取了传统古文之长，写得更质朴有力，我们从中可看到王安石上神宗皇帝万言书等优秀古文的影响。

康有为是写文章的多面手。纵观他的全部著作，则可发现其中有着多种的风格，俱见作者掌握语言艺术上的高度技巧。他的一些文学论文和书信、游记，富于想象和新奇瑰丽之词，艺术性很高。如《辛亥腊游箱根与梁任甫书》中，描写日本冬季的山川景色：

> 旦过静冈，遥望富士，瞻之在前，群玉峰头，白银宫阙，横云封掩，真面邈莫。良愿不遂，奈何奈何！午到国府津，遂见箱根，群峰耸碧，松岭夹绿，压映海波，激泻涧流，旧游如昨，复集眼前。……涧湍余寒，空沥冰雪，荒山竟日，但见白草。萦纡万径，寂寞山家，狐貉时跃，人踪俱绝，冻云獮壑，霾雾曀谷，飞雪昼霏，奇寒袭人，冷风刺面，重裘不温，如临绝塞，但叹荒凉而已！

抓住清幽荒寒的特点，结合自己的独特感受，写得情景交融，生动逼真，格调与吴均《与朱元思书》及王维《山中与裴秀才迪书》颇为相近，不失为优美可诵的小品文字。而康有为的一些带有哲理性的文章，却又写得渊深古奥，把儒家先哲及老庄、佛经的词语熔铸在一起，形成奇诡的风格。如《广艺舟双楫序》：

> 一滴之水，容四大海，洲岛烟立，鱼龙波谲，出日没月。方丈之室，有千百亿狮子广座。神鬼神帝，生天生地。反汝虚室，游心微密，甚多国土，人民丰实，礼乐黼黻，草木芜郁。汝神禫其中，弟靡其侧，复何骛哉？盍黔汝志，锄汝心，息之以阴，藏之无用之地以陆沉？山林之中，钟鼓陈焉；寂寞之野，时闻雷声。且无用者，又有用也，不龟手之药，既以治国矣。杀一物而甚安者，物物皆安焉；苏援一技而入微者，无所往而不进于道也。

把哲理的思考和浪漫的想象密切结合起来。文中屡次征引《庄子》、《列子》典故，在表现手法上，也深受二书浩渺纵横、奇警不羁的风格影响。康有为尤善于把深奥抽象的哲理，化作生动的艺术形象，李白称赞庄子为文“吐峥嵘之高论，开浩荡之奇言”，用以移赠康氏，也不为过誉。近人强调康有为文章源于龚自珍，这恐怕是不全面的，康有为在哲学思想上无疑是受到嘉道以来的公羊学风影响的，而其文章风格却与定庵大异。总的说来，康有为的文章尽管摆脱了八股文或桐城派的程式定局，但还是属于传统古文一路的，他并未能开创新的文章体裁。黄海章先生认为，康有为“平生最大的成就，实在散文方面，瑰奇雄丽，于清末自成一家”。（《中国文学批评简史》）这话当指康氏文章的艺术风格而言。

第三章　梁启超

梁启超（1873—1929），中国近代思想家、学者、文学家。字卓如，一字任甫、任父，人称任公，号饮冰子，别署饮冰室主人。新会熊子乡人，祖父名维清，字镜泉，曾为县学教谕，父名宝瑛，字莲涧，屡试不中，在乡中授徒为生。

第一节　梁启超的生平和思想

梁启超六岁时就从父亲读书，“四书”、“五经”卒业。“八岁学为文，九岁能缀千言。”（《三十自述》）十二岁应试学院，补博士弟子员。十五岁肄业于广州学海堂，不满科举括帖之学而好训诂词章。对“中外强弱之迹”有所了解。光绪十五年（1889）举于乡。次年秋，与陈千秋谒康有为，康氏悉举数百年无用之旧学摧陷廓清之。于是决然舍去旧学，后入万木草堂，从康有为习经世致用之学，了解中国数千年的学术源流，历史沿革得失，并钻研西学、佛学等，思想为之一大变。康有为著《新学伪经考》，梁启超参与校勘，并负责分纂《孔子改制考》、《春秋董氏学》之发凡起例，任万木草堂学长。

光绪二十年（1894），甲午中日战争爆发，时梁启超浪游京师，对时局有更深的了解。战事失败，举国悲愤。次年三月，中日和议成，梁启超追随康有为奔走呼吁，联合各省举人上书清政府要求变法。七月，发起组织京师的强学会，并创办《万国公报》（即《中外纪闻》），每天撰写短论宣传新学。光绪二十二年，离京至沪，结识黄遵宪，一起创办《时务报》，“以变法图存为宗旨”，梁为主笔，在报上连载著名的政论《变法通议》，“批评秕政，而救弊之法，归于废科举兴学校，亦时时发‘民权论’”。（《清代学术概论》）同时又撰《西学书目表》、《读西学书法》两书，主张中学西学并重，中学为本，西学为用。光绪二十三年十月，湖南巡抚陈宝箴、督学江标聘梁主湖南时务学堂讲席，以《公羊传》、《孟子》为教，黄遵宪、谭嗣同时亦在湖南，共创南学会。梁启超在湘讲学，激励当地学风和士气，宣传维新变法主张，影响深广，李炳寰、林圭、蔡锷等志士都曾从学，接受“民权“思想。

光绪二十四年戊戌（1898）八月，以康有为、梁启超为首的维新变法失败，谭嗣同等“六君子”殉难，梁启超被迫流亡日本。以后几年间，转徙于夏威夷、南洋、大洋洲、美洲等地，宣传君主立宪。在日本创办《清议报》、《新民丛报》、《新小说》等报刊，主张“兴民权”以“保君权”，反对孙中山领导的民族民主革命，并创建保皇会，在各地华侨中发展组织。光绪三十一年（1905），孙中山领导的中国革命同盟会在日本东京成立，发行《民报》，梁启超则常撰文与革命派辩论，坚持其保皇的主张。

在国外的几年间，梁启超也作了大量的文化学术研究工作，写了不少很有影响力的文章，介绍“新学”以开通民智，整理传统的历史文化以改造国民的道德。这期间写的《自由书》、《少年中国说》、《呵旁观者文》、《新民说》等重要政论文章，在文化思想领域中起到振聋发聩的作用。如他主张争取“人之独立”（《国家思想变迁异同论》），提倡“道德革命之论”（《新民说·论公德》），都促进了当时的文化启蒙活动。

光绪三十二年（1906）七月，清政府下诏预备立宪。梁启超积极响应，与熊希龄、苏观云等筹划组织政党，次年九月，在东京成立政闻社，并在上海出版《政论》杂志，并派人归国与清政府官僚联系。光绪三十四年正月，政闻社本部迁上海，不久，即被清政府查禁。宣统二年（1910），又办《国风报》，目的为“忠告政府，指导国民，灌输世界之常识，造成健全之舆论”（《申报》广告）。宣统三年二月，往游台湾，感慨弥深，撰《台湾游记》。

辛亥革命爆发，推翻了清王朝，建立起资产阶级民主共和国——中华民国。次年（1912）3月，北洋军阀头子袁世凯窃取革命果实，就任临时大总统。9月，梁启超自日本归国，受到各界人士的热烈欢迎，他作了长篇演说。11月创办《庸言报》，写了不少论述政策、法制等的理论文章。1913年初加入黎元洪为首的共和党，后又合并共和、民主、统一三党为进步党，出任理事。9月，被任命为司法总长，1914年2月，为币制总裁。梁启超在这段时期，意气风发，希望袁世凯能实现他的改良主义的政治理想，积极参加各项政治活动。

1915年8月，杨度等遵从袁氏旨意，发起筹安会，鼓吹帝制，为袁世凯称帝大造舆论。梁启超大为失望，曾写信袁氏，劝他悬崖勒马，又撰《异哉所谓国体问题者》一文，强烈地反对更变国体，随即南下上海，筹划武装起义事，与蔡锷等发动护国战争，抵制袁氏称帝。1916年6月，袁世凯羞愤病死，梁启超在段祺瑞政府中出任财政总长，后又参与冯国璋、段祺瑞的讨伐张勋复辟之役。1917年11月，梁氏辞去财政总长职务，自此退出政坛，专意著述。

1918年春夏间，专治碑刻之学，并撰写通史10余万言，积劳成疾。12月，同蒋方震、丁文江、张君劢等启程赴欧洲，游历了英、法、比、荷、瑞、意、德等国，写成《欧游心影录》。1920 年 3 月自欧洲归国，决心要“培养新人才，宣传新文化，开拓新政治”(《致伯强亮侪等诸兄书》)，致力于文化教育事业。以后几年间，在天津南开大学、北京清华学校任教，并在各地巡回讲演，到过济南、南京、武昌、长沙等地。在这期间著作甚丰，写成了《清代学术概论》及《墨经校释》、《墨子学案》、《中国历史研究法》等书。1925 年 9 月，正式受聘为清华国学研究院导师，写成《古书真伪及其年代》、《儒学哲学》等著述。1929 年 1 月 19 日，因肾病卒于北平协和医院。

第二节　梁启超的散文

梁启超在诗歌、散文、小说和戏曲等文学创作上都曾作过尝试，而以散文的成就为最高，尤其是他所创制的“新文体”，更开一代散文的风气，受到文学史家的重视。

梁启超少年时受过正统的封建文化教育，曾诵习过桐城派的古文，他自言“幼年为文，学晚汉魏晋，颇尚矜炼”(《清代学术概论》)。可见他是接受过传统作文技法训练的，但在《饮冰室文集》中，这类“矜炼”的古文没有留下来，只能在某些短文和文章个别段落中见到一些端倪。梁氏认为，自己的文章应该是“觉世之文”，求其“辞达”、“条理细备”、“词笔锐达”，而“不必求工”。这类文章可以《变法通议》为代表，文章从内容到形式都步趋康有为，并没有自己的特色，如其中的《论不变法之害》、《论变法不知本原之害》，就像是康有为上清帝诸书的翻版，甚至有些词句与康氏完全一样。康有为说《春秋》“讥世卿”，梁启超也跟着说“讥世卿”；康有为说“三世之义”，梁启超也跟着说“三世之义”，直到去国流亡之时，梁启超才想到要搞“诗界革命”、“小说界革命”

和“文界革命”。

1902年《新民丛报》在日本出版，梁氏主笔政论，这时他才致力于“新文体”的创造。他在《清代学术概论》中说：“至是自解放，务为平易畅达，时杂以俚语、韵语及外国语法，纵笔所至不检束，学者竞效之，‘号新文体’。老辈则痛恨，诋为野狐。然其文条理明晰，笔锋常带情感，对于读者，别有一种魔力焉。”这可以说是相当准确的概括。梁启超是带着感情去写作的。作为一位热诚的爱国者，他“惋愤时局”，大声疾呼，故能强烈地撼动读者。梁启超才气横溢，下笔不能自休，文章动辄万言，为了宣传自己的政治主张，让中下层读书人，特别是青年学子接受，所以他为文力避典雅古奥，追求平易畅达。他的“新文体”在当时的确影响了整整一代人，其功自不可没。可惜的是，梁启超缺乏他的老师康有为那深厚的传统学养，思想也庞杂多变，所以他的“新文体”政论便不免显得幼稚或偏颇，反对桐城文派的空疏，自己却不自觉地流于浅薄；反对八股文的呆板格局，自己却不自觉地流于散漫杂乱。除了个别篇章外，梁氏这类文章的艺术格调是不高的。他应时之作，往往“只供一岁数月之遒铎而已”，失去了永恒的美学价值，就只能是一堆历史文献了。

梁启超的政论文详论博辩，说理深透。如在《新民说》中，号召读书人“勿为古人之奴隶”，要有个人独立的思想，“我有耳目，我物我格，我有心思，我理我穷，高高山顶立，深深海底行，其于古人也，吾时而师之，时而友之，时而敌之，无容心焉，以公理为衡而已”。这种大胆疑古精神，也就是对封建专制思想的冲击，《新民说》还针对中国国力衰弱的现状，提倡尚武精神：“立国者苟无尚武之国民，铁血之主义，则虽有文明，虽有知识，虽有众士，虽有广土，必无以自立于竞争剧烈之舞台。”这些论点对当时的读书人来说，是全新的，有强烈震撼力量的。其中名篇如《论自由》、《论进步》、《论毅力》等，影响尤为深远。如《论进步》云：

然则救危亡求进步之道将奈何？曰：必取数千年横暴混浊之政体，破碎而齑粉之，使数千万如虎、如狼、如蝗、如蝻、如蜮、如蛆之官吏，失其社鼠城狐之凭藉，然后能涤荡肠胃以上于进步之途也。必取数千年腐败柔媚之学说，廓清而辞辟之，使数百万如蠹鱼、如鹦鹉、如水母、如畜犬之学子，毋得摇笔弄舌、舞文嚼字为民贼之后援，然后能一新耳目以行进步之实也。而其所以达此目的之方法有二：一曰无血之破坏，二曰有血之破坏。无血之破坏者，如日本之类是也；有血之破坏者，如法国之类是也。

梁启超这些文章充满强烈的煽动性，文中主张“破坏”以求进步，认为早破坏比迟破坏好，在当时可算是骇人听闻的了。

1915年，袁世凯“帝制自为”的野心已逐渐暴露，梁启超曾上书袁氏，忠告其“逆世界潮流以自封，其究必归于淘汰”，袁氏不加理睬。梁启超深为失望，遂写成《异哉所谓国体问题者》一文，与袁世凯公开决裂。此文为梁氏重要之作，一时影响极大。文中反复说明，更变国体不合国情，贻害国家。论辩有力，行文畅快。如云：

今年何年耶？今日何日耶？大难甫平，喘息未定，强邻胁迫，吞声定盟，水旱疠蝗，灾区遍国，嗷鸿在泽，伏莽在林。在昔哲后，正宜撤悬避殿之时；今独何心，乃有上号劝进之举！夫果未熟而摘之，实伤其根；孕未满而催

> 之，实戕其母。吾畴昔所言，中国前途一线之希望，万一以非时之故，而从兹一蹶，则倡论之人，虽九死何以谢天下！……以公等之明，岂其见不及此！见及此，而犹作此阴谋，宁非有深仇积恨于国家，必绝其命而始快！此四万万人所宜共诛也。

文辞尖刻，直摧政敌肝胆。无怪袁世凯读到后恨之入骨，指使爪牙多方恐吓、监视，而梁启超终于离津赴沪，参与策划“护国之役”。

梁启超晚年所写的政论，已无当年的进步思想与豪迈气概。他也认识到自己“流质易变”，承认自己“保守性与进取性常交战于胸中”，但他的一点爱国之心是始终没有变的。他晚年反对张勋复辟，批评军阀误国，也表现了一位正直的知识分子的爱国情怀。

梁启超还写了不少传记文章，这是在他的散文中艺术性较高的一类。他为戊戌政变中殉难的六烈士所作的传记，是谨严的传统文字。叙事清晰，语言简练，完全没有他后来的新文体那种拖沓堆砌的毛病。有人贬斥说梁氏传记文章“成就不大”，是颇不公允的。我们不能因这些传记略似旧史传而否定它们，梁启超非常重视人物形象的刻画，事隔八十年，今日读来犹虎虎有生气。如《谭嗣同传》写道：

> 被逮之前一日，日本志士数辈，苦劝君东游，君不听，再四强之，君曰：“各国变法，无不从流血而成，今中国未闻有因变法而流血者，此国之所以不昌也。有之，请自嗣同始。”卒不去，故及于难……就义之日，观者万人。君慷慨神气不少变。时军机大臣刚毅监斩，君呼刚前曰：“吾有一言。”刚去不听，乃从容就戮。呜呼，烈矣！

梁氏在传记文学方面也有所革新，他不满传统史传文字的流水账式的记述，而欣赏《史记》中《伯夷列传》、《屈原列传》等生动活泼的文字，并吸取西方史学界习用的夹叙夹议的评传体，写成了《李鸿章传》和《南海先生传》等既真实又形象的历史传记文章。从这些个人的传记中，读者可窥见一个时期的历史。

梁启超的散文中最富于文学色彩的还是一些杂文。这些杂文在艺术性上远比他的政论文出色。梁氏在《清议报一百册识辞……》中指出，如《少年中国说》、《呵旁观者文》等，“开文章之新体，激民气之暗潮”。这些文章在当时曾起过巨大的影响。看看常被人们征引的《少年中国说》中的一段话：

> 老年人如夕照，少年人如朝阳。老年人如瘠牛，少年人如乳虎。老年人如僧，少年人如侠。老年人如字典，少年人如戏文。老年人如鸦片烟，少年人如泼兰地酒。老年人如别行星之陨石，少年人如大洋海之珊瑚岛。老年人如埃及沙漠之金字塔，少年人如西伯利亚之铁路。老年人如秋后之柳，少年人如春前之草。老年人如死海之潴为泽，少年人如长江之初发源。此老年与少年性格不同之大略也。梁启超曰：“人固有之，国亦宜然。”

近世论者盛赞这些文字，说它气势奔放，感情充沛，反复强调，多用譬喻，或文或白，或中或外，把作者感情表达得淋漓尽致。无疑，这些半解放的文言文是新生事物，它把一股清新活泼的气息带到当时的文坛。可是，几十年后的人们读到这些文字时，只觉得它冗长拉杂，甚至比喻不伦。缺乏文学才华的人，企图模仿梁启超的文风，更易陷于浮夸肤浅，这也是“新文体”后继乏人的原因之一。

梁启超的散文，从政治宣传角度来说，是成功的；从纯文学的角度来说，它基本上是失败的。近世文学史家每认为梁启超的“新文体”代表着散文发展的新的历史阶段，是文言文变革为白话文的一种过渡性质的文体，是和五四时期反对文言文，提倡白话文的主张相符的。这是夸大了“新文体”的作用。“新文体”是一位文章妙手独创的，前无古人，后少来者。尽管梁氏自夸“新文体”风靡一时，“学者争效之”，可是那些“学者”的文章并没有许多流传下来，更谈不上有什么影响。梁启超的“新文体”，仍属于旧文学营垒中的东西，并没有产生质的变化。为了政治宣传的需要，文言文中最主要的特色——精炼，不再讲求了，文言文许多传统技法，也都丢弃了。因而“新文体”的文章就只能是一种低层次的文言文，它不能挽救文言文濒危的命运。它只能使人们更清楚地认识到，用古老的文言文来表达新思想是如何的不适应。

第三节　梁启超的诗

梁启超自幼能诗，但不多作。直到戊戌变法时，才经常与诗人谭嗣同、夏曾佑等往还，试作所谓的“新诗”。他在《饮冰室诗话》中说：“盖当时所谓新诗者，颇喜挦扯新名词以自表异。丙申、丁酉间，吾党数子皆好作此体。提倡之者为夏穗卿，而复生亦綦嗜之。”流亡国外后，他更大声疾呼“诗界革命”，并努力在诗歌创作实践上作多方面的尝试，力图打破旧传统的束缚，运用散文化句式来自由抒写，熔铸新思想、新知识、新名词和口语入诗。这些诗歌，抒发对祖国和人民的热爱，揭露顽固派的丑恶嘴脸，追怀在变法中牺牲的战友，反映了日益深重的民族危机，有一定的积极意义。

梁启超的诗歌创作大致可分三个阶段。第一阶段是光绪二十二年（1896）前的青少年时期。这时期的诗作可以《和夏穗卿》为代表：

> 怅饮且浩歌，血泪忽盈臆。哀哉衣冠俦，涂炭将何极！道丧廉耻沦，学敝聪明塞。竖子安足道，贤士困缚轭。海上一尘飞，万马齐惕息。江山似旧时，风月惨无色。帝阍呼不闻，高谈复何益！

此诗作于光绪二十年。甲午战争爆发，作者忧愤时局，为自己报国无路而深感难过。又如次年所作的《寄内》诗："一缕柔情不自支，西风南雁别卿时。年华锦瑟蹉跎甚，又见荼蘼花满枝。""三年两度客京华，纤手扶携上月槎。今日关河怨摇落，千城残照动悲笳。"这类诗在艺术上走的是传统的路子，并未形成个人风格。

第二阶段是1896年至1912年结束海外流亡生活归国，这是梁启超诗歌创作最旺盛的时期。其全集中存古近体诗三百六十余首，这时期写的占了大半。戊戌政变前，梁启超与谭嗣同、夏曾佑提倡"新体诗"，他自言"不能为诗"，又"时从诸君子后学步一二"，这些诗作后来又为梁氏所否定，故存者甚少，但从中可反映了梁对新思想新事物的要求。戊戌政变发生，六君子遇害，康、梁逃亡日本。梁启超在乘船赴日途中，悲愤交集，作了长篇古风《去国行》，略云："呜呼！济艰乏才兮，儒冠容容。佞头不斩兮，侠剑无功。君恩友仇两未报，死于贼手毋乃非英雄。割慈忍泪出国门，掉头不顾吾其东！"下文追述日本明治维新的情况，备致倾慕之意："尔来明治新政耀大地，驾欧凌美气葱茏。旁人闻歌岂闻哭，此乃百千志士头颅血泪回苍穹！"诗作杂言，恣肆纵横，可谓长歌当哭。

梁启超流亡东京，与日本维新人士交往。所作《雷庵行·赠湖村小隐》，即为赠日人桂湖村者。戊戌变法虽然失败了，但年青的诗人对国家前途依然满怀信心，他相信依靠志士们的力量，一定能改变时局："雷庵雷庵，日亦已暮，春亦已深。时会一去，何时可寻？吾愿尔为我一声轰轰震天地，叱咤淋漓走魑魅，党破群聋起沉睡。蛰龙起蛰万灵从，神州十载风云气！"诗中充满乐观主义精神和历史使命感。同时写的《读陆放翁集》四首，慷慨激昂，表现了诗人强烈的爱国感情：

> 诗界千年靡靡风，兵魂销尽国魂空。集中什九从军乐，亘古男儿一放翁。
>
> 辜负胸中十万兵，百无聊赖以诗鸣。谁怜爱国千行泪，说到胡尘意不平！

诗中热情地赞美陆游，其实是寄寓自己在困境中还要坚持奋斗的感情和意向。

光绪二十五年冬，梁启超应美洲华侨之邀，离日本乘船出游，在檀香山逗留半载。在船中诗兴大发，成诗数十首。其中《壮别》组诗即有二十六首，诗中大声高唱："丈夫有壮别，不作儿女颜"、"亦有英雄泪，不向别时挥"，歌颂新时代的来临："孕育今世纪，论功谁萧何？华（华盛顿）、拿（拿破仑）总馀子，卢（卢梭）孟（孟德斯鸠）实先河"、"世纪开新幕，风潮集远洋"。赴夏威夷途中，正当1899年12月31日，即19世纪与20世纪交替的最后时刻，梁启超写了长篇巨制《二十世纪太平洋歌》。歌中回顾人类社会发展的波澜壮阔的历史，并用进化论的观点，指出："今日民族帝国主义正跋扈，俎肉者弱食者强，英狮俄鹫东西帝，两虎不斗群兽殃……亦有门罗主义北美合众国，潜龙起蛰神采扬。"中华民族如不图强自救，将会"束手兮待僵"，被世界社会所淘汰，诗中唤起四万五千万同胞“御风以翔”，“破浪以飏”，勇敢地奔向20世纪。全诗纵论古今，汪洋恣肆，气魄宏大，可以说是“诗界革命”的代表作。

另一首小诗《太平洋遇雨》：“一雨纵横亘二洲，浪淘天地入东流。劫馀人物淘难尽，又挟风雷作远游。”则小中见大，诗歌境界雄阔，古来咏雨之作，无有如此气势者。末二句借景抒怀，诗人不愿作一个“劫馀”人物，而要继续奋斗，追求新的生活、新的理想。

梁启超在去国时期写的诗歌，“天骨开张，精力弥满”（陈衍《石遗室诗话》），七律颇近元好问的沉郁悲壮。如《东归感怀》：

> 极目中原暮色深，蹉跎负尽百年心。那将热血三千斛，换得头颅十万金。鹃拜故林魂寂寞，鹤归华表气萧森。恩仇稠叠盈怀抱，抚髀空为《梁父吟》。

此外如《澳亚归舟杂兴》四首，中有句：“乘桴岂是先生志，衔石应怜后死心”、“大愿未酬时已逝，抚膺危坐涕纵横”，皆感慨苍凉。

又如《自励》二首：

> 平生最恶牢骚语，作态呻吟苦恨谁？万事祸为福所倚，百年力与命相持。立身岂患无馀地，报国惟忧或后时。未学英雄先学道，肯将荣悴较群儿！
>
> 献身甘作万矢的，著论求为百世师。誓起民权移旧俗，更将哲理牖新知。十年以后当思我，举国犹狂欲语谁？世界无穷愿无尽，海天寥廓立多时。

诗中反映作者努力探求真理，改造社会的精神。此外如“青年心死秋梧悴，老国魂归蜀道难”（《自题新中国未来记》）等，皆为一时传诵之句。

梁启超此时还写了一些政治鼓动诗，如《爱国歌》四章，赞美祖国地大物博，历史悠久，并恳切地呼吁全民团结，振奋精神，使中国强大起来，实现“雄飞宇内”的理想。诗中充满爱国热情和民族自豪感，的确能起到鼓舞国民团结爱国的政治作用。诗歌不拘格式，生动活泼，语言明白流畅。

宣统三年（1911），梁启超往游台湾，根据当地民歌的辞意，改写成《竹枝词》十首，以“为遗黎写哀”。诗中描写台湾的风俗人情，颇具特色：

韭菜花开心一枝，花正黄时叶正肥。愿郎摘花连叶摘，到死心头不肯离。（其一）

绿阴阴处打槟榔，蘸得蒟酱待劝郎。愿郎到口莫嫌涩，个中甘苦郎细尝。（其二）

相思树底说相思，思郎恨郎郎不知。树头结得相思子，可是郎行思妾时。（其七）

梁启超诗歌创作第三阶段是辛亥革命以后。十余年间，时与清朝遗老诗人往来，“从赵尧生、陈石遗问诗法，乃窥唐、宋门户”。（汪国垣《光宣诗坛点将录》）敛才就范，颇有些复古的味道了。如在1914年写的《甲寅冬假馆著书于西郊之清华学校，成欧洲战役史论，赋示校员及诸生》诗，中有句如：“其时天逢凶，大地血正喋。蕴怒夙争郑，导衅忽刺歙。解纷使者标，合纵载书歃。贾勇羞目逃，斗智屡踵蹑。遂令六七雄，傞舞等中魇。澜倒竟畴障？天坠真已压，狂势所簸薄，震我卧榻鲶。未能一丸封，坐遭两黥挟。”这类诗追求古雅，押险韵，用难字，已不复有昔日的豪放自然之气了。1915 年写的《寄赵尧生侍御以诗代书》，以古文笔法入诗，格调高古，颇为一些遗老诗人所欣赏。梁启超晚年终于以自己的创作否定了早年的主张，宣告“诗界革命”的失败。

第四章　同治、光绪间的诗文

近代岭南诗坛上，除了维新派和民主革命派诗人外，还有不少以诗才、诗功见长的诗人，他们或多或少地受到风靡一时的宋诗运动的影响，但在诗歌语言风格上又与同光体有所区别。其中最著者有被称为“近代岭南四家”的梁鼎芬、曾习经、罗惇曧和黄节。

第一节　梁鼎芬的诗

梁鼎芬（1859—1920），字星海，号节庵。番禺人。鼎芬早孤，寄养姑家，曾学于广东大学者陈澧之门，并得其母舅翰林院编修张鼎华的教诲。光绪六年（1880）中进士，授翰林院庶吉士，散馆授编修。中法战争时，北洋大臣李鸿章一味主和，鼎芬上疏弹劾，被降五级调用，从此以“直言”有声于世。后入张之洞幕，主广东端溪、广雅书院讲席，复主南京钟山书院。维新运动起，梁鼎芬曾列名为上海强学会发起人。庚子事变后，被张之洞荐用为武昌知府，擢为湖北按察使，署布政使。光绪三十二年（1906），又劾庆亲王及直隶总督袁世凯，被撤职。生活清苦，惟以读书作诗为事。辛亥革命后，以清朝遗老自居，自愿结庐留守崇陵，以示其“耿耿孤忠”。后人编有《节庵先生遗诗》六卷及续编、《节庵先生遗稿》及剩稿等。

梁鼎芬的诗在当时颇负盛名，早年诗多悲慨之语，如陈三立序其诗云："梁子之诗既工矣，愤悱之情，噍杀之音，亦颇时时显露而不复自遏。"在中法战争时期，诗人写了不少感时伤事的诗篇。

如《昌平州》：

> 连营曾此拥兜鍪，向暮轻装出鼓楼。官道渐稀车马迹，民间尚费稻粱谋。传闻横海飞船过，寥落雄关缓辔游。青鬓书生无一补，酒醒明月看吴钩。

战争爆发的消息传来，使诗人平静的心掀起波澜。在诗中，既有对国事艰危的忧虑，也有对民生疾苦的同情，更为自己正当盛年而未能捍卫国家而深感难过。此诗作于光绪十年（1884），诗人年方二十五岁。这年秋天，坏消息一个接一个传来，夏历七月三日，法舰挑起马尾海战，中国福建水师全军覆没；六日，清政府被迫对法宣战；九月五日，法国海军宣布封锁台湾海面。诗人愤于报国无路，胸中郁勃之气难以平息。如《秋怀》：

> 羁怀了无泊，抛去又相寻。闻雁知兵气，看花长道心。百年红烛短，一水夕阳深。独有双龙剑，时时壁上吟。

"百年"二语，为陈衍所深赏，谓可入"主客图"者。诗人心与自然相会，闻秋雁的鸣声而知战争的气氛，看花时也觉悟到事物盛衰变化的道理。人生短暂，事业无穷，何时才能遂报国之志？他在京中所见所闻，无不令人感愤，即使在游乐时，诗人也想到家国之事，如《同十六舅游天宁寺》诗所说的："谷风吹颜酒无力，眼看世事如电波。升平已奏三十祀，追论往事同涕沱。屏藩不障犬戎毒，周德甚厚天所睋。此间咫尺判和战，旌旗卷掩鸣骢弹。兵尘洗尽台馆出，但供荒宴陪欢歌。墙阴一绿野苔合，老圃往往耕铙戈。今来思痛倦游赏，长松劲节徒为摩。”兵尘满地，朝廷依旧在嬉游纵乐，不思振作。张鼎华是梁鼎芬之舅，思想开放，对维新派人士有过很大的影响，康有为曾从鼎华问学，得知京朝风气和时下新书，眼界为之一开。梁鼎芬也由鼎华启发而接受改良思想。他抗疏弹劾李鸿章，相传也是由张鼎华劝谕的。《甲申四月十日有封事作诗一首》七古，作于光绪十年（1884）上疏之时，诗中揭露李鸿章“威权卅载位三台，连营数十征民财。荐举千百充仕阶……今知所用皆优俳。时平如虎今如蛙”，他还“肆然挟敌成祸胎”，因此作者要求皇帝：“惟此可斩不须猜”。光绪十一年六月，梁氏以“妄劾”罪交部严议，被降职后离京，时所作《出都留别往还》一诗，为时人传诵：

> 凄然诸子赋临歧，折尽秋亭杨柳枝。此日觚棱犹在眼，今生犬马竟无期。白云迢递心先往，黄鹄飞骞世岂知。兰佩荷衣好将息，思量正是负恩时。

郭则沄《十朝诗乘》谓此诗“芳荪悱恻，一时传诵”。出都时与友人留别，心中还是怀想着朝廷，甚至要以犬马之身相报“君恩”。

以后几年间，梁鼎芬“浪迹沧江”，返回广东历任几间书院的山长，并与万木草堂的康有为过从甚密，惺惺相惜，以诗相赠：

> 牛女星文夜放光，樵山云气郁青苍。九流混混谁真

> 派，万木森森一草堂。岂有疏才尊北海，空思三顾起南阳。搴兰揽茝夫君意，蕉萃行吟太自伤。（《赠康长素布衣》）

诗中尊康氏可谓极至，竟以诸葛亮、屈原拟之，可见诗人对变法期望之切。后来两人虽政见有所分歧，康氏提倡“改制”、“民权”，而梁氏则一仍张之洞的洋务观点，强调要“常存君国之念，勿惑于邪说”，友谊遂告中止。

光绪十五年，张之洞调任湖广总督，梁鼎芬送至焦山。后常居山中海西庵，闭户读书。这期间写了许多风骨遒上的佳作。如《读韩致尧诗感题二律》：“晓来微雨较春寒，诗爱冬郎尽日看。乱世峥嵘词反艳，暮年萧瑟事初完。莺啼幽独看看尽，马走烟尘寸寸殚。风烛百条同一泪，今疑纸上未曾干。”韩致尧，晚唐诗人，中进士后历任翰林学士、兵部侍郎，后被朱全忠排挤，携家入闽，依王审知而终。韩氏身世与鼎芬相近，其诗中愤激之情与落寞之感，也容易引起共鸣。夏敬观《忍古楼诗话》云：“公诗孤怀远韵，方驾冬郎（韩致尧的小名），而身世亦相若。”韩诗中的眷念君国，极度哀伤的情怀，亦常见于节庵诗中。这几年间，诗人蛰居于焦山寺中，过着清闲的生活，尽管自我安慰说是要“蕴其志”、“植其才”，但眼看自己矢志效忠的“君国”已临末路，急于用世的诗人怎不想一试自己的“回澜手”呢？他在焦山依镇江知府王仁堪，王氏时时周济其急，节庵集中有《谢王二太守送米》诗，略云：“侏儒欲死君弗治，清谈可饱吾不饥……艰难一粒亦民力，无功作食翻自嗤。丈夫会须饱天下，岂以琐屑矜其私。”可想见当时的情境和心境。陈衍《石遗室诗话》评其“书生喜作大言，亦作诗成例应尔也”，恐未领略诗人之旨。后来王仁堪去世，作者重过镇江，作《夜抵镇江》诗云：

> 脱叶嘶风正二更，灯船初泊润州城。芳菲一往成凋节，言笑重来已隔生。寒鸟凄凄背江去，疏星历历向人明。此回不敢过衢市，怕听茅檐涕泪声。

此诗写出朋友的至情，陈衍谓“屡见君以此诗书扇赠人，盖黄垆之感深矣”。屈向邦《粤东诗话》亦云：“吊往伤亡、抚今追昔之作，以能写出至情为工，最好用疏朴之笔，不重典缛，盖用典虽极浑成工切，终是他人牙慧，为文然，为诗亦然。节庵夜抵镇江怀王可庄云云，能用疏朴之笔，写哀切之情。”“芳菲”二语，格调颇近王安石，语淡而情深，令人低徊不能自已。

庚子之变发生，引起诗人内心极大的震动，尽管他已官复“翰林院编修”原衔，并被“两宫”召见，得署理武昌知府，但在他心目中，国家大事已实难为。他在任上创办学堂，“殚心筹画，苦口劝谕”，压制进步学生，而他本人写的诗却越来越消沉，他悲愤地唱道：“巨奸掌朝政。”（《题李猷赎尸记后》）“生才似此天宁醉，太息时匆几涕沱。”（《太息》）敏感的诗人知道，他所竭诚效忠的清王朝，已是行将崩溃，无法挽救的了。如《新建青山拜陈抚部丈墓》：

> 枕中魂泪常经处，今晓冲泥上此台。肃肃高松非世物，疏疏寒雨助人哀。丈夫一瞑曾何顾，山径馀花有未开。欲去仍留肠已断，衰迟真恐不重来。

末语可概括诗人晚年的心境。陈抚部，指陈宝箴，于戊戌政变后被革职还乡，在江西南昌青山之原筑庐隐居，未几谢世。梁氏谒墓作此诗，亦借以表现心底的沉哀。辛亥革命后，梁氏更以遗老自居，所为诗亦无多佳作了。

梁鼎芬诗在艺术风格上也是独树一帜的，在近代诗坛中有较高的地位。陈衍《石遗室诗话》对节庵诗高度评价，谓其“窥中晚唐及南北宋诸名家堂奥。佳处多在悲慨、超逸两种”。如他的名作《春日园林》：

> 芳菲时节竟谁知，燕燕莺莺各护持。一水饮人分冷暖，众花经雨有安危。冒寒翠袖凭栏暂，向晚疏钟出树迟。倘是无端感春序，樊川未老鬓如丝。

此诗比兴深微，耐人寻味。颔联隽语，一时传诵。虽用“如人饮水，冷暖自知”的常语。但赋予更深刻的意义，写出一场政治斗争中，社会各阶层各集团的人们对国家大事不同的态度，以及人们的升沉各异的命运。又如《荷花画绢》诗：

> 缥缈秋江绝世姿，玲珑湘管断肠时。红蘅碧杜长相忆，玉露金风要自持。栏槛有人伤畹晚，衣裳在水写参差。绿波骄尽芙蓉色，朝揽蛾眉讽《楚辞》。

本诗作于光绪十三年初夏。诗中用传统的美人香草的比兴手法，委婉地表现了自己的志节和失意心情。那冠绝当世的佳人，既指荷花，也是诗人自况。而蘅芜、杜若等香草，常见于《楚辞》中，用以象征贤人君子，诗中以喻在京的同志。以荷花荷叶作衣裳，象征高尚的品德修养，诗中亦以自喻，极凄婉之致。末句谓有人在君主面前毁谤自己，亦以被谗的屈原自况。类以这样“绵邈艳逸”（陈衍《石遗室诗话》）的诗歌在节庵集中常见。

梁鼎芬诗多至情之语。钱仲联《梦苕庵诗话》云：“诗之意境，有深至微妙，不可思议者。梁节庵《得伯严书》云：

‘千年浩不属，君乃沉痛之。神思可到处，缱绻通其辞。穷山何所乐？余心忽然疑。试君置我处，魂梦当自知。把书阖且开，情语生微漪。出见东流水，汤汤将待谁？’不特意妙，句法亦入北宋高境。”此诗如春水微漪，中有深意，而以淡语出之，尤见诗人孤往缠绵的怀抱。

节庵七绝诗精致入微。在诸体诗中，七绝最需才情，非光凭工力学力可得者。晚清同光一派诗人中，每擅古体律体，而工七绝者不多。节庵七绝，走晚唐一路，清婉动人。如《春窗读书》之二：

> 病起花枝带泪看，无人共我凭阑干。满身雨点兼花片，中有春愁不忍弹。

饶宗颐《重刊曾刚父诗集跋》称“梁（鼎芬）诗温丽悲远”，可作本诗评语。又如《海西庵夜》诗：“笛声幽怨在天涯，但忆春时不忆家。一月照人凄欲绝，寺墙开满海棠花。”如诗中所云“幽怨”、“凄绝”，令人低徊寻味，不能自已。梁氏晚年所作七绝，每效黄庭坚体，古拗有味，而情致则稍逊了。

梁鼎芬的五绝亦有特色，如《焦山四忆·象山炮台》：

> 此台亦何有，有我千回泪。我泪今已干，或者变江水。

钱仲联云：“此诗百折回肠，抒写了作者难言的痛苦。”（《清诗精华录》）又如：“窗上生松树，清风为我来。欲知造化手，君子有云雷。”（《窗上画松》）二十字中包含如此丰富的内容，而笔力之重，气魄之大，也是在时人作品中不易得的。梁氏五绝，除了这些浓墨重彩的作品外，还有不少情致深永的学唐之作：

> 雨止蝉亦止，夜凉心更凉。无人说明月，独自九回肠。(《晚霁》)

此诗作于其妻龚氏卒后二年。龚氏本文廷式的表妹，嫁梁后，复与文相好，为文外室，文卒后，梁迎回龚氏，这在封建时代是颇为难得的。读到这首忧思深挚的伤逝诗，可想见梁鼎芬用情之专一，为人之厚道。

梁鼎芬与曾习经同为清末粤中大家，近人评诗，有谓“岭南四家诗”中，当以曾诗为最，亦有谓梁诗“较刚父疆宇为大”（夏敬观《忍古楼诗话》），其实两家各有佳处，颇难轩轾也。

第二节　曾习经的诗

曾习经（1867—1926），字刚父（甫），号蛰庵，揭阳人。光绪十六年（1890）进士。十八年廷试授户部主事，历官户部员外郎，度支部左参议、度支部右丞，兼税务处提调、清理财务提调、印刷局总办、宪政编查馆学部谘议官。宣统三年（1911）清帝退位前一日，先引疾辞去。民国后，隐居不仕，专力为诗词，有《蛰庵诗存》一卷、《蛰庵词》一卷。

曾习经少时曾肄业于广州广雅书院，从诗人梁鼎芬问学，故其早年诗颇受梁氏的影响，幽秀绵丽，有李商隐的风调。梁启超评其诗云：“早年近体宗玉溪，古体宗大谢，峻洁遒丽，芳馨悱恻，时作幽咽凄断之声，使读者醰醰如醉。”（《曾刚父诗集序》）如其名作《乙未二三月之间》六首，作于1895年，即甲午之战后一年，诗歌感时伤事，而以丽语出之，尤有凄婉之致。其一云：

> 春日迟迟夕，春愁尔许长。微歌意不适，薄醉未成妆。独下感时泪，兼之惜往伤。何当从年少，花草弄繁香？

此等诗如李渔叔所谓“能为幽微怨慕之声”（《鱼千里斋随笔》）者。

中日之战后，朝政日非，诗人忧念国事，所为诗亦情词凄苦。在这期间，不少爱国志士被迫离开北京，诗人写了一些送别诗词，表现了对祖国的前途和友人的命运关切之情。如《送江孝通归里》二首：

> 忧愤终何补，倾危势已深。天心实仁爱，雪意况阴沉。不寐迟明发，临风寄远襟。孤根亦何赖，所得是知音。

> 此日饮归客，前期送逐臣。眼看不得意，相顾各沾巾。莽莽春无主，凄凄去所亲。未应从屈、贾，歌哭损天民。

江孝通，名逢辰，号雨人。广东归善（今惠州市）人。光绪十八年（1892）进士，官吏部主事。光绪二十二年丙申（1896）三月，江逢辰以养母为名，失意南归，曾习经对国事的倾危，满怀幽愤，作为一个没有政治背景的南人，孤根无托，此时知音远去，唯有相对沾巾而已。

同年春，梁启超离京赴沪，曾习经作《别任父》诗相送，诗云：“楼头缺月夜向晓，骑马与君相送行。前路残春亦可惜，柳条藤蔓有啼莺。”梁启超在《曾刚父诗集序》中亦提及此事："甲午丧师后，忧伤憔悴。一夕对月坐碧云寺门之石桥，语国事，相抱恸哭，既而余南归，刚父送以诗曰……念乱伤离，恻然若不能为怀也。"狄葆贤《平等阁诗话》评此诗云："蛰庵有送友南归一绝，为蜕庵所最称赏。……神韵邈绵，二十八字足抵一篇《别赋》。"

光绪二十四年四月，光绪皇帝"诏定国是"，宣布维新变法的开场。二十七日，顽固派头子慈禧太后先发制人，迫令光绪将帝党领袖翁同龢免职家居，拉开镇压维新运动的序幕。敏感的诗人已预感到一场政治灾难即将到来，他在《送常熟翁师傅归里》组诗中无限悲愤地唱道：

天问殊难答，臣心久郁陶。遥怜贾生策，不分屈平骚。江海沉冥易，湖山歌舞劳。向来忧国意，馀愿老蓬蒿。

从此遂摇落，于今真远游。浮云低北渚，孤月过南州。文藻秋兰气，客心沧海流。凉风起天末，凄断殿西头。

五月南风发，江涛送远人。时穷仍适意，隐乱若栖真。太息吾安放，凄其天所亲。最怜双阙月，流涕念霜晨。

历历明星下，其如北斗孤。残钟沉百杵，过客问三闾。寥落得秋意，栖迟耽道书。百年从此远，相忆到今无。

誓墓今头白，还山闵世纷。徘徊终自信，哀怨有深文。怅望期前哲，忧危感至尊。行行重回首，漂泊奉明恩。

旧梦承恩诏，遥年党禁文。回风伤往日，之子念夫君。故苑蘼芜意，荒陂凫雁群。何时陪杖履，拭涕极南云。

组诗六首，真如梁启超所云“光晶炯炯，惊心动魄，一字而千金”者。翁氏为光绪皇帝的师傅，时任协办大学士，是变法的主要支持者，他被免归，已意味着变法行将失败。曾习经长期在户部、度支部工作，是一位精通财政的经济学家，徐世昌曾称赞他“佐农曹综理精密”（《晚晴簃诗汇》），他深知中国积弱的根由，在于清朝封建专制制度的腐败黑暗，中国要走上富强之路，必先要改革政治，搞好经济。戊戌变法时，他年才三十，正是贾谊献策之年，故在这段时期的诗中屡以贾生自喻，希望他心目中的圣明君主能接纳自己的改革意见。翁氏的去职，对当时的帝党是一个重大的打击，忧危国事的诗人唯有像贾生那样恸哭流涕而已。

戊戌变法失败后，诗人的歌声变得悲怆低沉，他对清王朝已经绝望了。《病起不寐读〈党锢传〉》一诗，是他此时内心世界的真实写照：

秋玉何妨折，明灯竟自煎。不才逢世难，将泪寄遥年。此意无人识，孤情不厌偏。惟怜新病后，残月曳虚弦。

《党锢传》，指《后汉书》中的《党锢列传》，中有刘淑、李膺、范滂、张俭等著名的“党人”，他们都因非议当时黑暗的朝政而被禁锢终身，后来甚至被杀害或流放。诗人读《党锢传》，自然想到戊戌政变后惨遭镇压的维新派人士，其中如杨锐、林旭等平素私交颇厚，故刚父感怆尤深。

梁启超《曾刚父诗集序》谓其诗“中年以降，取径宛陵，摩垒后山斫雕为朴，能皱能折，能瘦能涩，然而腴思中含，劲气潜注”。光绪二十六年庚子（1900）秋，八国联军入侵，攻陷北京。刚父避乱于平谷，这期间写了不少悲慨苍凉的诗篇。如《平谷杂诗》十八首，力追杜甫《秦州杂诗》诸作，表现了诗人对国事的深切忧虑和对外敌侵略的愤慨。其中如：

> 秋气已如此，归期竟寂寥。国殇何处酹，乡泪暗中消。觅食艰粱稻，看人揠豆苗。荒山愁足茧，农圃坐相邀。（其三）

> 未倦穷途意，新凉正养疴。故家辞岭海，残梦落交河。夜雨淋铃曲，秋风敕勒歌。杜陵原野老，流泪满江沱。（其十二）

诗中写出当时重大的历史事件，如慈禧太后挟光绪帝出逃及珍妃被迫死之事，哀悼阵亡战士，感叹人民生活的痛苦，可称一代诗史。诗人在平谷蛰居已近三个月了，他无时无刻不在想念着在敌人铁蹄蹂躏下的北京城，想念着远在天涯的故乡。另一组诗《平谷秋兴》六首七律，语意更深沉，如其五：

> 忧郁无聊暂息机，吾庐栗里是耶非？环溪村舍栽乌桕，落日牛羊下翠微。薄月依云天若梦，百虫啼雨叶低飞。上陵满目茫茫感，惆怅王孙何处归。

此诗以景写情，秋虫切切，黄叶低飞，用来烘托此际迷惘的心情；落日牛羊，语出《诗·王风·君子于役》，以写对西行未归的光绪帝的思念。又如《题朝鲜闵妃影像》二首：“紫泥烧作鸳鸯瓦，红泪滴成玫瑰花。一样含情复含恨，弯弯眉月玉钩斜。”“亡国曾逢赵大夫，落花台殿说啼乌。春来遍是红心草，曾见宫人瘗玉鱼。”闵妃为朝鲜国王之妃，与当政的守旧派大院君李星应政见不合，李发动兵变，袭闵族邸宅，闵妃负伤而逃，后为日本人所杀。诗中以闵妃喻珍妃，并深致伤悼之意。

光绪二十七年辛丑（1901）秋，帝国主义迫使清政府签订了《辛丑条约》，慈禧太后又回到北京，继续其腐败的统治。刚父时与在京诗人结社联吟，写了不少托意深微的诗篇。陈衍《石遗室诗话》中录了多首与社友同游之作，并谓其“五言出入大谢、柳州，得力于《巽公院》、《法华寺》、《石门精室》诸诗者深矣”。如《花朝江亭宴集》、《花朝……诣花之寺》、《南河泊》、《潘若海约极乐寺看海棠……》、《赵香宋同年约法源寺看丁香》、《天宁寺牡丹》等诗，虽多为游宴之作，实其中每怀感怆，借题以抒胸中郁勃之气，而以温婉之语出之，特见功力。这段时期的名作如《崇效寺牡丹开后作》：

> 怅卧春归十日阴，落花台殿更清深。被栏碧叶如相语，辞世青鸳不可寻。物外精蓝谁舍宅，乱馀恶竹又成林。迷阳却曲饶忧患，那得端居长道心？

此诗描写牡丹开后冷落的情景，表现作者对中事的忧虑。诗中以青鸳喻政变中被斥逐或被杀害的人士，以恶竹喻乘时得势的坏人，写出《辛丑条约》签订后朝中政治黑暗、小人横行的局面。

蛰庵中年之诗虽学梅尧臣、陈师道一派，古朴淡雅，回环隐曲，然时亦益以少时学李义山一派的缠绵悱恻的情调，形成一种独特的风格。如光绪三十二年所作的《和李亦元春寒》四首：

> 怀远伤离一往深，碧云回合自愔愔。他乡翠柳供愁

断，别馆朱楼隔雨沉。歌舞渐阑闻酒恶，风幡微动恼禅心。衰迟亦有闲花草，未中思量且不任。（其一）

梦雨灵风尽日吹，义山哀怨有微词。相逢旅雁酬佳节，惆怅吴蚕失后期。颇念漳边新卧病，漫劳中禁费寻思。《客嘲》《宾戏》都无奈，半月苔痕断履綦。（其二）

此组诗合义山、牧之为一手，狄葆贤《平等阁诗话》特引之，谓“读蛰庵诗如饮醇酒，令人不觉自醉”。

辛亥革命后，诗人心境苍凉，时有悲慨发越之作，如：

满眼江山涕泪成，廿年浮玉旧题名。故山好在今难讯，奈此江流日夜声。（《为袁觉生题潘莲巢焦山图》）

极目关山欲暮时，劳劳行客去何之？当楼残照霜风紧，如读《甘州》柳永词。（《题关山行旅图》）

陈衍《石遗室诗话》谓“二诗声情激越，‘如读甘州’句，正可移赠”。题画诗能不粘不脱，其中灌注着深深的感情，允称佳作。

曾习经以清朝遗老自居，蛰处于宁河（今属天津市）杨漕田舍，“避地躬耕”，自号“蛰庵居士”，写了不少田园之作，这些诗当时颇受一些人的赞誉，梁启超认为蛰庵晚年之作“直凑渊微，妙契自然，神与境会，所得往往入陶、柳圣处”。如《田间杂诗》十四首，能细致地刻画自然景物，写出田园生活的乐趣，有时也表露出遗老无望的情怀：

蛙声阁阁水平畦，粳稻初秧绿渐齐。雨后斜阳红较好，小船摇曳过河西。（其二）

夜起微茫月坠霄，青芦风动叶萧萧。平生久惯江湖

味，却又关心早晚潮。(其三)

诗人半生作客他乡，久惯江湖上的滋味，但如今关心潮水的涨落，感情已与过去不同了，他已无意于政局如何变化，所想的只是农事而已。李渔叔谓此组诗“别饶逸趣，一种闲适之致，谓可方驾放翁、石湖”。(《鱼千里斋随笔》)

曾诗素以“精警”见称。张鲁恂辑《岭南四家诗》，时人有谓四家中当以刚父为最者（见李渔叔《鱼千里斋随笔》)。在艺术风格上，蛰庵诗确有其特色。首先，作者“诗学甚深”(陈衍《石遗室诗话》)，他遍学魏、晋、唐、宋诸大家，早年近体学李商隐，古体宗谢灵运；中年取径陈师道、梅尧臣；晚岁则出入陶渊明、柳宗元。叶恭绰云：“其为诗回曲隐轸，芬芳雅逸，盖自《诗》、《骚》、曹、陆、陶、谢、李、杜、王、韦、韩、孟、温、李，以迄宋、明欧、梅、苏、黄、杨、姜、何、李、钟、谭之徒。暨夫释家偈句，儒家语录，悉归融洗，而一出以温厚清远，盖庶几古所谓风人之言。尚论近三百年诗者，吾知必将有所举似也。”(《瘿庵诗序》)刚父是一位纯粹的诗人，一生对诗艺孜孜以求，刻意专精，梁启超说他“生平于诗不苟作，作必备极锤炼，炼辞之功什二三，炼意之功什八九，洗伐糟魄，至于无复可洗伐，而犹若未餍”(《曾刚父诗集序》)。刚父诗熔铸诸家，而不袭其貌，自辟高境，五古如《二月十一日大风雨雪》：

入夜风怒号，雨雪倏兼至。晨兴启半户，浩浩势未已。河流骤生波，檐雀俱敛翅。春锄正入手，今日适无事。坐诵渊明诗，闲临隐居字。我牛缓龁草，亦似有闲意。一杯聊引满，不觉及三四。村醪虽云薄，饷我一美睡。

此等诗，洗尽铅华，深情以淡语出之，自然意远。如钱仲联所云“绚烂之后，归于平淡”（《近百年诗坛点将录》），作者亦自言“我诗务平淡，稍涉宛陵藩”（《盆兰盛开……》），非深于诗者不能解此。陈衍《石遗室诗话》但言“刚父五言工为《选》体”，似未能点出要领。

刚父七律，少作稍近义山，而中年以后，则博采广收，自名一家。如《夜起海棠花下作》：

> 月气冥濛罩海棠，偶然沾醉绕回廊。似闻德祐编《心史》，颇讶希夷得睡方。久闭亦嫌吾眼懒，独居遂觉老怀长。此花只与春阴便，雨砌明朝有坠芳。

古来写花写月之作，无此境界。所表现的虽是遗老的感情，但在艺术手法上的确是高明的，它刻画心理，烘染氛围，如李渔叔所谓“寓意玄冥，吐词凄断，有微风度箫之妙”者。又如《清明日同社访万柳堂遗址……》：

> 旧栽杨柳半成薪，惭愧寻枝摘叶人。异代同时俱怅望，良辰佳约阻逡巡。固知万事欢难并，却恐孤游迹易陈。独立小楼无可语，偶从暝色得清新。

这类诗颇近宋人学唐之作，有王安石的峻洁，有欧阳修的清刚，而语语皆由己出。

刚父七绝在晚清诸家中尤为出色。由云龙《定庵诗话》举其《读书题词》十五首，谓“匪独回肠荡气，实不禁吞声饮泣矣”，可见其感人之深。又如《别梦》诗五首，写庚子事变时的情怀：

别来细雨闻孤馆，归去华灯烂九枝。怅望青溪神女曲，去年今日蒋王祠。

宫扇葳蕤半褪全，一篇哀丽旧伤心。他时漫灭无文字，留得情人宛转吟。

秋河别夜太凄凉，一曲伊州泪万行。愁绝五陵年少事，金鞭玉勒送王昌。

这里录的是前三首，纪事诗而以抒情笔调出之，便有含蓄无尽之意。故李渔叔盛称之云："余尤爱所作七言绝句，可谓丰神绝世，其佳处在全不运用典实，而又低徊往复，使人味之无尽。"（《鱼千里斋随笔》）

七绝是一种极难写得好的诗体，光凭学力、功力，而无真正的诗才，是无法写出丰神的，刚父七绝，风华朗润，摇人心魄，如《春心》六首：

十日层楼九风雨，三年故国百思量。逢人只信春憔悴，不道闻欢觉小伤。（其一）

别梦依依过谢桥，心中风雨暗潇潇。自从拾得杨花片，不见章台见柳条。（其三）

此等诗真如李渔叔所云："若刚父独秀兼工，奄有宋、唐之胜，则近百年来，不易数数觏也。"其题画诗除上文所引二首外，集中尚有不少佳制，刚父善书画，书学《张黑女墓志》，亦习瘦金体，画工山水人物，尤擅画梅花，有自画《挂瓢图》、《南塘一角图》等。

其《自题蕉桐凉月画扇》云：

蕉桐经雨色逾净，云月通宵气已秋。攲枕乍闻初雁过，拂帘低见一萤流。

此诗写凉夜静美之境，颇得唐人真趣。

总的来说，曾习经在清末民初诗人中，不失为一位有独特风格的名家，在岭南近代和当代诗坛中有一定的影响。

第三节　其他诗人诗作

同治、光绪年间，以黄遵宪、康有为、梁启超为代表的维新派诗人，高举“诗界革命”大旗，以诗歌表现时代的新精神、新面貌，在广东以至全国，不少诗人都受到他们的影响，其中最值得一提的是胡曦。

胡曦（1844—1907），字晓岑，号迂仙，兴宁人。同治十二年（1873）拔贡。胡曦与黄遵宪同为客家人，早年交游甚密。黄氏少年时所作《山歌》题记云：“仆今创为此体，他日当约陈雁皋、钟子华、陈再芗、温慕柳、梁诗五分司辑录。我晓岑最工此体，当奉为总裁。”可见其相知之深。胡曦提倡以新事物入诗，有《火轮船歌》七古长篇，写于同治十三年，较黄遵宪于光绪十六年（1890）咏轮船、火车、电话、照相的《今别离》要早十六年，可算是新派诗的先行者。著有《湛此心斋诗集》。“自具风格，一空墙垒。”（罗献修《湛此心斋诗集序》）钱仲联亦称其诗“风骨遒劲，屏除俗艳，律诗而运以古意，于清代两粤诗人中雅近宋芷湾”，又云“论两粤诗派，此君固当占有一席也”。（《燕草跋》）

胡曦七律，重笔大句，多家国忧患之感。如《八月十日同公度登陶然亭》：

出处凭谁话乐天，凉风西面系陶然。大才须过芦中客，正月还嬉燕子钱。一代几人追魄力？三秋万里极缠绵。西山寇盗休侵轶，高柳红墙海子便。

自注云："亭壁有木榻本杨忠愍、文相国、卢忠烈、史忠正诸公草书"，又："圆明园方奉旨修。"又如：

黑水重洋一纸来，故人消息在烟台。三秋剧病全无患，一第浮名共不才。我值古瀛望牛斗，梦移东海坐蓬莱。眼中风雨纷离合，起舞鱼龙莫浪猜。（《潮州得公度烟台书》）

最能代表胡曦诗歌独特风格的当推《感事寄怀黄子公度时尚羁日本差次八首》：

生金生粟费平章，负贩乘车巧作场。昨谓司徒却崔烈，宣仁新政最辉光。

海国全增五部开，军储应悔列轮台。中朝闻纳千金疏，我且高谈到草莱。

岳家旧法翦杨幺，蠢尔飙轮火沸涛。铁炮空花自开落，几同神弩算终操。

东亩要盟使节颓，闭关漫速火车来。中原一发悬孤掌，天假长城万里才。

虬髯痴想扶馀长，吓草蛮书亦浪豪。万国犹然废公法，斗量车载已吾曹。（自注：越南近事）

东南大局旧非今，筹海图编费待寻。史笔敢摹权与诈，雄才我不数梅林。

眼空天下奇山水，儿女纤词久破除。渊颖大才吾绝爱，迩来可有谕倭书？

胜国封章讥石洞，尚书痴访古蓬莱。有无徐福东行事，秦汉凭君问冷灰。

组诗八首，皆咏同治年间事，可作一朝诗史读。钱仲联评云：“扪虱而读，有推倒一时豪杰之概，不仅新名词驱使于笔端，足令同治末年的旧诗人咋舌。这种淋漓大笔，颇近丘逢甲的《岭云海日楼诗》。”（《梦苕庵清代文学论集》）

张荫桓（1837—1900），字樵野。南海人。纳赀为知县。光绪八年（1882）在总理衙门任职，历官权登莱青道、安徽宁池太广道按察使，出使美国、日斯巴尼亚（西班牙）、秘鲁三国。回国后累迁户部左侍郎。戊戌变法时调任管理京师矿务铁路总局。变法失败后流戍新疆。庚子八国联军入侵时，朝廷下令杀于戍所。有《铁画楼诗集》。

张荫桓起自幕僚，年三十馀始发愤读书，诗、文、画均卓然成家，被目为“奇材”、“绝才”。其贬谪后之诗，悲凉激越，集为《西戍遗诗》一卷。中有《九月晦渭南旅中得廉生祭酒书述敝居及垲儿踪迹奉答一首》：

无限艰危一纸书，二千里外话京居。覆巢几见能完卵，解网何曾竟漏鱼？百石斋随黄叶散，两家春与绿杨虚。灞桥不为寻诗去，每忆高情泪引裾。

此诗感喟苍凉，“覆巢”二句，真血泪语。李岳瑞《春冰室野乘》评云：“一气关生，情文交挚。何大复《寻阳江上》之作无以过之。”诗题中的“廉生”，即王懿荣，与张交谊最深，故“两家春”一语尤见痛切。

张氏尤工七古。汪国垣《光宣以来诗坛旁记》：“云：‘侍郎诗笔清苍深郁，接武眉山、少陵，七古浩气磅礴。'”七古如《周式如太守以钱叔美入关图为赠赋此奉酬》、《度乌梢岭寄陶公并怀拙存征士》等诗，尤为时人所称道。

郑观应（1842—1922），字正翔，号陶斋，别号杞忧生、慕雍山人等。香山（今中山）人。纳赀为候补道员，历任上海机器织布局总办、轮船招商局会办、汉阳铁局与粤汉铁路总办。郑观应是中国近代著名的实业家，所著《罗浮待鹤山人诗草》中，有不少写时事、经济内容的诗歌，如《与西客谈时事志感》诗，有句云："有客谈中华，隐抱腹心疾。厥弊误因循，凡事守迂拙。矿产富五金，匪独旺煤铁。虽有采办者，往往多牵掣……"这类的诗多发议论，质朴无文，有文献价值而缺乏艺术价值。集中较可读的诗，如《晚眺》：

海天北望片云阴，芦管谁为出塞吟？十万征人齐堕泪，秋风肠断捣衣砧。

中法战争，清军取得谅山大捷后，撤离越南，郑观应感而作此。

谭宗浚（1846—1888），字叔裕。南海人。谭莹之子。少承家学，聪敏强记，工骈文。其父令闭户读书10年，方许出仕。同治十三年（1874）举进士第，授编修。督学四川，又充江南副考官，以伉直为掌院所恶，出为云南粮储道，再权按察使，引疾归，卒于道中。撰有《希古堂诗集》、《荔村草堂诗钞》。

谭宗浚才学淹博，所为诗亦工力深厚，徐世昌谓其"少作以华赡胜，壮岁以苍秀胜。入滇以后诸诗，虽不免迁谪之感，而警炼盘硬，气韵益古"。（《晚晴簃诗汇》）其《题陈衡山梧月山馆图》诗云：

> 落叶已萧槭，况兼庭月斜。黔阳秋万点，一半在君家。穷巷绝宵柝，高城闻暮笳。遣愁定何物？除是读《南华》。

前四句真能得李白、孟浩然的神髓。又如《送人入蜀》：“折柳与君别，君行何日还？成都千万柳，一半我曾攀。此去偶登眺，想思应解颜。明年飞絮后，吾亦返乡关。”以散体入律，一片神行，不斤斤于字句求工。

谭宗浚在云南任上，颇为失意，所经山水奇险之处，每有诗以记之。《石遗室诗话》中采录了不少佳句，并谓谭氏宦迹与诗格，都和宋湘相似。谭氏亦有诗云：“六千里外饶吟兴，二百年来此异才。大抵胜游皆我似，独怜生面让君开。波涛奇谲同苏海，云雨荒唐轶楚台。莫等横流沧海尽，要须笔力万牛回。”（《读宋芷湾诗集》）亦是作者夫子自道之语。

江逢辰（1859—1900），字孝通，一字密庵，号雨人。归善（今惠阳）人。光绪十八年（1892）进士，官吏部主事，曾主讲赤溪书院。后人辑有《江孝通遗集》。江逢辰诗本学苏轼，后“志气发舒，卓然成家”。长居惠州西湖，赋诗甚多，所作《惠州小西湖棹歌》，极有风致。如：

> 菜花开时胡蝶飞，菜心摘时儿臂肥。黄塘井水甜于蜜，贪饮清泉不肯归。

江氏善书画，题画诗亦颇有意味。如：“四山云香光耿耿，老蟾飞上万花顶。何日西溪踏烟艇？”（《梅》）“天地拳曲拿云臂，蓬莱一尺渴枯翠。何以沃之黄河泪！”（《柏石·为铁三题》）自注云：“甲午海上兵事起，且送其行也。”诗中寓对国事的忧愤，小中见大，笔力奇重。

陶邵学（1863—1908），字子政，一字希源，号颐巢。番禺人。光绪二十年（1894）进士，考选内阁中书，未几归乡，主讲肇庆端溪书院。著有《颐巢类稿》三卷。陶诗颇为时流所推挹。陈衍《石遗室诗话》称其“饶有清气”。徐世昌《晚晴簃诗汇》谓陶“意度冲远，从容赴节，起粤东近代文学之衰者”，又谓陶“尤工七言，诗多促狭危厉之音”。黄节亦尝题其诗稿，备致景仰之意。如《送从弟往东安》诗：

> 惊闻飞羽送征鞍，满眼江湖畏路难。怜汝初违乡井去，有人早待尺书看。歌筵短笛梅花落，江雨离亭柳色寒。久已魂销那更别，尊前语尽泪阑干。

此诗写亲人离别之情，深挚有味。又如《读〈剑南集〉感赋》：

> 长啸归来赋涧阿，中原北望郁嵯峨。挂冠神武功名薄，拊枕松亭涕泪多。四国民劳伤板荡，百年王泽想猗那。平生作颂嵩高手，老去浯溪石未磨。

诗作于戊戌变法失败之后。时中国政治极度黑暗，清王朝风雨飘摇。诗中借陆游以自喻，表现出对国事的深切忧愤。

陶邵学五律诗，笔力奇横而又有深峭之致，其弟子梁赞燊《颐巢类稿跋》云：“其诗撷六朝、唐、宋诸家之腴，而归于性情之正。幽深婉远，磅礴郁积，充乎其中而发乎其外。”如《水亭夜望》诗：“野气日沉夕，清光照独游。萤专草阁夜，蛙王野塘秋。残月犹明水，疏星欲倚楼。苍茫云壑外，何处隐灵虬？”此诗写岭南秋夜的景物，隐寓对时局的深切忧虑。

何藻翔（1865—1930），字葭高。顺德人。光绪十八年

（1892）进士，分发兵部武选司主事，后官外务部郎中。甲午战败后，兵部尚书孙毓汶贪黩误国，何藻翔与同邑人礼部郎中罗风华联名上疏弹劾，孙被迫辞职，康有为作《顺德二直歌》赞美之。光绪三十二年（1906）曾任使藏参赞，与英国议订藏印商约，据理力争，为维护国家主权作出贡献。著有《邹崖诗集》，并编有《岭南诗存》。

何藻翔诗学杜甫、苏轼，豪迈中有沉郁之意。梁启超《饮冰室诗话》谓“翙高笃行热诚士也，故其诗肖其人”。并引《送江孝通户部出都》诗：“忍泪吞声立片时，斯人宁有出山期？过江风雨夜来疾，鼍愤龙愁乱我思。”称其“风格直逼杜集”。陈衍《石遗室诗话》又引其《书所见》诗：

> 晓过濯龙槐柳东，两潘二陆记相逢。人如秋去春来燕，天有朝南暮北风。漫以鹓鸱争腐鼠，任教凫乙认归鸿。望尘纵向车前拜，解玺宁须旧侍中！

陈衍谓“此诗绝似坡公，即揆东《鬼趣图》诗意也”。诗歌辛辣地讽刺官场中的无耻之徒，不留馀地。

《邹崖诗集》中最值得注意的是有关外事工作的诗歌。何藻翔长期在外务部任职，曾到过南洋、印度，所作《西行杂诗》，“非徒词采斐然，抑亦辅轩实录”。（《饮冰室诗话拾遗》）如：“少年无赖走南洋，海禁森严诏捕亡。白发重谈嘉道事，田庐无地感沧桑”（《闻星坡海客谈保护华侨回国事有感》）、“横海东风吹浪颠，桅灯明灭乱流船。脚缘铁锁猱缘上，人命黑奴不值钱”（《恒河口夜泊候带水船未至》）等诗句，皆切中时事，感慨深沉。五古《大吉岭火车闻印度工人夜歌有感》云：

东行月明中，风露夜凄紧。四山悄无语，千里迅俄顷。度岭苇荻响，越堤林樾影。铃铎时一鸣，灯电碧凄冷。忽闻楚歌声，随风度遥岭。一转一回肠，哀哀天帝请。凄然亡国音，悲凉泪如绠。变徵忽告燕，楚些托思郢。唤起国民魂，中夜猛然省。馀音黯欲断，梦入荒寒境。神思暗愔愔，推窗望参井。野田双白鹭，飞上岩松顶。

陈声聪评云：“悲凉感慨，闻邻家之笛，起秦人之哀，是亦有心人也。”（《兼于阁诗话》）

丁惠康（1868—1909），字叔雅。丰顺人。诸生。官户部主事。为福建巡抚丁日昌子，与谭嗣同、吴葆初、陈三立合称“四公子”。少年时北游京师，与一时贤俊讲求新学。光绪二十五年（1899）客沪，后又主持粤中兴学事宜，赴日本考察教育。家富藏书，学问淹博。陈衍言其“标格直是晋、宋间人，诗文虽未大成，而绝无一毫尘俗气”。其诗出入杜、韩、黄、陈，颇有忧时感事之作。如《闻胶州近事》二首：

蹙国日百里，匡时徒万言。山河蒙耻事，江海几人存？罢黜伤元老，忧危感至尊。书生亦何补，流涕泣王孙。

莽苍天仍醉，民劳汔未康。中原还逐鹿，歧路泣亡羊。苌楚欣在隰，苕华嗟已黄。微生亦安有，永夕此彷徨。

二诗作于光绪二十四年（1898）。时德国帝国主义借口巨野教案，派兵强占中国胶州湾，同时帝俄又强占旅顺、大连，中国被瓜分亡国的危机已迫在眉睫了。诗前有长序，痛愤呼号，略云："内治不修，乃构外侮，至今为梗，谁生厉阶？顷岁兵芜，疮痍未复，饥馑四野，灾沴荐臻。当卧薪尝胆之时，为恒歌酣舞之事。"又云："诸姬有蚕食之哀，梁亡极鱼烂之惨，而帷幄密勿，情存苟安，朝议乃罢李纲，中兴方资秦桧。此宫之奇所以号呼，贾长沙所为痛哭者也。"真是声泪俱下。

梁启超《饮冰室诗话》称丁惠康"卓荦有远志，忧国如痗，而诗尤以神味胜"。如《感事》诗："被发茧足行邅邅，有人流涕哀江南。眼前所见皆馀子，大宙之乱何时戡！"为感庚子之乱而作，悲愤呼号，字字痛切。梁启超评云："余绝爱之，谓以二十八字写尽当今时局，而自见怀抱，仁言蔼如，未有能及此者也。"又有《将归岭南留别》诗："百无聊赖过零丁，遥睇中原一发青。避地诗人哀故国，渡江名士泣新亭。山河运歇英才尽，鼙鼓声沉战血腥。鹑首赐秦天亦醉，只怜羁客独长醒。"梁启超谓此诗"绝似剑南学杜诸作也"。

丁惠康小诗亦秾俊深微，"沉着之中时见风韵"（狄葆贤《平等阁诗话》），如《漫兴》诗云：

> 逃名未得暂逃虚，散发斜簪讽道书。不信吾庐在人境，万花如海闭门居。
>
> 明明如月何时掇？袅袅馀音似可闻。长讶双鱼断消息，去去一握有孤云。

狄葆贤称其"幽思沉绵，不可断绝。其飘逸处，亦何减列子之凭虚御风也"。

罗惇曧（1872—1924），字孝遹，号掞东，又号瘿公、瘿庵。顺德人。出身仕宦世家，早年就读广州广雅书院，为广东学政张伯熙所赏识。光绪二十九年（1903）中副贡，后经张伯熙保荐，应考经济特科，得授邮传部郎中。辛亥革命后，历任总统府秘书、参议、顾问等职。及袁世凯称帝，愤而辞职在京中卖文鬻字，作诗度曲，以遗馀生。撰有《瘿庵诗集》一卷。瘿公多才多艺，而其最所惜重的还是诗歌，临卒时不许后人把他历任的官职勒于墓碑，只要求凿上“诗人罗瘿公之墓”七字。

瘿公诗在近代岭南四家中，以冲淡平和见长。他早年诗学李商隐、温庭筠，接近晚唐风格，其诗集由曾习经选定，仅存二百馀首，少作多被删去，甚为可惜。而其中年之诗，黄节谓“由香山以入剑南”，叶恭绰则谓“浸淫于宋之梅、苏、王、陈间”（见《瘿庵诗集序》），故意蕴深迴，造境冲夷，尤以写景之作诗格最高，景中见情，深为陈衍等人所推许。如《莫愁湖茗坐曾公阁因展湹阳尚书所留莫愁小影题后》诗：

> 湖税当年归别业，僧楼今日祀人豪。波光浮槛荷千盖，山色侵船绿一篙。城郭秣陵归夕照，江山茗碗坐吾曹。卢家少妇惊鸿影，恐占兹湖位最高。

莫愁湖本是明代中山王徐达别业，数百年后，富贵功名何在？反不及一位民间少妇在人们心目中的位置。与此相近的有《半山寺即荆公舍宅》诗：

> 乱栽花竹公归处，舍宅千秋剩此堂。髡柳尚僛含雨翠，万荷齐迸远风香。争墩转益林泉趣，补屋宁知草树荒。更策疲驴冲潦去，钟山一角坐招凉。

本诗描写南京半山寺附近清幽的景物，并缅怀王安石的事迹，语淡而情致深远，令读者油然而生思古之意。又如《登清凉山》诗：“烟峦林杪出云扃，欲挈江流赴石城。袖底三山收紫翠，尊前六代入空冥。一流向尽伤颓照，千劫苍茫剩此亭。收拾湖光从倦鸟，疏杨归路带寒星。”陈衍《石遗室诗话》谓此诗“清空而不泛”，亦与王安石七律格调相仿佛。

罗瘿公中年以后，留居北京，时常游览京华胜景，其游盘山诸作，尤为论家所称赏。如《万松寺待晓》诗：

> 万峰高下影窗前，星斗依微接曙天。温酒径思然宿火，寻诗无着近枯禅。霞光动海诸天豁，日气蒸山众态妍。百折篼舆过鸟背，梵钟先我落平阡。

此诗按时间顺序，一层层写出由黎明到清晓时的景色，“霞光”二句写日出之景，尤为壮美。而另一首《上盘顶云罩寺暮不达而返》诗，则写黄昏景物，可与对照鉴赏：“一筇身出万松颠，脚底诸峰气藐然。张袂平收东海水，剪云散作蓟门烟。飘摇清梵斜阳古，睥睨荒台冷月悬。惭谢僧雏容匿笑，投林还在暮鸦先。”此等诗从白居易出，吸取宋诗的意蕴，集王安石、陈师道、陆游诸家为一手，形成作者自己独特的风格，在近代诗家写景七律中，瘿公诗当不失为一大家。

瘿公古体诗写景亦有特色，如《自邢台至邺道中书所见》诗：“千树万树梨花云，十里五里黄茅村。榆钱柳絮不知数，一路野花红向人。望中平芜极天碧，紫燕黄蜂逐南陌。妇子嬉嬉急早耕，太行已换青葱色。如此春光客未归，怀古中原叹何益。”此诗写北国浓春之美，梨花柳絮，紫燕黄蜂，把烂漫的春光形象地描绘出来，结处方露怀归之意，便有馀味。诗歌境界开阔，诗意浓郁，物象色彩鲜明，可作一幅春光图看。陈衍谓其“诗格甚新，而无可疵议矣”。

瘿公七绝，亦时有可诵者。如《香山雨香岩杂诗》：“清晨自课踏青峦，小住能令腰脚顽。莫笑老夫忘世事，爱将朝局作云看。”此诗为其晚年之作。屈向邦《粤东诗话》评云：“造境冲夷，视同时诸人中，颇有掉臂游行之乐。”时诗人已看透了世情变幻，朝政局势，如同白云苍狗，冷眼旁观，唯有一笑置之而已。冷峻中亦有点无可奈何的情调。李渔叔《鱼千里随笔》谓“瘿公才丰遇啬，诗境颓放”，睹此诗可想见其人。

在《瘿庵诗集》中，最佳之作当数《题罗两峰〈鬼趣图〉》诗，为近代选家所必录。诗云：

> 子非鬼，安知鬼之乐？胡然开图令人愕？偶从非想非非想，青天白日鬼剧作。群鬼作事自谓秘，逢迎百态胡不至。岂虞鬼后不生眼，一一丹青穷败类。中有数鬼飘峨冠，自矜鬼术攫美官。果能变鬼如官好，余亦从鬼求奥援。问鬼不语鬼狞笑，鬼似摈我非同调。吁嗟鬼趣今何多，两峰其如新鬼何？

罗两峰，即罗聘（1733—1799），清代著名画家，为“扬州八怪”之一。善画梅、兰、竹、人物、山水，无不精妙，貌鬼独绝，其《鬼趣图》为一时奇作，文人题咏甚夥。本诗亦借题发挥，揭露当时丑恶的社会现象，把清末的官场刻画成群鬼乱舞的鬼蜮世界，讽刺尖刻辛辣，在清末诗坛中为不可多得之作。陈衍《石遗室诗话》评云：“此首着墨不多，而穷形尽相。鬼之被人揶揄，乃至于此。然宋征于鬼，薛征于人，可以人而不如鬼乎？可为不自菲薄者诵矣。”

瘿公才情富赡，冲澹随缘，如黄节所云“于世可深而不求深于世，学书可深而不求深于书，学诗可深而不求深于诗”（《瘿庵诗集序》），故在“岭南四家”中，诗歌的成就虽稍逊于馀三家，而其独特的风格，亦非梁、曾、黄所有，其实瘿公为人，颇似魏、晋间名士，生于乱世，不求闻达，全身远祸，故其诗近人多谓从白居易、陆游出，而迹其本原，自当在陶、谢之间。叶恭绰序其诗云："寄情放旷，意中亦若有不自得者，所为诗乃转造淡远，具有萧然之致，此其襟抱未知于古人何如，要之其胸中必别有所想象之一境，一寓之于诗，其诗亦遂因之益进，盖可断言也。"

麦孟华（1875—1915），字孺博，号蜕庵，顺德人。光绪十九年（1893）举人。康有为弟子。光绪二十一年赴京应进士试，参与"公车上书"。后又列名保国会。变法失败后流亡海外，协助梁启超办《清议报》。民国后，袁世凯曾召见孟华，欲授以教育总长。孟华拂衣出京，参与倒袁活动，后忧愤而卒。麦孟华与潘博齐名。康有为为之合刊《粤两生集》。又有《蜕庵诗》一卷，陈三立为作序，称其诗"郁伊善感，婉约冲夷如其人"。

麦孟华善七律，既有豪迈悲慨之作，也有宛曲缠绵之音。前者如《赠高啸桐太守》：

> 雨打风吹馀子尽，孤怀郁郁向谁开？识君兄弟真佳士，太息风尘老此才。眼底衣冠纷涕笑，胸中秘怪郁云雷。掣鞲不少飞腾意，莫作商歌斫地哀。

此为赠高凤岐之作，取法黄庭坚、陈师道，上追杜甫。集子中与潘博诗最多，二人皆康门弟子，感情尤为深挚。如《答若海见怀之作》云：

> 五陵年少纷裘马，太息斯人苦滞留。每逐风尘矜爪觜，要将豪放压穷愁。千金骏骨谁能识？绝世蛾眉众所雠。安得脱鞲一飞去，相从寥廓击高秋。

豪迈中有沉郁之意，绝非叫嚣直露之作可比者。孟华诗亦学李商隐，悱恻幽怨。在妻子去世后，所写的诗每有义山《无题》的情调。如《秋感和任公》：

> 星河不动夜如年，独梦孤颦剧自怜。别后清辉随月减，书来细字似蚕眠。宵宵残蜡啼红怨，袅袅凉蟾堕碧烟。入骨相思忘不得，雁行筝柱十三弦。

邓方（1878—1898），字方君，一字秋门，顺德人。邓实之弟。光绪二十年（1894）入大儒简朝亮读书草堂受业，与同门黄节意气相投，过从甚密。后曾一度远游京城，独出塞外，历览山川形势。卒年仅二十一。遗作辑为《小雅楼诗集》八卷，文二卷。

邓文才情发越，所为诗风格哀艳俊逸，气韵飞动，黄节谓“使其永年，诗之所至必不止于是，亦必不止以待鸣”。陈衍《石遗室诗话》亦谓其“五言多近渔洋，七言多近梅村，斯已难矣”。其友人伍宪子云：“秋门好谈兵，好哙咏，慷慨悲歌，有杜陵、剑南之志。”（《重刊小雅楼诗文集序》）邓方生于清末甲午与戊戌之际，国事蜩螗，故其诗每多悲壮激越之音。如集中有诗题为“光绪乙未之年九月之日，余客行省，秋来事事触处皆愁，又闻台湾全入日人，刘军内渡，甘泉夜火，愁卧长安，铁马西风，独行海上，因忆实君入村，未悉近事，爰长歌代柬寄之，实君当亦绕榻悲吟，歌以当哭也。”乙未，即光绪二十一年（1895），作者时年仅十七。诗为长篇七古，中有句云：“台湾万户啼野乌，椎牛誓众一旅孤。军食难赍飞雪将，亲兵犹驻黑云都。干精堕海天如血，红头蛊子呼咄咄。太湖豪帅船排山，北州大将旗曳雪。昨夜重门五虎开，传闻西渡万人回。红毛城火墟华屋，赤嵌山堙哭劫灰。劫灰万顷蛟蛇穴，扪虱江天斗血热，知君嚼齿望扶桑，梦掣龙旗踏溟渤……”此诗虽受吴伟业七古的影响，但内容却是全新的，此外如《左将军行》、《平壤中秋行》写援朝之役，《黄海叹》、《兵船行》痛甲午之败，皆痛切时事，感人至深。秋门七古，实为清末名家，惜无人为之表出，以至寂灭无传。

邓方隽才，七绝尤清幽脱俗。如《羊山杂咏》二首：

寂寞呼鸾古道征，断垣残瓦雨霏霏。销魂不见王贻上，斜日红棉作絮飞。

宝汉茶寮卖酒旗，浓秋烟景晚唐诗。马家廿四娘如梦，一路青山叫画麋。

两诗写越秀山的景色，秀丽中带有凄迷、哀怨的情调。

第四节　同治、光绪间的散文

清末同治、光绪年间，岭南散文得到迅速发展，作者人数之多，作品影响之大，是从来没有过的。这期间的文章从内容和风格上看，大抵可分为三派：一是传统派，尊言《史》、《汉》，涵咏诸子，所为文工力深厚。如谭宗浚、简朝亮、梁鼎芬、陶邵学、吴道镕、陈伯陶等可为代表；二是维新派，以文章宣传变法思想，可以黄遵宪、康有为、梁启超以及郑观应、容闳为代表；三是革命派，可以孙中山、胡汉民、黄节、叶恭绰等为代表。这里主要介绍前两派的文章，后一派已入现代文学史范围，就不在此论列了。

容闳（1828—1912），号纯甫。香山（今中山市）人。出身贫民家庭，七岁时入澳门西塾读书，后入玛礼逊学校，十八岁时随校长勃朗赴美留学，咸丰四年（1854）在耶鲁大学取得文学士学位。光绪二年（1876）再获法学博士学位。咸丰五年（1855）返国经商。后筹办江南制造局，并推行西学教育。同治十一年（1872）率领中国留学生赴美。光绪二十年（1894）中日战争爆发，毅然回国，从事维新运动，后转向革命。由于不能在国内立足，遂赴美定居，写成回忆录《西学东渐记》。

容闳是一位热诚的爱国者，一生三度出洋，都是为了改造中国，他的文章充满着激情。咸丰十年（1860）冬，容闳曾访问太平天国天京，对太平天国作出比较客观的描述和评价：

> 自苏至丹阳，舟皆行运河中。河之两岸，道路犹完好，途中所见皆太平军。运河中船只颇少，有时经日不遇一舟。运河两旁之田，皆已荒芜，草长盈尺，满目蒿莱，绝不见有稻秧麦穗。旅行过此者，设不知其中真象，必且以是归咎于太平军之残暴。殊不知官军之残暴，实无以愈于太平军。以予等沿途所见，太平军之对于人民，皆甚和平，又能竭力保护，以收拾人心。其有焚掠肆虐者，施以极严之军法……丹阳居民，对于太平军较有信用，商不辍业，农不辍耕，无荒凉景象。而太平军之对于人民，亦未闻有虐遇事，相处甚得也。(《西学东渐记》)

容闳对太平军的观感是真实可信的，有异乎当时一些封建文人的看法，至今还有文献价值。

张荫桓是一位奇才，应童子试不遂，弃科举业，入大吏幕中，出谋划策，后任至户部左侍郎、礼部右侍郎。张荫桓多次出使欧美，归国后条具闻见，累疏以陈。被杀害后，遗集有《三洲日记》、《英轺日记》、《铁画楼诗文稿》、《荷戈集》等传世。

张荫桓为清末干吏，努力新政，所上奏折，多可行之议。如《奏为曹州教案办结胶澳画界议租谨将与德国使臣商定情形折》中，既拒绝帝国主义者的无理要求，又能掌握分寸，妥善处理。其出使外国时所写的《日记》，记载所见所闻，有较高的史料价值和文学价值。张荫桓文如其人，说理透辟，逻辑性强，文笔刚健，不愧“铁画”之称。

郑观应撰述甚丰，名作如《盛世危言》、《救时揭要》、《易言》等，为研究近代史者所必读。而他写的一些短文、书札，亦颇有意味。如《训儿女书》中，教育子女立身治家、待人处世的道理，语重心长，如云：

> 人之和蔼如春气，人之恒怒如秋气。无论老少男女，会友御下，必须面有春气，和蔼迎人，方得兴旺；若骄傲凌人，时有怒容，面有秋气，衰败必矣。此勉人和气。人之一生，其犹一岁之四时乎？春风和煦，草木萌动，一童年之活泼也；夏雨时行，草木畅茂，一壮年之发达也；经秋成实，经冬而凋，则由壮而老，由老而衰矣。然冬尽春来，循环不已，而人之年华，则一去不返，老者不可复壮，壮者不可复少。语曰：“时乎，时乎，不再来。”凡我少年其识之。此勉人要惜光阴。

在书札中可想见一位深通世故人情的长者对子女的恳切训诲。

《盛世危言》出版于光绪十九年（1893），正当甲午战争前夕。全书五卷，正文五十七篇，附录十九篇。后来一再改编重版，“未言者尽言之”。书中提出中国发展资本主义的主张，并揭露帝国主义的侵略本性：

> 年来日本讲究水师，频添战舰，多置军械，及遣人分住各口，设贸易馆，习方言，托名学贾，实则交结匪人，时入内地，暗察形势，绘图贴说，其志叵测，恐终为中国边患。俄、英、法三国属地，铁路皆将筑至中土，托名商务，意在并吞。……后患之来，不堪设想。噫！彼族之贪如此，中国之弱如此，天时人事之循生迭起，相乘相迫又如此，而谓我中国尚可墨守前规，不亟亟然早思变计哉？此天下有心人所为扼腕抚心，痛哭流涕而长太息也。

一位热诚的爱国者，文章中亦充满感情，自能动人心魄。又如论“贩奴”之事：

> 粤东澳门、香港、汕头等处，向有拐贩华人出洋之事，名其馆曰招工，称其人为猪仔……计每年被掠卖者，累万盈千，其中途病亡自经者，不知凡几。幸而抵埠，即充极苦之工。倦即加以鞭棰，病亦不许告假。日出而作，牵以铁链，日入而息，横受拘囚。逃走则有连坐之严法，处死则有水火之毒刑。求死不能，逃生无路。

谭宗浚是谭莹之子，幼承家学，聪敏强记，下笔千言。著有《希古堂文集》甲集二卷、乙集六卷。《清史列传》称其文“由绚烂渐趋平澹”，当由其身世使然。谭宗浚在史馆时，撰《拟续修儒林文苑传条例议》，强调入传者当“以著作为断”，并手定条例，同官称其博核。又曾撰《西汉学术论》，认为“士习之盛衰，关乎政治之得失”，而汉人能得学术之正。《复友人书》一文，举出事例驳斥友人攻击汉学的论点，并揭露道光年间的官吏奢汰贪黩，以致引起洋人的鄙视。谭宗浚重视实学，所为文言必有物，晚年所谓“平澹”之文，亦掩不住胸中失意之感。

简朝亮（1851—1933），字季纪，号竹居。顺德人。少时从学于著名学者朱次琦，入县学后，五赴乡试不第，遂绝意仕进，专心问学，从学者甚众，学者称简岸先生。平生著述甚多。其门人辑有《读书堂集》十三卷。

简朝亮为粤中近代名儒，毕生秉承朱次琦之学，力主通经致用，尊崇孔门四教是“万世学术之宗”，认为学者必须“尊宗正学以求实用”；其文亦多言学术，渊深古奥。如《朱九江先生集序》云：

> 及先生七十有五，语其家人，将定稿以成书，亡何疾作，乃燔其稿。逾月而没，此有书而无书。昔人以服程子之明，而先生繇之者也。虽然先生之书未传于人，而先生之行之言，人因得而见闻者矣。况其英年讲学，上辨古人，下穷今日，其所以勤苦者，必其所以欲为书之精意，岂犹有隐而不宣者乎？先生讲学，尝陈时病，力辟其非，以箠击案曰：“即如著述，当在斯也。”然则先生之明，已传者精意，未及传者文字尔。古有修身教士，生平不著述一言者，而其言终布于天下，士大夫得以自艾，妇孺得以交称，史氏赖其言，而一朝时论之是非乃定。若是者，何以至斯也？有表其传，书之者也，此无书而有书也。

朱九江先生临终而焚稿，其遗集为门弟子收拾丛残而成。简朝亮作序，着力写先生之“精意”已传，“无书而有书”。从朱门两大弟子康有为、简朝亮的生平事业，亦可知朱氏学术得其传人了。

吴道镕（1853—1936），原名国镇，字玉臣，号澹庵。番禺人。光绪六年（1880）进士，入翰林，授编修，旋即南归，不复出。历主潮州韩山、金山，惠州丰湖，三水肄江，广州应元等书院山长，又任广雅高等学堂监督。辛亥后，闭门著述。编有《广东文征》，辑有七百馀家，文三千馀篇。著有《澹庵文存》。

吴道镕少时曾听到陈澧慨叹，粤东多诗人少文人，因而发奋为文，用力于《史记》、《汉书》及先秦诸子，不为桐城、阳湖所笼罩。《广东文征续编》评其文“精心独造，思沉而气锐，力矫浮靡，仍具深微淡远之致”。

吴道镕一生致力于广东文献辑录工作，又复专攻古文，其文格调高雅。如《与温毅夫书》：

> 执事与闿公书，甘苦之言，敬佩敬佩。侧闻前席问答，有“自今以后始有胆可尝，有薪可卧”之语，含义深远。目前局势，展转变幻，尚难逆料，沉几应付，当有一定程序，斋粥之辈，未足与谋。知难不难，事在贤者。空山老朽，每思拭目河清一语，窃愿少缓须臾相待也。溽暑惟餐卫自爱，不尽。

作者的故老情怀，惘惘不甘之意，宛转出之，即所谓得“深微淡远之致”。其晚年所作《屈翁山先生墓碑》，云：“观先生易箦时，不忘曾子得正之语，其自知自信者，方将穷宇宙，亘古今而独立不惧，而何恤身后一抔之寄？”可谓深得屈大均之心。

陈伯陶学殖深厚，所为文章亦极具工力。其思想偏于保守，对西方思想每持抵制态度，如作《民权辨》，谓：“民权之说倡于美而被于欧，近且浸淫及于中国，若洪水然，浩浩滔天，不能遏也。然其祸欧人先受之矣，是宜积诚入告，谓此之邪说，其所以煽诱吾民者。”

陈伯陶在朝时，曾密陈奏折，揭露袁世凯将篡权的阴谋：

臣尝读史，见汉、晋已事，往往流涕。如汉末曹操，一世之雄，当其为汉臣时，有大功于天下，不知篡汉者，操也……袁世凯之雄，不及操、裕，而就今日疆臣而论，其办事之才，恐无有出其上者。如此之人，乃令狼抗朝列，虎步京师，臣实忧之……

后出为江宁提学使，见政局已不可为，遂有息影乡园之意，作《息园记》：

提学署西北有小园，旧题曰“澄怀别墅”。考姚姬传《江宁府志》云：“明刑部尚书顾璘息园，在淮青桥东北，察院之后。”今园与察院后堂邻比，盖息园旧址也。尚书《息园记》云：“筑园居室之后，袤五十步，广半损之。中亭曰‘爱日’，宜饮宜读。西‘谋道轩’三楹，置诸孙读书；作‘载酒亭’，以待夫问字来憩者。东小轩曰‘促膝’，诸故人至谈农圃医药，恒至移日。”今园广袤与记同。其北有屋三楹，南累石为小山，山上有亭，东轩三楹，背负水榭，西有门通察院之东轩，与记亦相仿佛。

陶既定居于北屋，仍名曰“爱日”，老母年八十，板舆侍养，藉此为娱也。亭高与檐齐，丛木阴翳，仍名曰“载酒”。生徒以时至，可与答问也。西轩已入察院，东轩仍名曰“谋道”，后食之义也。水榭方丈许，暇日促坐，开窗东眺，钟陵紫翠，扑我襟袖。陶别曰“割青”，取荆公“割取钟山一半青”语。而园则易旧名，仍名之曰息园。

噫！尚书文章道义，负天下重望。始知开封，以忤大玚下狱，谪全州。晚跻大位，卒困于讥谗，不竟其用。其营是园也，有息影之意焉。然史称洪永初南都风雅不振。自尚书主词坛，士夫景附，厥道大彰，相沿及于末造，风流未歇。其节则桢干于朝，其文则黼藻于乡，后进之师也。

陶以不学，窃禄养虱于是邦，而幸得斯园为息游之地。古称仕优则学，其亦思藏为修焉。与诸学子相黾勉，而毋为书所诃也夫。

陈伯陶素有用世之志，但此时国家衰败，他已意识到很难施展抱负，因而在文中联想到前朝刑部尚书顾璘的遭遇，而引起退隐之念。

第五章　同治、光绪间的词

同治、光绪年间，北方词坛依然继承常州词派的馀绪，要求为词要上继风骚，尊尚寄托。及至庚子事变后，被称为“清季四大家”的朱祖谋、王鹏运、郑文焯、况周颐乘时崛起，以苍莽精纯之笔，抒写对家国大事的感受。这时期，岭南的词也得到长足的发展。在整个中华词坛中取得一席较重要的地位。钱仲联《近百年词坛点将录》中，收入近代词家一百零八人，而广东词家竟多达十八人，由此可见岭南词坛的兴旺。同光时期，岭南主要的词家有梁鼎芬、曾习经、江逢辰、李绮青、汪光铨、汪兆镛、罗惇曧、潘博、麦孟华、梁启超等。

第一节　梁鼎芬　曾习经

梁鼎芬是一位诗人，其词亦如其诗“吐语幽窈，芳兰竟体”。（钱仲联《近百年词坛点将录》）清末词坛名家，多追摹南宋，力为长调，而梁鼎芬《款红楼词》一卷，则以小令为主，运婉曲之笔，写其芳馨悱恻的情怀，意在言外，格韵俱佳，试看他早年所写的《卜算子》词：

万叶与千枝，红照花如海。可惜车尘日日来，顷刻容颜改。　想象好芳时，寂寞闲庭外。只好明年再踏春，携酒同君待。

那日日不息的车尘，污染了如海般的春花，人们真的能欣赏美好的春光吗？词人在咨嗟叹息。他自甘寂寞地度过芳时，也不共世人征逐。这与梁氏《春日园林》诗“芳菲时节竟谁知？燕燕莺莺各护持”一首的用意是相近的。“想象”二句与上阕形成强烈对比，表现了词人的高洁和孤独。末二语寄托对未来的希望，希望明年踏春，能与“君”同待，携酒在花下宁静地吟赏，词中寓意甚深。

光绪十一年（1885），梁鼎芬上疏弹劾李鸿章，被降五级调用，作《蝶恋花·题荷花画幅》词以寄意：

又是阑干惆怅处。酒醉初醒，醒后还重醉。此意问花娇不语，日斜肠断横塘路。　　多感词人心太苦。侬自摧残，岂被西风误。昨夜月明今夜雨，浮生那得常如故。

在题画之作中，寄寓了作者身世之感。荷花在雨雨风风中横被摧残，正是词人在尖锐复杂的政治斗争中遭到挫折和失败的真实写照，词人倚阑看花，顿生惆怅，因而借酒消愁，酒醒后惆怅依然，唯有重饮再醉。问花而肠断，表现了作者在无人理解自己时的痛苦心情。下阕笔锋一转，代荷花作语。荷花只怨自我摧残，而不恨西风劲猛，这就是所谓“怨而不怒”之旨。天气阴晴不定，政局变幻无常，深感人生命运也是难测的，词人只好发出无可奈何的悲叹。同时写的还有《台城路》词：

片云吹坠游仙影，凉风一池初定。秋意萧疏，花枝眷恋，别有幽怀谁省？斜阳正永。看水际盈盈，素衣齐整。绝笑莲娃，歌声乱落到烟艇。　　词人酒梦乍醒，爱芳华未歇，携手相赠。夜月微明，寒霜细下，珍重今番光景。红香自领。任漂没江潭，不曾凄冷。只是相思，泪痕苔满径。

小序云："乙酉六月二十四日为荷花生日，越八日，姚柽甫丈约云阁与余，往南河泡看荷花，各得词一首。时余将出都矣。"此词与《蝶恋花》词用意相近，既是孤芳自赏，别有幽怀，也表现了对朋友的深切情谊。

梁鼎芬被斥逐南行，漂泊于江湖之上，深感世事的沉浮，人生命运的无定，借酒消愁，但一心还是挂念着他的君国的：

卧雨江边听水流，当春风物似清秋。可知世事有沉浮？　　酒尽得茶偏助醉，灯残继烛岂能休？无憀坐到四更头。(《浣溪沙·江船听雨》)

春梦来时在那厢，昵人半晌去思量。落花多处满斜阳。　　手挽飘红唯有影，眼看成碧太无常。人生到此可能狂！(《浣溪沙》)

词人少日的理想，已如春梦般破灭了，满地斜阳，落红乱舞，眼见大清帝国不可避免地走向衰亡，思君有恨，无力回春，他感到极度的哀伤痛苦。"人生"一句，是词人失望的悲号，人生到无望之时，连故作疏狂也是没有意义的了。

梁鼎芬词字面上学北宋，而用意深厚处则近南宋，字字锤炼而又不失自然，可惜情调过于低沉，读之令人抑郁不欢。在梁鼎芬词中，最有价值的还是《菩萨蛮·和南雪丈甲午感事》十首。甲午中日战争爆发，中国军队失利，朝野震动。老词人叶衍兰作《菩萨蛮》十章以纪其事，梁氏因有和作。下面摘录其四、其七、其八、其十：

无端横海天风疾，龙愁鼍愤今何及！夜夜看明星，荒鸡听二更。　凄凉三月雨，念此芳菲主。鶗鴂一声先，人间最可怜。

缥缥鸾凤扶云下，绿章次第通宵写。不敢负深恩，身危舌尚存。　如何无一答？密字银笺合。沧海亦成枯，当筵泪更无。

璇宫夜半惊传烛，西头势重貂相属。桃宴酒酣时，春残那得知？　搴芳情绪各，不念花开落。庭院这般荒，有人空断肠。

冤禽填海知何日，芳怀惹得秋萧瑟。莫忆十年前，肠回玉案烟。　采蕳轻决绝，唾剩壶中血。无谓过浮生，思君空复情。

词中写黄海海战失利，龙鼍也为之愁愤，暮春三月，风雨凄其，芳菲零落，人们的泪也将流尽了，群臣纷纷上奏疏，但西宫慈禧太后还在控制政局，醉生梦死，不知国势危殆。词人忠而见弃，思念君王，更是不胜悲痛了。

曾习经有《蛰庵词》一卷，收入朱祖谋所编《沧海遗音集》中。晚清词家，好为晦涩的长调，而曾习经则学“花间”、北宋，善为小令，尤以情致见胜，狄平子谓其词“婉约善言情，直如万缕晴丝，袅空无尽”，可知其造诣了。

岭南词家崇尚雅健，很少写恋情词，而曾习经则颇多绮语，均极缠绵婉约之致。如《菩萨蛮》：

凤槽品罢龙香拨，峭风吹落芙蓉月。斜倚夜明帘，衣绦故故拈。　秋星心暗数，忘却当时语。恼恨是明河，低徊脉脉波。

小词写一位弹琵琶的女子，夜深时倚帘痴立，默默地数着秋空的星星，怀念不在眼前的情人，末二语极美，本《古诗十九首》："何汉清且浅，相隔复几许？盈盈一水间，脉脉不得语。"一"波"字，既是银河盈盈之波，也是情人脉脉的眼波。曾氏情词，颇受姜夔的影响，韵高笔妙，尤善以健笔写柔情，无纤巧仄媚之意。如《鹧鸪天》：

> 钿毂香车彼一时，黄昏璧月下琼枝。可怜寂寞春寒夜，抱影凝情却为谁？　如此恨，奈何伊。露桃花底弄哀丝。试将海水量深浅，却那东流无尽期！

写与情人别后，相思相待，直到黄昏月落，独抱形影，自弄哀弦以抒愁怀。末二句合用李颀"请量东海水，看取浅深愁"和姜夔"肥水东流无尽期，当初不合种相思"之语，用意更深一层。又如《浣溪沙》：

> 画烛幢幢夜未央，暗抛珠佩委明珰。沉沉春睡殢残妆。　幸是未添他日恨，不成终少隔生香？今宵亲切试思量。

写与情人幽会的情景，绮艳而不流于冶荡。上片写女子夜阑春睡，下片写旧情长在，芳意犹存，故今宵更亲切思量不已。"幸是"二语，有无限韵致，真所谓"艳以庄，丽以则"者。

屈大均《广东新语》谓"粤俗好歌"，"曼节长声，自回自复，不肯一往而尽。辞必极其艳，情必极其至，使人喜悦悲酸而不能已已"。岭南诗人，多受民歌影响，曾习经家乡揭阳地区，流行潮州歌册，故其对民间歌谣有很深的感情。其

《蝶恋花》词云："胡蝶思花不思草，落尽残红，冷尽春怀抱。几日西园人不到，飘零金粉谁知道？　任是无情还懊恼，过眼繁华。一梦轻如扫。丝雨濛濛天亦老，石榴阴下黄鹂叫。"首句即直用王士祯《渔洋诗话》所载粤西谣歌："思想妹，蝴蝶思想也为花。蝴蝶思花不思草，兄思情妹不思家。"运用歌谣，浑如己出，全词遣辞造意，皆有民歌情调。此外如《南歌子》十首中之"采桑陌上见罗敷"、"侧镜看斜领"、"长是辘轳干转在心头"等句，亦从古乐府化出。

中年渐近，世事多变，曾习经词的风格也由"词中温李，上溯浣花"一变而为"变雅之音"（叶恭绰《广箧中词》评）：

> 晚云绀碧。怅不语依前，蝉嫣何极！几度凝妆，愁锁暗尘罗额。重来恰喜逢秋惯，问琼宫、几时将息？良宵暗展，铅华净洗，镜鞶相忆。　剩几处、笙歌瑶席？似今夜寒些，桂阴狼藉，小影山河，应也徘徊陈迹。坠欢零梦轻轻记，尽怜伊、蹙愁钿笛。情怀积叠，平分不尽，半楼斜白。(《桂枝香·庚子闰中秋》)

庚子（1900）七月，八国联军攻占北京，慈禧太后挟光绪帝西逃，词人感而赋此，似被浮云遮蔽的月亮喻被敌人侵占的祖国山河，词旨隐微而不晦涩，盖从王沂孙国亡后诸作化出。另一首《尉迟杯·题半塘老人〈春明感旧图〉》词，用意则更为沉厚。词云：

> 长安路，渐岁晚、哀乐伤如许。深深径草人稀，愁送流光轻羽。凝尘画壁，谁记省、清时共欢聚？黯情怀、泪墨空淹，小窗还展缃素。　因念九陌生尘，几题叶吹

> 花，胜事如故。最苦山阳闻夜笛，仍见惯、河桥客去。如今向、天涯海角，迴遥夜、商歌独自语。便相思、断袂零襟，梦魂空恁凝伫。

半塘，即王鹏运。广西临桂人，历官至监察御史，礼科给事中。王为清末著名词人，著有《半塘定稿》。戊戌政变后，半塘以《春明感旧图》遍征吟咏，朱祖谋等皆有题作。春明，本唐都长安东门名，此以指北京。曾习经此词，亦为戊戌政变后被贬死或斥逐的友人而作。半塘读后，云："河梁生别之词，山阳死友之痛，不过是也。"

曾习经后期的小令，也一改少时的旖旎缠绵作风，渐趋沉郁之境。如《眼儿媚》：

> 西风吹叶下庭心，人去戍云深。金微残梦，玉关新恨，昨夜霜砧。　　愁烟梦雨飘零尽，斜照见孤临。伤秋苦语，感时清泪，簌簌空林。

词人是变法的同情者和支持者，戊戌政变后，顽固派对维新人士疯狂迫害，曾习经的一些朋友或被杀害，或被流放，礼部尚书李端棻、户部侍郎张荫桓等被发往新疆。伤友人之远戍，感前路之茫茫，不禁洒一掬伤时清泪。

第二节　潘博　麦孟华　梁启超

潘博（1869—1916），又名之博，字若海、弱海，号弱庵。南海人。康有为的弟子。曾积极参与维新变法活动，变法失败后，东渡日本，参与梁启超、蒋智由等筹划组织政闻社事。后归国奔走"勤王"之事。辛亥革命后，曾策划反对袁世凯复辟的活动，心力交瘁而卒。潘博与麦孟华齐名，时人称“粤两生”，撰有《弱庵词》一卷。

潘博词名藉甚，钱仲联列之入《近百年词坛点将录》中，谓其“伤心人自别有怀抱”。《浣溪沙》词云：

> 蜡烛红消寸寸心，孤单客枕薄寒侵。起听天地满商音。　云日高高鸿避弋，雨风黯黯鸟投林。一回怅望一沉吟。

时当清末，政局混乱，社会黑暗。词人关心国事，耿耿不寐，如有隐忧。上片写秋夜客舍的情景，“起听”句所感甚深。下片以“鸿避戈”喻全身远祸，以“鸟投林”喻故国之思，词人怅望沉吟，不欲效馀子苟且偷安，而希望能为国尽力。又如《浣溪沙·晓过小姑山》：“破晓扁舟过小姑，睡鬟春困未全苏，临流照影二分癯。　战伐纵横馀往迹，乾坤牢落到今吾，山灵无语答长吁。”上片写晓过小姑的情景，风致嫣然，下片抒发感慨，深沉郁勃，两片恰成强烈的对比，可见词人的学养工力。

光绪三十二年（1906），潘博东游日本，与梁启超于兵库须磨镇中，筹划组织政闻社。次年六月归国，作《解连环》词留别：

> 唾壶敲缺。问楚兰心事，有谁能说？正杜宇、啼遍春红，又芳草天涯，一声鸣鴃。伤别伤秋，易过了、西风时节。只食牛意气，射虎情怀，不随销歇。　华鬘易惊小劫。堕沧桑影事，尊畔重叠。拚身世、付与扁舟，算随地江湖，尽堪栖息。故国平居，最堪恨、早生华发。卧沧江、鱼龙寂寞，夜潮自咽。

词中谓自己壮怀激烈，满腔忧国忧民的心事，无人可诉，慨叹时光虚度，无所作为。词人年未四十，已颇有蹉跎之感了。

弱庵词取法苏、辛，不作仄艳主语，长调尤为悲凉慷慨。如《贺新郎·赠子刚》：

> 悲愤应难已。问此时、绝裾温峤，投身何地？莫道英雄无用武，尚有中原万里。胡郁郁、今犹居此？驹隙光阴容易过，恐河清，不为愁人俟。闻吾语，当奋起。　青衫搔首人间世。怅年来、兴亡吊遍，残山剩水。如此乾坤须整顿，应有异人间起，君与我、安知非是？漫说大言成事少，彼当年、刘季犹斯耳。旁观论，一笑置。

潘博为人“恢奇有壮志”，性情豪迈，康有为称赞他“有万夫不当之勇，博极古今之学，通贯中外之识，恻怛救国之仁，沉毅而刚劲，直大而忠纯，至诚而有仁术，观世甚深而去留不苟”（《粤两生集序》），可作此词注脚。

辛亥革命后，国难未已，北洋军阀头子袁世凯阴谋复辟帝制，潘博积极参与反袁活动，南北奔走，联络各地军事力量，1914 年，冯国璋慕其名，邀入幕府。潘博时北游以观情势，作《霜叶飞·宿开平镇署，和清真韵》词：

> 接天衰草。荒山戍，夕烽光照林表。战营群马猛嘶风，动四城凄悄。渐猎猎、旌旗荡晓。谯楼低挂凉星小。便是未闻鸡，也起舞、婆娑自喜，烛影回照。　因甚挟策携书，辞家万里，远游边塞还到。白头幕府厌趋迎，感杜陵怀抱。况战伐、乾坤未了。边笳犹奏悲凉调。看夜徂、干戈里，万事低迷，恨添多少？

开平镇，在今河北独石口，前三句写荒山秋景，烘托战乱的气氛，“便是”二句，以刘琨、祖逖自喻，闻鸡起舞，表现出自己的豪情壮志。过片故作设问，中含愤激之情。“况战伐”数句，可见词人忧国之心。叶恭绰《广箧中词》谓潘博“为词孟晋，思深力沉。天假以年，足以人成”，可作定评。

麦孟华《蜕庵词》，旨隐辞微，哀怨无端，合苏、辛、周、秦诸风味为一，“婉约深秀，一如其人”，其小令可以《蝶恋花》二首为代表作：

> 珠幌春星和梦数。梦不分明，便上斑骓去。芳草何曾遮得住？尊前便是天涯路。　不怨玉容成间阻。只怕春深，容易花迟暮，送泪流波呜咽语，断红珍重相思句。
>
> 庭院愔愔人悄悄。减了腰围，添了闲烦恼。绿遍阶苔人不到，厌厌春恨谁知道？　起拨熏炉寒料峭。愿作炉烟，出入君怀抱。镜里朱颜容易老，相思盼断红心草。

二词当作于戊戌政变后流亡海外之初，以离人思妇、惜别伤春寄寓其眷念君国之意，方之古人，似与冯延巳为近。上首意谓戊戌变法如一场春梦，匆匆破灭。自己被迫流亡，只怕年华易老，志业无成，想起被囚禁在瀛台的光绪帝，更是悲不自胜了，次首写流亡生活的冷落失意。看到升起的炉烟，而生出遐想：希望能化作袅袅轻烟，飘进所思念的人之怀抱。这也是对君主思念之词。

光绪三十三年（1907），麦孟华追随其师康有为“绸缪大计”，寓居东京，组织宣扬君主立宪的政闻社。《六丑·丁未除夕索彊村、若海同赋》词，表现了词人去国怀乡的心境。词云：

又凋年黄落，怅玉葬、韶华轻掷。晚阴酿寒，欺人年事急。灯影摇壁，梦堕横塘路，蛤蜊菰叶。寄倦禽羁翼。澜翻万态趋残夕。更箭沉沉，群喧向寂。寻常踏歌生忆，况闹蛾欢会，芳讯沉隔。　　白鸥相识，笑荒江倦客。两桨松花冷，归未得。铜驼梦断消息。倚危阑黯望，浮云西北。屠苏薄、袚愁无力。酒醒后、明镜明朝。怕换旧时颜色。林鸦散、倦马嘶枥。独夜阑、倚枕看檠烛，幢幢焰碧。

朱彊村激赏此词，评曰："凄丽盘折。"词人在叹息时光浪掷，对未来也渐失信心，在国外知道祖国民主革命运动在蓬勃发展时，作为保皇派的健将麦孟华，自然感到绝望的悲哀了。

辛亥革命前夕，麦孟华与徐勤看到同门梁启超、欧榘甲等人周旋于革命派与保皇派之间，进退维谷，意态萧索，因作《解连环·酬任公，用梦窗留别石帚韵》以讽之。词云：

旅怀千结。数征鸿过尽，暮云无极。怪断肠、芳草萋萋，却绿到天涯，酿成春色。尽有轻阴，未应恨、浮云西北。只鸾钗密约，凤屧旧尘，梦回凄忆。　　年华逝波轻掷。叹蓬山路阻，乌盼头白，近夕阳、处处啼鹃，更划地乱红，暗帘愁碧。怨叶相思，待题付、西流潮汐。怕春波、载愁不去，恁生见得？

此词赠梁启超，动之以朋友之情，约之以君臣之义，希望梁氏能继续忠于保皇事业。潘博评曰"温厚悱恻"，即谓其婉转陈辞以寓规劝之意。上片先写作客情怀，没有接到友人的来信。再用"西北浮云"之典，寄思念君言之意。"鸾钗"、"凤屧"，为女子之物，用《楚辞》美人芳草的寓意，指君臣间的关系。下片“蓬山路阻”，喻与君主远隔，归国无路。自己年华渐老，国家命运又如暮春的夕阳，难以挽回，唯有把一片拳拳忠荩之情，托潮汐以远寄。收处又作转折，怕春波不把自己的愁思寄给友人，极低徊掩抑之致。在《蜕庵词》中，当以此首意格最高。

梁启超亦能词，少作多激昂慷慨，有穿云裂笛之音，如《水调歌头》：

> 拍碎双玉斗，慷慨一何多。满腔都是血泪，无处着悲歌。三万年来王气，满目山河依旧，人事竟如何？百户尚牛酒，四塞已干戈。　千金剑，万言策，两蹉跎。醉中呵壁自语，醉后一滂沱。不恨年华去也，只恐少年心事，强半为销磨。愿替众生病，稽首礼维摩。

此词作于光绪二十年（1894）。甲午中日战事起，词人目睹朝廷腐败，无力抗御敌人，因满腔幽愤，发而为词。笔力雄健，音节激昂，直抒胸臆，表现了立志革新的政治理想和抱负。钱仲联《近百年词坛点将录》讥弹近世词评家对梁词中“虎步龙行之作，转失之目睫”，当为此类词而发。同一年尚有《满江红·赠魏二》词：

> 如此江山，送多少、英雄去了。又尔我踏尘《独漉》，睨天长啸。炯炯一空馀子目，便便不合时宜肚。向人间、一笑醉相逢，两年少。　使不尽，灌夫酒；屠不了，要离狗。有酒边狂哭，花前狂笑。剑外惟馀肝胆在，镜中应诧头颅好。问匏黄阁外一畦蔬，能同否？

豪放中又有愤懑不平之意。这类词源出苏、辛，实与陈亮、刘克庄辈相近，艺术上还不够成熟。随着年龄渐长，阅历渐深，梁启超的词也变得较为沉郁。如光绪二十八年（1902）时所作的《贺新郎》：

> 昨夜东风里，忍回首、月明故国，凄凉到此。鹑首赐秦寻常梦，莫是钧天沉醉？也不管、人间憔悴。落日长烟关塞黑，望阴山、铁骑纵横地。汉帜拔、鼓声死。　　物华依旧山河异。是谁家、庄严卧榻，尽伊鼾睡。不信千年神明胄，一个更无男子！问春水、干卿何事？我自伤心人不见，访明夷、别有英雄泪。鸡声乱，剑光起。

是年梁启超三十岁，四海飘零，转徙于日本、夏威夷、澳大利亚之间，缅怀故国山河，时帝俄正侵占东北，清政府一味乞和，词人悲愤无已。

梁启超的词意气昂扬，风格豪迈，但有时又不免受到当时词坛流行词风的影响，写出一些委宛深曲之作。如《六丑》词：

> 听彻宵残雨，正帘外、晓寒衣薄。莫道春归，便浓春池阁。已自萧索。问岁华深浅，愔愔桃叶，在旧时阑角。繁红斗尽无人觉。待解寻芳，东风已恶。欢期未分零落。尚曲墙扶绕，频动春酌。　　情怀如昨。只休休莫莫。似水流年，底成飘泊？故枝犹缀残萼。又蜂衔燕蹴，乍欺怯弱。愁对汝、自扃深阁。却不奈、一阵轻飙无赖，送敲垂幕。感啼鸟、未抛前约。向花间、道不如归去，怕人瘦削。

词前有小序云：“伤春，学清真体，柬刚父。庭院碧桃开三日，落尽矣。藉寓所伤，后之读者，可以哀其志也。”词写给曾习经，学周邦彦《六丑·蔷薇谢后作》之体，颇为评论家推许，谓“得片玉（指周邦彦）神味”。以伤春为题，实寓家国之深忧，宛转写来，馀韵不绝。

光绪三十三年（1907），梁氏居日本横滨，复移居须磨，主持新民丛报事。五月归国，欲参与立宪之事，无成，遂东返日本，赋《金缕曲》词以寄上海诸友：

瀚海飘流燕。乍归来、依依难认、旧家庭院。惟有年时芳俦在，一例差池双剪。相对向、斜阳凄怨。欲诉奇愁无可诉，算兴亡、已惯司空见。忍抛得、泪如线。　　故巢似与人留恋。最多情、欲黏还坠，落泥片片。我自殷勤衔来补，珍重断红犹软。又生恐、重帘不卷。十二曲阑春寂寂，隔蓬山、何处窥人面？休更问、恨深浅。

词中以漂泊天涯的燕子自喻，抒发对国事的感慨。词人半生奋斗，志业未成，故词中充满失意悲凉的情调。过片“故巢”一语，道尽海外游子眷念祖国的心事。叶恭绰《广箧中词》评云：“深心托豪素。”梁启超在这几年间，到处为立宪之事奔走呼号，以“诤臣”的姿态出现，忠告清廷改弦更张，但始终得不到接纳，故有“重帘不卷”之叹。

宣统三年（1911）二月，梁启超偕汤觉顿及女儿令娴离日本赴台湾游历，考察在日本帝国主义统治下台湾的情况，并为创办日报筹款，游台南，谒郑成功庙，作《暗香·延平王祠古梅，相传王生时物也》一词：

东风正恶。算几回吹老，南枝残萼。水浅月黄，长是先春自开落。二百年前旧梦，早冷却、栖香罗幕。但剩得、片片倩魂，和雪度溪彴。　依约。共瘦削。便撩乱乡愁，驿使难托。鸾笺罢写，闲煞何郎旧池阁。休摘苔枝碎玉，怕中有、归来辽鹤。万一向、寒夜里，伴人寂寞。

本词借咏郑成功祠庙的古梅，表达了对日本侵占下的台湾和台湾人民的伤痛与眷恋之情。虽仿姜夔《暗香》词格调，而用意更为深刻。“辽鹤”句尤为沉痛，意谓郑成功英魂归来，也当为台湾沦于日本而痛伤。

梁启超词，由早年的豪放而入中年的沉郁，各有佳处。他虽然不像潘博、麦孟华那样专意为词，但其才大而无所不能，偶尔涉足，便称名家，一生所写的词不过数十首，但已在中国词史上留下一席之位了。

第三节　其他词人词作

黄遵宪词虽不多作，作则每有慷慨苍凉之语。光绪二十一年（1895）五月，黄遵宪奉命至湖北办理教案，方与客登黄鹤楼，忽闻台湾溃弃之报，遂兴尽而返，旋归江宁。时文廷式学士将南归，与梁鼎芬等饮于吴船中，各赋《贺新郎》词以抒别情，并为《吴船听雨图》以记之。黄词云：

凤泊鸾飘也。况眼中、苍凉烟水，此茫茫者！一片平芜飞絮乱，无复寻春试马。又渐渐、夕阳西下。水软山温留扇底，展冰奁、试照桃花写。影如此，泪重洒。寻思罗袖临行把。竟明明、鲛绡分剪，公然割舍。天到无情何可诉，只合埋忧地下。但何处、得开酒社？相约须臾毋死去，尽丁歌甲舞今宵且。看招展，花枝惹。

词写在长江宴集时所见所感。抑塞之情，无可伸泄。忍死须臾，聊以歌酒排遣愁绪。黄遵宪尚有《金缕曲》词，为和易顺鼎题《吴船听雨图》者，用“反《离骚》”之意，写世事的变迁，人间的苦闷，以表现在家国危难时知识分子激愤而又无可奈何的心情。

黄遵宪的词最佳者当为《双双燕·题潘兰史〈罗浮纪游图〉》：

> 罗浮睡了，试召鹤呼龙，凭谁唤醒？尘封丹灶，剩有星残月冷。欲问移家仙井，何处觅、风鬟雾鬓？只应独立苍茫，高唱万峰峰顶。　荒径。蓬蒿半隐，幸空谷无人，栖身应稳。危楼倚遍，看到云昏花暝。回首海波如镜，忽露出、飞来旧影。又愁风雨合离，化作他人仙境。

此词原注云：“兰史所著《罗浮游记》，引陈兰甫先生‘罗浮睡了’一语，便觉有对此茫茫，百端交集之感。先生真能移我情矣。辄续成之，狗尾之诮，不敢辞也。又兰史与其夫人旧有偕隐罗浮之约，故‘风鬟’句及之。”潘飞声亦有和作，自注谓黄氏“以飘逸仙才，成词一首见寄，猿惊鹤举，惜不能起陈先生相赏也”。黄遵宪词，即此一首，已是流传千古。钱仲联《近百年词坛点将录》以“天孤星花和尚鲁智深”况之，并云：“借风雨离合之境，寄禹域瓜剖之忧，真不愧为‘独立苍茫，高唱万峰峰顶’之狮之吼。纷纷学五代，学周、吴之作，一禅杖扫空之矣。”

康有为不以词名，而其词颇温婉有味，与其诗风大不相同。有《冶秋词》一卷，未刊，番禺梁庆桂为之序，极称其富艳之才。康词中最为流传者当为《蝶恋花》：

> 记得珠帘初卷处，人倚阑干，被酒刚微醉。翠叶飘零秋自语，晓风吹堕横塘路。　　词客看花心意苦，坠粉零香，果是谁相误？三十六陂飞暗雨，明朝颜色难如故。

这是词人少时之作。光绪十一年（1885），梁鼎芬上疏弹劾李鸿章，被降五级调用，作《蝶恋花》词题荷花画幅，以寄寓家国身世之悲。是年冬，梁氏自京回到广州，康有为因和此词，以慰友人零落栖迟之苦。词中对荷花的感喟，也是对梁氏被斥逐的叹息。

陈伯陶（1855—1930），字子砺，一字象华，号瓜庐。东莞人。陈澧弟子。早岁著籍罗浮山酥醪观为道士。光绪十八年（1892）进士，探花及第，授翰林院编修，官至江宁提学使、布政使。辛亥革命后以遗老自命，隐居香港九龙，潜心著述，署名“九龙真逸”。又曾师事李文田，雅好收藏明清间野史及万历后诸家奏议、别集。晚年遗命，以所藏书捐置酥醪观中。著有《瓜庐文剩》、《瓜庐诗剩》、《胜朝粤东遗民录》、《吴梅村诗发微》等。又有《宋台秋唱》，为其隐居九龙时，在宋帝昺行宫故址宋王台，与诸遗老彼此唱和之集。

陈伯陶对清朝的覆亡有哀痛感，故辛亥革命后之诗文多遗老气。其《满江红·和磐石韵》一词，写于清政府覆亡前，乃和崔永安（磐石）《满江红·吹台感事》之作。二人相会于河南开封吹台，有感于国势的衰颓和时局的黯淡，彼此以《满江红》相唱和，表达了两人共有的末世哀感。陈伯陶的和作，较崔永安原词更为沉痛：

> 万里飘萍，忽两地、因风偶聚。试回首、东流西日，天涯何许？胡雁惊呼楼上月，秋花瘦损阑边雨。莽愁人、萧瑟叶辞枝，繁台树。　　凭城社，忧狐鼠，扰关塞，悲

豺虎。怅横流沧海，几人安住？辞汉铜仙空有泪，立朝金马终无语。听哀弦、掩抑孰更张，调钟吕？

此词不尽悲凉之感，下阕尤为突出。过片前四句写内忧外患，局势艰危；五六句写时世动乱，无法安处；“辞汉”二句谓国家将亡，而在朝官员却无能为力；末二句写词人希望朝廷能改革制度，但谁人能负起这个责任呢？言外殊多怅惘与无奈。陈伯陶此词，颇能反映一些晚清老臣的心境，他们目睹政治腐败，国势危殆，却又回天无力，便只好发出末世的哀叹了！辛亥革命后，陈伯陶到港离乡，隐居九龙，过着遗老的生活。下面这首《归国谣》，当是写于此时：

呜咽，破帽黄尘经岁别。去时门外车辙，绿苔生又歇。　　自断此生长诀，故山千万叠。那堪和泪和血，再寻青琐闼。

词中缅怀故国旧乡，却又不愿归去，为新政效力。遗老心情，跃然纸上。

李绮青（？—1929），字汉父，一字汉珍，别号倦斋老人。归善（今惠州市）人。光绪十六年（1890）进士。官吉林宁安府知府。撰有《草间词》、《听风听水词》各一卷。叶恭绰在《广箧中词》中称其“为词三十载，功力甚深，清迴丽密，可匹草窗（即周密）、竹屋（即高观国）”。钱仲联在《近百年词坛点将录》许其为一将，誉其词“上接翁山（即屈大均）”，为“岭表词场之射雕手”。

李绮青任宁安知府时，身居绝域苦寒之地，枨触甚深，写下过不少佳作。宁安府为宁古塔故郡，乃顺治年间吴汉槎谪戍之地。李绮青赴任后，乃于厅西筑亭，名为忆槎亭，对先贤表示景仰。又写成《忆旧游》词以作怀念：

> 记紫驼东去，黄鹤西归，几度沧桑。一卷《秋笳集》，有天风珮影，吹坠苍茫。十年谪居离思，锦字满奚囊。想春雪弓衣，边山传遍，名重词场。　持觞，欲遥酹，恨楚魄难招，碧汉相望。待讯松陵客，问秋风何处，更有鲈乡？手攀旧时杨柳，憔悴饮冰堂。正一抹斜晖，遥汀雁落江路长。

上阕怀吴汉槎，称誉他谪居期间，诗囊丰满，名重词场。下阕思及自身，有去国怀乡之意；末二句写斜阳路远，深寓欲归不得之慨。李绮青宦居宁安期间，尚写有《庆春宫·夜宿沈阳有怀》和《摸鱼儿·宾州访五国城》等词。这些绝塞词作，一洗前人词中常有的哀怨情调，于苍莽中见豪放之致。如《庆春宫·夜宿沈阳有怀》便是明显的一首：

> 驼褐冲寒，绒鞯载暝，踏遍六街残雪。渤海云深，辽河冰合，山色微茫万叠。上都闲眺，想丰沛、当年俊杰。追思往事，满目关山，大风歌彻。　百年襟带，神京原庙，峨峨尚遗宫阙。月淡惊乌。天寒断雁，醉把铜琶乱拨。塞鸡啼早，正碧焰、笼纱冻结。哀笳倦听，斗柄低垂，晓装催发。

沈阳乃清王朝旧都，词人至此，登临怀古，自多感慨。上阕写夜宿有怀，着意“追思往事”，下阕由古及今，写“塞鸡啼早”、“晓装催发”。通首充满北地苦寒之气，写得悲慨苍凉，颇有屈大均《长亭怨·与李天生冬夜宿雁门关作》的情调。钱仲联对李绮青这类词甚表称赏，评谓“持节龙荒，铜琶乱拨，雄丽绵密，得未曾有”。

李绮青词长于咏物，其最著者为《水龙吟·木棉》：

> 暖风吹遍蛮花，海天更产英雄树。炎云一角，断霞十里，火珠齐吐。挟纩无功，还丹有术，难侪芳谱。想楼高朝汉，赤心向日，擎一盖，临江渚。　　阅尽兴亡无据，为年年、东君作主。江山依旧，刘郎不返，夕阳飞絮。荔熟还迟，枫烧已尽，彩标高举。为春容太淡，嫣然开满，小虹桥路。

此词起手不俗，以“英雄树”称木棉，李绮青当是较早的一个。“炎云”、“断霞”、“火珠”三句，以不同的火红之物喻木棉，并以“一角”、“十里”、“齐吐”三组表示范围的词作衬托，深能写出木棉盛放的壮伟景象。上阕由景写到情，思及“楼高朝汉，赤心向日”；下阕又由情及景，从“阅尽兴亡无据”写到木棉装点春光。“为春容太淡，嫣然开满，小虹桥路”三句，收束得十分有力。叶恭绰《广箧中词》以“雄丽”二字评此词，甚表称赏。李绮青尚有《木兰花慢·蝉》和《疏影·秋柳，示煦儿》等词，亦是咏物的佳制。前一首咏蝉，侧重从声音方面着笔，后一首咏秋柳，则着重从形象方面描绘，构思均见匠心。

汪兆铨（1859—1928），字莘伯。番禺人。汪瑔之子。少时就读于学海堂，为陈澧所赏。光绪十一年（1885）中举人。次年赴京，与杨锐、文廷式、陈三立等名士往来酬唱。曾任广东海阳县教谕。屡赴会试下第，入提督马维骐、李准幕府。加园子监典籍衔。辛亥革命后，任教忠学校校长十馀年，以酒病卒。汪兆铨工诗古文词，通医术，善隶书。撰有《惺默斋集》、《远暇室诗稿》、《苌楚轩词稿》等。

汪兆铨词多感时抚事之作，如《水调歌头·八月十五夜，时有海警》、《沁园春·小除夕祀灶，时有海警》等词，虽是应时咏物之作，亦与国事相连，颇多感慨。其中最著者为名作《买陂塘·落花，辛亥冬作》：

乍惊心、万红飞尽，霎时新绿都换。东风浑未相催逼，已自雨零星散。君莫怨，君不见、经时到耳蜂声乱。珍丛东畔，算只有一枝，七星幡子，犹自向风展。　繁华事，回首不甚重算，陈芳国里公案。杂花野草谁移植，曾被满园都占。君莫叹，君试听、兴亡如说斜阳燕。休弹泪眼，任落溷飘茵，都由自取，更倩阿谁管！

此词写辛亥革命成功，清朝已经覆亡，词人对此虽有嗟叹，却比较泰然，因为他对腐朽没落的清王朝早就失望了。起四句极写落花飘零，以喻清王朝的土崩瓦解。“君莫怨”、“君莫叹”四句，均对遗老而发。前者谓清末政坛已是蚁乱蜂争的情景，一片腐败；后者谓兴亡之事应顺应历史潮流，不必怨嗟哀叹。末四句更谓清朝的覆亡，全是咎由自取，不该怨天尤人。对巨大的历史变革，汪兆铨的识见和态度，是远胜他同时代的遗老朋友们的。

中秋乃团圆美好之节，杂入“海警”的内容，便连月色也会变得暗淡。汪兆铨的《水调歌头·八月十五夜，时有海警》便有此意：

凉逗雨初歇，云影薄于绵。箫管谁家儿女，也自爱团圞？不道嫦娥今夜，似解离人心事，不肯向人圆。远渚起孤雁，哀响下云边。　鲸海浪，谯楼月，戍台烟。江湖旧日残梦，飘泊又今年。料得琼楼玉宇，定有几人凝望，清泪洒云间。愿引华胥梦，飞坠广寒天。

此词写于光绪二十年（1894）中日甲午战争爆发之后。此时日军常常骚扰北方沿海，海警频频。词人既作客他乡，又频闻警讯，故此词殊无节日之欢。“离人”、“飘泊”、“哀响”、“清泪”等词语充斥词中，感时忧事，颇多悲慨。

汪兆镛（1861—1939），字伯序，号憬吾，晚号慵叟、清溪渔隐。番禺人。少从叔父汪瑔读书于随山馆，后入学海堂，为陈澧弟子。光绪十五年（1889）举人。粤督岑春煊曾聘之为幕僚。辛亥革命后移居澳门，埋头著述。工骈、散文，尤长于考订；诗词自抒怀抱，托意深婉。其晚年所写的数十首《澳门杂诗》，广咏澳门的政教、建设、景物、风俗、历史及人物，很有文献价值。汪兆镛著述甚丰，有《碑传集三编》、《元广东遗民录》、《广州城残砖录》、《微尚斋杂文》、《微尚斋诗》、《雨屋深灯词》、《岭南画征略》、《番禺县续志》、《棕窗杂记》等。

汪兆镛词笔雅健，多感慨之作。如《忆旧游·登韶州九成台》，写他登台怀古，想起虞舜所作的“南薰”之曲，慨叹今日已无虞舜那样能解除人民疾苦的人了。词中深含家国之感与身世之悲：

隐林梢半角，危榭荒台，踏碎凉烟。无限苍茫意，恰泠泠虚籁，飞到吟边。晚风暗吹双鬓，秋影不堪怜。念津鼓敲寒，邮灯煮梦，销损华年。　　留连，感今古，问法曲南薰，遗响谁传？剩平芜残照，添数丝衰柳，摇落山川。怅触天涯情绪，凄咽答幽蝉。休更计明宵，疏篷冻雨人独眠。

词中的九成台在韶州韶石山上。相传虞舜南巡曾登此奏《韶》乐，故后世遂有韶石山和九成台。传说虞舜曾弹五弦琴，作《南风》诗，诗中有“南风之薰兮，可以解吾民之愠兮”句。词中之“法曲南薰”即用此意。此词虽有怀古的感慨，却不及身世感触之深。词中上下两阕的结尾，均归结到个人身上，身世之悲是较家国之感为重的。汪兆镛另有一首《一萼红》词，却主要是抒发家国之感的：

访槐阴。共江湖老去，华发未胜簪。荒院钟声，疏帘烛影，相对炉篆烟沉。乍回睇、枫林月黑，叹渺渺、天际叫哀禽。楚些繁忧，汉台危涕，愁自登临。　　东澥夕烽飚起，又兰枯蕙悴，浩劫惊心。哀赋黄旗，芜吟碧树，尘外幽梦谁寻？忍还念、山川故国，向滦水、遗事话辽金。只剩悲歌酒阑，卧雨灯深。

此词有百多字长的题目，说及己巳（1929）年初夏，与潘飞声、金蓉镜、易顺豫、程颂万等人在上海雅集。朱孝臧因病未有赴会，三年后，汪氏南归，金、易、朱三人相继亡故，而上海则出现日军进犯事。此词既追怀旧日宴游，又感伤时事，想及近年发生的“九一八”事变和“一·二八”事变，词中不尽亲友存殁之悲与山河丧乱之感，情调虽然低沉，却满怀民族大义，是汪词中的力作。

汪兆镛词还长于咏物。如《疏帘淡月》一词咏盘香（又名塔香），从香气、形状到化为灰烬，飘坠于地，曲曲写来，颇为细密。又如《蝶恋花·粤秀山木棉和榆生》：

霸气销沉山嵽嵲。望极愁春，春酿花如血。照海烧空跨独绝，东风笑客谁堪折。　　一片芜城都饱阅。火树年年，摇落清明节。听取鹧鸪啼木末，画情空忆山樵说。

通首咏木棉。上阕首句写木棉所在地粤秀山的气势，二三句写远望山上木棉所见，“花如血”三字点出木棉花色泽鲜红。四五句“照海烧空”写花之繁茂灿烂；“谁堪折”，写树之高大挺拔，均极有气势。下阕前三句写山中暮春盛开的木棉，阅尽人间的兴废；末二句由景及画，想起善画木棉鹧鸪图的郭乐郊和喜作红棉碧嶂图的黎二樵，故有“鹧鸪”、“山樵”之句。

汪兆镛词，近人多所推重。龙榆生《近三百年名家词选》把他列为一家，钱仲联《近百年词坛点将录》把他许为一将，均见他在词坛上颇有地位。夏敬观在《忍古楼词话》中评道：“憬吾词致力姜（夔）、辛（弃疾），自抒怀抱，其品概亦今日之邝湛若（即邝露）也。”这个评价，前二句颇合汪兆镛，后一句的比拟却是不够恰当的。辛亥革命后，汪兆镛以遗老自命，拒不与新政府合作，后来更避居澳门，以著书终老。这种遗老情怀，在他的词中也有反映。被叶恭绰誉为“欲言不尽”的《柳梢青》词，慨叹“雨暗烟昏，故园何处？花落成茵”，又谓“尽教燕去莺嗔，休忘却、东风旧因。梦里还寻，愁边独写，忍说残春？”念念不忘故园旧梦，便很有遗老味。

第六章　吴沃尧

在辛亥革命前的十年里，由于社会变革等方面原因，中国小说在萧条了一百多年之后，再度繁荣，出现了一股“经史不如八股盛，八股无奈小说何”，“方今大地此学盛”，“欲争六艺为七岑”（康有为诗）的创作热潮。向来不以小说见称的岭南地区，也相继产生了几位有影响的作家，其中名气最大的，是与李宝嘉、曾朴、刘鹗并称“清末四大小说家”的吴沃尧。

第一节　吴沃尧的生平和思想

吴沃尧（1866—1910），原名宝震，字小允，号茧人，后改趼人，以号行。因原籍佛山，故又号“我佛山人”。别署趼、偈、佛、茧叟、趼廛、茧闇、趼人氏、检尘子、野史氏、老上海、老少年、趼廛主人、抽丝主人、岭南将叟等。清同治五年（1866）四月出生于北京。曾祖吴荣光是嘉庆进士，官至湖南巡抚兼署湖广总督，好金石考证之学，书法有大名，被康有为誉为有清一代广东最大的书家；群从兄弟亦雅擅翰墨，几乎人人有集，号称“簪缨之族，诗礼之家”。祖父尚志官至工部员外郎，在趼人两岁时去世。家道从此中落。第二年，父升福在京无以为生，举家南归佛山故宅。

趼人稍长，就读于“人才最盛”、多出“显达之士”的佛山书院，不喜括帖制艺，而留心词章杂学。十六岁时，父亲在浙江宁波巡检任上病死，趼人只身前往料理丧事。随后，迫于生计，辞别母妹，到上海谋生，先投靠同乡江裕昌茶庄，不久进江南制造局充当抄写员，学会绘图及设计。因志趣不合，转向文字方面发展，“偶从旧书坊买得归熙甫（有光）文集半部，读之爱不忍释，遂肆力于古文，寝馈三年，而业大进”。（杜阶平《书吴趼人》）光绪二十三年（1897）三十二岁起，先后主《字林沪报》、《采风报》、《奇新报》、《寓言报》笔政，写一些“自侪于谲谏之列”的“嘻笑怒骂之文”（《最近社会龌龊史》自序），渐渐在文坛上崭露头角。1902 年赴湖北主编《汉口日报》。下一年，侍郎曾慕陶疏荐趼人应经济特科，“知交咸就君称幸，君夷然不屑曰：‘与物亡竞，将焉用是？吾生有涯，姑舍之以图自适。’遂不就征”。（李葭荣《我佛山人传》）以后便致力于小说创作。同年冬天，替上海广智书局向横滨《新小说》社联系出版发行事宜，去过一次日本。1905 年春任汉口美国商人办的《楚报》中文版编辑。同年夏，辞职返沪，参加反美华工禁约运动。1906 年 11 月，《月月小说》在上海创刊，趼人应聘出任主编。第二年冬，因痛恨旅沪粤人团体广肇公所的腐败，另创两广同乡会，并开办广志小学，将精力转到会务和学务上来，直至 1910 年 10 月病逝。

吴趼人“性强毅，平生不欲下人”（周桂笙《新庵笔记》），喜为诡诙之言，“一言既出，四座惊倒”，“登坛演说，庄谐并陈”（胡寄尘《我佛山人遗事》）。但“每言必自成识解，于其所不知者，则默尔退听，不为饰辞矫说，以耸动人群”。平生“恶宋人之学”，对“朱熹氏尤多所诟病”，“于学问门径，亡所不窥，独不治经生家言”，谓“愚黔首者，必此物也”（李葭荣《我佛山人传》）。他尚气谊，重然诺，能急人之急，卖文所入，到手立尽。据杜阶平《书吴趼人》载：“曾有友夙负二百金，迨疾革，邀先生至，告以无力偿款，滚涕道歉。先生慨然曰：‘我负人者，我尚未能偿之，乃忍责偿于垂死之友耶？……’立就榻前焚借券，更倾囊出二十金，助药费焉。比归，而妻适以绝粮告，先生夷然也。”趼人后期全靠卖文度日，生计相当艰难，由于过度劳累，身体日益不支，医生反复劝其节劳，他在1910年7月为艾罗补汁作的广告文字《还我灵魂记》（刊于《汉口中西报》）中说：“顾劳者吾衣食之资本也，而困顿愈甚；困顿愈甚，而精神愈短少，是精神将离吾躯壳以去矣！”仅仅过了三个月，他便真的离开了人世，身边仅余小洋四角。

吴趼人生当中国社会大动荡、大变革的历史转折时期，一生经历了中法战争、中日战争、戊戌变法、义和团运动和八国联军入侵等重大事件。目睹吏治腐败、国事日非、外患不绝、内乱四起的严峻现实，他忧心忡忡，渴望找到救国救民的道路。他接受了资产阶级改良派的若干思想观点，相信“进化论”及自由平等学说，主张奋发图强，要求改革、进步，反对因循守旧，认为“欲强国者必当开民智”，“无开化，无进步”便“不能维新”。（均见《吴趼人哭》）但比较之下，儒家的正统学说对他影响更深，以致看不清历史发展的大方向，他推崇“王道”、“恕道”，企图以恢复旧道德来挽救中国的危亡：“以仆之眼，观于今日之社会，诚岌岌可危，固非急图恢复我国固有之道德，不足以维持之。非徒言输入文明即可以改良革新者也。”（《上海游骖录》附识）在生命的最后几年，他目睹改良主义实现无望，更产生悲观厌世情绪，对资产阶级民主革命运动越发敌视，走进顽固保守的死胡同。

但是，作为封建季世的批判者，吴趼人则一直站在斗争的前列。他有感于通俗小说的影响力，公开撰文表示赞同梁启超《论小说与群治之关系》一文的观点，并埋头致力于小说创作，成为清末创作量最丰富的作家。从 1903 年 10 月起至去世前的七八年间，先后发表了《二十年目睹之怪现状》、《痛史》（未完）、《电术奇谈》、《九命奇冤》、《瞎骗奇闻》、《新石头记》、《糊涂世界》、《恨海》、《两晋演义》（未完）、《上海游骖录》、《劫余灰》、《发财秘诀》、《云南野乘》（未完）、《最近社会龌龊史》（未完）、《情变》（未完）、《剖心记》（仅刊二回）、《活地狱》（补李宝嘉未竟之作三回）等长篇，以及《黑籍冤魂》等十二个短篇。此外，还有《中国侦探案》、《我佛山人札记小说》等五六种笔记，《新笑史》、《新笑林广记》、《俏皮话》、《滑稽谈》等笑话、寓言，以及改良戏曲《曾芳四传奇》、《邬烈士殉路》和序跋、传记、评点等一批。他的作品，从多方面揭露和鞭挞社会的腐朽黑暗，产生过较大的影响。而最能反映创作成就的，则是他的小说。

第二节　《二十年目睹之怪现状》

吴趼人的小说，按内容可分为社会、历史、写情三大类。

社会小说在吴趼人的作品中为数最多，成就也最高。他强调以忧时愤世之心和恢诡之词写社会种种怪状，以警醒世人，从而达到改良社会的目的。代表作是《二十年目睹之怪现状》。

《二十年目睹之怪现状》是与李宝嘉的《官场现形记》齐名的谴责小说代表作，全书一百零八回，1903 年至 1905 年连载于《新小说》杂志上，至第四十五回因停刊而中断，1906 年以后陆续出齐单行本。此书带有自传性质，以主人公“九死一生”（作者的影子）的经历为主干，反映自 1884 年中法战争期间到 1904 年前后这二十年间的中国社会面貌，从中表达了对现实莫大的愤慨与不满。他一下笔便开宗明义，借

“九死一生”之口描出：“我出来应世的二十年中，回头想来，所遇见的只有三种东西：第一种是蛇虫鼠蚁，第二种是豺狼虎豹，第三种是魑魅魍魉。”在小说中，这“三种东西”所指，上自“老佛爷”（慈禧太后）、王公、中堂、尚书、侍郎、总督、巡抚，下至佐杂小官、太监、幕客、差役、家丁、姨太太，旁及奸商、掮客、讼棍、和尚、道士、烟鬼、赌徒、流氓、骗子、泼皮、婊子、狎客……三教九流，一应俱全。这些人麇集官场，充斥商界、洋场、家庭以及社会各个角落，制造了无数乌烟瘴气的“怪现状”。比起《官场现形记》来说，《二十年目睹之怪现状》的挞伐面还要广泛得多。

在晚清季世，吏治的黑暗腐败毕竟是最突出的社会问题，因此，与其他谴责小说一样，作品的锋芒，也重点落在官场上。吴趼人对官场黑幕不仅了如指掌，而且作过系统的研究，故能鞭辟入里，切中要害。他借卜士仁（“不是人”的谐音）告诫孙子卜通（“不通”的谐音）的话，从反面概括出官场哲学：

> 至于官，是拿钱捐来的，钱多官就大点，钱少官就小点，你要做大官小官，只要问你的钱有多少。至于说是做官的规矩，那不过是叩头、请安、站班。……这是外面的话。至于骨子里头，第一个秘诀是要巴结：只要人家巴结不到的，你巴结得到，人家做不出的，你做得出。……你不要说做这些事难为情，你须知他也有上司，他巴结起上司来，也是和你巴结他一般的，没甚难为情的。……你千万记着“不怕难为情”五个字的秘诀，做官是一定得法的；如果心中存了“难为情”三个字，那是非但不能做官，连官场的气味也闻不得一闻的了。

又通过“九死一生”的口从正面严斥道：

> 这个官竟不是人做的。头一件是要先学会了卑污苟贱，才可以求得着差使。又要把良心搁过一边，放出那杀人不见血的手段，才弄得着钱。

在作者笔下，作为维系封建统治核心的官僚机构，已腐败得如同朽木粪土，贪污盗窃的毒菌充塞着大小官吏的每个毛孔：知县做贼，按察使盗银，总督将全省各县各官列名标价，具折到处兜揽，公开卖缺；钦差查案，送钱的万事全休，不送钱的撤职查办。官场上无处不尔虞我诈，明争暗夺，见风使舵，溜须拍马，钻门子，走内线，拜老师，买人情……为了升官发财，不惜出卖故交，诬陷僚属，甚至把自己的女儿、媳妇、老婆送去“孝敬”上司。这些人谋私利刁钻麻利，如狼似虎，为国出力，却颟顸无能，畏缩不前：兵舰管带“遥见海平线上一缕浓烟，疑为法兵舰”，慌忙下令开放水门，将舰沉没，坐舢板逃命；督战钦差“只听见一声炮响”，便吓得光着一只脚抱头鼠窜；守城军门一战未交，便主动乞降，哀求日军“退开一路，让我兵走出，保全性命”；一个江湖术士的骗局，竟吓懵全省官僚，弄到“到处风声鹤唳”……

在这方面，书中一个反面角色苟才（“狗才”的谐音），是颇具典型色彩的。其人的活动大致与全书相始终，在情节结构上的作用仅次于“九死一生”。在苟才身上，比较集中地反映了官场的黑幕。他仅是捐班出身，无学无才，出场时，只是个“穷的吃尽当光”的候补道台，只因善于巴结钻营，又特别的厚颜无耻，故能在宦海中进退自如，有惊无险。他钻营得来的一个差使被弹劾撤掉，向钦差行了几万两银子的贿赂，居然保全了功名。接着，他看准两江总督新死了最得宠的五姨太的机会，硬逼新寡的儿媳去填补空缺，结果大得总督欢心，从此扶摇直上，一直升到署理藩台的高位。后来新任总督觉得苟才为人太不堪，用了“行止龌龊，无耻之尤”八个字把他参掉。苟才又跑到天津，找到任职直隶的先前后台，恢复了功名，又行巨赂走了华中堂的门路，到安徽当了两年银元局总办。在任上，平均每月贪污二十多万两银子，油水之肥足，竟使他无意再升官。第三年来了个清理九省财赋的钦差，将他撤职查办，结果花了六十万两银子，仍然将功名保住。以后，苟才还在安徽搜刮了几年，“宦囊盈满”到了“不在乎差使”的地步，才弃官到上海治病。苟才的发迹史，形象地反映出晚清官吏卑污苟贱的灵魂和统治集团敲骨吸髓的剥削。

除了抨击官场的黑暗腐败之外，作者还着力鞭挞了德行伦常的虚伪与沦丧。在作品中可看到，商场、洋场，以及大小公私场合，随处充斥着尔虞我诈、坑蒙拐骗、朋友断义、骨肉相残的丑恶现象：“九死一生”的伯父平日道貌岸然，却乘料理丧事之机吞没亡弟的遗产；吏部主事符弥轩在人前满口“孝悌忠信”，在家中却百般虐待抚养他长大的老祖父；苟龙光为了提前承继家产，竟买通江湖劣医毒死生父，并奸娶父亲的六姨太；钟某以开土栈为名，拐骗了钱庄二十多万两银子，上京捐了个二品道台，钱庄拿他没有办法；祥珍珠宝店的东家自盗珠宝，却栽赃店伙……对于一班卑鄙无聊的斗方名士与洋场才子，作者尤其压抑不住轻蔑厌恶之情，花了不少篇幅去揭露他们对国家、社会毫无责任感，只晓得在富贵阶层的缝隙中讨生活，起些奇奇怪怪的别号哗众取宠，找些奇奇怪怪的理由聚会吃喝，写些半通不通的诗文登报沽名钓誉，甚至剽窃他人的现成文字算是自己的著作，胸无点墨偏要冒充博雅，胡扯什么颜鲁公书苏东坡前赤壁赋、仇十洲绘史湘云醉眠图、杜樊川是杜甫的别号、杜少陵则是他的父亲……种种讽刺笔墨，活脱脱描绘出一群斯文败类的嘴脸，有力谴责了士品的败坏，比之《儒林外史》中的同类文字，并不显得逊色。

在暴露、谴责的同时，作者也表达了对改良社会的若干认识。主要体现在以下两个方面：

第一，把“做官”与“经商”对立起来，直言不讳官场不是人干的，商场尽管也有怪现状，比起官场来却干净得多。小说中一些人物，公然以经商的身份自豪，傲视科举，傲视一切假名士和滥文人。作者还写到商场和“洋场”的势力，有时竟能左右官场，如第七十五回开始出现的钱铺掌柜恽洞仙，握有神秘的潜势力，连周中堂卖官鬻爵都由他经手，并常常受他支配。这既是资本主义在中国发展的写实，也反映了作者“实业救国”的主张。在封建时代的文学作品中，这样的描写还是首次出现，尽管肤浅片面，却值得注意。

第二，以“道德救国”作为“实业救国”相辅相成的措施。针对德行的沦丧，作者精心塑造了若干个他认为是正派的人物形象，用意在于供人们追摹效法。书中吴继之和助手“九死一生”、文述农、管德泉、金子安、蔡侣笙以及吴继之的母亲、“九死一生”的母亲、“九死一生”的堂姊等人物，在艺术结构上是贯串全书的线索，在思想意义上则是“怪现状”的批判者。但是，由于作者的思想局限，这些正面形象大多苍白模糊，有的甚至很难算得上是正面形象。即以最受作者称道的吴继之而言，他不满现实，但不敢触及社会弊害的本质，奉行“在世界上混”，“不要讨人厌”的处世哲学，以“不要再想出新法子来舞弊”作为衡量好人的标准。在生活中，他处处妥协含糊，以致巴结讨好，行贿舞弊等情事，在他身上都“未能免俗”。“九死一生”等人，也大都作计随人，庸碌自保。吴趼人却把他们当作正面人物来称道，视为社会的希望所在，可见他的改良主张的软弱无力。

不过，作者虽然在感情上与封建统治集团藕断丝连，在作品中却绝不背离现实。他痛恨笔下的反面人物，却不能不让他们飞黄腾达；他喜爱自己所塑造的正面形象，却不能不使他们一败涂地——吴继之、蔡侣笙、九死一生等人，或“奉旨革职”，或被撤差，经营商业的也全部都破产。因而，不管作者的主观愿望如何，他的作品实际已抹去封建王朝的神圣灵光，揭示了它必然败亡的命运。这正是《二十年目睹之怪现状》的思想价值所在。

在艺术上，作者勇于探索创新。《二十年目睹之怪现状》具备自己的艺术特点，并取得了一定的成就。这突出表现在两个方面：一是采用我国传统小说极为罕见的第一人称叙述法；二是特殊的艺术结构——“举定一人为主，如万马千军，均归一人操纵”，“遂成一团结之局”（《二十年目睹之怪现状》总评）。“九死一生”既是全书的叙述者，又是全书结构的主线，作者把这两种表现手法巧妙结合起来，同时调动了正叙、转述、夹叙、倒叙、插叙等多种手法，叙事行文举重若轻，起伏照应，无涣散零乱的毛病。但谴责小说的通病在作品中表现得也相当明显，主要是题材缺乏剪裁，情节缺乏提炼，人物形象缺乏典型化塑造，造成大量表面现象的罗列。鲁迅在《中国小说史略》中批评它“描写失之张皇，时或伤于溢恶”，终于成为连篇“话柄”，是基本合符事实的。

第三节　《九命奇冤》

稍后出现的《九命奇冤》，则一洗《二十年目睹之怪现状》在艺术上的毛病。手法趋于圆熟老到，向被评为近代优秀小说。该作三十六回，1904 年至 1906 年连载于《新小说》上。作品所描写的故事发生于清雍正年间，广东番禺县大财主凌贵兴因迷信风水，受坏人挑唆，对小业主梁天来多方寻衅，屡加侵扰。梁家为人忠厚，步步退让，凌家恃财逞恶，得寸进尺，竟发展至结盗纵火，烧死梁家八口。梁天来迭向县、府、臬司、抚院告状，均因凌贵兴到处行贿而不得申雪。不仅如此，官府还将仗义作证的乞丐张凤活活夹死，造成九命奇冤。梁天来申冤无门，忧愤成疾几死；凌贵兴及众凶徒逍遥法外，终日寻欢作乐。最后，梁天来历尽波折，避过凌贵兴一伙追杀，上京告御状成功，使沉冤得到昭雪。

作品所描写的命案，在历史上真有其事。据作于乾隆五十九年（1794）的欧苏《霭楼逸志》记载，案起于雍正五年（1727）九月，至雍正九年始得昭雪。但所谓“七尸八命”、夹死张凤、告御状和孔尚书御前对证等具体情节，则为小说家所虚构。最早把这件事写成小说的是与书中主角同乡、同时的安和（真名钟铁桥），书名《警富新书》，共四十回，七万多字。该作主题陈腐，笔法拙劣，结构混乱，不堪卒读。吴趼人据以改编成《九命奇冤》，只撷取了它的故事，而对于思想内容和艺术形式，则进行了彻底改造。

在思想内容方面，作者把原作劝人安分守己、乐天知命的主题改为揭发贪官污吏横行不法，暴露清朝统治的黑暗腐败。他在第一回中说：

> ……这件事出在本朝雍正年间。这位雍正皇帝，据故老相传，是一位英明神武的皇帝。于国计民生上十分用心。惩治那贪官污吏也十分严厉；并且又明见万里，无奸不烛。至今说起来，大家都说雍正朝的吏治是顶好的。然而这个故事，后来闹成一个极大案子，却是贪官污吏布满广东，弄到天日无光，无异黑暗地狱，却不迟不早，恰恰出在那雍正六七年时候，岂又不是一件奇事？

一开头就亮出锐不可当的批判锋芒，令人悚然拭目以观。在作品中，他围绕命案发生前前后后，描述了官吏嗜钱如蝇逐血，“只要送上他几两银子，他便叫你做老子都肯的了”；穷汉张凤因为“生性戆直，好管人闲事”，致连佣工也当不成，以讨饭为生，终因仗义为梁家作证，被酷刑夹死；施智伯有才有智，深通刑律，在贪官面前也无计可施，最后气得吐血身亡；而恶霸凌贵兴因财雄势大，从知府、臬司到巡抚、总督都给他买通了，致使冤情一沉再沉，几乎不得申雪……

这样展开描述，就使得作品的思想性达到了新的高度。

在表现形式方面，《九命奇冤》尤其富于特色。作者大胆借鉴当时新传入的外国小说的表现手法，与传统的章回小说体制相结合，呈现新鲜的风貌。胡适在《五十年来中国之文学》中指出：“吴沃尧曾经受过西洋小说的影响，故不甘心做那没有结构的杂凑小说……用西洋侦探小说来做一个总结构。”作品的结构严密统一，情节曲折多变，显受作者点评过的《毒蛇圈》等侦探译作的影响。作品只保留了《警富新书》的本事，芟除了原作神鬼迷信的内容和一切芜杂的枝节，从回目到具体故事情节的发展，都重新组织整理。所有贿买科举、风水争端、侵扰劫掠、吵架殴打、官吏贪贿、人情险诈等情事，都紧紧围绕这个大命案，成为全书的有机组成部分。同时，又运用倒叙手法，把本该第十六回出现的火攻梁家石室的事提到第一回去，引起读者急切关注，然后再从头叙述前因后果。而冤情的申雪过程，亦反反复复大起大落——案发后，黄知县认真勘验，派人捉拿凌贵兴一伙，读者满以为可以理清案情，惩治凶手了，不料知县突被太太一场大闹，受了一千两黄金的贿赂，冤案不了了之；经过府衙、臬司再挫三挫，梁天来拦轿递呈，萧抚院连夜传人，务要“亲自提审”，天来不胜欢喜，以为大仇指日可报，谁知萧中丞突患“肝病”，冤案石沉大海；

又经过几番周折，终于遇到一位严厉清正的孔制台，凶徒一网就擒，结案定罪“处决”，却又突生变故——孔制台被北调治河，唯一的证人张凤被害死，凌贵兴一干人犯行贿获释……可谓波澜起伏，扣人心弦。作者对情节的各个具体环节的安排处理，也着意经营，煞费匠心。如每一次控告的描述，读来都无雷同之感，比之原作堆砌数十篇毫无二致的状词和官宪批语的笨拙笔法，实在不可同日而语。又如十六回写强徒分兵八路夜袭梁家，二十九回“这爵兴再点将”，派五路人马去截杀梁天来，用笔均摇曳多变，轻重详略、穿插照应，各得其宜。

作品的另一个显著的优点，是成功地运用了《儒林外史》的手法，一洗谴责小说“辞气浮露”、“笔无藏锋”和“小异大同”的弊病。作者用语婉转诙谐，对于讽刺对象注意作典型概括和客观描写，通过语言、行动去表现各人的性格特点，而不作主观的说明，或仅借书中人物的口进行谴责，仿佛作者只是冷眼旁观，闲闲道来，读起来却真实生动，如在眼前。同是写官吏受贿沉冤，也因人而异，绝不像“谴责小说”的千人一面：黄知县“为人颇觉慈祥，办事也还认真”，只是慑于蛮横泼悍的太太，才干了自己不愿干的事；刘太守是昏聩颟顸之辈，一任鲍师爷欺蒙摆布；鲍师爷则因用了凌贵兴六千两银子，不得不“从权做一遭”；焦观察是个贪婪残忍的酷吏，他不落痕迹地收了二万两银子贿赂，把唯一的见证人张凤害死，还口口声声说“本司所到之处，政简刑清”；萧中丞因事前得了凌家的伽楠朝珠和珊瑚顶子，所以收到梁家状子时索性装病不出，由得属员“上下其手”；新任总督杨大人在赴广州途中就已受了姓凌的“千金之礼”，所以梁天来在码头拦舆递禀，他干脆瞧都不瞧，便“在轿里掷了下来！”

《九命奇冤》的人物描写，可称得上“中西合璧”。首先，它富于侠义小说“绘声状物，甚有平话习气”的特色，语言通俗明快，情节曲折引人，不作静止的抒写，很少平板的叙述，注意从人物的行动中进行形象的描绘，所以书中的人物，一般都显得生动形象而有凸透感。如第十五回众强盗“堂前设誓”一节：

爵兴……左手捉了一只大雄鸡，右手拿了刀，说道：“我先誓了！众位轮着来，不可退缩！”说罢，把刀子高高举起道：“有不依今夜之誓的，死得如同这鸡子一般！——”说声未了，“啪挞”一声，已把鸡头斩下，顺手把鸡往天井里一掼，只听得“扑嗤扑嗤”的，那没头鸡的翅膀还在那里乱扑呢。

爵兴方把鸡掼了出去，林大有“忽”的一跳，跳在当中，厉声说道：“今夜有哪个敢不照样设誓的——”说着，就在身边“飕”的一声，拔出一把二尺长的尖刀来说，“我就把他一刀！”说着，猛的一下，把刀插在桌子上，震的“噔”的一声。……

与此同时，作者还加强了人物的外形特征和内心世界的描写。外形描写如第二回写马半仙：

只见屋内摆着一个课坛，上面坐着一个人，头戴瓜皮小帽，身穿蓝布长衫，外面罩着一件天青羽毛对襟马褂，颈上还围着一条玉蓝绫子儿硬领，黑黑儿，瘦瘦儿，一张尖脸，嘴唇上留着两撇金黄色的八字胡子，鼻子上架着一个玳瑁边黄铜脚的老花眼镜，左手拿着一枝三尺来长的竹旱烟管，嘴里吸着，鼻子里一阵一阵的烟喷出来。右手拿着一柄白纸面黄竹骨的折叠扇，半开半合，似摇不摇的，身体在那里晃着。隔着那眼镜上的两片水晶，看见他那一

> 双三角眼睛，一闪一闪的，乍开乍闭。贵兴向前拱手道：“先生请了!”马半仙听见招呼，连忙呵了一呵腰，左手放下烟管，把鼻子上的眼镜除了一除，嘴里也说：“请了，请了!”一面说着，也向贵兴打量一番，……贵兴便将生辰八字一一告之。半仙戴上眼镜，提起笔写了出来，起了四柱，侧着头，看了一会，又轮着指头掐了一会，放下笔来，除下了眼镜，捋了捋胡须，打了一声咳嗽，双眼望着贵兴道：“贵造是一个富贵双全的八字，……”

这一大段描写，有容貌，有衣着，有动作，有神态，有声调，把一个江湖术士的形象刻画得栩栩如生，形神毕现。像这样细致的笔墨，在中国古典小说中是难以觅到的，它显然是受外国小说影响的结果，可视为中国古典小说向现代小说演变的一种标志。

至于心理描写，分量也显著比古典小说增加。如第四回凌贵兴“盼乡榜焦心似沸”，即其显例。作者写凌由于事前通了关节，自以为胜算在握，到临放榜那天，兴奋得连晚饭也吃不下，把新买的京靴试了又试，又叫妻子预备赏钱。初更以后，正吃酒时，忽然怔了一怔，想到“此刻已写榜了，不知可曾写到‘凌贵兴’三字”，担心“万一不中，如何是好”，但听族叔说马半仙算的命“没有不灵的”以后，又“不觉哈哈大笑起来”。接着写他如何“听得门外一声锣响，人声嘈杂”，以为是报子到了而心中狂喜，又随着“那人声锣声”的慢慢远去而“一阵心乱如麻”，想到“头一次下场就中了，只怕没有这等容易……”但又转念：“不管马半仙算的命灵不灵，一万三千两银子的关节，早就买定了，哪有不中之理!”忽又想到：“关节上的几个字”虽然“已经嵌了上去，但似乎勉强些，不知王大人看得出看不出。万一看不出来，岂不坏了事？……

万一别人破题上头，也无意中弄上了这几个字，……岂不是误了我的事！”想到这层，“不由的汗流浃背起来，坐不住，走到床上去躺下”，但一会又起来漫不经心地走着，自己安慰自己，肯定“那关节上的几个字”只有自己知道，别人决不会也恰恰用了它。可是接着又回念：“天下事也难说，万一果然有这等巧事，那就怎么样呢?”侧耳听到外面已打三更，叹了一口气，又想到如果真的中了，“明日穿了衣帽去拜老师，簪花赴鹿鸣宴”，那是何等开心的事。待到人声再起，又渐远去，失望之下，决心不再等了，走到内室，“和衣睡下”，可是怎么也睡不着，不到一刻工夫，又站起来，走到外面，“对着那残酒默默的出神”，认为天已五更，再不会有什么希望。可是，当凌宗孔提起写榜从第六名写起，最后才填前五名时，他又转忧为喜。直到天色发白，门外叫卖“新科解元试录”，他才完全绝望，低头长叹，不由得全身发起抖来……这段描写，从一个侧面把凌贵兴这个纨绔子弟热中功名、患得患失的内心世界表现得淋漓尽致，有力揭示出他庸俗、邪僻的性格特点。论者认为，即使擅长刻画封建士子醉心功名的《儒林外史》，也没有这样出色的描写。

但从整体来看，《九命奇冤》反映生活，还欠缺第一流小说的深度和广度。在艺术上，人物的个性刻画也未够鲜明，个别地方甚至前后矛盾。如第三十一回写区爵兴贸贸然向素不相识的苏沛之吐露他到南雄的真实目的，就完全不符合此人一贯老奸巨滑的性格，是明显的败笔。

第四节　历史小说和写情小说

吴趼人的历史小说，也具有较大的社会影响。他在《历史小说总序》和《两晋演义序》中自述创作目的，谓一是

“借古鉴今”，“寓教育于闲谈”；二是普及历史知识，即所谓“正史藉小说为先导”。在具体写作上，他反对“以附会为能”，要求不失历史之真相”，在“不得已”的情况下，叙事才可以“稍有参差先后”，或“略加附会，以为点染”。吴氏著有《痛史》、《两晋演义》和《云南野乘》三部未完结的长篇，俱为针对时事而发。其中以《痛史》最有代表性，被阿英《晚清小说史》推许为“晚清的讲史”中“最好的一部”。

《痛史》1903年10月起在《新小说》杂志连载，至第二十七回故事未终结便没有继续写下去。那原因，据阿英的分析，主要是作者“往后思想转变，反对排满”，不愿再对朝廷作激烈的影射和抨击。这部作品以南宋末年抗元斗争为背景，叙述赵氏皇室昏庸偏安，权奸欺君误国，异族大举南侵，奸淫杀掠，忠臣志士奋起抗敌，前仆后继，但回天乏力，终至覆亡。全书充满爱国激情，极力歌颂文天祥、谢枋得等英雄，表彰他们忠心卫国、誓死战斗的英雄业绩和被俘后正气凛然、宁死不屈的大无畏精神。对贾似道等汉奸陷害忠良、腼颜事敌的无耻行径，则作了不遗馀力地挞伐，屡借书中人物之口加以痛斥：“你看元兵势力虽大，倘使我中国守土之臣都有三分气节，大众竭力御敌，我看元兵未必便能到此。都是这一班忘廉丧耻，所以才肯卖国求荣，元兵乘势而来，才至于此。”“我要生擒你这忘宗背祖的东西，剖你心肝出来，看看是个甚么样儿！”从这些感情色彩极浓的语句，可以看出作者对自鸦片战争到八国联军入侵这几十年间统治集团的腐败无能、丧权辱国是何等的愤慨！为此，他锐意激发国人奋起御侮。在小说的开头，便明确指出：“……苟能各认定其祖国，生为某国之人，即死为某国之鬼，任凭敌人如何强暴，如何笼络，我总不肯昧了良心，忘了根本，去媚外人。如此，则虽敌人十二分强盛，总不能灭我之国。”在第九回中，更借杨太后之口说：“此时偏安一隅，外侮方急，难道奴还像那没心肝的，终日想着那什么上徽号咧，做万寿咧，勒令百官报效银两铸成了扛不动的大元宝叫敌兵来取了去作为话柄么？只要众先生戮力同心的辅佐着皇帝，把中国江山恢复过来，把宋室宗社中兴起来，纵不能杀尽那蒙古鞑子，也得把他赶到万里长城以外去。那时奴的荣耀，比着‘太后’两个字的尊号高得万倍呢！”这些富于针对性和鼓动性的话语，在作品中随处可见，无不透发着作者的激切心声。由于《痛史》具有对社会现实的契合性和火样的爱国热情，发表后，引起很大的反响，在反对列强侵略、酝酿资产阶级革命的当日，以及后来的抗日战争时期，都起过重要的教育作用。

可惜作品没致力于人物性格的刻画，作者对权奸国贼的愤恨，不是从场面和情节中自然流露出来，而是通过直接插话表现出来，因而削弱了作品的艺术魅力。在吴氏的作品中，比起社会小说和“写情小说”来，历史小说的成就显然逊色得多。

“写情小说”，是吴趼人自创的名词，他在《恨海》的开头说：“……这段故事叙将出来，可叫做‘写情小说’。”这类作品，除了《恨海》之外，尚有《电术奇谈》、《劫余灰》、《情变》三部。对于“情”字，吴趼人所界定的范围很广，他说：“人之有情，系与生俱来，未解人事以前，便有了情。大抵婴儿一啼一笑都是情，并不是那俗人说的情窦初开那个情字。我说那与生俱来的情，是说先天种在心里，将来长大，没有一处用不着这个情字，但看他如何施展罢了。对于君国施展起来便是忠，对于父母施展起来便是孝，对于子女施展起来便是慈，对于朋友施展起来便是义。可见忠孝大节，无不是从情字生出来的。至于那儿女之情，只可叫做痴。更有那不必用情，不应用情，他却浪用其情的，那个只可叫做魔。”（《恨海》第一回）由此看来，吴趼人的所谓“情”，其实指的是封建樊篱中的“德性”。他的几部“写情小说”，主题思想俱为宣扬封建道德观念，诚如阿英指出的：“实际上不外是旧的才子佳人小说的变相。”（《晚清小说史》）但尽管吴趼人一口一声鼓吹封建伦常桎梏下的所谓“情”，讥弹“俗人但知儿女之情是情，未免把这个情看的太轻了。并且有许多写情小说，竟然不是写情，是在那里写魔”，轮到他动笔的时候，却每每违背自家定下的规矩，终竟成了一个写“魔”的局面。事实上，作者所谓的“魔”，在生活中无往而不在，对于一个现实主义作家来说，要在创作中回避客观存在的事物，毕竟是难以做到的。如果说吴趼人这类作品还有可取之处的话，那就在于这由“无心插柳”带来的社会性。

《恨海》是吴趼人“写情小说”影响较大的一部。全书仅十回，作于1906年，同年由上海广智书局直接出版单行本。写的是两对青年未婚夫妇在庚子事变中离散沉沦的悲剧。故事大要是：广东籍京官陈戟临的长子伯和聘定张家女儿棣华，次子仲蔼聘定王家女儿娟娟。义和团起事时，陈戟临被杀，伯和护送张氏母女出京，中途冲散，不久发了一注横财，狂嫖滥赌，还吃上了鸦片，终至沦为乞丐。后来张家把他访着，领回供养，但他不肯戒烟，负气出走，结果病死在一个小烟馆中。棣华闻讯，万念俱灰，削发为尼。仲蔼出京后，一路寻访王家到南方，但不知下落，他立志不娶，等候娟娟。后来两人在一次宴席上意外相遇，原来娟娟已沦为妓女。

作者的创作意图在于表彰贞节和孝道，思想陈腐不可取，但结构和笔法颇佳。书中描写从北京到天津沿途的混乱情形。虚惊、谣言、枪声、火警、恐怖、水道挤塞、外兵肆暴，写来无不历历如绘，不啻是翔实生动的史料，向与忧患余生的《邻女语》、林纾的《京华碧血录》同称为反映庚子事变的三大杰作。这部作品在表现手法方面的特色是大大增强了人物心理活动的描写，写得细腻、真切，篇幅虽长而不觉其烦。吴趼人对此也颇为自负，他后来在《月月小说》上撰文谈此书，谓“出版后偶取阅之，至悲惨处，辄自堕泪”。此外，叙事、写景也十分简炼传神，如：

> 棣华盘膝在旁边守着，愈觉得凄凉。忽听得窗外一阵狂风过处，洒下雨来，打得纸窗淅沥，愈觉得愁肠百转，度日如年。（第四回）

又如：

> 棣华不觉抚尸大恸，说得一声：“母亲你撇得女儿苦也！”便觉得忽然轻如败叶，被风吹起，飘飘荡荡的，好不快活……（第八回）

读之如临其境，如见其情。全书除开头一段申述对“写情小说”的认识外，正文纯用叙述和描写，作者自己不发议论，主题思想随着情节的发展，通过人物的语言、行动和心理活动形象地表现出来。写张棣华的钟情、守节，尤其哀感顽艳，为后来的“鸳鸯蝴蝶派”小说开了创作法门。

总的说来，吴趼人的小说在清末很具代表性，对当时和后来都产生过较大的影响。这些作品在思想内容和艺术形式、表现手法等方面的继承和革新，表明了它们在中国小说承先启后的历史发展阶段中的重要作用；它们的优点和缺点，也表现了中国近代小说从古代旧小说到现代新小说过渡时期的特点。阅读和研究吴趼人的小说，对于认识清末社会和探讨中国小说的发展规律，都有着重要的意义。

第七章　维新派的文学理论

维新派诗人黄遵宪、康有为、梁启超，都自觉地利用文学为维新运动服务，从理论和创作实践上均有所建树。他们提出不少进步的主张，体现了变古革新的精神，在近代文学领域中有着深远的影响。

第一节　黄遵宪的文学思想

作为一个杰出的现实主义诗人，黄遵宪在文学理论方面的贡献也是突出的，主要表现在他对诗歌理论探讨的成就上。

戊戌变法的前一年，随着改良主义运动的广泛发展，梁启超、谭嗣同等人提出了“诗界革命”的口号，掀起了诗歌改良运动。黄遵宪则“少年谬有别创诗界之论”。（《致丘菽园书》）他写于二十一岁（1868）的《杂感》诗五首便是“诗界革命”的倡议书。他是近代文学史上第一个提出“别创诗界”的诗人，最早从理论和实践上为清末的诗界革命开辟了道路。他从青少年时代起对腐朽的封建文化就具有较为深刻的认识，写于十七岁的《感怀》，充满了对封建统治者所倡导和利用的汉学、宋学的贬斥情绪，《杂感》五首则严厉斥责了俗儒们“尊古非今”的历史观，认为迷信古人只会束缚了人们的思想和行动，于事无补，于世无补。当时这种尊古奉旧思想风气的影响却很大，反映在诗坛上则是模唐范宋的诗风盛行。

为了突破这种沉闷的局面，黄遵宪在《杂感》诗中以形象的诗歌语言分析了古今不同的道理，主张不必尊古，不必卑今。他要摆脱古人的束缚，提出“我手写我口，古岂能拘牵”的诗歌创作主张，呼吁从根本上改变诗风。在《与朗山论诗书》中更明确地指出：“汉不必三百篇，魏不必汉，六朝不必魏，唐不必六朝，宋不必唐，惟各不相师而后能形成一家言。”

黄遵宪的诗论散见于《感怀》、《杂感》、《与朗山论诗书》、《与丘菽园书》、《山歌题记》、《与梁启超书》、《黄遵宪与日本友人笔谈遗稿》等。他于光绪十七年（1891）在伦敦撰述的《人境庐诗草·自序》是全面的诗歌改革理论纲领，标志着他的诗歌改革理论的成熟。黄遵宪诗歌理论的特点是注重现实。在这篇著名的序文中，他提出了诗歌创作的现实性问题，指出诗必须反映现实，表现作者的真情实感，认为“诗之外有事，诗之中有人”。“诗之外有事”就是说诗应反映现实生活和斗争，为事而作。“我手写我口”就表现了这种现实主义观点。在《与朗山论诗书》中他更明确地指出自然界的一切无论是风云雨露，草木虫鱼，或者是人世间的悲欢离合、兴亡聚散都是诗歌描写的内容，“苟能即身之所遇，目之所见，耳之所闻，而笔之于诗，何必古人?”他认为诗歌如果不能反映真切的现实，只刻意模仿古人，即“不能率其真，而舍我以从人”，或作无病呻吟之态，或作超逸洒脱之状，都是毫无意义的。晚年在与梁启超的通信中，他更提出要“弃史籍而采近事”，主张批判现实，暴露黑暗；并指出：“诗虽小道，然欧洲诗人出其鼓吹文明之笔，竟有左右世界之力。”（《与丘菽园书》）认识到诗歌对于现实的反作用力。“诗之中有人”即是说诗歌创作既要反映现实，又不应纯客观地模拟现实。他认为诗人在反映自己所遇、所见、所闻时要表现出自己的心声，抒发自己的真实感情，通过自己独特的感受去反映现实生活和时代精神。他的这种要求诗的现实性与诗人个性统一的观点是其诗歌创作现实性论点的深化。

黄遵宪还明确地指出实现诗歌创作现实性的道路。现实生活是创作源泉，他认为到现实生活中才能获得创作的材料，知今阅世才能发表救世济时的高见，此其一。但这还不够，他又指出批判地继承古代遗产也是很重要的。首先他主张重视前人的创作经验，发扬古代诗歌的兴寄传统。他提出要学习古代优秀作品，吸取其精华，使自己的诗歌具有传统诗歌的神韵，具有民族特色，而又不受旧的形式，例如体裁、词语等的束缚。其次，要掌握子、史、经、集一切古代文化中的优秀语汇及可利用的材料，以丰富自己诗歌的表现能力。最后，还要以“曹、鲍、陶、谢、李、杜、韩、苏迄于晚近小家”作为自己炼格的榜样，“不名一格，不专一体”，博采众长，形成自己独特的风格。

黄遵宪又以发展的观点看待诗歌语言、诗歌体裁的改革问题。在《日本国志·学术志》中，他指出传统文字型文学是社会进步、文学发展的障碍，因为“语言与文字离，则通文者少；语言与文字合，则通文者多”。在《杂感》诗中他尖锐地指出，正因为几千年来“俗儒好尊古，日日故纸研，六经字所无，不敢入诗篇。”造成诗歌语言僵死，文字与口语分离，结果是“旷若设强围，竟如置重译”。他认为这是违反语言发展规律的，因而他提倡：为适用于今，通行于俗，要“我手写我口”，指出“即今流俗语，我若登简编，五千年后人，惊为古斓斑”。(《杂感》）他主张用俗语写作，使“天下之农、工、商贾、妇女、幼稚皆能通文学之用”，这样才合符文字发展规律，才能达到促进社会、促进文学的目的。他是最早倡导白话文的人。

关于诗歌体裁的改革，黄遵宪也有明确的目标。在《酬曾重伯编修》诗中，他说“废君一月官书力，读我连篇新派诗”。不顾时人非议，勇于进行新诗创作实践。他所倡导的新诗是要表现新的内容的，而这种新诗体的形式应是：“以单行之神，运排偶之体”，“用古文家伸缩离合之法以入诗”。即是说，新派诗要打破旧格律的束缚，吸取从唐代韩愈开始的“以文为诗”的优点，吸取散文的特点和句法，来创造新的诗体，扩大诗歌的表现力及艺术功效。

在探索诗歌改革的道路上，黄遵宪还主张借鉴民歌。《自序》也表现了他重视民间文学，注重诗歌通俗化的思想。他既主张取乐府、《离骚》之神理，使诗歌具有传统的现实主义精神和浪漫主义理想的光辉，又主张述事不避方言、俗谚，认为山歌每以方言设喻，或以作韵，大有妙处，诗人应从民间文学中吸取营养。他自己则带头做了民歌的加工和编录工作，再创作出《山歌》十五首。他在自己的诗歌创作实践中融入民歌的各种创作手法，并从民间歌谣中吸取很多用语。黄遵宪重视民间文学，是因为民歌谣谚语接近实际，具有反映社会生活的真实性，这是同他主张诗歌创作要有现实性的观点一致的。

黄遵宪晚年文学思想发展得更全面，更成熟。他在与梁启超、严复、丘炜萲等人的通信中谈论当时的文学运动，提出了许多重要的文学理论，推动了晚清资产阶级文学运动的发展。他不但如前所述，在理论和实践上有效地为“诗界革命”开拓了广阔的道路，还在“文界革命”的理论上作出了重要贡献。他批判严复的文界无革命的理论，极力主张文界同样要改革；又针对严复在翻译理论上存在的保守观念，指出翻译亦应该用通俗易懂的文字和人们喜闻乐见的形式。他以佛典，以本朝文书、元明以后的演义为例，令人信服地说明：从历史上看，越通俗易懂的文字及文体越利于新思想、新学说的传播，因而得出结论：文字和文体的改革都是势在必行的。

他还非常关心“小说界革命”，在小说理论方面也有重要贡献。他早年对小说就有所研究，出任日本参赞时，曾向日本友人石川鸿斋推荐《红楼梦》，认为：“《红楼梦》乃开天辟地，从古至今第一部好小说，论其文章，宜与《左传》、《国语》、《史记》、《汉书》并妙。”他是近代第一个高度评价《红楼梦》的人。晚年，他大力支持梁启超等人领导的“小说界革命”，既赞赏梁取得的成绩，又直言不讳地指出他在理论和创作实践上，只注意小说创作的社会政治意义而忽视了小说创作艺术规律的缺点，从而弥补了梁启超小说理论的不足之处。他认为小说是具有独特的审美特征的——即反映社会生活要深入透彻才有吸引人的魅力，叙事要曲折、生动才有趣味而感动读者。只有达到这样的艺术效果才能达到反映现实、鼓吹文明、表现时代精神的目的。而要达到这样的艺术效果，作者必须阅历丰富，熟悉社会中种种情态，而且还得积累丰富的语言材料，具有良好的语言修养，能得心应手地运用方言、俗语、比喻语、形容语、解颐语等。

第二节　康有为的文学主张

作为维新派领袖的康有为，非常重视运用文学为政治改革服务，他在戊戌变法前后写的《日本杂事诗序》、《人境庐诗草序》等文章，就是指导当时“诗界革命”的重要的文艺理论著作。

在《日本杂事诗序》中，作者强调诗歌要能寄托“圣人之意”，起到“述国政、陈风俗”的作用。《诗·大序》认为圣人以诗作为“经夫妇，成孝敬，厚人伦，美教化，移风俗”的工具，汉儒郑玄也认为《诗经》能“直铺陈今之政教善恶”，“言贤圣治道之遗化”。康有为接过古儒的理论，以宣传自己的政见，在《人境庐诗草序》中，康有为高度赞美黄遵宪的诗歌。并从诗人的人格与诗歌的风格的关系进行分析，认为只有高尚的节行和远大的抱负，才可能写出优秀的诗篇。黄遵宪“上感国变，中伤种族，下哀生民，博以寰球之游历，浩渺肆恣，感激豪宕，情深而意远，益动于自然”，故其诗能达到最高的“华严”境界。

康有为与其他维新派诗人如黄遵宪、梁启超一样，非常重视开拓新的诗境。他认为，即使有“万千作者亿千诗”，但如果这些诗人只是“吟风弄月各自得”，到头来，其诗作只落得“覆酱烧薪空尔悲”（《与菽园论诗兼寄任公、孺博、曼宣》）的下场，所以他极力推崇古代文学中《诗经》和《楚辞》的优秀传统，主张诗歌要反映“新世”的现实生活，创造瑰奇的新意境和悱恻雄奇的新风格，以感染当时及后世的读者：“新世瑰奇异境生，更搜欧亚造新声”。他更自豪地唱道：“意境几于无李杜，眼中何处着元明”，可谓目空千古了。

光绪三十四年（1908），康有为游历欧洲各国后，梁启超替他整理诗稿，手写影印出版，康有为在诗集《自序》中说：“诗者，言之有节文者耶！凡人情志郁于中，境遇交于外，境遇之交压也瑰异，则情志之郁积也深厚。”此序论述了诗歌产生的原因，诗人内心的情志和外界的境遇激发起诗情，而这些诗情又是和充满宇宙的“元气”相统一的，宇宙万物变化多端，诗歌的艺术风格也显得多样化。在论述到自己的诗歌时康有为说，写诗是为了记述个人“遭祸阅劫”的身世，抒发“抑塞磊落”的幽怀，以《小雅》、《国风》为准则，达到“穷者达情，劳者歌事”的目的。这篇自序和《日本杂事诗序》、《人境庐诗草序》，都继承了我国现实主义的文艺理论传统，表现了作者较进步的文艺思想，在语言艺术上也是一篇美文：“然性好游，嗜山水，爱风竹。船唇马背，野店驿亭，不暇为学，则馀事为诗，天人之感多矣。及戊戌遘祸，遁迹海外，五洲万国，靡所不至，风俗名胜，托为咏歌。莫拔抑塞磊落之怀，日行连犿奇伟之境。临睨旧乡，遭回故国，阅劫已夥，世变日非。灵均之行吟泽畔，骚些多哀；子卿之啮雪海上，平生已矣。河梁陇首，游子何之；落月屋梁，水波深阔。嗟我行迈，皆寓于诗。情在于斯，噫气难已。”

第三节 梁启超的文学革命理论

梁启超集中外历史文化于一身，以开通民智、改造国民道德为己任，为中华民族的振兴而努力探求。这反映在梁启超的文学理论上，就是他所提出的一系列“文学革命”的主张，包括有：一、诗界革命，二、小说界革命，三、文界革命。

诗界革命。它是晚清最重要的文学改良运动，形成一个进步的文学流派，有力地冲击保守的旧体诗坛，给传统的诗歌带来了新的活力。诗界革命的初步实践，大约在戊戌维新变法的前一两年，梁启超和友人谭嗣同、夏曾佑皆好作“新学之诗”，这些“新诗”，“颇喜挦扯新名词以自表异”（《饮冰室诗话》），这些诗歌虽然反映了维新派对新思想、新知识的要求，但艺术上还是比较幼稚的。

光绪二十五年（1899）十一月，梁启超由日本去檀香山，船中所作的《日记》，表出其“论诗宗旨大略”：“今日不作诗则已，若作诗，必为诗界之哥仑布、玛赛郎，然后可……不可不备三长：第一要新意境，第二要新语句，而又须以古人之风格入之，然后成其为诗。”又提出要“竭力输入欧洲之精神思想，以借来者诗料”。梁启超主张诗界革命，主要是“革其精神，非革其形式”，保留旧体诗词的躯壳，写新时代的思想内容，即所谓“以旧风格含新意境”，反对“堆积满纸新名词为革命”的做法。梁氏此时的诗论，已比戊戌前的光是追求字词方面革新的“新学之诗”的理论有了一大进步。

为了推行诗界革命的主张，梁启超先树立一个可供人们效法的榜样：“近世诗人能熔铸新理想以入旧风格者，当推黄公度”；又说：“吾重公度诗，谓其意境无一袭昔贤，其风格又无一让昔贤也。”以黄遵宪的诗代表诗界革命的最高成就，是完全正确的。新理想，首先是政治理想，要求诗歌为维新运动服务，要求诗歌反映时代精神。梁启超在《饮冰室诗话》中大量引录黄遵宪的作品，如《琉球歌》、《越南歌》、《朝鲜叹》、《锡兰岛卧佛》等，认为黄诗“精神之雄壮活泼、沉浑深远不必论，即文藻亦二千年所未有也。诗界革命之能事，至斯而极矣”。并把黄遵宪与荷马、莎士比亚、弥儿敦、田尼逊等世界著名大诗人相提并论，这样不但提高了中国诗的地位，而且还开了中西比较文学的先河。

在这基础上，梁启超进一步提出在文学上也要向西方学习，“取泰西文豪之意境之风格，熔铸之以入我诗，然后可为此道开一新天地”（《新中国未来记·总批》）。他认为“欧洲之意境语句，甚繁富而玮异，得之可以凌轹千古，涵盖一切”。（《夏威夷游记》）如黄遵宪的《今别离》等诗，“皆纯以欧洲意境行之”，可供取法。这个设想在当时来说，无疑是非常大胆的，比康有为提出的“更搜欧亚造新声”（《与菽园论诗兼寄任公、孺博、曼宣》）还要早好几年。

梁启超在办《清议报》、《新民丛报》、《新小说》等刊物时，大力鼓吹诗界革命，并发表了不少新派诗，如在《新民丛报》中辟了“诗界潮音集”专栏，两年间先后刊载了诗五百馀首，作者四十馀人，一时影响颇大。为了让新派诗能传播开来，梁启超很重视普及工作。《新小说》中刊登的《杂歌谣》，吸取民歌之长，内容生动活泼，语言通俗易懂，且可配乐歌唱，这种新的乐府诗，可充分发挥诗歌的教化作用，达到作者以诗歌进行启蒙的目的。如梁启超所写的《爱国歌》，就曾在日本横滨大同学校谱曲，以供中国学生歌唱。

小说界革命。梁启超很早就注意到小说的社会功用。在戊戌变法前写的《变法通议》一书中，曾主张用“说部书”作为妇孺农氓的读物。戊戌政变后，梁启超撰写《译印政治小说序》一文强调以小说作为政治宣传工具，以促使全国议论的变化和政界的进步。

光绪二十八年（1902）十月，梁启超在《新小说》创刊号上发表《论小说与群治之关系》一文，正式提出“小说界革命”的口号。他说：“欲新一国之民，不可不先新一国之小说。故欲新道德，必新小说；欲新宗教，必新小说；欲新政治，必新小说；欲新风格，必新小说；欲新学艺，必新小说；乃至欲新人心，欲新人格，必新小说。”强调小说的社会功用，认为小说“有不可思议之力支配人道”，能改造人的思想品质，进一步改造社会。

梁启超把正统文论家所鄙视的小说，提高到“文学之最上乘”的地位，这是他对中国小说发展的一大贡献。梁氏指出小说有四种力量：即“薰”、“浸”、“刺”、“提”。薰，就是薰陶读者，使之能入小说之境界而改变气质；浸，就是浸染、感化，使读者产生共鸣而变化感情；刺，就是刺激，激发读者的觉悟而提高其思想；提，就是使读者模仿小说中的主人翁，从而提升自己成为理想人物。梁启超认识到，只有先改造人，才能改造社会。

与此同时，梁启超对当时流行的庸俗小说作出有力的批判，认为一般中国人“状元宰相之思想”、“佳人才子之思想”、“江湖盗贼之思想”、“妖巫狐鬼之思想”，大都是从旧小说得来的，所以他指出：“故今日欲改良群治，必自小说界革命始；欲新民，必自新小说始。”他在《绍介新著〈新小说〉第一号》中又说：“新小说之意境，与旧小说之体裁，往往不能相容”，“盖今日提倡小说之目的，务以振国民精神，开国民智识，非前此诲盗诲淫诸作可比。必须具一副热肠，一副净眼，然后其言有裨于用。名为小说，实得当以藏山之文、经世之笔行之。”这就是破旧立新，把小说提到一个前所未有的高度了。

小说界革命，着眼于教化，强调小说的功利，把小说当成是救国救民的药方，其用心可谓良苦。可是，小说作为一种文学体裁，必须具备文学最本质的东西，就是它的艺术性。即使梁启超自己拿出来的“新小说”的样板——《新中国未来记》，也“似说部非说部，似稗史非稗史，似论著非论著，不知成何文体”（《新中国未来记·绪言》），这正说明了小说界革命理论上不足之处。

文界革命。光绪二十五年（1899）十一月，梁启超自日本赴檀香山途中的《日记》，首次提出“文界革命”的观点。他主张要革新文章的内容，输入西方的文化思想。此后，梁启超便致力于改革中国的语文，改革旧文体为通俗的新文体。他在《新民丛报》第一号介绍《原富》译文时指出：“欧美诸国文体之变化，常与其文明程度成比例”，因而必须把群众难以接受的深奥的古文加以改造，以便于文化的普及，即使学者写的“学理邃赜之书”，也应该用“洗畅锐达之笔行之”。梁启超认识到：“群治之进，非一人所能为也……得一二之特识者，不如得百千万亿的常识者，其力逾大而效逾彰也。”（《新民说·论进步》）他回顾中国古代，“古人文字与语言合”（《论幼学》），“先秦之文，殆皆用俗语”，“故先秦文界之光明，数千年称最焉”；而宋代以后，中国文化发生巨大进化，俗语文学大发达，一是儒家、禅宗之语录，一是小说，“苟欲思想之普及，则此体非徒小说家当采用而已，凡有文章，莫不有然”（《小说丛话》）。可见梁启超在二十世纪初已有提倡白话文的主张。他一再强调：“今宜专用俚语，广著群书，上之可以借阐圣教，下之可以杂述史事，近之可以激发国耻，远之可以旁及彝情，乃至宦途丑态，试场恶趣，鸦片顽癖，缠足虐刑，皆可穷极异形，振厉末俗，其为补益，岂有量耶。”（《论幼学》）他亲自实践，创造了较通俗的“新文体”，在近代启蒙运动中作出了贡献。

《饮冰室诗话》则是梁启超“诗界革命”的总结性著作。诗话连载于《新民丛报》，共二百零四条，后编订成书，收录一百七十四条。其第一条自述撰作缘起：“我生爱朋友，又爱文学。每于师友之诗文辞，芳馨悱恻，辄讽诵之，以印于脑。自忖于古人之诗，能成诵者寥寥，而近人诗则数倍之，殆所谓丰于昵者耶！其鸿篇巨制，洋洋洒洒者，行特别裒录之为一集。亦有东鳞西爪，仅记其一二者，随笔录之。”

《诗话》中所收的多为当时维新派诗人诗作，大量采录黄遵宪、康有为、谭嗣同、夏曾佑、蒋观云等人的名篇佳句，并加以评论介绍，以表达自己的诗歌理论和见解，书中特别称重黄遵宪，誉为“诗界革命”之雄，认为他的《军中歌》、《出军歌》、《旋军歌》等篇，为“二千年所未有……诗界革命之能事至斯而极矣”。又谓“吾尝推公度（黄遵宪）、穗卿（夏曾佑）、观云为近世诗家三杰，此言其理想之深邃闳远也”。从《诗话》所推许的诗人中，已可见作者论诗所尚。

《诗话》中回顾了戊戌维新前“诗界革命”的情况，并对维新运动失败作出反省，作者认为：“过渡时代，必有革命。然革命者，当革其精神，非革其形式。”因而提出了“新意境”的主张。书中指出：“中国结习，薄今爱古，无论学问文章事业，皆以古人为不可几及，余平生最恶闻此言。”而黄遵宪之所以杰出，就在于他“独辟境界，卓然自立于二十世纪诗界中”。他诗中“意境无一袭前贤”。

要新意境，先要有新内容，即所谓的新的“诗料”。如黄遵宪《会别离》四章，分咏轮船、火车、电报、照相及东西半球之昼夜相反，均是古人所未道者。梁启超主张把“欧洲之精神思想，以供来者之诗料”，如黄遵宪《以莲菊桃杂供一瓶作歌》，杂佛理、西人植物学、化学、生理学诸说，真有“石破天惊”的气概。

要新意境，还要有新思想，即当时的维新变法思想。维新派以“保国”、“保种”作号召，《饮冰室诗话》亦引录发表在《新民丛报》上的《灭种吟》十二章，认为这些诗能“熔铸进化学家言，而每章皆有寄托”，并称赞其“其诗界革命之雄也”。

《饮冰室诗话》提出这些的主张，目的是要解决旧体诗如何为新时代服务的问题。由于过分强调文学为维新政治服务，带有强烈的功利主义色彩，夸大了“新诗”的社会功能，而把诗歌的艺术标准忽略了。这些理论上的局限性，与梁启超所提出的“小说界革命”、“文界革命”中的局限性是一致的。

第四节　吴沃尧的小说理论

吴沃尧是近代杰出的小说家，长短篇小说共撰有三十馀种，影响甚大。梁启超提倡“小说界革命”，吴氏则是热心的响应者，率先投寄小说在《新小说》杂志发表。光绪三十二年（1906）秋，汪维甫在上海创办《月月小说》，吴氏被聘任为总撰述，写了《〈月月小说〉序》一文，明确地提出自己的小说理论主张。

吴沃尧认为，小说的主要作用是“改良社会”，“佐群治之进化”。他十分强调小说的社会效能，强调小说的教育作用，指出不论写什么小说，如何写法，都要合乎社会道德标准。吴氏认为当世已“道德沦亡”，对于广大民众来说，推广小说是再使风俗淳的最好办法，因为它寓德育于趣味与感情之中。《序》中指出：

> 善教育者，德育与智育本相辅。不善教育者，德育与智育转相妨。此无他，谲与正之别而已。吾既欲持此小说以分教员之一席，则不敢不审慎以出之。历史小说而外，如社会小说，家庭小说及科学、冒险等，或奇言之，或正言之，务使导之以入于道德范围之内，即艳情小说一种，亦必轨于正道，乃入选焉。庶几借小说之趣味之感情，为德育之一助云尔。

吴氏以小说为德育手段，这与梁启超《论小说与群治之关系》一文中的观点是一致的。在晚清小说理论家中，对小说的社会功能已取得共识。但像吴沃尧这样对小说情有独钟，全力以赴的作家还是不多的。吴氏素有“救世”的大志，曾“日与二三同事研究教育之道”，在梁启超的启发之下，他终于执定小说这一途径，身体力行，创作了大量作品，可以说是言行一致的。但他“救世之情竭，而后厌世之念生”（李葭荣《我佛山人传》）。他企图用小说来挽救“人心不古”的末世颓风，目的也只是“恢复旧道德”（《自由结婚评语》）而已。这使他的小说理论陷于自相矛盾之中，“改良”、“进化”也成了空话。

在《历史小说总序》中，吴沃尧也提出要用“易于引人入胜”的历史小说来教育读者，写历史小说，目的是通过历史人物、历史事件的再现，将“旌善惩恶之意”寓于其中。

在《两晋演义序》中，吴沃尧说：

> 撰历史小说者，当以发明正史事实为宗旨，借古鉴今为诱导，不可过涉虚诞，与正史相刺谬，尤不可张冠李戴，以别朝之事实，牵率羼入，遗误阅者。

吴沃尧认为《三国演义》可以作为历史小说的榜样，它基本符合历史事实，又能“动人”。所以他要继《三国演义》后作《两晋演义》，在《两晋演义》第一回评语中他说：

> 作小说难，作历史小说尤难。作历史小说而欲不失历史真相尤难。作历史小说不失其真相，而欲其有趣味，尤难之又难。其叙事处或稍有参差先后者，取顺笔势，不得已也。或略加附会，以为点染，亦不得已也。

他强调作者通过艺术手段，使小说有“趣味”，但又不要失实。在《两晋演义序》中他再作说明：

> 夫蹈虚附会，诚小说所不能免者，然既蹈虚附会矣，而仍不免失于简略无味，人亦何贵有此小说也？人亦何乐读此小说也？总其章回之分剖未明，叙事之不成片段，均失小说之体裁。

这是吴氏对历史小说创作的理解。一是小说要符合历史事实；二是小说要结构紧凑，叙事生动；三是小说要“寓教育于闲谈”，有益于改良社会。这些见解都没有脱离梁启超“小说界革命”的宗旨，在小说理论上也稍欠新意，但吴沃尧体会到，小说要有较高的艺术性，才能有生命力：“所叙悲欢离合情景，及各种社会之状态，均能令读者如身入个中。”（《二十年目睹之怪现状》）第一〇八回总评“作小说令人喜易，令人悲难；令人笑易，令人哭难”。（《说小说》）要令人悲，令人哭，引起读者的共鸣。作为小说家的吴沃尧，创作时感情是全部投入的，“每欲有所描摹，则怒眦为之先裂”（《发财秘诀》第十回评语），而且把自己的生活体验溶汇于作品中，“写社会种种怪状，皆二十年前所亲见亲闻者，惨淡经营”（《近十年之怪现状》自序），所以能取得较好的艺术效果。在这点上，吴沃尧是要胜于其他维新派的小说家、理论家的。

第八章　岭南地方戏曲

第一节　地方戏曲概说

在明代以前，岭南是无所谓地方戏的；但不等于说岭南没有戏曲活动。因此，在述说近代岭南地方戏曲之前，就不能不回顾岭南地方戏曲的形成和发展的历史。

随着社会的进步，经济的发展，南北文化的交汇融合便有了契机。很早以来，中原的歌舞伎艺便进入岭南这片“蛮荒之地”。

唐代，在广州城北的杨仆将军庙，“岁为神会，作鱼龙百戏，共相睹戏，箫鼓管弦之声达昼夜，其相沿由来旧矣”（《（光绪）广州府志》卷一百六十《杂录》一引《岭海剩》）。据此志所述，杨仆将军庙是被岭南节度使韦正贯（公理）毁掉的，可见唐以前广州就有戏剧一类的活动了。

“南宋初期，广东是没有戏剧的。南宋末期，南戏传入广东，成为最早的粤剧。”“自南宋起始，粤剧已有七百多年历史的说法。虽然至今仍未发现有文字资料的支持，但是有一个有力的物证。这个物证，就是佛山祖庙的石戏台（这个戏台，现今仍然存在）。佛山祖庙（在广东省南海县佛山市内）有八百年历史，在南宋末期经已建成。试问如果当时没有戏剧演出，又怎会有戏台？而且这个以石建成的戏台并非富贵人家专用，而是人民公有，演戏时公开供大众欣赏的。如果当时的戏剧，不是已经深入民间，又怎会有这样的建筑?”①

在元代，广州的戏曲活动颇为繁盛。元末明初的孙蕡描述道：“闽姬越女颜如花，蛮歌野曲声咿哑。”（《广州歌》）而“在粤剧的传统剧目中，不少剧目是源自元杂剧的，甚至与元杂剧完全相同，例如《西厢记》（被称为元杂剧之冠）、《窦娥冤》、《踏雪寻梅》、《倩女离魂》、《赵氏孤儿》等”②，说明当时元杂剧即有可能流播到岭南。

到了明代，岭南的戏曲活动有了进一步的发展：

> 二月城市中多演戏为乐。（明戴璟《广东通志初稿》卷十八页十三，明嘉靖刻本）
>
> 广州濠水，自东西水关而入，逶迤城南，径归德门外。背城旧有平康十里，南临濠水，朱楼画榭，连属不断，皆优伶小唱所居，女旦美者，鳞次而家，其地名西角楼。隔岸有百货之肆，五都之市，天下商贾聚焉……是地名濠畔街，当盛平时，香珠犀象如山，花鸟如海，番夷辐辏，日费数千万金，饮食之盛，歌舞之多，过于秦淮数倍。（屈大均《广东新语》卷十八舟语“濠畔朱楼”条）

广州以外的戏曲活动又如何呢？方志中有如下记述。

潮州府：

---

① 陈非侬口述，沈吉诚、余慕云原作编辑，伍荣仲、陈泽蕾重编：《粤剧六十年》第129—130页，香港中文大学音乐系粤剧研究计划，中大出版社发行，2007年版。

② 陈非侬口述，沈吉诚、余慕云原作编辑，伍荣仲、陈泽蕾重编：《粤剧六十年》第132页，香港中文大学音乐系粤剧研究计划，中大出版社发行，2007年版。

访得潮俗多以乡音搬演戏文，挑动男女淫心，故一夜而奔者不下数女。富家大族恬不为耻，且又蓄养戏子，致生他丑。（明戴璟《广东通志初稿》卷十八页二十一，明嘉靖刻本）

琼州府：

迎春日，府卫官盛服至于东郊迎春馆，武弁各竞办杂剧故事，会聚逞衒。……城市内外老稚集于通衢，各携负幼男女竞看。（明唐胄《琼台志》卷七页十三，明正德刻本）

上元，……装僧道狮鹤鲍老等剧，又装番鬼舞象，编竹为格，衣布为皮，或皂或白，腹阒贮人，以代行舞。（明唐胄《琼台志》卷七页十四、十五，明正德刻本）

如果说，明以前的岭南戏曲还只是中原戏曲的馀风流绪，那么，明以降的岭南戏曲已显露地方化的端倪了。据现在看到的宣德七年（1432）手抄的《刘希必金钗记》，以及稍后的嘉靖丙寅年（1566）重刊的《班曲荔镜戏文》和《摘锦潮调金花女大全》、嘉靖年间手抄的《蔡伯喈》、《丹阶陈情》等出土剧本，证实潮剧在此时已具雏形了。土剧（琼剧的前身）也是明中叶的产物（据《海南岛志》）。此时粤剧虽未完全定型，但已不是某一种声腔的搬演了。嘉靖、隆庆年间，广东的戏班运用弋阳腔，后又糅合了昆腔、秦腔以及本地的土戏唱腔、民间的“俗乐”、北方流行的“胡乐”、徽调、汉调，充分证明了粤剧地方化的进程业已开始。

延至清代，岭南的地方戏种彻底分流，基本形成了四大剧种，即粤、潮、琼、汉。

促使岭南地方戏发生重大变革的是近代三次大的政治运动：太平天国、戊戌维新和辛亥革命。换言之，近代是岭南地方戏最值得大书特书的阶段。这可以从下述三个方面去理解：

一、唱法、唱腔、音乐及表演的划时代变革

粤剧班子在清中叶已称为本地班，并且可以与外江班分庭抗礼。“外江班皆外来，妙选声色，伎艺并皆佳妙。宾筵顾曲，倾耳赏心，录酒纠觞，各司其职。舞能垂手，锦每缠头。本地班但工技击，以人为戏。所演故事，类多不可究诘，言既无文，事尤不经。”（杨掌生《梦华琐簿》）然而，真正以粤方言作为表演语言并促使粤剧的唱法、唱腔、音乐发生变化的却是近代的事。初期只是道白使用粤语，后来则是唱中也糅合粤语了。到了清末民初，便出现了全用广州方言表演的粤剧。例如《周大姑放脚》、《盲公问米》、《与烟无缘》等。由沿袭“戏棚官话”到用广州方言演唱的改革，使粤剧取得了始料未及的艺术效果。这个时期的粤剧方可称得上实至名归。粤方言的使用，促使原来的唱腔、唱法及音乐发生变化。原先的唱腔、唱法、音乐是为“官话”而设计的，改用广州方言，就只好对传统的唱腔、唱法、音乐进行改造，甚至重新设计新的唱腔、唱法和音乐。例如，在唱法上突破了梆黄系统的句顿格律；角色使用特有的唱腔，像子喉、武生喉等；音乐设计上灵活多变，改“套子”为“打曲”，梆子、二黄、西皮、南音、粤讴互相混合；伴奏乐器也随之多样化了，音乐从而更优美和谐。

潮剧在明中叶就已完成其方言化的进程了。但潮剧板腔，即以联曲为主的曲牌与板腔综合的潮剧音乐体制，却是在近代形成的。潮剧甚至大量吸收了各兄弟剧种、电影、流行歌曲、民歌中的音乐元素，进一步促进声腔、表演的发展变化。十类潮丑基本是在这个时期定型的。

琼剧与潮剧有着密切的渊源关系。但明末清初的土戏（琼剧）表演语言已是夹杂了中州音韵、海南土音（闽南语系）的混合语。也就是说，它已不是原来意义上的潮剧了。及至近代，粤剧艺人流入海南岛，梆子、二黄等音乐唱腔也随之渗入琼剧。文戏从带帮腔的曲牌蜕变为板腔体，并扬弃了帮腔；武戏则由科白戏变为有唱腔音乐的武打戏。“海南腔”也在这个时期产生了。

由于中州官话与粤东兴梅地区的客家话较为接近，以中州官话为舞台语言的外江班便能在此生存并得到发展。光绪以后，外江班开始吸收潮汕人、客家人参加演出，舞台语言因此由全官话改为唱用官话，白用半官话半客话，或以中州音夹杂客家方言发音，或以带潮州腔的官话演出，并逐渐采用兴梅地区民间艺人在婚丧礼仪中演奏的乐曲作唱腔音乐，使广东汉剧的艺术风格更为突出。特别是女须生金九的出现，开创了广东汉剧男女同台演出的历史。

（二）地方戏剧创作的空前繁荣

19世纪中叶以前，岭南地方戏剧基本上是搬演传统剧目，出于当时的政治需要，另一方面也有着商业的目的，各地方戏剧均创作了大量的作品。

粤剧早期只有所谓“江湖十八本”、“最古江湖十八本”。“粤剧中兴”后，开始有一些新的创作，如所谓“新江湖十八本”、“大排场十八本”等，但多是移植改编外江戏传统剧目，数量也有限。粤剧创作的空前繁荣出现在辛亥革命前的戏剧改良运动中。在戏剧改良运动中充当主角的是众多的“志士班”。孙中山在组织发动辛亥革命时，深感以戏剧唤醒民众的重要性，他多次和演员接触，向他们宣传革命道理。在孙中山的领导下，同盟会一些著名的革命家团结了一批有志之士，共同致力于倡导和改良戏剧，并积极组建话剧社，称为“志士班”。仅在广州、香港、澳门等地，就先后出现过三十几个“志士班”。“志士班”最初只演话剧。虽然也使用粤语作为表演语言，但观众人数远远不及粤剧。为了扩大宣传效果，“志士班”便采用粤剧形式演出改良新戏。随着改良粤剧的深入人心，“志士班”创作了大量的改良粤剧。迄今尚存的剧目仍有六十馀个。从事创作的著名作家有邝新华、梁垣三、陈少白、黄鲁逸等，甚至连梁启超、吴趼人、苏曼殊等文人也撰写过剧本①，只是他们的作品停留在案头文学的层面，并未成为演出脚本。

虽然潮剧的传统剧目多为南戏遗产，但也有属于自己的创作。在改良新戏运动的冲击下，潮剧迎来了它创作的高峰期。著名的剧目有《林则徐》、《温生才刺孚琦》、《刺伊藤》、《徐锡麟》、《袁世凯》、《上海惨案》、《黎元洪反正》、《姐妹花》、《人道》、《一对可怜人》、《义侠鸳鸯》、《新茶花女》、《爪哇案》、《实叨案》等。

琼剧有源于弋阳腔、杂以四平、青阳二腔的传统剧目八百多出（文戏），另有科白戏（武戏，后吸收梆子、二黄曲调）四百多出。但属于琼剧自己创作的剧目却只是“文明戏”，约有一百三十多出，著名的有《救国运动》、《秋瑾殉国》、《啼笑姻缘》、《空谷兰》、《断肠草》等。琼剧作家吴发凤在辛亥革命前后创作了相当数量的“文明戏”，成为这个时期琼剧创作的中坚。当时自编自演“文明戏”的剧团也不少，较为出名的有二南、明新、琼南、华南、琼文等班子。

（三）从事戏剧活动的队伍不断壮大

封建社会中，伶人的地位低下，所以从事戏剧职业的人员

① 麦啸霞：《广东戏剧史略》，第 80 页，广州市戏曲改革委员会，1954 年版。

凋敝零落。到了近代，戏剧艺人的地位有所提高。尤其是在辛亥革命前，戏剧艺人在唤醒民众、宣传革命的活动中的重要作用使他们声名鹊起。于是，从事戏剧活动的队伍不断壮大。

在梨园中人李文茂起义反清时期，粤剧艺人曾有过光辉灿烂的时刻。但很快，随着反清起义的失败，粤剧艺人便星散各地。清政府下令解散粤剧戏班，禁演粤剧，甚至焚毁了粤剧的大本营——佛山琼花会馆。粤剧活动遂陷入低潮。同治七年（1868）后，在邝新华、勾鼻章（何章）等著名伶人的努力下，在广州黄沙建成粤剧艺人的新会馆——八和会馆。从此粤剧得以复兴。“伶人之有姿首声技者，每年工值多至数千金。各班之高下，一年一定，即以诸伶工值多寡，分其甲乙。班之著名者，东阡西陌，应接不暇，伶人终岁居巨舸中，以赴各乡之招，不得休息。”① 粤剧艺人薪酬之高，待遇之厚，使越来越多的人投身其间。及至清末民初，光是广州地区的戏班就有三十六个之多。分布在“下四府”以及惠州、韶关等粤语地区的粤剧戏班，更是不可胜计。而这些戏班相当具规模。道光咸丰时人杨恩寿曾对粤地的戏剧活动有过颇细致的描述：“万人福醮事已毕，以其馀赀，在廉州募广班来演戏三昼夜，凡三百馀金。今夕始开台，演《六国封相》，闻出场者将及百人，其热闹不减梧州。”② 如此之多的从艺人员，自然产生了一大批著名的伶人。除上述的邝新华、勾鼻章（何章）外，还有武生蛇公荣、公爷忠、公爷创、新标、新白菜、三元、小武反骨友、崩牙启、崩牙成、东生，花旦德仔、新元茜、仙花发、

① 俞洵庆《荷廊笔记》。俞洵庆，字溥臣，海宁人。

② 杨恩寿著，陈长明标点：《坦园日记》卷三，一四六页，上海古籍出版社，1983 年版。杨恩寿（1835—1891），字鹤俦，号蓬海、朋海，长沙人，同治庚午举人，湖北候补知府，有《坦园丛书》十四种著作行世。

白蛇森、扎脚文、大家丙、兰花米、西施炳，小生金山恩、阿能、阿聪、阿壮，丑生生鬼毛、鬼马元、豆皮梅等。这个时期的粤剧界，可谓阵容鼎盛，名伶如云，以致其影响从两广波及海外。

鸦片战争以后，汕头辟为通商口岸。随着商业的发展，潮剧的覆盖面日益扩大。职业性的潮剧戏班迅速增加，以应对繁多的演出活动。“时潮州梨园，分外江与潮音，而潮音凡二百余班，此为潮音戏鼎盛时代。”① 中外的通商，导致中外文化交流。潮剧剧团也远下南洋、东南亚等地演出，像老万年、新万年、正顺香等班子都曾先后出洋，从而扩大了潮剧的传播面。

琼剧队伍是在咸丰年间开始壮大起来的。海口、琼山、定安、会同、澄迈等县有三十多个科班教练馆。在岛内和海外，除了一些农村小班外，就有琼顺、彩文、福光、汪桂生、黄银彩、嬛二、大小凤兰、大小梨园、陈玉刚等文、武大班十几个。科班教练馆的设立，不但使从事琼剧职业的艺人人数迅速增加，而且提高了艺人的表演素质。一大批名伶就是这时候涌现出来的。例如武生彩文、长生、福光、七五仔，花旦瑞兰、张禄金、张赛蛟，小生陈庆生、汪桂生、鸡蛋生等。其中武生彩文甚至有“武冠五州”的美誉。琼剧队伍的扩大，使琼剧向岛外、海外的发展成为可能。广东的雷州半岛、广西的合浦、海外的南洋群岛等地，均有琼剧班子的活动踪迹。琼剧的这个繁盛局面一直持续到五四运动后。

清咸丰、同治年间（1851—1874），随着商业的发展，外江班进入其繁盛时期，有三十余班活动于粤东地区。其中以老福顺（澄海）、老三多（潮阳）、荣天采（普宁）、新天采（潮州）四大班最为著名。为了应对频繁的演出，有的戏班开

① 光绪二十八年（1902）《岭东日报》载。

始设立科班授徒。同治末年（1874），桂天采、高天采相继开设科班，招收十二岁左右的儿童传艺。此后，科班如雨后春笋般出现，为广东汉剧培育了大批后备力量。光绪年间(1875—1908)，在潮州上水门兴建的“外江梨园公所”，标志着广东汉剧的越发兴盛。这时候，广东汉剧的活动区域不断扩大，外江班的足迹遍及韩江流域、闽南闽西乡镇。一时间，名艺人大批涌现，如乌净阿达、谢文、阿开、林雨青，老生阿盖、罗芝琏、大目、客仔、黄春元，老旦耀龙，红净阿提、陈隆耀、蓝耀，丑生荣生、笠四、草花、阿庚，小生美添、长锦、大进、赖生，青衣李毛、大头，乌衣富进，花旦前进、兴隆等。

综上所述，岭南地区戏剧虽说源远流长，但它们真正具有岭南特色，成为岭南文学不可或缺的部分，还是近代的事(除潮剧外)。在近代三次大运动（太平天国、戊戌维新、辛亥革命）浪潮的冲击下，在区域文化的滋润下，在与西方文化的交汇中，四大剧种都发生了蜕变。它们就像来自异地的种子，扎根在岭南的大地上，成长为有别于其母本的参天大树。其结果，好比“橘逾淮而成枳”。

第二节　粤剧的源流和发展

粤剧是岭南地区最大的地方戏曲剧种之一。粤剧属于皮黄系统，其腔调以梆子（京剧称为“西皮”）、二黄为主，因而早期的粤剧又称“广东梆黄”。粤剧流行于两广之粤方言区，以及海外粤籍华人社区。

“粤剧”一名，至迟见于同治至光绪年间的著述中。例如张德彝（1847—1918）《再述奇》、张荫桓（1837—1900）《三洲日记》以及李钟珏（1854—1927）《新嘉坡风土记》等，均有述及。不过，迄今对它的形成时间及源流关系却有三说：

（一）形成于宋及明中叶说

有研究者认为粤剧源于南戏，其起源历史应从南宋算起[①]；亦有人力主起源于明代[②]。后者倒是有大量的历史资料作立论的基础。

明人徐渭《南词叙录》云："今唱家称弋阳腔，则出于江西，两京、湖南、闽、广用之。"可知嘉靖、隆庆年间，弋阳腔已为广东的戏班所用。而据叶德均《戏曲小说丛考》所载：天启年间，博罗张萱有一班昆伶，能以《太和正音谱》唱昆曲。张萱本人并撰有《苏子瞻春梦记》杂剧，居家时常以昆曲自娱，则昆曲也于此时为艺人所用。秦腔也于明末清初传入广东。黄石牧诗云："秦音演乱弹。"（《桂林杂咏》）当时戏班活动于两广间，既然秦腔已入桂，那么，粤戏班受其影响也并非不可能。因此，以上学者认为：这个时期的粤剧已非某腔某调，而是融汇了诸外来腔调的地方化组合。粤剧在明季之际已具雏形。

（二）形成于清雍正年间说

录天（晏端书）《粤游纪程·李元龙序》云[③]："广州府题扇桥，为梨园之薮。女优颇众，歌价倍于男优。桂林有独秀班，为元藩台所品题，以独秀峰得名，能昆腔苏白，与吴优相

---

① 陈非侬口述，沈吉诚、余慕云原作编辑，伍荣仲、陈泽蕾重编：《粤剧六十年》第129—130页，香港中文大学音乐系粤剧研究计划，中大出版社发行，2007年版。

② 见何建青：《替粤剧算命》，载中国戏剧家协会广东分会、广东戏剧研究室编：《戏剧艺术资料》第6期第35页，《戏剧艺术资料》编辑部，1982年3月。又参赖伯疆、黄雨青：《粤剧源流初探》，载中国戏剧家协会广东分会、广东戏剧研究室编：《戏剧艺术资料》第2期，《戏剧艺术资料》编辑部，1979年12月。

③ 晏端书：《粤游纪程》，光绪十三年刻本。

若。以外俱属广腔，一唱众和，蛮音杂陈。凡演一出，必闹锣鼓良久，再为登场。”有学者据“以外俱属广腔，一唱众和，蛮音杂陈”而认为“广腔”就是广东化的“高腔”①。另有学者认为是广东化的混合声腔。见解稍异，结论却一致，俱认为“这‘广腔’显然就是粤剧的雏形”。②

（三）形成于清道光、同治年间说

清道光时人杨掌生在《梦华琐簿》云：“大抵外江班近徽班，本地班近西班。”有证据表明，至少在同治五年（1866），粤剧已部分采用粤语。贵县一粤剧班的粤语道白是这样的：“清官做得清，荷包打叮叮，有人来告状，来，打开大天平，丁东丁，丁东丁！”③ 同治八年，广州黄沙建立了粤剧艺人的大本营“八和会馆”。1961年，文艺工作者挖掘到同治六年刊刻的粤剧传统戏“大排场十八本”之一的《寒宫取笑》，证明这段时间的粤剧已基本定型了。

虽然三说彼此之间有些距离，但说明了一点：粤剧不是土生土长的地方戏剧种，它经历了本地人唱外江戏到本地人唱本地腔的过程。因此，确定粤剧的最终形成，笔者以为郭秉箴的意见值得参考：“语言的变化才是质的变化。”④ 其次才是音乐唱腔、戏剧程式以及剧目的变化。

尽管上文提到，延至同治年间，本地戏班的演出已部分采用粤语，但从戏剧语言方面考虑，真正的粤剧恐怕还没形成。

---

① 欧阳予倩：《试谈粤剧》，载《中国戏曲研究资料初辑》，中国戏剧出版社，1957年版。

② 郭秉箴：《粤剧艺术论》第3页，中国戏剧出版社，1988年6月版。

③ 谢彬筹《近代中国戏曲的民主革命色彩和广东粤剧的改良活动》一文所引，载中国戏剧家协会广东分会、广东戏剧研究室编：《戏剧艺术资料》第二期，1979年12月。

④ 郭秉箴：《粤剧艺术论》第44页，中国戏剧出版社，1988年版。

张德彝在同治八年（1869）曾对他称之为“粤剧”的戏剧演出有过描述：“（同治己巳年九月）初五日癸酉……戌刻约看粤剧，班名‘悦新凤’。明固辞不获，至则高张席棚，男女蚁聚。所演之剧，俗名湖广调，虽系优孟衣冠，亦颇赏心悦目。声音节奏，与京班大同小异。”① 张氏是满人，原籍辽宁铁岭，长时间居住在北京，居然听得懂粤剧，而且颇感“赏心悦目”，因此，所断言粤剧“与京班大同小异”的真确性当毋可置疑。可见当时所谓的粤剧还是本地班唱外江腔。准此，笔者以为本地班唱本地腔的粤剧的最终形成当在清末，也就是在“志士班”蜂起的时期。②

无论粤剧形成于哪个时代，它发展到近代，不但有“量”的变化，而且有“质”的变化。曾对粤剧唱腔音乐起过主导作用的弋阳腔、昆腔、秦腔、徽调、汉调等外来声腔已发生了变化，有的甚至被丢弃了，而具有岭南特色的民歌小调则被吸收到粤剧中来。作为舞台语言的粤语由次要地位一跃而居主要地位。演出剧目也不仅仅限于取材自弋阳腔、昆腔等外来声腔的剧作了。尤其是在戏剧改良运动中，大量的新剧作被搬上了舞台。成千上万的民众投身粤剧界，形成了近代史上一支浩浩荡荡的演艺大军。这支队伍曾在太平天国运动和辛亥革命中发挥了不同凡响的作用。

近代粤剧的历史大致可分为两段：李文茂抗清及粤剧的中兴为一段；粤剧改良运动至“五四”前后为一段。

李文茂，又名云茂，广东鹤山人，出身梨园世家，原是道光末年至咸丰初年粤剧凤凰仪班著名的二花脸。咸丰四年

---

① 张德彝著《再述奇》卷六，第 122 页，清稿本。张德彝（1847—1918），又名德明，字在初。

② 梁松生、邓金祥也有类似的意见，参氏著《琼花忆语》，载《广州文史资料选辑》第二十四辑，广东人民出版社，1981 年版。

(1854)，在太平天国运动领袖的策动下，揭竿而起。李文茂部多是红船子弟，擅长武功，因而骁勇善战，很快便由数千人发展到数万人。这支队伍转战于两广之间，后攻下柳州，李文茂自称为平靖王。咸丰八年，李文茂率兵攻打桂林，因贻误战机而失败，他自己也身负重伤。残部退入融县怀远山中，不久，李文茂逝去，起义失败。

李文茂在近代粤剧史上的地位是不容忽略的。他对粤剧的贡献至少有两点颇值得称道：

第一，扩大了粤剧的影响。李文茂率领的义军以“反清复明”为口号，因之倡导恢复明代服饰。“从逆者裹红巾，服梨园衣冠，造洪顺堂、洪义堂印，设将军、元帅、先锋、军师伪号，名其党曰‘洪兵’，官军麾帜用白，贼遂名‘白兵’。”① 李文茂则自穿戏班中的蟒袍甲胄。李文茂部本以梨园子弟首义，后来的参加者虽然不尽是戏剧艺人，但却以优伶面目随军南征北讨，以致俨然一个庞大戏班。当义军攻克贵县时，当地群众竟身穿粤剧戏服迎接，由此可见其强大的影响力。起义失败后，军中众多的粤剧艺人或蛰伏各地，或加入其他戏班，为日后粤剧的中兴积聚了力量，并给其他地方剧种(例如琼剧) 注入了活力。

第二，重视戏剧的社会作用，首倡粤剧改革。李文茂对粤剧中员外、相公都是正人君子，贪官污吏则道貌岸然、威风八面的扮相极其反感，于是命丑角出演这类人物。这一改革影响深远，为日后粤剧的不断变革开了先河，使粤剧充满生机，朝气蓬勃地向前发展。

从咸丰十一年（1861）到同治八年（1869）是粤剧活动的低潮期。清政府镇压了李文茂的义军后，转而向粤剧界开

---

① 《（光绪）广州府志》，卷八十二，前事略八。

刀。粤剧被禁演，粤剧戏班被迫解散，粤剧艺人的大本营——佛山琼花会馆被付之一炬。在如此困难的时刻，粤剧活动也并没有停止。粤剧班子采取瞒天过海的办法，打着京班的旗号继续演出粤剧。直至同治七年，在邝新华、勾鼻章（何章）等名伶的努力下，才争取到粤剧戏班复业的“恩准”。一年后，邝新华等人就在广州黄沙建立了粤剧艺人的新会馆——八和会馆。此后，粤剧活动进入了复苏期。百余人或近百人的粤剧班子遍及城乡各地，仅在广州地区，便有三十六班。上演的剧作，除了传统戏外，还有新编戏。

谈及近代粤剧的中兴，是不能不重点谈谈邝新华的。①

邝新华（1850—1923），又名殿卿，字敬偕，广东开平人，出身梨园世家，父名邝明，工大净。邝新华幼年在“庆上元”童子班学艺，后落班演武生，同治年间以武生行当名于世。邝新华对近代粤剧的最大贡献是振兴了陷入低谷的粤剧。如前所述，他不但使粤剧班子的演出重新合法化，而且使许多粤剧班子在他筹建的八和会馆的组织和策划下建立起来，大大扩充了粤剧的阵营。邝新华对近代粤剧的另一个贡献是艺术上的创新。他的唱、做、念、打均有很高造诣。出演《苏武牧羊》中的苏武时，把苏武羁留异邦的忧戚、愤懑之情刻画得入木三分。他创造出“恋檀”新腔，在“猩猩追舟”一场中把苏武与异邦妻子依依惜别的心境表现得淋漓尽致。他在《杀子报》一剧中设计的念白既多且好，开了粤剧注重念白的先风。他演《六国封相》中的公孙衍，仪表威严，风度雍容，“坐车”时的“拗腰”、“浸车竹”、“抛白须”、“靴底”等做工极其精彩，被公认为“通行第一”。邝新华除参加演出外，还兼职编剧。他较出名的剧作有《苏武牧羊》、《太白和番》、

---

① 详参赖伯疆《中兴粤剧的功臣邝新华》，载《广州文史资料选辑》第四十二辑《粤剧春秋》，广东人民出版社，1990年版。

《李密陈情》等。邝新华的剧作善于运用传统排场，因而很受观众欢迎。其中《太白和番》一剧演出时，由于花旦勾鼻章（何章）的成功表演，竟致“一座倾倒”。邝新华的戏剧创作一改粤剧只有传统剧目的历史，为日后大量新剧作的涌现奠定了坚实的基础。邝新华还重视培养粤剧的后备力量。他亲手培育的艺人不知凡几，仅声名卓著的就有：武生金庆、公爷创、公爷禧、声架悦、靓耀、孙膑棠、东坡安，花旦新靓卓、兰花米、佛动心、新瑞香，小生太子卓、风情杞、新北，女小生黄梦觉，男丑花仔言、貔貅苏等。邝新华在辛亥革命前加入同盟会，为民主革命作出了应有的贡献。

当然，我们不应遗忘在粤剧中兴时起过重要作用的另几位艺人。

勾鼻章（约1846—民国初年），原名何章，艺名新章，因鼻梁较高，人称勾鼻章，原籍广东番禺沙湾。咸丰、同治年间著名的男花旦。他因出演《太白和番》中的杨贵妃而被当时的两广总督瑞麟之母收为“义女”。邝新华遂通过何章与瑞麟的这种特殊关系请求解除对粤剧的禁令。很快，粤剧班子得以复业，八和会馆也建立起来了，星散四处的粤剧艺人终于可以重新组班演出。粤剧界均认为，粤剧中兴，何章功不可没。①

独脚英（咸丰、同治时人）②，著名小武。李文茂起义失败后，广东巡抚柏贵对粤剧艺人实行招抚政策。独脚英等十二人为避免粤剧同行遭受杀戮，毅然投案。他们甘冒被官府绞杀的危险，甘受被同行误会和唾弃的委屈，终于得到粤剧界的赞赏。事实上，独脚英等人的举动确实为粤剧中兴积聚了力量。

---

① 参见2008年9月20日《番禺日报》第4版《解禁粤剧立头功的花旦章》。

② 参见赖伯疆、黄镜明：《粤剧史》第175—176页，中国戏剧出版社，1988年版。

后来八和会馆成立，众人推举他为首任行长，略可窥见独脚英在当时的粤剧界的地位。

林三（或作林之，咸丰、同治时人）①，原籍广东龙门。在清政府招抚粤剧艺人期间，林组织了六十多名艺人在佛山石湾召开秘密会议。会上，林陈述了日后如何恢复粤剧戏行的设想，并策划独脚英等十二人前往官府自首，以保存有生力量。后来，为了消除同行对独脚英等人的误会，林奔走于各艺人首领之间，使粤剧艺人互相谅解，精诚团结。鉴于林对粤剧中兴的贡献，八和会馆成立之际，众人一致推举林为行长，但林坚辞不就。不久，林脱离粤剧界，不知所终。

近代粤剧从李文茂起义抗清到粤剧中兴的这一段历史，最辉煌、最值得夸耀的是粤剧大军的蜂起。这一阶段，粤剧的表演艺术有一定的发展，却比较缓慢。例如舞台表演语言，粤语仍居次要位置，唱、白依然是“不广不昆”的“戏棚官话”（尽管有时会来一两段粤语以活跃舞台气氛）。至于唱法、唱腔、音乐，因受语言的制约，也没有飞跃式的发展。新剧的创作也是如此。例如新编“大排场十八本”之一的《金莲戏叔》，其中潘金莲与武松的一段对白，就是官话加粤语的“杰作”：

潘金莲：（舞台官话）嫂比为娘大。
武　松：（广州话）我知道你大嘞！

这小小的变革已经使熟稔乡音的观众兴奋莫名了。于是，更为乡土化的演出本便如出闸的洪流般倾泻而至。如“大排场十八本”的另一剧作《三娘教子》，其中薛保的一段唱：

① 参见赖伯疆、黄镜明：《粤剧史》第176—177页，中国戏剧出版社，1988年版。

老薛保，老懵懂，在厨房，把饭弄，弄得个上又生来下又燶，跌落个火筒，打烂个水瓮，晕晕盹盹，有柴唔烧就烧错了火筒……①

当然，较之辛亥革命前后期，这个阶段的粤剧改革算不上石破天惊。

粤剧中兴后，“为了丰富上演剧目，由粤剧艺人自己创作了一批‘正本戏’，将老戏中一些常见的情节套子重新组合，赋以新的内容，凑成所谓‘新江湖十八本’，包括《西河会》、《黄花山》、《双结缘》、《闹扬州》、《雪重冤》等等”。“到了光绪中叶，又由文人参加剧本的修订撰写，出现了又一批新戏。经过修订加工而历演不衰的一批剧目，称为‘大排场十八本’，包括《寒宫取笑》、《三娘教子》、《百里奚会妻》、《三下南唐》、《沙陀借兵》、《高望进表》、《鲁智深出家》、《高平关取级》、《辨才释妖》、《金莲戏叔》、《打洞结拜》、《斩二王》、《酒楼戏凤》、《四郎探母》、《五郎救弟》、《六郎罪子》、《平贵别窑》、《仁贵回窑》。”甚至“也从地方掌故和现实生活中取材，编撰了一批当地题材的新戏，如《梁天来》、《山东响马》、《王大儒供状》、《沓家妹卖马蹄》等”。②然而，正是由于这个阶段形成了一支庞大的粤剧演艺大军，争取了越来越多的由贵族官僚到平民百姓的观众，造成了无法阻挡的影响，才使日后的改良粤剧拥有广阔的市场；正是由于这个阶段有类似邝新华那样的大胆创新的剧作家，才使改良粤剧的创作成为不可遏止的潮流，以致给后世留下深远的影响，粤

① 见谢醒伯《粤剧的“公脚”行当》一文所引，载《广州文史》第六十二辑，广州出版社，2004年版。

② 郭秉箴：《粤剧艺术论》第8页，中国戏剧出版社，1988年版。

剧也就是在这样的不断革新中得以充满生机和活力；正是由于这个阶段粤剧的表演艺术逐步地方化，才使改良粤剧在表演艺术上发生了根本性的变化，于是粤剧成为蜚声海内外的地方剧种——“南国红豆”。

第三节　粤曲及“八大名曲”

粤曲是广州方言地区流行最广、最有群众基础的一大曲种，约有一百五十年的历史。广义的粤曲，应指以粤方言演唱的曲艺作品，包括“南音”、“粤讴”、“木鱼”、“龙舟”以及粤剧小调。欧大任《百越先贤志·张买》载：“孝惠帝时，(粤人张买）侍游苑池鼓棹，能为越讴，时切规讽。”所谓“越讴”，似乎就是以方言演唱的先声。狭义的粤曲则指粤剧曲调。事实上，作为独立存在的曲艺形式，粤曲早期并不依附粤剧。例如嘉庆丙子年（1816）举人招子庸所作的粤讴，便是单独演唱的曲艺作品，而在那时，粤剧并未完全“粤化”，更毋庸说吸收地方民歌和小调了。直到近代，粤剧才大量吸收了地方民歌和小调以丰富自身的唱腔音乐，而民间艺人则在原来的说唱形式上糅合了粤剧的曲调。能否这样说，粤曲和粤剧存在着互相融合、互相促进、共同发展这么一种关系？准于此，我们所谈的粤曲就是指广义的粤曲了。

近代粤曲的发展大致经历了八音班（1821—约1858）→师娘时代（约1858—1918）→女伶时代（1918—1938）→茶座时期（1938—1949）四个阶段。①

粤曲的传播有赖于八音班。八音班是在海陆丰一带上演“西秦戏”的班子的基础上发展来的。所以八音班又称为“西

① 详参黎田、孔宪滔：《粤曲》，载广东省戏剧研究室编：《广东省戏曲和曲艺》，第184—196页，1984年版。

秦班子”。清道光初叶（1821 年前后），八音班开始演唱粤曲。由于粤剧不能满足广大农村观众的需要，以清唱为特色、人数不多的八音班便经常到农村演出。清同治、光绪年间（1862—1908），八音班遍布城乡。据光绪三年（1877）的不完全统计，从事八音班工作的专业人数多达五百。仅广州市一地的八音班就有二十八个，每班有八人到二三十人不等。严格说来，八音班表演的还只是粤剧折子戏的清唱。其曲目基本来自粤剧，没有自己的创作；表演艺术上也没有多大发展。由于八音班没有典型作品流传下来，因此，今天我们对八音班时期的粤曲特点殊不了了。

八音班在辛亥革命前后开始衰落，粤曲表演转而进入师娘（失明的专业民间女艺人，也称为“瞽姬”，广州人俗称“盲妹”）阶段。师娘受过严格的艺术训练，必须学会弹奏各类乐器，如琵琶、扬琴、胡琴、月琴等，还须学会当时粤剧各种行当的唱腔。师娘们通常是自弹自唱的个人表演，也有两三个人合作表演的。因此，她们多能一人多腔、一人多角。较之八音班，艺术上有了明显的进步。和八音班一样，师娘队伍的表演也有很大的流动性，穿街过巷，沿门卖唱。辛亥革命前后，粤语地区的茶楼多设粤曲演唱以招徕顾客，师娘便逐渐以茶楼为主要的演唱场所。此时，一些不失明的女伶也开始进入这一行列。

1918 年后，女伶时代开始了。

师娘时期的粤曲除了在表演艺术上有进步外，还有了充分展示曲艺特点的曲目。师娘们虽然仍以粤剧曲本为主，但经过她们的艺术加工、演绎，有些粤剧曲本便游离于粤剧之外，脱胎为曲艺唱本。这个时期留存下来的代表性曲目就是“八大曲本”，也称“八大名曲”，即：《百里奚会妻》、《辨才释妖》、《黛玉葬花》、《六郎罪子》、《弃楚归汉》、《附荐何文秀》、《鲁智深出家》（又名《李忠卖武》）、《雪中贤》。

“八大曲本”囊括了早期粤剧的十大行当唱腔（即小生、小武、武生、公脚、花脸、正旦、正生、老旦、花旦、丑），所以是一份最完整、最有价值的粤曲艺术遗产。例如《六郎罪子》中，有杨六郎、杨令婆、八贤王、穆桂英、杨宗保五个角色，分属武生、老旦、公脚、花旦、小生五种行当。当时的师娘们，一个人就能演五个角色，唱五种行当的唱腔。于此也可窥见师娘时期的粤曲表演艺术之一斑。师娘时期的粤曲多少仍保留了粤剧一腔到底的传统，例如《六郎罪子》整套曲全是梆子，但已经开始把“南音”、“粤讴”、“木鱼”、“龙舟”等吸收进来，甚至把一些器乐曲（例如过门音乐、广东音乐、小曲等）用以填词演唱。

第四节　潮剧、琼剧和广东汉剧

岭南地区除了流行较广的粤剧外，还有三大剧种：潮剧、琼剧和广东汉剧。

潮剧又名潮州戏、潮音戏、潮州白字戏，因演出中心在潮州，而且采用潮州方言演唱，故名。①

潮剧流行于潮汕各县，及惠州、梅州、琼州部分地区，福建省漳州、泉州、龙岩，香港、澳门，台湾省台南、高雄及东南亚潮籍华侨社区。

如同粤剧一样，潮剧也是外来剧种地方化的产物。其演进过程大致如下②：

---

①　详参李平《潮剧》，载广东省戏剧研究室编：《广东省戏曲和曲艺》第25—43页，1984年版。

②　详参饶宗颐《〈明本潮州戏文五种〉说略》，载《明本潮州戏文五种》第4—18页，广东人民出版社，1985年版。

宋元时南戏→明宣德时正字戏→明嘉靖（泉调、潮调）→明末清初（潮州白字戏、海陆丰白字）

潮剧是岭南地区最古老的地方剧种。尽管“潮剧”一名，迄今所知，始见于清朝末年李钟珏的记述：“戏园有男班，有女班。大坡共四五处，小坡三处，皆演粤剧，间有演闽剧、潮剧者，惟彼乡人往观之。”① 不过，至迟在明宣德七年，潮剧就开始其地方化进程了。1975 年，潮安出土了一本宣德七年（1432）手抄的六十七出文物剧本《金钗记》（即元传奇戏文《刘文龙菱花镜》。剧本今存潮安当地博物馆）。卷首题：“刘希必金钗记”，卷末署：“新编全相南北插科忠孝正字刘希必卷终下，宣德七年六月□日在胜寺梨园置立。”剧本已出现方言土语字句，证明宣德年间的正字戏已部分采用方言。正字戏发展到了嘉靖年间，就成为较多地采用方言的潮调了。明嘉靖丙寅年（1566）重刊的《荔镜记》、稍后的《摘锦潮调金花女大全》（明刊本凡二见，分别藏于英国牛津大学和日本天理大学）以及 1958 年出土于揭阳古坟的明嘉靖手抄剧本《蔡伯喈》（今藏广东省博物馆），都说明此时“潮属多以乡音搬演戏文”（黄佐《广东通志》）的记载并不虚妄。早期的潮调还只是白用方言，唱仍用所谓的“正音”。但延至嘉靖年间，则唱也部分采用“土音”了。例如《荔镜记》第二出，曲子明显以方音入韵：

> [粉蝶儿]（外、旦）：宝马金鞍，诸亲迎送，今旦即显读书人。（生）：受敕奉宣，一家富贵，不胡忙，举步

① 李钟珏著《新嘉坡风土记》第 7 页，光绪灵鹣阁丛书本。李钟珏（1854—1927），苏州人，字平书，号瑟斋，晚署且顽老人。

高堂，进见椿萱。①

鞍、送、人、宣、忙、堂、萱七韵，只有以潮音演唱才可叶韵。

甚至唱词中也援用方言，例如《金花女》中金花的一段唱：

就只拜辞我亲兄，好怯是我命成，饲我障大分离去，值时得报你恩情，愿待尊兄百岁轻健。②

“只”即“此”，“好怯”即“好歹”，“饲”即“养”，“障”即“这么”，“值时”即“何时”，“轻健”即“康健”。不谙潮语，睹此词语有如坠五里雾中，更毋庸说极尽视听之娱了。

清初，白、唱均采用方言的潮剧才告诞生。明末清初时人屈大均《广东新语》卷十二《诗语》说：“潮人以土音唱南北曲曰潮州戏。”潮剧在其演变的过程中大量吸收了地方的艺术养分，例如，潮剧的“彩场”唱法与弹词式的说唱文学“歌册”的表演相仿佛；在音乐上，潮剧吸收了很早就流行于潮州的佛曲、庙堂音乐、民间的大曲以及八音大锣鼓等；在表演上，潮剧则吸收了民间的，甚至少数民族的舞蹈艺术，像三进三退的台步就源自疍船舞蹈，潮丑侧身跳跃的步法手法则采自纸影。

潮剧形成后的第一个兴盛期是近代。鸦片战争后，汕头辟为通商口岸。随着商业的发展，潮剧的流行区域也不断拓展，越来越多的职业戏班应运而生。据王定镐在《鳄渚摭谈》记

① 《明本潮州戏文五种》第367页，广东人民出版社，1985年版。
② 《明本潮州戏文五种》第783页，广东人民出版社，1985年版。

载："潮属菊部，谓之戏班，正字、白字、西秦、外江四种。白字戏近来最盛，优童艳泽，服色新妍。正字、西秦、外江一类不过数班，独白字以百计。"延至清末，潮剧班子仍在增加，"潮音凡二百余班，此为潮音戏鼎盛时代"。①

演艺队伍不断扩大，演出的剧目也随之增多。潮剧保留了不少南戏名作，如《琵琶记》、《荆钗记》、《拜月记》、《白兔记》、《织锦记》、《绣襦记》、《破窑记》、《高文举珍珠记》、《何文秀玉钗记》等。当然，在地方化的过程中，潮剧也有属于自己的新作，例如《荔镜记》、《苏六娘》、《金花女》、《龙井渡头》、《剪月蓉》、《蓉娘》、《金来清》、《李唔直》、《秋茄舅》等。不过，潮剧剧目骤增的阶段还是在辛亥革命前后。这段时间的潮剧剧目，有移植的，如《温生才打孚琦》、《徐锡麟》等；也有创作的，如《刺伊藤》、《林则徐》、《袁世凯》、《黎元洪反正》、《上海惨案》、《姐妹花》、《人道》、《一对可怜人》、《义侠鸳鸯》、《新茶花女》、《爪哇案》、《实叨案》等。

"文明戏"的冲击，促使潮剧借鉴各兄弟剧种，甚至电影、流行乐队的表演，从而导致潮剧的唱腔音乐、表演有进一步的发展变化。虽然潮剧声腔仍保留着以曲牌联缀为主的联曲传统，但自辛亥革命前后始，潮剧迅速引入板腔体声腔，以求适应改编移植新剧的需要。潮剧的行当角色很早就循南戏而定型为七大类：生、旦、外、贴、丑、净、末，到了清末也未改变。然而，辛亥革命前后，各大类中又衍生出许多小类。可以说，行当角色丰富多了。例如丑这么个行当，可分为：项衫丑、官袍丑、踢鞋丑、女丑、武丑、裘头丑、袿衣丑、长衫丑、老丑、小丑十个小类。

---

① 光绪二十八年（1902）《岭东日报》载。

由于潮剧早早走完了外来剧种地方化的路程，因此，近代潮剧在艺术上的发展、变化就算不上是鼎新革故。然而，鸦片战争后中国社会的剧变，尤其是近代兴起的戏剧改良运动，对潮剧的影响却不可谓不深远。首先，步入近代的潮剧，已不完全是潮汕方言的南戏了。兄弟剧种（诸如弋阳、昆曲、梆黄等）、地方民间歌舞表演、电影等艺术形式逐步地融汇到潮剧中，而“文明戏”一度雄踞舞台，又动摇了传统剧目的霸主地位，以致大革命时代的潮剧竟演出像《平江潮》那样的红色剧作。可以说，潮剧是既最大限度地保留了南戏传统，又博采众长的舞台艺术形式。其次，近代潮剧职业团体的蜂起，近代潮剧遂得以不断拓展观众市场，使自身成为闽南方言区域乃至海外潮籍华侨聚居地的一大地方剧种。

总而言之，近代潮剧如同古木上绽开的新葩，拥有古典的婀娜姿体，又散发出时代的芬芳。

琼剧，岭南地区四大剧种之一，发祥于海南琼州，故称琼剧。[①] 琼剧主要流行于海南各县，雷州半岛之雷州、海康、徐闻、广西合浦，以及东南亚琼籍华侨社区。

琼剧是元杂剧的支脉——弋阳腔的地方化剧种。据《海南岛志》载：“元代海南已有手托木头班，来自潮州，明中叶，土人仿之，就有土剧。清康乾间，土戏极盛，所唱腔调，初用潮音，杂以闽广土调，后乃改正土音。”明人徐渭《南词叙录》云：“今唱家称弋阳腔，则出于江西，两京、湖南、闽、广用之。”据此，则知琼剧的前身——海南土戏源自南曲之弋阳腔。幼稚的海南土戏演变为成熟的琼剧有赖于地方民间艺术的影响。宋元两代，海南民歌歌风甚炽，甚至有曲本存

① 详参陈鹤亭《琼剧》，载广东省戏剧研究室编：《广东省戏曲和曲艺》第45—59页，1984年版。

世，著名的就有《孟姜女》、《梁生游学》、《牛郎织女》、《从六歌》等。这些民歌体裁近似弹词。从琼剧的唱腔音乐中，可发现琼剧的确或多或少吸收了民歌的有益成分。例如民歌的歌式，韵律完全同于琼剧的“中板”（“七平板”）。大约在近代以前，海南土戏还是这么个样子：唱腔音乐秉承了弋阳腔的传统，却又杂糅了地方民歌；舞台语言则是中州音韵、海南方言的混用。与其他剧种不同的是，海南土戏唱用方言，白用中州音韵。

严格说来，琼剧是在近代形成的，因素有二：

首先是外来的地方剧种的影响。对琼剧造成深刻影响的地方剧种有泉调、潮州白字戏、广东军戏（粤剧）等。泉调、潮州白字戏对琼剧的影响似乎是必然的，三个剧种所使用的舞台语言尽管分属不同的方言，但同属闽南语系；而且三个剧种都源自南曲，表演艺术方面有不少共通之处。举例说吧，三个剧种都有南曲的保留剧目，诸如《琵琶记》、《白兔记》、《破窑记》等等。因此，从乾隆年间到光绪年间，泉调的福建班、潮剧的潮州班纷纷涌入海南岛开台演戏，设馆授徒，不但大大扩展了琼剧的阵容，而且给琼剧带来了艺术上的革新。广东军戏（粤剧）对琼剧的影响主要是剧作的引进和唱腔音乐的改革。李文茂抗清起义失败后，许多粤剧艺人流亡到海南岛，他们中有的设馆教戏，有的插班演出。广东军戏（粤剧）的新、老“江湖十八本”以及《雪重冤》、《刘金定斩四门》、《九更天》、《六月飞霜》、《五子登科》、《虎牢关》、《十三岁封王》等剧目就是这段时间移植到琼剧里去的。不过，海南方言和“军语（粤语）”毕竟相去甚远，为了能顺利出演广东军戏（粤剧）的剧目，琼剧吸纳了“梆黄”体系中有益的成分，从而使文戏带帮腔的曲牌体演变为板腔体，武戏则由科白戏演变为有唱腔音乐（主要为“梆黄”体）的武打戏。这段时间的琼剧甚至有了“海南腔”等属于自己的板腔曲调，而许多弋阳腔体系的传统曲牌、锣鼓谱和小曲等反倒给抛弃了。辛亥革命前后，花旦瑞兰、张禄金、张赛蛟，小生陈庆生、汪桂生、鸡蛋生等名伶带头丢掉帮腔。至此，带帮腔的曲牌体制的时代宣告结束。板腔体的琼剧就是这么形成的。

其次，琼剧艺人参与了太平天国运动，使琼剧扩大了影响，琼剧遂得以繁盛和发展。琼州三点会（取洪秀全的洪字三点水偏旁之意）曾响应太平天国运动，打击州、县清朝的地方统治者。太平天国运动失败后，三点会仍坚持斗争。三点会的首领就是琼剧艺人武旦郑鸿鸣和武生李家清。虽然郑、李二人于光绪二十年（1894）力战身亡，但也令清政府不敢小觑三点会。如琼剧“长字班”，曾被清政府勒令解散，不久又通令复班。可见琼剧组织的发展，乃至近代琼剧的发展，与此不无关系。

近代琼剧在唱腔音乐方面的革命，引发了诸如行当角色、音乐伴奏、戏剧创作等方面的连锁反应。

早期的海南土戏只有生、旦、净、丑四个行当。同治、光绪年间便发展为生、旦、净、末、丑、杂六大行当，而且逐渐细分为：正生、贴生、小孩生，正武、贴武、三武，正旦、贴旦、花旦、彩旦、妈旦（婆脚）、夫人旦、武旦、弓马旦，大净、二净（大二花脸），末叫杂仔，有文杂仔、武杂仔，文丑（又称花生、花生杂）、武丑，杂即杂脚，又称杂经头（即万能老倌，为各行当病事假缺席时的总贴脚色）。琼剧有个惯例，必须由杂脚扮演皇帝，因此，杂脚被奉为班中“皇帝”，地位仅次于班主。此外还有四大金刚（专当武打手下）等。

早期海南土戏的伴奏乐器只有锣、鼓、笛，称为“锣鼓吹打”。光绪年间增加竹制高调弦，有一支加至三支（其中一支为和音弦）。辛亥革命前后则加入二胡、椰胡、月琴、秦琴、三弦、长短管等中乐器，五四运动后，又加入提琴等西洋乐器。

早期的海南土戏剧目大多为弋阳腔的戏曲遗产。受泉调、潮州白字戏的影响，后来又移植了《陈三五娘》（潮剧之《荔镜记》）等剧目。咸丰以后，琼剧又出演广东军戏（粤剧）的剧目，如《八仙庆寿》（粤剧之《贺寿》）、《六国封相》、《古城会》以及新、老“江湖十八本”。在戏剧改良运动期间，琼剧艺人不但移植改编了其他兄弟剧种，如《秋瑾殉国》（粤剧《秋瑾》）等，而且创作了不少新剧，如《救国运动》、《空谷兰》、《断肠草》、《啼笑姻缘》等。

在琼剧的历史上，有一位对近代琼剧贡献良多的演员、剧作家，他就是吴发凤。①

吴发凤（1870—1946），原名家悦，字名介，海南文昌县人。辛亥革命前后，吴发凤以犀利的笔触，撰写了不少“文明戏”，积极地配合反帝反封建的斗争，剧作的主要内容包括：

一是反映人民群众反封建制度的斗争精神，以及对自由生活的向往和追求。

二是反对封建门阀观念，主张民主、平等。

三是揭露和鞭挞愚昧落后、残酷野蛮的封建社会。

吴发凤毕生编撰了一百多部琼剧的古装戏、时装戏（文明戏）和演唱本，可谓创作颇丰。

此外，吴发凤还创造了二字板、三七板、三五七中板等新板腔，丰富了琼剧的唱腔音乐。

琼剧历史上最辉煌的时刻当数近代。这个时期，琼剧不仅

---

① 详参马明晓、陈鹤亭《吴发凤及其剧作》，载中国戏剧家协会广东分会、广东戏剧研究室编：《戏剧艺术资料》第6期，《戏剧艺术资料》编辑部，1982年3月版。

彻底完善了舞台艺术形式，而且呈现出空前的繁荣景象：演员队伍庞大，演出剧目异常丰富，戏剧效应由岛内波及岛外。可以说，它在岭南地区四大剧种中的地位，就是在这个时候奠定的。

广东汉剧，原称“外江戏”。[①] 早期以潮州府治为活动中心，后逐步延伸扩展至广东的东江、韩江流域，福建的闽西、闽南以及赣南一带。随着广东汉剧班子的出洋，广东汉剧在东南亚客籍华侨社区也拥有观众市场。

广东汉剧和福建汉剧（当地旧称“乱弹班”）相同，以二黄、西皮（又称“南路”、“北路”）为主要声腔。

广东汉剧起源于雍正、乾隆年间。在广东活动的“徽班”，为花部乱弹的一个分支。证据大抵有三：

一是外江班包括安徽班、湖南班、江西班等，以徽班为最。乾隆二十四年（1759）建立的“外江梨园会馆”（位于广州归德魁星巷）中有一处乾隆四十五年（1780）的碑记（原碑现藏广州博物馆），载明徽班凡九，其中的春台班还是当时赫赫有名的四大徽班之一，湖南仅两班，江西、广西各一班，来历不明的一班。到了道光年间，外江班几乎成了徽班的代词了。“大抵外江班近徽班”[②]，因此，原称“外江戏”的广东汉剧实是源自“徽班”。

二是从剧目情况看，广东汉剧和徽剧有着共同的传统剧目。早期的徽剧剧目有《快活林》、《淤泥河》、《昭君》、《王婆骂街》、《斩貂》、《碧游宫》、《大回朝》、《挡马》、《齐王点

---

① 详参张沛芳、涂公卿、吴伟忠：《广东汉剧》，载广东省戏剧研究室编：《广东省戏曲和曲艺》，第60—76页，1984年版。

② 杨掌生《梦华琐簿》，载《京尘杂录》，上海同文书局，光绪十二年刊刻本，又载《群芳志（初集）》，国光书局制版部，1914年。

马》等，早期的广东汉剧也有这些剧目。可见广东汉剧和徽剧有着同一个“老祖宗”——徽班。

三是从声腔音乐方面考察，广东汉剧和徽剧也有不少相同或相近之处。例如，两者的安庆调和安春调完全相同，二黄平板和西皮数板也相近。又如，古徽剧的领奏乐器“徽胡”，其形构、质地、大小、音色都基本同于广东汉剧的头弦（“吊规子”）；古徽剧的“大锣”、“先锋号”则分别等同于广东汉剧的“大苏锣”和“号头”（又称“吊喇子”）。

然而，广东汉剧并非“徽班”的延续，它在地方化的过程中不断受到地域文化和兄弟剧种艺术的影响，才得以形成今天这个样子。譬如湖北汉剧就明显地影响过广东汉剧。据考察，两剧种的西皮唱腔几乎是同出一辙。显然，深受秦腔影响的湖北汉剧转而影响了广东汉剧。

虽说广东汉剧源远流长，但“汉剧”这么个名称却只有几十年的历史。19 世纪 30 年代初，大埔县晚清秀才钱热储首先使用了“汉剧”这个名称：“何谓汉剧？即吾潮梅人所称外江戏也。”“外江戏何以称汉剧？因此种戏创于汉口之故也。”① 于是，钱热储等人遂提议将“外江戏”改名为“汉剧”。如前所述，广东汉剧源自徽班。很明显，钱氏的说法并不准确。不过，几十年来“汉剧”一名已家喻户晓，也就只好将错就错了。

广东汉剧在其形成的过程中，尽管也吸纳了兄弟剧种的某些艺术长处，但是，如果没有地方文化的陶冶，恐怕广东汉剧也还是“外江戏”罢了。

外江戏从道光初年开始进入潮汕地区。从那个时候起，外江戏即受到地方文化的陶冶。一方面，外江戏吸收客籍、潮籍

---

① 钱热储：《汉剧提纲》，汕头印务铸字局，1933 年版。

人士参加演出；另一方面，外江戏则兼容并蓄当地群众喜闻乐见的民间音乐。其结果，不但使外江戏能够为广大观众所接受，获得了赖以生存的条件，而且，使外江戏得以丰富、完善唱腔音乐，逐步形成广东汉剧的独特风格。光绪年间，外江戏基本完成其地方化的进程。“官话”不再是唯一的舞台表演语言了。由于唱腔上仍挣不脱徽调的羁绊，广东汉剧的“唱”仍使用“官话”，但“白”则半“官话”半客话，或带客家腔的“官话”，或带潮州腔的“官话”。

舞台表演语言和音乐唱腔上的变化使近代广东汉剧迅速发展。咸丰、同治年间，粤东地区有三十多支外江班队伍，其中以上四班（活动于韩江流域的“老福顺”、“老三多”、“荣天采”和“新天采”）最为著名。尔后，外江戏的活动区域不断拓展，以致福建也有四支著名的外江班，称为下四班，同样取名为“老福顺”、“老三多”、“荣天采”和“新天采”。甚至还有所谓的成人班、童子班、咸水班（指演员阵容不太整齐、表演艺术较为逊色以及服装、道具不够完备的戏班）。外江班甚至远赴上海，甚至到东南亚演出。如1908年，有著名演员乌净姚显达，老生阿盖、罗琏芝，红净陈隆玉，老旦耀龙压阵的“荣天采”班赴沪演出，获得“面面俱到，处处生色”、“庄谐杂出，弄得满天星斗，使观众目不暇给”等赞誉。“老三多”班也曾于1910年南下马来亚、新加坡、印度尼西亚等国家演出，历时三年之久，可见广东汉剧受欢迎的程度。

近代广东汉剧的剧目基本上是传统剧目，共八百七十二个（其中有完整剧本的剧目三百二十八个），其题材内容与皮黄系统的兄弟剧种大同小异。历演不衰的有《百里奚认妻》（又名《扊扅歌》，源自明人孙伯龙所作同名杂剧）、《林昭德》、《齐王哭殿》、《店别》、《三打王英》、《打洞结拜》、《丛台别》、《盘夫》、《红书宝剑》等。

由于客家话与中州音韵的“官话”相去不远，广东汉剧最大限度地保留了“外江戏”的舞台表演艺术：唱腔音乐基本是徽调（二黄）和秦腔（西皮，或称梆子）的合二为一；行当角色基本同于京剧、湘剧、祁剧、湖北汉剧等兄弟剧种；剧目来源基本上是皮黄系统的遗产。还有一个重要的原因，那就是，近代广东汉剧没受到戏剧改良运动的冲击。因此，外江戏的地方化就显得缓慢而且很不彻底。不过话得说回来，外江戏毕竟已经深深扎根在潮梅地区，而且很久以来就沐浴着区域文化的和风玉露，因此，我们也只能视之为地方戏——广东汉剧，而不把它当作“外江戏”。

除了粤、潮、琼、汉四大剧种外，岭南地区还有其他一些小剧种，例如乐昌花鼓戏、梅县山歌剧、粤北采茶戏、雷剧、临剧、粤西白戏、海陆丰白字戏等。这些小剧种，大都历史悠久，源流复杂，但仅限制在某一地区，流行不广，艺术也较为原始。

近代是岭南地区戏剧发展历史上的里程碑。这个时期，各地方剧种（除潮剧外）相继宣告形成。同时，在近代三次大浪潮的推动下，诸地方剧种呈现出前所未有的兴旺景象：戏剧创作繁荣，从业人员激增。可以断言，诸地方剧种日后的发展完全有赖于近代所奠定的坚实基础。

民主革命时期的文学

第一章　民主革命时期诗人

戊戌变法失败后，以孙中山为首的资产阶级民主革命派，积极领导了推翻清王朝封建统治、建立民主共和国的革命运动。在这个时期，广东一大批革命志士，追随在孙中山左右，成为他的得力助手。他们自觉地运用诗歌这一武器，宣传民主革命和反帝反清的主张，讴歌正义，贬斥邪恶，诗中洋溢着强烈的革命激情。其中重要的革命活动家兼诗人有廖仲恺、朱执信、胡汉民、汪精卫等人。

第一节　廖仲恺　朱执信

廖仲恺（1877—1925），原名恩煦，字仲恺，号夷白。惠阳人。出生于旅美华侨家庭。1893 年回国。1902 年留学日本。在日期间，先后与胡汉民、汪精卫、朱执信、秋瑾等结识，交往密切，立志反清革命。1903 年认识孙中山，开始参加民主革命运动，并于 1905 年参加中国同盟会。入同盟会后，曾积极进行理论宣传活动，为《民报》撰写和翻译了一些有关社会主义的文章。辛亥革命后任广东都督总参议，兼理财政。随后又积极参加孙中山领导的反袁（世凯）斗争。失败后随孙中山逃亡日本，参加中华革命党。1919 年在上海与胡汉民、朱执信等创办《建设》杂志，宣传孙中山的学说。1921 年孙中山在广州任非常大总统，他任财政部次长、广东省财政厅长。1922 年 6 月，陈炯明叛变，他被囚禁，赖何香凝多方奔走营救，脱险抵上海。年底，代表孙中山赴日本与苏联政府代表越飞会谈，并于翌年发表《孙文越飞宣言》。从此积极协助孙中山改组国民党，确定联俄、联共、扶助农工的三大政策。1923 年孙中山回粤就任陆海军大元帅，他被任命为大本营财政部长和广东省长。1924 年国民党改组后，被选为中央执行委员会委员、常务委员、政治委员会委员，并先后兼任工人部长、农民部长、黄埔军校党代表、广东省长、财政部长、军需总监等职。孙中山逝世后，他继承孙中山遗志，参加了讨伐陈炯明的东征战争，镇压杨希闵、刘震寰的叛乱。省港大罢工期间，积极安排罢工工人生活，并担任罢工委员会顾问。1925 年 8 月，被国民党右派暗杀于广州。著有《双清词草》。后人辑其遗文为《廖仲恺集》。1985 年人民出版社辑集他的全部诗文词、公牍、演说、译著以及何香凝的作品为《双清文集》。

廖仲恺政务繁忙，无暇作诗，故所存作品不多。《双清词草》所收的诗词，大多写于 1922 年被陈炯明囚禁之时及赴日本与越飞会谈之馀，可谓馀事为诗，以抒其志。廖仲恺最早的诗作是写于 1910 年的《吉林岁暮杂感》二首。其第二首写道：

> 兀坐了无趣，萧斋守岁阑。枕孤鸳梦冷，云远雁行单。松柏励初志，风霜改素颜。遥知南岭表，先见早春还。

此时廖仲恺正奉孙中山之命，只身前往东北进行秘密活动。“枕孤”二句充分写出他对何香凝的思念之情；“松柏”二句则表达出自己虽历尽风霜也不改松柏之志。整首诗一气呵成，从中可见革命者的襟抱。

1922年6月陈炯明叛变，廖仲恺被诱捕囚禁。被囚期间，他写下十多首诗词，以抒怀抱。他在《壬戌六月禁锢中闻变有感》一诗中，对国事表达了深切的忧虑和悲愤。此诗共四首，饱含感情，工于用典，是廖诗中的佳作。下选其中的第二、三首，以见其“闻变”时的痛愤悲慨：

妖雾弥漫溷太清，将军一去树飘零。隐忧已肇初开府，内热如焚夕饮冰。犀首从雠师不武，要离埋骨草空青。老成凋谢馀灰烬，愁说天南有殒星。

咏到潜龙字字凄，那堪重赋井中泥。当年祈福将刍狗，今日伤心树蒺藜。空有楚囚尊上座，更无清梦度深闺。华亭鹤唳成追忆，隔岸云山望欲迷。

二诗感伤时局，兼及怀人，情致深婉。前一首之“将军”指不久前被陈炯明暗杀的粤军参谋长邓铿，“老成凋谢”指当时闻变忧逝的广东省长伍廷芳；“隐忧”一句，指出陈炯明早有叛意，因1921年总统府成立时他曾声言：“我不愿任何人骑在我的头上。”后一首写作者由被囚而思及就义，故有“华亭鹤唳”之叹。廖仲恺还先后写下《留诀内子》和《诀醒女、承儿》等诗，自料难得生还，作好了牺牲的准备。他在《留诀内子》中写道：

后事凭君独任劳，莫教辜负女中豪。我身虽去灵明在，胜似屠门握杀刀。

殷殷嘱托，视死如归，情意哀婉而志趣坚决，具见革命者的凛然正气。

朱执信（1885—1920），原名大符。番禺人。生于书香之家，其父朱启连为著名学者、诗人。1904 年留学日本，攻读法政科，与孙中山结识。次年参加中国同盟会，任评议部议员。曾为《民报》撰写大量论文，捍卫和阐发孙中山的三民主义学说，批判保皇党谬论。1906 年归国，先后在广东高等学堂、政法学堂等校任教，暗中宣传革命和策动起义。1910 年与赵声、倪映典等发动广州新军起义。次年参加黄兴领导的广州起义（黄花岗之役），他是进攻督署的敢死队员之一，在激战中负伤，后流亡到香港。武昌起义爆发后，他在广东发动民军起义，对促成广东的和平光复起了巨大作用。广东军政府成立后任总参议。1913 年“二次革命”失败后，随孙中山去日本，参加中华革命党。次年回广东，策划反袁世凯的武装活动。1917 年护法运动中，任孙中山大元帅府军事联络及掌管机要文书等职务，为维护《临时约法》和反对桂系军阀而斗争。五四运动后，与廖仲恺等人在上海办《建设》杂志，进一步阐发三民主义，并称颂俄国十月革命，赞扬五四新文化运动，紧跟历史潮流，与时代共同前进。1920 年 9 月，在广东虎门策动桂系军队反正时，被军阀杀害。遗著辑为《朱执信集》。

朱执信参加革命后，积极钻研革命理论，写下政治论文近百篇，都是针对中国现实政治而发的。他的诗作现存不多，大都充满激进的战斗精神，闪现出革命的光辉。如写于 1909 年的《拟古决绝词》及《代答》，就是极佳的二首。此二诗据《朱执信先生自书诗遗墨》编者注称，乃是汪精卫等人拟入京行刺摄政王载沣时，朱执信的赠别之作。二诗以传统的比兴手法，写出诗人对人生意义的一些看法，热情地赞美革命者高尚的品格和牺牲精神，悲歌慷慨，神旺气足。下选前一首《拟古决绝词》，以见其壮怀：

> 决绝复决绝，萧艾萋萋生，不如蕙兰折。白露泠泠群卉尽，只剩柔条倚风泣。中夜出门去，三步两徘徊。言念同心人，中情自崩摧。我心固匪石，万言千言空尔为？月光皎皎缺复圆，星光睒睒繁复稀。月光星光两淡荡，欲照未明鸡唱时。芙蓉江上好，幽兰窗下洁。所宝在素心，不向秋风弄颜色。水流还朝宗，叶落还肥根。来年春三月，伫看万木繁。人生在世亦如此，此身何惜秋前萎！

在《代答》一诗中，诗人又以赴京行刺者的口吻，表达了“誓涤尘垢清人寰”以及“不惜此身苦”，“一往逝不还”的壮志，气概豪迈，视死如归，具见革命者为国捐躯的崇高品格。

1915年秋，国内政治风云变幻，筹安会一伙正鼓吹复辟帝制，中华革命党发表通告，揭露袁世凯称帝的罪恶阴谋，号召人民起来革命。朱执信写下《观物》二首，以刺其事。其第二首写道：

> 世事衣苍狗，人言海大鱼。沐猴冠已久，腐鼠璞何殊！问鹿争征马，占龟便献图。如闻避风鸟，不独是爰居。

此诗句句以物喻人，题为《观物》，实以物变喻世事之变，极尽冷嘲热讽之能事。其中三四句写袁世凯妄窃高位，如同“沐猴”、“腐鼠”，五六句写筹安会诸人争相指鹿为马，劝进捧袁，丑态百出，语极辛辣讽刺。

朱执信还先后写有《感怀》三首、《杂诗》五首和《读〈汉书〉》八首，皆托物借事以抒怀，表达自己对现实问题的一些看法。《读〈汉书〉》诸诗，造语古奥，意旨深微，皆借

《汉书》中的人和事以抒发感慨。诗中多次出现“美新”、“剧秦”等语，乃借西汉扬雄在王莽篡位后作《剧秦美新》一文以歌功颂德之事，来讽刺筹安会“六君子”引经据典，拥戴袁世凯称帝的丑恶嘴脸。《读〈汉书〉》诸诗引用《汉书》史事甚多，不熟读《汉书》的人便会觉得深奥难懂。《杂诗》五首，继承了汉魏诗歌的优良传统，风骨峻健，饶有感慨。如其中的第一首：

> 凉风忽已厉，中夜绪苦恶。共此羁旅怀，畏道罗衾薄。缠衣起绕间，明星粲如昨。俯见渔舟宿，宵火熸不灼。万物归一静，畯寒起寥廓。还就单枕眠，惟有念离索。

通首写中夜不寐，孤寂彷徨之情，表现了诗人在革命事业遭到严重挫折时的苦闷心境，艺术上颇接近阮籍《咏怀》诗的风格。

朱执信与廖仲恺同为孙中山的得力助手，是资产阶级民主革命派中著名的活动家和理论家。二人矢志追随孙中山，与时共进，永不落伍。他们的诗词作品大都充满着激进的革命精神，格高调响，含义深长，足可与他们的光辉一生互相媲美。

第二节　胡汉民及其他诗人

胡汉民、汪精卫与廖仲恺、朱执信均为好友，都曾是不离孙中山左右的股肱，常被合称为胡、汪、廖、朱。四人中除朱执信遇害早逝外，只有廖仲恺坚决执行孙中山的三大政策，并为此而献出自己的生命。胡汉民则顽固地抱着旧三民主义不放，反对历史的转变；汪精卫更晚节大亏，成了可耻的汉奸。

胡、汪二人后期所走的道路，是完全背离了孙中山的教导的。但二人早期革命，曾写下过一些较好的诗篇，应该实事求是地给予肯定。

胡汉民（1879—1936），原名衍鸿，字展堂，号不匮室主。番禺人。幼读经史，二十三岁时考中举人。1902 年东渡日本留学。1905 年与廖仲恺同时加入同盟会，任书记部书记、评议部议员及《民报》编辑，与保皇派的《新民丛报》展开论战。1911 年初，在黄兴策划广州新军起义和黄花岗之役时，曾参与机要。武昌起义爆发后，被推为广东都督。1913 年被袁世凯免职。次年随孙中山到东京，参加中华革命党，任政治部长，主编《民国》杂志。1917 年，孙中山在广州成立护法军政府，胡出任交通部长。1918 年随孙中山抵沪，次年参与创办《建设》杂志，积极宣传三民主义。1924 年国民党改组，成为右派首领。孙中山北上后，代行大元帅职权。不久改任国民政府外交部长，后因涉嫌廖仲恺被刺案去职。1927 年参与蒋介石发动的反革命政变。历任南京国民党中央政治会议主席，立法院院长等职。1931 年与蒋介石争权被囚禁，九一八事变后获释。回广东后，策动两广军阀反蒋。1933 年在香港创办《三民主义半月刊》，标榜抗日、反蒋、反共。1934 年在宋庆龄、何香凝等人领衔发表的《中国人民对日作战基本纲领》上签名，表示赞同。1935 年 12 月，在国民党五届一中全会上，被推为中央常务委员会主席。次年在广州病故。

胡汉民能文能诗，在任《民报》和《民国》、《建设》杂志编辑时，为宣传孙中山的三民主义学说，起过积极的作用。他的文章观点鲜明，深入浅出，其中影响较大的有《民报六大主义》及《告非难民生主义者》等篇。他在《民报》发表的政论文章，曾得到孙中山的赞许，谓其“透言列强之政策，了如观火，使读者快慰不已”。而《民报六大主义》一文，更被人视为“同盟会时期受孙先生指导，公认之革命纲领”。胡汉民政馀之暇颇喜为诗，在国民党文人高官中号称“能诗者”。著有《不匮室诗钞》四卷。他早期的作品意气豪迈，革命性强，不乏佳作。如作于1910年的《在星洲得港讯知精卫等失陷》一诗，表达了他对汪精卫等人入京行刺摄政王载沣时失手被捕的关注，感情颇为深挚。又如作于1917年的《纪事》八首，记张勋及其一伙封建馀孽的复辟丑剧本末，用典贴切，嬉笑怒骂，极尽讽刺之能事。1920年朱执信不幸遇害，他追怀彼此情谊，无限惋惜哀悼，写下极其沉痛的《哭执信》一诗：

岂徒风谊兼师友，屡共艰虞识性情。关塞归魂秋黯淡，河梁携手语分明。盗犹憎主谁之过？人尽思君死太轻。哀语追摹终不是，铸金宁得似平生？

此诗沉郁悲愤，情文相生，是集中的名作。末句以越王勾践用良金为范蠡铸像作喻，称赞朱执信有大功于国，极表崇敬叹惜之情。1922年6月，陈炯明在广州发动武装叛乱，以大炮轰击总统府，妄图一举置孙中山于死地。孙中山事先得到消息，化装脱险，避难于永丰舰中。胡汉民闻讯写成《书愤》一诗，对陈炯明的罪恶行为表示声讨：

纷纷狐鼠未驱除，揽辔中原计本疏。紫色蛙声今竟尔，白龙鱼服定何如！桓温誓墓甘遗臭，赵盾欺人畏直书。犹幸六师能讨贼，秦庭不待哭包胥。

诗中首二句以“狐鼠”比陈炯明，并指出孙中山在陈贼未除之前而发动北伐考虑欠周；三四句以“紫色蛙声”喻陈炯明伪装革命，又以“白龙鱼服”喻孙中山遭到危困；五六句集中笔力痛斥陈炯明，既指斥其包藏祸心，如同桓温一样甘于遗臭万年，又以“赵盾畏直书”的典故，指出他叛乱后妄图洗脱罪名，大耍欺人手段；末二句庆幸孙中山脱险后能指挥六军讨贼，相信陈贼定被讨平，自己也不用像申包胥那样哭秦庭求救了。全诗义愤填膺，充满感情，是胡诗中的力作，可与廖仲恺的《壬戌六月禁锢中闻变有感》相媲美。他作于1923年的《西湖》诗四首，凭吊葬于湖畔的岳飞、于谦、林逋、秋瑾诸人之墓，怀古思今，颇多感慨。其中《秋女侠墓》写道：

见说椎秦愿已酬，那知沧海尚横流。我来风雨亭边过，不是秋时也欲愁。

前二句写推翻清朝之后，天下尚未太平，社会依旧动荡不安；后二句化用秋瑾“秋风秋雨愁煞人”诗意，表示对烈士的悼念和叹惜。此时的胡汉民，诗中尚多豪迈之气。随着作者政治上退坡，他后期的诗歌也就失去早年作品的思想意义了。

胡汉民《不匮室诗钞》中存诗多为七律，先后与谭延闿（组庵）、陈融（协之）、冒广生（鹤亭）、易孺（大厂）等人唱酬甚多。其为诗喜次韵、叠韵，又喜集古碑字为古近体诗。如卷二诸诗多以“师期”为韵，一叠再叠，多逾百首。重复叠韵，限制颇多，可见其功力；但读者连篇读去，老是“师期”作韵，便有厌烦之感。又如卷三之诗，反复集曹全碑字为诗，以逞其才，亦多达数十首。陈衍在《不匮室诗钞叙》中称他“才思有馀”，就以他喜欢次韵、叠韵及集古碑字作诗为据。胡汉民晚年对韩愈、王安石诗特别喜爱，反复玩味，写下读韩诗王诗各数十首，从中述见解，抒胸臆，颇多心得之言。他的诗风也与韩、王二人相近。陈三立称其诗“得力于二家至深，故五七古皆近退之，七言绝句皆肖介甫”，可谓知言。冒广生在《不匮室诗钞叙》中誉其诗“以雄直之气，发为阳刚，若甲胄之在身，凛然有不可犯之色”。陈衍赞其诗“以精悍之笔，达沉挚之思，不肯作一犹人语”。二人褒扬虽有过当之处，但胡氏功力确深，却是有诗为证的。《不匮室诗钞》卷三、卷四之诗，皆写于1931年，是年胡汉民与蒋介石争权不遂，“罢政养疴”于南京，常与冒广生、易孺等人唱和，益发玩弄技巧，逞其才学，诗力虽深，却已无早年的豪气了。

汪精卫（1883—1944），原名兆铭，字季新。番禺人。1904年留学日本，1905年加入中国同盟会，曾任《民报》主编。其后随孙中山到东南亚活动，协助孙中山筹建同盟会南洋分会，以其富有辩才和办事干练深得孙中山赏识。1910年因参加暗杀清摄政王载沣被捕，辛亥革命后获释。“二次革命”失败后，赴法留学。1919年回国，随孙中山任职于广东政府。1924年国民党在广州召开第一次全国代表大会，参与会议文件起草工作，并当选为中央执行委员。同年7月，在广州任国民政府主席兼军事委员会主席。1926年1月，在国民党第二次全国代表大会上被选为中央执行委员会主席，随后又担任中央军事委员会主席。这段时期，汪精卫在贯彻、宣传孙中山三大政策，实现国共两党合作方面，做了一定的工作。“中山舰事件”后被迫辞职出国。1927年回国，主持武汉国民政府；不久发动“七一五”反革命政变。以后历任南京国民党政府行政院长、外交部长等职。1931年“九一八”事变后，一贯主张对日妥协。1940年3月在南京成立伪国民政府，任主席兼军事委员会委员长、行政院长等伪职。1944年死于日本。

汪精卫长于诗文，著有《汪精卫文存》、《汪精卫集》及《双照楼诗词稿》等。他早年在《民报》上发表的一系列文章，观点鲜明，文锋犀利，在当时享有盛誉。其《革命决不致召瓜分》和《申论革命决不致召瓜分之祸》二文，曾得到孙中山的高度评价。随着思想及政治上的倒退，汪精卫的言论转向反动，终于沦为汉奸卖国贼。他在病危时曾表示不要留存文章，可留的只有诗词稿。他的早期诗词作品慷慨豪迈，颇具革命性。如写于 1910 年的《被逮口占》四首，曾经传诵一时。其中最脍炙人口的为第三首：

慷慨歌燕市，从容作楚囚。引刀成一快，不负少年头。

悲歌慷慨，视死如归，的是佳作。又如《秋夜》一诗，写狱中所感，哀切动人：

落叶空庭夜籁微，故人梦里两依依。风萧易水今犹昨，魂度枫林是也非。入地相逢虽不愧，擘山无路欲何归？记从共洒新亭泪，忍使啼痕又满衣。

此诗写成后由狱卒辗转至其妻手中，其妻持归南方，同盟会骨干胡汉民、赵声等人读后，感奋不已。其中三四句尤佳，陈衍誉之为“工切绝伦”。

汪精卫狱中诗有二十多首，多激昂感慨之作，为《双照楼诗词稿》中的最佳部分。其著者除上引两诗外，尚有《狱中杂感》、《咏杨椒山先生手所植榆树》、《中夜不寐偶成》、《除夕》、《杂诗》、《狱中闻温生才刺孚琦事》、《辛亥三月二十九日广州之役，余在北京狱中，偶闻狱卒道一二，未能详也，诗以寄感》、《感怀》、《述怀》等诗，诗中佳句甚多，如“一死心期殊未了，此头须向国门悬”、“凄绝昨宵灯影里，故人颜色渐模糊”、“霜鬓侵何易，冰心抱自坚”、“九死诚不辞，所失但躯壳”等句，或缅怀故人，或抒写襟抱，均壮怀激烈，富有才情。其中《中夜不寐偶成》一章，纵横飘逸，直抒胸臆，是其力作：

> 飘然御风游名山，吐噏岚翠陵孱颜。又随明月堕东海，吹嘘绿水生波澜。海山苍苍自千古，我于其间歌且舞。醒来倚枕尚茫然，不识此身在何处。三更秋虫声在壁，泣露欷风自啾唧。群鼾相和如吹竽，断魂欲啼凄复咽。旧游如梦亦迢迢，半炧寒灯影自摇。西风羸马燕台暗，细雨危樯瘴海遥。

陈衍《石遗室诗话续篇》极赏此诗，赞道：“自来狱中之作，不过如骆丞（宾王）、坡公（苏轼）用‘南冠’、‘牛衣’等事。若此篇一起破空而来，篇终接混茫，自在游行，直不知身在囹圄者，得未曾有。”称誉可谓备至。

辛亥革命后，汪精卫的诗词，多为写景、咏物、纪游之作，无复昔时慷慨豪迈之气。盖因作者政治上的退坡，导致他的作品多谈风月，少谈国事，思想意义便大为减弱。但汪氏到底较有才情学养，故写景咏物之作时有新意。如《秋夜》中的“微虫不与无衣事，也作人间促织声”、“繁星点点人间泪，聚作银河万古流”等句，前者把秋虫声与织秋衣连在一起，后者把繁星比作泪滴，立意比较新颖。汪精卫的纪游诗，以写欧美风光的较有特色。如《西班牙桥上观瀑》一诗，写瀑布的气势和变化，形象生动，甚得“观瀑”二字之趣。此外，如《丽蒙湖上观落日》写湖上落日的光影色彩变化，《孚加巴斯山中书所见》写山中的巨壑、瀑布、峭石、老松、大湖，均观察细致，描写逼真，颇为不俗。

汪精卫诗歌之外，尚能倚声填词。他在狱中所写的《金缕曲》词，乃变用清初顾贞观寄吴汉槎之词句写成，颇有忧国忧民之思，在当时曾广为流传。其他词多为写景咏物之作，如，《齐天乐·印度洋舟中》、《百字令·七月登瑞士碧勒突斯山巅遇大风雪》、《疏影·菊》、《百字令·水仙》等，或写域外风光，或于咏物寄意，词笔清健，颇见才情。

从《双照楼诗词稿》看，汪精卫是较有才气的。陈衍极赏他的早期诗歌，曾把他与胡汉民合称为“粤东二妙”。当汪精卫还是一个革命者的时候，确是曾经写过一些好诗的，特别是他行刺摄政王载沣被捕后所写的狱中诗最为突出。从诗中看，他当时确是作好了牺牲的准备的。在狱中，他曾一再表示“冰心抱自坚”和“不改岁寒心”，显得不屈不挠，志节高尚。但随着历史的发展和革命的变化，他越来越走向反动。后期的诗词，多为风花雪月之作，偶有触及时事的，也只是故作豪语，言不由衷，没有多少价值。

古应芬（1873—1931），字勷勤，亦作湘芹。番禺人。1904 年留学日本，与胡汉民为同学。1905 年加入同盟会。1907 年毕业于日本法政大学。归国后，任广东法政学堂编纂、广东谘议局书记长。1911 年参加黄花岗起义，失败后逃往香港。武昌起义成功，他随胡汉民回广州，任广东都督府核计院长。后参加讨伐袁世凯与护法运动。1923 年任广东大本营秘书长。8 月随孙中山东征，讨伐陈炯明，写下甚有史料价值的“东征日记”。次年 9 月，任大本营财政部长，兼军需总监。1925 年先后任广东省政务厅长、国民政府财政部长等职。次年 1 月当选为国民党中央监察委员。曾参与清党。国民党南京政府成立后，任常务委员兼财政部长。1928 年赴日本考察，归任中央政治会议委员、国府文官长。著有《孙大元帅东征日记》、《双梧桐馆诗文集》。

古应芬晚年喜为诗，与胡汉民、陈融等多有唱和，颇见工力。他与朱执信交情甚深。1920 年，朱执信在虎门被害，他亲往护遗体归；又撰文叙其被害始末。过了十年，他参加纪念朱执信的活动，情不能已，又成诗五首，以遣悲怀。诗题为《九月廿一日纪念执信毕，竟日不怡。午后驱车郊原，木叶渐脱，四山多风，不禁悲从中来也，归而赋此》，下选第三、五首：

沧海茫茫星斗微，怒潮飞沫溅征衣。伶仃洋上伶仃客，记护灵輀一舸归。

宿草离离已十春，沙河前路总成尘。投鞭仍是艰虞日，碌碌依然一故人。

前一首回忆当年从海上护灵归。后一首慨叹国事依旧艰虞，而已身却碌碌无为。二诗情意深沉，极饶感慨。

古应芬诗多写于南京。1930 年冬至翌年春，胡汉民与蒋介石产生严重分歧，古应芬站在胡汉民一边。他目睹国事未如人意，常借诗歌抒发感情。如《秋日有怀翼群东京二首》之第二首：

春潮涨落秋澜起，故国疮痍不忍看。绝瘦风姿愁顾影，可怜毛羽怯冲寒。寄情歌咏聊堪遣，已病方书只自宽。最是日斜残照后，霜枫深处好盘桓。

1928 年古应芬曾往日本考察，与老同盟会员罗翼群相会，故诗末注称："前年与君日光之游，今不可再矣。"此诗意颇衰飒，当与其时胡、蒋矛盾之事有关。他另有《春日白下》一诗，亦有感伤之意。如第二首：

自维无计可留春，桑已成阴麦似茵。微荡晓风窗外柳，欲残寒月夜深人。任教红紫随流水，忍听车轮辗作尘。如此清淮清几许，更无打桨渡江人。

诗题之“白下”即南京。通首写春日情景，颇为贴切，“任教”二句极见感慨。

古应芬一向少作诗，从 1929 年开始，始有吟咏。由于学养深，有感慨，故虽作品不多，却工力不弱。

陈融（1876—1955），字协之，号颙庵，别署松斋、颙园。番禺人。早年留学日本，1905 年加入同盟会。1911 年参加黄花岗起义。后历任广东法政学校监督、警官学校校长、司法厅长、高等法院院长、政务厅长等职。1928 年任行政院政务处长。1931 年任广州国民政府秘书长，后任西南政务委员会秘书长。与胡汉民、古应芬等相交极厚。1948 年任总统府国策顾问。1949 年去澳门，后居香港。著有《读岭南人诗绝句》、《黄梅花屋诗稿》及《颙园诗话》等。

陈融精诗，工书，兼擅篆刻。生平富收藏，喜结客，爱才若渴。曾在越秀山下筑“颙园”，以延名士。凡诗书画艺有一技之长者，无不延誉。海内名宿如陈衍、冒广生等也曾南来作客。颙园一时成了风雅荟萃之所。陈融著述以《读岭南人诗绝句》名最著。此书以绝句形式，对岭南历代诗人一一品评，兼附小传，从汉杨孚一直写至民国时期诗人。不少鲜为人知的岭南诗人亦被他钩沉索隐考证出来，很有文献价值。从《读岭南人诗绝句》中，可见作者读书甚富，手眼极高，所作品评，虽寥寥数句，却能写出所咏诗人的面目。如咏盛唐名相张九龄的诗道（四首选二）：

江湖翻覆有波澜，忠爱长存楮墨间。兵燹不磨千载下，得诗尤较得臣难。

岭表光芒此一回，长城五字莫南陔。李骚张雅分明在，各有千秋莫浪猜。

前一道写张九龄历经江湖风波，而诗文中长存忠爱之心；其《曲江集》初无刻本，后得丘濬从馆阁群书中录出刊行，始传于世，故有“得诗尤较得臣难”之叹。后一首谓张九龄的诗歌大开岭南风雅，光芒万丈；其五言古诗与李白各有千秋。又如咏明初“南园五先生”之首的孙蕡诗道（四首选二）：

南园先后五先生，首数西庵气象横。闽十才人吴四杰，同时风雅动神京。

琪林华月抗风轩，园约琴樽共晚年。最爱故人王给事，两家书破薛涛笺。

前一首写孙蕡（西庵）等人与“闽十子”和“吴四杰”同时，共开有明一代风雅之宗。后一首写孙蕡与其馀四先生常于抗风轩作文酒之会，并特别点出与王佐（给事）唱酬甚密。再如咏清代乾隆年间“岭南四家”之一的黎简诗道（四首选二）：

昌黎劲骨涪翁面，萝薜森森现浣花。归理静中禅榻梦，鬓丝新见是南华。

风雅升沉一代愁，萧条冷月望罗浮。屈陈一百馀年后，应有樵夫在上头。

前一首指出黎简诗学韩愈（昌黎）、黄庭坚（涪翁）和杜甫（浣花），又指出他诗多禅语和庄子（南华）语。后一首写黎简（樵夫）能开一代风雅，是继屈大均、陈恭尹后的杰出诗人。所评允称确当，当是熟读诗人专集后的心得之言。《读岭南人诗绝句》，收诗人二千馀家，共四千多首，是陈融穷四十年心力之作。冒广生在序中称誉此书“专为一都一邑网罗文献，托之长言，蔚成巨制”，“楚庭耆旧于是乎因诗以存，美矣富矣，蔑以加矣”，给予极高评价。

陈融《黄梅花屋诗稿》写于20世纪20年代末至40年代末，诗稿中以七律居多，工力深湛，颇有宋格。叶恭绰在序中称其诗“清刚深切，与后山（陈师道）、简斋（陈与义）为近，可谓能续其绪”，指出他的诗以宋诗为宗。他在20年代末，曾写有《读晚清人诗集分赋》二十四首，分咏晚清诗家李慈铭、张之洞、樊增祥、陈三立、陈衍等二十四人，其中有岭南诗家黄遵宪、梁鼎芬、黄节、曾习经、罗惇曧五人。所作品评，自见工力，但用典较多较僻，读来比较艰涩，不易读懂。《黄梅花屋诗稿》中也有比较平白易懂之作，如悼念继室病逝的《遣悲怀四首》，直抒肺腑，明白如话，感情颇为深挚。如其中的第四首：

> 一门生事绪如麻，转眼都非往日家。尘侮奁前心爱物，雨欺栏畔手栽花。顽童懒扫经风叶，痴婢时斟隔宿茶。书乱烛残庭露冷，更无人掩晚窗纱。

诗写其妻死后家中已变得荒凉冷落；末二句感触尤深，忆念之情，溢于词外。又如《容景铎木棉画屏》：

> 汉后英雄岂偶然，从来此树独撑天。花宁委地红如血，色不因人巧弄妍。自昔青山鹧鸪影，于今残照马骡鞭。迎风试剑何为者，独立呼鸾看木棉。

这首题画诗，实是一首木棉颂歌。整首诗很有气势，三四句尤能写出木棉的高格。再如《病中校不匮室诗集》二首之一：

> 老矣支离病以时，天教留命校遗诗。驰驱自得今生已，休戚人亡世路巇。倾海洗顽吾有泪，盖棺论定世无辞。即今坛坫风微事，已乏高文为起衰。

《不匮室诗集》为胡汉民所著。胡乃陈融妹夫，两人时有唱和。胡死后，陈融为其校刻《不匮室诗集》。此诗写陈融在病中校阅该诗稿时的感受，句意深沉，足见二人相交甚厚。末二句谓胡之死对振兴风雅是一大损失，寄慨极深。

陈融在抗日战争时期曾避居越南，颙园则在广州沦陷时被敌机炸成平地。1946 年他重返故园，已是家道中落，靠卖字为生了。他在《丙戌重阳》一诗中，便倾诉了这种怅惘之情：

> 九载重阳怅海涯，馀生何幸逐归思。云山无似乡园好，文酒常生劫后悲。远地旧盟诗翰速，今年新脍菊花迟。卖成几幅欹斜字，添得儿童度岁衣。

诗写劫后情怀，颇为萧索。他在《题李研山山水长卷》的第二首中，也表达了类似的心境：

> 风云初净道途艰，乡土撄心万里还。淡淹峰峦飘荡水，新愁无限此江山。

战后满目疮痍，故有“新愁无限”之感。

陈融学养精深，诗笔老健，甚得冒广生、叶恭绰称许。冒广生谓其“诗之工则悬之国门，千人共见”；叶恭绰则谓“岭南风雅销沉久矣，今得颙园起而振之，一章一句，若与山川运会争其光显”。二人均盛赞其《读岭南人诗绝句》为“巨制”，极表推重。陈融在粤时，曾主持一方风雅。他的颙园常有文酒之会，学者名流、诗人画家以至政界要人，经常出入其间。当时颙园有“诗五子”、“画五子”之称，皆主人推许所致，曾经名重一时。陈融宏扬风雅之功，在岭南文学史上是应记上一笔的。

第三节　其他革命诗人

在民主革命时期，广东追随孙中山革命的人不少。这些人有些成了烈士，有些则活到一九四九年后。他们大都能诗，其中比较突出的有尤列、陈少白、罗仲霍、罗福星、潘达微、陈树人、何香凝、叶恭绰等人。

孙中山向不以诗名，但他的《挽刘道一》一诗，写得雄健而有气魄，赢得众多诗人的钦仰，故而列为本节之首。

孙中山（1866—1925），名文。字德明，号逸仙。香山（今中山市）人。我国伟大的革命先行者。1894 年冬，在美国檀香山建立兴中会。1905 年 8 月组成中国同盟会，被选为总理，提出“驱除鞑虏，恢复中华，建立民国，平均地权”的资产阶级民主革命纲领，后来概括为“民族、民权、民生”的“三民主义”。他积极宣传革命，发动了一系列武装斗争。1911 年武昌起义胜利后，被推举为中华民国临时大总统。袁世凯篡夺革命果实后，他发动二次革命，进行反袁斗争。1914 年组织中华革命党，1919 年改为中国国民党，均出任总理。1924 年在广州召开了国民党第一次全国代表大会，定出了“联俄、联共、扶助农工”的三大政策。大会后，创办黄埔军校。1924 年底，为了谋求国家的和平统一，抱病北上。1925

年 3 月病逝于北京。

孙中山目前存诗仅二首。《革命歌》为歌谣形式，语虽浅俚，但对唤起群众参加革命，起过积极的作用，具有历史的价值。另一首《挽刘道一》则是其力作：

> 半壁东南三楚雄，刘郎死去霸图空。尚馀遗孽艰难甚，谁与斯人慷慨同？塞上秋风悲战马，神州落日泣哀鸿。几时痛饮黄龙酒，横揽江流一奠公！

诗中对革命烈士为国牺牲表示沉痛的悼念，并表示要努力奋斗，完成先烈的遗志。首二句叹惜刘道一牺牲，使原来宏伟的图谋落空了；“霸图空”三字极重，极写刘的被害对革命损失甚大。“尚馀”二句指出革命事业非常艰巨，希望有更多像刘道一那样的志士出来，实现烈士的遗志。“塞上”二句以景写情，既喻革命者正策马奔驰，又喻清王朝已日落西山。两相对照，感慨苍凉，极为雄阔。末二句期以“痛饮黄龙”，表示对革命前途充满信心。全诗感情深挚，格韵俱高，实为不可多得之作。

尤列（1865—1936），字少纨。顺德人。年青时与孙中山、陈少白及杨鹤龄三人交游密切，常放言革命，议论时政，被视为大逆不道，清廷称之为“四大寇”。1895 年与孙中山、陈少白等组织香港兴中会。曾参与准备广州起义。自 1898 年起，先后在日本、南洋组织中和堂，在新加坡出版《图南日报》。辛亥革命后即脱离政治活动。

尤列在南洋时，写有《星洲秋夜书怀即柬天南叟》诗四首，颇多慷慨豪迈之气。其第三首写道：

> 羊石星洲一样秋，怯凉争似海珠头。早齐物我忘生

死，敢为飘离怨病愁？急雨乍闻千瀑泻，好风刚恋半衾留。年来自笑真蓬梗，北海南溟尽泛舟。

诗中自言早已把生死置之度外，故对近年南北漂泊并无怨悔。其馀数首，佳句亦多，如“与君倾盖欣投分，壶碎今犹兴勃如”写友情投契，“笳吹月上生寒籁，叶战风鸣彻夜哀”写环境凄冷，“我发狂吟惟变徵，君腾绮思夹清商”写狂吟绮思中夹有清商变徵之音，均诗笔健朗，颇见才情。尤列尚有《去国行》三首，以古乐府句式写去国之情，忧国忧民，溢于词表。

陈少白（1869—1934），原名闻韶，号夔石。新会人。少读书于广州格致书院。与孙中山结识后，谈革命甚投契；又与尤列、杨鹤龄相交。1895 年参加兴中会，组织广州起义未成，流亡日本。1900 年初在香港主编《中国日报》，鼓吹革命。1905 年任香港同盟会会长。1911 年广州光复后，任广东都督府外交司司长，不久辞职。1921 年任孙中山总统府顾问。后绝意仕途，专意经营实业。著有《兴中会革命史要》、《兴中会革命史别录》。

陈少白诗多怀古咏史之作，颇有见地。如《临潼谒秦始皇墓》一诗，能一分为二地论秦始皇的功罪，并非一味痛骂其暴政：

百尺孤坟负土成，祖龙功罪欠分明。焚书尚有群经在，坑士难防杂说兴。阔斧为图四海一，玉关无警九边平。东南今日藩篱撤，谁续当年万里城？

首二句先点出“祖龙”（即始皇）“功罪欠分明”。然后三四两句批判其焚书坑儒的错误措施；五六两句赞美其平定天下、九边无警的伟大功业。末二句思及眼前东南海防不固，对清政府无力抵抗帝国主义列强的入侵表示忧虑和愤慨。整首诗一气呵成，章法细密。陈少白的《过昭君墓》四首也写得不错，褒贬之间颇见眼力。历代的昭君诗，多惋惜其远嫁匈奴，像王安石《明妃曲》那样作翻案文章，慨叹“意态由来画不成，当时枉杀毛延寿”及“君不见咫尺长门闭阿娇，人生失意无南北”的极少。少白此诗，颇有王氏的感慨。其第二、三首写道：

> 佳人绝代名千古，当日应推延寿功。不谱琵琶出塞曲，早随团扇没秋风。
>
> 虏氛如草烧难尽，卫霍功高奔命疲。汉代百年边患绝，应知收效在蛾眉。

这两首诗亦是作翻案文章。第二首的“当日应推延寿功”较“当时枉杀毛延寿”尤进一层；“不谱琵琶出塞曲，早随团扇没秋风”亦与“咫尺长门闭阿娇，人生失意无南北”意思相近。第三首以卫青、霍去病屡抗匈奴而虏氛依旧不靖，反衬昭君出塞和番能使“汉代百年边患绝”，极赞“蛾眉”之功。此意与当代史学家翦伯赞咏昭君之“何如一曲琵琶好，鸣镝无声五十年”同一机杼，识见颇为不俗。

罗仲霍（1882—1911），名坚，字则君。惠阳人。1906年在马来亚槟榔屿师范学堂毕业，从事教育和新闻工作。曾任华侨学校校长。长期来往于马来亚、苏门答腊、爪哇、越南等地，宣传革命。1911年春回国参加黄兴领导的广州起义，率领一队同志攻打总督衙门，受伤被捕，壮烈牺牲，是黄花岗七十二烈士之一。

仲霍诗雄直沉郁，极工感慨。如作于南洋的《感怀》四首，缅怀家国，感愤不已。其第一、三首写道：

> 十年浪走天涯路，阅历多时忧患深。敢说处囊能见末？几经投爨孰闻音！为怀家园频挥泪，不了恩仇未称心，读罢《离骚》三五遍，剑光灯影两沉沉。

> 倚阑披发仰长空，剑影光芒贯白虹。奋走风霜轰逸气，悲歌涕泪泣奇穷。抚心常抱千秋恨，得志当为一世雄。冷眼观人回首笑，侧身遥望莽苍中。

诗中表现了一位青年革命者的豪迈意气和抗争精神，使人读后激昂奋发。1911 年，仲霍从南洋返广州，行前写下《辛亥春返国留别诸同志》诗三首，表示要“愿将铁血造世界”，作好献身的准备。其第二首写道：

> 英雄老至忽如电，世事云翻雨覆时。漫把先鞭让祖逖，黄龙置酒岂无期。

末二句用刘琨“常恐祖生先吾着鞭”和岳飞“直抵黄龙府，与诸君痛饮”之典，表示自己先期回国参加起义，并坚信革命定必成功。诗句之间，充满勃勃英气。

罗福星（1884—1914），镇平（今蕉岭）人。生于南洋，少居台湾。十八岁时随父返大陆，在厦门加入同盟会。继而奔走于南洋各地，组织华侨参加革命。1911 年参加黄花岗之役，负伤。1912 年奉命赴台湾，组织同盟会台湾支部，号召人民响应辛亥革命，举行抗日起义。1913 年底在淡水被日本宪警逮捕。次年在台北狱中英勇就义。

罗福星被捕后，在狱中英勇不屈。日本殖民统治者要他写“自白书”，他列举了日本官吏虐待台湾人民的十一项事实，同时还写了九首充满壮志豪情的诗歌作答。这九首诗名为《绝命词》，其中三首写道：

独飘彩色汉旗黄，十万横磨剑吐光。齐唱从军新乐府，战云开处阵堂堂。

海外烟氛空一岛，吾民今日赋同仇。牺牲血肉寻常事，莫怕轻生爱自由。

弹丸如雨炮如雷，喇叭声声战鼓催。大好头颅谁取去，何须马革裹尸回？

前一首写起义的声势浩大，后二首写自己已作好牺牲的准备。诗中充分表现了革命者对革命斗争的必胜信心和视死如归的英雄气概。

潘达微（1881—1929），原名憬吾，字铁苍，号寄尘，晚号冷残。番禺人。1905 年在广州创《时事画报》，鼓吹革命。黄花岗之役，曾负责运输枪械。起义失败后，不避艰险，奔走各善堂，悉力营葬烈士遗骸于黄花岗。辛亥革命后，曾主办女子教育院和孤儿院，并发行《天荒画报》、《平民报》等，以启发民智。又组织景社和国画研究会，以提倡艺术为宗旨。后病肺，潜心佛学。1929 年卒于香港，附葬于黄花岗。

潘达微能诗能画。辛亥革命后之诗作，颇多凄冷之慨。《天荒画报发刊词》二诗，则于凄冷中尚见抖擞之气：

人事苍茫百感哀，拚将心力付蒿莱。馀情漫道无归宿，断幅零缣费剪裁。

一回捡拾一辛酸，恨草啼花半泪痕。愿向情天重抖擞，纵罹忧患不须论。

潘达微肺病后学佛，故诗中甚多虚无梦幻之语。如《自题血画病梅四首》之二、三首：

> 花落花开寂寞春，调羹往事耻重论。荣枯阅后真无味，悔向尘中此问津。
>
> 天涯掩泪病难支，心血都成画上脂。莫问罗浮春梦事，至今重说尚迷离。

诗中充满人生如梦之慨，情绪显得很消沉。他尚有《自题美人骷髅图》一诗，宣扬“色空”之念，亦是学佛后所作。此类诗作，与他当年积极奔走营葬黄花岗烈士之义举相比，思想感情上变化颇大。他晚年自号“冷残”，亦见消沉之意。

陈树人（1883—1948），原名韶，又名哲。番禺人。1905年留学日本，加入同盟会，追随孙中山革命。1922年陈炯明叛变，孙中山避难永丰舰，他闻变即上舰共生死。1923年国民党改组，任党务部长。廖仲恺遇刺后，曾两度代理广东省长之职。1927年，因蒋介石叛变革命，愤而辞职。其后避居香港。抗日战争起，积极拥护抗日救亡，曾在重庆任侨委会委员长。他虽身任要职，但却淡泊名利，寄情诗画，从不在仕途竞逐。

陈树人诗画俱佳。早年曾学画于居廉，后与高剑父、高奇峰兄弟共创中国画的革新流派——岭南画派。政馀之暇，徜徉山水之间，觅画寻诗，作品不少。陈树人画名甚大，其诗名半为其画名所掩。其为诗秀逸温润，崇尚自然，语言浅白，无怪僻艰涩之弊。他讴歌劳动、赞美劳动人民的作品不少，如写于1919年的《车中见侨胞立雪筑路赋赠》一诗：

> 峭石千寻手自摧，冰餐雪卧几多回。三年愧我安衣

食，粒缕皆君血肉来。

诗写作者在加拿大的所见所感。末二句思及自己奉孙中山之命到此地向华侨募捐之事，感情颇为深挚。又如写于1920年的《即事》诗，也对贫苦的劳动人民表示了深切的同情：

政烦赋重讵聊生，谁为贫民诉不平？别有消魂情味在，雪堆横巷卖煤声！

此外，如《石工行》、《峨山牧媪》、《挑夫》、《小驴夫》、《峨眉背子》、《庐山轿夫》等长篇古诗，也都是歌颂劳动人民的佳作。但他写得最多的却是那些赞美大自然四时景色的诗篇。无论是秀丽的岭南、江南景物，或是有异国情调的域外风光，都能收归笔底，予以表现。诗人以画家之眼观物，因此他的写景诗饶有画意。如《江上青峰》：

胜游最好及初冬，新得微霜染柏枫。添我几多清峭气，白云红叶耸青峰。

诗写漓江风光，末句“白”、“红”、“青”三色对比鲜明，益增初冬清峭之气。又如《观尼格拉亚大瀑布》三首之第一首：

瀛寰绝景称尼瀑，蓦地相逢快若何。料得画师俱阁笔，玉龙十万戏银河。

他浏览了世界上著名的大瀑布，以狂喜的心情描绘了这壮丽的景色。末句以“玉龙十万戏银河”的形象性比喻，盛赞这大瀑布雄浑、磅礴、开阔的气势，给人留下难忘的印象。他晚年在《自慰》一诗中吟道："赞美自然谁似我？颂扬劳动更何人？老来心力欣犹健，画笔诗篇逐日新。"在自慰中也颇自负。从他现存的诗歌作品看，这首诗可以称得上是自道其实的。

陈树人还写有大量的题画诗，或补充画面的不足，或申发画幅的含意，咏物抒情，兼而有之。如《题画鹰》：

> 飞扬奇气本难平，羽翼于今况已成。且漫直冲霄汉去，眼前狐兔尚纵横。

诗作于1928年。前二句咏画鹰，后二句则宕开一笔抒情，以刺当时狐兔纵横的政治局面，表达了作者爱憎分明的品格。又如《为中山先生绘灞桥诗思图》：

> 万古诗魂一灞桥，漫天风雪压人骄。谁知湖上骑驴客，只拗寒香伴寂寥。

诗中有画家的形象在，有诗人的形象在。画中人傲视漫天飞雪，骑驴独自吟哦，折寒梅为伴，格调颇高。陈树人以此图绘赠孙中山，是深含景仰之情的。

在谈及陈树人的诗时，是不应漏了他诗集中的译诗和诗集外的《哭子复》诗的。他以古诗的句式译了美国朗费罗的《村铁匠》和英国豪易特的《燕去》等诗，是我国早期的诗歌译者之一。译诗语句明白晓畅，较苏曼殊尤胜。如《村铁匠》中的第四解：

> 儿曹放学归，窥室自闼户。爱听风匣号，爱看烘炉炬。有时捉火花，花飞似糠舞。

诗中颇能写出儿童爱动、爱玩的天性，末二句尤见童真童趣。

《哭子复》一诗共八首，是陈树人的血泪之作。他的长子陈复是共产党人，曾留学苏联，归国不久，于 1932 年被广东军阀陈济棠秘密杀害。他悲愤至极，改烈士生前所居楼名“思复”楼，并写下了这八首诗。碍于新中国成立前的政治形势，这八首诗一直没有收入诗集中。八首诗感情深挚，一气呵成，是至情之作。下选取第一、五、八首：

> 江南秋雨黯羁魂，三字传来狱最冤。不觉惊疑今宇宙，人情天理已无存！
>
> 下层工作不辞卑，游学归来更念兹。革命至情能似此，已非吾子是吾师。
>
> 小楼从此名思复，不尽千秋父子心。果汝九泉心未了，好于魂梦再相寻。

第一首斥责南方军阀无端杀害他的儿子，是“人情天理已无存”，感情最为强烈。第五首歌颂儿子不辞劳苦地到下层去工作，末句“已非吾子是吾师”七字，表达了一个老国民党员对一个年青共产党人的礼赞，是传诵一时的名句。第八首写情未能已，唯有托之魂梦。如泣如诉，催人泪下。

陈树人生前曾刊行诗集五种：《寒绿吟草》、《自然美讴歌集》、《战尘集》、《尊爱集》和《春光堂诗集》。他的诗艺甚深，不弱于他的画技；但因画名太大，掩盖了他的诗名，使人感到可惜。

何香凝（1878—1972），南海人。廖仲恺夫人。1904 年在日本参加同盟会，追随孙中山从事推翻清朝的革命斗争。民国以后，积极参加讨袁和护法运动。1924 年参与改组国民党，主张国共合作，任中央执行委员和妇女部长。1927 年蒋介石叛变革命后，辞去国民党政府的一切职务，进行反蒋活动。抗日战争时期，响应中国共产党建立抗日民族统一战线的号召，从事抗日民主活动。1947 年，与李济深等筹组中国国民党革命委员会。1949 年出席中国人民政治协商会议第一届全体会议。中华人民共和国成立后，历任中央人民政府委员、全国人大常委会副委员长、政协全国委员会副主席、华侨事务委员会主任、中国美术家协会主席、国民党革命委员会主席等职务。擅画能诗，尤工画狮、虎、松、梅。著有《何香凝诗画集》。1985 年人民出版社辑集她的全部诗文词及演说，与廖仲恺的作品合编为《双清文集》。

何香凝曾学画于日本，以绘事出名；间亦作诗，功力虽不高，却颇有情致。如《辛亥前二年送仲恺去天津与法国社会党人联系》一诗：

> 国仇未报心难死，忍作寻常泣别声。劝君莫惜头颅贵，留得中华史上名。

诗写于 1909 年，时廖仲恺奉孙中山之命潜回天津从事革命活动，此为赠别之作。古来闺妇赠别，多为凄惨悲戚之句。此诗出语豪壮，一扫古来旧调，使人读之气振神旺。廖仲恺遇害后，她曾写下《有感》一诗，表达了沉痛的哀悼：

> 辗转兰床独抱衾，起来重读柏舟吟。月明霜冷人何处？影薄灯残夜自深。入梦相逢知不易，返魂无术恨难禁。哀思唯奋酬君愿，报国何时尽此心。

此诗既写了对丈夫的追怀伤悼，又表示要继承遗志，尽心报国，以酬死者之愿。诗中“柏舟”之典用得很好，深能表现出作者对廖仲恺的忠贞之情。

何香凝后来与陈树人等老国民党人组织“寒之友社”画会，经常聚在一起赋诗作画，励志抒怀。她有不少题画诗就写于这段时期。如写于1929年的《题画·梅花》，借梅花以喻革命者的品格，其中有作者的形象在：

> 先开早具冲天志，后放犹存傲雪心。独向天涯寻画本，不知人世几升沉。

九一八事变后，东北大片国土沦于日本侵略者之手。她感愤不已，常借题画诗以抒怀。如写于1932年的《题画》一诗：

> 铜提浇水炼胭脂，宝砚生尘着笔迟。已碎江山描不易，云黄水碧暮烟低。

由绘画山水而思及江山已碎，故题诗以抒忧愤。在另一首《题画》诗中，同样表现了她对国家兴亡的关切：

> 夜静轻舟傍画桥，月明风静夜闻箫。曲中似诉兴亡恨，吹落桥西柳絮飘。

“卢沟桥事变”后，日军大举南下，悍然向中国发动全面侵略。何香凝一面积极从事抗战宣传工作，一面为抗日将士筹募医药、衣物及款项。辗转流亡，备尝艰苦，而抗战之志终不松懈。1939年她在另一幅《题画·梅》中，就表现了这种“铁骨冰心”，不畏“风吹雨打”，坚持抗战到底的革命精神：

> 岭上迟开有所思，风吹雨打最高枝。忍看半壁河山

异，铁骨冰心正义持。

何香凝除题画诗较多外，间亦写小词，如《谒金门》就是较佳的一首：

风已起，帘外柳花飞絮。月照危栏人独倚，忽闻双燕语。　　添我闲愁几许？回首故人何处？更那堪云山万里，谙天涯情味。

此词写于1910年，时廖仲恺已从日本归国打进清政府部门，任吉林巡抚陈昭常的翻译，秘密进行策反工作。何香凝则仍在日本。廖、何伉俪甚笃，故此词写得缠绵悱恻，一往情深，颇有宋人小令的风致。

叶恭绰（1881—1969），字玉虎，又字誉虎，裕甫，号遐庵。番禺人。科举出身，京师大学堂毕业。曾任北洋政府交通、财政总长。后任孙中山大元帅府秘书长、财政部长。国民党南京政府成立后任铁道部长。曾创办交通大学并任校长。1929年在上海与朱祖谋、冒广生等人结词社，出版《词学季刊》。抗战时避居香港，组织中国文化协进会，主办广东文物展览会，编印《广东文物》。一九四九年后从香港到北京，任中国文学改革委员会常委、北京中国画院院长、中央文史馆副馆长等职。著有《遐庵汇编》、《遐庵词赘稿》、《遐庵谈艺录》、《遐庵清秘录》、《遐庵书画集》、《北京岭南人物志》，辑有《广箧中词》、《全清词抄》、《广东丛书》等。

叶恭绰为广东词家叶衍兰之孙，幼承家学，通娴文艺，工诗词，擅书画，对收藏书画文物及整理乡邦文献均极热心。他的诗多感时抚事之作，如写于1905年前后的《读〈世纪末日记〉偶题》组诗六首，便借读书偶题的方式，寄托了自己对国家民族危难的忧念。下选其中二首：

> 孤艇凌风意惘然，尘心热血一时捐。茫茫下界愁如漆，不睹春光五百年。
>
> 莽莽圜舆梦不醒，山河破碎轴斜倾。不知别个星球里，可有人能识此情？

前一首暗寓中国在清王朝统治下的一片黑暗，以及诗人的满腔忧愤；后一首表面上写世界末日，实际上是暗寓中国的现状：一面是民众尚未觉醒，一面是国家有被瓜分的威胁，充分表达了诗人对时局危殆的忧虑。

叶恭绰善绘画，题画诗不少。如《自题画竹》：

> 修篁一径蔽荆榛，瘦石寒淙自主宾。弄日吟风空得地，凌霜耐雪可无人。扫除荒秽凭柯叶，长养新机待箭[illegible]。转绿回黄应有意，好从空谷为传神。

通首咏竹之高洁情操，中有诗人之形象在。又如《题自画半截松》：

> 空山底事矜鳞甲，啸月临风若有神。自是潜龙无用处，不须尘外露全身！

末二句由半截松而生无用之感，颇有不见用于时的幽愤。

第二章　黄　节

第一节　黄节的生平和诗歌

在“岭南四家”中，无论从思想性或艺术性来说，成就最高的当推黄节。

黄节（1873—1935），初名晦闻，字玉昆，号纯熙，别署晦翁、佩文、黄史氏、甘竹滩洗石人。顺德人。幼孤贫，从名儒简朝亮学。青年时多次远游，北登长城，东渡日本，接受进步思想影响，倾向排满革命。光绪二十八年（1902）在上海与邓实创办《政艺通报》。介绍西方文明，宣传改革富国思想。光绪三十一年，又在上海与邓实、刘师培等人组织“国学保存会”，并办起《国粹学报》，以提倡国学，宣传反清革命。1909 年在香港加入中国同盟会，写了大量反帝爱国的诗文。1910 年在广州参加进步的文学团体南社。次年又在广州与梁鼎芬、吴道镕等重开南园诗社于抗风轩，振兴岭南诗派。辛亥革命后，胡汉民出任广州都督，黄节被聘为广东高等学堂监督，并代拟《改元剪辫文告》、《誓师北伐文》。1912 年与谢英伯、潘达微等组织“天民社”，创办《天民日报》，主张发扬民主，伸张民权，监督贪官污吏。1913 年赴北京，在铁路局供职，时颇为失意，与罗瘿公等诗人日夕唱酬，诗作甚丰。袁世凯篡夺革命成果，黄节写文章驳斥袁党鼓吹帝制的谬论，坚决反对袁氏称帝，并辞去铁路局职务。1917 年，被聘为北京大学教授，做了大量的古籍整理工作，著述很多。1923 年，孙中山先生被推举为大元帅，任命黄节为大元帅府秘书长，黄节自京抵粤，见政局不佳，遂回京继续在北京大学任教。1923 年返粤，经友人刘栽甫推荐，出任广东省府委员，兼教育厅长，复被聘为广东通志馆馆长。黄节不谙官场之道，无所建树。翌年辞职返北京执教，任清华研究院导师。1935 年在北京病逝。著有《蒹葭楼诗》二卷，并有《诗学》、《诗律》及多种汉魏诗人诗作笺注。

黄节早年的诗，收入《蒹葭楼诗》中仅得数首，但已表现出诗人卓越的才华。如长篇五古《宴集桃李花下兴言边患夜分不寐》诗，作于中国在甲午战争结束后的那年（1895），诗中有句云："东望春可怜，千里碧血渍。山高风鹤哀，将军死无地。泱泱东海雄，一旦委地利。岂无鸦儿军？不可收指臂。兵事三十年，嗟嗟阃外帅。丈夫拊髀惊，冲冠裂目眦。"表现了对腐败无能的清政府强烈的不满。又云："我少学兵法，亦明古武备。何必怯舟师？何必畏利器？苟得死士心，无敌有大义。天下岂无人，苍苍果谁寄？"青年诗人激昂慷慨，不畏敌人的船坚炮利，要率领正义之师，勇赴国难。像这样感情豪迈的作品，在同时诗人中也是不多的。光绪二十四年（1898），黄节曾北游中原，作《朱仙镇谒岳王庙》、《过大梁朱仙镇》等诗，中有"共惜忠君违爱国，那堪华夏帝诸夷"、"江山无地分南北，种族于今杂汉胡"之语，严于"夷夏之辨"，表现了作者强烈的排满反满的思想。又如《庚子重九登镇海楼》诗：

东南佳气郁高楼，天到沧溟地陡收。万舶青烟瀛海晚，千山红树越台秋。曾闻栗里归陶令，谁作新亭泣楚囚？凭眺莫遗桓武恨，陆沉何日起神州。

八国联军攻陷北京，慈禧太后挟同光绪皇帝逃往热河，派恭亲王和李鸿章为全权大臣乞和。黄节在广州闻讯，悲愤异常，因有是作。诗歌受陈恭尹《九日登镇海楼》一诗的影响，南国雄奇壮阔的山川，高爽绚丽的秋色，都激发起诗人的豪情，诗中运用了王导和桓温立志克复神州的典故，来抒发自己救国救民的壮志。

黄节青年时专心读书，无暇为诗，直到光绪二十八年（1902）赴上海后，一居六年，与诗人诸宗元、邓实、潘博等往还，创会办报，意气甚盛，遂诗兴大发，这期间的佳作颇多。如《九日登龙华塔同诸贞壮、邓秋枚》诗：

九日龙华车似水，客中聊复作清游。一江入海浑成瘴，百里无山只见秋。强欲登临过此日，未须流涕对高丘。茱萸各有乡关感，难遣天涯共倚楼。

颔联写上海龙华秋日景象，很有当地特色；颈联反用屈原“哀高丘之无女”之意，写出自己有一群志同道合的好友，故未须流泪悲感。试把此诗与上文所引庚子九日诗对照，便可知诗人在诗歌艺术上已渐趋成熟，摆脱前人名篇的笼罩，开始有了个人的面目。黄节在三十三岁生日时写的《生朝》诗，可算是他中年时的代表作：

堕地未容窥究竟，春风回首独分明。桑能贯矢身安托，柳已成围事屡更。歌哭且留他日泪，死生齐迸此时情。引组负尽人间世，恐食飞鱼得更生。

诗人半生已阅中法战争、中日战争、戊戌变法、义和团运动、八国联军侵华等重大历史事件，自己的生活也经历了许多变故，诗中借题发挥身世之感，家国之恸。颈联二语，声泪交迸，的确是感人肺腑的好句。末二语表面上是自谦之辞，实际上表现了诗人要见用于世的积极有为的思想。就在这一年春末，黄节一度南归广州，主讲南武公学，暂住了一年多，其间曾到过番禺屈大均故里访问，作了两首七律，题为《二月十二日过新汀屈翁山先生故里，望泣墓亭，吊马头岭铸兵残灶。屈氏子孙出示先生遗像，谨题二首》，其一云：

> 式闾过里独彷徨，尽日追寻到此乡。一族义声存废灶，孤臣词赋痛浮湘。更谁真意䌷诗外？不减春阴过夕阳。我愧长沙能作赋，摄衣来拜道援堂。

屈大均是位抗清志士，他一族人都曾参与武装斗争，并在番禺马头岭岗铸造武器。黄节少年时代就对这位乡贤很尊崇，并读过其诗作，受到感染，逐步形成排满思想，屈大均的著作在清代被列为禁书，故黄节在诗中呼吁要阐发屈诗的“真意”，表示要继承屈氏的抗争精神，反对清朝的腐朽统治。光绪三十四年（1908）七月，诗人游沪，并到杭州西湖谒张煌言墓，拜岳坟，作《南屏谒张苍水墓》及《岳坟》诗。中有“一湖山色分明好，两姓碑题俯仰生”，“大汉天声垂断绝，万方兵气此潜藏”之语，通过歌颂历史上的英雄人物，来寄寓反对清朝统治的意向。诗中把张墓岳坟作为民族反抗精神的象征，认为它能激励汉族人民不断掀起武装斗争。诗歌笔触雄健，音节苍凉，表达了诗人内心的感受和激情。

黄节自名其室为“蒹葭楼”，蒹葭，语本《诗·秦风·蒹葭》，《蒹葭》一诗，写对“伊人”的追慕，黄节用此，当隐寓对革命理想的不倦的追求，与屈原《离骚》“吾将上下而求索”之意相仿佛。1910 年所作《自题蒹葭图寄黄宾虹索画》诗，即写出了自己闭门求索的深意：

> 愁入蒹葭不可寻，闭门谁识溯洄深？江湖一往成回首，风露当前独敛襟。遗世尚多今日意，怀人空有百年心。凭君为写伤秋句，应与鸣条和独吟。

诗人认为，自己不是效法古时的隐者，独善其身，而要冒着政治上的种种危险，干一番革命大业。黄节本意索画，而在诗的结句却说要索诗，其实是要画家把读者的境界写入画中，可见其遣辞造句之妙。诗人对革命同志一片至情，《蒹葭楼诗》中赠友怀人之作，多情真意切，感人至深。如《十月十一日夜，月中有怀曼殊》诗：

> 四载离悰感索居，忆君南渡又年馀。未违踪迹人间世，稍慰平安海外书。向晚梅花才数点，当头明月满庭除。绝胜风景怀人地，回首江楼却不如。

此诗作于 1910 年底，其时苏曼殊正在南洋爪哇留居。两年前苏曼殊自日本归国，黄节曾接待他在上海国学保存会藏书楼中居住三日。如今在风景美丽的广州忆起友人，更怀念当时在江楼相处的日子。

辛亥革命后，时移势易，诗人依旧不改初衷，立志教育。他接受了广东军政府的聘任，作广东高等学堂监督，复组织天民社，主张发扬民义，提高民众觉悟。1912 年所写的《雨中与陈树人同坐湖舠》一诗，可见此时欣悦的心情：“十年为别经旬晤，相对林泉各老苍。一雨化云春似海，早潮添涨水周堂。幽禽自戢飞腾意，密树时搴窅窕光。已办晓行成久滞，隔江游屐正淋浪。”“一雨”句，既写出岭南春天的丽景，也表现了黄节对革命的未来充满着美好的憧憬。可是事与愿违，辛亥革命的胜利果实被北洋军阀头子袁世凯篡夺了，民国临时政府从南京迁到北京，诗人于1913年夏初离开广州北上入京，希望能为革命事业作出贡献。他在《四月十二日登舟北发，同里诸子远送江干，留别一首》诗中写道：“揽辔不须期孟博，试论天下可无哀。”虽欲有所作为，但看到政局日非，而个人的力量毕竟是渺小的，自然感到失望和彷徨了。

黄节在北京度过了他的后半生，随着政治环境的改变，他的诗歌在内容和形式上也有很大的变化。往日慷慨激昂的呼号，变作深沉的叹息。1914年春，袁世凯禁锢章太炎于北京一军事废校中，黄节闻讯，愤慨不平，力为营救，南北奔走。这时写的《南归至沪寄京邸旧游》诗，表现了他对在京的朋友们深深的关切之情：

> 绕道江皋计早纡，经行淞曲又旬馀。无多怀抱将销歇，已换寒温问起居。听曲再来当暮雨，题诗还寄及春初。迟归别有沉绵意，难为临风一一书。

陈衍《近代诗抄》选黄节诗，首列此作，当谓其合于《石遗室诗话》中所评黄节诗“着意骨格，笔必拗折，语必凄婉”的标准。黄节诗含蕴深曲，“已换寒温”四字，实是写政治气候的变化，意在言外。袁世凯正密谋恢复帝制，黄节的好友刘师培与杨度等组织筹安会，上劝进表，黄节致书强烈反对，另一位密友诸宗元更愤而南归，黄节作《送贞壮南归》诗相送：

> 我尚栖迟在此邦，萧然来与话西窗。寒秋昨夜初过雨。归梦从君共溯江，瞠目绝尘知不返，举头当世未终降。冥鸿自远非无意，不为分携泪满腔。

诸宗元为摆脱刘师培等人的纠缠，弃官返回家乡绍兴，诗中用孔子“奔逸绝尘”，而颜回瞠乎其舌之典，以表示对友人节行的敬慕。袁世凯复辟丑剧越演越烈，黄节眼见政局日非，自己却无能为力，内心非常苦闷。《闭门》一诗，是最能表现这一段时期心境之作：“闭门聊就熨炉温，朝报看馀一一焚。不雪冬旸知有厉，未灯楼望及初昏。意摧百感横将决，天压重寒似乱原。愁把老妻函卒读，破家谁为讼贫冤?”当时的“朝报”，满纸都是颂圣之语、“劝进”之辞，诗人关心事态的发展，因而不能不看，看完又不能不怒，唯有一一焚之。百感交集，将要如江河横决奔涌，而沉重寒冷的政治气候，又压得人无法喘息。读到妻子的来信时，更预感到国亡家破的命运了。在袁世凯统治时期，黄节虽能保持气节，不与旧友刘师培、杨度辈同流，但亦只能独善其身而已。

袁氏称帝失败，忧惧病死，北京政府依然由军阀把持，政局一片混乱。黄节在1916年底写下了《岁暮吟》一诗，回顾十年来世事的变迁和自己复杂的心情：

> 闭户十年壮乃出，一别云林老僧室。三年订史江上楼，五稔南归谈学术。栖迟以迄辛亥秋，作始攘胡至是毕。风云廿载一过眼，世变如宫志则律。甘陵部党同时兴，坐视资瑁若滂眭。举国寒心贾生奋，西行解祸虞不疾。尔来遂客宣武南，由癸数今已逾乙。伤心贲育岂无勇，逆睹莽诛不终日。时流百变害亦除，我辈遂为天下失。……

此诗写当时国内的形势，袁世凯死后，黎元洪代理总统，段祺瑞任国务总理。安徽督军张勋在徐州开会议，阴谋复辟。黄节七言古诗善学杜、韩，气势飞扬，感情充沛，格调甚高，一次又一次的失望，使诗人青年时的锐气销磨渐尽，岁月蹉跎，壮志成虚，唯一可为的只有高洁自守，不与北洋军阀同流合污。1917 年四十四岁生日时所作的《生朝》诗中，鲜明地表示了自己的立场："五年作北客，志洁宁嗟穷？区区说名节，岂与王霸功。尊前有寒梅，雪后翘青松。"以凌霜傲雪的寒梅青松自励，不因困穷潦倒而悲叹。在这几年间，黄节在北京教授诗学，沉浸在学术研究中，生活也较为安定闲适，但这种"闲里一诗收拾尽，自浇茶碗更平章"（《春尽日园坐成吟》）的落寞生涯，是诗人不得已的选择，而他所写的诗中，依然是充满着不平和愤激："平生越石轻相许，不似卢谌昔赠诗。"（《偶成》）

1918 年 5 月，好友苏曼殊在上海病逝，黄节自北京赴沪吊唁。与一别多年的邓实重逢，追怀往事，不胜感慨，写下了传诵一时的名作《沪江重晤秋枚》。辛亥革命失败，共和国的理想破灭，这是诗人在参加革命时所想不到的。1917 年，孙中山在广州成立军政府，发动"护法运动"，次年 5 月，桂系军阀改组军政府，孙中山被迫离开广州，来到上海。本诗当有感于此而作。句奇意重，笔力雄健，是《蒹葭楼诗》中不可多得的佳作。黄节中年以后，诗功日进，诗境日深，写下了不少反映社会现实和个人感情的诗歌。

第二节　黄节诗的艺术成就

黄节的诗歌有很高的艺术成就，备受诗评家的推许。冒广生认为"南社社友中，能与社外诗家酬唱者，惟黄晦闻、诸贞壮二人。”（钱仲联《论近代诗四十家》引）也就是说，在南社诗人中，只有黄节、诸宗元二人的诗才和诗学可以跟同光体诸老相比。同光体诗派领袖陈三立题黄节诗卷，称其诗“格澹而奇，趣新而妙。造意铸语，冥辟群界，自成孤诣。庄生称藐姑射之神人‘肌肤若凝雪，绰约若处子’，又杜陵称‘一洗万古凡马空’诗境似之”。黄节的诗，是思想内容跟艺术风格结合得比较好的典范，在近代岭南诗中，也是首屈一指的。

黄节诗有着鲜明独特的风格。陈三立、梁鼎芬、钱仲联都说黄诗学宋人陈师道，黄节也自认不讳，刻小印曰“后山而后”。学陈后山，在清末诗坛是一种时尚，同时学陈诸人中，像黄节这样能入又能出者是不多的。后山瘦劲峭拔，而黄诗遗貌取神，在瘦劲中有丰润，在峭拔中有平夷，含思凄婉，却又有一股刚直之气，能把这些表面上是矛盾的风格统一起来，浑化无迹，非有绝大笔力者何能臻此？诸体诗中，尤以七律最为擅场，陈三立盛称其“效古而莫寻辙迹”，与陈师道相比，有过之而无不及。如《岁暮示秋枚》诗：

> 来日云何亦大难，文章尔我各辛酸。强年岂分心先死？倦客相依岁又寒。试挈壶觞饮江水，不辞风露入脾肝。何如且复看花去，蓑笠人归雪未残。

起句破空而来，纯是后山笔法。中间两联，则戛戛独造，真如汪国垣所谓“敛激昂于悱恻，寓浓郁于老澹，有惘惘不甘之情”（《光宣以来诗坛旁记》）者。这类风格的诗歌，在黄节诗集中占了较大的分量，现代广东诗坛中，也有不少人模仿之。黄节诗以陈师道植其骨格，然后以屈大均壮其气魄。他多次在诗中表露对屈大均的倾慕之情，并亲谒屈墓，题诗致慨。其集

中佳者如《岳坟》、《题陈云淙霜钟琴拓本》等都逼肖屈作。又如《秋深得宪庵香江寄诗还答一首》:

> 十日秋阴不出门，海天遥寄断鸿声。几时旧国归吾土？无地新亭泣老伧。扪舌莫谈天下事，丧心宁爱草间名。北风瑟瑟黄花晚，尚有枝头未落英。

这诗感慨苍凉，颇有屈大均和陈恭尹的情调。屈大均以屈原之后自命，在诗中表现“楚骚”之心，而黄诗亦深得《楚辞》香草美人的遗意，善用比兴，其友人诸宗元题《蒹葭楼诗》故有“窈窕为音近楚词”之语。如《三月十三日与栽甫过崇效寺看牡丹多已披谢》诗:

> 解道春归忽送春，斜街飞絮逐车尘。等闲绿树栖莺后，来对朱颜被酒人。染柳熏梅殊未了，才晴乍雨更无因。可怜俯仰低枝在，划地东风又浃旬。

本诗作于 1915 年，正当袁世凯疯狂镇压革命，准备恢复帝制之时，诗人借咏花以寄情托意，对美好的事物遭到摧残表示深深的惋惜，用笔曲折，含思幽婉。此外如《残梅》、《对菊》等作，均是《离骚》、《九辩》的笔法，极掩抑低徊之致。

在遣辞造句上，黄节亦受晚唐诗家的影响，颇重视词藻的色泽，以重笔作丽语，这是黄诗的一大特色。杜牧、李商隐式的清词丽句，给黄诗增加了美感:

> 袅袅春幡原曩见，深深红烛又宵来。(《春夜同栽甫过素梅阁听曲》)

花后长莲才寸寸，萍生与柳共漫漫。（《春尽前一日园榭中作》）

这就是近代诗评家所盛称的“宋骨唐面”。南宋严沧浪以还，诗界每喜分唐界宋，入主出奴，聚讼不休。发展到极端，遂竞相以剽袭古人皮毛为能事，下笔或浮滑凡近，衣冠优孟，或佶屈聱牙，味同嚼蜡。实则，唐宋诗各有所长，它们的风格特色，并不能相互掩遏替代。关于这一点，大雅通人每有明确论列。高明的作者，贵能兼收并蓄，自出机杼。在这上面，南社成员、“岭南近代四家”之一的黄节，便是极好的典范。他的作品既有唐人的文采风华，又有宋人的骨格峭健，刚柔并美、浑化无迹。在清末民初艺术主张各走极端的诗坛上，堪称冥辟群界，自成孤诣。其人为诗，各体俱工，而七律成就尤高，影响亦最大，以此可窥黄诗的艺术特色。

七律诗体，贵于声谐语俪中见纵横变化。清人方东树谓其“篇短而须具纵横奇恣、开阖阴阳之势”。（《昭昧詹言》）姚鼐亦云：“七言今体，句引字赊，尤贵气健。”（《五七言今体诗钞序目》）未谙律法的作者，苦为矩度所束缚，饾饤堆叠，字板句呆，了无生气。宋人在中国古典诗歌深厚的传统基础上、博采众长，努力创新，为后人开启了若干遵循的法门。晦闻从中吸取养料，运用于创作实践，取得可喜的成绩。其诗的“宋骨”，即指此而言。其中突出体现在对偶句和虚字的烹炼上。

作为律诗的一种主要修辞手段，对偶句不仅要求工整匀称，更重要的是必须灵动健举，才能萌发活泼泼的生命力，发挥其应有的效用。唐诗的偶句，上下句大抵意思相近，不善学者，容易流于“云对雨，月对风，晚照对晴空”的冬烘模式，见其一即能推想其二，毫无气格可言。黄节七律的偶句师承宋法，把句子散文化，“寓单行之气于排偶之中”，并着重于上下句的关联变化，或使两句各有一意，或使下句顺接上句，单行直下，联成一意（即所谓“流水对”）。他不斤斤求工于一联，也不喜辄作惊人之语，从容挥洒，如行云流水，开合吞吐灵活自然，绝无平直生硬之弊。试看：

歌哭且留他日泪，死生齐迸此时情。（《生朝》）

不殊儿女灯前语，独有悲欢老去知。（《七夕》）

一雪趣行卿独急，九街严逻夜逾寒。（《十一月初二雪夜归作》）

黄节集子中的七律偶句，大抵都如这随手拈出的数联，不论情语景语，俱从身边眼前娓娓道来，不作撑大门面之语。单看一句，容或平平无奇，上下句合起来，则显得精警生动，气骨劲健。而且，由于读者无由从上句捉摸下句，因而格外意远生新，不落俗套。这种方法，看似漫不经意，实则十分讲究功底和笔力。

选用恰当的虚字作关键语，使句意拗折顿挫，是矫正凡近浮滑的又一大法门。早在唐代，杜甫和李商隐就作过成功的尝试，为后人提供了瓣香，如杜甫《诸将》其二（韩公本意筑三城）、李商隐《隋宫》（紫泉宫殿锁烟霞），即其显例。延及宋代，江西派诗人总其大成，遂使律诗的风貌产生划时代的变化，由唐音一变而为宋调。黄节为诗雅擅此道，在关键处使用若干恰当的虚字，语意便奇崛飞动，通篇为之振起。如他的名作《沪江重晤秋枚》：

国事如斯岂所期？当年与子辨华夷。数人心力能回变，廿载流光坐致悲。不反江河仍日下，每闻风雨动吾思。重逢莫作蹉跎语，正为栖栖在乱离！

诗中“如斯”、“坐致”、“不反”、“每闻”、“莫作”、“正为”几个虚词，奇正相生，开阖有度，伊郁蕴藉中兼见排宕顿挫之势，当得起“波澜老成”四字。

又如《偶成》：

> 坐对苍松独远思，岂堪吾世更陈辞？未遑终食恒三叹，何待将归有五噫！放眼尚难嵇叔夜，俱飞宁与李骞期？平生越石轻相许，不似卢谌昔赠诗。

“岂堪”、“未遑”、“何待”、“尚难”、“宁与”、“不似”数词，裹挟浓重的感情色彩，钩锁转承，一气直下，充分衬托出作者慷慨悲愤的心情。揆诸《蒹葭楼集》，这种例子所在皆有，可以说，黄节之于虚字运用，已到了得心应手、转掉自如的境界，值得认真体会学习。

除了烹炼对偶的虚字之外，善于使事用典，也是黄节七律“宋骨”的特色之一，他博通群籍，熟谙事典，操觚为诗，每能以少少许胜多多许，使笔墨更为凝炼，力度更为贯注。试看《与潘若海步月归作》：

> 去去宁为燕雀知？海天无语独归迟。渐看襟袖生微月，已见蓬莱异昔时。回首朔风殊污我，呕心来日复如斯。似闻缓缓琵琶响，休问江边弹者谁。

首、颔、颈、尾四联俱包含典故，与写景抒情有机融合在一起，拓宽了作品的容量，触发起读者丰富的艺术想象，这无疑是一种高明的艺术技巧。也许有人嫌它费解，不如直白道来易懂，但这已属于读者层次与艺术品位的问题，这里不拟多烦词费，因为晦闻用典并不故作艰深。

人所共知，江西诗派的骨格瘦硬老健，面目有时却不免失之冷涩枯淡，黄节吸取了前者，摒弃了后者。他是个热血男儿，对人生，对社会，一直抱存炽热的肝肠，冷涩枯淡的风格，是与他无缘的。他写诗注重形象和清词丽句，笔端倾注感情，这就是所谓“唐面”。在唐代诸家中，他取径于李商隐的地方特别多，这也许是彼此感情都丰富细腻，“心有灵犀一点通”的缘故吧？李商隐诗的沉郁慷慨、骨力开张和凄婉绵丽两类风格，他都借鉴过。如《三月三十日与栽甫过崇效寺看牡丹多已披谢》、《枯荷》、《八月十四夜月下》、《七月十五夜月初上》、《无题和张孟劬韵》，都神似李诗。作为一个诗苑大家，黄节是善于博采众长的，他的七律并不专主某家，题材、情调和色泽均多种多样，大要都能于沉郁顿挫的基调中，将郁勃悱恻的情怀与清壮幽俊的意境溶汇一起，给人以刚柔并美的新鲜感受。必欲分之，大体上可分为沉雄健举与含蓄婉丽两大类。如前面所引的《沪江重晤秋枚》和《偶成》两首，便可归入前一类，《与潘若海步月归作》则可归入后一类。我们可从下面几首脍炙人口的作品，以领会其独特的艺术风貌。

如《岳坟》：

> 中原十载拜祠堂，不及西湖山更苍。大汉天声垂断绝，万方兵气此潜藏。双坟晚蜂鸣乌石，一市秋茶说岳王。独有匹夫凭吊去。从来忠愤使人伤。

追念英雄岳飞，寄寓反清之意，感情郁勃，笔势雄健，音节苍凉，充分表达出作者内心的感受和激情。

《七月初六日赴沪，海上大风》：

舵楼时起浪千重，自摄心魂惝恍中。飘泊正如秋一叶，寻常见惯海多风。高帆鸟翼呜呜黑，落日鱼涎拍拍红。坐叹狂流垂未息，送人无那与俱东。

描写海船与风浪相搏击的壮阔景观，雄奇瑰丽，形象生动，兴寄深远，曲折映现清王朝覆灭前夕中国社会变异动荡的历史氛围。

《题陈云淙霜钟琴拓本》：

正是霜寒钟更哀，摩挲琴影墨生苔。旸潜此日仍修夜，爨下能馀亦劫灰！故国山川容静对，一时风雨与俱来。天南法物飘零尽，不独南风绿绮台。

抒写展玩明末抗清志士陈子壮霜钟琴拓本时的感受，表达了对清朝黑暗统治的强烈不满，诗意深刻，沉郁苍凉，具见功力。用笔虽然曲折深婉，一片忧国之情还是缭绕纸上。

《残梅》：

今朝寂寂怀江国，独为题诗意亦阑。一雪助花消朔气，无人倚竹共天寒。馀枝偃蹇充瓶活，数树支持抵腊看。何与空山林际鹤，亦捎零羽断飞翰？

托物咏志，通过环境气氛的渲染，把梅花兀傲不群的形象烘托出来，意象高远，风骨遒上，从中可以看到作者不向恶势力屈服的节操。

以上所引诸作，大多取材于日常生活，却言近旨远，在习见的事物中，跳动着时代的脉搏，闪耀着作者个性的光辉。汪国垣《光宣以来诗坛旁记》谓黄节诗“敛激昂于悱恻，寓秾郁于老澹”，是颇有见地的。长期以来，一些人只看黄节早岁的师友交游，就将之目为陈后山附庸，“同光体”流亚，其实是一种误解。诚然，黄节服膺后山诗的兀傲风骨，也下过苦功学习同光体构思、遣词、琢句的艺术技巧，但他入而能出，故形成了自己的独特风格。我们只要稍作比较，就可以看出，陈后山及“同光体”诸家的作品面目根本没有黄节丰腴。且听诗人在《寒夜读白石道人集题后》一诗中的宏亮吟唱：

> 布衣同有后山才，只汝高吟未至哀。谢朓诗传清似水，樊南心与烛成灰。每从闲处深思得，讵向人前强学来！今日江西说宗派，嗟卑愁老恐非材。

这里赞扬白石道人（姜夔）出于江西派而能诗风清丽深挚，主张作诗深思自得，反对亦步亦趋，并且严厉批评了清末诗坛上那种无病呻吟的形式主义风气。只要较为认真地读过黄节的作品，就不难发现，这些见解，实则也是黄节创作道路的“夫子自道”。他能够融会唐宋而独树一帜，实非偶然。郑孝胥认为黄氏诗已“自成一派”（诸宗元《与黄氏书》），直到当代，黄节这种风格的七律仍有相当的影响。可以说，黄节是广东诗坛传统诗歌的最末一位大作手，至今仍未有人在诗歌艺术性上全面超过他。

第三章　苏曼殊

第一节　苏曼殊的生平和思想

苏曼殊（1884—1918）是中国近代文学史上一位奇特的作家。他身世奇，性情奇，行为奇，思想奇，诗文艺术亦奇。他既出家为僧，又热烈地追求爱情，却又不愿受婚姻家庭的束缚，最后便选择了不僧不俗、亦僧亦俗的奇特身份。他是辛亥革命时期进步的文学团体——南社的成员之一，博学多才，能诗文，擅绘画，精通英、日、梵文，能译外国作品。他那些才华横溢、凄惋动人的诗歌和小说，曾吸引了众多的读者，特别在一部分青年当中，产生过巨大的影响。柳亚子用“不可无一，不可有二”来评价他，正说明他在中国文学史上是具有与众不同的特殊地位的。

苏曼殊，名戬，字子谷，一名玄瑛，曼殊是其出家后的法号。广东香山县恭常都沥溪乡（今属珠海市）人。光绪十年（1884）生于日本横滨。其父苏杰生为旅日华侨，曾任横滨万隆茶行买办。生母若子，日本人，本为苏杰生婢女，生曼殊后未及三月，便离开苏家，不知所往。杰生命所纳妾日人河合仙代为抚养，故曼殊终生认河合仙为亲母。曼殊六岁时随嫡母黄氏返香山原籍，七岁入乡塾读书。十三岁随姑母至上海，认识西班牙人庄湘博士，并随之习英文。十五岁随表兄林紫垣赴日本横滨，入华侨开办的大同学校学习。三年后，考入早稻田大学高等预科。又一年，改入成城学校习陆军。这段时期，他结识了冯自由、陈独秀等革命派人士，思想激进，加入青年会、拒俄义勇队、军国民教育会等旅日学生革命组织。后因表兄林紫垣反对，断绝接济，只好辍学归国。归国途中，他写下假遗书寄林紫垣，佯称蹈海而死，以示抗议。

曼殊归国后入苏州吴中公学任教。后到上海任《国民日报》翻译，与陈独秀、章士钊等人共事。1903 年末南下香港，结识陈少白等人。后不知何故，突然去惠州慧龙寺落发为僧。但受不了僧家之苦，不久便偷了已故师兄博经的度牒出走，自称博经，法号曼殊，从此便过上亦僧亦俗的生活。1904 年春，其父病危，曼殊因长期受家庭歧视，对苏家已全无感情，便托词囊空不归。后其父病死，曼殊亦不奔丧，以示与苏家决绝。此时保皇党活动猖獗，曼殊极其气愤，想用手枪暗杀康有为，后被陈少白劝止。不久，南游暹罗、锡兰、印度等国，学习梵文。夏天至长沙，在湖南实业学堂任教。

从 1905 年到 1910 年，曼殊往返于长沙、上海、杭州、南京、芜湖、日本、南洋等地，先后在长沙实业学堂、南京陆军小学、芜湖皖江中学、长沙明德学堂及爪哇噶班中华会馆等地任教。这段时期，他著述颇多，写成《梵文典》八卷，出版了《文学因缘》和《拜伦诗选》二书，并创作了大量的诗画。他曾为秋瑾遗诗作序，又以宋、元、明、清间的英雄岳飞、徐达、陈恭尹、石达开等为题材作画，都旨在宣传反清革命。他刊于《民报》上的《岭海幽光录》，是一组采撷旧籍而成的笔记故事。这组故事，写的全是明末清初广东人民反抗清兵的内容。其中人物既有以身殉国的陈子壮、张家玉、陈邦彦等英雄，也有遁迹山林的高士和视死如归的烈女、婢仆。曼殊采撰这些故事，也同样是为了宣传反清革命，“希望使忘却的旧恨复活，助革命成功”（鲁迅《杂忆》）。在日本期间，他与章炳麟、刘师培交游甚密，曾先后住在一起。章炳麟曾为他的《梵文典》作序；刘师培的妻子何震则随他学画，并辑成《曼殊画谱》，由章炳麟题跋。后来章、刘二人交恶，刘迁怒于曼殊，曼殊只得移住他处。归国后，曼殊不计前嫌，与刘师培夫妇仍有交往。1909 年，刘师培变节，投入端方幕府。曼殊时居杭州西湖白云庵。革命党人中有人怀疑他与刘师培同流合污，便投函警告。曼殊即离杭赴沪，以表清白。章炳麟闻知此事，当即撰文为他申辩。文中称赞他品格高洁，誉之为“厉高节，抗浮云”之士。同年秋，曼殊离上海南游。在新加坡遇见他的老师庄湘博士及其女雪鸿。雪鸿赠以西洋诗数册，并把他的英译《燕子笺》携往欧洲谋求出版。后曼殊转赴爪哇，受聘于噶班中华会馆，任英文教师。

1911 年辛亥革命取得成功。消息传来，曼殊大喜，急欲典衣卖书，“北旋汉土”。但因课务未了，未能成行。他在当时写给柳亚子、马君武的信中说：“迩者振大汉之天声，想两公都在剑影刀光中，抵掌而谈；不慧远适异国，惟有神驰左右耳。”信中充分表达了他的兴奋和向往之情。第二年，曼殊返国。返国后，曾主上海《太平洋报》笔政，又曾任教于安徽高等学校。他的名著《断鸿零雁记》，就发表于此时。但是辛亥革命的胜利，仅仅是换了一个“民国”的招牌，政权很快被北洋军阀袁世凯窃去。袁世凯当上大总统后，倒行逆施，镇压革命党人，政治日趋腐败。曼殊对此极为不满，在与朋友的通信中，有意把“民国三年”写成“宣统六年”或“洋皇帝四年”，以示讽刺。当孙中山领导国民党人发动“二次革命”时，他立即奋起响应，以个人名义发表《讨袁宣言》，历数袁世凯篡权窃国、镇压革命的种种罪行，激昂地表示：“衲等虽托身世外，然宗国兴亡，岂无责耶？今直告尔：甘为元凶，不恤兵连祸结，涂炭生灵，即衲等虽以言善习静为怀，亦将起而褫尔之魄!”真是义正辞严，充满激愤。“二次革命”失败后，他东渡日本，继续同逃亡的国民党人往还。直到1916年“护国讨袁”开始后，他才返回国内。返国后，常往来于上海杭州之间，与柳亚子等人交往密切，并认识伶人小如意、小杨月楼等，时相宴游。曼殊平日嗜食无度，归国后觉政治日非，无力救世，伤感消极，以至颓唐，益更狂食乱餐，自戕其体。去世前一年，他的肠胃病几次大发，痾泻不止。岁末病情加剧，入院医治。医生令其戒食禁忌之物，他仍私藏糖栗三四包于枕畔，毫不节制。1918年5月，终因病情恶化，不治身亡，年仅三十五岁。

第二节　苏曼殊的诗

苏曼殊的一生虽然短暂，但他多才多艺，作品不少。其中以诗歌的成就最高，影响最大。他的诗以七绝居多，写得轻清隽永，富有美感。柳亚子用“思想的轻灵，文辞的自然，音节的和谐”来概括他诗歌的特色。郁达夫则以“用词很纤巧，择韵很清谐”来称誉他的诗“使人读下来就能感到一种快味”。柳、郁二人都精于诗，他们对曼殊诗中的文词与韵律一致表示赞赏，足见曼殊的诗作，在这方面是非常出色的。

曼殊诗歌中思想性最强的是那些反清、反袁的作品。这些作品，关心国家和民族的命运，宣扬民主革命的思想，充满积极进取精神，具有较强的战斗性。如写于青年时期的《以诗并画留别汤国顿》这组诗：

蹈海鲁连不帝秦，茫茫烟水着浮身。国民孤愤英雄泪，洒向鲛绡赠故人。

海天龙战血玄黄，披发长歌览大荒。易水萧萧人去也，一天明月白如霜。

诗中以义不帝秦的鲁仲连和刺杀秦王的荆轲自许，写得苍凉悲壮，表现了一个青年爱国者向清政府誓死抗争的锐气和雄心，是曼殊诗中最具战斗性的作品。1910 年曼殊侨居耶婆提（即爪哇）时，曾收到末公（即章炳麟）寄赠的《秋夜》诗一章，触动思绪，写成一首五言古诗《耶婆提病中，末公见示新作，伏枕奉答，兼呈旷处士》为报。此诗全用仄韵，笔力劲健，音节苍凉，是曼殊诗集中的佳作。其中“炎蒸困羁旅，南海何辽索！上国亦已芜，黄星向西落。青骊逝千里，瞻乌止谁屋？江南春已晚，淑景付冥莫。建业在何许？胡尘纷漠漠。佳人不可期，皎月照罗幕。九关日以远，肝胆竟谁托？”等句，深能写出作者虽然远适异域，但对祖国的危亡和民族的苦难，依然时时萦系在心。辛亥革命后，曼殊目睹革命成果被袁世凯篡夺，思想转向消沉，却并非完全消极，在他的诗中常有“故国之思”，表现了他对袁氏篡国的憎恨和愤慨。如“故国已随春日尽，鹧鸪声急使人愁”、“相逢莫问人间事，故国伤心只泪流”、“疏柳尽含烟，似怜亡国苦”等句，在悲观的情调中，还是可以看出他时刻眷念着祖国的。在《憩平原别邸赠玄玄》一诗中，更可看出他对革命的前途，怀有殷切的期待，诗中写道：

狂歌走马遍天涯，斗酒黄鸡处士家。逢君别有伤心在，且看寒梅未落花！

诗写于 1914 年，正是讨袁的“二次革命”失败之后，故有“逢君别有伤心在”之语，但此诗并非一味伤心，结句“且看寒梅未落花”，表明他从伤心中振起，对反袁斗争终究要胜利抱有坚强信念。从苏曼殊现存的全部诗歌看，这类充满爱国主义感情的作品虽然不多，但却是他诗集中的重要组成部分，无论从思想性和艺术性来看，都达到一定的水平，是应该给予充分的肯定的。过去一段时期，一些论者每以他的诗多绮语，而目之为消极颓废，对他上述的作品，却往往重视不够，这显然是不妥当的。

曼殊诗集中确是以绮艳的爱情诗居多，这类诗凄婉缠绵，味极隽永，所谓“其哀在心，其艳在骨”（高旭语），历来最受人们推崇，特别是深得青年人的喜爱。曼殊以僧侣身份而不讳言情爱，是颇为大胆而奇特的。他后半生常陷于参禅学佛与追求爱情的矛盾之中，故诗中甚多此类情禅交织的作品。这些情禅交织的诗歌，是曼殊内心感情的真实反映，充满浪漫神秘的色彩，有别于一般的爱情诗，是曼殊所独有的，别有一种奇特的感人力量。如：

> 收拾禅心侍镜台，沾泥残絮有沉哀。湘弦洒遍胭脂泪，香火重生劫后灰！（《为调筝人绘像》）
>
> 禅心一任蛾眉妒，佛说原来怨是亲。雨笠烟蓑归去也，与人无爱亦无嗔。（《寄调筝人》）
>
> 乌舍凌波肌似雪，亲持红叶索题诗。还卿一钵无情泪，恨不相逢未剃时。
>
> 碧玉莫愁身世贱，同乡仙子独销魂。袈裟点点疑樱瓣，半是脂痕半泪痕。（《本事诗》之二首）

这类直接表现禅心与爱意矛盾交战的诗歌，写得真率坦白，哀婉动人，是曼殊众多爱情诗中最突出的部分。曼殊另一类爱情诗，虽没有在诗中突出“禅”意，但他既是僧侣的身份，便依然也是情禅交织之作。这类作品所占至多，情致纡回，缠绵悱恻，读来饶有韵味。如：

孤灯引梦记朦胧，风雨邻庵夜半钟。我再来时人已去，涉江谁为采芙蓉？（《过若松町有感》）

星裁环佩月裁珰，一夜秋寒掩洞房。莫道横塘风露冷，残荷犹自盖鸳鸯。（《无题》）

碧栏干外夜沉沉，斜倚云屏烛影深。看取红酥浑欲滴，凤文双结是同心。

谁怜一阕断肠词，摇落秋怀只自知。况是异乡兼日暮，疏钟红叶坠相思。（《东居杂诗》之二首）

芳草天涯人是梦，碧桃花下月如烟。可怜罗带秋光薄，珍重萧郎解玉钿。（《芳草》）

曼殊身为僧侣，如此大胆而热烈地幻想和追求爱情，并且公然形之于诗，这在当时是颇为耸动世俗的。他是一个强烈追求个性解放的人物，全然不受“世间法”以至“世外法”的约束。他选择了非僧非俗，亦僧亦俗的奇特身份，因此他敢于不守佛门清规，先后和几个女子谈情说爱；然而他又不愿受婚姻家庭的束缚，因此爱情之花总是没有美满的结果。爱得越深，痛苦越大。这就是曼殊的悲剧所在。曼殊虽然曾表示过“忏尽情禅空色相”的决心，并写下“还卿一钵无情泪，恨不相逢未剃时”的决绝诗句，然而他对爱情的追求，始终是未有稍减的。当他一遇到他钟情的女子时，他又浪漫地吟咏出“蝉翼轻纱束细腰，远山眉黛不能描”和“兰蕙芬芳总负伊，并肩携手纳凉时”这样情深款款的诗句了。由于曼殊一直都陷于情禅矛盾之中而不能自解，故此他的诗哀艳凄婉，别具情韵。

“袈裟点点疑樱瓣，半是脂痕半泪痕”，就是这类情禅交织诗中的突出代表。柳亚子和周瘦鹃分别以“却扇一顾，倾城无色”和“嚼蕊吹香，幽艳独绝”来称誉他这类诗歌，是非常恰当的。

除了爱情诗之外，曼殊的写景小诗与怀友之作，也大都写得情景真切，优美动人。如怀友思乡之作：

> 生天成佛我何能，幽梦无凭恨不胜。多谢刘三问消息，尚留微命作诗僧。（《有怀》）
>
> 江城如画一倾杯，乍合仍离倍可哀。此去孤舟明月夜，排云谁与望楼台！（《东行别仲兄》）
>
> 契阔死生君莫问，行云流水一孤僧。无端狂笑无端哭，纵有欢肠已似冰！（《过若松町有感示仲兄》）
>
> 春雨楼头尺八箫，何时归看浙江潮？芒鞋破钵无人识，踏过樱花第几桥！（《本事诗》之一首）

这些诗出自真情，一任天机自流，不假雕饰；看似不甚用心，却佳趣天成，情韵俱足，别有一种动人的魅力。他的写景抒情小诗，善于捕捉美感，色彩明丽，饶有画意。如：

> 柳阴深处马蹄骄，无际银沙逐退潮。茅店冰旗知市近，满山红叶女郎樵。（《过蒲田》）
>
> 孤村隐隐起微烟，处处秧歌竞插田。羸马未须愁远道，桃花红欲上吟鞭。（《淀江道中口占》）
>
> 白云深处拥雷峰，几树寒梅带雪红。斋罢垂垂浑入定，庵前潭影落疏钟。（《住西湖白云禅院作此》）
>
> 白水青山未尽思，人间天上两霏微。轻风细雨红泥

寺，不见僧归见燕归。(《吴门依易生韵》)

曼殊能画，故诗中善用色彩对比，衬以浓淡、疏密、动静的配搭，构成一幅幅优美的图画。他的写景诗，往往景中有人，景中有情，情景相生，另辟一种疏淡、恬静的境界，颇有自己独特的风格。

曼殊以七绝见长，或写景，或抒情，都韵味十足，富有个性。郁达夫指出：“他的诗是出于定庵（即龚自珍）的《己亥杂诗》，而又加上一脉清新的近代味”；此外，“得力于放翁(即陆游)、后山（即陈师道）的地方也很多”；并认为“他的诗里有清新味，有近代性，这大约是他译外国诗后所得的好处”。郁氏的见解无疑是有道理的。曼殊那些强烈地表现个性的诗歌，是对传统封建意识的挑战，写得大胆而纯真，确是有一股清新的近代味的。他的七绝出自定庵，却能点染生新，自成面目。读来明白如话，没有斧凿痕迹，仿佛随意写来，不求幽深曲折，却真情自见。这是曼殊诗的佳处。辛亥革命前后的青年人，甚喜曼殊的诗。不少初学写诗的人，大都程度不同地受过他的影响。施蛰存说“曼殊诗才隽逸，婉丽中极工感慨，宜为少年所喜”，是言之有据的。

无庸讳言，就整体的诗歌创作来看，曼殊诗尚未臻成熟。他的诗题材狭窄，形式单调，反映的社会面不够广，艺术表现手法也不够多样。从现存的曼殊诗看，他只写了五古、七古、五律、七律各一首，五绝则有四首，其余便都是七绝，所走的路子是比较单一的。他的诗多是情意缠绵的绮怀之作，大都伴有淡淡的哀愁。这是与他奇特的身世与行为很有关系的。他没有雄伟壮阔之作，“高逸有余，雄厚不足”（胡寄尘语）。即使是早期最具战斗性的几首反清、反袁的作品，也在慷慨中杂有悲凉，在激昂中透出伤感，与其他爱国诗人的雄壮之作有别。

他的诗无长江大河的雄大气魄，只是一脉潺潺流动的小溪，轻清，婉转，淡雅，迷人。他奏不出壮伟的交响乐，只能奏悠扬的轻音乐。他那些小巧的七绝，节奏和谐，灵动潇洒，哀婉凄恻，别有情味。在中国近代文学史上，自有它特殊的地位。

曼殊懂英文，是我国早期的诗歌译者之一。他曾把英国的拜伦、雪莱、彭斯、豪易特，德国的歌德以及印度女诗人陀露多等人的作品译成中文，介绍给国内的读者。当时我国现代的新诗体还没有诞生，这些诗都是用古诗的体裁翻译的。如译拜伦《去国行》一诗，写主人公恰尔德·哈洛尔德与童仆和伙伴的对话，诉说远离祖国的愁苦情怀，便很有汉魏六朝乐府诗的韵味。但有些译诗好用古奥生僻的字眼，妨碍了诗意的流畅表达，造成读者不必要的阅读困难，是不足为法的。不过，在促进中外文化交流方面，曼殊的译诗起了开辟草莱的作用，却是功不可没的。

第四章　清末民初的词

清末民初，岭南词坛鼎盛，作者甚众。除维新运动的重要人物黄遵宪、康有为、梁启超等人外，尚有一大批作者。其中最著名者当推潘飞声、陈洵、易孺和叶恭绰等人。

第一节　潘飞声

潘飞声（1858—1934），字兰史，号剑士、老剑，又号独立山人，别署说剑词人。番禺人。早年从叶衍兰学诗词。少有才名，陈澧等人誉之为“桐圃凤雏”。光绪十三年（1887）应聘往德国柏林讲授汉学三年，著有《西海纪行卷》及《天外归槎录》。两卷均以日记形式，详细记其出国及返国的经历。日记中缀有诗，多能写出飘洋过海时的新奇感受。如《大风过印度洋》、《地中海观日出作歌》、《大雨过瑞士诸大山，车中作歌》等长篇七古，纵笔淋漓，颇有气势。归国后，举经济特科，不应。后加入南社，与高旭（钝剑）、俞锷（剑华）、傅屯艮（君剑）合称“南社四剑”。又参加希社、沤社、鸥隐社及题襟金石书画会等。晚年寄居上海，以书画文字为生。著有《说剑堂集》、《在山泉诗话》、《粤词雅》、《罗浮纪游》等，又辑有《粤东词抄三编》、《今夕庵题画诗》等。

潘飞声才华横溢，颇有时名。诗笔雄丽，时有奇气。所作《罗浮纪游》诸诗，甚得梁启超和陈衍称赏。他的海外诗，更被丘炜萲誉为“豪情壮气，压倒一时豪杰”。潘飞声不仅工于诗，尤擅倚声；词名甚大，较他的诗名尤盛。著有《海山词》、《花语词》、《珠江低唱》、《长相思词》和《饮琼浆馆词》等，总名《说剑堂词》。《海山词》为潘飞声在德国柏林讲学时之作，内容多写域外风情，颇多绮艳之句。但其中也有充满怀古感慨的。如他游博子墩（今译“波茨坦）所写的《满江红》就是突出的一首：

如此江山，问天外、何年开辟？凭吊古，飞桥百里，粉楼千尺。邻国终输瓯脱地，名王不射单于镝。看离宫、百二冷斜阳，苍苍碧。　　蒲萄酒，氍毹席。挠饮器，悬光壁。话银槎通使，大秦陈迹。左纛可能除帝制？轺车那许遮安息！待甚时、朝汉筑高台，来吹笛。

此词题目中说：“博子墩，译言橡树林也。有布王高得利第二（即普鲁士国王腓特烈二世）离宫，风亭雪阁，数十里相望，大河湾环，明湖迤逦，山光水色，苍翠万重，为布鲁斯（今译‘普鲁士’）第一佳山水。”词中上阕写了波茨坦的风光，又写了腓特烈二世发动战争，扩充版图，末二句写离宫凄冷，掩映于斜阳之中，吊古之意十分明显；下阕由眼前景物追溯中国和西方古代交往的历史，希望中国强大，使“四夷”来朝。词中感慨深沉，远非那些倚红偎翠之作可比。此外，如独游帖尔园至沙律定堡看黄叶之《水龙吟》，观德国士兵操练所摄照片之《金缕曲》，或苍凉萧索，或激昂慷慨，都写得富有感情。但《海山集》中收入最多的是那些与外国女子交往之作，游园酌酒，听琴赏歌，词多绮艳。冒广生《小三吾亭词话》采录此类词作多首，谓“兰史尝游柏林，毡裘绝域，声教不同，碧眼细腰，执经问字，亦从来文人未有之奇也”，对此表示称赏。潘飞声旅居柏林期间，虽有碧眼女弟子相伴，亦时有思乡之感，故《海山集》中也收有不少忆友怀乡之作。如寄怀杨永衍（椒坪）的《台城路》就写得深情无限：

> 两年梦想添茅老，披图又增离绪。鹤渚桥头，凰冈渡口，记得万松深处。蕉衫竹麈。爱坐满溪云，悄然无语。一片吟情，秋声吹过隔林树。　　当年坠欢未拾，花田觞别路，犹剩飞絮。江上琴孤，花前画冷，怕见峰眉愁聚。天涯倦旅。问甚日归来，再圆鸥侣。添我图中，石岩同话雨。

此词乃潘飞声收到杨永衍所寄的《秋岩宴坐图》后所作。词中题目写道：“杨椒翁寄《秋岩宴坐图》属题。余滞留海国，忆友怀乡，于翁则尤恋恋，故多为伤别之言；而末语又以坚他年栖岩之约，慰翁独坐时惆怅也。”潘与杨为忘年交，时相唱和，潘之诗笔清隽，得力于椒翁之助颇多。此词伤别之意甚浓，词末期以岩栖之约，感情弥觉深挚。

除了专写域外风情的《海山词》之外，《花语词》和《珠江低唱》亦不乏佳作。两词均写于国内，写景咏物，应酬题赠，均见功力。如《浣溪沙·越台春望》：

> 极浦蛮烟一抹清。啼鸪深树唤新晴。雨馀山寺塔层层。　　曾是昔年歌舞处，霸图消与暮钟声。木棉红出越王城。

此词扣紧越台写春望所见，上阕着意写景，下阕侧重抒情，“霸图消与暮钟声”一句扣紧越王台而发，句中极饶感慨。又如《水龙吟·秋夜同何杞南师过半塘桐竹圃弹琴》：

> 柴门淡月如烟，垂杨浸在轻烟里。半池荷露，一堤花影，两三船舣。今夜流云，昨宵宿雨，碧天无际。把湘帘四卷，瑶琴漫理，还乍听，疑流水。　　前度城西旧寺，集词人携尊同醉。听潮亭上，弦声浩漫，有江湖气。响散松阴，愁生焦尾，知音谁是？记回船尚有，娟娟蟾影，照人无睡。

此词咏秋夜之月色琴声，如诗如画，使人陶醉。上阕结拍数句由月色过渡到琴声，下阕结尾几句又由琴声回到月色。两者照应得宜，章法极为细密。

潘飞声为海山仙馆潘仕成后人，在他的笔下，尚依稀可见昔日海山仙馆的秀丽景象。其《台城路·海山仙馆》便有如下描绘：

> 花阴梦破衫痕碧，残荷冷摇苍翠。曲曲回廊，闲闲野鹭，不管游人停舣。风窗半启。占几叠湖山，几分烟水。垂柳萧疏，宵来渐渐有秋意。　　年来游侣散尽，便诗筒酒盏，随分抛弃。雪阁吹箫，虹桥问月，风景依稀重记。荒凉若此！又玉笛声中，落红铺地。隔岸归鸦，冷烟飞不起。

海山仙馆极池桥花木之胜，上阕所写，尚依稀可见其昔日气象；下阕从换头“年来游侣散尽”开始，便有今不如昔之感。“荒凉若此”四字，进一步点出所见已残破不堪。结尾以“归鸦”和“冷烟”作收束，更见衰败之象。作为潘氏后人，目睹先人遗业日渐荒凉，是不免黯然神伤的。

光绪二十八年（1902）三月，潘飞声往游罗浮山，得《罗浮纪游》诗文一卷，并作图以纪，请黄遵宪（公度）题词。黄以《双双燕·题潘兰史罗浮纪游图》为报。潘得词，大激赏，遂和作一章，题为《双双燕·和黄公度韵》：

> 罗浮睡了，看上界沉沉，万峰未醒。唤起霜娥，照得山河尽冷。白遍梅田千井，见玉女、青青两鬓。恰当天上呼船，倒卧飞云绝顶。　　仙洞，有人赋隐。羡蝴蝶双栖，翠屏安稳。烟扃拟叩，还隔花深松暝。谁揭瑶台明镜，应画我、高寒瘦影。指他东海风轮，未隔蓬莱尘境。

此词和黄词均以“罗浮睡了”四字为起句，据潘飞声注称：“昔在菊坡精舍，听陈兰甫（澧）先生话罗浮之游，云仅得‘罗浮睡了’四字，久之未成词也。壬寅三月，余游罗浮，至东江泊舟，望四百峰横亘烟月中，觉陈先生此四字神妙如绘。”表示极为倾倒。此词虽不及黄遵宪原作之深稳雅健，但亦有飘飘出尘之想，写得空灵蕴藉，颇有仙气。今人钱仲联以“仙袂飘举”评之，可谓的评。

潘飞声之妻梁佩琼亦能诗，平日伉俪甚笃。其妻亡故后，改其生前所居红芳馆为长相思室，并先后赋词十六章，名为《长相思词》以表悼念。词中忆念甚深，情词恳挚，如泣如诉，感人肺腑。如梁佩琼亡后不久所写的《浪淘沙·长相思室夜坐感赋》之第二首：

> 细雨做成秋，凉入心头。几回枯坐数更筹。仿佛旧时扶病夜，劝我添裘。　　药筐未曾收，空对茶瓯。似闻风动绣帘钩。待展灵旗招梦返，梦怕难留。

词中回忆其妻生前情事，恋恋依依，欲寄情于梦，又怕梦境难留，表现出无限的怅惘。又如《沁园春·丁亥十月十夜柏林客馆梦亡妇》：

> 如此良宵，听风听雨，回肠自支。想兰房遗挂，久萦烟网；花魂偷返，又杳天涯。旅枕秋凉，残灯梦瘦，莫道瑶宫总不知。分明见，是云鬟似旧，絮语迟迟。　相逢慢诉相思。问碧海琼波鹤怎携？叹玉箫红泪，空沾絮果；檀奴青鬓，尚恋尘丝。钿合三生，银槎万里，到死相依更不离。（原注：妇语如此）翻然醒，记一声珍重，仙去移时。

潘妻病逝于光绪十三年（1887）丁亥四月。七月，潘飞声远赴德国讲学。他的朋友满洲人承厚在《长相思词》的题词中，称他此次远行，是“离乡为觅忘忧境”。但二人到底伉俪情深，潘飞声虽然离乡远去，也依旧难忘旧事，到了十月，便在柏林客馆中梦见其妻，写成上面这首词。词中情意深沉，刻骨铭心，十分动人。冒广生在《小三吾亭词话》中就称之为“闻者掩涕”。

潘飞声幼承家学，博采诸家，词的功力颇深。陈璞在《花语词》序中称其词“绮艳中时露奇矫之气”，“岭表词坛，洵堪独秀”，并许为吴兰修（石华）后一人。陈骧更称誉备至，赞道：“吾粤无以词名家者，独吴石华先生耳。今读兰史大兄《说剑堂词》，觉《桐华阁集》情不如其深，思不如其巧，辞不如其艳，材不如其富，句不如其炼，声不如其响，字不如其新，每每惊魂荡魄，出人意外，虽极凄惋，仍不乖雅正之音。岂独为吾粤词人冠，恐国初如竹坨（即朱彝尊）、西堂（即尤侗）、其年（即陈维崧）、容若（即纳兰性德）诸公，未之或先也。”又谓“粤词如兰史，姜（夔）张（炎）不能掩也”。（《花语词》序）所评虽有过当，但兰史词以精妙之思，运英隽之才，发为倚声，确能妙写丽情，情旷绮艳，并于“绮艳中时露奇矫之气”，很有自己的风格。夏敬观、冒广生二人在《忍古楼词话》和《小三吾亭词话》中，对潘飞声词多所称引；钱仲联在《近百年词坛点将录》中亦赞誉“《说剑堂词》才华艳发”；张尔田在《近代词人逸事附录》中，更谓其“词笔自是一代作手，求诸近代中，于纳兰公子性德为近”。可见潘飞声不单在岭表词坛中具有较高的地位，在江左、中原一带，也是有一定的影响的。

潘飞声在词论方面也有一定的贡献，所著有《粤词雅》和《论岭南词绝句》两种。前者乃词话性质，收录有自五代至宋末的岭南人词不少，所作点评虽简短，却时有精到之见。《论岭南词绝句》共二十首，从五代的黄损到清代的吴尚熹，均有论及。如论崔与之词的一首写道：“老来勋业畏投闲，极目边愁写乱山。自有激昂雄直气，高歌立马剑门关。”诗中语句多采自崔与之《水调歌头·题剑阁》一词，《粤词雅》称此词“雄壮极矣，虽苏（轼）、辛（弃疾）亦无以过之”。又说“余谓此词，非雄直而何?”既点出此词风格与苏、辛相近，又指出它有雄直之气，所评十分允当。此论词绝句独标崔词“激昂雄直”，与其《粤词雅》之论是完全一致的。

第二节　陈　洵

陈洵（1871—1942），字述叔。新会人。光绪年间，补南海生员。少有才思，游江西幕中十馀年。中岁归粤授徒度日。洵生性孤峭，善为词，与顺德诗人黄节友善。番禺梁鼎芬每为揄扬，并称“陈词黄诗”。词学大家朱孝臧见其词，甚称赏；1929 年被荐为中山大学教授，主讲词学。陈洵为广东近代著名词人，著有《海绡词》二卷、《海绡说词》一册。其《海绡说词》，推尊吴文英、周邦彦之作，并对二人名作，细加点评，颇有见地。朱孝臧曾称陈洵与临桂况周颐为“并世两雄，无与抗手”。又为校印所著《海绡词》，并题句云：“雕虫手，千古亦才难。新拜海南为上将，试要临桂角中原。来者孰登坛?”极见推许之意。龙榆生辑编《近三百年名家词选》，收陈词十一首，亦甚推重。

陈洵词早期力学吴文英，字面奇丽秾密，意境晦涩，中年后稍参周邦彦之浑厚和雅，华妙精深。如《六丑·木棉谢后作》一词，仿用周邦彦《六丑·蔷薇谢后作》体格，章法句法，则似吴文英：

> 正朱华照海，带碧瓦、参差楼阁。故台更高，无风花自落。一梦非昨。过眼千红尽，去来歌舞，怨粉轻衣薄。青山客路鸪啼恶。泪断香绵，灯收雨箔。颓然旧游城郭，尚幢幢日盖，残霸天邈。　川盘岭礴，算孤根易托。顿有离家恨，何处着?争枝又闹群雀。似依依念定，惹茸曾约。芳韶好、柳黄初啄。得知道、一样天涯化絮，到头漂泊。山中事、分付榴萼。笑燕子尚恋西园夜，春归未觉。

此词借花起兴，哀乐无端，尤善用重笔，以抒发个人感慨，下字用意，皆法度深稳，极见功力。上阕写木棉飘谢时的情景，“无风花自落”一语点醒题旨。下阕抒发词人的感慨，以“群雀”、“柳黄”、“榴萼”、“燕子”作衬，反复缠绵，感慨无限，为《海绡词》中的佳作。陈洵中岁无聊，教馆度日，生活清苦，其《虞美人·梦中得“莓苔绿到题诗处”七字，足成之》，便反映了此时的心境：

> 莓苔绿到题诗处，寂寂莺啼曙。揭来沽酒旧旗亭，风

里柳花如梦不曾醒。　尊前人意依然好，天与声名早。罗衣还有泪痕无？多少才人零落在江湖。

下阕直抒幽愤，末二句尤能写出才人郁郁不得志的凄然之感。陈洵中年以后之作，皆不以词采见胜，转而为高健浑化，渐脱出吴文英的范围，颇有自己的面目。如《风入松·重九》一词，不借一二警句以炫人眼目，全首显得十分浑成：

人生重九且为欢，除酒欲何言？佳辰惯是闲居觉，悠然想、今古无端。几处登临多事，吾庐俯仰常宽。　菊花全不厌衰颜，一岁一回看。白头亲友垂垂尽，尊前问、心素应难。败壁哀蛩休诉，雁声无限江山。

前人作重九词，多写登高临远，陈洵此作，却一反常调，写闲居不出。运密入疏，寓浓于淡，使人读之忘其浅近而自生远志。叶恭绰《广箧中词》评道："沉厚转为高浑，此境最不易到。"对此词极表称赏。陈洵五十岁以后之作，净洗铅华，神骨俱静，较早岁学吴文英之作更耐寻味。如《南乡子·己巳三月，自郡城归乡，过区菶吾西园话旧》：

不用问田园，十载归来故旧欢。一笑从知春有意，篱边，三两馀花向我妍。　哀乐信无端，但觉吾心此处安。谁分去来乡国事，凄然，曾是承平两少年。

此词上阕写作者十年后重返家乡，与老朋友相见之乐。"一笑"三句谓好春也知人意，篱花为我而开。以春花作衬，写朋友聚首之欢。下阕抒发感慨，谓归乡后虽哀乐之情纷至沓来，但毕竟是自己的故土，能使飘泊之心得到暂时安定。末三句更点出“哀乐”之所由来，写二人当日年少，家国承平，今日相逢，已是世事皆非，故不禁凄然相对。题中“话旧”之意全出。允为《海绡词》中的名作。

陈洵自得朱孝臧赏识推重，声名大著。为了感恩知己，陈洵于1931年暑假专程前往上海向朱孝臧致谢，在朱府思悲阁谈词累日，相得甚欢。离别时写下传诵一时的《烛影摇红·沪上留别彊村先生》：

> 鲈脍秋杯，树声一夜生离怨。趁潮津月向人明，还似当时见。芳草天涯又晚，送长风、萧萧去雁。凄凉客枕，宛转江流，揭来孤馆。　　头白相看，后期心数逡巡遍。此情江海自年年，分付将归燕。襟泪香兰暗泫，两无言、青天望眼。老怀翻怕，对酒听歌，吴姬休劝。

此词一气呵成，别意甚深。笔力劲健，气格苍老，深能写出惜别之情。数月后，朱孝臧逝世，陈洵悲伤不已，写下《木兰花慢·岁暮闻彊村翁即世，赋此寄哀》，以表哀悼：

> 水楼闲事了，忍回睇，向斜阳。但烟柳危栏，山芜故径，阅尽繁霜。沧江，悄然卧晚，听中兴琵笛换伊凉。一瞑随尘万古，白云今是何乡！　　相望，天海共苍苍，弦敛赏音亡。剩岁寒心素，方怜同抱，遽泣孤芳。难忘，语秋雁旅，泊哀筝危柱暂成行。泪尽江湖断眼，马塍花为谁香？

朱孝臧为陈洵生平第一知己，故词中伤悼情深，颇为真挚。朱孝臧生前曾以此调吊王鹏运，陈洵有意仿效，亦以此调吊朱孝臧。“天海共苍苍，弦敛赏音亡”，悲凉沉痛，不尽知己之感。

陈洵晚年之作，词语质朴，浑厚深沉，已达功候圆融之境。如《宴山亭·辛未九日，与风馀诸子风雨登高》和《风入松·甲戌寒食》等词，便是这时期的代表作。抗日战争爆发后，广州沦陷，陈洵所居柳波涌畔之海绡楼被焚毁。词人哀时伤事，感愤不已，曾借《玉楼春·酒边偶赋，寄榆生》一词以遣其情：

> 新愁又逐流年转，今岁愁深前岁浅。良辰乐事苦相寻，每到会时肠暗断。　　山河雁去空怀远，花树莺飞仍念乱。黄昏晴雨总关人，恼恨东风无计遣。

此词沉郁哀怨，愁绪甚深，下阕念乱怀远，对时局甚为关注。末二句以天气喻人事，尤有深意。词中之“东风”乃指日本侵略者，前面着“恼恨”二字，可见其怨愤之深。

陈洵词的技法，先后在吴文英、周邦彦方面下过工夫，故其字面秾密，法度深稳，极见功力。朱孝臧在手批《海绡词》时，既称其“神骨俱静，此真能火传梦窗（即吴文英）者”，又说他“善作逆笔，故处处见腾踏之势，清真（即周邦彦）法乳也”，深能指出其技法的渊源所自。在近代的广东词人中，陈洵是功力深湛的一个。只惜其生活面狭窄，所写的多是个人身边琐事，反映社会现实的内容却甚少，带来的负面影响较多，缺点也是比较明显的。

第三节　易孺　叶恭绰

易孺（1874—1941），号大厂，又号韦斋。原名廷熹，字季复。鹤山人。早岁肄业广雅书院，为陈澧再传弟子。中年留学日本，习师范科。归国后，陈伯陶为江宁提学使，邀他襄理学务。辛亥革命后，寓居北京、上海的时间较长，先后任北京高等师范学校、暨南大学、上海音乐学院教授。他学问淹博，多才多艺。工诗文、词曲、书画、金石、声韵，词尤擅长。他曾参加南社，也曾与音乐家萧友梅合作新体歌曲十馀册，盛行于民国初年。晚年与胡汉民、冒广生等人唱和颇多。撰有《宜雅斋词》、《大厂词稿》、《和玉田词》、《韦斋曲谱》、《大厂画集》及《守愚斋题画诗词残存录》等。

易孺早年好吴文英词，取径艰涩，难索解人。但也有写得比较疏快可诵之作，如《霜花腴·九日浦江园》便是其中一首：

> 怨潮暮咽，对莽苍迢迢，剩写心枯。衰草烟冥，碧天云皱，秋花未引清娱。乱蓬已疏，奈泪深、先沐茱萸。怕残蝉、做足销凝，梦凄声晚渺寒芜。　　仙客醉枫山路，竞分笺刻烛，记在西湖。佳节都过，闲情依旧，而今慧迹全疏，据愁槁梧，恼暗茸、羞帽微乌。更沧溟、雁远帆迟，几人知寓书？

此词乃写在上海园林中度重阳节的情景，伤离感旧，颇有沉郁之致。上阕侧重写秋日愁绪，下阕着意写感旧怀人，用笔颇为清峭。他的小令也写得很有情致，如《相见欢》一词，便在绮艳中带有几分凄冷：

> 相逢漫说销魂，几黄昏？依旧江南愁畔酒边人。
> 软红里，繁笙起，总思君。一样衾前冻了旧啼痕。

小词写怀人之意十分明显，并无艰涩之弊。末句“一样衾前冻了旧啼痕”写孤独凄清，由己方想及对方，用意甚深。其中“冻”字写孤衾难暖，“旧”字写已非一日，炼字极见功夫。

易孺后期甚喜张炎（玉田）之词，著有《和玉田词》一卷，笔调渐趋疏隽。如他晚年寓居上海时所写的《虞美人》，便是步韵和张炎《虞美人·题陈公明所藏曲册》一词之作：

> 霜中枫冷犹红舞，樵笛凭谁谱？不求老屋得三间，让与枯僧和饿占名山。　幽兰自尔能心素，休作倾城顾。水清拈取一枝看，忍向春风为伴卷帘寒。

此词意境孤寂清寒，充满凄苦之音，表现了作者的暮年心境。词中以幽兰自喻，人花合一，颇见高格。

易孺旧学根柢甚深，作诗填词不喜起草，略作思索，提笔而就。他熟读宋词，对各种词调的格律都非常熟稔，能变化使用诸家词句，重新集句为词，有《集宋词帖》传世。他曾为《集宋词帖》写了一首《念奴娇》作代序。这首《念奴娇》，也是以集句的形式写成的：

> 老夫白首（刘克庄），正无聊情绪（赵师侠），幽斋岑寂（周邦彦）。彩笔风流偏能写（辛弃疾），尔辈何烦涉笔（方岳）。冰雪襟怀（黄升），柳蒲憔悴（赵长卿），此意无人识（杨炎）。邻家相问（范成大），妙处难与君说（张孝祥）。　遥想居士床头（葛郯），千花百草（毛幵），处处成陈迹（周密）。嚼徵含商陶雅兴（张榘），恨把年华虚掷（管鉴）。眼底山河（刘凝），醒时风韵（曾觌），顿起居前列（张纲）。形容不尽（沈端节），一声吹断横笛（苏轼）。

词是长短句，集起来比集诗困难。这一首词，是集宋代诸家本调，并且依着原句的位置，每人只要一句，二十个人没有重复。这种古为我用的功夫，实在不容易。于此可见易孺对宋词熟悉程度之深。虽然集句为词有游戏之意，但如此天衣无缝，如出一人之手，是颇见功力的。

易孺词造诣深，守律严，每一字的四声清浊都不肯轻易放过。朱孝臧评其词道：“幽涩蜕自觉翁（即吴文英），浑妙处又具体清真（即周邦彦），为倚声家别具奥境。”可见其渊源所自。叶恭绰谓“大厂词审音琢句，取径艰涩”。龙榆生亦谓“孺填词务为生涩，爱取周（周邦彦）、吴（文英）诸僻调，一一依其四声虚实而强填之，用心至苦。自谓‘百涩词心不要通’云”。两人均指出易词“涩”的特色。龙榆生在《近三百年名家词选》中把他许为一家，钱仲联在《近百年词坛点将录》中把他列为一将，可见他在中国近代词坛是占有一定地位的。

叶恭绰除前述工诗之外，尤擅倚声。其词除继承家学外，还得力于苏轼、贺铸和辛弃疾，豪放婉丽，兼而有之。其早年词作，工于写景咏物，观察细致，描写传神，如《祝英台近·树影》就是突出的一首：

> 远含烟，低带日，斜倚画檐侧。似叶非花，清景自狼藉。殷勤几曲朱栏，愁他压损，长只近、玉人帘隙。
> 幽梦寂。曾记一径无人，绿阴坐吹笛。浅动风枝，镇扫愁无力。几回淡月昏黄，迷离满地，扶不起、一庭秋色。

此词写树影迷离情状，层层递进，颇为细密。此外，如《鹊踏枝·秋雨》、《鹊桥仙·夕景》、《忆旧游·废庙》、《八声甘州·早梅》、《高阳台·木君赋此词瑰曼可诵，爰依其韵，更赋秋草》等词，有的侧重景与物的精描细绘，有的着意抒发感慨，遣词命意，均见功力不弱。

叶恭绰词长于抒怀，集中此类作品不少。如《长亭怨慢·浔阳客感》、《玉漏迟·冬深旅寄江壖，排闷自遣》、《满江红·生日》、《鹧鸪天·感事》、《双调南歌子·夜坐咏怀》等，枨触无端，万千愁绪，借词自遣。其《声声慢·秋感》一词，萧索苍凉，充满悲秋之意：

> 病骨支秋，微吟向晚，诗心暗落斜晖。一发江南，有人寻梦依稀。流连晓风残月，怕归来、霜雪鬓沾衣。重回首，只青芜欲断，烟柳成围。　　萧寂板桥流水，渐冷枫千树，红上渔矶，点笔秋光，画图风景应非。栖乌夜寒自唤，绕乔林、只怎孤飞？惆怅处，听庭花新唱，远韵依微。

通首幽深哀婉，境界清冷，层层写来，丝丝入扣，具见功力。九一八事变后，叶恭绰于1932年中秋之夜游苏州虎丘，适逢月蚀，时星稀露冷，万象沉寥，后云破月来，笛声发自林际，他抚时感事，难以为怀，乃写成《石州慢》一词，以寄抑郁之情：

> 夜气沉山，商音换世，愁与天阔。留人岩桂攀馀，梦远塞榆都折。琼楼影暗，忍照残破河山，伤心还话团圆节。涕泪玉川吟，剩枯肠如雪。　　歌发，风亭笛弄，沧海珠生，寄怀浑别。恨逐胥涛，越网千丝谁结。全消虎气，算有坠粉零香，清宵索伴蛩声绝。怕半镜重圆，异当时明月。

词人于词末自注："是日，日本承认满洲国。"故词中有"忍照残破河山，伤心还话团圆节"及"怕半镜重圆，异当时明月"等悲酸之语。

叶恭绰浸淫词学甚久，词笔老健，为同时作者夏敬观、冒广生等人所推重。夏敬观在《遐庵词赘稿》序中道："余与君皆曾从萍乡文芸阁学士（即文廷式）游。君为词最早，其词旨盖承先世莲裳（即叶英华）、南雪（即叶衍兰）之绪，而又多本之学士。晚年益洗绮罗芗泽之态，浩歌逸思，恒杰出尘壒之外，而缠绵悱恻，又微近东山（即贺铸）。"又谓"东山词世无能为者，近世词人间惟君之才气为最近"。夏敬观之论，指出了叶词的渊源所自，并对其词作甚表称赏。叶词既有雄姿壮采的一面，又有秾丽婉密的一面，可称一代作手。但词集中应景应酬之作亦不少，此类作品，内容空泛，格调不高，颇不足观。

叶恭绰在撰制诗词书画之外，尚辑编有《全清词抄》和《广箧中词》。《全清词抄》是一本大型的清词选集，编写历时二十多年，收词约八千多首，共四十卷，有二千多页。这个大型词抄，对了解整个清代的词作很有参考价值，为以后编写《全清词》打下一个良好的基础。钱仲联在《近百年词坛点将录》中，称誉此书"收词人达三千一百九十六家，使有清一代词学之源流正变，得以推寻，有功于艺苑者匪细"。《广箧中词》是继谭献《箧中词》后的又一个清词选本。据刻书"例言"称，"是编乃继谭仲修先生《箧中词》而成，以不尽属后起，故称之曰'广'"；又谓"是编注重光、宣以还诸作家，以补原书所未备"。故此书收录近人之作颇多。此选本体例悉依《箧中词》，对所选作品间作点评，时有精到之见。如以"纵横排荡，稼轩神髓"评屈大均的《长亭怨·与李天生冬夜宿雁门关作》，又以"一字一泪"评他的《梦江南》四首，虽只寥寥数字，却极见眼力。夏敬观在《广箧中词序》说："谭氏殁于光绪中叶，于近人词故不及见。今遐庵取而广之，又补其所当有而缺者，录其所当取而遗者，都为若干卷，合谭选观之，于一代盛衰之故，与夫后胜于前之迹，可朗然矣！"对该书的编选及贡献，给予极明确的肯定。

第四节 其他词人词作

沈宗畸（1857—1926），字孝耕，号太侔，一号南雅，别号聋道人，晚号晚闻翁、繁霜阁主。番禺人。光绪十五年（1889）举人。工诗文词，中年曾赋落花诗出名，人称"沈落花"。清末在京创著渃吟社，刊行《国学萃编》。该吟社于辛亥革命那年六月星散，沈感而赋诗，中有"风雅沦亡关国运，此中消息几人知"句，不尽末世的哀感。后来加入南社，与潘飞声等人唱和颇多。著有《繁霜词》、《南雅楼诗斑》、《晚闻室随笔》、《塞上雪痕集》，辑有《今词综》、《诗群》、《朴学斋文抄》等。潘飞声《在山泉诗话》称其诗"激越清超，最近时贤之黄仲则"。丘炜萲则谓其"所为七古，下笔铸词，于曲字又煞有体会，一洗粗率之习。同辈中与兰史（即潘飞声）可称劲敌"。（《五百石洞天挥麈》）均给予较高评价。

沈宗畸词亦不弱，钱仲联在《近百年词坛点将录》中谓"太侔南社词人，蜚声岭表"，许为词坛一将。其《一萼红·红梅，用碧山韵》，反复渲染，突出红梅形象，颇为不俗：

> 斗芳菲，怕春痕冷淡，和雪更调脂。啼枕新妆，凝壶旧泪，窥户偷换琼姿。倚蛟背、珊珊冻骨，怪今夜、齐化绛云飞。月浸肌凉，雾融肤腻，波浅香霏。　何逊已无清兴，捣珊瑚麝粉，沁上筠枝。福艳难修，魂清易染，灵

境重证无期。怅幺凤、人间去后，再休问、潮晕酒回时。欲寄翻愁误认，嵌豆相思。

上阕咏梅，扣紧“红”字着笔，下阕由景及情，不尽恋恋之意。《蝶恋花·乙卯秋日，和䍐威》二首，写思妇情怀，颇有寄托。其第一首写道：

决绝春前成隔世，独茧抽丝，直怎恹恹地。翻羡秋花辞病蒂，停辛伫苦韶光费。　　别后镜鸾和月闭，脂粉嫌污，此意无人会。未肯轻教怜妩媚，明珠不抵双行泪。

上阕写思妇因独茧抽丝，虚度时光，受尽辛苦，反而羡慕秋花的飘零；下阕写思妇别后的志节，末句“明珠不抵双行泪”，意谓为相思而流的眼泪，要比任何人所赠的明珠更有价值。句中颇有寓意。

叶恭绰《广箧中词》辑有沈宗畸《烛影摇红》和《真珠帘》二词，评道：“二首皆有本事，词亦高华。”但因“本事”不详，其“高华”便有所减弱。

廖恩焘（1865—1953），字凤舒，号忏庵。惠阳人。廖仲恺之兄。长期旅居美洲古巴等地，曾任古巴领事。归国后寓居上海，后定居香港。廖恩焘善以粤语为诗，著有《嬉笑集》，诙谐幽默，脍炙人口。如《咏张良》之“落埋蚊帐做军师”句，用运筹帷幄之中的意思；《咏萧何》之“出身咪话衙官仔，发脚能追裤裆虫”句，用曾为刀笔吏及追韩信事，均极贴切，曾经传诵一时。廖又曾仿招子庸粤讴格调写成《新解心》数十章，融入新知识、新思想，欲以方言歌谣唤醒粤人。如劝人戒鸦片的《鸦片烟》，劝人抵制美国货的《中秋饼》，反映学生运动的《学界风潮》等等，均以旧形式写现代题材，宣传革命，一时颇有影响。梁启超在《饮冰室诗话》中就表示“绝爱诵之”，并说《自由钟》、《自由车》、《中秋饼》、《学界风潮》、《唔好守旧》、《天有眼》、《地无皮》等篇，“皆绝世妙文，视子庸原作有过之无不及，实文界革命一骁将也”，给予极高评价。

廖恩焘善为词，尤喜吴文英（梦窗）格调，故词中甚多次梦窗韵之作。撰有《忏庵词》八卷。词学大家朱孝臧读后，称其“胎息梦窗，潜气内转，专于顺逆伸缩处求索消息，故非貌似七宝楼台者所可同年而语。至其惊采奇艳，则又得于寻常听睹之外。江山文藻，助其纵横，几为倚声家别开世界矣”。廖曾任古巴领事多年，故《忏庵词》中反映域外风光之作颇多，使人耳目一新。如《西河·游马丹萨钟乳石岩，次梦窗陪鹤林先生登袁园韵》一词：

> 烟景霁。钩藤瘦杖融泄。闲寻禹穴下瑶梯，冻岩渗水。素妆仙女散花回，千灯猿鸟娟丽。　　绕危槛，看坠蕊。袜罗剪露层碎。晶虬细甲近嫏嬛，洞天似咫。有人击壤按商歌，鸾箫吹又何世。　　汞成鹤氅半委地。沁残云、雕粉屏绮。壶里沽春无计。向冰泉试约，长房一醉。青玉簪宜寒光洗。

据此词小序介绍，此岩洞在距古巴都城二百里的马丹萨地下，道光末叶由华工发现。洞内钟乳石千奇百怪，叩之铿然有声。后来美利坚人在曲折的小径中装以铁栏干，在涧谷中架起桥梁，又安上电灯，照耀如同白昼，成为当地一大奇观。词中所写，便是该岩装上电灯后所见的景象。夏敬观在《忍古楼词话》中评道：“海外奇景，古今人罕以入词，此词序述美利坚人于岩洞布置有方，极可为法。”廖恩焘在古巴期间，尚写有《大酺·哥仑布故居放歌，拟清真》、《喜迁莺·夜听阿根廷人弄乐器》、《八声甘州·夜登逆旅楼上最高层，岛国风光，奇瑰万态，以梦窗游灵岩韵写之》等词。这些词专写域外风情，或怀古，或抒情，或写景，均见功力不弱。廖恩焘也有一些闲适情味较重的作品，如《摸鱼儿·寓斋修竹百竿，夏日益浓翠可喜》就是比较突出的一首：

> 翠筼筜、小窗敲遍，隔花环佩疑近。逍遥倦枕闲床在，争奈西风催紧。眠怎稳，闹一片、雨淋铃曲凄清韵。啼禽也哂。道梦里封侯，先生休矣，垂老更无分。　　云行处，沙雁平安莫问。篱根萌得新笋。天寒袖薄人谁倚？曾记泪弹银粉。高不尽，何不向、竿头百尺还前进。潇湘画本。待月转回廊，石苔为纸，挥帚与君论。

此词通首咏竹，上阕侧重在声音方面着笔，下阕则扣紧在形象方面抒发，末尾四句以“潇湘画本”作收束，尤有画意。

廖恩焘在古巴期间，应时咏物之作占了不少分量。但他并非一味闲适，对国内局势却是十分关注的。如写于1930年夏秋之间的《贺新郎》，就对国内南北军阀混战的局面表示了深切的忧虑：

> 忍对西风说。渐人间、笙歌梦里，换裘抛葛。秋远中原迷落雁，云拥寒天欲雪。渺一线、吴山如发。负壑舟藏今不见，恐巨灵、擘破千江月。杯掷去，劝弹瑟。　　漫教折柳轻伤别。看横刀、桥头断水，澌还冰合。记否吹笳城边路，汐穆腥尘沁骨。恨无故、当年裾绝。泪铸黄金都知错，又懵懵、错铸神州铁。南共北，正分裂。

此词乃读辛弃疾（稼轩）词有感而作。词题写道："稼轩词'起望衣冠神州路，白日销残战骨。叹夷甫、诸人清绝。夜半狂歌悲风起，听铮铮、阵马檐间铁。南共北，正分裂'。古今事出一辙，黯然和韵，即用原句作收。彊村老人云：'天涯别有凭栏意，除是杜鹃能道。'蹈袭云乎哉！"从词题中得知，廖氏此词乃有感国事而发。因"古今事如出一辙"，故结尾仍用"南共北，正分裂"作收束。词意苍凉悲慨，为廖词中的佳作。廖恩焘归国后，对国事依旧时时萦系在心，如写于1940年的《风入松·甲戌清明粤中赋此调，今于乱离之际又逢佳节，新愁旧恨，何以为怀》，便反映了抗战期间广大人民惨遭兵火劫难的悲苦景象：

> 花朝暂过又清明，寰宇未销兵。斜阳流水寒鸦外，惜燎原、劫火飞星。不见降幡招展，笙歌残霸宫城。　　村帘出杏为谁青？巢燕殢春程。家家灶冷愁时节，甚行人、还管阴晴？啼时杜鹃无血，铜驼仍旧荒荆。

满纸战乱愁苦之声，对日本侵略者进行了有力的控诉，是廖词中思想性较强的又一佳作。

廖恩焘甚喜周邦彦、姜夔、史达祖、吴文英词，时见和韵之作。其中对吴文英作品研习尤深。屈向邦在《粤东诗话》中称其"晚年为词，得梦窗（即吴文英）神髓"。叶恭绰在《广箧中词》中亦谓其"老去填词，力仿觉翁（即吴文英）"。两评均点出他晚年以词名著称，并指出他作品的风格似吴梦窗。廖词中有些作品读来比较艰涩，正是"力仿"梦窗之故。钱仲联《近百年词坛点将录》把他许为一将，评道："忏庵词追踪梦窗，于奇丽万态之中，见青虹倚天之概。近人学梦窗一派者，难得此风力。"此评既指出他学梦窗的一面，又指出他与寻常学梦窗者不同，与朱孝臧所谓“江山文藻，助其纵横，几为倚声家别开世界”同见推重。

廖仲恺既工诗，又能倚声。他在被陈炯明囚禁期间，就写了几首题画词，以寄托襟抱。如下面一首《如此江山·题白云远眺图》，便表现出他对革命事业的坚定信念和对孙中山先生的敬爱：

尺方矾纸丹青染，居然岭东形势。万壑龙绵，千寻链锁，谁遣江山如此？苍茫眼底，有多少荣枯，沧桑人事？野绿畦黄，依稀犹是太平世。　　滔滔浊流注海，浪花淘不尽，今古王气。日暝云寒，风翻叶乱，那更萧萧秋意。孙郎去矣。只目断鱼珠，几重烟水。天堑长存，恨阴霾未霁。

此词借题画以抒怀。词末写孙中山脱离险境，避难永丰舰，离粤北上。“恨阴霾未霁”五字，表达了当时对陈炯明叛乱未平的忧愤。又如《金缕曲·题八大山人松壑图》：

未合丹青老。剧怜他、铜驼饮泣，画才徒抱。丘壑移来抒胸臆，错节盘根写照。想握笔、愁肠萦绕。国破家亡馀墨泪，洒淋漓、欲夺天工巧。缣尺幅，碧纱罩。　　繁华歇尽何须吊？且由他、嫣红姹紫，一春收了。地老天荒浑不管，空谷苍松独啸。经几度、风狂霜峭。如此江山归寂寞，漫题名、似哭还同笑。诗四句，古今悼。

八大山人为明朝宗室，明亡后削发为僧，拒不为清朝合作。此词虽为题画之作，却语语深挚，笔力甚重，寄寓着作者对古代气节之士的敬慕之情。词写于被囚期间，尤有深意。此外，如《一剪梅·题五层楼图》痛斥陈炯明叛卖革命的罪行，《青玉案·泉州道中纪见》悲叹连年动乱，城乡残破的景象，都感触甚深，具见一个革命者的高尚志节和博大胸怀。

廖仲恺另有一首《贺新郎·题大兄忏庵主人粤讴〈解心〉稿本》，对其胞兄廖恩焘以方言俚语撰制歌谣极表称道：

> 讽世侬盲瞽。一声声、街谈巷话，浑然成趣。香草美人知何托？歌哭凭君听取。闻覆瓿、文章几许？瓦缶繁弦齐竞响，绕梁间、三日犹难去。聆粤调，胜金缕。　　曲终奚必周郎顾？且仿来、蛮音鴃舌，痴儿骙女。廿四桥箫吹明月，那抵低吟清赋？怕莫解、天涯凄苦。手抱琵琶遮半面，触伤心、岂独商人妇！珠海夜，漫如故。

廖恩焘的粤讴集以“新解心”为名，此名乃从道光年间招子庸《粤讴》首篇《解心事》而来。招子庸的《粤讴》，内容多反映妓女的生活，虽然“好语如珠”（郑振铎语），有劝世之意，但内容比较陈旧。廖恩焘的《新解心》则以旧形式写新思想、新题材，富有现实意义，价值更高。他曾赋诗自道“乐操土音不忘本，变徵歌残为国殇”。（《自题新解心》）可见他创作《新解心》是有明确目的的。作为资产阶级民主革命家的廖仲恺，深明《新解心》的思想价值和艺术价值，故在《贺新郎》中给予高度的评价。词中盛赞粤讴《新解心》之妙，谓其有褒贬，有寄托，情韵俱佳。末尾侧重在演唱者身上着笔，写歌女们的愁苦心境，正与声情凄苦的粤讴格调相应，更能突出《新解心》的感人力量。

第五章　清末民初的小说

第一节　苏曼殊的小说

苏曼殊的小说，大多是文言小说，均写得缠绵悱恻、凄婉动人，对青年读者特别有吸引力。有些已被译成英文和俄文，可说是具有世界影响的了。

曼殊的最早一篇小说，是写于1903年的《惨世界》。这是一篇很奇特的作品。全书共十四回。从第一回至第七回前半回，以及第十三回后半回和第十四回，是取材于法国雨果的《悲惨世界》第一部第二卷《沉沦》，加以改编而成；而第七回的后半回至第十三回的前半回，则完全是曼殊的创作。之所以说《惨世界》的首尾部分是改编而非翻译，是因为曼殊在书中既任意改变原作人物的名字和思想性格，又采取跳跃式的随意译写，甚至添油加醋，并不忠实于原著。中间的创作部分，则取材于中国的晚清社会。曼殊此时，反清情绪十分激烈，故书中甚多影射、攻击清政府的内容。而利用汉字的谐音来为作品人物命名，从而表现人物的性格以及作者对人物的态度，就更是晚清小说家惯用的手法。如书中有叫“明白（字男德）”、“吴齿（字小人）”、“范桶”、“明顽”、“满周苟”等人，则分别是“明白难得”、“无耻小人”、“饭桶”、“冥顽”、“满洲狗”的谐音；而“尚海”这一地名，也是谐指上海的。由于此书把矛头指向清廷的最高统治者，猛烈批判封建的顽固派，并鼓吹“大起义兵”和实行暗杀的“狠辣手段”，因此，虽然书上署名是译自“法国大文豪嚣俄（即雨果）”的作品，但也难逃被清朝官吏查禁的命运，苏曼殊本人更被列入了通缉名单。

《惨世界》是苏曼殊借翻译为名，取材于雨果的《悲惨世界》和晚清社会的一部奇特小说。当时的革命党人，甚喜借历史以曲喻现实，或托外国以影射中国。曼殊此作，把晚清的社会现状，移入法国的背景之中，披上译作的外衣，以表现其排满和反封建的思想。这些激烈的革命思想，主要是通过金华贱和明男德这两个人物来反映的。

金华贱的原型是雨果《悲惨世界》里的主人公冉·阿让。曼殊改用“华贱”二字为名，是寓有愤慨和影射之意的。他借金华贱这个人物的悲惨遭遇，以反映晚清时期劳动人民的苦难生活。金华贱因饥寒交迫，偷了面包铺一块面包，便被当作贼而坐牢十九年；出狱后又到处碰壁，走投无路。曼殊愤慨地借明男德之口说：“世界上有了为富不仁的财主，才有贫无立锥的穷汉。”他又说：“世界上的人，除了能工作的，仗着自己的本领生活；其余不能做工，靠欺诈别人手段发财的，哪一个不是抢夺他人财产的蟊贼呢？这班蟊贼的妻室儿女，别说穿吃二字不缺，还要尽性儿的奢侈淫逸。可怜那穷人，稍取世界上些些东西活命，倒说他是贼。这还算平允吗？”这些话，充分表现了作者对劳动人民的同情和对为富不仁者的憎恨。曼殊在为金华贱诉不平的同时，也写了他恩将仇报和欺凌弱小的另一面。大概这正是曼殊为他取名“华贱”的一个原因。鲁迅对笔下的人物，常“哀其不幸，怒其不争”，以批判当时中国的“愚劣的国民性”。曼殊笔下的金华贱，从取名至描写，也是有这个意思的。人们一向只知他擅写《断鸿零雁记》一类缠绵哀怨的作品，殊不知他早期创作的《惨世界》，却是“金刚怒目”式的。

明男德是《惨世界》中具有侠客色彩的人物，是曼殊着力描写、歌颂的革命英雄形象。他热爱祖国，同情人民，憎恨黑暗现实，对危害祖国、欺压和愚弄人民的黑暗势力和落后观念，都大加挞伐。他以救国救民为己任，见义勇为，扶危济困，智劫监狱，惩恶锄强，暗杀官吏，谋炸皇帝；又联络会党，希望“用狠辣的手段，破坏了这腐败的旧世界，另造一种公道的新世界”。明男德心目中的“新世界”的标志是：“世界上物件，应为世界人公用”，“这财帛原来是世界上大家公有的东西”；“取来富户的财产，当分给尽力自由之人，以及穷苦的同胞”；国家的土地，应当为全国“人民的公产，无论何人，都可随意占有，不准一人多占土地”。为了实现这个“公道的新世界”，“赤心侠骨”的明男德终于献出了自己的生命。

明男德这个人物形象，是当时刚刚登上政治舞台的中国资产阶级革命派人物的真实写照。他热衷于采取暗杀手段，正与当时大多数革命党人的行为相似。他认为国家土地是人民的公产，不准一人多占。这个看法，也与同盟会“平均地权”的革命纲领相一致。因此这个人物形象，在一定程度上是能反映出当时资产阶级革命党人的面貌的。《惨世界》一书问世之时，正是我国从资产阶级改良运动过渡到资产阶级革命运动的时期。曼殊以这篇作品，揭露晚清社会的黑暗，批判改良主义的观点，宣传革命的政治主张，并鼓吹要“大起义兵”，“用狠辣的手段”，来推翻清政府的统治。这在当时，是很有战斗性的。《惨世界》大声疾呼“不要去理会什么上帝，什么天地，什么神佛，什么礼义，什么道德，什么名誉，什么圣人，什么古训”，对皇帝和孔子等神圣不可侵犯的人物痛加挞伐，而把向来受轻视的劳动人民和当时最先进的资产阶级革命派，作为正面主人公给以同情或加以歌颂，显示了作者鲜明的反清、反封建的革命倾向。从这些方面来说，《惨世界》一书在中国近代小说史上是占有重要的地位的。

《惨世界》一书，在思想性方面值得肯定之处颇多，但在艺术上却是颇为粗陋和稚弱的，不管是构思情节抑或是人物刻画都是如此。书中人物戴着法国面具说中国话，不少议论是借题发挥，明显针对晚清时弊，词意直露，影射之迹甚明。鲁迅在评论清末谴责小说时曾指出，此类小说“虽命意在于匡世，似与讽刺小说同伦，而辞气浮露，笔无藏锋”。《惨世界》一书的写法，与清末的谴责小说十分相似，因而“辞气浮露，笔无藏锋”的弱点，也是非常明显的。

从 1912 年起，曼殊先后发表了《断鸿零雁记》、《绛纱记》、《焚剑记》、《碎簪记》、《非梦记》及《天涯红泪记》（未完）等六篇文言小说。这些小说通过青年男女爱情婚姻悲剧的描写，程度不同地揭露了封建礼教的吃人本质。

《断鸿零雁记》是以第一人称叙述方式写成的中篇小说，书中某些情节有着曼殊本人生活的影子。男主人公三郎本与雪梅有婚约。后因家道衰微，生母又无消息，雪梅的继母便生悔心，强逼雪梅嫁与富室。三郎闻讯，愤而出家为僧。后来在化缘中幸遇乳媪，始得知生母下落。于是，三郎东渡日本寻访生母，得与姨表姐静子相遇。静子容貌娟丽，仪态端庄，温柔娴淑，秀外慧中。三郎之母甚欲得静子为媳妇，静子也表示舍三郎无属意之人。三郎自与静子相见后，日夕接触，情愫渐生，对她的人品才华，十分爱慕，但因自己是僧侣身份，“既征法身，固弗娶者”，便只得辜负静子的一片深情，割断情丝，潜逃回国。回国后得知，雪梅因不肯做富家媳，早已绝食身亡了。三郎悲怆之极，决意“归省吾师静室”，在佛门了此一生。书末以“余弥天幽恨，正未有艾也”作收束，说明遁迹佛门也依旧是无法排解心中的愁苦的。

这篇小说在描写爱情方面颇有新意，基本上摆脱了古代小说男女授受不亲，通过侍婢传柬、赠珠、私订终身的陈旧窠臼，而赋予絮絮对陈，把臂倾诉的求爱方式。书中写静子赠帕定情时，寓庄于物，情不逾礼，既不同于古代罗扇半遮的大家闺秀，也不同于五四时期浪漫泼辣的新女性。静子这种半开放式的若即若离的仪态，恰恰填补了民国初期资产阶级男女社交场上表达爱情方式的空白。

《断鸿零雁记》在刻画人物方面，以描写静子的艳慧娴淑和三郎的情禅矛盾最为出色。曼殊在刻画静子时，能够层层递进，写出她性格的发展变化过程。如她对三郎的感情，由初识时的娇羞，到后来的深深爱恋，就写得十分细致动人。下面是静子初见三郎时的羞涩神态：

> 女郎默然不答，徐徐出素手，为余妹理鬓丝，双颊微生春晕矣。（第十章）

稍后则目光相接，脉脉含情：

> 少选，香风四溢，陡见玉人靓妆，仙仙飘举而来，去余仅数武；一回青盼，徐徐与余眸相属矣。余即肃然鞠躬致敬。尔时玉人双颊虽赪，然不若前次之羞涩至于无地自容也。（第十二章）

接着款款言谈，恋恋依依：

> 玉人蹙其双蛾，状似弗惬，因俯首低声曰：“三郎，

明朝行耶？胡弗久留？吾自先君见背，旧学抛荒已久。三郎在，吾可执书问难。三郎如不以弱质见弃，则吾虽凋零，可无憾矣。”（第十二章）

进而赠帕寄情，肌肤相接：

静子自将笺帕袭之，谨纳余胸间；既讫，遽握余臂，以腮熨之，嘤嘤欲泣曰：“三郎受此勿戚！愿苍苍者祐吾三郎无恙……”（第十六章）

最后情根深种，殷殷嘱咐，竟至难舍难分的境地：

静子愁愫略释，盈盈起立，捧余手重复亲之，言曰：“三郎，记取后此无论何适，须约我偕行，寸心释矣。若今晨匆匆自去，将毋令人悬念耶？”（第十九章）

如此层层递进的描写，便把静子由原来的温柔羞怯，进至情潮难遏，表现得淋漓尽致。作为独白式的第一人称小说，能把人物性格写得如此深刻细致，是很难得的。这就把古代比较僵化的自传经历的描述，推进到一个更为灵活感人，接近现代艺术形式的境界。

书中的男主人公三郎，是曼殊自身经历的写照。曼殊诗中甚多“袈裟点点疑樱瓣，半是脂痕半泪痕”这类情禅交织的作品；小说中的三郎，也是时时陷身于禅心与爱意的矛盾交战之中的。三郎称赞静子“慧骨天生，一时无两”，“翛然出尘，如藐姑仙子”；并在静子“启其唇樱”，“且羞且发娇柔之声”时，大叹“此时令人真个消魂矣”。但他却又信守“三戒俱足之僧，永不容与女子共住”的佛教条规，不敢追求美好的爱情。他把深深的爱意埋于心底，决心“力遏情澜”，“删除艳思”，依旧过那“行云流水一孤僧”的清苦生活。书中成功地刻画了三郎情禅矛盾的心理，他既有爱意，又不敢去爱，时时陷于彷徨苦闷之中而无法排解。小说中此类句子甚多，实可看作是曼殊借三郎来吐露心声的。如：

> 余语吾妹既讫，私心叹曰：“静子慧骨天生，一时无两，宁不令人畏敬？惜乎，吾固勿能长侍秋波也！”（第十五章）

> 余此际神经已无所主，几于膝摇而牙齿相击，垂头不敢睇视。心中默念，情网已张，插翼难飞，此其时矣。（第十六章）

> 余乍闻是语，无以为计。自念：拒之，于心良弗忍；受之，则睹物思人。宁可力行正照，直证无生耶？余反复思维，不知所可。（第十六章）

> 余且行且思，赫然有触于心，弗可自持，因失声呼曰：“吁！吾滋愧悔于中，无解脱时矣！”（第十七章）

> 吾前此归家，为吾慈母；奚事一逢彼姝，遽加余以尔许缠绵婉恋，累余虱身于情网之中，负己负人，无有是处耶？嗟乎！系于情者，难平尤怨，历古皆然。（第十八章）

> 余略引目视静子，玉容瘦损，忽而慧眼含红欲滴；余心知此子固天怀活泼，其此时情波万叠而中沸矣。余情况至窘，不审将何词以答。（第十九章）

如怨如慕，爱悔交织；真是缠绵悱恻，深情无限！三郎在禅心与爱意的交战中，终于“断惑证真”，强遏情潮，留书而别。

他又“手持寒锡，作远头陀矣”。在爱情面前，曼殊让三郎采取飘然出走的消极态度，正是为了突出表现“忏尽情禅空色相”的主题。这个主题的思想性无疑是不强的，但却充分反映了作者当时世界观的复杂性。

《断鸿零雁记》在写三郎与雪梅及静子的爱情婚姻悲剧时，雪梅粗写，重虚；静子细写，重实。比对之下，静子这个人物形象细腻丰满，给人留下深刻的印象。静子如此艳慧娴淑，竟不能获得美满爱情，是使人深为叹惜的。雪梅的悲剧，虽然仍是重复旧小说中父母嫌贫爱富的老公式，但雪梅父母认为“女子者，实货物耳，吾固可择其礼金高者而鬻之”的思想，却具有近代性。这种明确把女儿当作“货物”，视婚姻为生意的观念，已与旧式的地主阶级的门第观念大不相同。这反映了中国社会进入近代之后，封建家长们由于受了商品经济和资产阶级的影响，已经逐渐资产阶级化了。曼殊敏锐地觉察到这一点，在小说中及时加以表现，是值得肯定的。

《断鸿零雁记》一书，在描写爱情婚姻悲剧的同时，时时流露出浓厚的民族意识。如第一章写海云古刹，谈及宋亡之际，陆秀夫抱幼帝投水殉国；第十二章借静子之口，讲述明亡之后，朱舜水流寓日本长崎，耻食二朝之粟；第二十六章写三郎于怀庵读明末抗清的澹归和尚诗，称赞他是“顶天立地一堂堂男子”，等等。甚至在第二十一章，写西湖春淙亭景色时，也无端插入与前后情节无关的《捐官竹枝词》八首，借以指斥清朝的政治腐败。凡此种种，都可看出曼殊的反清排满思想是十分强烈的。这种民族主义思想，在当时曾具有极大的号召力量，在推翻清政权的斗争中发挥过积极的作用，应该给予一定的历史评价。

《绛纱记》是曼殊另一篇第一人称小说。这篇小说写了四对青年男女的悲剧，而以“余”（即昙鸾）为线索，把它贯串起来。“余”之舅父在星加坡经营糖业，“余”往依舅父，认识五姑。两情相悦，遂订婚约。后舅父糖厂倒闭，五姑之父即悔婚。五姑矢志不移，乃一同出走。后于海上遇风暴失散。五姑得人救起，终亦病死。“余”后则出家为僧。“余”之少年同学梦珠，被同邑醇儒谢翥之女秋云所恋，秋云知父属意梦珠，暗以绛纱裹玉相赠。不料梦珠竟把玉卖掉，出家为僧，云游四海。秋云遍寻梦珠不获，后终在苏州无量寺中，得见梦珠。时梦珠已坐化，其襟间露绛纱半角，足见尚未忘情。秋云后亦出家为尼，不知所往。“余”之友霏玉，偶于饮冰时认识一能讲英语之卢氏女。卢女以恋爱手段行骗，先后骗去三千元；又诈与霏玉订婚，暗地却“与绸缎庄主自由结婚”。当即把霏玉气得自杀身亡。“余”之旧识玉鸾，留学英伦五载。其未婚夫奢豪好赌，家资荡尽，沦为盗贼，被捕处死。玉鸾于未婚夫行乞度日时，自伤命苦，犹固守婚约。未婚夫死后，则守节到底，出家为尼。

《绛纱记》中的四个悲剧故事，以写昙鸾、五姑的最为成功。作者通过二人的婚姻悲剧，反映了华侨资本家的倾轧与破产，批判了资产阶级以金钱财富为轴心的婚姻关系的卑鄙，颇能写出那段时期的历史真实。而梦珠、秋云二人的悲剧，则写得极不明晰。梦珠因何卖掉秋云所赠之玉？何故出家？均交代不清。末尾写梦珠坐化后“肉身忽化为灰”，更属荒诞。梦珠乃“曼殊”二字谐音，其好食酥糖的习性与既出家又珍藏绛纱的情禅矛盾举动，均可见曼殊生活的影子。这篇小说以“绛纱”为题，有关绛纱的故事应是重点，是不该写得如此粗陋的。霏玉自杀是由于上了“洋场骗术”的当。这个故事通过满口英语的卢氏女以情为饵的行骗描写，在一定程度上揭露了西方资产阶级腐朽生活方式在中国的恶劣影响。在四个悲剧故事中，以玉鸾的思想性格最为矛盾。她既是个留过洋的时髦女郎，又是个十分典型的封建淑女，出现了二重性格。小说最后让这个曾居英伦五载的洋学生也出家为尼，更是不合情理。总的来说，这篇小说由于篇幅不长，却要描写四对青年男女的爱情故事，便给人以来去匆匆和东拉西扯之感，其中每一对男女青年的感情发展又都未能表现得详尽而深刻，因此就很难真正打动读者。

《焚剑记》写贫弱书生独孤粲，因得罪贵势，逃至钦州，认识阿兰、阿蕙姐妹。时当袁世凯篡国，社会动乱，兵匪猖獗。独孤粲受二女祖父之托，照顾二女，历经辗转流离，送抵其香港姨母处。独孤粲如释重负，随即离去。不久，姨母逼阿兰嫁其外甥。阿兰已心许独孤粲，誓不相从，乃逃出姨家，为人作佣。佣家收为义女，不久又逼其出嫁。阿兰只好再次逃亡，备尝流离困蹇之苦，终于病死道中。阿蕙后亦被姨母许嫁与人，但阿蕙逆来顺受，毫不反抗，直至未婚夫死后，还表示“既许于前，何悔于后”，甘心抱木主成婚，终身守寡。阿兰、阿蕙姐妹二人，思想性格相距颇大，一个因反抗逼婚而出逃致死，一个甘心守礼与木主成婚，结局均极悲惨。小说通过这两个女主人公的不幸遭遇，深刻地揭露了封建礼教的罪恶。小说中还写了眉娘被继母虐待及“细腰”被生父逼卖为娼事，同样对封建社会作了控诉。特别值得注意的是，小说着意描写了袁世凯篡国时遍地兵乱匪劫，官兵与百姓以人肉为粮的惨况，对袁氏统治下经济破产、社会崩溃的黑暗现实进行了有力的揭露。曼殊在这篇爱情小说中如此着笔，是与他强烈的反袁思想相一致的。

《焚剑记》中的男主人公独孤粲是个奇怪的人物。他本知阿兰深爱自己，阿兰祖父又面许阿兰嫁他，但他护送阿兰姐妹至其姨母处后，却飘然远走“从僧道异人却食吞气”去了。到再出现时，这个羸弱病夫已成了身手不凡的剑侠，到处锄强扶弱打抱不平。他的剑能够弯曲，如卷皮带一般；焚剑时又如同焚纸一样，实在荒诞。这篇爱情小说以“焚剑”为题，本已甚怪，如此写独孤粲，更属滑稽，大大地削弱了小说的思想性，实在无谓之极。

《碎簪记》写青年庄湜深爱友人之妹灵芳，而其叔婶不允。其叔父认为自由恋爱是“蛮夷之风，不可学也”，强迫庄另与其甥女莲佩相爱。为了拆散庄湜与灵芳的结合，其叔先是造谣污蔑灵芳将与别人结婚，后又击碎灵芳所赠之定情玉簪，以绝庄湜之念。在庄湜叔父的蛮横干涉下，灵芳觉姻缘无望，遂留书诀别，自缢身亡。莲佩因始终得不到庄湜之爱，亦断喉自尽。庄湜在簪碎之后，又收到灵芳的诀别信，更隐隐得知莲佩自尽的消息，心灵上受到极大的打击，终至病重不起，怅然而逝。小说成功地塑造了一个封建礼教代表者的形象。在他的干涉下，三个青年男女先后殉情而死。这篇小说发表于《新青年》，在作者的小说中最富于抗议精神。陈独秀称赞它具有“反对黑暗野蛮时代”的战斗意义。但作者一方面揭露封建礼教的吃人罪恶，一方面又散播“天下女子，皆祸水也”的谬论，思想颇为矛盾，显示出作者反封建的局限性。

《非梦记》写海琴与薇香自小相爱，有婚姻之约，海琴父母双亡后，依随其婶母生活。婶母不喜薇香家贫，逼迫海琴另娶其“家累千金”的甥女凤娴为妻。但海琴反复表示“非薇香不娶”。婶母便设计制造薇香与另一男子约会的假象，激怒海琴退还薇香之定情花钗。后海琴得知实情，悔咎不已；但终不能回转婶母之意，便离家出走。出走后，薇香被海琴婶母以引诱海琴的罪名告官，逮押狱中。海琴后来辗转得知此情，迅即归家，薇香始得释。薇香知此生与海琴无缘结合，留书一封，托称“初心已易”，投江自尽。海琴万念俱灰，遂远走五指山为僧，以遣馀生。此篇写贫富不同的一对青年男女的爱情遭遇，虽然仍是重复旧小说批判“嫌贫爱富”的老主题，但人物比较集中，情节比较合理，写得颇为真切。

《天涯红泪记》只有两章，尚未写完，人物情节均未展开，于此不述。

从《断鸿零雁记》到《非梦记》这五篇小说，写的都是青年男女爱情婚姻的故事。其大体可以概括为：以封建家长为一方，以要求爱情婚姻自主的男女青年为一方，双方发生冲突，最后以悲剧结局——男女青年或是死去，或是出家。小说中的男女主人公们，为了争取自由、幸福的爱情，大都是作过一定程度的抗争的，但都被礼法、门第、家族、金钱等社会势力所阻挠而不能如愿。如《断鸿零雁记》里三郎和雪梅的悲剧，是因为三郎“家运式微”，因而雪梅的父母中途悔婚；《绛纱记》里昙鸾和五姑的悲惨，是因为昙鸾舅父“糖厂倒闭”，因而五姑父亲撕毁婚约；《焚剑记》里独孤粲和阿兰的悲剧，是因为独孤粲“穷至无裤”，因而阿兰的姨母从中作梗；《碎簪记》里庄湜和灵芳的悲剧，是因为庄湜叔父认为自由恋爱是“蛮夷之风”，因而坚决反对；《非梦记》里海琴和薇香的悲剧，是因为海琴婶母认为薇香“寒不可衣，饥不可食”，因而百般破坏，等等。从这些悲剧中，可以看出封建家长操纵着子女的择偶权，封建礼教的势力是极其强大的。在《非梦记》中，作者还把男女青年的爱情婚姻悲剧同反动官府联系起来。如海琴婶母为了破坏海琴与薇香的结合，竟“以薇香诱生讼于官”，而使薇香无辜入狱。可见，在青年们与封建家长们的矛盾冲突中，反动官府起了充当封建礼教后盾的作用。这就充分揭示了男女青年爱情婚姻悲剧的必然性。但是作者在描写这些矛盾冲突时，却把它转化为主人公的反抗和屈服，入世和出世、追求幸福和宗教解脱之间的个人心理矛盾，而且又往往让后者占了上风。这样，作者笔下的悲剧就充满了浓厚的感伤主义和人世无常的情调，有时甚至为佛教教义作宣传，其反封建的积极性就相对减弱了。

曼殊在他的小说中常常有意直接或间接地点明故事发生的时代背景，以增强悲剧的时代感。如在《绛纱记》中写秋云之父因桌上有一本《新学伪经考》而被诬与邝常肃（康长素谐音，即康有为）的维新党相通，逼得吞金自尽；《焚剑记》点明发生兵乱匪劫之时是“宣统末年”的“三更秋”后，即1915年袁世凯窃国之时；《碎簪记》的故事发生在“袁氏欲帝之日”以后的社会背景中；《非梦记》写海琴被官府追捕，是因为被人诬为兴中会石剑儒（即史坚如）的同党，等等。这就清楚表明，小说中的爱情婚姻悲剧，都是发生在辛亥革命前后，即从康梁变法到袁世凯称帝之间的历史背景中。曼殊正是生活在这一段历史时期，所以能立足于现实的土壤，对所处的时代和社会有所感受和反映，写出来的人物比较真实可信。

曼殊是个思想十分复杂矛盾的作家。在爱情的问题上，他时而向往“并肩携手纳凉时”的缠绵生活，时而又发出“忏尽情禅空色相”的虚无慨叹，常陷于情禅矛盾之中而不能自拔。在反封建的态度上，如同对待爱情一样，他也是非常矛盾的。他一方面向封建的传统观念猛烈开火，肯定和赞美追求爱情婚姻自由的行为，一方面又一再重复“天下女子，皆祸水也”的论调。他常借小说中人物之口歌颂封建道德，如称赞庄湜在婚姻问题上“不敢有违叔父之命”是“固当如是”；又如对阿蕙愿与木主成婚的举动，誉之为“今世殆凤毛麟角”等，充分反映出他对封建道德的留恋。他的思想受封建意识的影响是很深的。

曼殊的小说，如同他的诗歌一样，哀艳凄婉，有他自己独特的风格。《断鸿零雁记》等篇，采用浅近的文言文写作，文字简炼流畅，哀婉动人，远胜他早期的《惨世界》。在小说形式上，他采取半新半旧、半中半西的表现手法，既保持了中国古代小说注重情节曲折、故事完整的特点，又汲取西洋小说重视外貌刻画和心理描写的长处，写来得心应手，颇有感染力。如《绛纱记》对秋云的描写：

> 余细瞻之，容仪绰约，出于世表。余放书石上，女始出其冰清玉洁之手，接书礼余，徐徐款步而去。女束发拖于肩际，殆昔人堕马之垂鬟也；文裾摇曳于碧草之上，同为晨曦所照，互相辉映。俄而香尘已杳。

这段描写，以叙事者“余”的感觉，写出秋云的外貌、装束、动作以及神态风度，同时又加以景色烘托，写得颇为简洁，能给人以形象鲜明之感。

曼殊晚期的六篇爱情小说，突破了传统的章回体旧格，采用西洋小说那种比较自由的形式来写作。在叙述方面，也较多使用外国小说惯用的第一人称的写法，不仅增强了作品的抒情色彩，而且也成了作者安排故事情节的一种手段。如《绛纱记》写了四个爱情故事，就以“余”为线索穿插进行；《碎簪记》写庄湜与灵芳、莲佩二女的爱情纠葛，也以旁观者“余”作联系，甚至三人之死，也是以“余”作见证的。

曼殊这种新、旧、中、西杂揉的表现形式，对于丰富我国小说的表现手段，对于促进五四以来新小说的形成，是起过积极的过渡作用的，这一点应给予恰当的评价。但曼殊笔下的爱情婚姻悲剧，大都以主人公出家或自杀作结束，思想消极，情调低沉，带有比较浓厚的悲观厌世色彩。对辛亥革命后盛行于上海的“鸳鸯蝴蝶派”小说有一定的影响。

由于曼殊写作小说的时代正处于中国小说改革的初期，因此在艺术上自然存在不少缺点。作者常喜用议论和插叙打断主要情节，显得结构不够严谨。如《断鸿零雁记》中第二十一章的七首《捐官竹枝词》，是为求揭露官场黑暗而硬塞进去的；第二十三章的一大段谈论佛法的文字，也是意在为佛教教义作宣传的，均与主要情节没有什么关系。作者在人物描写和故事叙述方面也多不合情理之处。如《焚剑记》中的独孤粲，本来是个病弱书生，后来却无端成了走南闯北的侠客，变化得太离奇；《绛纱记》中的梦珠，何以卖掉秋云所赠的琼琚并出家为僧，也交代得不够清楚。至于剑可屈卷焚烧，僧可坐化成灰，就更是荒诞无稽了。早期的《惨世界》在小说技巧上更显得稚弱，特别是离开《悲惨世界》原书而加以杜撰的那些情节，“辞气浮露，笔无藏锋”，艺术价值不大。小说中借明男德之口，所表达的革命见解，形同说教，颇为生硬。

第二节　黄小配

戊戌变法失败之后，资产阶级民主革命运动日益高涨，鼓吹革命的小说蓬勃产生。在众多的作者当中，黄小配是出类拔萃的一人，他的作品可读性强，没有一般革命小说往往显得枯燥生硬的通病，无论质、量，均足称道，向被推为广东地区与吴趼人齐名的通俗小说名家。

黄小配（1871—1912），名世仲，笔名禺山世次郎（含义暗示籍贯和排行）、黄帝嫡裔、世界一个人。广东番禺县大桥乡（今属广州芳村）人。出身于破落地主家庭，祖、父均笃尚理学。小配少时与梁启超同学于佛山书院，聪明敏悟，长于为文，而思想行动多与礼教有抵触。其后，因家计拮据，辍学到广州谋生。1896年左右赴南洋吉隆坡，起初在赌场当记账员，业余勤于投稿，获报馆编辑青睐。随后转到新加坡，在商界巨子、保皇立宪派人士邱菽园主办的《天南日报》任记者和编辑。在新加坡期间，小配接受了孙中山的民主革命思想，加入兴中会员尤列领导的革命组织中和堂，自此与保皇派分道扬镳。1902 年回到香港，在兴中会员陈少白主办的《中国日报》当记者。此后数年，相继主编《世界公益报》、《广东日报》、《有所谓报》和《少年报》，积极鼓吹民主革命。他文辞锋利跳脱，庄谐并见，富于鼓动力。1903 年初，康有为发表非难革命的《政见书》，小配撰写《辩康有为政见书》严加驳斥，备受各界注目，一时文名大振，民主革命家、文学家章太炎因与缔结交谊。撰写新闻政论的同时，小配努力从事文学创作，发表了十多部中、长篇小说，并在香港创办《中外小说林》杂志，为民主革命推波助澜，产生过相当大的社会影响。办报写作之外，他还热心参加实际斗争，活动能力很强。1905 年秋，中国同盟会成立，小配加盟并被分派负责香港分会的交际和庶务工作，表现十分活跃。1911 年，他参加了农历三月二十九日黄花岗起义。广东光复后，被委任为枢密部参议，继刘永福、何克夫之后出任省民团总长。1912 年初，广东都督胡汉民赴沪协助孙中山组织临时政府，陈炯明代理都督，实行裁编民军，小配与之发生龃龉。3 月，小配违令购买步枪万支装备民军，被陈炯明以图谋不轨及侵吞军饷罪名逮捕入狱，定了死罪。下月，胡汉民返粤复任，依原议执行，小配遂被枪决，时年四十有一。

与吴趼人一样，黄小配也是创作力旺盛的快笔作家。他的文学创作集中在一生最后八九个年头，办报撰文及革命实践之余，先后发表了《洪秀全演义》、《廿载繁华梦》（又名《粤东繁华梦》）、《宦海升沉录》（又名《袁世凯》）、《大马扁》、《宦海潮》、《黄粱梦》、《镜中影》、《陈开演义》、《岑春煊》、《党人碑》、《朝鲜血》（又名《伊藤传》）、《宦海冤魂》、《广东世家传》、《新汉建国志》、《十日建国志》等十五种中、长篇章回体小说。这批作品，大多取材于鸦片战争至辛亥革命前夕的社会各界，基本主题不离抨击封建统治和倡导民主革命。其中影响面最深广的要推《洪秀全演义》。

《洪秀全演义》五十四回，1905 年至 1907 年在《有所谓报》和《少年报》连载，1908 年由《中国日报》社出版单行本。作品仿效《三国演义》体例，根据《太平天国实录》和民间遗闻，从道光后期朝政腐败，洪秀全、冯云山酝酿发动起义，写到咸丰末年由李秀成和陈玉成支撑局面为止，按照作者的意图，应还有一半没有写成。这部未完的作品通过描写太平军和清军的多次战斗，表现起义军将士英勇顽强的斗争精神，讴歌太平天国的业绩，同时揭露清朝统治集团的腐败无能与卑鄙凶残。作品文字简炼流畅，结构严谨，脉络分明，战争描写尤其出色。全书所写大小八十余战，绝少雷同，或粗笔勾勒，或具体描写，疏密相间，虚实结合，波澜迭起，扣人心弦。人物塑造也生动形象，血肉丰满。太平军将领人人各具个性风采：洪秀全的胆略器度，李秀成的忠勇睿智，钱江的足智多谋，冯云山的见义勇为，石达开的文武全才，洪宣娇的英姿飒爽，洪仁发的躁急粗鲁，洪仁达的骄桀忌刻……清朝大员也甚有特色：陆建瀛的昏聩无能，温绍原的善于守御，胡林翼的强干自负，张亮基的平庸谦抑，鲍超的勇鸷凶残，塔齐布的剽悍健斗，王有龄的机警干练，左宗棠的专权好胜而多谋善断，曾国藩的虚伪狡狯而知人善任……都颇给读者留下深刻印象。在当时众多鼓吹革命的小说中，《洪秀全演义》不愧为上乘之作。章太炎也在序文中将之与孙中山作序的刘成禺《太平天国战史》相提并论，给予甚高的评价，谓《战史》“文辞骏骤，庶足以发潜德之幽光，然非里巷人所识”，“正赖演义为之宣昭”。事实上，《洪秀全演义》强调“种族革命”，宣扬“上下平等”，“男女平权”，“去专制独裁”，行“立宪议会”，已成为革命党人推翻清朝统治的舆论的有机组成部分。

但是，作为历史小说，正如研究者指出的，在再现历史进程和基本反映历史真实这一要求上面，《洪秀全演义》是存在着明显的问题和缺点的。首先，作者立足于借题发挥，把历史题材变成纯粹的宣传鼓动工具，把农民起义拔高为资产阶级民主革命，如书首的《例言》，就开宗明义把太平天国的政治纲领美化为“君臣以兄弟相称，则举国皆同胞，而上下皆平等也；奉教传道，有崇拜宗教之感情；开录女科，有男女平权之体段；遣使通商，有中外交通之思想；政必会议，有立宪议院之体裁”。这与太平天国革命运动的实质是相去甚远的。其次，由于作者受所掌握的史料的局限，以及有意无意对历史作了若干曲解以服务于创作的意图，小说中不少重要人物及情节都与史实不相符。如历史上钱江其人根本没有参加过太平天国革命，倒是在太平军攻克南京后积极为清军出谋献策，招兵筹饷，而小说却把他写成太平天国的首席军师，在攻下南京之前，与洪秀全的关系像诸葛亮同刘备那样鱼水相得，直至天京事变后才嗒然归隐；对天国大业起过重要作用的东王杨秀清，被描写成品质恶劣、本事低微的野心家，并把天京事变主要责任栽到他身上，而挟怨滥杀且同样怀有个人野心的北王韦昌辉，则被写成见义勇为、大公无私的英雄。还有，道光帝踢死太子琏，林凤翔阵亡殉国等重要情节，也属子虚乌有。上述种种过分夸大或根本背离基本史实的写法，都是不足为训的。但这部小说毕竟以圆熟的艺术手法和高亢的思想格调抒写了一场轰轰烈烈的农民革命，塑造出一系列光彩照人的反清英雄形象，给予各阶层反清人士以巨大的精神力量，并广泛传播了民主革命的思想意识，实在不失为一部有特别意义的文学作品。

黄小配社会影响较大的小说还有《宦海升沉录》、《廿载繁华梦》及《大马扁》等几部。

《宦海升沉录》是一部谴责小说，1909 年由香港实报馆出版单行本。全书二十二回，以袁世凯从发迹到被满人排挤丢官的经历为主线，通过描述甲午中日战争前夜至光绪帝去世的十余年间一系列军事、政治重大事件，深刻暴露了晚清朝政的黑暗腐败，同时也反映了一批“先进的中国人”为救国救民而进行的英勇斗争。与一般暴露官场黑幕的小说不同，《宦海升沉录》把鞭挞的重心从日常小事转移到攸关大局的重大事件上，并以较多的笔墨描写了满族官员对汉族官员的防范和倾轧，以及朝廷新旧两大集团之间的矛盾，与稍前的名著《官场现形记》、《二十年目睹之怪现状》相比，无论取材、立意及思想深度，均有不同程度的突破。在对袁世凯其人本质的认识上，作者的眼光亦堪称深刻敏锐——由于袁是汉人，与满族统治者有矛盾，又善于时时装扮开明的姿态，致令戊戌政变发生、六君子死难后，仍然有不少人对他抱有幻想，祈求他举兵“反正”。作者却在小说中一针见血地指出，袁即能反满，将来也势必成为“独夫”，“便是独立得来，终不脱专制政治，于国民断无幸福”。（第十五回）袁后来的窃国罪行，证实了黄小配生前的断言。在艺术手法上，此作也颇有特色，如研究者所指出的，一是吸取了西洋小说的技法，将它与中国小说传统技法相融合，从中可见到传统小说向新小说演进的轨迹；二是人物描写不落简单化、概念化的窠臼，写主角袁世凯，紧紧抓住“屠民”和“有术无学”的性格特征，运用皮里阳秋的手法，把其人工于钻营、虚伪狡诈的面目刻画得入木三分，同时也注意写了袁的才干和应变能力，没有谴责小说常见的漫画化的通病。其他人物，如李鸿章、张佩纶、徐桐、刚毅、荣禄、载漪、载沣等，均各见个性，栩栩如生，呼之欲出。

《廿载繁华梦》也是一部谴责小说，全书四十回，连载于 1905 年至 1907 年的《时事画报》，其后《时事画报》、汉口东亚印刷局和上海书局分别印了单行本。作品以粤海关库书周庸祐的发迹史为主线，穿插描写晚清广东社会的情状，深刻揭露官场的黑暗腐败。周庸祐其人本是潦倒失意的破落子弟，靠了舅父的提携，得任粤海关小吏。由于极善钻营，不数年间，便成了广东巨富，仅在省城的住宅，就占去宝华正中约这条长街的一大半，日常生活的骄奢淫佚在在令人咋舌。他进而携重金入京贿通王公大臣，获点钦差，上升至官场生涯的巅峰，但不久即被参抄家，株连亲友，廿载繁华，及身而败。海关库书本是一介并无品秩的小吏员，但近水楼台便堪得月，单是每年措办金叶进京，从中哄抬金价，随手开销，所得便颇为不菲；至于暗移公款发放收利及形形色色的瞒骗偷漏，侵吞渔利，更是终年不竭的财源。读者不难从中深刻认识到清王朝腐败透顶的本质。作品语言通俗流畅，叙事状物从容不迫，人物对话、心理描写绘声绘色，笔力不下于《官场现形记》和《二十年目睹之怪现状》，只是《廿载繁华梦》的场景、结构相对显得单调，气魄规模终逊一筹。

《大马扁》是一部反对改良主义、抨击康梁变法的政治讽刺小说，全书十六回，1908 年由日本三光堂出版单行本。在小说中，康有为被描写成一个不学无术、专事招摇撞骗的大无赖，谓其“保国保皇原是假，为贤为圣总相欺”，极尽攻击之能事。此作问世后，在海内外都颇引起一番轰动。在清朝末年，立宪派希望保存帝制，自上而下实行改革，革命派则强烈要求推翻帝制，建立共和政体，两者渐至水火不相容。黄小配此作固然出于打击立宪派的政治需要，但立足于人身攻击，形同诋毁漫骂，难免庸俗浅薄之讥，也大大削弱了作品的生命力。

在黄小配的文学作品中，向来为学界注目的还有一篇自题为“时事小说”的《五日风声》。这是黄小配最后一篇作品，连载于1911年5—6月间广州《南越报》副刊。全文分十章，三万多字，采用浅近文言体，详细报道黄花岗起义的经过，从发动起义开始，写至收葬烈士为止，条理清晰，文风朴实，而写至革命党人英勇战斗壮烈牺牲的场面，调子转趋激昂，笔锋充满感情。由于具备了新闻性、文学性和政论性的特点，有学者推为目前所知的中国最早的报告文学。此作发表距起义失败仅一个多月。在这样短的时间内，把头绪纷繁的材料收集齐全，并迅速整理成文，详尽地将这轰动世界的历史事件公之于世，显示出作者成熟的记者才能。

第三节　近代其他小说

近代岭南小说作者，可称得上名家的只有吴沃尧和黄小配，但从事小说创作的颇不乏人。梁启超为了实践自己的"小说界革命"理论，也写了宣传变法主张的政治小说《新中国未来记》。

梁启超流亡日本，于光绪二十八年（1902）十月，创办《新小说》报，以"鼓吹革命"（《莅报界欢迎会演说词》）。梁氏自言作小说《新中国未来记》，"专欲发表区区政见，以就正于爱国达识之君子"（《新中国未来记·绪言》）。小说发表在1902—1903年的《新小说》上，仅有五回。此书由于作者的写作目的是"发表政见，商榷国计"，其中"多载法律、章程、演说、论文等，连篇累牍，毫无趣味"（同上），所以这是一部近乎论文性质的小说。

小说第一回"楔子"，写西历2062年，"新中国"举行维新五十年大祝典，由孔子的旁支裔孙孔弘道（字觉民）发表"中国近六十年史"的讲演。第二回回目为"孔觉民演说近世史，黄毅伯组织宪政党"，孔觉民指出当年外国侵凌压迫已甚，志士仁人因而唤起人民的爱国心；民间志士为国忘身，百折不回，卒成大业；前皇英明，能审时势，排群议，让权与民。为了立宪成功，黄克强组织宪政党。第三回回目为“求新学三大洲环游，论时局两名士舌战”，写黄克强和同学李去病游历外国，李去病受到法国革命的影响，主张中国也要进行革命，黄克强与他展开激烈辩论，认为中国目前的“民德、民智，民力”是连“谈革命的资格都没有”的，只能实行君主立宪主义，终于说服了李去病。第四回回目为“旅顺鸣琴名士合并，榆关题壁美人同游”，写黄、李二人游东北，并认识了一位有爱国心的女子陈仲滂。第五回回目为“奔丧阻船两睹怪象，对病论药独契微言”，写在上海张园，一个叫郑伯才的教习热心地宣传革命，黄克强又与他辩论，讲清“今日的中国，这革命是万万不能实行”的道理，制服了郑伯才。

《新中国未来记》反映当时维新派的政治观点，对革命大肆抨击，书中还有浓厚的民族主义思想，可以说是戊戌变法失败后的改良主义者的代表作品。

同时在《新小说》上连载的还有《东欧女豪杰》，原署名“岭南羽衣女士”，作者实为罗普。罗字孝高，顺德人。康有为的学生。戊戌政变后，赴日本游学，入早稻田专门学校读书。自号披发生。罗普接受西方革命思想，在日本时曾译述日人柴四郎所著《佳人奇遇》一书，而《东欧女豪杰》更积极宣传革命，当时很受读者欢迎。此书“叙述俄国虚无党谋刺专制君主之为国牺牲，及女杰苏菲亚之慷慨义烈，绘声绘影，极尽宣扬歌颂之能事，最为脍炙人口”（冯自由《革命逸史》）。小说第二回的“总批”说：“苏菲亚是虚无党全党头目，是本书主人，乃其出身却是俄罗斯天潢贵胄，阀阅名门。以彼之家世，安分守常，更何缺憾，顾乃卒投身于艰难困苦中而不悔者，可见其非有一毫私见存，不过认得公理所在，以身殉之而已。此种人格，真足令百世之下，闻者莫不兴起。”此小说与梁启超的《新中国未来记》同时发表，而其思想内容却比后者进步多了。

在小说艺术上，《东欧女豪杰》也较《新中国未来记》出色，小说中人物描写细致，对话也较生动活泼：

> 裁判长喝一声道：“你传什么教？”菲亚道：“我传我的教。”裁判长道：“好刁女子！你在这里还敢这么撒泼吗？那巡捕眼见你出入工场，集众演说，又亲闻那工场捕头频频叫着工人万岁，这不是你发挥邪说，煽惑贫民的凭据吗？”菲亚笑道：“奇怪了！叫了几声工人万岁，就算犯了国法么？我说的邪不邪，正不正，你们可有听见没有？”

如本回总批所云：“苏菲亚以千金之躯，杂伍佣作，所至演说，唇焦舌敝，百折不磨，虚无党精神，全在于是。”“篇中叙演说处，曲折便曲折到极，叙被捕处，突兀便突兀到极，全是写生妙笔。”

清末民初通俗小说非常流行，这些小说演述历史，介绍国内外新事，很受下层民众欢迎。如梁纪佩，就写了《七载繁华梦》、《梁三颠》、《刘华东》、《陈梦吉》等十多种小说。《梁三颠》叙述明朝大臣梁储之子梁次摅横行乡里的故事，《刘华东》赞美一位不畏权势的狂生，《陈梦吉》描述一个滑稽多智的人物。小说大量运用广州口语，生动活泼，常被说书艺人采用。梁三颠等也成为广州市民家喻户晓的人物。

第六章　清末民初的戏曲

清末民初，广东地区各大剧种都有了长足的发展。粤剧“中兴”，出现了空前繁荣的局面，唱法上全部采用广州方言，“省港大班”在广州、香港、澳门甚至远赴美、加等地频频演出。粤曲也由师娘时期发展为女伶时期，人才辈出，流派纷呈。其他剧种也有不同程度的改造和发展。

一些文人也参加到戏曲创作行列中来。如诗人罗瘿公（惇曧）就热心京剧活动，创作和改编新剧本。维新人士也利用戏剧进行宣传，梁启超就曾写过剧本。还有些剧本根据西方电影、小说改编而成，如《贼王子》、《璇宫艳史》、《白金龙》、《胡不归》等。

第一节　罗瘿公的戏剧创作

罗瘿公（1872—1924），名惇曧，字掞东，号瘿公，以号行，祖籍广东顺德，诗人，也是近代著名京剧作家。23岁中副贡，官至邮传部郎中。1908年，出任唐山路矿学堂坐办。民国成立后，先后任总统府秘书、国务院参议、礼制馆编纂等职。袁世凯称帝后，罗虽与袁有旧，但拒不受其俸禄。自此益纵情诗酒，流连戏园，从而结识了王瑶卿、梅兰芳、程砚秋等京剧演员。

他与程砚秋的交谊尤深，并多方支持程砚秋的艺术活动。

为使程砚秋在青春期“倒呛”期间不致被迫演唱而毁嗓，他醵资将程从师家赎出，延请名师授艺，并亲自教其识字、读诗、练习书法，帮助、指点程根据自身条件，发挥艺术特长，形成流派。

罗氏的京剧创作活动主要集中在1921—1924年间，也就是他一生的最后四年中，他为程砚秋创作和改编的剧本计有《龙马姻缘》、《梨花记》、《花舫缘》（又名《三笑缘》）、《红拂传》、《孔雀屏》、《玉镜台》（又名《花筵赚》）、《风流棒》、《鸳鸯冢》、《赚文娟》、《玉狮坠》、《青霜剑》、《金锁记》等十二种。梅兰芳所演的《西施》一剧，亦为其所编。《红拂传》写隋朝末年“风尘三侠”李靖、红拂女和虬髯客的故事，取材于唐传奇小说《虬髯客传》及明传奇《红拂记》，是程砚秋早年经常演出的剧目。《鸳鸯冢》、《青霜剑》、《金锁记》三部悲剧，具有反封建的社会意义，并使程砚秋奠定了悲剧艺术风格的基础。《鸳鸯冢》写明代太原谢招郎与王五姐相爱，私定婚约。谢返家后不敢明告其母，恳姐代陈，其姐忘怀，事遂延宕。五姐久候无讯，抑郁成病，其嫂察知，乃觅人带信，又被谢母所觉，将招郎锁禁楼中。后来招郎乘夜逃出，私奔王家，但五姐已一病不起，相与永诀，招郎亦殉情而死。二人合葬一处，称为“鸳鸯冢”。该剧以一对青年的悲剧，控诉了封建制度对美满爱情的扼杀。《青霜剑》写豪绅方世一觊觎秀才董昌之妻申雪贞，诬陷董入狱，问斩，又遣媒劝申改嫁。申雪贞识破奸谋，暗携家传青霜剑含悲出嫁，在洞房内杀死方世一，到董昌坟前哭祭，毅然拔剑自刎。剧中塑造的申雪贞是一个智勇、坚毅、有反抗精神的妇女形象。剧作通过申雪贞的悲剧遭遇，揭露了土豪劣绅和封建官府的罪恶。《金锁记》是根据京剧传统折子戏《六月雪》并参考明代叶宪祖所作《金锁记》传奇改编而成的。剧本突出刻画了窦娥善良、敦厚的性格和舍己为人的高尚品德。罗瘿公写的一些具有喜剧风格的作品，故事曲折生动，塑造了许多性格各异的人物形象。然而这些作品终究未脱“才子佳人大团圆”的俗套，缺少新意。

罗瘿公以官员、诗人之身而作剧，且取得较高的成就，同他与王瑶卿、梅兰芳、程砚秋等在艺术上的反复切磋分不开，也表现出他自身文学素养的多样性。他素负诗名，兼善书法。著述除《瘿庵诗集》外，还有《宾退随笔》、《鞠部丛谈》和有关近世掌故的专著《庚子国变记》、《德宗承统私纪》、《中日兵事本末》、《割台记》、《拳变馀闻》、《太平天国战纪》、《中俄伊犁交涉始末》。

《鞠部丛谈》是罗瘿公1919年7月为《公言报》戏评专栏所写的笔谈，虽然也带有捧角的性质，但所谈内容广泛，具有史料价值。其中对当时名伶、乐师如谭鑫培、王瑶卿、杨小楼、梅兰芳、程砚秋、陈啸云、唐采芝等数十人的师承关系、演出情况、演唱特点、业余爱好、品德修养等各个方面都有较为详细的介绍和评价。还涉及了当时演员的经济收入，不同京剧派别的相互攻击而又相互依存关系，京剧演员与文人墨客间的交往等等。作为清末民初剧坛的史料而言，《鞠部丛谈》是弥足珍贵的。

第二节　清末民初的粤剧

如果把近代粤剧从李文茂起义抗清到粤剧中兴的这一段比作扬花期，那么，从粤剧改良运动到五四运动前后的另一阶段就是结果期。经过了这两个阶段，粤剧基本上定型了。

大约从维新运动前后始，维新派就注意到戏剧对社会政治生活的影响力，他们倡导戏剧改良，甚至从事改良戏剧的创作，像梁启超，就写过粤剧剧本，虽然这些剧本并未转化为舞台艺术。社会上一些有政治改革倾向的学者文人，也参加到这类活动中来，例如吴趼人、曼殊室主人等。① 尽管他们的戏剧改良倡议和改良粤剧的创作没有形成一股大潮，却给日后的粤剧改良运动以深刻的启示。

孙中山先生在策动辛亥革命前，就意识到戏剧所能造成的社会效应。在他的宣传鼓动下，同盟会一些从事戏剧活动的革命家，像陈少白、程子仪等，团结了一大批艺人共同致力于倡导和改良戏剧。在这些中坚分子的组织下，一个个“志士班”相继成立。仅在广州、香港、澳门，就有二十多个“志士班”：广州采南歌剧团（原称“天演公司”，1904 年组建）、优天影（1907 年组建于澳门，初名“优天社”，也曾叫“甲子优天影”或“复活优天影社”）、振天声（1908 年组建）、现身说法社（1908 年组建于香港）、移风社（1908 年左右组建于广州河南）、现身说法台（1908 年组建于广州花地）、振南天（1908 年组建于香港，振天声与现身说法社合并而成）、东莞醒天梦剧团（1908 年至 1909 年组建于东莞石龙）、振天声白话剧社（1911 年组建于香港）。此外，还有民乐社、真相剧社、士工剧社、正国风、新国风、钟声社、达观社、非非影、镜非台、人镜社、新天地、国魂警钟、共和钟、天人观社、光华剧社、啸闻俱乐部、霜天钟、仁风社、仁声社、南天化宇话剧社等。② 当然，这些剧社并非全都演粤剧，其中也有演话剧的。

“志士班”的戏剧改良活动，政治目的十分明确，约撰作

① 详参谢彬筹《近代中国戏曲的民主革命色彩和广东粤剧的改良活动》，载中国戏剧家协会广东分会、广东戏剧研究室编：《戏剧艺术资料》第二期第 47—52 页，《戏剧艺术资料》编辑部，1979 年 12 月。

② 详参陈华新《粤剧与辛亥革命》，载中国戏剧家协会广东分会、广东省戏剧研究室：《戏剧艺术资料》第 5 期，《戏剧艺术资料》编辑部，1981 年 12 月。

于1917年前后的八和会馆联："藉古代衣冠实行宣传党义，娱今人耳目尤应力挽颓风。"便很好地概括了当时戏剧活动的目的。粤剧名伶靓雪秋（廖仲恺之弟）曾谈到廖仲恺对粤剧的政治宣传所寄予的厚望："兄语余曰：汝之业，良业也，顾不能徒歌徒舞而无裨（原作'稗'——引者按）于人群。今之世，革命之世也，无人不当起而革命焉。非凭一二人可以善其事也，苟凭一二人而可以善其事，又何苦苦从事于宣传哉？宣传者，使人人皆起而善其事。汝之业，适为革命之宣传。人人皆当努力，而汝可闲歌逸唱乎（原作'呼'——引者按）？脱谓不然，几人之力可以救国矣，则国未救而救国者死，当何如？……兄授余书一束，令余习之，为革命宣传资料。"①

最早演出改良粤剧的是黄鲁逸、黄轩胄、陈铁军等人组织的优天影社，该社拥有郑君可、姜魂侠等一些著名演员。优天影社演出的改良粤剧有：《虐婢报》、《火烧大沙头》、《土地革命》、《黑狱红莲》、《梦后钟》、《盲公问米》、《自由女不落家》（一作《自梳女不落家》）、《周大姑放脚》、《一炮定台湾》、《与烟无缘》等。这些剧都是黄鲁逸等人自编自演的。他们首次把舞台官话全改为粤语，收到了意想不到的效果。比如《虐婢报》中女财主的一段唱词是这样的：

我买埋敢多元宝蜡烛好似办年货，悭埋悭埋的家用孝敬个的拜神婆。得闲无事我唔闹人就盘蹄打坐，漱干净呢个食斋口终日念阿弥陀。世上敢好心人都难温得到第二

---

① 靓雪秋《欲寄亡兄》，原刊《千年万载》。据谢彬筹《近代中国戏曲的民主革命色彩和广东粤剧的改良活动》一文所引，载中国戏剧家协会广东分会、广东省戏剧研究室编：《戏剧艺术资料》第二期第43页，《戏剧艺术资料》编辑部，1979年12月。又见郭秉箴：《粤剧艺术论》第9、46页所引，中国戏剧出版社1988年版。两版稍有不同，今综合之引出。

个，怎解街头巷尾人人仲叫我做生阎罗?[1]

彻头彻尾的粤语口语！讥讽入微且生动活泼，又带几分幽默。无怪乎这一改良迅速成燎原之势。

又如《盲公问米》中算命瞎子的一段“请神曲”：

> 八月十五月光光，黎元洪起义在汉阳。炮火打得乒乓响，当堂赶走个宣统皇。……同种相残袁世凯渠话唔错，怎解龙裕、摄政喊呵呵。后有孙文让位唔做，至有今日革命成功五族共和。[2]

政治色彩鲜明却又通俗易懂，避免了说教式的议论。

一时间，各“志士班”大量创作并上演粤剧，话剧倒成了绪馀。陈少白、程子仪、李纪堂等组建的“采南歌班”上演了《地府闹革命》（一作《地府革命》）、《黄帝战蚩尤》（一作《黄帝征蚩尤》）、《六国朝宗》、《侠男儿》、《儿女英雄》、《文天祥殉国》等。“振天声社”上演了《熊飞起义》、《剃头痛》、《博浪沙击秦》等。“天南化宇社”上演了《秋瑾》等。当时上演的剧目目前仅能搜集到六十来个，散佚的可能不少。这些剧作有一个共同的特点，就是唱词浅显、通俗、朗朗上口。但也有颇雅的，例如《温生才打孚琦（原作

---

① 见谢彬筹《近代中国戏曲的民主革命色彩和广东粤剧的改良活动》一文所引，载中国戏剧家协会广东分会、广东省戏剧研究室编：《戏剧艺术资料》第二期第54页，《戏剧艺术资料》编辑部，1979年12月。

② 见谢彬筹《近代中国戏曲的民主革命色彩和广东粤剧的改良活动》一文所引，载中国戏剧家协会广东分会、广东省戏剧研究室编：《戏剧艺术资料》第二期第54页，《戏剧艺术资料》编辑部，1979年12月。

“其”——引者按)》(冯公平、豆皮元编)中温生才的一段唱白:

［二黄首板］恨满奴,寇中原,三百余载,三百余载!［滚花］别妻子,转唐山,要报祖国仇来!［白］鄙人温生才,乃广东嘉应州人士……①

又如《剃头痛》中的《剃头歌》:

闻道头堪剃,谁人不剃头?有头皆要剃,无剃不成头。剃自由他剃,头还是我头。请看剃头者,人亦剃其头!②

虽然半文不白,却是以粤语演唱的。这就需要对旧有的粤剧唱腔、唱法以及音乐进行改革了。

把基本上唱官话的粤剧与全改为唱广州方言的粤剧进行比较,其唱腔大致有以下几点变化:③

(一)节奏变化,旋律发展而基本音调不变。具体表现为:

1. 旧腔旋律简单朴素,新腔旋律丰富多彩。

2. 旧腔速度快,新腔速度慢。在节拍不变的情况下,旧

---

① 见谢彬筹《近代中国戏曲的民主革命色彩和广东粤剧的改良活动》一文所引,载中国戏剧家协会广东分会、广东省戏剧研究室编:《戏剧艺术资料》第二期第60页,《戏剧艺术资料》编辑部,1979年12月。

② 殆采自明末雪庵《剃头诗》:“闻道头堪剃,何人不剃头。有头皆可剃,无剃不成头。剃自由他剃,头还是我头,请看剃头者,人亦剃其头。”

③ 以下内容详参赖伯疆、黄镜明:《粤剧史》,中国戏剧出版社1988年版,第58—79页。

腔每分钟八十至九十拍，新腔则减慢为三十至四十拍。

（二）调性处理灵活，曲调使用方法越来越多样化。

粤剧早期梆子（西皮）、二黄分开，每个剧目的唱腔格式都是同一调性板腔的联用，自始至终不能转换。但是，后期的剧目却发展为不同调式交替、灵活变换的结构方法，而且过渡得异常流畅。

此外，后期的唱腔发展出新的调式，如［二黄慢板］，不但变化很大，除了有正线、反线的变化外，还有“乙反调式”（类似于秦腔的“苦音”，潮剧的“活五”）。

（三）利用节拍的延长或缩短，创造出新的板式。

例如［二黄慢板］，早期的“十字二黄”演变出“长句二黄”、“八字二黄”等等。

唱腔的变化又促使唱法、音乐甚至表演程式发生变化。

先前粤剧的男演员采用假嗓（假声）唱法，以适应高亢激越的曲调。到了近代，随着唱腔音乐的改革，演员转而用“平喉”（真声）唱法。据说第一个试用“平喉”唱法的粤剧演员是小生金山炳。

音乐上，粤剧不断吸收民歌和小调音乐。像南音、粤讴、木鱼、龙舟歌、咸水歌等。过门音乐也有了变化。如在［滴珠二黄］的过门中加衬小锣，使它有别于［乙反二黄］。又如［芙蓉中板］，唱时不伴奏而只衬尾音，唱完才奏过门，使它有别于其他中板。甚至以过门音乐填词演唱。

由于粤剧音乐的丰富多彩，原有的伴奏乐器明显不敷使用。于是增加了某些中音乐器，如喉管、洞箫、二胡、扬琴、秦琴、椰胡等，甚至增加了小提琴、萨克管（saxophone）、班祖（banjo）等西洋乐器。延至近代，粤剧乐队已完成高、中、低音的完美组合。

舞台艺术也有改良：舞台上开始采用大幕，使用布景，用分幕法代替了“流水场”。

艺人的表演已不再完全遵循旧的表演程式，而使之更贴近生活。

毋庸讳言，近代粤剧的历史实际上是“志士班”的志士们的历史。没有他们，很难想象今天的粤剧到底是什么样子。下面，我们简略介绍几位重要的志士。①

黄鲁逸（1869—1926），字复生，号冬郎，笔名鲁一，南海人。辛亥革命前后，受资产阶级民主革命思想影响，积极参与粤剧改良运动，创办了“优天影志士班”，自编自演粤剧，以方言俚语入曲，登台则着时装，唱平喉。黄鲁逸创作的粤剧有十几部，较有影响的是《火烧大沙头》（与姜魂侠、黄叔尹合作）、《虐婢报》、《贼现官身》、《盲公问米》（与姜魂侠合作）、《博浪沙击秦》（与黄叔尹合作）、《义刺马申贻》、《关云长大战尉迟恭》。此外，他撰有曲本《哭坟》、粤讴《扬州十日》、《嘉定三屠》等。他还利用编辑记者的身份，发表了不少抨击清朝统治者腐败卖国的杂文。

陈少白（1869—1934），原名闻韶，后改名白，字少白，号夔石，新会人。陈少白早期与孙中山共创同盟会，是改良新戏时期“志士班”的发起人之一。陈少白写过不少粤曲和剧作，较著名的有《自由花》、《赌世界》、《父之过》、《愚也直》、《熊飞起义》、《剃头痛》等。

梁垣三，艺名蛇王苏，中山张溪乡人，著名男花旦。清末改良新戏热潮兴起，梁垣三组建“民镜社”进行粤剧改良，自编自演新剧，后来则专事创作，代表作有《云南起义师》（与跛手容合作）、《海盗名流》、《偷影摹形》、《赤帻客》、《半日良心》等。

---

① 详参赖伯疆、黄镜明：《粤剧史》，中国戏剧出版社 1988 年版，第 134—136 页。

近代粤剧的发展，经历了李文茂起义抗清、“同治中兴”、“志士班”蜂起、粤剧改良运动等阶段，其艺术上的变革和发展推动着粤剧朝地方化、大众化、现代化的方向前进，并为20世纪二三十年代“省港班”的崛起铺平了道路。成绩之巨大，使近代粤剧成为粤剧史上最为璀璨的一段。

第三节　民初的粤曲[①]

民国初年，粤曲进入了鼎盛的女伶时代。这个时期的成就，可以用十六个字加以概括：发展迅速、队伍宏大、人才辈出、流派纷繁。

经过了“八音班”和“师娘”两个阶段，粤曲在广州方言地区的普及程度已相当高，原因在于粤曲表演不受场地、演出人数、乐队伴奏等因素的影响，一人一琴即可随时随地演出。因此，到了女伶时期，粤曲表演便成了燎原之势。从1918年开始出现女伶，短短几年时间，即形成一支四百多人的演艺队伍。约流行于1921年前后的一首顺口溜，大致反映了当时的曲坛情况：

> ……今晚五仙东，明晚大沙头。今晚一洞天，明晚襟光楼。琵琶女成班，如似风摆柳。又话唱班本，真正系玉喉。叫定系女伶，摆齐五架头。唱完系小调，又话唱粤讴。[②]

---

① 本节详参黎田、孔宪滔《粤曲》，载广东省戏剧研究室编：《广东省戏曲和曲艺》第184—196页，1984年4月。

② 赖伯疆、黄镜明：《粤剧史》，中国戏剧出版社1988年版，第75页。

曲坛上的这番热闹景象，与当时演艺进步、人才众多、流派纷繁不无关系。

首先是演艺水平有了进一步的提高。当时一批造诣颇高的乐师（如吕文成、尹自重、何柳堂等）跻身于粤剧曲艺界。他们不但伴奏（从而使演唱和伴奏基本分家），而且作曲，协助演员设计音乐唱腔（从而促使女伶时期的行当唱腔归并为大喉、平喉和子喉）。在这些音乐大师的努力下，粤曲的唱腔音乐又迈上了一个新台阶。

其次，曲坛有了一批专为女伶撰写曲本的职业作家。女伶们一改过去依赖“八大曲本”等戏曲班本的状况，开始演出适合自己艺术风格的曲目。例如：

（一）大喉曲目：《夜战马超》、《武松大闹狮子楼》、《岳武穆班师》等。

（二）平喉曲目：《宝玉哭灵》、《宝玉怨婚》、《上林苑题诗》、《风流梦》、《知音何处》、《再折长亭柳》、《梦觉红楼》等。

（三）子喉曲目：《燕子楼》、《雷峰塔》、《潇湘夜雨》、《秋江别》等。

这些曲子，除了具有极强的可听性外，还具有浓厚的文学色彩，即便阅读，也觉余甘隽永，较之“八大曲本”又进了一步。例如《宝玉哭灵》中的一段：

> 含泪携壶呼麝月，傍花随柳出深闺。行行不觉到了潇湘馆，只见翠竹苍松月色迷。残花满径无人扫，泥落空梁燕子飞。湘帘不卷炉烟冷，夕阳残照惨听乌啼……

如此美妙的“华彩”段，无怪乎听众们如痴如醉了。

最后，粤曲虽然还有取自粤剧班本的段子，但通常是把大段的演唱改为小段的演唱，而在演唱前后及间隙演奏广东音乐以调节演出气氛。此外，还有些唱词虽然来自粤剧班本，但曲子却是新撰的。例如《秋江别》取材于粤剧《陈姑追舟》，但整首曲子却是新编的，并不属于梆黄音乐系统。正是如此，粤曲的唱腔音乐才得以发展，曲目创作才得以繁荣，粤剧戏曲班本才逐渐为短小精悍的新编小曲所取代，粤曲演唱才得以生存，并与粤剧并驾齐驱。

曲坛繁荣，自然造就了一大批曲艺良材。20 世纪 20 年代初，曲艺界第一个试唱平喉（真声）并取得较高成就的女伶燕燕，以“其生喉之嘹亮，板路之周密”而饮誉曲坛。当时报刊称赞她“所唱之《宝玉哭灵》、《宝玉怨婚》、《上林苑题诗》等曲，大有余音绕梁、一字三叹之慨。所到之处，每座无虚席”。她的另一首代表作《断肠碑》，也曾令无数听众为之倾倒，至今仍是初习粤曲者的必修教材。继燕燕后，还有被称为“平喉三杰”的小明星、徐柳仙、张惠芳。其中小明星所独有的“星腔”，时至今日尚有不少研习者，可谓影响深远。其他如郭湘文、源妙生等也是平喉唱法的佼佼者。以大喉著称的有熊飞影等，以子喉著称的有张琼仙等，以“鬼马喉”著称的有张月儿等。①

这些名重一时的女伶大都有自己的拿手曲目，在演出这些作品时，她们可以把自我的艺术风格发挥得淋漓尽致，遂成为各种流派的宗师。像上文所举的小明星的“星腔”，便是一例。又如子喉名家张琼仙的代表曲目《燕子楼》和《雷峰塔》，就分别成为燕子楼专腔和祭塔专腔作品，可谓曲因人名。

女伶时期到了 20 世纪 30 年代便宣告结束。随着“时代

---

① 苏文炳口述，谢伟国编著：《红尘往事》，中国戏剧出版社 2005 年版，第 67—68 页，143—149 页。

曲”、“爵士乐”入侵曲坛，粤曲深受黄色音乐和舞场音乐的腐蚀，日益走向衰落。只有到了中华人民共和国成立后，粤曲才开始了它的复兴期。

近代粤曲的历史，实际上是地方民间说唱艺术与粤剧艺术互相融合、互相促进、共同发展的历史。如果说，粤方言地区的民间曲艺是粤曲之源，那么，从“八音班”时代起，这“源”便逐渐汇入粤剧这大流中。民间说唱，是一种音乐性强、注重听觉效果的曲艺形式，基本上是清唱艺术，唱多白少，演唱者无需化装，也用不着表演。“八音班”所采用的便是这种形式，只不过唱的却是粤剧班本罢了。无论如何，这时确实已露两者融合的端倪。而“师娘”阶段，则完全是民间说唱的形式（一人多角，一人多腔，自弹自唱），而且艺人们有了专门的曲艺唱本（尽管那还称为“班本”）。

这时候，粤曲和粤剧仿佛又分流了。女伶时期的粤曲，好像完全成为一门独立的艺术形式了（它有自己的行当唱腔——男角的大喉、平喉，女角的子喉，有自己的唱腔音乐——南音、粤讴、龙舟歌、木鱼等，还有自己的曲本）。其实不然，粤曲的唱腔仍属于皮黄系统的板腔体，梆子（相当于西皮）、二黄仍是基本唱腔。另外，女伶们演唱的还有相当数量的粤剧曲段。这大概就是我们仍称它为“粤曲”的原因吧！受到粤曲突飞猛进的冲击，粤剧这条大流自然泛起波澜。大喉、平喉、子喉迅速成为粤剧的行当唱腔；地方曲艺品种（南音、粤讴、龙舟歌、木鱼、广东音乐等）迅速成为粤剧唱腔音乐的组成部分；用以伴奏粤曲的西洋乐器也为粤剧乐队所采用。

一言以蔽之，粤曲是根植于粤方言区域、汲取了外来文化养分而成长起来的地方曲艺艺术。

粤剧和粤曲始而异源，继而同流，最终相分，这么个过程基本上是在近代完成的。可以这样说，粤剧的地方化有赖粤曲艺术的存在，而粤剧反过来又给粤曲艺术注入了活力。粤剧和粤曲就是在互相融合、互相促进的过程中发展的。当然，近代的三次大革命才真是把这两门古老艺术锻冶为崭新的区域艺术的熊熊烈火。

第七章　岭南的俗文学

岭南地区的俗文学，包括有神话传说、各种歌谣、通俗故事和民间小戏等。这些内容通俗化、形式大众化的作品深受广大民众欢迎，长期以来，传播不衰，直至21世纪初还在城镇农村中广为流行。下面仅选文学性较强的竹枝词、粤讴、南音、木鱼、龙舟歌等谈谈。竹枝词是文人向民歌学习之作，词虽浅俗，却不失雅人风致，属较雅的俗文学；粤讴、南音、木鱼、龙舟歌等，能唱能念，则属民间通俗说唱文学的形式。具体分述如下。

第一节　竹枝词

竹枝词语句通俗易懂，善咏风土人情，有浓厚的地方色彩。自唐朝刘禹锡创制竹枝词后，后人便把歌咏地方风俗和男女之情的七绝诗，称之为竹枝词。唐宋以后，各代各地都有竹枝词产生。岭南远隔中原，自然环境和生活习俗，与中原有很大的差异，反映在竹枝词中，就更具地方特色。岭南地区的竹枝词，撰制者有两类人：一是岭南本土人士，一是外地入粤的文人。外省入粤人士，一过五岭，便有新鲜之感，他们所写的竹枝词，多能写出岭南的风土特点。如唐代皇甫松，宋代杨万里，明代宋征璧，清代王士禛、彭孙遹、杭世骏、李调元、阮元等，都有不少竹枝词留下，为岭南地区竹枝词的发展作出过贡献。

与外地入粤人士相比，土生土长的本地人，对岭南地区的名胜古迹、山川形势、历史文化、人情风俗、虫鱼花鸟、禽兽草木、天时气候及神话传说等等有更深的了解，他们所写的竹枝词，内容更丰富，具有存史、证史的价值。

岭南的竹枝词，最初只是笼统以“竹枝词”三字为名，如元末明初的王佐、明末的伍瑞隆的作品，就是如此。后来为了突出地方特点，便在“竹枝词”前冠上一个地名，成了某地竹枝词。如潮州有“潮州竹枝词”，佛山有“汾江竹枝词”等。广州地区的竹枝词，除以“岭南竹枝词”为名外，还有“广州竹枝词”、“珠江竹枝词”、“南海竹枝词”、“番禺竹枝词”、“羊城竹枝词”等称法。后来，竹枝词的类别越分越细，于是便出现专咏一地、一事、一物的竹枝词，如专咏广州西关八座桥的《西关八桥竹枝词》（蔡士尧），专咏七夕的《羊城七夕竹枝词》（汪瑔），专咏荔枝的《岭南荔枝词》（谭莹），专咏妓馆的《羊城青楼竹枝词》（佚名），专咏捞蚬的《广州捞蚬竹枝词》（劳孝舆），专咏种花卖花的《花田竹枝词》（陈官）和《花渡头竹枝词》（潘有为）等。王士禛说“竹枝泛咏风土”，从这些竹枝词中，确是可见广州一带的风土人情和生活习惯的。

在广州竹枝词中，常见广州的地名出现。这些地名，有的是风景名胜，如白云山、荔枝湾、白鹅潭、越王台、五层楼、蒲涧、石门等；有的是花木蔬果产地，如泮塘、庄头（花田）、花地等；有的是庙宇古迹，如六榕塔、大通寺、金花庙、城隍庙等。下面摘抄数首，以见一斑。如吴炳南所作的：

越王台下种相思，种得相思子满枝。
采采相思寄何处，相思愁煞冶春时。

诗为恋歌，既有风景胜地名，又有南国特有的植物相思子（即红豆），很有地方色彩。又如刘玉山所写的：

> 十里泮塘烟雨霏，采莲惊散鸳鸯飞。
> 莲藕开花郎远去，莲蓬结子郎未归。

这一首亦是情歌，既点出蔬果种植地泮塘，又点出“泮塘五秀”之一的莲藕。“开花”、“结果”二句，情意极深。又如何梦瑶的《珠江竹枝词》：

> 看月人谁得月多，湾船齐唱浪花歌。
> 花田一片光如雪，照见卖花人过河。

花田一带种素馨、茉莉为多，一望雪白，故有花光照人之说。上面提到的一些地方，有的留存至今，有的现已不存。如越王台、大通寺、金花庙等已不存，仅有故址遗迹；又如泮塘，原来盛产莲藕、慈菇、马蹄（荸荠）、菱角、茭白等物，号称“泮塘五秀”。后因城市建设不断扩展，耕地面积越来越少，泮塘仅存其名，上述诸物已难于此地见到了。

在广州竹枝词中，又常见岭南的花木蔬果出现，如木棉、素馨、茉莉、荔枝、龙眼、杨桃、槟榔、莲藕等，常于诗中提及。其中红棉（即木棉）最有南国特色，向被称为广州市花。署名白云樵子的竹枝词写道：

> 茉莉鸡冠又刺桐，四时花木记南中。
> 红棉十丈如荼火，尚见炎州霸气雄。

木棉树躯干高标，花红如血，人称英雄树。此诗末二句颇能写出木棉的气势。又如署名亦韵主人的作品：

泮塘夏日荔初红，万树虬珠映水浓。
消受绿天亭一角，乱蝉声飏藕花风。

此诗纯写泮塘夏日风光，除写了藕花之外，还着意写荔熟蝉鸣，这正是南国特有的风光。又如冯询的《珠江消夏竹枝》：

薯莨衫窄笠丝堆，装束随宜笑口开。
乍睡乍醒魂梦脆，绝清三字荔枝来。

此诗写疍家少女卖荔枝的情景，从装束到声音，均神妙如绘。“荔枝来”中的“来”字，粤音读若“黎”，叫卖时往往拖长尾音，不绝如缕，极具情韵。与冯询同时的谭莹，写有《岭南荔枝词》一百首，每首下面多有小注，可作岭南荔枝史读。其中一首是专咏著名的增城挂绿荔枝的：

碧纱轻束紫罗襦，中有盈盈白玉肤。
何妨三日怀中贮，不是红绡是绿珠。

增城挂绿，其果实都有一道自蒂至顶的绿色浅痕，故诗谓“碧纱轻束”。屈大均《广东新语》称挂绿荔枝“爽脆如梨，浆液不见，去壳怀之，三日不变”，故诗中有“何妨三日怀中贮”之句。

在广州竹枝词中，写及疍民疍歌的内容，也是充满地方色彩的。疍民（今称水上居民）以艇为家，浮家泛宅，沿江而居。疍民善歌，名疍歌，又称木鱼歌、摸鱼歌、咸水歌等。如植桂堂的一首写道：

> 月照珠江画不如，儿家多在柳阴居。
> 饭馀无事推篷出，斜枕船头唱木鱼。

木鱼，即木鱼歌。此诗末二句写动作姿势，极其形象。又如张半草的一首：

> 渔家灯上唱渔歌，一带沙矶绕内河。
> 阿妹近兴咸水调，声声押尾有兄哥。

咸水调，即咸水歌。男女对唱时，女方于歌尾带“兄哥”二字，唱时悠长舒缓，别有韵味。疍民居于水上，故咏及疍民时，大都离不开水。如余立勋的一首写道：

> 妾住珠江隔岸遥，浮家日日鼓兰桡。
> 娇儿生怕痴沉水，买个葫芦缚半腰。

疍民以舟为家，为恐小孩失足坠水，故于腰间系一葫芦，以作救生之用。此景在广州解放初仍见，后疍民全部上岸居住，在江边便不见此景了。

广州以食著称，素有“食在广州”的美誉。因而在竹枝词中，有关食肆和食物的内容，也时有反映。特有的美味如禾虫、禾花雀，出名的食肆在漱珠桥畔，都是可以从竹枝词中看到的。如署名莲舸女史的竹枝词：

> 响螺脆不及蚝鲜，最好嘉鱼二月天。
> 冬至鱼生夏至狗，一年佳味几登筵。

此诗咏一年佳味，螺、蚝、鱼、狗均有。广东人旧喜在夏至日吃狗肉，冬至日食鱼生，故有“冬至鱼生夏至狗”之句。下面汪兆铨的一首是专咏食鱼生的：

冬至鱼生处处同，鲜鱼脔切玉玲珑。
一杯热酒聊消冷，犹是前朝食脍风。

所谓食鱼生，指把鱼肉切成双飞薄片蘸酒酱生食。屈大均《广东新语》称：“粤俗嗜鱼生。……以初出水泼剌者，去其皮剑，洗其血鲑，细刽之为片。红肌白理，轻可吹起，薄如蝉翼，两两相比。沃以老醪，和以椒芷，入口冰融，至甘旨矣。”但如此吃法，不合卫生，中华人民共和国成立后已极少人吃鱼生了。又如胡鹤的竹枝词：

野芋山姜杂土薯，田螺坦蚬软虾菹。
只须一味禾花雀，不数珠江马鲚鱼。

诗中列出了芋、姜、薯、螺、蚬、虾多种食物，并特别标举禾花雀。禾花雀为珠江三角洲的特产，每逢水稻扬花时，禾花雀便大量出现，其味极为鲜美。禾花雀外，禾虫也是广东特有的鲜美食品。据《广东新语》载：“夏暑雨，禾中蒸郁而生虫，或稻根腐而生虫。稻根色黄禾虫者，稻根所化，故色黄，大者如箸许，长至丈，节节有口，生青，熟红黄。霜降前禾熟则虫亦熟。以初一二及十五六，乘大潮断节而出，浮游田上。”岭南竹枝词咏禾虫之作不少，从中可见这种美食的生长及上市情况。如署名莲舸女史所写的：

禾虫晚市论肩挑，佳瑞犹传玉雪飘。

白撞雨过新稻熟，个钱升米入童谣。

这一首写白撞雨后新稻成熟，禾虫随即上市。又如彭干材所写的：

黄鳝乌鱼满钓船，芦花深处飏炊烟。
明朝又有禾虫出，傍晚红云散碧天。

此写傍晚现出红云，第二天禾虫便会大量游出，俗所谓“天红红，买禾虫”也。明清之际广州人已知禾虫之营养，屈大均谓禾虫网得后，“得醋则白浆自出，以白米泔滤过，蒸为膏，甘美益人，盖得稻之精华者也”。但自从稻田使用化肥后，禾虫不易生长，便较难食到这种美味可口食品了。

在清代的广州竹枝词中，谈到饮食业时，有一个引人注目的现象，是集中吟咏珠江南岸（俗称河南）漱珠桥畔的酒楼。漱珠桥旧在海幢寺门左面的龙溪二约，今已不存。桥下为漱珠涌，向北流入珠江。据《白云越秀二山合志》载：“（漱珠）桥畔酒楼临江，红窗四照，花船近泊，珍错杂陈，鲜薧并进。携酒以往，无日无之。初夏则三鯬、比目、马鲚、鲟龙；当秋则石榴、米蟹、禾花、海鲤。泛瓜皮小艇，与二三情好薄醉而回，即秦淮水榭未为专美矣。”漱珠桥畔的酒楼以烹制海鲜出名，是个高雅的食府，不少人是专程从江北乘船前往食海鲜的。如邓凤枢的竹枝词写道：

荔红姜紫艳阳天，道出南门过五仙。
买棹漱珠桥畔醉，沉龙甘美鳜鱼鲜。

诗中的“五仙”指五仙门，地在今江北海珠桥西边。“沉龙”即鲟龙鱼，乃肇庆特产，味极鲜美。类似写专程撑船去食海鲜的，还有倪鸿的“买醉击鲜来往熟，一篙撑过漱珠桥”和陈廷选的“正好鲥鱼三月暮，泊舟来傍漱珠桥”等句。署名雪里芭蕉馆所写的竹枝词，则是着意写冬天围炉食火锅（粤人称“打边炉”）的：

> 斫脍烹鲜说漱珠，风流裙屐日无虚。
> 消寒最是围炉好，买尽桥边百尾鱼。

粤人的火锅中，鱼是主要食品，故有“买尽桥边百尾鱼”之句。有关吟咏去漱珠桥食海鲜的竹枝词，最早见于乾隆、嘉庆年间李遐龄的《和谭康侯珠江柳枝词》。直到光绪年间，漱珠桥酒楼仍十分兴旺。骚人墨客常于此处饮酒赏月，唱酬吟咏，留下作品不少。但在民国时期的竹枝词中，漱珠桥酒楼却失了踪影。这期间，沧海桑田的变化很大。后来漱珠涌越来越窄，最后成了一条臭水涌。20世纪70年代水涌上铺石板，使之成为一条暗渠。“买棹漱珠桥畔醉”的景象就永远消失了。

在岁时习俗方面，广州竹枝词也时有反映，除全国各地共有的春节、元宵、端午、七夕、中秋、重阳等节外，广州又特有祭祀南海神庙的南海神诞，拜祭金花庙的金花诞，拜祭郑仙祠的郑仙诞，等等。南海神庙在广州东郊，俗称波罗庙，故南海神诞又称波罗诞。神诞之日，百货杂陈，人流如潮，热闹非常。江仲瑜有竹枝词咏道：

> 亭名浴日祀东坡，南海神祠士女过。
> 五色纸鸡都上市，木棉红处指波罗。

庙西小丘上有一座浴日亭，亭内石碑上刻有苏东坡的观日出诗。神诞期间，有乡人出售五色纸鸡，名波罗鸡。神庙中的木棉树极古老壮伟，咏波罗庙者多有咏及。珠江南岸的金花庙祀奉金花夫人，庙旁塑有神姨像。妇人求子，多以红绒线系于姨臂。林象銮有一首竹枝词，就是咏金花庙的：

疍户生涯托水涯，但求生女莫生儿。
河南有个金花庙，庙侧桃花子满枝。

咏金花庙的，多咏求子。此诗前二句以疍户起咏，却一反求子的旧俗，反欲生女，句意颇新。盖因疍家已厌浮家泛宅的漂泊生活，故欲生女，以便嫁上陆地居住，俗谓之“嫁上岸”。郑仙祠在城北白云山上。传说秦朝方士郑安期曾隐居于此，后采蒲涧十二节菖蒲服食升仙。林象銮有诗咏道：

郑仙昨日进神香，水汲葫芦涤不祥。
香榄松猫干豆腐，白云风物赠街坊。

咏神祠神诞的竹枝词，多带封建迷信色彩。人们拜祭这些神庙，无非是为了祈求多子多福和消灾免祸。此类竹枝词，虽亦可见岁时习俗的地方特色，却是意义不大的。

在谈到岭南竹枝词的地方特色时，有两点要特别谈一谈。一是有关吟咏“十三行”的，一是有关反映近代反帝斗争。十三行为清代广州洋货行的集中地，曾经盛极一时。朱树轩的竹枝词写道：

番舶来时集贾胡，紫髯碧眼语喑呜。
十三行畔搬洋货，如看波斯进宝图。

诗写中外通商，可见广州对外贸易的特殊地位。在竹枝词中最早咏及十三行的，当数明末清初屈大均《广州竹枝词》中的第四首：

洋船争出是官商，十字门开向二洋。
五丝八丝广缎好，银钱堆满十三行。

十字门是指澳门以南、由大小横琴等岛夹峙而成的十字状水道。二洋指东洋、西洋。诗谓广州当时出口的绸缎商品，经过澳门与海外各国贸易，使广州十三行非常繁荣。乾隆二十二年（1757）以后，清政府封闭了江、浙、闽海关，只保留粤海关，广州成了全国唯一的通商口岸，十三行成为官方控制下经营外贸而享有特权的洋行地盘，地位更加重要。“十三行”这个地名，在中国近代史上是颇为有名的。

鸦片战争时期，帝国主义的侵略，激起了广东人民的仇恨，三元里人民的抗英斗争，表现了伟大的爱国主义精神。这种精神，在竹枝词中也有反映。梁芳田的作品写道：

飞凫一鼓去如风，夫婿家家亦自雄。
我愿郎君起舞剑，斩鲸直出虎门东！

此诗写成于光绪元年（1875），距鸦片战争不远，故诗中有此反帝的内容。竹枝词善写男女之情，此诗在写情中插入“斩鲸”（即消灭侵略者）之语，化儿女私情为杀敌豪情，高歌慷慨，壮怀激烈，是近代竹枝词中少有的高昂之作。

光绪元年，广州地区曾进行了一次以“羊城竹枝词”为题的大型征诗活动，参加者多达一百四十二人，女性作者有数人，共收诗四百八十九首。后结集成书，于光绪三年由马溪吟香阁出版。全书共二卷，颇多佳构，以上选介的竹枝词便多出自此书。民国九年（1920）又有《续羊城竹枝词》（羊城如卢诗钟社编）问世。全书共收诗九十七首，作者四十人。规模虽远不如四十多年前出版的《羊城竹枝词》，但诗中颇多新名词、新事物、新内容，可见时代向前发展，很有存史的价值。如："铜鼓声声果何事，倾城争看祭黄花"，咏赞黄花岗七十二烈士；"人力终输机器力，电船今已遍珠江"，写水上交通出现电动化；"粉墙铁栅新衙署，式仿欧西土木兴"，写建筑物仿效西洋格式；"吉服却嫌红锦俗，新人头罩白轻纱"，写结婚风俗出现变化，等等，均能写出辛亥革命后广州出现的社会新风尚。

岭南竹枝词善写当地的山川物产和风土人情，有鲜明的地方色彩。它保存了不少方志学和民俗学的第一手资料，具有很高的历史价值，在岭南文学史上占有一定的地位。

第二节　招子庸与粤讴

粤讴流行于广东粤语地区。相传为清代嘉庆年间的冯询和招子庸，在木鱼、南音等说唱形式的基础上发展而成。冯询所作的粤讴，未见流传，而招子庸则有《粤讴》一册传世。

招子庸（1789—1846），字铭山，别号明珊居士。南海人。嘉庆二十一年（1816）举人。曾在山东潍县等地做过几任知县，颇有政声。他能文章，善骑射，工诗画，多才多艺。所画兰竹，颇有郑板桥风致；尤精画芦蟹，自成一格，为时人所赏。招子庸是一个喜欢冶游、落拓不羁的文士，曾写下不少粤讴，给当时的歌女弹唱。他富有才情，又通晓音律，故所作粤讴，情辞双美，传诵一时。

招子庸的《粤讴》，共九十七题，收曲词一百二十一首。

题材内容，多半诉说男女的爱情，以及一些沦落青楼被侮辱与受伤害者的可怜身世。笔调委婉有情，颇能写出被压迫者的凄楚心境，十分动人。其最著者当数《吊秋喜》一首。传说秋喜是珠江花艇上的一名歌妓，她与招子庸相爱，意欲脱籍相从。后子庸北上会试，她因欠人钱债，无力偿还，终日被豪奴暴客相逼，愤而投江自尽。子庸惊闻秋喜死讯，十分悲痛，当即写下一首《吊秋喜》，以表哀悼。这首《吊秋喜》是招子庸的代表作，亦是粤讴中的名作：

听见你话死，实在见思疑。何苦轻生得咁痴！你系为人客死心，唔怪得你。死因钱债，叫我怎不伤悲！你平日当我系知心，亦该同我讲句。做乜交情三两个月，都冇句言词。往日个种恩情，丢了落水。纵有金银烧尽，带不到阴司。可惜飘泊在青楼，孤负你一世。烟花场上冇日开眉。你名叫做秋喜，只望等到秋来还有喜意。做乜才过冬至后，就被雪霜欺。今日无力春风，唔共你争得啖气。落花无主，敢就葬在春泥！此后情思有梦，你便频须寄。或者尽我呢点穷心，慰吓故知。泉路茫茫，你双脚又咁细。黄泉无客店，问你向乜谁栖。青山白骨，唔知凭谁祭。衰杨残月，空听个只杜鹃啼。未必有个知心，来共你掷纸。清明空恨个页纸钱飞。罢咯！不若当作你系义妻，来送你入寺。等你孤魂无主，仗吓佛力扶持。你便哀恳个位慈云施吓佛偈。等你转过来生，誓不做客妻。若系冤债未偿，再罚你落花粉地。你便拣过一个多情，早早见机。我若共你未断情缘，重有相会日子。须紧记，念吓前恩义。讲到“销魂”两个字，共你死过都唔迟。

此讴由惊闻噩耗入手，点出秋喜的死因；然后转入写二人的深情至爱，抒发对秋喜的哀悼；最后对死者作安慰语，希望有再续情缘的一日。全讴一字一泪，句浅情深，可谓痴心一片，情至文生。其中“泉路茫茫”八句，怜惜秋喜死后凄凉，出语酸悲，尤为动人。故此讴一经出现，远近争相传唱，很受群众欢迎。与招子庸同时的诗人李长荣有诗道：“唱到招郎吊秋喜，十三儿女亦魂销！”清末诗人黄遵宪亦有诗道：“唱到招郎吊秋喜，桃花间竹最魂销！”可见传唱的普遍。郑振铎在《中国俗文学史》中极称许此讴，评道：“《吊秋喜》是一篇凄楚的抒情的东西。据说秋喜实有其人，是一个妓女，子庸曾眷恋之。像《吊秋喜》这样温厚多情的情诗，在从前很少见到。”

招子庸的《粤讴》，大多反映妓女的悲惨生活，诉说她们的不幸，替她们呼吁和控诉。这些作品，多以妓女自怨自叹的形式来述说，写得缠绵悱恻，凄婉动人，具有较强的感染力，在一定程度上谴责了封建社会中婚姻不自由和贫家妇女被迫卖淫的罪恶制度，表现了作者对这些不幸妇女的深切同情。除《吊秋喜》外，如《缘悭》、《听春莺》、《无情月》、《春果有恨》、《孤飞雁》、《传书雁》、《长发梦》、《桃花扇》、《相思缆》等讴，善写青楼女子的复杂爱情心理，写得哀婉缠绵，深情无限。其中，《传书雁》一首，写怀人心理，最有层次：

> 传书雁，共我带纸书还。唔见佢书还，你便莫个番。今日不见回书，大抵佢心事都有限。抑或你带书唔仔细，失落乡关。纵使佢愁极，写书心事懒。有书唔寄，你便达一纸空函。等我一张白纸，当佢言千万。二人心照，尽在不言间。呢阵不见回书，空见雁返。唉，雁嘿雁，你亦不必传书柬。等我照样不回书信，你便去见个个薄情男。

此讴写一个女子对别后无踪的男子的思念和怨恨，层层写来，饶有情致。先写嘱托雁儿把他的书信捎来。接写归雁无书，知他心事有限。但转念一想，或许他愁极心烦，懒于写信。即便如此，也该寄张白纸回来，因为“二人心照”可以“尽在不言间”。现在连一张白纸也没有，她伤心怨恨之极，决定“照样不回书信”，以惩罚那个薄情男子。整首讴写这个女子的思念和怨恨的心理，写得细腻而婉曲，篇幅虽短，却层层递进，委婉有情。

招子庸《粤讴》卷首第一篇《解心事》，甚有名，传唱颇广。此讴有劝世之意，郑振铎称之为是“一种格言诗”。讴文如下：

> 心各有事，总要解脱为先。心事唔安，解得就了然。苦海茫茫，多半是命蹇。但向苦中寻乐，便是神仙。若系愁苦到不堪，真系恶算。总好过官门地狱，更重哀怜。退一步海阔天空，就唔使自怨。心能自解，真正系乐境无边。若系解到唔解得通，就讲过阴骘个便。唉，凡事检点，积善心唔险。你睇远报在来生，近报在目前。

此讴指出“解心”的办法有三种，一是苦中寻乐，二是退一步想，三是积善望好报。这些劝世文字，内容比较陈腐，但从某种意义上说，它确能使当时的小市民在精神上得到一些开解，而免除暂时的痛苦，故广受民众的欢迎，成为粤讴的代表作。后来粤讴被粤剧吸收，成为一个常用曲牌，就据此称之为“解心腔”。

郑振铎在《中国俗文学史》中极推许招子庸及其《粤讴》，盛赞招子庸是“把民歌作为自己新型的创作的”人，是“最早的大胆的从事把民歌输入文坛的工作者”。又说招子庸的《粤讴》“好语如珠，即不懂粤语者读之，也为之神移”，给予很高评价。1904 年，英国人金文泰（曾任香港总督）曾把招子庸的《粤讴》译成英文，传播到欧洲去，推崇它与希伯来的民歌，具有同样的不朽价值。

粤讴在招子庸的笔下，多是缠绵哀婉之词，题材范围比较狭隘。鸦片战争后不久，便有人利用粤讴这种群众喜闻乐见的形式，一改它原有风花雪月的情调，来反映现实的政治斗争。其中最突出的是《颠地鬼》、《义律鬼》和《颂林制军》等讴，颠地是英国大鸦片烟贩子，是毒害中国人民的罪魁；义律是鸦片战争时期英国驻广州商务监督，是挑起战争的祸首；林制军即林则徐，则是主张禁烟、坚决抗英的民族英雄。这三首粤讴，均为不知名作者创作，极尽冷嘲热讽之能事，很有战斗性。如《颠地鬼》一首，就以颠地被困于商馆中自怨自叹，表现他内心的矛盾和恐惧：

> 颠地鬼，自心烦，被困洋行见影单。为奉狼主听差，把鸦片带惯。点想天朝新例，禁得非凡。货已报关，难以复返。个的文臣武将，系咁虎视眈眈。要把茶叶大黄，将我带返。若然唔缴，就要把性命伤残。孤掌难鸣真可叹，未奉国王之命，叫我怎自承担？……早知道今日事情，唔好同佢往返。免致身投禁地，好似铁壁铜关。坐到谯鼓将残难合眼，不若将时表较准，暂解愁烦。

此讴通过写颠地被囚禁时的狼狈情况，反映出中国人民的禁烟决心，对帝国主义分子进行了有力的鞭挞。又如《颂林制军》，对忠贞爱国的林则徐不被朝廷信任，表示极大愤慨；对奕山等投降卖国行为，给以有力的讽刺：

> 你真正系笨，做乜苦苦要做忠臣？纵然忠烈，有几个明君？有道正好做官，无道要隐。奸臣用计，重办乜夷人。虽则你系报国精忠，原是本份。总系圣人远隔，黑白难分。你睇人地做官，重有连升品。战而无计，用六百万馀银。好比你共岳飞，同佢一样饮恨。将近成功，调佢转身。被贬伊犁，心又怎忍。唉，心不忿，忠臣难见信。等我四便城门来关紧，炮台整好让过夷人。

此讴写出当时人们对林则徐的评价。讴中对林则徐因禁烟抗英而被贬新疆伊犁，深表同情和不平；对奕山以六百万元“赎城费”来换取英侵略军不攻广州的“保证”，痛加谴责。笔锋尖锐，满纸忠愤，堪称佳作。

从19世纪末至20世纪初，粤讴创作进入了一个空前繁荣的时期。作品的题材已跳出旧有的范围，不再局限于写男女之情，而与当时的现实政治斗争结合起来。此时，清政府越来越腐败，而帝国主义列强瓜分中国的阴谋则越来越明显。举国出现了一个反帝救国的宣传热潮，粤讴也成了这种宣传的武器之一。以时事政治为题材的粤讴大量出现，使粤讴的内容起了质的变化，具有积极的进步意义。

这个时期的粤讴，作者众多，人数不少。他们的作品，散见于《新小说》、《中国旬报》、《时事画报》、《有所谓报》和《广东日报》等报纸和期刊上。在这些新粤讴的作者中，以廖恩焘、郑贯公、黄鲁逸三人名最著。

廖恩焘工诗词，尤善以粤俚语作诗。他曾以“珠海梦馀生”为名，撰制了二十多首新粤讴，名为《新解心》，刊于梁启超主办的《新小说》上。梁启超表示“绝爱诵之”，称之为“绝世妙文”。廖恩焘在这些粤讴中，融入新思想、新知识，以旧形式写现代题材，褒扬正义，贬斥邪恶，振奋民族精神，一时颇有影响。如《珠江月》一讴：

> 珠江月，照住船头。你坐在船头，听我唱句粤讴。人地唱个的粤讴，都重系旧；我就把新名词谱出，替你散吓个的蝶怨蜂愁。你听到个阵款款深情，就算你系铁石心肠，亦都会仰天来搔吓首；舍得我铜琶铁笛，重怕唔唤得起你敌忾同仇！只为我中国沦亡，四万万同胞问边一个来救？等到瓜分时候，个阵就任你边个都要作佢嘅马牛。你睇我咁好河山如锦绣，做乜都无个英雄独立，撞一吓钟嚟唱一吓自由。我百粤雄图，自来都称富有；论起天时形势，就有苍梧西首，更环带着碧海东流。云贵汀漳，都连接在左右；就系长江一带，亦系天然画就嘅鸿沟。只恨无人，把乾坤嚟重新结构；趁呢阵群龙世界，便成就个战国春秋。唉！咪守旧，睇一吓人地欧洲与及美洲。亏我心血常如斗，莫只望新亭泣楚囚。硬要把虎啸龙吟，换一片婆心佛口；口头禅语，便唱出一串珠喉。等到你钧天醉梦醒秋后，好共你唾壶击碎咯，细话从头。

此讴既写出作者撰制新粤讴的动机，又抒发了他热爱祖国的心情。讴中要求人们不要等做亡国奴，要振奋起来，同仇敌忾，挽救祖国。讴中还指出：广东的天然形势好，可以独立。这个主张，反映了当时资产阶级要求各省自治的思想。此外，如《天有眼》要求人们觉醒起来，进行变法图强；《黄种病》指出民族的病根是不团结，号召人们觉醒团结，挽救国家危亡；《呆佬祝寿》借讥笑呆佬以讽刺慈禧太后筹办七十寿庆，骄奢淫逸，祸国殃民，等等，都可看到作者强烈的爱国救国精神。廖恩焘的粤讴《新解心》，不单在思想内容方面，已经突破了招子庸写男女之情的局限，使题材有所扩展，而且在语言的运用上，也十分形象传神。如下面一段精彩描写：

> 好食你唔食，食到鸦片烟。……食到吹火咁嘅口唇，玄坛咁个块面。唔系膊头高过耳，总系两耳垂肩。瘦到好似条柴，唔敢企埋着风便。怕一阵风嚟，吹倒你个位烟仙。……唉！唔知点算，若话一时唔食，我见你打完个喊罗，就眼泪鼻水都齐全。

这是《鸦片烟》一讴中的文字。此讴意在劝人戒鸦片，故对吸食鸦片者的丑态着意刻画，以警世人，用心良苦，具有很好的教育作用。

20 世纪初期，同盟会会员郑贯公在香港创办了《有所谓报》，并兼任主编。他以“仍旧”为笔名写了不少粤讴，是另一位新粤讴的积极撰制者。1905 年在美国做苦力的华工，因不堪美帝国主义的歧视和虐待，掀起了一个抵制《中美华工条约》的反帝爱国运动。消息传到广东，广东民众纷起声援，要求废除苛待华工的禁例，掀起抵制美货的势潮。广东的报刊，也利用粤讴等通俗说唱文学的形式，诉说华工在美国所受的苦难，进行反美拒约宣传。郑贯公在这段时期，利用《有所谓报》刊发了不少粤讴，他自己也撰写了一批，积极投身到这个反美爱国运动之中。他接连撰写了《真正系苦》、《多情曲》、《须要顶硬》、《知道错》、《好孩儿》等讴，从不同方面反映这个运动的斗争情况。如《多情曲》反映保皇党对反美禁约运动的破坏活动；《须要顶硬》号召人们团结一致，把这个运动坚持到底；《好孩儿》赞扬一个少年用不吃饭的办法，向父母晓以大义，劝导他们勿用美国货，等等。其中《真正系苦》一讴，写华工的苦痛，语言朴实，感情真挚，最为动人：

真正系苦，我地华工。谋生无路，逼住要四海飘蓬。离乡背井，走去求人用；不过想觅蝇头，岂敢想话做个富翁。点估外国工人，嫌我地人众；佢话土人权利，失去无穷。故此想禁华工，随处煽动；想赶绝我地华人，不准在佢嘅埠中。试想在本国既系咁艰难，来到外埠又咁苦痛；真正系地球虽大，无处可把身容。今日我听见续约问题，心甚恸。唉！愁万种，热血如潮涌；但得汉人光复呀，重驶乜远地为佣！

此讴以第一人称的口吻撰写，如怨如诉，颇能道出在美华工的痛苦心境。结尾二句指出只有进行革命，推翻清朝政府，才能从根本上解决华工的苦痛。态度鲜明，见解深刻，尤为难得。

在《有所谓报》任编辑的陈亚哲，也以“猛进”为名，撰写了《南飞雁》、《一味构陷》、《我地去做》等讴。其中《南飞雁》一讴，借写大雁“栖留无所”，“羁困异境”，“举目无依，只有形吊影”，来诉说华工飘零异国的悲苦处境。以雁喻人，颇为贴切。那时候，在报刊上发表粤讴的作者，多署笔名。除上述“珠海梦馀生”、“仍旧”、“猛进”三人外，尚有“新亚”、“嫉恶”、“慧铁”、“若明”、“芦芦生”、“凤萍旧主”等人，都是撰制新粤讴的好手。他们所写的《唔好媚外》（若明作）、《赔乜野礼》（芦芦生作）、《拉人》（嫉恶作）、《对得佢住》（新亚作）、《除是有血》（商业中一人作）等讴，都是旗帜鲜明，颇具战斗性的。

除了廖恩焘和郑贯公之外，黄鲁逸（1869—1926）也是著名的新粤讴撰制者。黄鲁逸字复生，号冬郎，笔名“老逸”、“鲁一”。南海人。辛亥革命前后，受资产阶级民主革命思想影响，先后写过不少抨击清政府和军阀黑暗腐败的新粤讴，反映了资产阶级争取民权民主的要求，对推动社会前进起过积极的作用。如下一首《踏青》：

> 茫茫一片地，春去又春还。既有春风到，因何草不生？四围坐下，草都冇多条。君呀，踏青呢件事，乜你重把我相邀？凡事要实行，唔好白叫，况且我近来心事，又至怕俾个的嘢来撩。见着草都唔生，就怜到自己不肖。如今眼泪，重有几多飘？只有你一个在我身边，唔够把我照料。点得了？罢咯，我都情愿春闺长日，独坐无聊。

此讴以女性口吻撰写，借“踏青无草”来揭露反动统治者铲光地皮、残酷压榨人民的罪恶。因是写于辛亥革命之前，限于当时的历史环境，故只能以隐喻的手法，借题发挥，来宣传革命。黄鲁逸的粤讴，多能反映现实生活，有进步的思想内容，而且文字生动活泼，作品数量不少，一时有“粤讴王”之称。

随着推翻清政府统治的斗争深入发展，粤讴在进行革命宣传方面也进了一步，它不再含蓄隐晦，变得词意直露，充满战斗性。如辛亥（1911 年）黄花岗起义失败不久，就有人撰写粤讴，对为国牺牲的七十二烈士表示悼念和景仰。如《舒泪眼》一讴赞道：“……报国捐躯应本分，或者垂名后世，个阵纵死犹生。流血系平常，无乜要紧。唔使震，请看黄花岗上，七十二个雄魂！”另有一首《黄花影》也表现了相同的主题。此讴开头以咏黄花起兴，称赞烈士是年少英雄：“黄花影，尚带住的血痕鲜。顾影知是英雄，且属美少年。”结尾则以革命胜利相期望，祝道：“须整便，齐与金风战。待到凯歌高唱，痛饮在花前。”讴中充满革命感情，堪称是辛亥革命时期的粤讴佳品。

从招子庸写男女相悦的缠绵哀怨的粤讴，到晚清反映现实政治斗争的新粤讴，题材内容有了很大的发展变化。它已跳出了狭隘的爱情圈子，成了进行革命宣传的有力工具。对粤讴深有研究的冼玉清教授指出：“粤讴的社会价值，即在于它能反映当时现实的生活和斗争，成为时代的史诗。而它的艺术价值，即在于它以生动活泼的语言，浅显形象的比喻，跌宕悠扬的声调，表达了人们的生活和斗争。”（《粤讴与晚清政治》）这个评价是十分确当的。

第三节 南 音

南音，是用广州方言演唱的说唱文学形式。关于南音的起源，有两种说法。一说是在龙舟歌、木鱼的基础上，吸收外省吴声（扬州弹词）等曲种的音调发展而成。另一说是外省的南词班的声腔传进广东，与龙舟歌、木鱼结合而产生南音。这两种说法，均点出广东南音是吸收了外省兄弟曲种的声腔后发展而成的。

南音的传唱范围多在“上层社会”的文人雅士之间，作品内容多是吟风弄月与消遣应酬之作，有积极意义的作品较少，现存的南音作品以《客途秋恨》和《叹五更》最有名。这两支曲子文词雅丽，富有情韵，一直传唱不衰，颇有影响。

《客途秋恨》约写成于嘉道年间，它的作者缪艮（1766—?），字兼山，号莲仙。浙江杭州人。家贫好学。二十三岁中秀才后，一直仕途失意。常往来燕、齐、吴、越、皖、豫、闽、粤之间，以教书卖文谋生。在他所著的《嘤求集尺牍》的序中，自称“留粤二十六载”。居粤期间，生活很苦，长期处于半失业状态。一段时间曾居于寺院之中，靠典当度日。传说他曾与珠江艇妓麦秋娟相恋，别后萦思，愁肠百结，便写成《客途秋恨》一曲。这首南音脍炙人口，向与招子庸的粤讴《吊秋喜》，并称双璧。曲文如下：

凉风有信，秋月无边。思娇情绪，度日如年。小生缪姓莲仙字，为忆多情妓女麦氏秋娟。佢声色性情人赞羡，更兼才貌两双全。今日天隔一方难相见，孤舟沉寂，晚景凉天。斜阳照住个对双飞燕，凭倚蓬窗思悄然。耳畔听得秋声桐叶落，又见枫桥衰柳锁寒烟。情绪悲秋同宋玉，客途抱恨对谁言。旧约难如潮有信，新愁深似海无边。触景更添情懊恼，怀人怕对月华圆。娇呀记否青楼邂逅中秋夜，并肩携手拜月婵娟。我亦记不尽许多情与义，缠绵相爱复相怜。肝胆情投将两月，点知同侪催走整归鞭。几回绻恋难分舍，只为缘悭两字要拆凤鸾。个阵泪洒西风红豆树，情牵古道白榆天。杯酒临歧同饯别，望江楼上设离筵。你牵衣致嘱衷情话，要存终始两心坚。今日言犹在耳成虚负，屈指如今又一年。好事多磨从古语，半由人力半由天。风尘阅历崎岖苦，鸡群混迹且从权。恨我请缨未遂终军志，试马难扬祖逖鞭。只学龟年歌调唐宫谱，游戏文章贱卖钱。正望裴航玉杵谐素愿，蓝桥践约会神仙。广寒宫阙无关锁，何愁好月不团圆。岂料沧溟鼎沸鲸翻浪，妖氛弥漫动烽烟。关山咫尺成千里，雁札鱼书总渺然。又巧羽书驰捷报，话干戈擦乱扰江村。昆山玉石遭焚毁，避秦男女入桃源。你红颜薄命遭天妒，又怕贼星来犯月中仙。娇花惨被狂风损，玉容无主倩谁怜。你系幽兰不肯被污泥染，拚丧香魂玉化烟。若然艳质遭凶暴，愿同埋白骨伴妲妆前。或者死后得成连理树，胜过生前常在奈何天。愿慈航法力行方便，杨枝甘露救出火坑莲。望你劫难逢凶俱化吉，灾星魔障不相牵。我心似辘轳千百转，空眷恋，娇呀但得平安愿，天边明月向别人圆。

这首南音写客途中的思念，深情婉转，凄恻动人，感情颇为真挚。此曲较少用方言俚语，词句很雅，读来饶有韵味，堪称是南音的代表作。

《客途秋恨》之外，《叹五更》亦是较佳的一首南音。这首作品原载于《岭南即事》，为顺德何惠群所作，约写成于光绪年间。因曲中写一个妓女在五个更次中的思念哀叹，诉说不幸，故称“叹五更”。此曲可分六层，每层自成一韵。第一层是领起的总述，以下五层则每个更次一“叹”，层次分明，具有鲜明的民间说唱特色：

怀人待月倚南楼，触起离情泪怎收？自记与郎分别后，好似银河隔断织女牵牛。估道相逢谐白首，岂料鱼沉雁杳已三秋。自古好花香难久，只怕青春难为使君留。君你他乡莫恋残花柳，但逢郎便好买归舟。相如往事郎知否？好极文君尚叹白头！初更才报月升低，怕听林间个只杜鹃啼。声声泣血桃花底，话胡不归兮胡不归？怎得魂归郎你府第，唤转郎心早日到嚟。免令并蒂莲花分两地，好似伯劳飞燕各东西。可叹柳丝难把心猿系，莫使落花无主葬春泥！二更明月上窗纱，虚度韶光两鬓华。相思泪湿红罗帕，伊人秋水为溯蒹葭。君你风流杜牧堪人挂，记得合欢同盏醉流霞。可叹海誓山盟成虚话，说甚红楼是妾家。青衫泪湿怜司马，忧心无复再弄琵琶。三更明月桂香飘，记得买花同过个度漱珠桥。君抱琵琶奴唱小调，或郎度曲我吹箫。两家誓死同欢笑，都话边个忘恩天地不饶！近日我郎心变了，万种愁怀恨怎消。心事许多郎你未晓，就收妹你桃花薄命一条！四更明月过雕阑，人立花前怨影单。

泪落相思难捱惯，莫非薄情一去再逢难？顾影自嗟和自叹，怎能身化望夫山？秋水望穿把郎盼，相思泪尽不见郎还！奴奴家住芙蓉涧，我郎家住荔枝湾。隔水相遥迷望眼，真系写书容易寄书难！五更明月过墙东，倚遍栏杆十二重，衣薄难禁花露重，玉楼人怯五更风。怎得化成一对双飞凤，共向瑶台月下逢。岂料无端惊破鸳鸯梦，又听海幢钟接海珠钟。对镜懒梳愁有万种，愁万种，又见一轮红日上帘栊！

这首南音，通过“叹五更”宣泄了这个女子心中的怨愤，表达了作者对被迫害与被侮辱者的深切同情，有一定的进步意义。另外，在这首南音中，使用了“漱珠桥”、“荔枝湾”、“海幢”、“海珠”等地名，很有广州的地方特色。南音的词较雅，格律严谨，多为七字句。行腔婉转悠扬，旋律优美动听。唱念俱佳，故深受群众的喜爱。

第四节　木鱼和龙舟

木鱼，又称木鱼歌、摸鱼歌、沐浴歌。是用广州方言演唱的一种民间说唱文学形式，流行于珠江三角洲一带。演唱时仅敲击一段刳空的硬质木头以掌握节拍，俗称“唱木鱼”。木鱼的唱词基本上为七字句。它的唱本叫做木鱼书，内容多为历史故事或民间传说。从前珠江三角洲的妇女很喜欢听木鱼书，有的甚至能演唱。旧社会一般妇女和不识字的男人们能懂点知识，大多是从听木鱼书中学到的。

木鱼书的作品约有五百部，以长篇居多，其中改编之作不少。如《观音出世》、《目连救母》等，改编自佛经故事和宝卷；《钟无艳》、《薛仁贵征东》等，改编自演义小说；《琵琶记》、《白蛇雷峰塔》等，改编自杂剧、传奇，等等。有人曾仿金圣叹评点《水浒》、《西厢》的办法，在众多的木鱼书中评出十一部“才子书”。其中名列第八、第九的《花笺记》和《二荷花史》，文学价值较高，影响较大，曾于1985年校订出版。

《花笺记》作者不详。其内容是写书生梁亦沧与杨瑶仙、刘玉卿两个女子的爱情故事。所写虽属才子佳人悲欢离合的老套，但文笔细腻生动，颇为感人。郑振铎在《中国俗文学史》中，对《花笺记》甚为称赏，说它写“少年男女的恋爱心理，反复相思，牵肠挂肚，极为深刻、细腻；文笔也很清秀可喜”，给予很高评价。

《花笺记》仿效章回小说，把全书分为五十九回，通以四字作回目，每回多者二百多句，少者仅十馀句，“有话则长，无话则短”，伸缩十分灵活。它的文字洗炼通畅，富有诗意，遣意造句，很有特色。如在《房中化物》一回中，连用多个三字叠句，反复渲染一个多情女子的伤心失望之情，写得颇为感人：

脂与粉，落池塘，有谁重讲理容妆……
碎宝镜，破瑶琴，世间谁系我知音……
丢玉笛，碎琵琶，两行珠泪湿罗纱……
烧彩笔，擘花笺，妆台无望写诗篇……
焚双陆，撤围棋，因郎百事冇心机……
断银筝，破牙牌，弦多乱点恼人怀……
烧锦绣，化罗衣，妆整唔忧似旧时……
焚针线，拗金针，绣床冷落总无心……

这段文词较少用广州方言，写得绮丽清雅，确是“清秀可喜”。句中比兴得宜，极尽回环反复之妙，堪称是说唱文学中的佳品。

《花笺记》于19世纪传入欧洲。英国人P. P. 托马斯和德国人H. 库尔茨，分别把它译成英文和德文。德国诗人歌德曾在日记中记述了他读《花笺记》译本的感想。可见，《花笺记》一书，在海外也是有一定影响的。

《二荷花史》，作者亦姓名不详。共四卷，有六十七则。内容是写少年书生白莲因读《小青传》有感成梦，梦中小青赠他两枝荷花。后来结识何映荷、裴丽荷二女，历经种种折磨，最后终成眷属。这个故事歌颂了映荷、丽荷两个受封建家庭禁锢的少女对爱情的忠贞执着，反映了作者在一定程度上反道学、反礼教的叛逆精神。书中语言清雅流丽，刻画人物生动细致，引人入胜，可算是说唱文学中一部杰出的作品。但此书的思想倾向比较复杂，它一方面反封建、反礼教，一方面又赞美封建道德，显得十分矛盾。书的结尾大写沐浴皇恩，夫荣妻贵，更是跌入俗套，无味之极。

除《花笺记》和《二荷花史》外，《背解红罗》也很有名。虽然它的文学价值不及前二者，但在市井中传唱甚广，广东百姓知之甚多，其知名度反较前二者为大。

《背解红罗》又名《背解红罗袱》，系由鼓词改编而成。改编者姓名不详。这部木鱼书分初集六卷，后续六卷，共十二卷。内容是写汉宣王时期，南蛮小国不肯进贡，遣使携红罗袱到汉朝寻衅，欺藐中原无人能解得开。丞相苏文举之女苏金定，得神人相助，解开红罗袱，为国立了大功，被封为王后。事为苗妃（怀玉）所妒恨，便与朝中奸臣设计陷害苏后。苏后历经无数灾难，险死几次，后得忠良救助，除去奸党，始得沉冤昭雪。书中情节起伏较大，颇吸引人。但此书不脱昏君受奸妃愚弄误杀忠良的老公式，内容比较陈旧；而且封建迷信的糟粕不少，故虽有影响，也价值较低。即如“背解红罗”一事，写苏金定在殿中羞于被汉宣王色眼所望，便转过身来背解红罗袱；“谁知背主又侮慢天神”，于是“两个后来都有难”。苏金定、汉宣王二人后来的种种劫难，都是由“背解红罗”这一举动造成的。天意如此，命中注定，鼓吹宿命之意是十分明显的。

《背解红罗》除保留了鼓词的唱词风格外，还吸收了评话的表现手法。如一开始，它先不讲述故事本题，而从讲史入手，唱道：“四壁萧萧亦自如，平生无力学樵渔。红尘野马三更歇，白眼看花万象虚。沽酒无钱空我醒，且来抄卷木鱼书。名为背解红罗袱，身居王位有兴衰。开卷说，说原因，识者何须论假真。若问此书何出处，正是刘朝汉代人。”接着从“盘古初开新宇宙”开始，用了三十多句，历数周室东迁、秦亡汉兴的故实，一直唱到故事发生的年代——“如今单表八代宣王”。可见广东木鱼书的说唱形式，其形成及发展，与外省的鼓词、评话，是有某些血缘联系的。

木鱼书并非一味讲古，有些作品是能结合现实的政治斗争进行创作的。在旧民主主义革命时期，特别在1905年的反美拒约运动中，就出现了《金山客自叹》和《华工诉恨》等作品。这些作品替在美华工诉说苦难，声援他们的正义斗争，收到良好的政治宣传效果。

龙舟，又称龙舟歌，用广州方言演唱，流行于珠江三角洲地区。唱词基本为七字句，句法结构与木鱼比较接近。演唱时一人手执木雕小龙舟（舟上人物可用线牵动），胸前挂小锣小鼓，边唱边敲，用以掌握节拍。广州解放初期，尚可在街上听到“龙舟舟，出街游，姐妹行埋莫打斗，封封利是碛龙头”这类祝福劝善的歌声。龙舟歌的传统曲目内容丰富，以神话传说和历史故事为主。如《八仙贺寿》、《仙姬送子》、《昭君和番》、《三聘孔明》、《凤仪亭诉苦》等，都颇受群众欢迎。辛亥革命前后，曾有所谓“社会龙舟”（或称“政治龙舟”）出现。这些作品评述时局，抒发政见，对鼓吹革命起过积极的作用，其中最有代表性的是社会龙舟《庚戌年广东大事记》。

《庚戌年广东大事记》这首社会龙舟署名宋四郎所作。全歌共二十六章，长约一万三千字。一般的龙舟歌，多属短篇，这首社会龙舟如此之长，实属罕见。歌中概述了辛亥革命前一年广东的政治事件，如抨击清廷的假立宪，揭发粤汉铁路经营的腐败，颂扬新军起义，讽刺议员包庇赌博，鼓动民众剪除发辫等等，从中可见作者的思想是相当激进的。此歌首尾两章，着重宣扬广东新军起义，鼓吹武装斗争，尤有积极意义。歌中写道：“国会欲开休指望，除非革命党赶尽佢胡人。”直接号召推翻清廷统治，这在当时是很有革命性，很了不起的。这些直接反映现实生活的社会龙舟，在广州解放前的一段时间里，也曾出现过。抗日战争胜利后，广州地区的社会生活一度极为混乱，烟、赌、嫖等害为祸甚烈。当时有些作者就曾写过“除三害”之类的社会龙舟，以警醒世人，具有良好的教育作用。

龙舟歌与木鱼、南音、粤讴，均为广东地区的通俗说唱文学形式。四者均用广州方言演唱，同属粤曲歌谣系统。它们的唱腔互有关联，彼此接近，各有特点，后来都成了粤剧、粤曲中的常用板腔（曲牌），对粤剧、粤曲的发展，起过一定的促进作用。

附录：岭南古代、近代作家著作要目

一画

一　机（清）《涂鸦集》

二画

丁　杰（清）《蛾术诗草》
丁日昌（清）《百兰山馆诗词集》
丁仁长（近）《丁潜客遗诗》一卷
丁惠康（近）《丁叔雅诗集》一卷

三画

大　汕（清）《离六堂集》十二卷（附《离六堂近稿》一卷）、《离六堂二集》三卷，《潮行近草》三卷
卫廷珙（清）《文行集》二十四卷
卫廷璞（清）《安蛰草》
马　复（清）《媚秋堂诗》一卷
马庆余（清）《小媚秋堂词》
马植南（近）《蛩斋吟草》附《蛩斋吟草续集》
马雅文（清）《画荻吟草》
马福安（清）《止斋文集》

四画

王　佐（明）《瀛洲草》、《听雨集》

王　佐（明）《鸡肋集》
王　隼（清）《大樗堂集》十卷，外集一卷、《岭南三家诗选》（辑）
王　琅（清）《蛙雨楼稿》、《野樗堂稿》
王　缜（明）《梧山集》二十卷
王　蘧（近）《摄堂诗选》
王大宝（南宋）《王元龟遗文》十五卷
王邦畿（明）《耳鸣集》十四卷
王利亨（清）《赋蛇草》
王宏海（明）《天池草》二十六卷、《尚友堂稿》
王鸣雷（明）《王中秘文集》十卷、《空雪楼诗集》十卷、《大雁堂集》
王国瑞（近）《学荫轩集》六卷
王佳宾（清）《怡志堂诗》二卷
王学曾（明）《王唯吾集》
王临亨（明）《粤剑编》四卷
王渐逵（明）《青萝集》二十卷
王景仁（清）《小辋川诗集》五卷
王瑶湘（清）《逍遥楼诗》
云茂济（清）《琼台纪事诗》
韦文化（宋）《韶程诗》一卷（已佚）
车腾芳（清）《萤照阁集》十六卷
区　益（明）《阮溪草堂集》
区　越（明）《区西屏集》十卷
区大伦（明）《端溪诗稿》、《江门游稿》、《江州存稿》
区大枢（明）《振雅堂廉江岳阳稿》
区大相（明）《区太史诗集》二十七卷、《区太史文集》十二卷
区元晋（明）《见泉集》、《区奉政遗稿》十卷
区仕衡（宋）《九峰集》三卷
区庆云（明）《定香楼全集》四卷
区孝达（近）《南北往还纪事诗》
区怀年（明）《元超堂稿》一卷
区怀瑞（明）《碧山草堂稿》、《琅玕巢稿》四卷、《玉阳稿》八卷、《峤

雅》（辑）
仇巨川（清）《勒竹斋诗草》、《绿绮堂文集》、《羊城古钞》八卷
今　无（清）《光宣台集》二十六卷、《光宣台词》
今　严（清）《西窗遗稿》一卷
今　覞（清）《石鉴集》、《直林堂全集》
今　音（清）《古镜遗稿》一卷
今　帾（清）《借峰诗稿》、《岭南花逸韵谱》
今　释（清）《遍行堂集》四十九卷、续集十六卷
今　摄（清）《巢云遗稿》
方　还（清）《灵洲集》
方　洁（清）《方采林诗集》二卷
方　朝（清）《勺湖集》
方　蕖（明）《龙井集》
方天根（清）《风佩轩遗草》
方守桐（清）《一村子诗草》
方茂夫（明）《狎鸥亭集》
方国骅（明）《学守堂集》
方绳武（清）《七峰第一峰堂诗集》
方献夫（明）《西樵遗稿》八卷
方殿元（清）《九谷集》六卷
尹　蓉（清）《静照草堂稿》
尹　瑾（明）《莞石集》
尹守衡（明）《懒庵集》
尹遂祈（明）《丛桂堂集》二十卷
尹源进（清）《爱日楼集》
邓　方（清）《小雅楼遗文》二卷、《小雅楼诗集》八卷（卷首一卷）
邓　林（明）《退庵邓先生遗稿》七卷
邓　泰（清）《心莲诗钞》
邓　淳（清）《朴庵存稿》
邓　章（清）《鳌山存真集诗抄》
邓　翔（清）《知不足斋诗草》十卷

邓云霄（明）《漱玉斋文集》三卷，（附《冷邸小言》一卷）、《漱玉斋类诗》三卷，《初吟草》一卷，《解弢集》一卷
邓尔慎（近）《邓籍香诗抄》
邓廷喆（清）《皇华诗略》、《蓼园诗草》
邓承修（近）《邓承修诗文钞》
邓锡祯（清）《蠹馀诗稿》
邓钻先（近）《毳庐诗草》三卷、《毳庐续吟》三卷
孔昭鋆（清）《清淑斋唱和草》（与沈泽堂合集）
孔继芬（清）《养真草庐诗集》二卷
孔继宣（清）《守瓻堂诗文稿》八卷
孔继勋（清）《岳雪楼诗存》四卷

五画

玉　桥（清）《广东新儿女杂剧》
古　直（近）《隅楼集》
古　桧（清）《梦馀草》
古成之（宋）《古成之集》二卷（佚）
左秉隆（近）《勤勉堂诗钞》
石　经（清）《南雪草堂诗钞》三卷（卷首一卷）
石德芬（近）《惺庵遗诗》八卷
龙　章（近）《卧子诗文集》（诗二卷，文二卷）
龙之虬（清）《兰皋草堂诗抄》
龙元任（清）《春华集》二卷
龙廷槐（清）《敬学轩文集》十二卷
龙令宪（近）《五山草堂初稿》
龙啥芗（清）《蕉雨轩稿》
龙应时（清）《天章阁诗钞》五卷
叶　酉（清）《巢南诗抄》
叶　钧（清）《石亭诗文集》
叶廷枢（清）《芙蓉书屋诗抄》四卷
叶应铨（清）《足吾好斋诗抄》六卷、《凝香集》一卷

叶应魁（近）《击蒲文集》二卷、《击蒲诗集》九卷

叶英华（清）《斜月杏花书屋诗钞》四卷、《花影吹笙词钞》二卷、《小游仙词钞》二卷

叶佩瑜（近）《蘖锡庵诗抄》

叶受崧（近）《守真山房诗草》十一卷

叶官桃（清）《碧树山房集》

叶廷勋（清）《梅花书屋近体诗》四卷

叶孟超（明）《叶文明文集》

叶春及（明）《叶䌹斋先生文集》十八卷（附一卷）

叶衍兰（清）《海云阁诗钞》一卷、《秋梦庵词钞》二卷（续一卷，再续一卷）、《粤东三家词抄》三卷（辑）

叶衍桂（清）《天船词》

叶恭绰（近）《遐庵诗稿》、《遐庵诗乙稿》、《遐庵词赘稿》、《遐庵汇稿》第一辑、《遐庵汇稿》第二辑

叶梦草（近）《叶氏四届诗抄》（辑）

叶觐光（清）《肄雅堂遗集》

叶璧华（清）《古香阁集》四卷

史　澄（清）《退思轩诗存》十卷、《七十老翁诗百首》（附《椒花颂》）

史印玉（清）《芙蓉馆遗稿》一卷

史善长（清）《味根山房诗钞》

卢　宁（明）《五鹊台别集》（诗一卷、文一卷）

卢　祥（明）《行素集》

卢龙云（明）《四留堂稿》三十卷

卢作樑（清）《陟山堂稿》（附词）

卢梦阳（明）《焕初堂集》四卷

田上珍（清）《自鸣诗抄》一卷

仪克中（清）《剑光楼集》（词一卷，诗四卷，文一卷，附《罗浮游记》）

邝　露（明）《赤雅》三卷、《峤雅》二卷

邝元乐（明）《五岭山人文集》二卷

冯　元（宋）《冯章靖公集》二十卷

冯　询（清）《子良诗存》二十二卷、《子良诗录》二卷（附一卷）、《冯氏清芬集》三卷（辑）
冯　钺（清）《敬业堂集》六卷
冯之基（清）《讷友山房诗钞》
冯公亮（清）《白兰堂稿》
冯龙官（清）《冯孟文》二卷
冯永年（清）《看山楼词》
冯启泰（清）《小弇山房诗草》二卷
冯咏倩（清）《双翠阁诗抄》、《双翠阁词》
冯邵骏（近）《清芬集》四卷（辑）
冯奉初（清）《潮州耆旧集》三十七卷（辑）
冯国倚（清）《嘉声斋剩草》
冯昭文（清）《棣华小庐诗钞》四卷
冯栻宗（清）《海日庐诗草》六卷
冯敏昌（清）《小罗浮草堂诗集》四十卷、《小罗浮草堂文集》九卷
冯植森（清）《鹤琴书舫诗抄》、《冯香厓诗》
冯赓扬（清）《拙园诗选》
冯誉聪（清）《钝斋诗钞》、《显志堂文钞》
冯誉骥（清）《绿伽楠馆诗存》
冯锡镛（清）《倚松阁诗钞》十五卷
弘　赞（清）《木人剩稿》、《六道集》五卷、《观音慈林记》三卷、《鼎湖外集》一卷

六画

邢　宥（明）《湄丘集》二卷
成　鹫（清）《咸陟堂集》、《渔樵问答》
吕　坚（清）《迟删集》八卷（附文一卷）
吕　洪（清）《广文遗稿》（附词）
吕玉璜（清）《刻烛吟馆诗钞》
吕玑璜（清）《嘤其鸣斋集》
吕鉴煌（清）《调琴饲鹤斋诗存》二卷、《竹林词钞》（与吕洪合撰）

朱子范（近）《澹园诗稿》三卷
朱文溥（清）《吹剑楼词集》
朱执信（近）《朱执信集》八卷
朱次琦（清）《朱九江先生集》十卷（卷首一卷、年谱一卷，附录一卷）、《大雅堂诗集》一卷、《是汝师斋遗诗》一卷、《朱氏传芳集》八卷（辑）
朱启连（清）《棣垞集》四卷（首卷一卷、外集三卷）、《棣垞词》
朱鼎臣（明）《鼎锲全相唐三藏西游传》十卷、《全像观音出身南游记传》
伍元葵（清）《月波楼诗钞》八卷
伍元薇（清）《粤十三家集》一百八十二卷（辑）
伍有庸（清）《闻香馆学吟》（附续吟）
伍延鎏（清）《松苔馆诗》、《浮碧词录》、《留庵随笔》
伍学藻（近）《十二芙蓉池馆遗稿》
伍崇曜（清）《楚庭耆旧遗诗》（前集二十一卷、后集二十一卷、续集三十二卷）（辑）
伍瑞隆（明）《鸠艾山人遗集》、《临云集》十卷
伍德彝（清）《松苔馆花甲酬唱集》（合集）
任　榛（清）《薮园诗草》
任世熙（清）《莲隐诗钞》
任采芹（近）《玉章馆诗集》二卷
伦文叙（明）《迂冈集》十卷
伦以训（明）《白山集》十卷
伦以诜（明）《穗石诗集》四十三卷，《穗石文集》十卷
伦以谅（明）《石溪集》十卷
邬庆时（近）《邬氏春藻遗芳》八种（辑）、《邬家初集》（辑）、《南山佳话》（辑）
刘　允（宋）《刘厚中文集》（佚）
刘　玑（清）《滋茂堂盆瓴诗钞》
刘　钊（近）《鸿雪留题集》
刘　杰（清）《蜗寄山房诗草》

刘　宗（宋）《埙篪偶咏》（佚）
刘　彤（近）《瑶溪二十四景诗录》
刘　轲（唐）《刘希仁文集》一卷
刘　珩（近）《养余山房诗钞》二卷
刘　桂（明）《玉秀堂集》
刘　熊（清）《仿航诗钞》
刘　镇（宋）《随如集》十卷（佚）、《随如百咏》
刘万章（近）《广州民间故事》（编）、《广州谜语》第一集、《广州儿童歌》四集
刘乃勋（近）《一庐存稿》二卷
刘月娟（近）《倚云楼诗抄》一卷
刘世重（清）《振绮堂集》、《东溪诗选》
刘世馨（清）《粤屑》六卷
刘存业（明）《简庵集》五卷
刘庆嵩（近）《海沤集》
刘汝新（清）《藏云阁诗集》
刘连辉（清）《园沙堂稿》
刘步蟾（清）《天地一沙鸥吟舫诗钞》
刘怀新（近）《怀园吟草》
刘沅芬（近）《课花吟馆遗草》
刘苑华（明）《落霞山下女子吟》
刘国宾（近）《步苏唱和诗》（合集）
刘信烈（清）《归来吟》、《运米诗集》
刘祖满（明）《丛桂剩稿》、《梅妆阁集》
刘祖启（清）《留稚堂集》
刘显寿（近）《居安堂诗钞》
刘彬华（清）《玉壶山房诗钞》《岭南群雅初集》三卷、二集三卷、初集补二卷（辑）
刘晚荣（清）《水浒全图》一卷
刘彭龄（近）《雕龙诗集》一卷
刘景堂（近）《心影词》、《沧海楼词钞》

刘熽芬（近）《小苏斋诗钞》十二卷，《香山诗略》十二卷（与黄绍昌合辑）
刘嘉谟（清）《听春楼诗钞》
刘慧娟（清）《昙香阁集》四卷
刘潜蛟（清）《太乙亭诗草》
刘鹤鸣（清）《松崖诗钞》一卷
刘翰长（清）《慎独堂集》
刘翰棻（清）《花雨楼诗草》、《花雨楼词钞》
刘耀青（近）《海南归棹词》
安和老人（清）《警富新书》四十回
关　铣（近）《药余拙钞》四卷
关赓麟（近）《稊园诗集》十四集二十二卷
江　源（明）《桂轩集》十卷、续集六卷
江逢辰（近）《江孝通遗集》十九卷、《江孝通词选》
许　申（宋）《高阳集》
许　遂（清）《真吾阁集》
许之衡（清）《守白词》二卷、《曲律易知》二卷
许玉彬（清）《冬荣馆遗稿》六卷、《粤东词钞》（与沈世良合辑）
许汝韶（清）《高凉耆旧文钞》二十二卷，卷首一卷
许纫兰（清）《澧阳吟草》
许应鑅（清）《三十六砖吟馆诗文集》、《寄南园二子诗钞》（辑）
许秉璋（近）《诵先芬室诗集》
许祥光（清）《选楼集句》二卷
祁　正（近）《梨川集》、《三朝东莞遗民咏》三卷
祁文友（清）《渡江集》、《秋署集》
祁衍曾（明）《绿水园集》
阮　元（清）《学海堂初集》十六卷（编）
孙　蕡（明）《西庵集》九卷
孙殿龄（清）《红叶读书楼诗草》十卷

七画

麦又桂（清）《谢庭诗草》（与麦英桂合集）

麦应中（明）《雪洞稿》
麦英桂（清）《芸香阁诗草》（与麦又桂合集）
麦孟华（近）《蜕庵集》二卷（附录一卷）
严既澄（近）《初日楼诗》（附《驻梦词》）
劳　潼（清）《荷经堂古文诗稿》三卷
劳光荣（清）《鄂城表忠记》
劳孝舆（清）《阮斋文钞》四卷（诗钞六卷）
劳伯言（清）《求实用斋诗钞》、《海岳游客集》
苏　珥（清）《安舟遗稿》一卷、《安舟杂钞》三十六卷
苏　葵（明）《吹剑集》十二卷
苏正学（清）《宧游草》（附《陵阳别言》、《秋浦骊歌》）
苏廷魁（清）《守柔斋诗钞》（初集四卷，续集四卷）、《守柔斋行河草》二卷、《守柔斋集》三卷（附一卷）
苏宝盉（清）《冬心室学制骈文》二卷
苏泽东（清）《祖坡吟馆诗略》一卷、《宋台秋唱》三卷（辑）、《宋台秋唱图咏》（附诗《砖图咏梦醒芙蓉集》［辑］）
苏逢圣（近）《俟园诗草》、《枣香书室遗稿》
苏曼殊（近）《曼殊全集》、《潮音》
苏楫汝（清）《梅岗集》
饶　锷（近）《天啸楼集》五卷
饶云骧（清）《潜窝诗集》、《唾馀草》、《广崇轩遗文》
饶庆捷（清）《桐阴诗集》五卷
杜　游（清）《洛川诗略》二卷
杜凤岐（清）《纪游诗草》
李　仁（清）《借堂偶篇》
李　贞（明）《寄远楼集》
李　实（清）《宝研堂文钞》
李　质（明）《三李集》、《与弟、子合集》
李　盉（近）《荆园诗草》
李　恕（清）《鹤归堂草》
李　秩（明）《辟楼集》二卷

李　铎（清）《秋湘堂集》
李　航（清）《鹤柴小草》
李　琛（清）《一草庐集》
李　翔（明）《间稿以说》
李　梗（明）《函秘斋集》二卷
李　德（明）《易庵集》
李　嶟（清）《拙轩诗集》二卷
李　穆（明）《牧隐集》、《三李集》（与兄、侄合集）
李　衡（清）《小潇湘馆诗草》
李　蟠（近）《楚庭书风》
李士祯（清）《青梅巢诗钞》
李士淳（明）《三柏轩文集》一卷
李之世（明）《鹤汀全集》（附《凫渚集》）、《鹤汀诗集》十卷
李云龙（明）《啸楼》前后集十卷
李长荣（清）《柳堂诗录》、《柳堂师友录初编》（辑）、《庚申修禊集》
李文田（近）《李文诚公遗诗》一卷
李文灿（明）《天山草堂集》
李文泰（近）《李小岩先生遗著》、《海山诗屋诗话》十卷
李以龙（明）《寒窗感寓集》三卷（附录一卷）
李龙孙（清）《绿云山馆词钞》
李成宪（明）《零丁山人集》
李可蕃（近）《华平山人诗钞》
李仕良（近）《狷夏堂诗集》四卷
李有祺（清）《梦鲤山房诗钞》
李尧山（清）《春雨楼诗钞》
李光廷（近）《宛湄书屋文钞》十一卷
李光昭（清）《铁树堂诗集》
李兆康（清）《醉月楼诗钞》二卷
李孙宸（明）《建霞楼集》二卷
李时行（明）《李驾部集》（前集四卷、后集一卷、附《青霞漫稿》）
李作楫（清）《藏公堂集》

李伯震（明）《三李集》（与父、叔合集）
李应庚（清）《香茗庵词》
李良骥（近）《铨庐吟草》
李际明（明）《风操堂集》十六卷
李纶光（清）《笠山诗草》
李卓揆（清）《深柳堂集》
李鸣盛（清）《春雨楼诗钞》
李昴英（宋）《李忠简公文溪集》（二十卷、卷首一卷、卷末一卷）、《文溪词》一卷、《李忠简文溪诗》五卷
李欣荣（近）《寸心草堂诗钞》六卷、《寸心草堂诗外集》二卷、《寸心草堂文钞初编》
李学曾（明）《鹤林集》
李泽深（清）《李郇雨诗稿》
李承宗（近）《耕馀吟草》
李春叟（宋）《咏归集》二卷
李保孺（清）《委怀书舫遗草》
李待问（明）《松柏轩稿》
李晋熙（清）《漉云斋诗存》、《漉云斋集句诗》
李能定（清）《花雨轩诗文集》
李继燕（清）《榻花亭稿》
李硕襄（近）《退庵杂著》
李符清（清）《李海门集》十二卷
李象元（清）《赐书堂文集》
李鸿仪（清）《二半山房吟草》
李绮青（近）《草间词》一卷、《听风听水词》一卷
李景元（清）《红树山庄诗草》二卷
李景康（近）《披云楼诗草》
李遐龄（近）《勺园诗钞》四卷（附李蔼元《松溪遗草》）、《菊水诗钞》二卷、《容安堂集零存》
李溶阶（清）《致知堂文钞》六卷
李殿苞（清）《碧梧园风冈集》

李碧泉（近）《醒省斋零草》
李熙载（宋）《李熙载诗词集》（佚）
李毓清（清）《一桂轩诗钞》二卷
李肇榜（近）《桂墀遗稿》
李翰芬（近）《陔兰乞言集》
李黼平（清）《李绣子先生集》二十卷、《读杜韩笔记》二卷
杨　孚（汉）《异物志》
杨　晋（明）《何慕庐稿》、《鸳赋楼集》
杨大玉（清）《居安堂诗钞》二卷
杨天培（清）《西岩诗钞》、《潮雅拾存》（辑）
杨文桂（清）《养艳室词》
杨玉衔（近）《抱香词》
杨世勋（清）《蔗尾吟草》二卷
杨永衍（清）《添茅老屋诗草》、《草色联吟》（合集）、《粤东词钞》二编（辑）
杨其光（清）《花笑楼词》一卷
杨苔山（近）《雪鸿吟馆诗存》一卷
杨彤英（近）《雪松轩诗钞》
杨荣绪（清）《杨黼香先生遗稿》
杨起元（明）《杨复所全集》二十二卷
杨铁夫（近）《抱香词》、《双树居词》二卷
杨裕芬（近）《杨裕芬诗文集》
杨锡福（近）《一鹤堂诗文集》四卷
杨鹤宾（近）《凤凰新社吟草初集》（辑）
杨懋建（清）《留香小阁词》一卷
吴　丙（宋）《吴汝光杂咏》
吴　旦（明）《兰皋集》
吴　桐（近）《凤阿诗集》五卷
吴　琏（明）《竹庐诗集》一卷
吴　稊（清）《岱云篇笔草》一卷、《诗草》一卷
吴　鏌（清）《绿荫堂诗钞》

吴　灏（近）《求是山房集》二卷

吴小姑（近）《唾绒词》一卷

吴文炜（清）《金茅山堂集》

吴兰修（清）《荔村吟草》三卷、《桐花阁词》一卷（卷首一卷、补遗一卷）、《学海堂二集》二十二卷（辑）

吴而达（清）《破梦草》（附词）

吴应逵（清）《雁山文集》四卷（附《荔轩笔记》二卷）

吴沃尧（近）《两晋演义》二十三回、《痛史》二十七回、《最近社会龌龊史》二十回、《恨海》十回、《九命奇冤》三卷三十回、《二十年目睹之怪现状》八卷一百零四回、《糊突世界》十二卷十二回、《发财秘诀》、《上海游骖录》十四回、《瞎骗奇闻》八回、《邬烈士殉路》、《曾芳四传奇》、《电术奇谈》、《劫余灰》十六回、《黑籍冤魂》一卷、《四大金钢传》、《剖心记》、《趼人短篇》九种、《新石头记》四十回、《情变》十回

吴启苞（清）《位思室稿》

吴林光（清）《饮兰露诗词钞》

吴建业（清）《笏山诗草》

吴尚憙（清）《写韵楼词》一卷

吴河光（清）《二吴先生唱于集》二卷（与吴懋清合集）

吴弥光（清）《芬陀罗馆诗钞》

吴荣光（清）《石云山人文集》（奏议五卷、诗集二十二卷、词选一卷、诗选一卷）、《饮兰馆诗钞》、《筠清馆诗馀》

吴奎光（清）《建业堂诗集》

吴宣崇（清）《友松居文集》、《高凉耆旧遗集》（辑）

吴炳南（清）《华溪诗稿》、《岭表明诗传》六卷、《国朝诗传》十卷（辑）

吴家树（清）《游琼草》

吴家懋（清）《欣所遇斋诗存》九卷

吴绳泽（清）《抢榆小阁诗略》五卷

吴维彰（清）《古人今我斋诗》八卷（附录一卷）

吴道镕（近）《澹庵诗存》、《澹庵文存》二卷、《广东文征》二百零四卷（辑）
吴懋清（清）《横塘诗稿》、《二吴先生唱于集》二卷（与吴河光合集）
岑　徵（明）《选选楼遗诗》五卷
岑　澂（清）《篾簩山人诗集》十卷
岑灼文（清）《仰蘧书屋诗稿》
岑宗远（清）《蝉吟小草》七卷
岑学吕（近）《岑学吕诗略》
邱　茜（明）《琼台类稿》七十卷、《琼台诗文会稿重编》二十四卷、《丘海二公文集合编》十六卷、《新刊重订附释标注出相伍伦全备忠孝记》四卷
邱逢甲（近）《岭云海日楼诗钞》十二卷（外集一卷，附年谱）
邱掌珠（清）《绿窗庭课吟卷》
何　元（清）《江上万峰楼诗钞》四卷
何　邵（清）《楚庭稿》
何　昶（清）《东樵删除集》
何　绛（明）《不去庐集》十四卷
何　振（清）《红豆山房词集》一卷
何　彬（清）《三十六洞天草堂诗存》一卷
何　铸（清）《梦句楼弱冠草》
何大佐（清）《瓶沙堂诗集》六卷、《广云集》
何天衢（清）《不寐斋诗略》
何仁山（清）《锄月山房文钞》二卷、《草草草堂诗草》二卷
何曰愈（清）《何氏家集》（与何文明合集）、《馀甘轩诗集》、《退庵诗话》
何仁镜（清）《洛如花廨诗册》八卷
何文明（清）《何氏家集》（与何曰愈合集）
何文秀（宋）《兰斋稿》
何世麟（清）《仙航山馆诗稿》（附续稿）
何如璋（近）《使东杂咏》
何吾驺（明）《元气堂诗集》三卷

何时秋（清）《松菊山房诗钞》
何秀棣（清）《庾园诗草》二卷
何其伟（明）《轂音集》
何其干（清）《青萝蛰存室吟草》四卷
何定求（清）《定求诗集》
何南钰（清）《燕滇雪迹集》六卷
何省兰（清）《安所遇轩西游草》三卷（附尺牍一卷）
何钟瀛（近）《勤补拙轩诗钞》二卷
何炳堃（近）《介石斋诗集》七卷
何桂林（清）《海天琴思词》
何探源（清）《蜀游草》一卷
何梦梅（清）《大明正德皇游江南传》四十五回、《梁太师江南访王》
何梦瑶（清）《匊芳园诗钞》七卷（附诗馀一卷）
何维柏（明）《天山草堂存稿》六卷
何朝昌（清）《啸叶轩文钞》二卷
何　道（明）《棕山诗草》
何惠群（清）《饮虹阁诗钞》二卷、《岭南即事杂撰》十集
何瑞舟（近）《剑鸣山房诗钞》
何瑞龄（清）《世贻堂存稿》
何殿春（清）《晚香草堂诗钞》
何巩道（明）《樾巢集》一卷
何藻翔（近）《邹厓诗集》（附何翙高先生年谱）、《岭南诗存》（辑）
佘锡纯（清）《语山堂诗钞》十二集
余　靖（宋）《武溪集》二十一卷（卷首一卷）、《武溪诗钞》一卷、
《武溪集补钞》一卷
余维垣（近）《雪泥庐咏史诗钞》八卷、《岭南咏古诗集》四卷
余肇湘（近）《莔庵遗翰》
余觐光（近）《珠峰诗集》五卷
宋　季（清）《社会龙舟庚戌年广东大事记》
宋　湘（清）《红杏山房诗钞》十三卷
宋廷选（清）《莲溪诗钞》六卷

汪　瑔（清）《随山馆诗简编》四卷
汪后来（清）《鹿冈诗集》四卷
汪兆铨（近）《惺默斋集》（诗四卷，文一卷，词一卷）、《苌楚轩诗集》、《苌楚轩续集》一卷
汪兆镛（近）《微尚斋诗文》一卷（附续编一卷）、《雨屋深灯词》一卷、续稿一卷、三编一卷、《澳门杂诗》
沈　桐（近）《凤楼词》
沈化杰（清）《棣华馆词》
沈世良（清）《小祗陀庵诗钞》四卷、《楞华室词钞》二卷、《小摩围阁词钞》二卷、《粤东词钞》（辑）
沈宗畸（近）《南雅楼诗斑》二卷（附《繁霜词》一卷）、《骈花阁文选》四卷、《朴学斋文钞》四卷、《炼庵骈体文选》四卷、《诗君》六卷、《今词综》三卷
沈泽棠（近）《小摩围阁诗钞》、《忏庵遗稿》（诗二卷、词一卷）、《忏庵词钞》一卷（附《词话》一卷）、《清淑斋唱和草》（与孔昭鋆合集）
张　乔（明）《莲香集》五卷
张　翊（明）《南海杂咏》十卷、《东所集》十三卷
张　鸿（唐）《张鸿集》十二卷（佚）
张　逸（清）《笔花草堂词》三卷
张　琚（明）《旋溪集》
张　萱（明）《西园先生文集》四十三卷（附录二卷）、《归兴诗》（焚馀草）一卷（附一卷）
张　槐（清）《南游剩稿》
张　端（清）《梯云馆诗钞》
张　微（近）《且庵吟草》二集（附刊一卷）
张　穆（明）《铁桥集》二卷（补遗一卷，题赠诗一卷）
张　燮（清）《翠声阁诗钞》
张　夔（宋）《禄隐集》（佚）
张九龄（唐）《张丞相曲江张先生文集》二十卷（附录一卷）、《张曲江诗集》二卷

张天赋（明）《叶冈集》
张云龙（近）《瓠庐诗钞》二卷
张迓衡（宋）《小山稿》、《敲月集》
张秀端（清）《香雪巢词》
张伯桢（近）《张篁溪遗稿》、《东海馀音》
张岳崧（清）《筠心堂集》十八卷、《筠心堂文集》十卷（诗集四卷、外集三卷）
张其淦（近）《梦痕仙馆诗钞》十卷、《东莞诗录》六十五卷（辑）
张其翻（清）《养贞斋诗集》八卷
张其况（清）《辫贞亮室文钞》四卷
张宝云（近）《梅雪轩全集》
张学华（近）《暗斋稿》三卷、《采薇百咏》（文钞二卷、词钞一卷、诗钞二卷）、《张氏家集》十卷（辑）
张荫桓（近）《铁画楼诗文集》、《铁画楼诗文续钞》
张荫麟（近）《张荫麟文集》
张映纬（清）《鸿雪斋诗藏稿》二卷
张思齐（清）《吟秋馆诗钞》
张品桢（清）《清修阁稿》
张家玉（明）《名山集》七卷、《军中遗稿》二卷、《张文烈公遗诗》一卷
张家珍（明）《寒木居诗钞》
张维屏（清）《珠江集》、《听松庐诗钞》、《听松庐文集》、《松心十集》、《听松庐词》、《新春宴游唱和诗》、《国朝诗人征略》（辑）、《艺谈录》二卷、《学海堂三集》二十四卷（辑）
张乾昌（近）《梅县童歌》
张敬修（清）《可园遗稿》
张景阳（近）《一得山房诗钞》四卷
张登辰（宋）《恕斋集》（佚）
张锦芳（清）《逃虚阁集》六卷、《南轩诗馀》一卷
张锦麟（清）《少游草》二卷
张锡麟（清）《桨园稿》（文钞二卷、诗钞一卷、词钞一卷）

张煜南（清）《梅水诗传》（辑）
张蝶圣（清）《花活草堂遗稿》
张端仪（近）《张端仪诗词稿》
张镇孙（宋）《见面亭遗集》一卷
张德瀛（近）《耕烟词》五卷、《词征》六卷
张耀杓（清）《露波楼诗钞》（附露波楼题词）
陈　元（汉）《司徒掾陈元集》一卷（佚）
陈　迁（明）《代奕编》
陈　份（清）《水疼集》
陈　纪（宋）《越斐吟稿》（佚）、《秋江欸乃集》（佚）
陈　励（清）《东轩诗略》
陈　贤（清）《柔存诗草》、《秋香亭诗草》一卷
陈　诗（明）《知鸿堂集》
陈　昙（清）《海骚》十二卷、《感遇堂文集》四卷、《感遇堂诗集》八卷
陈　珏（明）《研痕堂诗集》
陈　拙（唐）《陈用拙诗集》八卷
陈　洵（近）《海绡词》二卷、《海绡说词》一卷
陈　陶（唐）《陈陶诗录》二卷、《陈陶文录》十卷（佚）
陈　珪（明）《罗江草》（与陈鉴合集）
陈　琏（明）《琴轩稿》三十卷、《归田稿》、《宝安诗录》一卷（辑）
陈　崧（清）《东溪诗集》四卷
陈　堂（明）《朱明洞稿》
陈　谦（清）《巢蚊睫斋诗稿》二卷
陈　璸（清）《陈端公集》九卷（附录一卷）
陈　焕（宋）《陈少微诗集》（佚）
陈　滉（清）《味香簃稿》
陈　鉴（明）《天南酒楼集》、《癖草》（与陈珪合集）
陈　融（近）《黄梅花屋诗稿》、《读岭南人诗绝句》、《颙园诗话》
陈　履（明）《悬榻斋集》八卷
陈　璞（清）《尺岗草堂遗集》十二卷、《尺岗草堂遗诗》八卷

陈　澧（清）《东塾集》六卷（附申范一卷）、《东塾集余稿》、《东塾类稿》、《东塾剩稿》、《东塾先生诗钞别本》、《正雅集摘钞》（胡斯锛辑）、《忆江南馆词》一卷、《白石词评》、《菊坡精舍集》二十卷（卷首一卷）（辑）

陈　赣（清）《弗如亭草》

陈大震（宋）《陈大震集》

陈广逊（清）《静斋小稿》一卷

陈之璠（清）《翛侗集》

陈子升（明）《中洲草堂遗集》（附词二十三卷）

陈子壮（明）《陈文忠公遗集》十一卷

陈子清（清）《证真画斋诗钞》一卷

陈王猷（清）《蓬亭偶存诗草》十五卷（馀草一卷）

陈元柱（近）《台山歌谣集》

陈世和（清）《介亭诗钞》

陈兰芝（清）《岭南风雅》三集（辑）

陈邦彦（明）《陈岩野先生全集》四卷（文集二卷、诗集二卷）

陈在谦（清）《梦香居诗钞初集》四卷、二集四卷、三集四卷、四集四卷、《七十二峰堂文勺》四卷、《国朝岭南文钞》十八卷、续集二卷（辑）

陈贞亮（清）《渐园诗草》

陈乔森（近）《海客诗文杂存》

陈伟家（清）《蜀生诗草》

陈仲鸿（清）《粤台征雅录》一卷

陈华封（清）《复斋诗钞》一卷、《三泷诗选》

陈名仪（清）《慎余堂诗集》四卷

陈庆森（清）《百尺楼诗词稿》

陈次壬（清）《樵西草堂诗钞》、《百尺楼百首诗钞》

陈汝崧（清）《课绿簃诗草》

陈吾德（明）《谢山存稿》十卷

陈步墀（清）《绣诗楼诗存》五卷、《双溪词》三卷

陈伯陶（近）《葵诚草》一卷、《瓜庐诗剩》二卷、《瓜庐文剩》四卷

（附外编）
陈希伋（宋）《揭阳集》十卷（佚）、《存风栖楼诗》
陈良玉（清）《梅窝诗钞》三卷（附词钞一卷、补遗一卷）
陈际清（清）《枕菲楼文钞》四卷
陈阿平（清）《钵山堂诗略》
陈其锟（近）《陈礼部集》（文一卷、《含香集》四卷、《循垓集》四卷、《载酒集》四卷、《月波楼琴言》三卷）
陈昌齐（清）《赐书堂文钞》六卷（诗钞一卷）
陈鸣鹤（清）《耕心堂剩稿》
陈庚全（近）《惜之庵诗稿》
陈学典（清）《小蓬亭诗草》六卷
陈绍儒（明）《大司空遗稿》（文八卷、诗二卷）
陈树人（近）《寒绿吟草》、《自然美讴歌集》、《战尘集》
陈树镛（近）《陈庆笙茂才文集》四卷（卷首一卷、卷后一卷）
陈昭常（近）《二十四花风馆诗钞》一卷、（附词钞一卷）
陈衍虞（清）《莲山诗集》十一卷、《陈园公文集》十卷、《莲山词》一卷
陈秀琼（近）《抱真子道行原始诗集》
陈恭尹（明）《独漉堂集》（文集十五卷、诗集十五卷、附独漉先生年谱）、《番禺黎氏存诗汇选》二十一卷（辑）
陈嘉谟（清）《在山草堂烬馀集》
陈铭珪（清）《荔村书屋诗钞》十卷
陈勤胜（清）《寸莛斋散体文》六卷（附骈体文三卷）
陈象明（明）《尘外赏》
陈献章（明）《白沙先生诗稿》十卷、《白沙先生全集》
陈锡恭（清）《雪鸿吟馆诗存》（附《嘤鸣诗草》）
陈鹏飞（宋）《罗浮集》（佚）
陈鹏超（近）《爱竹斋诗钞》
邵　咏（清）《芝房诗存》、《种芝山房集》
邵　诗（清）《邵子京遗稿》二卷
邵　谒（唐）《诗一卷》（见《全唐诗》）

邵彬儒（清）《俗话倾谈》二卷四集
纯　谦（清）《片云行草》

八画

范　元（清）《松山丛集》（合集）
范如松（清）《书三味轩词》
林　龙（清）《畔愁集》
林　光（明）《南川冰蘖集》十二卷（卷首一卷、卷末一卷）
林　皋（明）《懿文堂古近体诗》
林　巽（宋）《林巽之文集》（佚）
林大钦（明）《东莆先生文集》六卷
林大春（明）《井丹先生集》二十卷
林之椿（清）《东湖诗集》
林玉衡（清）《荣宝堂诗钞》
林安宅（宋）《南海集》三十卷（佚）
林兰雪（清）《小山楼诗草》
林召棠（清）《心亭亭居诗文钞》
林良铨（清）《岭南林睡庐诗选》二卷、《睡庐诗稿》
林伯桐（清）《修本堂诗文集》
林枝桥（明）《白鹤山房集》
林明伦（清）《穆庵遗文》一卷
林国赓（近）《軥录庵读书偶记》
林承芳（明）《文峰集》、《竹窗稿》
林培庐（近）《潮州七贤故事》
林隆卜（明）《笑园稿》
林彭年（近）《朝珊剩草》
林联桂（清）《见星庐诗集》、《见星庐赋话》十卷（诗话二卷、词稿一卷）
林蒲封（清）《鳌洲诗草》十二卷、《诗馀》一卷
林鹤年（清）《曲江游草》、《友声集》十卷
招子恕（清）《独榕冈草堂诗钞》

招子庸（清）《粤讴》四集
招茂章（清）《橘天园诗钞》
招健升（清）《自怡堂集》、《自怡堂续集》二卷
欧大任（明）《欧虞部文集》
欧主遇（明）《自耕轩集》
欧必元（明）《欧子建集》十八卷
欧阳锴（清）《师竹山房文集》
欧阳溟（清）《海鹤巢诗草》
欧阳韶（近）《听蝉吟室诗词》
易　弘（清）《云华阁诗集》、《坡亭诗馀》
易　孺（近）《双清池馆集》、《双清池馆词稿）
易其霈（清）《四益友堂文钞》（附易氏前谱考证五卷）
易崇端（近）《浣墨池馆诗草》
罗　珊（清）《味灯阁咏史》
罗　鼎（近）《玉露堂诗集》四卷
罗　濂（近）《勺庵文集》一卷、《勺庵诗集》一卷（附凤桥诗稿一卷）
罗天尺（清）《瘿晕山房诗钞》六卷
罗天俊（清）《贲园草》
罗元焕（清）《万石堂稿》
罗文俊（清）《绿萝书屋遗集》四卷
罗宁默（清）《偶然斋集》
罗廷深（清）《诵芬堂诗草》
罗廷琏（近）《琢轩诗草》
罗亨信（明）《觉非集》十二卷
罗学鹏（清）《广东文献》七十卷（初集、二集、三集）（辑）
罗烇堃（清）《硕窝诗钞》二卷
罗宾王（明）《散木堂稿》、《狱中草》
罗嘉蓉（清）《云根老屋诗钞》、《邱园八咏》
罗惇衍（清）《集义轩咏史诗》六十卷、《罗文恪公遗集》二卷、《罗文恪公试律》
罗惇曧（近）《瘿公诗集》一卷（附外集一卷）

罗植三（清）《涵青堂集》
罗蒙正（元）《希吕集》
罗虞臣（明）《罗司勋集》十卷
罗慧卿（近）《文寿阁诗钞》一卷
罗蕙屏（近）《翠藤馆吟草》三卷
罗震恒（近）《海天楼诗草》
牧　原（明）《讱堂余稿》
金曾澄（近）《澄宇斋诗存》
金锡龄（清）《劬学室遗集》十六卷、《学海堂四集》二十八卷（辑）
周日灿（清）《云园词》一卷
周文噩（清）《雪香斋吟草》
周光镐（明）《明农山堂汇草》
周庆鳞（清）《不懈斋诗钞》
周芷佩（清）《吟香山馆吟草》
周钧鳌（清）《熙朝乐府》十四卷
周寅清（清）《典三诗存》一卷、《典三杂著》一卷、《典三剩稿》
周棠芬（清）《味闲轩诗钞》
周遐龄（清）《所托山房诗集》四卷
庞　嵩（明）《弼唐先生存稿》三卷
庞尚鹏（明）《百可亭摘稿》三卷（首一卷）
郑　棻（清）《寰中咏古三百首》、《海天楼诗钞》
郑　愚（唐）《郑愚集》（佚）
郑芷朋（近）《丹桂轩诗集》
郑学醇（明）《勾漏集》
郑观应（近）《罗浮待鹤山房诗草》四卷（附外集、《谈玄咏》二卷）、《待鹤山人晚年纪念诗》
郑洪年（近）《橐园诗稿》
郑颢若（清）《榕屋诗钞》
单玉骐（清）《惜阴轩诗草》
冼玉清（近）《流离杂咏》一卷
冼星海（近）《反攻》

宝　筏（清）《莲西诗存》二卷
居　仁（清）《菜花草堂词》
居　庆（清）《宜春吟草》
居　巢（清）《昔邪室诗》、《今夕庵诗钞》、《烟语词》
屈士煌（明）《屈泰士遗诗》
屈士燝（明）《显晦草》、《食薇草》
屈大均（明）《翁山文外》十八卷、《翁山文钞》十卷、《屈翁山佚文》（徐信符辑）、《翁山诗外》二十卷、《翁山诗集》八卷（词一卷）、《翁山诗略》四卷、《道援堂诗集》十二卷（附词一卷）、《骚屑词》二卷
屈应丁（清）《环水村农诗存》二卷
屈肇基（清）《留荫园诗草》二卷
孟佐舜（清）《独乐园诗草》
孟宾于（唐）《金鳌集》（佚）
函　乂（明）《楚游稿》、《磊园集》
函　可（明）《千山诗集》二十卷（补遗一卷）
函　昰（明）《瞎堂诗集》二十卷（卷首一卷）

九画

赵　介（明）《临清集》
赵天锡（近）《赵鲁庵先生集》九卷（卷首一卷、附邓振翼《邓氏讲义摘钞》、陈式徕《陈氏纪变录》一卷）
赵必𤩪（宋）《秋晓先生覆瓿集》四卷（末一卷、附录一卷）、《覆瓿词》一卷
赵希璜（清）《赵渭川集》（诗钞二十卷、文集二卷、笔记一卷）
赵泰来（清）《絮香阁词钞》一卷
赵善珫（宋）《自警编》
胡　方（清）《鸿桷堂诗文集》六卷
胡　衔（清）《经义堂诗钞》
胡　曦（近）《湛此心斋遗诗》（附《予园遗草》）、《梅水汇灵集》四卷（辑）

胡子晋（近）《广州竹枝词》
胡汉民（近）《不匮室诗钞》
胡礼垣（近）《胡翼南先生文集》六十卷
胡亦常（清）《赐书楼诗初集》
胡君昉（唐）《蘗川诗集》
胡庭兰（明）《相江子集》
侯　康（清）《惜烛山房诗草》
俞安凤（近）《水周堂词》一卷
钟启韶（清）《听钟楼诗钞》四卷
洪兴全（近）《中东大战演义》三十三回
济　荷（清）《尖峰山大师幻游集》二卷
姚子庄（清）《姚六康集》
姚天健（清）《远游诗钞》、《倦游词草》
姚诗浩（近）《秋雨梧桐斋遗稿合刻》
姚诗雅（近）《景石斋词略》一卷
姚诗翰（近）《秋雨梧桐斋遗稿合刻》
姚梓芳（近）《姚秋园先生文钞》三卷、《党庵稿》

十画

袁　杲（清）《山右诗草》
袁昌祚（明）《莞纱文集》十卷
袁梓贵（清）《小潜楼文集》四卷、《小潜楼诗集》四卷
袁崇焕（明）《袁督师遗集》三卷
顽　叟（近）《羊石园演义》七卷
莫上翀（清）《刁园存本》
莫元伯（清）《柏香书屋诗钞》六卷
莫兆琼（清）《石泉小草》
莫宣卿（唐）《莫孝肃公诗集》
莫敦梅（清）《浩然斋诗》
桂　坫（近）《晋砖宋瓦室类稿》五卷
桂　鸿（清）《渐斋诗钞》

桂　坛（近）《晦木轩稿》一卷
桂文灿（清）《潜心堂集》
桂文燿（清）《清芬小草》、《席月山房词》
圆　微（清）《拾遗篇》一卷
倪元藻（清）《涧南遗草》
倪明进（清）《中洲初集》（附续集）
倪济远（清）《味辛堂诗存》四卷
徐　青（清）《聿修堂稿》
徐　荣（清）《怀古田舍诗钞》三十三卷、《怀古田舍诗节钞》
徐　铸（近）《香雪堂诗稿》
徐　樾（清）《遗园诗集》十六卷
徐　灏（清）《通介堂文集》、《攓云阁词》一卷、《灵洲山人诗录》
徐同善（清）《小南海集诗钞》六卷、《谈风月轩诗钞》一卷
徐礼辅（近）《渌水馀音》一卷
徐作霖（清）《海云禅藻集》四卷（与王锡远等人合辑）
徐绍植（清）《水南阁词草》
徐绍桢（近）《学寿堂诗烬馀草》、《东游草》、《南归草》
徐信符（近）《广东藏书纪事诗》
徐虑善（清）《一心草堂吟稿》一卷
徐景堂（近）《影树亭词沧海楼词合刻》、《沧海楼词》
翁　清（清）《啸碧池馆诗草》六卷
翁　照（清）《赐书堂文稿》六卷（诗稿四卷）
翁万达（明）《东厓集》十七卷、《稽愆集》四卷（卷首一卷）
翁辉东（近）《唐明二翁诗集》（辑）
高士钊（清）《北游草》
高葆勋（近）《动忍庐诗存》
郭　棐（明）《兰省稿》
郭　棨（明）《明霞桂华集》
郭之奇（明）《宛在堂集》三十四卷
唐　钧（清）《荫松堂诗草》
唐　蒙（清）《此庐诗稿》

唐元楫（明）《初筑堂集》
唐化鹏（清）《思翁堂诗集》
唐伯元（明）《醉经楼集》六卷、《唐曙台集》
唐金华（清）《红荔山房吟稿》二卷
唐金鉴（清）《西藏诗文集》
凌　鱼（清）《书耘斋前后集》
凌扬藻（清）《蠡勺编》、《药洲诗略》、《岭海诗钞》六十卷（辑）
凌湘衡（清）《冷痴子集》
养和堂主人（近）《对选笺注》（二、三、四集，四卷）
海　瑞（明）《海忠介公文集》、《备忘集》十卷、《丘海二公文集》、《丘海二公合集》
涂　瑞（明）《东窗集》五卷
容郦南（近）《聊自娱斋稿》
展　宏（清）《北溪吟草》二卷
陶　鍹（清）《四桐园存稿》
陶　璜（明）《慨独斋诗稿》
陶广荣（清）《惜分阴斋诗》一卷
陶天球（明）《世烈堂集》
陶邵学（近）《颐巢类稿》三卷
陶炳熙（清）《善木山房存稿》四卷
通　岸（明）《栖云庵集》
通　炯（明）《引寄庵集》

十一画

黄　平（清）《湔江阁诗》二卷（附湔江阁词一卷）
黄　节（近）《蒹葭楼诗》二卷、《诗学》一卷、《诗律》六卷
黄　芝（清）《瑞谷山人遗集》
黄　佐（明）《泰泉集》十卷
黄　钊（清）《读白华草堂诗》、《诗纫》六卷
黄　岩（清）《岭南逸史》二十八回
黄　衷（明）《矩州诗文集》十卷

黄　浩（近）《姜桂书屋诗文钞》、《黄铸山八旬重逢花烛寿言》
黄　损（五代）《桂香集》十卷（佚）
黄　宽（近）《自然堂遗诗》三卷
黄　登（清）《见堂诗集》、《岭南五朝诗选》（辑）
黄　瑜（明）《双槐集》
黄　畿（明）《粤洲集》
黄　璟（清）《四百三十二峰草堂集》
黄　整（晋）《黄整集》（佚）
黄　禧（清）《连居阁吟草》四卷
黄一渊（明）《遥峰阁集》
黄大干（清）《临溪文集》四卷
黄之驯（清）《宋人词说》四卷
黄子高（清）《知稼轩诗钞》九卷、《粤诗搜逸》四卷（辑）
黄小配（近）《洪秀全演义》三集四十三回、《宦海潮》三十二回、《宦海升沉录》、《镜中影》四十回、《二十载繁华梦》四十回、《大马扁》十六回
黄元直（近）《黄梅伯诗文集》（附词）
黄公辅（明）《北燕岩集》四卷
黄文之（清）《艺忝堂唱和诗钞》二卷
黄文宽（近）《岭南小雅集》三卷（辑）
黄玉阶（清）《黄蓉石先生诗集》三卷、《粤东三子诗钞》十四卷（辑）、《萱苏室词》
黄玉堂（清）《莲瑞轩诗集》、《痴梦斋词草》二卷
黄玉衡（清）《安心竟斋诗集》
黄丹书（清）《鸿雪斋诗钞》八卷
黄圣年（明）《薜蕊斋诗草》
黄芝台（清）《疑香阁诗钞》一卷
黄乔松（清）《鲸碧楼岳云堂诗钞》
黄仲畬（清）《心字香馆文钞》二卷
黄乐之（清）《香枣书屋诗钞》
黄呈兰（清）《因竹集诗馀》

黄位清（清）《松风阁词钞》
黄佛颐（近）《慈溪词》、《东莞三逸合稿》
黄沃楷（清）《松谷诗草》
黄纯仁（近）《讱庵初集》
黄定常（清）《竹南诗草》
黄居石（明）《自知集》
黄河澂（清）《葵村集》一卷
黄绍昌（近）《带花倚剑堂词》、《香山诗略》十二卷（辑）
黄绍宪（近）《在山草堂烬馀诗》十四卷
黄绍统（清）《仰山堂遗集》三卷
黄荣康（近）《凹园诗钞》二卷（续钞三卷、卷首一卷、清官词本身一卷、击剑词钞一卷）、《求慊斋文集》六卷、《求慊斋骈文》四卷
黄映奎（近）《杜斋诗钞》附词、《杜斋七十唱和诗》二卷（与他人合集）
黄衍昌（清）《倚香榭词》
黄炳枢（近）《闲忙吟草》四卷（附补遗）
黄炳堃（近）《希古堂全集》
黄培芳（清）《岭海楼诗集》、《香石诗说》十一卷、《香石诗话》、《粤岳草堂诗话》二卷、《李杜七古钞》、《诗法举要》四卷
黄嘉礼（近）《茵甫词》
黄棣华（华）《负暄山馆诗草》、《负暄山馆词钞》
黄景棠（近）《倚剑楼诗草》七卷
黄登瀛（清）《端溪诗文述》十二卷（辑）、《端溪诗述》六卷（辑）
黄嵩年（近）《嵩园诗草》
黄锡深（清）《逢吉堂焚稿》一卷
黄德峻（清）《樵香阁诗钞》、《三十六鸳鸯词》
黄鹤仙（明）《东园草堂稿》
黄遵宪（近）《人境庐诗草》十一卷、《日本杂事诗》二卷
黄鲸文（近）《梅庐吟草》二卷
曹秉哲（近）《紫荆吟馆诗集》四卷

曹秉茜（近）《味苏斋集》四卷（卷首一卷，味苏斋日记一卷，补遗一卷）
萧瘦常（近）《萧斋词》
萧翱材（清）《椒远堂涛钞》二卷
崔　弼（清）《珍帚编诗集》十卷
崔与之（宋）《崔清献公集》、《菊坡集》
崔必钰（近）《拾叶山房诗钞》十卷
崔师贯（近）《北村类稿》、《丹霞游草》、《百月词》
崔斯哲（近）《保暗诗集》二卷
商廷焕（近）《味灵华馆诗》
商衍鎏（近）《商衍鎏诗书画集》
康　源（清）《雁游诗草》
康广仁（近）《康幼博茂才遗诗》一卷
康有为（近）《万木草堂遗稿》四卷、《康南海文集》八卷、《康南海文钞》四卷、《康有为未刊稿》、《不忍杂志汇编》（二集六卷）、《南海先生诗集》、《康有为诗文选》、《康南海先生诗集》十五卷、《梁任公先生写南海诗集》、《康南海先生书开岁忽六十诗》
梁　度（明）《素庵诗钞》
梁　元（清）《毋自欺斋诗略》
梁　孜（明）《梁中舍集》
梁　泉（清）《弢亭遗文》四卷
梁　炯（清）《蔗境轩诗草》
梁　储（明）《郁州遗稿》
梁　翰（清）《寸知草堂遗草》
梁　霭（清）《飞素阁诗集》
梁九图（清）《紫藤馆诗钞》、《十二石山斋诗话》十卷（附丛录九卷、摘句图一卷）
梁士贤（清）《存庵文集》四卷
梁广照（清）《柳斋遗稿》
梁无技（清）《南樵集》十四卷

梁元柱（明）《偶然堂集》四卷（附年谱一卷）
梁今荣（清）《依绿园诗草》
梁玉森（清）《蔼传诗钞》
梁邦俊（清）《小厓遗草》、《小厓说诗》八卷
梁有誉（明）《兰汀存稿》八卷（附录一卷）
梁廷枏（清）《藤花亭诗集》八卷（附续集三卷）、《藤花亭骈文集》三卷、《藤花亭散文》十卷、《圆香梦杂剧》、《江梅梦杂剧》、《昙花梦杂剧》、《断缘梦杂剧》、《浙江迎鸾词》二卷、《江南春词考》一卷、《江南春词补传》
梁庆桂（近）《式洪室诗文》
梁观国（宋）《归正集》二十卷（佚）、《议苏文》五卷（佚）
梁纪佩（近）《七载繁华梦》、《夺朱非正色》二卷、《梁三颠》、《刘华东》、《孔明传》、《陈梦吉》、《禁烟伟人林则徐》、《缅甸亡国史》、《二十世纪新人格》、《满清季世演义》二卷
梁佑逵（明）《绮园蕉桐集》
梁伯谦（元）《野泉集》
梁启超（近）《饮冰室合集》、《饮冰室诗话》、《中国魂》
梁启勋（近）《海波词》一卷、《中国韵文概论》、《词学》二卷、《词学铨衡》
梁松年（清）《心远小榭文集》二卷、《心远小榭诗集》二卷、《心远论馀》
梁昌圣（清）《碧霞书屋诗钞》
梁国珍（清）《守鹤庐诗钞》
梁佩兰（清）《六莹堂集》九卷、（二集八卷）、《药亭诗集》二卷
梁诗拔（清）《愧斋遗稿》
梁绍仁（近）《阴阳宝扇》十集
梁倍芳（清）《桐花阁诗文钞》十卷、《螺溧竹窗稿》一卷、《归吾庐吟草》一卷、《北游草》五卷、《桐花馆词钞》一卷
梁朗川（清）《绣像瓦岗寨演义传》
梁绮石（清）《蕴香山房诗钞》
梁朝钟（明）《喻园集》四卷

梁植荣（清）《珠江七绝》
梁善长（清）《倚桂堂集》
梁善长（清）《赐书堂文集》、《鉴堂诗钞》、《广东诗粹》十二卷（辑）
梁朝醴（清）《伯芷遗诗》
梁鼎芬（近）《节庵先生遗诗》六卷、《节庵先生遗诗续编》、《节庵先生遗诗补辑》、《款红楼词》一卷
梁曾龄（清）《露桃山馆诗》
梁瑞正（清）《芙蓉亭诗钞》
梁煦南（清）《迂斋诗钞》八卷、《迂斋外集》、《三洲渔笛谱》
梁霭如（清）《无怠懈斋诗稿》
龚　章（清）《澹宁堂集》
盛景璿（近）《濠堂遗作》

十二画

彭　釬（清）《梦草堂文集》十一卷
彭　辂（清）《诗义堂集》六卷
彭泰来（清）《昨梦斋文集》四卷、《天问阁外集》、《南雪草堂诗钞》三卷、《诗义堂后集》六卷、《端人集》四卷（辑）
彭鹤龄（近）《建文皇帝出家》
葛长庚（宋）《海琼白玉蟾先生文集》六卷（续集二卷、附录一卷）、《玉蟾先生诗馀》一卷
韩　海（清）《东皋草堂文集》十卷
韩上桂（明）《朵云山房遗稿》十二卷、《凌云记传奇》
韩文举（清）《韩树园先生遗诗》
韩荣光（清）《黄花集》十二卷
禺山老人（清）《蜃楼志》八卷
傅学清（清）《静庵诗稿》一卷
傅维森（近）《缺斋遗稿》三卷
程可则（清）《海日堂集》六卷（补遗一卷）、《遥集楼诗草》、《萍花草》
道　忞（清）《布水云集》三十二卷、《山翁禅师百城集》、《弘觉禅师

北游集》
曾习经（近）《蛰庵诗存》、《蛰庵词》
曾仕监（明）《庆历稿》、《公车集》一卷
曾传轺（清）《啸吟楼诗草》、《玉梦龛乐府》
曾庆珍（宋）《曾庆珍遗刻》（佚）
曾纲堂（清）《岭南鼓吹》八卷（与陈觐光合辑）
曾跃鳞（宋）《曾跃鳞集》（佚）
曾焕章（近）《罗浮草》
湛若水（明）《甘泉先生文集》三十二卷、《白沙先生诗教解》十五卷
温　训（清）《登云山房文稿》四卷（附《梧溪书房诗钞》六卷）
温　肃（近）《温文节公集》（附年谱）
温子颢（清）《倚铜琴馆词》
温廷敬（近）《茶阳三家文钞》（辑）
温仲和（近）《求在我斋集》十卷
温汝适（清）《携雪斋诗文钞》六卷（续一卷、文钞三卷、卷首一卷）、《柳塘诗钞二集》（辑）
温汝造（清）《印可斋诗馀》
温汝能（清）《谦山诗钞》六卷、《粤东文海》六十六卷（辑）、《粤东诗海》一百卷（辑）、《程乡三友诗》（辑）
温承悌（近）《泛香斋诗钞》四卷
温承皋（清）《妙香赙词钞》
温承恭（清）《蜀游集》、《踏鸿集》、《温氏家集》（辑）
温闻源（清）《碧池诗钞》一卷
谢乃壬（近）《南华小住山房诗草》
谢五娘（明）《月居集》
谢长文（明）《谢伯子游草》
谢方端（清）《小楼吟草》一卷
谢兰生（清）《常惺惺斋诗》二卷
谢廷龙（清）《谢卧云遗稿》二卷
谢念功（清）《梦草草堂诗集》、《北游诗》
谢建麟（清）《槎江即事诗集》五卷

谢朝徵（近）《安所遇斋词》、《白香词谱笺》四卷
谢辉图（近）《薪荷集》（与谢家杰合集）

十三画

蓝耿光（近）《崇德庐诗草》二卷
赖学海（近）《虚舟诗草》、《雪庐诗话》
赖洪禧（清）《红棉馆诗钞》
赖振寰（近）《朱子碑传楼辑存》六卷、《朱子碑传楼辑存》续编
简于言（近）《荔香堂诗集》三卷（卷首一卷）
简钧培（清）《觉不觉斋诗钞》
简朝亮（近）《读书堂集》十三卷（附注三卷）、《读书草堂明诗》四卷
简嵩培（清）《得到梅花馆诗钞》
鲍　俊（清）《榕塘吟馆诗钞》、《倚霞阁词钞》

十四画

蔡　守（近）《寒琼遗稿》
蔡　郁（宋）《蔡郁诗稿》（佚）
蔡　球（近）《养和堂诗钞》
蔡乃煌（近）《絜园诗钟》一卷（续录一卷）
蔡云湘（近）《甘泉北轩诗钞》一卷
蔡齐基（宋）《蔡齐基集》五卷（佚）
蔡显原（清）《铭心书屋诗钞》四卷
蔡锦泉（清）《听桐山馆集》
蔡蕙清（清）《抱瓮斋诗草》三卷
廖　纪（近）《万树松斋诗钞》
廖　松（近）《睫巢吟草》二卷
廖　燕（清）《二十七松堂集》十六卷、《柴舟别集》四种
廖仲恺（近）《双清词草》
廖卓然（清）《敝帚斋诗钞》四卷（文钞二卷）
廖衷赤（明）《五园集》
廖恩焘（近）《重印嬉笑集》、《扪虱谈室词》、《忏庵词》八卷、《新粤

讴解心》三卷、《影树亭词沧海楼词合刻》（与徐景堂合集）

廖景曾（近）《学海堂课艺》三卷（辑）

漆　璘（清）《思古堂诗草》

谭　玉（清）《聊闲缘斋诗》一卷、《樵山银儿墓志题咏》一卷

谭　莹（近）《乐志堂集》（诗集十二卷、文集十八卷、续集二卷）

谭大初（明）《次川存稿》八卷

谭宗浚（近）《希古堂文集》（甲集二卷、乙集六卷）、《荔村草堂诗钞》十卷、《荔村草堂诗续钞》、《芸洁斋赋草》四卷

谭国恩（近）《写趣轩近稿》二卷（旧稿三卷、集陆别编一卷）

谭祖任（清）《聊园词》

谭敬昭（清）《听云楼诗钞》、《听云楼词》

谭颐年（清）《南橘庐诗草》二卷

熊　英（近）《水鉴楼稿》

熊景星（清）《吉羊溪馆诗钞》二卷

十五画

樊　封（清）《捉麈集》、《蟫红集》二卷、《南海百咏续篇》四卷

黎　贞（明）《秫坡先生集》八卷（卷首一卷、卷末一卷）

黎　密（明）《黎缜之游稿椒花初颂赠言》（附《籁鸣集》一卷）

黎　简（清）《五百四峰草堂诗钞》二十五卷、《五百四峰草堂外诗》一卷、《藿田集》（附词一卷）、《芙蓉亭曲本》

黎天性（清）《双桂堂集》（附词）

黎民表（明）《瑶石山人诗稿》十六卷

黎民衷（明）《司封集》五卷

黎邦瑊（明）《洞石稿》

黎伯原（元）《渔唱集》（佚）

黎延祖（明）《瓜圃小草》

黎国廉（清）《玉蕊楼词》

黎的璧（近）《劫馀近草》

黎春熙（清）《静香阁诗存》

黎原超（近）《侣樊草堂诗钞》六卷
黎崇宣（明）《贻清堂集》
黎彭祖（明）《醇曜堂集》
黎彭龄（明）《芙航集》
黎敬荃（近）《味雪楼步吟草》
黎景义（明）《二丸居集》十一卷
黎遂球（明）《莲须阁诗文全集》
黎耀宗（清）《听秋阁诗钞》、《听秋阁外集》八卷
德　清（明）《憨山老人梦游集》五十五卷
颜　检（清）《衍庆堂诗稿》十一卷
颜　琬（清）《东篱词稿》
颜　熏（近）《紫墟诗钞》
颜师孔（近）《煮葵堂诗词合钞》
颜伯焘（清）《求真是斋诗钞》
颜希源（清）《百美新咏》
颜其庶（清）《予杼轩诗稿》四卷
颜培瑚（清）《自怡斋诗草》
颜崇图（清）《芝园吟稿》
颜崇衡（清）《绿萍山馆集》、《虹桥集》
颜惇恪（清）《常惺惺斋诗钞》三卷
颜斯总（清）《听秋草堂诗钞》
颜斯缉（清）《菊湖诗钞》
潘　恕（清）《双桐圃诗文钞》、《灯影词》
潘　敬（清）《西樵杂著》六卷
潘之博（清）《弱庵词》一卷、《弱庵诗》二卷
潘飞声（近）《说剑堂诗集》三卷（附词一卷）、《饮琼浆馆词》、《在山泉诗话》二卷、《粤词雅》一卷（辑）
《粤东词钞》三编一卷
潘正亨（清）《常阴堂遗诗》
潘仪增（近）《番禺潘氏诗略》二十三卷（辑）
潘有为（清）《南雪巢诗钞》二卷

潘光瀛（清）《梧桐庭院诗钞》、《梧桐庭院词钞》
潘名熊（近）《评琴书尾诗集》二卷
潘定桂（清）《三十六村草堂诗钞》三卷
潘宝璜（近）《望琼仙馆诗钞》
潘衍桐（近）《续两浙輶轩录》、《蜗庵诗集》、《缉雅堂诗话》二卷
潘益之（明）《湛园集》十二卷
潘斯濂（近）《清芬集》二卷（辑）
潘誉恩（近）《樵山集》、《瓶守堂诗钞》二卷

十六画

薛　侃（明）《薛中离先生全书》二十卷
薛始亨（明）《南枝堂集》、《蒯缑馆十一草》一卷
薛起蛟（明）《木末山房稿》
霍　暐（宋）《霍暐集一卷》（佚）
霍　韬（明）《渭厓文集》十五卷（附录一卷）
霍与瑕（明）《霍勉斋集》二十二卷（卷首一卷补遗一卷）

十七画

戴　记（明）《游滇稿》
戴　琏（明）《靖节集》
戴　铣（明）《戴子声家集》
戴　缙（明）《云巢集》
戴王言（清）《石磬山房稿》
魏成汉（清）《浮萍诗草》四卷

作者不详的作品

《韩仙宝卷》一卷
《易水饯荆卿》（署名广东新小武）
《背解红罗》六卷《续背解红罗》六卷）
《西瓜记》六卷

《金叶菊记》四卷（续四卷）
《黄萧养回头》（署名广东新武生）
《日边红杏》六卷
《四季莲花》四卷
《荼薇记银娇全本》三卷
《接续再生缘新选再造天》十六卷
《拗碎灵芝记》四卷（薛平贵全套十二卷）
《刘晨采药仙凡记》四卷（二集四卷）（署名南海西埭居）
《王宝钏彩楼招赘》十二卷
《五色兰花》四卷
《二荷花史》四卷
《双白燕》四卷
《五星图子全歌》八卷
《五虎平西珍珠旗》
《潮州民歌》三十一种一百六十三卷
《花笺记》
《陈姑追舟》
《残唐五代全传》
《五虎平南传》六卷
《桃花女阴阳关传》
《鬼神终须报》
《万年青奇才新传》四卷七回
《广州乱事记》十回
《说倭传》三十三回
《慈云走国》六卷（二续六卷）
《康梁演义》四十回

按：本书目参考中山大学、暨南大学、华南农业大学、华南师范大学图书馆及中山图书馆的《馆藏广东文献目录》、黄荫普《广东文献书目知见录》、叶恭绰《全清词钞》、陈融《读岭南人诗绝句》等著作编辑而成，还参考了《广东文献》，共收入岭南地区古代、近代上千名作家及其著作目录。元代以后已佚的书目不辑入；元代以前已佚的书目亦辑入，以供读者参考。本书目以作家姓氏笔画为序，部分作者不详的附于最末。